KNAUR

Über die Autorin:
Mia Löw hat Jura und Germanistik studiert und als Anwältin und Regieassistentin am Theater gearbeitet. Heute ist sie erfolgreiche Autorin und lebt mit ihrer Familie in Hamburg.

MIA LÖW

SCHATTEN ÜBER DER CASA SPERANZA

ROMAN

KNAUR

Besuchen Sie uns im Internet:
www.knaur.de

Aus Verantwortung für die Umwelt hat sich die Verlagsgruppe Droemer Knaur zu einer nachhaltigen Buchproduktion verpflichtet. Der bewusste Umgang mit unseren Ressourcen, der Schutz unseres Klimas und der Natur gehören zu unseren obersten Unternehmenszielen. Gemeinsam mit unseren Partnern und Lieferanten setzen wir uns für eine klimaneutrale Buchproduktion ein, die den Erwerb von Klimazertifikaten zur Kompensation des CO_2-Ausstoßes einschließt. Weitere Informationen finden Sie unter: www.klimaneutralerverlag.de

FSC
www.fsc.org
MIX
Papier aus verantwortungsvollen Quellen
FSC® C014496

Originalausgabe August 2023
Knaur Taschenbuch

Ein Imprint der Verlagsgruppe
Droemer Knaur GmbH & Co. KG, München

Dieses Werk wurde vermittelt durch die
AVA international GmbH Autoren- und Verlagsagentur, München.
www.ava-international.de
Redaktion: Antje Steinhäuser
Covergestaltung: Patrizia Di Stefano / U1Berlin
Satz: Adobe InDesign im Verlag
Druck und Bindung: GGP Media GmbH, Pößneck
ISBN 978-3-426-52698-9

2 4 5 3 1

1. TEIL

DIE HOCHZEIT

1

PORTO VENERE,
JULI 2008

Ein gellender Schrei drang an ihr Ohr. Kaum war er verklungen, ging ihr ein weiterer durch Mark und Bein. Sie hatte von einer riesigen glitzernden Schlange geträumt, die sich wie eine Kobra mit gespreiztem Nackenschild bedrohlich vor ihr aufrichtete. Ihr schlimmster Albtraum. War dieser Schrei etwa aus ihrem eigenen Mund gedrungen? Doch da ertönte erneut der Schrei einer Frau, der Tote zum Leben erweckt hätte. Sie aber hatte die Lippen fest aufeinandergepresst. Das war kein Traum.

Zitternd lag sie in ihrem Bett. Jedenfalls glaubte sie das, als sie versuchte, die Augen zu öffnen. Ihre Lider waren bleischwer, und ihre Augen schienen mit Klebstoff verschlossen zu sein. Gegen ihre Schläfen hämmerte ein dumpfer Schmerz. Als sie es endlich geschafft hatte, die Augen wenigstens einen Spalt weit zu öffnen, versuchte sie, sich zu orientieren, ohne sich aufzusetzen. Bis auf das laute Zirpen der Zikaden war plötzlich alles still. Die Singzikaden waren ganz in ihrer Nähe. Das hörte sich anders an als in ihrem Zimmer.

Ich bin nicht in meinem Bett, ich bin draußen bei den Rhododendronbüschen, durchfuhr es sie eiskalt. Die Zikaden dort waren nicht totzukriegen, obwohl der Gärtner ständig versuchte, diese *parassiti,* wie er lauthals schimpfte, auszurotten. Vor ihrer Zeit in Ligurien hatte sie das Zirpen der Grillen für ein wunderbares Sommergeräusch gehalten. Doch Pedro, der Gärtner, hatte ihr in seinem deutsch-italienischen Kauderwelsch erklärt, dass *die parassiti mache alles kapuutt in die Busch.* Er hatte ein paar Jahre als Kellner in Deutschland gearbeitet und sprach mit ihr stets Deutsch, obwohl sie perfekt Italienisch konnte.

Der Rhododendron war oben auf der Terrasse vor dem Haus. Sie lag also auf einer der Sonnenliegen. Soweit es ihr im Liegen möglich war, ließ sie ihren Blick vorsichtig schweifen: die Farbe der Liegen, ein Himmelblau, verriet ihr, dass sie tatsächlich auf der Terrasse vor dem Haus lag. Nicht unten am Pool. Dort gab es rote Liegen. Die Signora hasste Unordnung. Jeden Abend stellte der Gärtner die Liegen wieder zurück an die richtigen Plätze.

Aber was machte sie hier unter dem Sternenhimmel im Licht des Vollmondes statt in ihrem Zimmer? Mit einem Stöhnen richtete sie sich auf. Der Kopf wollte ihr schier bersten. Ihr war speiübel, der Mund ausgetrocknet. Ein Frösteln ging durch ihren ganzen Körper. Auf ihren nackten Armen und Beinen bildete sich eine Gänsehaut.

Erschrocken stellte Amrei fest, dass sie nur einen Slip und einen BH trug. Und wenn sie sich nicht täuschte, war ihre Unterwäsche feucht, so als hätte sie damit gebadet. Ein erneutes Frösteln durchrieselte sie. Jetzt erst spürte sie, dass ihr schrecklich kalt war. Sie ließ ihren Blick, soweit sie dazu ohne Schmerzen in der Lage war, schweifen. Ja, sie befand sich auf der Terrasse der *Casa Speranza* mit dem unvergleichlichen Blick über den Golf der Poeten.

Auf den Fliesen neben der Liege lag ein zusammengeknülltes Handtuch. Daneben ihr Kleid. Das Kleid mit den Pailletten, das Amrei für die Abschiedsparty an ihrem letzten Tag in Genua in der Via XX Settembre gekauft hatte. Eigentlich hatte nicht sie dieses schwarze Minikleid ausgesucht, sondern ihre Gastschwester. Amrei hätte viel lieber eines von den weich fallenden Sommerkleidern angezogen, die ihre Polster auf den Hüften vorteilhaft kaschierten. Mach dir nichts draus, pflegte ihre Mutter stets zu sagen, der Babyspeck verschwindet eines Tages wie von selbst. Maria hatte sie zu diesem Kauf überredet. Damit du auf dem Fest die Schönste bist!, hatte sie gesagt.

Erneut ergriff ein Schaudern Amreis ganzen Körper bei dem Gedanken an die gestrige Abschiedsparty für Inga, Leni und sie. Als sie versuchte, sich an Einzelheiten zu erinnern, wurde ihr erneut übel, aber es tauchten keine klaren Bilder vor ihrem inneren Auge auf. Nur die Ankunft am Nachmittag sah sie deutlich vor sich. Die Schwestern Inga und Lena hatten das Au-pair-Jahr in den Familien von Signora Podestàs beiden Brüdern verbracht. Deswegen war die ganze Clique um ihren Gastbruder Alfredo aus Genua zur Abschiedsparty gekommen. Sie waren alle zusammen mit dem Zug nach La Spezia gefahren. Dort hatte sie Pedro mit einem Bus abgeholt und zur Villa gefahren. Allerdings war er danach gleich wieder verschwunden, denn Alfredo hatte ihm deutlich gemacht, dass sie keinen Aufpasser bräuchten.

Amrei hatte nicht gezählt, wie viele sie waren, aber an die zwanzig Gäste waren sie bestimmt gewesen. Sie erinnerte sich dunkel: Die lärmende Schar von Feierwütigen war in die *Casa Speranza* regelrecht eingefallen. Schon wenig später war der Alkohol in Strömen geflossen. Ihr persönlich wäre es lieber gewesen, wenn Pedro in der Nähe geblieben wäre, denn sie trank weder Alkohol, noch probierte sie das weiße Pulver, das einer von Alfredos Freunden bei jeder Party hervorzauberte und die bildhübschen coolen Begleiterinnen der jungen Männer in kichernde Schulmädchen verwandelte, wenn sie wenig später, die eingerollten Geldscheine noch in der Hand, wieder aus dem Bad zurückkehrten. Wenn Maria dabei war, machte es einen Heidenspaß, über die abgedrehten Mädels, und natürlich auch die Jungs, zu lästern. Aber gestern hatte sie keine Verbündete gehabt. Maria war heute Morgen mit Freunden auf eine Reise nach Neuseeland aufgebrochen, um dort ihren älteren Bruder zu besuchen. Ein Geschenk ihrer Eltern zur bestandenen *maturità*.

Sie erinnerte sich noch sehr deutlich daran, dass Inga sie abfällig als »Langweilerin« bezeichnet hatte, nachdem Amrei mit Salvi, wie der kleine Salvatore genannt wurde, vom Strand zurückgekehrt war. Der sechsjährige Nachzügler ihrer Gasteltern war ihr Augenstern. Es war ihre Aufgabe, sich um den Jungen zu kümmern. Sie weckte ihn morgens, brachte ihn zur Schule, holte ihn wieder ab und machte Hausaufgaben mit ihm. Und sie hatte ihm im Pool des Ferienhauses das Schwimmen beigebracht. Er war wie der kleine Bruder, den sich das Einzelkind Amrei stets gewünscht hatte. Der Kleine hing an ihr wie eine Klette. Er hatte unbedingt mit zum Ferienhaus gewollt, was Alfredo, seinem älteren Bruder, gar nicht recht gewesen war.

Doch schließlich hatte die Signora ein Machtwort gesprochen und die Anordnung erteilt, ihren Jüngsten mit nach Porto Venere zu nehmen. Amrei hatte ihr versprochen, dass er bei ihr im Zimmer schlafen durfte und sie auf ihn aufpasste. Amrei nahm ihre Verantwortung sehr ernst. Deshalb war sie ja auch, nachdem der Pool mehr und mehr zu einer Partymeile geworden war, mit Salvi zum Strand gegangen und hatte den Tag mit ihm dort verbracht. Sie selbst hatte sich eine solche Abschiedsorgie auf keinen Fall gewünscht, aber die anderen hatten darauf bestanden, ihren Abschied im Sommerhaus mit allem, was dazugehörte, was auch immer das heißen mochte, zu feiern. Auf jeden Fall ohne die Eltern. Sie hätte das Ende ihres Italienjahrs viel lieber allein mit der Familie Podestà verbracht …

Das Hämmern in ihrem Kopf wurde unerträglich. Sie griff sich an die Schläfen und presste ihre Finger dagegen, aber das brachte keine Linderung. Im Gegenteil. Sie ließ den Kopf zurück auf die Liege sinken.

In dem Moment hörte sie aufgeregte Stimmen, die immer näher kamen und plötzlich auf sie einredeten.

»Du musst weg!«, fuhr die blonde Inga sie grob an und schüttelte sie, als wäre sie eine Schlackerpuppe. Amrei leistete keinerlei Widerstand, sondern ließ sich willenlos schieben und schubsen.

»Sie muss sofort weg!«, echote Alfredo, bevor er würgte und sich offenbar neben ihrer Liege erbrach.

Amrei wollte protestieren, aber ihr Mund war so trocken, dass sie keinen Ton hervorbrachte, doch da wurde bereits brutal an ihrem Arm gezerrt. »Wir holen jetzt ein Taxi. Dein Zug geht um sieben von La Spezia ab.«

Daran hatte sie gar nicht mehr gedacht. Ihr Zug von La Spezia fuhr tatsächlich in aller Frühe. Sie setzte sich mit einem Ruck auf. »Schon gut … Ich komme ja«, stöhnte sie.

Im Hintergrund sah sie wie hinter einer Nebelwand eine dritte Person auftauchen.

»Komm! Wir holen ihre Sachen!«, befahl Inga.

»Aber seht ihr das nicht? Sie kann nicht aufstehen.« Das war Lenis Stimme. Amrei wollte ihren Namen rufen, sie konnte nicht. Leni sah aus wie ein Gespenst, und ihr Nachthemd klebte ihr am Körper, als ob sie damit gebadet hatte.

Stattdessen hörte Amrei sich selbst verzweifelt nuscheln: »Was is’n?«

Doch da waren Inga und ihre Schwester bereits im Dunkel der Nacht verschwunden. Alfredo blieb bei ihr. Sein sonst eher ebenmäßig brauner Teint hatte im Mondschein die Farbe einer gekalkten Wand. Sie griff nach seiner Hand. »Was is'n?«, wiederholte sie. »Was is'n?«

»Du wirst deinen Zug verpassen«, entgegnete Alfredo mit fremder Stimme.

»Es ist doch noch tiefe Nacht.« Amrei hatte nur einen Wunsch: sich zusammenzurollen und weiterzuschlafen.

»Du irrst, schau über die Bucht. Die Morgendämmerung! Und du musst jetzt mit dem Taxi nach La Spezia.« Er zerrte erneut an ihrem Arm.

Sie setzte sich mit einem Ruck auf. »Aber ich möchte mich noch von Salvi verabschieden.« Salvi? Ein eiskalter Schreck durchfuhr ihre Glieder. Wieso hatte sie nicht in ihrem Zimmer bei ihrem Schützling geschlafen? Sie konnte sich dunkel daran erinnern, wie sie ihn gestern Abend ins Bett gebracht hatte. Nachdem sie ihm seine Lieblingspizza zubereitet hatte. Es war gar nicht so leicht gewesen, sich dort in der Küche am Herd ein Plätzchen zum Kochen zu ergattern. Das Partyvolk war überall im Haus. In der Küche war eine Bikinischönheit damit beschäftigt, Focaccia-Brote mit Tomaten und Pesto zu belegen, um sie in den Ofen zu schieben. Amrei hatte große Mühe, sie darum zu bitten, ihr für einen Augenblick die Arbeitsplatte und den Ofen zu überlassen.

»Ach, du bist das Kindermädchen. Kannst du die Brote bitte danach fertig machen? Wir brauchen an die dreißig Stück«, hatte die Frau sie mit schwerer Zunge gefragt.

Amrei hatte nur energisch mit dem Kopf geschüttelt und sich dann mit der fertigen Pizza und ihrem Schützling ins obere Stockwerk geflüchtet. Aber auch dort war die Party voll im Gange, was ihr nicht zuletzt das laute Stöhnen, das aus diversen Zimmern drang, verriet. Auch in ihrem Zimmer wollte sich gerade ein knutschendes Paar niederlassen. Die beiden waren nicht erfreut, als sie unmissverständlich auf den Flur hinauskomplimentiert wurden. Amrei hatte über eine Stunde gebraucht, um Salvi nach dem Abendessen in den Schlaf zu lesen und zu singen. Sie hatte noch überlegt, ob sie einfach ihrer eigenen Party fernbleiben sollte, aber dann war Alfredo gekommen und hatte sie gebeten mitzufeiern. Schließlich fände die Party nur ihr zuliebe statt. Sie erinnerte sich, dass sie ihr neues Kleid angezogen und das Zimmer verlassen hatte, nachdem sie dem schlafenden Salvatore einen Kuss auf die Stirn gegeben hatte. Ihn zu verlassen, fiel ihr am allerschwersten nach diesem Jahr in Italien …

»Ich möchte mich von Salvi verabschieden«, wiederholte sie.

»Der schläft«, gab Alfredo unwirsch zurück.

»Ich will ihm nur ein Küsschen zum Abschied geben«, flehte sie. »Ohne Salvi noch einmal zu sehen, rühre ich mich nicht vom Fleck!«

»Verdammt, du hast es so gewollt!«, zischte er. »Dann komm!« Rücksichtslos riss Alfredo Amrei am Arm empor und führte sie wie eine Gefangene vor sich her die Treppen hinab bis zum Pool. Dort auf den Fliesen lag etwas. Beim Näherkommen erkannte sie, dass es ein Körper war. Der Körper eines Kindes. Mit einem Aufschrei stürzte sich Amrei auf Salvatores leblosen Körper, wollte ihn schütteln, wieder zum Leben erwecken, aber da hatte Alfredo sie bereits von ihm weggerissen und seine Hand unsanft auf ihren Mund gepresst.

»Jetzt reiß dich zusammen. Musst ja nicht gleich das ganze Haus wecken. Wir wollen dir nur helfen. Es ist alles deine Schuld. Du bist mit ihm schwimmen gegangen mitten in der Nacht und hast ihn dann einfach seinem Schicksal überlassen. Er ist ertrunken. Mein geliebter kleiner Bruder …« Seine Stimme brach, und er schluchzte laut auf.

Amrei spürte nichts mehr. Weder ihren ausgekühlten Körper noch ihr Inneres. Sie hatte nur einen Wunsch: so tot zu sein wie der kleine Kerl da auf den Fliesen. In einem fernen Winkel ihres Hirns begriff sie, dass er tot war und dass es ihre Schuld war.

Sie begann heftig zu zittern. Ihre Gliedmaßen zuckten willenlos. Sie spürte, dass man ihr etwas um die Schultern legte, aber das richtete nichts gegen die eisige Kälte aus, die ihren Körper erstarren ließ.

»Hör zu, Amrei! Es wird keiner erfahren, dass du die Schuld hast. Wir schweigen und bringen dich von hier weg, sodass dich keiner zu den Vorfällen befragen kann. Dann sieht es wie ein Unfall aus. Verstehst du mich?«

Erneut schüttelte er sie und hielt ihr Gesicht so in seinen Händen, dass sie seinem Blick nicht ausweichen konnte. »Hörst du? Du warst schon im Zug, als das Unglück passiert ist. Wiederhole, was ich gesagt habe.«

»Ich war schon im Zug, als das Unglück passiert ist«, echote sie, aber der Sinn seiner Worte wollte sich ihr nicht erschließen.

»Ich muss es deinen Eltern sagen!«

»Bist du verrückt? Die zeigen dich an. Man macht dir einen Prozess! Das Taxi kommt in einer Viertelstunde. Bis dahin müssen wir fertig sein.«

In diesem Augenblick kam Inga angerannt. Sie trug Kleidung unter dem Arm. Leni folgte ihr keuchend mit Amreis schwerem Koffer in der Hand. Der alte Koffer, der sich nicht ziehen ließ, weil ihre Mutter das Geld für einen modernen nicht hatte.

»Los, zieh das hier an!« Inga warf Amrei die Sachen hin, die sie sich gestern Abend noch für die heutige Abreise auf den Stuhl neben das Bett gelegt hatte. Ihre Lieblingsjeans, eine kurzärmelige Bluse, ihre neuen Sneakers. Amrei aber starrte wie betäubt auf Salvatores leblosen Körper. Warum trägt er seinen Schlafanzug?, dachte sie, warum hat er einen Schlafanzug an?

»Ist die bescheuert?«, schimpfte Inga. »Wenn sie unsere Hilfe nicht will, dann lass sie doch hier hocken, bis die Polizei kommt! Ist doch ein klarer Fall!«

»Nein!«, entgegnete Alfredo in scharfem Ton. »Wir bringen sie aus der Schusslinie. Jetzt!«

Wieder wurde an Amrei gezerrt, was sie willenlos über sich ergehen ließ. Als Inga ihr die Hose reichte und zischte: »Anziehen!«, folgte sie ihrer Anordnung. Ihr Blick fiel auf Leni, die mit schreckensweit geöffneten Augen zusah, wie Amrei in ihre Kleidung schlüpfte. »Vielleicht sollten wir doch lieber sagen …« Weiter kam Leni nicht, weil Inga sie mit einem harschen »Halt die Schnauze!« zum Schweigen brachte. Lenis Augen füllten sich mit Tränen, aber Amreis Blick schweifte zurück zu dem kleinen Jungen. Schon hatte sie einen Satz auf ihn zugemacht und sich über seinen Körper geworfen. Sie umschlang ihn, rieb seine eiskalten Beine und Arme, während sie auf ihn einredete. »Salvi, wach auf. Komm mit ins Bett. Ich lass dir ein heißes Bad ein.«

Amrei schrie laut auf, als Alfredo mit Gewalt ihre Umklammerung von dem Kind löste. »Halt endlich den Mund!«, herrschte Inga sie an. Amrei verstummte. Sie leistete auch keinen Widerstand, als Inga und Alfredo sie an beiden Seiten fest unterhakten und zur Einfahrt schleppten, wo schon ein Taxi wartete. Leni folgte ihnen schwer atmend mit ihrem Koffer und ihrem Rucksack.

Alfredo schob sie auf den Rücksitz des Wagens. Sie hörte wie von ferne, dass er dem Fahrer sagte: »Ich gebe Ihnen fünfzig Euro mehr, falls sie Ihnen in den Wagen kotzt. Sie ist immer noch betrunken. Bringen Sie sie bitte bis zum Gleis und setzen sie sicher in den Zug nach Milano.«

Bevor er die Autotür von außen zuschlug, hörte sie Lenis Stimme flüstern: »Es tut mir so leid.« Leni ist ein nettes Mädchen, aber sie steht völlig unter der Fuchtel ihrer Schwester, dachte Amrei, bevor ein anderes Bild vor ihrem inneren Auge auftauchte. Sie sah nur noch die Flasche mit der braunen Flüssigkeit und wie sie ihre Hand danach ausstreckte. Sie hatte das ekelhafte Gesöff wie Wasser hinuntergekippt. Danach herrschte Dunkelheit in ihrer Erinnerung. Alfredo hatte recht: Weil sie getrunken hatte, war sie nicht mehr in der Lage gewesen, auf Salvi zu achten. Im Gegenteil, sie hatte ihn mitten in der Nacht in den Pool gezerrt und ertrinken lassen.

Schluchzend verbarg sie ihr Gesicht in den Händen. »Soll ich anhalten? Ist Ihnen schlecht?«, fragte der Taxifahrer, aber sie reagierte nicht, auch nicht, als der Mann ihr am Bahnhof in La Spezia aus dem Wagen half und sie und ihren Koffer kurzerhand am Vorplatz stehen ließ. Inzwischen war es hell geworden, und Amrei spürte nichts, außer dass es wieder so ein heißer Tag wie gestern werden würde.

2

HAMBURG, JUNI 2022

Amrei liebte ihre Wohnung in der vierten Etage am Paulinenplatz. Auf ihrem Balkon, der zum Hinterhof ging, war es erstaunlich ruhig. Von dem Lärm des belebten Stadtteils St. Pauli drang wenig bis nach oben. Die Wohnung war überdies ideal geschnitten für eine Singlefrau wie sie. Eine große Küche, in der man sitzen konnte, ein geräumiges helles Wohnzimmer, von dem aus man auf den relativ großen Balkon gelangte, und ein kleines Schlafzimmer. Das lag zwar zur Straße hin, aber die Fenster waren jüngst ausgetauscht worden durch Dreifachverglasung. Dafür war die Miete entsprechend gestiegen, aber Amreis Einkommen reichte. Noch jedenfalls. Und das trotz der vergangenen zwei Jahre, in denen Corona auch die Bilanzen von Frauenzeitschriften erheblich durcheinandergebracht hatte. Doch ihren Brotjob in der Online-Redaktion eines überregionalen Blatts hatte sie halten können. Eine sichere Nebeneinnahme war hingegen ausgeblieben: ihre Beiträge für ein Reisemagazin. Finanziell fiel das zwar kaum ins Gewicht, aber inhaltlich. Das war die Arbeit, die ihr Spaß machte: zu schreiben, statt Nachrichten zusammenzuklauben, um sie für das Netz aufzuarbeiten. Vor allem war das weit entfernt von ihren einstigen Zielen. Sie hatte stets davon geträumt, soziale Ungerechtigkeiten aufzuspüren und weltbewegende Themen zu recherchieren, und war dann doch bei Mode, Gesundheit und Promis gelandet. Anfangs hatte sie sich eingeredet, das sei nur ein Einstieg in das Berufsleben, um sicherer zu werden, aber bislang hatte sie den Ausstieg nicht gefunden. Die gelegentlichen Reisereportagen gaben ihr immerhin das Gefühl, etwas Vernünftiges zu tun. Das war zwar nicht der Blick auf die große Politik – auf andere Länder, Menschen und Kulturen hingegen durchaus. Sie vermisste diese Arbeit sehr.

Umso erfreuter war sie, als sie eben im Briefkasten die Anfrage eines Reisemagazins vorgefunden hatte. Den Brief hatte sie noch unten im Flur hektisch überflogen und einen kleinen Luftsprung gemacht, als sie las, dass man sie um Rückruf bat, um Näheres über die gewünschte Reportage mit ihr abzusprechen. Natürlich interessierte es sie brennend, über welches Land sie wohl schreiben sollte, aber sie würde alles nehmen, immer gesetzt den Fall, es wäre mit ihrem Job vereinbar. Eigentlich hätte sie beim Homeoffice bleiben können, weil sie auf diese Weise viel effektiver für die Online-Redaktion arbeiten konnte, aber man verlangte von ihr Präsenz, zumindest drei Tage die Woche.

An diesem Tag lag einige Post im Kasten, was ziemlich ungewöhnlich war, weil sie in der Regel alle Nachrichten per Mail bekam. Sie stopfte die Briefe ungelesen in ihre elegante Fahrradtasche, denn sie hatte erst kürzlich ihren Pkw abgeschafft. Den brauchte sie weder in ihrem Stadtteil noch für den Weg zur Redaktion im Medienhaus. Dafür hatte sie sich ein neues Rad gekauft, das sie nun immer mit in den vierten Stock schleppen musste, damit es nicht geklaut wurde. Aus dem Hausflur wurden selbst Räder und Kinderwagen gestohlen. Aber sie hatte sich ein teures Faltrad geleistet, das sich problemlos treppauf und treppab tragen ließ. Sie war überaus sportlich und trainiert, sodass sie kaum außer Atem geriet, wenn sie oben angekommen war.

Dass das auch anders sein konnte, wurde ihr immer dann bewusst, wenn ihre Mutter zu Besuch kam. Karen – Amrei nannte sie beim Vornamen – schnaufte jedes Mal ganz fürchterlich. Dabei war sie durch ihr Yoga nicht untrainiert und schlank, aber sie rauchte selbst gedrehte Zigaretten in Kette. Als Impfgegnerin versuchte sie stets, Amrei weiszumachen, ihre Kurzatmigkeit käme von der Impfung, zu der man sie gezwungen habe. Amrei war so klug, ihr nicht zu widersprechen und ihr jedes Mal den Raum zu lassen, alles und jeden für ihre Beschwerden verantwortlich zu machen außer ihren schwarzen Tabak. Nicht, weil Amrei die Diskussion scheute, sondern weil mit Karen keine ernsthafte Auseinandersetzung möglich war. Jedenfalls nicht, wenn es um Corona ging.

Seit das Virus nicht nur ihr Leben durcheinandergebracht hatte, lebte sie in einer Amrei völlig fremden Welt und wollte partout keine Gegenargumente ihrer Tochter gelten lassen. Mit dem Ergebnis, dass sie sich im vergangenen Jahr sehr wenig gesehen hatten, weil Amrei von ihr bei Besuchen Tests verlangt hatte, wenn sie frisch von irgendwelchen Großdemonstrationen zurückgekehrt war, was Karen als unfassbare Zumutung und Einschränkung ihrer Bürgerrechte abgelehnt hatte.

Amrei holte sich ein eiskaltes Glas des Weins, eines ligurischen Roséweins, den ihr Vater – den sie, seit sie erwachsen war, nur noch bei seinem Vornamen Marcello nannte – geschickt hatte, aus dem Kühlschrank und setzte sich mit dem Stapel Post auf den Balkon. Sie atmete einmal tief durch. Wenn sie an diesem warmen

Sommerabend die Augen schloss und den Duft ihrer Pflanzenpracht einatmete, war das ein Gefühl wie in Griechenland, Spanien und … ja, auch wie in Italien. Es war wie verhext, seit damals versuchte sie, ihr geliebtes Land durch andere Leidenschaften zu ersetzen. Sie war häufig in fremde Länder gereist und hatte wunderbare Berichte über Kreta geschrieben oder über die Provence. Und trotzdem landete sie immer wieder bei italienischem Wein und hatte den Duft der ligurischen Küste immer noch in der Nase. Sie nahm einen Schluck und öffnete die Augen.

Zuoberst lag eine bunte Postkarte aus Indien. Sie freute sich aufrichtig für ihre Mutter, dass sie wieder reisen konnte, und hoffte, dass ihr diese Freiheit auch wieder zu einem freien Denken verhalf. Die Karte musste lange unterwegs gewesen sein, denn Karen war ihres Wissens bereits zurück in Hamburg, hatte sich aber noch nicht bei ihr gemeldet. Schmunzelnd drehte Amrei die Karte um. Sie strotzte nur so vor Superlativen. Der geilste Strand, der beste Guru der Welt und Wahnsinnsmänner … Amrei gönnte es ihrer Mutter.

Als Kind hatte sie oft unter der unkonventionellen Karen gelitten und vor allem unter der Tatsache, dass ihre Mutter zwar wusste, wer Amreis Erzeuger war, ihn aber partout nicht von seiner Vaterschaft in Kenntnis hatte setzen wollen. Das hatte Amrei dann mit vierzehn Jahren selbst in die Hand genommen. Sie war einfach zu ihm an den Comer See gefahren und hatte sich als seine Tochter bei dem italienischen Hotelbesitzer vorgestellt. Er hatte sie sofort als sein Kind akzeptiert – was bei den ausdrucksstarken braunen Augen, die sie von ihm geerbt hatte, auch schwerlich zu leugnen gewesen wäre – und hatte ihr von da ab monatlich Geld überwiesen. Geld, das Karen partout nicht annehmen wollte. Emotional hatte sich allerdings nur eine freundlich zugewandte und keine tiefe Beziehung zwischen Tochter und Vater entwickelt. Dafür hatte seine Frau, eine eifersüchtige Sizilianerin, gesorgt, die das Ergebnis seines Fremdgehens mit der Deutschen schwerlich in ihrer Nähe vertragen konnte, zumal sie selbst kinderlos geblieben war. Amrei hatte sogar ein gewisses Verständnis dafür und nie um mehr Zuwendung bei ihm gebettelt. Stattdessen hatte sie ihre ganz eigene Liebe zu Italien entdeckt. Sie konnte schon mit sechzehn ziemlich gut Italienisch sprechen und war mit ihrer Mutter und deren jeweiligen Begleitern dann jedes Jahr in den Urlaub an die Adria gereist. Zum Campen. Bis auf einmal, als Karen einen vermögenden Freund gehabt hatte. Da waren sie vierzehn Tage in feinen Hotels an der Amalfiküste abgestiegen. Deshalb war es nur konsequent, dass sie nach dem Abitur als Au-pair-Mädchen nach Italien gegangen war.

Wie immer, wenn ihre Gedanken an dieser Stelle angekommen waren, versuchte sie, an etwas anderes zu denken. Das gelang ihr nicht immer. Vor allem kehrte das Verdrängte nachts mit aller Macht in ihren Träumen zurück. Früher hatte sie oft von Schlangen geträumt, heute spielten in ihren Albträumen ertrunkene Kinder die Hauptrolle. Darüber, was Schlangen in der Traumdeutung zu sagen hatten, hatte Amrei einiges gelesen, für die Kinderträume brauchte sie keine Literatur. Sie wusste genau, von welchem Kind sie da träumte, und auch, was die eigene Todesangst zu bedeuten hatte, die sie jedes Mal im Traum beim Anblick des bleichen Kindes überkam. Es war ihre Angst, an ihrem schlechten Gewissen zu ersticken, es war ihre Panik, die Schuld könnte sie eines Tages erwürgen. Wenn sie schweißgebadet mitten in der Nacht aufwachte, tobte in ihrer Seele die reine Hölle. Wenn sie morgens die Jalousien aufzog, ging es ihr besser, und sie konnte wieder frei durchatmen. Das hatte sie ihrer jahrelangen Therapie bei Susan zu verdanken.

Kurz nachdem man sie an der Journalistenschule aufgenommen hatte, war sie seelisch zusammengebrochen. Sie hatte oft unvermittelt ganz bitterlich um den kleinen Jungen geweint. Die fähige Therapeutin hatte ihr schließlich geholfen. Sie war die Einzige, die um ihr Geheimnis wusste. Das Schöne war, Amrei und Susan hatten sich Jahre danach wiedergetroffen, weil Amrei sie für eine Frauenzeitung interviewt hatte. Daraus war eine enge Freundschaft geworden. Die rund fünfzehn Jahre, die Susan älter war als Amrei, spielten keine Rolle. Susan sah nicht nur jünger aus, sie war es auch im Herzen.

Amrei hatte während der vielen Jahre gelegentlich mit dem Gedanken gespielt, ihre Mutter in ihr Geheimnis einzuweihen, aber diesem Impuls stets erfolgreich widerstanden. Natürlich hätte Karen versucht, sie zu trösten, und sicher behauptet, das Ganze habe eine tiefere karmische Bedeutung. Doch Amrei hätte keine derartigen spirituellen Erklärungsmodelle ertragen. Im Gegenteil, ihre Seele krankte daran, dass sie niemals die Verantwortung übernommen hatte. Wie oft hatte sie sich in den vergangenen vierzehn Jahren ausgemalt, nach Genua zu reisen und den Eltern des Jungen die Wahrheit zu sagen. Dass er nicht ertrunken wäre, wenn sie nicht mitten in der Nacht schwer alkoholisiert mit ihm in den Pool gegangen wäre und ihn dort sich selbst überlassen hätte, um ihren Rausch auszuschlafen.

Aber so mutig war sie nicht, obwohl Susan damals die Meinung vertreten hatte, dass sie eine Beichte wahrscheinlich nachhaltig von ihren schrecklichen Schuldgefühlen befreien könnte. Nun, sie hatte auch gesagt, dass sie sich dazu nicht zwingen solle.

Dass ihre Wunden nicht verheilt waren, stand ihr immer dann besonders deutlich vor Augen, wenn wieder einmal eine ihrer Liebesbeziehungen gescheitert war. In neue Beziehungen stürzte sich Amrei gern voller Verve. Das lenkte sie so herrlich von ihren inneren Abgründen ab, aber nach einer Weile passierte jedes Mal das Gleiche: Der Mann wollte mehr von ihr. Nicht körperlich, denn auf dem Gebiet hatte sie keinerlei Probleme, sondern er wollte tiefer in ihre Seele eindringen, aber da hatte bislang jeder auf Granit gebissen. Es gab vielleicht ein oder zwei Männer, die das Zeug gehabt hätten, ihre Mauern mit der Zeit zu durchdringen, doch diese Zeit ließ sie ihnen nicht. Amrei zog bei den ersten Anzeichen, dass die Männer unzufrieden waren, die Reißleine und beendete die Beziehungen. Seit damals waren es genau eine Handvoll Männer gewesen, von denen sie sich vor Ablauf eines Jahres getrennt hatte.

Bei jeder Trennung hatte sich ein gewisses Drama wiederholt. Die Männer hatten sie in der Regel angefleht, ihnen noch eine Chance zu geben, ihr Blumen in die Redaktion gebracht, sie mit Liebesnachrichten bombardiert bis auf Malte, der hatte sie wüst beschimpft. *Eisprinzessin mit einem Herzen aus Stahl* war eine seiner netteren Bezeichnungen für Amrei gewesen. In diversen Beziehungsforen jedenfalls kursierten immer noch die wildesten Spekulationen über ihre Beziehungsunfähigkeit, natürlich anonym – weil Malte in gewisser Weise besessen war von ihr, aber das berührte sie nicht, obwohl Freunde sie darauf angesprochen hatten. Solange er nur im Netz sein Unwesen trieb und nicht nachts vor ihrer Haustür lauerte, war ihr das gleichgültig. Sie hatte ihn als ihren bislang letzten Fehlgriff abgehakt.

Doch sie war vorsichtiger geworden und hatte sich seitdem nicht mehr auf eine ernsthafte Beziehung eingelassen. Dabei war es nicht so, dass sie sich nicht nach einer großen Liebe sehnen würde, aber sie wusste gar nicht, wie ein Mann, der ihre Mauern würde bezwingen können, sein sollte. Und eines war ihr klar: Sie wollte keine Nähe zu einem Mann, mit dem sie ihr Geheimnis nicht teilen konnte. Und dieses Bedürfnis hatten weder Phillip noch Jan, Markus oder Malte bei ihr ausgelöst. Sie lächelte beschämt in sich hinein bei dem Gedanken, dass ihr der fünfte Name partout nicht einfallen wollte. Das Deprimierende war, dass sie in keinen dieser Männer wirklich verliebt gewesen war. Nach der Pleite mit Malte hatte sie sich fest vorgenommen, ihr Herz nur dann erneut zu öffnen, wenn ein Mann es so tief berührte, wie es ihre erste Liebe getan hatte. Dieser Mann, dessen Namen sie sich nicht einmal zu denken traute – aus lauter Angst, allein der leiseste Gedanke an ihn würde sofort die Geschichte mit seinem kleinen Bruder wieder aufrühren.

Seufzend legte sie die Karte ihrer Mutter beiseite und las noch einmal den Brief der Reiseredaktion und stellte fest, dass sie etwas überlesen hatte. *Rufen Sie mich an. Gern nach 18 Uhr unter dieser Nummer.* Eine Mobilnummer war handschriftlich hinzugefügt. Amrei überlegte kurz, holte dann ihr Telefon hervor und wählte die Nummer.

Es meldete sich eine Melanie Janson, die hocherfreut über ihren Anruf zu sein schien. »Wie schön, dass Sie sich melden. Wir wollten Ihnen das nicht in den Verlag schicken, weil unsere Hochglanzzeitschrift bei der Konkurrenz erscheint, aber ich habe den Tipp von einer ehemaligen Kollegin von Ihnen bekommen. Sie versicherte mir, dass ich für diesen Reisebericht keine Bessere finden würde …« Ihr Gegenüber holte kurz Luft, und diese Pause nutzte Amrei, um nach dem Namen der Kollegin zu fragen, denn auch im Hinblick auf gute Freunde und Kollegen war sie wählerisch. Doch als sie den Namen ihrer einst engsten Mitarbeiterin Tina hörte, war sie noch offener für dieses Angebot. Tina war eine wirklich gute Freundin, die aber leider zur Konkurrenz nach München gegangen war.

»Für welche meiner Fähigkeiten hat Tina bei Ihnen die Werbetrommel gerührt?«

»Sie schwärmte, dass Sie die besten Reisereportagen schreiben, und ja, ich habe auch schon etwas von Ihnen gelesen über Kreta. Das war sehr hübsch geschrieben, und das Besondere an Ihren Reportagen ist das Herzblut. Man liest förmlich, wie Sie für diese Orte brennen, und das überträgt sich auf die Leser. Deshalb ist diese Sache fast ein Selbstgänger, wenn man Tina Glauben schenkt.«

»Und worüber soll ich schreiben?«, hakte Amrei interessiert nach.

»Über Ligurien, speziell die Riviera di Levante. Wie mir Tina versicherte, sprechen Sie perfekt Italienisch, haben einen italienischen Vater und sogar ein Jahr in Ligurien gelebt.«

Amrei spürte sofort einen Kloß im Hals. Vor Schreck war sie verstummt.

»Kann ich Ihr Schweigen als Freude deuten, dass Sie auf Kosten unseres Magazins nach Ligurien reisen dürfen?«, scherzte die Redakteurin an der anderen Seite der Leitung.

»Wann soll der Artikel fertig sein?«, erkundigte sich Amrei mit belegter Stimme.

»Wir hätten ihn gern schon im August«, erwiderte Melanie Janson.

»Oh, das muss ich erst mit meiner Chefin klären, ob ich im Sommer noch Urlaub bekommen kann. Darf ich Sie wieder anrufen?«

»Ja, sicher«, entgegnete die Redakteurin. Sie konnte ihre Enttäuschung kaum verbergen. Offenbar hatte sie gehofft, dass Amrei in Jubelschreie ausbrechen würde, was sie bei jedem anderen Reiseziel wohl auch getan hätte.

»Könnten Sie mir bis morgen Bescheid geben? Es ist ja doch sehr kurzfristig, und falls Sie mir eine Absage erteilen … Was ich allerdings nicht hoffe!«

»Natürlich. Ich rufe Sie spätestens morgen Abend um dieselbe Zeit an«, versprach Amrei und war erleichtert, nachdem ihr Gegenüber aufgelegt hatte.

Sie nahm einen kräftigen Schluck aus ihrem Glas, während ihre Gedanken wild durcheinanderwirbelten. Für und Wider lieferten sich ein hektisches Kopf-Pingpong. Sie konnte das Geld gut gebrauchen, und die Vorstellung, eine Woche in Ligurien zu verbringen, ließ ihr Herz höherschlagen. Doch dann war da diese Angst, dass vor Ort alles wieder hochkommen würde, was sie selbst im fernen Hamburg nur unter größter mentaler Anstrengung mal besser und mal schlechter zu verdrängen schaffte. Wie sollte das werden, wenn sie an die Orte des Geschehens zurückkehrte? In einem Reisebericht über Ligurien konnte sie schlecht Porto Venere auslassen oder dort die Via Giuseppe Garibaldi umgehen, von der der private Weg zur *Casa Speranza* abging. Nein, entweder sie mutete sich diese Reise in die Vergangenheit zu, oder sie sagte den Job ab. Dass man ihr so kurzfristig keinen Urlaub geben würde, wäre durchaus eine glaubwürdige Begründung für eine Absage.

Sie wollte noch einen Schluck nehmen, aber ihr Glas war leer. Zum Kühlschrank zu gehen und sich ein zweites einzuschenken, war keine Option für sie. Sie trank grundsätzlich nicht mehr als eins. Sie hatte Jahre nach dem kompletten Filmriss in jener Nacht in Porto Venere gar nichts angerührt, aber neuerdings hatte sie sich angewöhnt, abends nach der Arbeit ein Glas zu trinken. Mehr nicht. Ihre Angst, jemals in ihrem Leben erneut derart die Kontrolle zu verlieren, machte ihr diesen Entschluss leicht. Ihre Kolleginnen machten sich schon lustig über sie, weil sie Amrei noch nie beschwipst erlebt hatten. Sie hatten diverse Male versucht, sie auszutricksen, doch in dem Punkt war sie sehr achtsam und bemerkte es sofort, wenn ihr halb leeres Glas plötzlich wieder voll war. Auch Überredungsversuche nach dem Motto: Aber zwei Gläser schaden nichts, blieben bei ihr erfolglos. Der Nachteil daran war, dass es ihr beim gemeinsamen Feiern mit ihren Freundinnen meist zu später Stunde langweilig wurde, wenn die ansonsten klugen Frauen nur noch Unsinn von sich gaben und sich albern bewegten.

Zur Ablenkung von der schwierigen Entscheidung, ob sie über ihren Schatten springen sollte oder nicht, nahm sie sich die weitere Post vor. Es waren alles Rechnungen. Bei dem Preis der neuen Espressomaschine wurde ihr leicht mulmig zumute. Allein, um diese ohne schlechtes Gewissen zu benutzen, wäre eine zusätzliche Einnahme sinnvoll. Natürlich konnte sie jederzeit ihren Vater um Geld bitten, aber als sie nach Abschluss der Journalistenschule ihren ersten Job bei einer Frauenzeitung bekommen hatte, hatte sie ihm mitgeteilt, dass sie nun auf eigenen Füßen stand. Er schickte ihr nur noch Geld zum Geburtstag und zu Weihnachten. Gesehen hatte sie ihn wegen Corona seit drei Jahren nicht mehr. Seit dem Drama in Porto Venere vor vierzehn Jahren war sie nach Italien nie weiter als bis zum Comer See gefahren. Das war die magische Grenze, die sie eigentlich nicht hatte überschreiten wollen. Und das mache ich nicht wegen einer Espressomaschine, sagte sie sich entschieden und griff nach dem letzten Umschlag. Er war cremefarben und aus edlem Material. Offenbar eine Einladung, doch wer schickte so etwas heutzutage per Post? Es war kein Absender auf dem Umschlag, aber etwas irritierte sie: die italienische Briefmarke. Da weder ihr Geburtstag noch Weihnachten vor der Tür stand, schien er nicht von ihrem Vater zu sein, der überdies grundsätzlich die Hotelumschläge benutzte.

Der Umschlag sah nicht nur ansprechend aus, sondern er roch auch gut. Ihr Herzschlag beschleunigte sich, als sie den Duft erkannte. Es war unverkennbar das Luxusparfum von Signora Podestà. Ein Klassiker von Xerjoff. Sie schnupperte am Umschlag. Grapefruit und Zitrone, diese Noten waren unverkennbar. Sie hatte diesen speziellen Duft weder vor ihrem Jahr in Italien noch je danach gerochen. Und es war eine Eigenart der Signora, auf ihre privaten Briefe einen Hauch ihres Lieblingsdufts zu sprühen.

Mit zitternden Fingern öffnete Amrei den Umschlag und zog die Karte vorsichtig hervor. Es war das Foto eines jungen Paars im Garten der Villa der Familie Podestà im Genueser Stadtteil Albaro. Sie musste zweimal hingucken, um die strahlende junge Frau zu erkennen. Es war Maria, auch wenn sie ein wenig fremd wirkte. Sie schien etwas fülliger und war erblondet, aber ihre warmen braunen Augen waren unverändert. Außerdem war sie immer noch strahlend schön.

Der Mann, der liebevoll den Arm um sie legte, war einen Kopf größer als sie, hatte dunkles volles Haar, einen Dreitagebart und sah aus wie ein männliches Modell. Auf den zweiten Blick aber hatte er eine gewisse Ähnlichkeit mit Massimo, Marias einstigem Schwarm, der sich damals zu Marias großem Kummer mit einer anderen verlobt hatte. Amrei war ihrer Gastschwester eine große Stütze in Sachen Liebeskummer gewesen. Und umgekehrt …

Der Text der Einladung zur Hochzeit ihrer Tochter Maria, die von ihren einstigen Gasteltern, Signora Roberta Podestà und Signor Stefano, stammte, bestätigte ihre Vermutung: Massimo war der Name des Bräutigams. Maria hatte also doch ihren Traummann bekommen, denn dies war ihre Einladung zur Hochzeit der beiden, die in drei Wochen in Genua stattfinden sollte. Amrei ließ die Karte sinken. Es schien ihr wie verhext. Erst das Jobangebot und nun die Einladung. Plötzlich fiel ihr alles wieder ein, als wäre es gestern gewesen: wie Maria und sie einander ihre Herzen ausgeschüttet hatten, weil sie beide in die falschen Männer verliebt waren. Maria in den mit einer anderen Frau verlobten Massimo und Amrei in Marias Bruder Alfredo.

3

GENUA,
JULI 2007

Amrei war müde und aufgeregt zugleich, als der Zug sich dem Bahnhof von Genua näherte. Sie war bereits seit fünfzehn Stunden unterwegs. In München waren die Schwestern Inga und Leni zugestiegen. Signora Podestà hatte Amrei brieflich davon in Kenntnis gesetzt, dass auch ihre beiden Brüder je ein deutsches

Au-pair-Mädchen bei sich aufnehmen würden, und dafür gesorgt, dass sie im Zug von München nach Genua in demselben Abteil saßen.

Zwischen Inga und Amrei war es Abneigung auf den ersten Blick, für Leni empfand sie Sympathie und eine Spur Mitleid, weil diese unübersehbar im Schatten ihrer älteren Schwester stand. Allein, wie sie nicht nur ihren Koffer in die Gepäckablage gehievt hatte, sondern auch den ihrer Schwester. Natürlich war Amrei ihr hilfsbereit zur Hand gegangen, während Inga nach einer kurzen arroganten Begrüßung mit ihrem teuren Smartphone beschäftigt war und Nachrichten versendete. Zugegeben, sie war eine außergewöhnlich hübsche junge Frau, schätzungsweise ein bisschen älter als Amrei. Sie hatte weizenblondes langes Haar, ein schmales Gesicht und einen Mund in Herzform. Dabei war sie groß und schlank, trug einen Minirock und hatte lange schöne und leicht gebräunte Beine. Leni war das ganze Gegenteil ihrer Schwester. Sie war ebenfalls blond, ihr Haar hatte allerdings einen aschfarbenen Ton und wirkte eher struppig. Ihr Gesicht hatte keinen Makel, aber es machte einen faden Eindruck. Leni war nicht übergewichtig, sondern hatte schlicht eine plumpe Ausstrahlung.

Amrei fühlte sich ihr vom ersten Moment an verbunden, weil sie sich mit ihren Röllchen um Hüften und Bauch immer noch für zu dick hielt. Kein Wunder, denn in ihrer Klasse war der Magerwahn ausgebrochen. Amrei hatte alles versucht, um die Kilos purzeln zu lassen, aber sie schaffte es nicht. Nicht zuletzt wegen ihrer Leidenschaft für Eiscreme. Ihre Mutter behauptete hartnäckig, bei ihr sei das mit achtzehn auch so gewesen, und mit zwanzig sei sie wie durch ein Wunder schlank geworden. Amrei wollte nicht so recht an die Prophezeiung ihrer Mutter glauben, denn Karen vertrat manchmal recht seltsame Einstellungen. Sie war Teilhaberin eines Bioladens und steckte ihr knappes Geld in alle möglichen Workshops und Reisen in indische Ashrams. Karen hätte

Amrei nach dem Abitur viel lieber mit nach Indien genommen, als sie nach Genua ziehen zu lassen. Verdienen konnte sie dort nicht mehr als ein Taschengeld, aber ihr Vater hatte ihr dringend zugeraten und sich nicht davon abbringen lassen, ihr für das Jahr monatlich fünfhundert Euro auf ihr Konto zu überweisen, damit sie sich in Italien etwas leisten konnte. Er war es auch, der den Kontakt zur Familie Podestà hergestellt hatte, weil Signora Podestà Gast in seinem Hotel am Comer See gewesen und er mit ihr ins Gespräch gekommen war.

Für Amrei war es die Erfüllung eines Traums, ein Jahr in einer italienischen Familie leben zu können. Wäre das Verhältnis zur Frau ihres Vaters nicht so angespannt gewesen, hätte er sie sehr gern bei sich aufgenommen, wie er ihr bedauernd versichert hatte. Doch nun hatte er die Familie des Reeders Podestà für sie gefunden, die einen Palazzo im vornehmen Genueser Stadtteil Albaro und ein Sommerhaus in Porto Venere besaßen. Die Familie hatte vier Kinder: der Älteste, Alessandro, der genau in der Zeit, während der sie in Italien lebte, in Neuseeland studierte und in dessen Zimmer sie wohnen würde, der Zweitälteste, Alfredo, der seit dem Abitur im vergangenen Jahr in der väterlichen Firma arbeitete, Maria, die wie Amrei gerade Abitur gemacht hatte, und das Nesthäkchen, Salvatore, für dessen Betreuung man Amrei engagiert hatte. Eine Aufgabe, auf die sie sich sehr freute, denn sie mochte kleine Kinder. Trotzdem wollte sie weder Lehrerin noch Erzieherin werden, sondern beruflich das tun, was sie am besten konnte: Schreiben. Gleich nach dem Abitur traute sie sich nicht, sich an einer Journalistenschule zu bewerben, aber von dem Jahr in Italien versprach sie sich mehr Selbstbewusstsein. Amrei wirkte eher schüchtern. Dabei war sie nicht besonders ängstlich, sondern wenn sie von etwas überzeugt war, zögerte sie nicht, es in die Tat umzusetzen. Aber sie war zurückhaltend, wenn sie auf fremde Menschen traf, und konnte sehr schweigsam sein.

Mit Leni war das anders. Die beiden hatten sich auf Anhieb verstanden und während der gesamten Fahrt eifrig ausgetauscht. Amrei erfuhr, dass die beiden Schwestern waren und Leni wie sie achtzehn Jahre alt war. Und dass die zwei Jahre ältere Inga nach ihrem Schulabschluss eine Lehre in einer Modefirma begonnen, aber abgebrochen hatte. Ihr Traum war es wohl, später in Mailand zu arbeiten. Sie versprach sich einiges davon, bei der Familie Garibaldi als Au-pair-Mädchen zu arbeiten, weil der Bruder von Signora Podestà, Signor Garibaldi, ein Modehaus führte. Der andere Bruder der Signora arbeitete ebenfalls in der Modebranche; das alles interessierte Leni kein bisschen. Ihre Motivation waren die vier lebhaften italienischen Trüffelhunde der Familie, um die sie sich kümmern sollte.

Das Gespräch der beiden endete abrupt kurz vor Genua, weil Inga sie aufforderte, mit dem Plappern aufzuhören; sie müsse eine wichtige SMS schreiben. Amrei hätte das gern ignoriert, aber Leni verstummte sofort. Und Amrei wollte sich nicht schon am ersten Tag mit dieser Person anlegen. Der Gedanke, dass die Brüder der Signora auch in Genua lebten und man sich wohl in Zukunft öfter über den Weg laufen würde, behagte ihr gar nicht. Sie kannte Mädchen vom Schlag Ingas aus der Klasse. Dort hatte es eine Clique von vier Blondinen gegeben, die sich für etwas Besseres gehalten hatten. Amrei hatte es vorgezogen, Abstand zu ihnen zu halten und sich nicht mit ihnen anzulegen. Sie hatte weder je darum gebuhlt, zu der Clique zu gehören, noch war sie ihnen ein Dorn im Auge gewesen wie andere aus der Klasse.

Von Vorteil war ihr bei dem Ziel, nicht ins Visier der Zicken zu geraten, dass sie keinerlei Interesse an Jungen aus ihrer Schule hatte. Das lag nicht daran, dass sie gar kein Interesse am anderen Geschlecht hatte, sondern an ihrem festen Freund, den sie aus dem Segelverein kannte. Sie war eine leidenschaftliche Seglerin, wobei sie lieber auf der Elbe segelte als auf der Alster. Thees war zwei Jahre älter als sie, leicht übergewichtig, aber ein begnadeter Segler. Er lebte auch nur für dieses Hobby, hatte die Schule vor dem Abitur abgebrochen und machte eine Lehre zum Bootsbauer. Thees war ein bodenständiger junger Mann, der mit Amrei am liebsten eine Hochzeit geplant hätte. Aber sie war unsicher. Sie mochte ihn von Herzen, doch Liebe war das eher nicht, sonst hätte sie ihn nicht vor vollendete Tatsachen gestellt mit ihrem Plan, ein Jahr nach Italien zu gehen. Im Gegenteil, sie hatte gehofft, dass er nicht auf sie warten würde. Und so war es dann auch: Er hatte sich sofort von ihr getrennt, und sie hatte ihn neulich mit einer anderen in einer Jolle vorbeirauschen sehen. Es tat ihr durchaus ein bisschen weh, aber der Schmerz war nicht so groß, dass ihr Herz zu brechen drohte. Karen hatte sie überschwänglich beglückwünscht zu der Entscheidung, ihre Zukunft nicht mit Thees zu planen. In den Augen ihrer Mutter war er ein biederer Langweiler. Am liebsten wäre Amrei allein deshalb mit ihm zusammengeblieben, aber ihre Gefühle reichten nicht für eine derartige Trotzreaktion.

Als der Zugführer ankündigte, dass der nächste Halt Genova P. P. sei, wurde Amrei nervös. Was würde sie in Genua erwarten?

»Was hat der eben gesagt?«, fragte Inga und steckte ihr Telefon in die Tasche.

»Dass wir gleich am Hauptbahnhof sind«, erwiderte Amrei und fragte sich, ob Inga denn gar kein Wort Italienisch verstand.

Inga warf daraufhin ihrer Schwester einen auffordernden Blick zu, ihren Koffer herunterzuholen. Da konnte sich Amrei nicht länger beherrschen. »Ich helfe dir gern bei deinem Koffer. Und du kannst mir bei meinem helfen«, schlug sie Inga vor. Die musterte sie mit einem abschätzigen Blick. »Ich mache das schon«, beeilte sich Leni zu sagen und kümmerte sich erst um Ingas Koffer, dann um ihren eigenen. Amrei half ihr, und so standen die drei Koffer bereit, als der Zug in den Bahnhof von Genua einlief.

»Tragen kannst du ihn schon allein, oder?«, versuchte Amrei zu scherzen, aber Inga zischte nur: »Was mischst du dich überhaupt ein?«

Der Beginn einer wunderbaren Feindschaft, dachte Amrei und nahm sich vor, Inga in den nächsten Monaten möglichst aus dem Weg zu gehen. Es fühlte sich gut an. Als hätte sie damit nachträglich stellvertretend den Klassenzicken doch noch die Meinung gesagt.

Inga würdigte sie keines Blickes mehr. Sie verließen den Zug und begaben sich zum Bahnhofsplatz. Dort sollten sie abgeholt werden. Und tatsächlich, neben dem Eingang standen ein Herr in einer Uniform und ein junger gut aussehender Mann, die auffällig in ihre Richtung sahen.

Als Inga das bemerkte, stolzierte sie auf den jungen Mann zu und flötete: »Sind Sie Francesco Garibaldi, der Sohn meiner Gastfamilie?«

Er setzte ein strahlendes Lächeln auf und antwortete auf Italienisch: »Leider nein, meine Tante und mein Onkel haben einen Chauffeur für Sie geschickt. Ich bin hier, um Signora Peters abzuholen.«

»Was hat er gesagt?«, zischte Inga Amrei ins Ohr. Natürlich erwartete sie von Amrei, dass sie ihr die Antwort diskret ins Ohr flüsterte, aber sie sagte stattdessen laut: »Er sagt, dass er gekommen ist, um mich abzuholen. Eure Gasteltern haben den Chauffeur geschickt.«

»Sie können kein Italienisch?«, fragte er Inga in einer Mischung aus Verwunderung und Mitgefühl. Er sprach offenbar Deutsch.

»Ich werde es hier lernen!«, erwiderte sie mit einem vernichtenden Seitenblick auf Amrei.

Amrei wandte sich an Leni: »Dann wünsche ich dir einen schönen Start in Genua. Wir sehen uns bestimmt bald wieder …«

»Ganz sicher werdet ihr euch sehen. Am Wochenende gibt meine Mutter einen Empfang, und da kommen ihre Brüder, meine Cousins, Cousinen und die drei *ragazze* aus Deutschland«, mischte sich Alfredo ein, während der Chauffeur die Koffer der Schwestern nahm.

Der junge Mann nahm den von Amrei. »Folgen Sie mich!«, bat er auf holprigem Deutsch.

»Sie können gern Italienisch mit mir sprechen«, erwiderte Amrei. »Deshalb bin ich ja hier, um es zu perfektionieren.«

Er entgegnete ihr begeistert auf Italienisch, dass es daran wohl kaum etwas zu verbessern gäbe.

Die Wagen standen nebeneinander auf dem Parkplatz. Der junge Mann hatte einen Sportwagen mit offenem Dach. Er bat sie galant, sich auf den Beifahrersitz zu setzen, während er ihren Koffer auf dem Rücksitz verstaute. Amrei winkte Leni zu, die ihr schüchtern zunickte. Inga warf ihr indessen einen zornigen Blick zu.

Amrei aber lehnte sich auf dem Beifahrersitz zurück, als der junge Mann losbrauste.

»Ich bin Alfredo«, sagte er, als sie das Meer auftauchen sah.

Während sie die Küstenstraße entlangfuhren, fühlte sie sich wie in einem Film. Alfredo war ein charmanter Plauderer und hatte eine samtige Stimme, die ihr durch und durch ging. Verstohlen betrachtete sie das Profil ihres Chauffeurs, und sie verspürte ein Prickeln im Bauch. Die römische Nase, das ausgeprägte Kinn, alles, was sie sah, gefiel ihr außerordentlich. Und als er vor einer Eisdiele hielt und fragte: »Wollen wir noch ein Eis essen, bevor es in die Höhle der Löwen geht?«, war es um sie geschehen. Sie fühlte das, worauf sie bei Thees vergeblich gewartet hatte: einen Blitz, der sie aus heiterem Himmel traf. Amrei hatte sich in Alfredo verliebt.

4

HAMBURG,
JUNI 2022

Amrei hatte in dieser Nacht wenig geschlafen. Ihr Gedankenkarussell hatte sich so wild im Kreis gedreht, dass sie kaum zur Ruhe gekommen war. Und wenn sie überhaupt eingeschlafen war, hatten wirre Albträume sie bald wieder schweißgebadet erwachen lassen. Und es waren nicht die üblichen Angstträume, die sie bereits kannte. Nein, sie hatte von Alfredo geträumt, aber er war ihr als unheimliches Monster erschienen. Sie bedauerte zutiefst, dass sie gestern so intensiv an ihre erste Begegnung gedacht hatte. Wieso er allerdings in ihren Träumen zum Monster mutierte, konnte sie sich beim besten Willen nicht erklären. Schließlich war er es gewesen, der sie damals aus der Schusslinie gebracht und ins Taxi gesetzt hatte, damit man sie nicht in Verbindung mit Salvatores Tod brachte. An Einzelheiten konnte sie sich nicht erinnern, nur dass er dafür gesorgt hatte, dass sie ihren Zug bekam und verschwand, daran entsann sie sich genau. Aber dass er in ihre Träume als Monster wiederkehrte, nein, das hatte er nicht verdient. Sie hatte zwar darunter gelitten, dass sie insgeheim so entsetzlich verknallt in ihn gewesen war und er sie mehrfach verletzt hatte, aber das machte ihn nicht zu einer Mischung aus einem furchterregenden Yeti und einem Auftragskiller, der sie mit einem Messer verfolgte.

Amrei war froh, als die Nacht vorbei war, und versuchte, sich keine unnötigen Gedanken über den Sinn oder Unsinn ihrer nächtlichen Albträume zu machen, sondern sich auf ihre zu treffende Entscheidung zu konzentrieren. Sie machte sich mit ihrer teuren neuen Espressomaschine, die auch alle anderen Kaffeevariationen herstellen konnte, einen Cappuccino und setzte sich damit an den Küchentisch. Dort nahm sie sich den Block, auf dem sie stets ganz altmodisch ihre Einkaufszettel schrieb, und machte zwei Spalten. Pro und kontra Ligurien. Wobei sie eine Entscheidung bereits getroffen hatte: Wenn sie diesen Auftrag annahm, würde sie auch zu Marias Hochzeit gehen. Wennschon, dennschon!

Auf die Pro-Seite schrieb sie *Espressomaschine*, womit sie die Bezahlung derselben meinte. Danach fiel ihr erst einmal nichts mehr ein, aber dann füllte sich das Blatt. Allerdings fielen ihr nur Gründe ein, die dafürsprachen, die Reise anzutreten.

Auf der Kontra-Seite standen lediglich zwei Sätze: *Ich möchte keine alten Wunden aufreißen.* Und: *Es könnte schmerzhaft werden*, während die andere Seite schier überquoll: *Du musst dich endlich stellen. Beende diesen Albtraum. Stelle dich deiner Verantwortung. Sehnsucht nach Ligurien. Wiedersehen mit Alfredo …* Letzteres hatte sie allerdings dick durchgestrichen. Und dann folgten jede Menge beruflicher Gründe, warum sie diese Chance nicht vergeben durfte, wie: *Du willst früher oder später bei dieser Zeitschrift eine Festanstellung. Wenn du diese Tür zuschlägst, bist du raus!*

Sie brauchte noch ein paar Minuten, um zu begreifen, dass die Würfel gefallen waren: Sie würde sich am Ort des Geschehens ihrem Trauma stellen.

Als Erstes rief sie Melanie Janson an, deren Stein sie förmlich vom Herzen plumpsen hörte. »Wunderbar! Ich freue mich auf Sie. Und wenn wir mit Ihrem Artikel zufrieden sind, gibt es gleich einen Folgeauftrag. Wir planen eine ganze Ausgabe über Italien.«

Normalerweise hätte Amrei Luftsprünge gemacht, aber ihr war immer noch ein wenig mulmig zumute bei dem Gedanken, welchen Preis dieser Auftrag von ihr erforderte. Sie bedankte sich so freudig, wie sie nur konnte, und schrieb sich die Daten heraus, obwohl ihr Melanie Janson gleich den Vertrag mailen würde. Terminlich war das Projekt so ideal, als hätte sie es vorher präzise geplant. Die Woche, für die man ihr die Reisekosten zur Verfügung stellte, begann drei Tage nach der Hochzeit. Es blieb ihr also reichlich Zeit, ihre Angelegenheit in Genua vorher zu erledigen, falls sie wirklich den Mut fassen sollte, der Familie Podestà die Wahrheit zu sagen.

Allein bei dem Gedanken klopfte ihr das Herz bis zum Hals, und sie spürte, dass sie Hilfe brauchte. Natürlich wusste sie, wer ihr am besten würde helfen können. Trotzdem hatte sie Bedenken, Susan anzurufen, weil sie sich dann womöglich wieder wie ihre Patientin fühlen würde. Und das Schöne an ihrer Freundschaft war doch, dass sie inzwischen auf Augenhöhe waren.

Vor lauter Aufregung trank Amrei einen zweiten Cappuccino, anschließend griff sie zu ihrem Handy und tippte Susans Nummer ein. Als die sich völlig verschlafen meldete, warf Amrei einen Blick auf die Küchenuhr und erschrak. Es war noch nicht einmal neun Uhr, was Melanie Janson nicht gestört hatte, aber für Susan, der das Ausschlafen heilig war und die nie vor zehn Uhr Termine vergab, war das garantiert zu früh.

»Sorry, habe ich dich geweckt?«, fragte Amrei deshalb zur Begrüßung.

»Nein, ich wollte gerade aufstehen, denn um zehn Uhr muss ich in der Praxis sein«, knurrte die Freundin.

»Gut, dann können wir auch später telefonieren, wenn dir das lieber ist«, beeilte sich Amrei zu sagen.

»Unsinn! Wenn du so früh anrufst, brennt die Hütte. Was ist passiert?«

Amrei schluckte ein paarmal. Es war verblüffend, wie gut die Freundin sie kannte. Hektisch erklärte sie Susan, was geschehen war. Und sie endete damit, dass sie der Familie am liebsten die Wahrheit sagen würde.

Als sie ihre Schilderung beendet hatte, herrschte zunächst einmal Schweigen, gefolgt von einem tiefen Seufzer. Amrei malte sich schon allerlei aus, was das zu bedeuten hatte, und zwar nur Negatives … Sie legte sich gerade im Kopf eine Entschuldigung zurecht, dass sie die Freundin als Therapeutin missbrauchte, doch

Susan kam ihr zuvor. »Und ich habe befürchtet, du hast es wirklich geschafft, die Geschichte zu verdrängen. Glückwunsch zu deiner mutigen Entscheidung!«

»Du … du meinst also, ich soll fahren und die Gelegenheit beim Schopf packen?«, hakte sie aufgeregt nach.

»Unbedingt. Das würde dir sehr guttun. Dann ändert sich vielleicht auch dein Beziehungsleben.«

»Jetzt fang ja nicht an, mich zu analysieren, Frau Doktor«, entgegnete Amrei mit scherzhafter Strenge und spürte, wie sich eine gewisse Erleichterung in ihr breitmachte.

»Nein, das sage ich als Freundin. Was auch immer die Zukunft bringt, es wird dir eine Last von den Schultern nehmen.«

»Und wenn die mich rauswerfen und beschimpfen?«, hakte Amrei vorsichtig nach.

»Dann verlässt du deren Palazzo mit Grandezza und wirst diese Leute niemals wiedersehen. Amrei, das ist vierzehn Jahre her, und du weißt doch gar nicht genau, was passiert ist, weil du diesen Filmriss hast.«

»Ja, aber es ist schlimm genug zu wissen, dass ich den kleinen Kerl mitten in der Nacht aus dem Bett geholt habe und …«

Amrei konnte nicht weitersprechen, weil ihr die Tränen kamen. Sie konnte kaum an Salvi denken, ohne dass sie ihre Schuld an seinem Tod schmerzhaft spürte.

»Ach, Süße, ich finde deinen Plan mutig, und glaube mir, diese Reise wird etwas zum Positiven verändern«, versuchte Susan, sie zu trösten.

Ihre Therapeutenfreundin fand meist die richtigen Worte, dass ihr leichter ums Herz wurde. Aber an diesem Tag funktionierte es nicht. Im Gegenteil, das ganze Drama brach mit aller Macht wie ein plötzliches Unwetter über sie herein.

»Danke für deinen Rat«, entgegnete sie mit fester Stimme. »Ich melde mich.« Dann legte sie hastig auf. Sie wollte nicht, dass sich

Susan Sorgen um sie machte. Sie hatte in dieser Sache genug getan. Damals als ihre Therapeutin. Amrei befürchtete, ansonsten würde sie heute nicht dort stehen, wo sie im Leben stand.

Trotzdem kämpfte sie mit heftigen Zweifeln, ob sie wirklich so mutig sein sollte, wie sie es gerade von sich verlangte. Vielleicht wäre es doch besser, den Job zu machen und die Hochzeit abzusagen. Ihr als Profi war es sicher möglich, auch Genua und Porto Venere aus rein beruflicher Sicht zu betrachten … Amrei hatte den Gedanken noch nicht zu Ende gedacht, als ihr das Wort einfiel, das Melanie Janson benutzt hatte, um ihre Reportagen zu beschreiben. Herzblut!

Das war die Antwort auf ihr Gedankenspiel, die Hochzeit abzusagen. Nein, sie würde sich weder feige vor der Verantwortung drücken noch einen blutleeren Artikel abgeben, den sie womöglich aus lauter Angst, in Ligurien von ihren Emotionen überrollt zu werden, verfasste.

Amrei setzte sich im Nachthemd auf den Balkon, nachdem sie sich einen weiteren Espresso gemacht hatte. Es war ein wunderbarer Sommermorgen, und die Tatsache, dass sie, nur im dünnen Hemdchen, selbst im Schatten nicht fror, deutete auf einen neuen heißen Tag hin. Amrei liebte dieses Wetter und verstand nicht, warum so viele Menschen über die Hitze stöhnten außer der Tatsache, dass dies ein untrügliches Zeichen des Klimawandels war.

Sie atmete ein paar Mal tief durch und versuchte etwas, das sie sich seit Jahren untersagte: herauszufinden, was in jener Nacht in der *Casa Speranza* wirklich geschehen war und was sie zu diesem Irrsinn verleitet hatte, mit Salvi mitten in der Nacht in den Pool zu gehen und ihn dann seinem Schicksal zu überlassen. Warum war er nicht einfach geschwommen wie sonst? Salvi war ein wirklich guter Schwimmer gewesen. Amrei hatte es ihm schließlich beigebracht.

Sosehr sie sich den Kopf über jenen Morgen ihrer hektischen Abreise aus der *Casa Speranza* zerbrach, ihre Erinnerung gab nicht mehr preis als das Bild, wie Inga und Alfredo sie von der

Liege gezerrt und zum Taxi geschleppt hatten. Auch Alfredos Sätze, dass sie mit Salvi mitten in der Nacht im Pool gewesen war, hatten sich ihren Erinnerungen eingebrannt. Genau wie das Bild vom leblosen Körper Salvis auf den kalten Fliesen …

Amrei schlug die Hände vor das Gesicht. Aber warum hatten sie ihr geholfen zu verschwinden? Bei Alfredo konnte sie das wenigstens ansatzweise verstehen. Er war immer nett zu ihr gewesen, ja, manchmal, wenn ihm der Sinn danach gestanden hatte, hatte er sogar mit ihr geflirtet und Komplimente gemacht. Und manchmal waren sie sich auch für einen Moment lang nähergekommen, sodass Amrei hoffte, dass er ihre Gefühle erwiderte, doch das waren nur Träume geblieben. Aber Inga? Warum hatte sie das getan? An Inga hatte sie keine guten Erinnerungen. Im Gegenteil. Dabei war die Zugfahrt von München nach Genua erst der Auftakt gewesen für ihre Abneigung gegen diese Person. Dass Inga nicht nur überheblich und ignorant, sondern auch gefährlich war, hatte sie erst ein paar Tage später zur Willkommensparty für die drei Au-pair-Mädchen in der Villa Podestà bitter erfahren müssen.

5

GENUA,
AUGUST 2007

Das vornehme Stadtviertel Albaro lag östlich vom Stadtzentrum Genuas und besaß mit der Strandpromenade Corso Italia und dem antiken Fischerdorf Boccadasse zwei beliebte Ausflugsziele der Stadt.

Amrei war ein wenig enttäuscht gewesen, als Alfredo an einer viel befahrenen Straße vor einem Haus hielt, das von der Straße her nicht besonders imposant wirkte und auch keinen Blick aufs Meer hatte. In diesem Punkt schien ihr Vater maßlos übertrieben haben. Die Podestàs gehörten, wie er sagte, zur Oberschicht Genuas und seien äußerst wohlhabend. Sie besäßen ein Traumhaus in Albaro … Dass ihr Vater keineswegs zu viel versprochen hatte, erschloss sich Amrei erst, als Alfredo eine Eisenpforte öffnete und einen Weg am Haus entlang hinunter zur Rückseite fuhr. Dort erst entfaltete das Haus seine ganze Pracht. Die Villa war groß und hochherrschaftlich, und die Außenfassade in einem strahlenden und edlen Weiß gestrichen. Offenbar war Alfredo ihr enttäuschter erster Blick nicht entgangen.

»Die Lage an der Via dei Maristi ist nicht die beste, aber das einstige Sommerhaus der Familie Podestà hat mein Urgroßvater in das Wohnhaus der Familie verwandelt, nachdem die Faschisten Albaro ihrem Groß Genua angegliedert hatten«, sagte er mit einem Augenzwinkern, aber da war Amrei schon völlig verzaubert von dem Palazzo, der einen parkähnlichen Garten besaß.

An diesem Tag war im Garten eine lange Tafel aufgebaut, die fleißige Helferinnen nach Signora Podestàs Anweisungen festlich eindeckten. Es war Amreis vierter Tag in der Fremde, und es waren so viele Eindrücke auf sie eingeprasselt, dass sie noch nicht einmal eine Spur von Heimweh empfunden hatte. Dabei wirkte die Signora auf sie eher kühl, jedenfalls im Vergleich zu Amreis Mutter. Die unnahbare Ausstrahlung der Signora stand im völligen Gegensatz zu dem, was sie ihr zu Ehren an diesem Sonntag veranstaltete. Gemeinsam mit ihren Brüdern wollte sie die drei deutschen jungen Frauen bei einem italienischen Mittagessen begrüßen. Signora Podestà war dabei keineswegs unfreundlich, sondern von ausgesprochener Höflichkeit, wenn sie Amrei etwas erklärte, zum Beispiel, was für einen Arbeitseinsatz sie von ihr erwartete. »Sie kümmern sich im Alltag um Salvi, fahren ihn zur Schule, wenn er nach den Ferien eingeschult wird, essen mit ihm zusammen Mittag. Kochen müssen Sie nicht, das macht unsere Köchin, Sie verbringen den Nachmittag mit ihm und sorgen dafür, dass er um sieben ins Bett geht. Sobald er schläft, haben Sie Freizeit. Das gilt auch für die Wochenenden. Samstags oder sonntags würde ich Sie nur ausnahmsweise anfragen. Ich möchte, dass Sie sich bei uns wie zu Hause fühlen.«

Amrei fand das sehr großzügig. Sie hatte erschütternde Berichte von Au-pair-Mädchen gelesen, die man quasi als Arbeitssklavinnen missbrauchte. Aber diese Sorge hatte ihr Vater ihr bereits genommen, indem er die Signora als eine anständige Person bezeichnet hatte. Sie war eine elegante Erscheinung, die in der Modebranche arbeitete und unter der Woche häufig in Mailand tätig war. Sie kam Amrei manchmal wie eine schöne Fee aus einer anderen Welt vor, wenn sie in ihren traumhaften Kleidern über die Marmorfußböden der Villa schwebte. Ihr gegenüber war sie aufmerksam. Ja, sie hatte sich sogar schon ein paar Mal erkundigt, ob sie sehr unter Heimweh litt.

Trotzdem war sie im Kontrast zu Amreis vor Herzlichkeit überbordender Mutter gewöhnungsbedürftig. Tochtergefühle wollten bei Amrei jedenfalls nicht aufkommen, obwohl die Signora betonte, sie sei nun für ein Jahr ein Familienmitglied. Das hatte sie Amrei versichert, als sie ihr das Zimmer gezeigt hatte, in dem sie wohnen sollte. Es war das ihres ältesten Sohnes. Amrei befürchtete, in ein typisches Jungmännerzimmer zu kommen mit Postern von nackten Frauen oder schnellen Wagen an der Wand; stattdessen zierten geschmackvolle Plakate von diversen Ausstellungen die Wände. Und im Regal, wo sie Sporttrophäen und Automodelle erwartet hatte, gab es zahlreiche Bücher mit interessanten Titeln. Das versprach spannende Lektüre für ein Jahr zu werden. Als die Signora sich an jenem Tag im Zimmer ihres Sohnes umgesehen hatte, bekam sie einen wehmütigen Blick. Wahrscheinlich vermisste sie ihn genauso, wie ihre Mutter sie vermisste. Schon zweimal hatte Karen bei den Podestàs angerufen, um ihrer Tochter zu versichern, wie einsam es ohne sie in der Wohnung war.

»Kann ich etwas helfen?«, fragte Amrei die Signora höflich.

»Nein, dies ist dein Tag. Genieße ihn. Wenn du unbedingt willst, kannst du Salvi überreden, seinen Sonntagsanzug anzuziehen.« Das hatte Salvatore, der mit seinem Spielzeugwagen ungestüm auf der Terrasse herumkurvte, gehört und verzog angewidert das Gesicht. »Auf keinen Fall will ich die kratzigen Hosen anziehen. Du magst mich doch auch so?« Der Kleine grinste Amrei gewinnend an.

»Meinetwegen kannst du in deiner Shorts bleiben«, sagte sie und warf seiner Mutter einen fragenden Blick zu, die ihr zustimmend zunickte. Salvi rannte nun in den Park, um seine Onkel und Tanten zu begrüßen. Im Park in einer Loungeecke saßen Signor Podestà und Alfredo und waren in ein angeregtes Gespräch vertieft. Signor Podestà war ein gut aussehender Mann, der mindestens so viel Charme versprühte wie sein Sohn, der ihn allerdings um einiges überragte und im Gegensatz zu seinem Vater sehr schlank war. Der Signore geizte jedenfalls nicht mit Komplimenten, aber Amrei hatte den Eindruck, dass er sich im Grunde genommen nicht für sie interessierte. Warum sollte er auch? Für ihn war sie schlichtweg nur das Kindermädchen für seinen Jüngsten.

»Wenn du magst, kannst du, bis die Gäste kommen, zu Maria gehen. Meine Tochter weiß nämlich mal wieder nicht, was sie anziehen soll«, sagte die Signora, während ihr Blick für Amreis Geschmack eine Sekunde zu lang an ihren Jeans hängen blieb. Ganz offensichtlich hielt sie das nicht für die ideale Bekleidung für ein sommerliches Mittagessen, das ihr zu Ehren gegeben wurde. Vielleicht konnte sich Amrei bei Maria etwas Passendes ausleihen. Die hatte ihr gleich am ersten Tag, nachdem sie erfahren hatte, dass Amrei kaum Sommerkleider eingepackt hatte, angeboten, ihr welche aus ihren Beständen zu geben.

Marias Zimmer war im ersten Stock schräg gegenüber von ihrem. Amrei ging die großzügig geschwungene Treppe nach oben und klopfte. Sie fand Maria mitten in einem Kleiderberg vor. »Ich habe nichts zum Anziehen«, begrüßte sie Amrei mit einem Lächeln.

»Das sehe ich«, lachte Amrei. »Aber zieh doch das rote Kleid an, das du gestern getragen hast.«

Maria rollte theatralisch mit den Augen. »Das wird meine Mutter nicht durchgehen lassen«, seufzte sie. »Sie findet es unelegant.«

»Ich glaube, meine Jeans sind ihr auch ein Dorn im Auge.«

»Sie hat recht. Das geht gar nicht.« Mit einem gezielten Griff in die Tiefen des Schranks holte sie einen Schwung Kleider hervor und reichte ihn Amrei. »Die passen dir bestimmt. Die sind von vor der Diä–« Sie unterbrach sich hastig, aber Amrei wusste, was sie hatte sagen wollen.

»Du hast eine Diät gemacht?«

Maria nickte. »Stell dir vor, und das alles wegen eines Jungen und ganz umsonst«, lachte sie. Maria hatte ein ansteckendes herzliches Lachen. Amrei hatte ihre Gastschwester vom ersten Augenblick in ihr Herz geschlossen. Amrei fand, dass Maria viel schöner, schlanker und klüger als sie selbst war. Maria konnte sich jedenfalls vor Verehrern kaum retten. Amrei war am Vortag mit in ihrer Schule gewesen. Alle bewunderten Maria. Sie auch. Sie fragte sich, was diese selbstbewusste, bei allen beliebte Maria an ihr finden mochte. Warum sie gerade ihre Nähe suchte, war ihr jedenfalls schleierhaft. Es war mit Sicherheit nicht die unverhohlene Bewunderung, die Amrei ihr entgegenbrachte. Maria war alles andere als eine eitle Person, die es nötig hatte, sich mit einem Hofstaat an Bewunderinnen zu umgeben.

Gleich am zweiten Abend nach ihrer Ankunft in Albaro war Maria mit Amrei zum Strand von Boccadasse am Corso Italia entlanggebummelt. Amrei fand die Promenade neben der vierspurigen Straße zunächst etwas gewöhnungsbedürftig, aber Maria versicherte ihr, das gäbe es oft in Italien, dass die Straße ganz nah am Strand vorbeiführte. Trotzdem waren sie dann unten am Wasser weitergegangen, barfuß mit den Füßen im Meer und erst an ihrem Ziel in Bodadessa auf die Promenade zurückgekehrt, die hier nicht mehr an der Hauptstraße entlangführte und sehr malerisch wurde. Auf diesem Spaziergang waren sie einander schon so vertraut gewesen, dass Maria ihr von ihrem Schwarm erzählt hatte, der aber leider eine Freundin hatte, eine entsetzliche Person, wie sie betonte. Am liebsten hätte Amrei sie bei der Gelegenheit über Alfredo ausgefragt, vor allem, ob er eine Freundin hatte, allerdings fand sie das eine Spur zu vertraulich.

Amrei zögerte einen Moment lang, die Kleider aus Marias Schrank anzunehmen, doch schließlich griff sie beherzt zu. Es waren alles Minikleider, die sie in Hamburg niemals tragen würde, aber eines gefiel ihr wirklich. Es war schwarz, schlicht und hatte einen vorteilhaften Schnitt, wenn man wie sie kleine Röllchen um die Hüften besaß. Maria war begeistert und holte gleich die passenden Schuhe aus ihrem Kleiderschrank. Amrei probierte sie amüsiert an. Noch nie hatte sie solche damenhaften Teile mit einem spitzen Absatz getragen. Sie zog immer nur ihre Turnschuhe an, selbst zu Röcken, wenn sie überhaupt mal welche trug.

Ein Blick in den großen Spiegel in Marias Zimmer zeigte ihr eine fremde Frau, zumal Maria ihr die rotblonde wilde Lockenmähne mit einer Spange aufgesteckt hatte. Ihr Haar war das Einzige, was sie an ihrem Äußeren wirklich leiden konnte, obwohl auch das in der Schule für Spott bei der Zicken-Clique gesorgt hatte. »Rotschopf«, hatten sie sie genannt, aber das hatte Amrei nicht beleidigen können, denn sie bekam ansonsten von allen Seiten stets Komplimente für ihr volle Lockenpracht. So hochgesteckt wirkte das Haar nun sehr ordentlich und gar nicht mehr wild.

»Das bin ich nicht«, murmelte Amrei zweifelnd.

»Nicht in Deutschland, das ist Amrei in Italien.«

»Aber es ist lediglich ein Mittagessen.«

Maria lachte ihr wunderbares kehliges Lachen.

»Erstens kann bei uns ein Mittagessen durchaus ein kleines Fest sein, das sich bis zum späten Nachmittag hinzieht. Und außerdem gelten diese Regeln, dass man etwas Besonderes nur am Abend trägt, hier nicht. Wir warten nicht bis nach achtzehn Uhr, um uns in einem besonderen Outfit zu präsentieren. Wenn uns danach ist, ziehen wir es schon zum Frühstück an. Du musst dich nur wohl darin fühlen. Wenn du darin aussiehst wie ein Kleiderständer, verliert es an Charme. Versuche es mal mit einem Lächeln.«

Amrei zog eine Fratze, die Maria noch mehr zum Lachen brachte. Und auch Amrei kicherte.

»Ja, genau, so gehst du zu Mamas *pranzo*, als Monster, denn du bist heute der Star.«

»Bestimmt nicht, ich meine der Star. Gleich kommt Inga, und die wird ihren ganz großen Auftritt haben und alle anderen in den Schatten stellen.«

»Inga? Hast du sie schon kennengelernt? Sie ist bei Onkel Georgio und Tante Giulia, oder? Erzähl, wie ist sie?«

»Lieber nicht. Lern du sie einfach kennen. Wahrscheinlich ist sie sogar italienischer als ich, denn sie ist sehr hübsch und gut gekleidet.«

»Da bin ich ja gespannt, aber nun müssen wir für mich noch etwas finden. Was hältst du von dem?« Maria zeigte Amrei ein Kleid, das auf dem Bügel nichts Besonderes war, aber an Maria atemberaubend aussah. Allein durch den Ausschnitt, der wirklich sexy war. Niemals hätte Amrei ein Kleid getragen, das ihre Brüste betonte, aber Maria trug es mit einer Lässigkeit und einem Selbstbewusstsein, was Amrei mächtig imponierte.

»Was ist? Du siehst mich an wie einen Alien«, lachte Maria.

»Du siehst toll aus«, seufzte Amrei aus vollem Herzen.

Wenig später betraten die beiden jungen Frauen gemeinsam die Terrasse. Die Signora warf den beiden und besonders Amrei einen anerkennenden Blick zu. Das beflügelte sie, sich in diesem Outfit selbstbewusster zu bewegen. Sie straffte die Schultern und lächelte.

»*Brava!*«, raunte ihr die Signora zu. Das schmeichelte Amrei, und als dann Alfredo vor ihr stehen blieb, sie bewundernd musterte und ihr ein Kompliment machte, schwebte sie innerlich.

Sie fühlte sich wie ein Filmstar: ein festlich gedeckter Tisch im Schatten der Bäume unter strahlend blauem Himmel, gut gekleidete Menschen und lärmende Herzlichkeit um sie herum. Auch die Onkel und deren Frauen und Kinder waren inzwischen eingetroffen und begrüßten sie überschwänglich wie ein neues Familienmitglied. Sie gaben ihr das Gefühl, dass sie wirklich dazugehörte.

Auch Leni kam strahlend auf sie zu. Offenbar hatte man ihr in ihrer Gastfamilie ein paar gute Ratschläge gegeben, was sie bei einem italienischen Mittagessen tragen sollte. Sie wirkte wie ausgewechselt und fing gleich an, von ihren vierbeinigen Schützlingen zu schwärmen. Leni verstummte abrupt mitten im Satz, als Inga auf die beiden zukam. Amrei begrüßte sie nur mit einem flüchtigen Kopfnicken, während sie ihre Schwester abschätzig fragte, wer sie denn verkleidet habe.

»Sie sieht hübsch aus in diesem Kleid«, mischte sich Amrei ein, als sie merkte, dass es Leni offenbar die Sprache verschlagen hatte.

»So hübsch wie du in dieser Wurstpelle, Rotschopf«, gab Inga vernichtend zurück, aber wie schon bei ihrer ersten Begegnung konterte Amrei prompt, was ansonsten gar nicht ihre Art war. Die Mädchen aus ihrer Klasse hätten sicherlich gestaunt, wenn sie Amrei hätten sagen hören: »Jedenfalls eleganter als dein Rock, der kaum den Hintern bedeckt. Offenbar brauchst du Nachhilfe in italienischem Stilempfinden.« Mit diesen Worten drehte sich Amrei auf dem Absatz um und stolzierte mit geradem Rücken auf den Tisch zu. Auf der Terrasse lief sie geradewegs Alfredo in die Arme, der sich bei ihr unterhakte, um sie zu ihrem Platz am Tisch zu führen. Sie spürte förmlich, wie Ingas Blicke ihren Rücken durchbohrten.

Bei Tisch hatte man die drei Au-pair-Mädchen unglücklicherweise nebeneinander platziert und Amrei auch noch zwischen die beiden Schwestern gesetzt, aber da Alfredo ihr direkt gegenübersaß, plauderte sie mit ihm und versuchte, Leni mit einzubeziehen, während sie Inga ignorierte. Zum Glück hatte sie ein Gesprächsthema, denn Partykonversation war nicht gerade Amreis Stärke. Aber das Hotel ihres Vaters gab einiges her, zumal Alfredo es kannte und sichtlich beeindruckt war über ihre Verbindung zu der Nobelherberge am Comer See.

Inga neben ihr schien förmlich vor Zorn zu beben. Jedenfalls rutschte sie unruhig auf ihrem Stuhl hin und her. Bevor die Vorspeise kam, hielt die Signora eine Begrüßungsrede auf die fleißigen Helferinnen aus Deutschland und hob hervor, dass die Familie Podestà ihre Gasttochter schon ins Herz geschlossen habe, ganz besonders der kleine Salvatore, der an diesem Tag brav zwischen seinen Eltern saß. Nach der Rede prostete Alfredo Amrei mit den Worten zu: »Schön, dass du da bist.« Es erfüllte Amrei mit Entzücken, dass der Mann, in den sie seit der ersten Minute verliebt war, in aller Öffentlichkeit so nett zu ihr war. Bislang war sie ihm gegenüber eher zurückhaltend gewesen, weil sie nicht wollte, dass er ihre Gefühle erahnte.

»Danke, Alfredo«, hauchte sie nun.

»Sie hat aber auch ein Glück, so einen wunderbaren Gastbruder zu bekommen«, flötete Inga nun so leise über den Tisch, dass nur Alfredo und Amrei das verstehen konnten. Alfredo schenkte Inga daraufhin ein strahlendes Lächeln. Das trübte Amreis Freude über Alfredos Zuwendung ein wenig, denn wahrscheinlich war es nur eine Frage der Zeit, wann Inga sich Alfredo krallen würde.

Amrei konnte sogar verstehen, dass Inga ihn anhimmelte statt ihren eigenen Gastbruder. Francesco war das Gegenteil von einem gut aussehenden Italiener. Er hatte zwar die attraktiven Gesichtszüge seines attraktiven Vaters, Georgio Garibaldis, dem älteren Bruder der Signora, geerbt, aber er litt an Übergewicht. Dabei war er ein charmanter und sympathischer Kerl, der ihr zur Begrüßung einen italienischen Witz erzählt und behauptet hatte, ihr damit das italienische Temperament in knappen Worten erklärt zu haben.

»*Dottore, Dottore,* ich habe nur neunundfünfzig Sekunden zu leben. Kein Problem, sagt der Arzt, ich bin in einer Minute bei Ihnen!«

Es war nicht nur der Scherz, der Amrei zum Lachen gebracht hatte, sondern die herzliche Offenheit, mit der Francesco ihr begegnete. Allerdings war er gewiss kein Mann, dem Inga Aufmerksamkeit schenkte und dessen Charakter ihr wahrscheinlich völlig egal war. Aber auch sie, Amrei, hatte sich schließlich in seinen gut aussehenden Cousin verguckt und nicht in den netten Kerl.

Francescos Mutter, Marias Tante Giulia, die Frau von Onkel Georgio, ebenfalls eine elegante Erscheinung, hielt sich kurz bei ihrer Begrüßung und blieb bei Höflichkeitsfloskeln. Offenbar hatte das neue Au-pair-Mädchen von Signora Garibaldi deren Herz nicht im Sturm erobert. Das beruhte wohl auf Gegenseitigkeit, denn Inga presste ihre sorgsam geschminkten Lippen während der Rede krampfhaft zusammen.

Lenis Gastvater, Onkel Vincente, der jüngere Signor Garibaldi, fand hingegen überschwängliche Worte für seinen Schützling. Er nannte sie *»un regalo«*, ein Geschenk, und eine neue beste Freundin für die Hunde. Leni strahlte über das ganze Gesicht, und Marias Tante Chiara warf ihr ein aufmunterndes Lächeln zu. Die beiden waren kinderlos geblieben, wie Maria Amrei unter dem Siegel der Verschwiegenheit anvertraut hatte, aber sie lebten für ihre Hunde. Außerdem besaßen sie im Tessin in der Nähe von Chiasso einen Berghof, auf dem sie Pferde hielten.

»Was hat er da eben gesagt?«, zischte Inga Amrei ins Ohr. Mit Freuden übersetzte Amrei ihr die Lobrede auf Leni und fügte noch den einen oder anderen Superlativ hinzu. Ingas Mund wurde immer schmaler.

Doch dann zog das köstliche Essen Amreis ganze Aufmerksamkeit auf sich. Allein der erste Gang, eine simple Minestrone, war ein kulinarisches Highlight. Sie hatte nichts mit Karens Gemüsesuppe gemein – und die war wirklich nicht schlecht. Nach dem Zwischengang, den Kalbspasteten, war Amrei schon fast satt, aber es kam die mit Artischocken und Steinpilzen gefüllte Kalbsbrust auf den Tisch. Die war so gut, dass sich Amrei eine zweite Portion nahm. Ganz im Gegensatz zu Inga, die diesen Gang äußerst spärlich auf den Teller füllte und stattdessen mehr den Wein zum Essen genoss, auf den Amrei ganz verzichtete. Dazu musste sie sich nicht etwa durchringen, nein, sie mochte keinen Wein, was ihr Vater höchst befremdlich fand, denn sein Hotel war nicht nur bekannt wegen des traumhaften Blicks und der hervorragenden Küche, sondern auch wegen der exzellenten Weine. Er hatte mehrfach versucht, seine Tochter an den Genuss von Wein heranzuführen, aber erfolglos.

Jedenfalls wurde Inga mit jedem Schluck redseliger und setzte jetzt ihre wahren Talente ein, um Alfredos Aufmerksamkeit zu erzielen. Amrei beobachtete diese Flirtattacke voller Erstaunen. Inga verstand es in der Tat, einem Mann das Gefühl zu geben, dass er unwiderstehlich war. Dafür war Alfredo offenbar empfänglich, denn er ließ sich auf eine angeregte Plauderei in englischer Sprache mit ihr ein. Amrei hörte nur mit halbem Ohr zu, aber das, was sie aufschnappte, war oberflächlich. Inga war nach Kräften bemüht, ihm von ihren Erfolgen beim Tennis zu berichten. So lange, bis er ihr vorschlug, einmal gemeinsam zu spielen.

Mit den Kalbstaschen war das Schlemmen noch nicht zu Ende. Zum Dessert kamen Torten auf den Tisch.

»Die Scaripantina konnte keiner so gut backen wie meine Großmutter. Und diese ist nach ihrem Rezept gemacht«, schwärmte Alfredo, während er ungefragt nach Amreis Teller griff und ihr ein Stück auftat. Süßem konnte sie nie widerstehen. Und wenn sie noch so satt war. Doch dann nahm er auch Ingas Teller. Amrei machte sich auf ihren heftigen Widerspruch gefasst, denn dass Inga nur einen einzigen Bissen von dieser Torte aß, die zweifelsohne hauptsächlich aus Buttercreme bestand, wagte Amrei zu bezweifeln. Doch statt zu protestieren, säuselte sie: *»Grazie«*, und nahm verzückt einen Bissen zu sich, als würde sie nichts lieber tun, als eine Kalorienbombe zu verzehren.

»Ist das nicht lecker?«, fragte Alfredo begeistert, während er sich selbst ein großes Stück auf den Teller wuchtete.

Inga verdrehte theatralisch die Augen. »Die beste Torte, die ich je gegessen habe.«

Sollte sie sich wirklich je zuvor in ihrem Leben schon einmal erlaubt haben, ein Stück Torte zu essen?, überlegte Amrei. Ingas Stimme war auf jeden Fall süßlicher geworden als dieses köstliche Dessert.

»Verrate mir bitte noch einmal, wie die Torte heißt?«, heuchelte sie Interesse an dem Kuchen.

»Scaripantina«, lachte er.

Sie wiederholte das Wort auf Italienisch, was sich aus ihrem Mund anhörte wie Holzpantinen.

»Es wäre doch schön, wenn du unsere Sprache während deines Aufenthalts bei meinem Onkel und meiner Tante noch ein wenig besser lernen könntest«, bemerkte Alfredo diplomatisch.

»Gern, wenn ich den richtigen Lehrer hätte. Ich bin nämlich sehr sprachbegabt«, erklärte sie.

Amrei sah aus dem Augenwinkel, wie Leni bei diesen Worten die Brauen hochzog.

»Dann frag meinen Onkel, ob er dich zu einem Kurs anmeldet, oder lass dir von Amrei Nachhilfe geben. Sie spricht ein perfektes Italienisch.«

Amrei hatte Mühe, sich das Lachen zu verkneifen, denn Inga zog ein Gesicht, als hätte sie in eine Zitrone gebissen, und hüllte sich in Schweigen. Amrei konnte ihr förmlich ansehen, wie sie sich nun das Stück Torte hineinquälte und offensichtlich nach einem Plan B sann, um Alfredo für sich einzunehmen.

»Was habt ihr nur für einen schönen Palazzo«, zwitscherte sie, nachdem sie das Stück Torte wirklich restlos verspeist hatte. »Ob mich der Herr des Hauses wohl durch die Villa führen könnte?«

Das schien auch für Alfredos Geschmack ein wenig zu dick aufgetragen. »Ich befürchte, mein Vater möchte lieber mit seinen Schwägern unten in der Gartenlounge einen Digestif zu sich nehmen und eine heimliche Zigarre rauchen«, erwiderte er. »Aber vielleicht hat Amrei Lust, dir eine Führung zu geben. Ich habe ihr ja alles ausführlich gezeigt. Ich werde sicher ebenfalls bei den Herren erwartet. Vater besteht darauf, mich überallhin mitzunehmen, seit ich in seiner Firma arbeite.« Er sah Amrei amüsiert an. »Würdest du deiner Kollegin unsere Hütte präsentieren?«

Amrei wollte gerade dankend ablehnen, da überwog ihre Lust, die Schadenfreude auszukosten. »Aber gern«, säuselte sie. »Kommst du?«

Mit einem finsteren Blick erhob sich Inga von ihrem Stuhl und folgte Amrei zur Terrassentür, die in den großen Salon führte. Amrei wunderte sich allerdings, dass Inga sich wirklich scheinbar interessiert in dem stilvoll mit alten Möbeln eingerichteten Raum umsah und ihr ohne Widerrede auf den Flur hinterherkam. Sie ließ sich die Küche zeigen, in der eifrig gearbeitet wurde, und den sogenannten Musiksalon, in dem ein Cembalo stand, das Maria gehörte.

In der ersten Etage war alles ruhig. Hier war kein Mensch. Amrei öffnete die Tür zu dem Zimmer, in dem sie wohnte, als sie einen Stoß im Rücken spürte, der sie fast ins Stolpern brachte, und hörte, wie die Tür hinter ihr mit einem lauten Knall zuflog. In der ersten Schrecksekunde glaubte sie, Inga wollte sie auf diese Weise loswerden und war allein zurückgegangen, doch da hörte sie ihre schneidende Stimme: »Jetzt hör mir mal gut zu, du blöde Nuss!« Und schon stand sie bedrohlich vor ihr. Das Gesicht verzerrt und die Hände zur Faust geballt.

»Ich warne dich. Misch dich nicht noch einmal in meine Angelegenheiten! Hörst du? Sonst lernst du mich richtig kennen. Wenn du ein gutes Jahr in Italien haben willst, sorge dafür, dass wir beide die Familien tauschen. Lieber kümmere ich mich um diesen Hosenscheißer, als dass ich für die Garibaldis und deren Fettsack von Sohn den Haushalt mache!«

Amrei glaubte zunächst, sich verhört zu haben, aber dann wiederholte Inga ihren irrsinnigen Plan.

»Hast du das verstanden? Ich möchte bei den Podestàs wohnen!« Zur Bekräftigung ihrer Worte kam sie noch bedrohlich näher und packte Amrei grob an den Schultern. Sie kam ihrem Gesicht so nahe, dass Amrei ihre Fahne riechen konnte.

Amrei war größer als Inga und sicher auch stärker, aber sie war derart perplex, dass sie sich nicht wehrte. In dem Moment ging die Tür auf, und Maria kam ins Zimmer.

»Was machst du denn da?«, fuhr sie Inga an, die Amrei sofort losließ.

»Ach, das ist ein kleines Spiel. Ich habe Amrei gesagt, dass ich Judo kann, doch das wollte sie mir nicht glauben«, erklärte Inga mit einem Lächeln, bevor sie zur Tür ging. »Überleg dir meinen Vorschlag, meine Liebe, den Kurs für Selbstverteidigung in Genua zu machen. Die Stadt ist gefährlich« fügte sie hinzu, als sie sich in der Tür noch einmal umdrehte.

Amrei ließ sich fassungslos auf das Bett fallen. Maria setzte sich neben sie und legte den Arm um ihre Schultern. »Was war denn das? Es ging nicht wirklich um Judo, oder?«

Amrei schüttelte stumm den Kopf. Sie hatte in der Schule mit den Zicken in ihrer Klasse viel erlebt, aber ein Kaliber wie Inga war ihr nie zuvor begegnet. Sie war nicht leicht einzuschüchtern, doch diese Frau machte ihr Angst.

»Nun erzähl schon. Sie hat dich bedroht, oder?«, hakte Maria nach.

Amrei atmete ein paar Mal tief durch, bevor sie Maria erzählte, was geschehen war. Maria tippte sich gegen die Stirn. »Die ist nicht ganz bei Trost. Das erzähle ich meinen Eltern, und dann sitzt sie morgen im Zug nach München!«

Ein verlockender Gedanke, Inga auf diese Weise loszuwerden, dachte Amrei, aber sie wäre eine Petze, und das missfiel ihr außerordentlich.

»Maria, wir sollten es für uns behalten. Und wenn sie mir noch einmal dumm kommt, werde ich ihr sagen, dass ich das deinen Eltern weitergebe. Ich glaube, wenn sie sich bei deiner Tante im Haushalt so aufführt, wie ich es vermute, und sie sich zu fein ist, ihren Job zu machen, schickt deine Tante sie eh bald nach Hause.«

Maria kräuselte die Stirn: »Hm, gut, wenn du meinst, aber noch so ein Ding, und wir involvieren meine Eltern.«

Amrei war zutiefst gerührt über die Solidarität ihrer Gastschwester. »Danke, das vergesse ich dir nie«, seufzte sie.

»Na hör mal. Ich werde nicht zulassen, dass sich so ein Miststück meinen Bruder krallt. Eigentlich ist ja Alessandro mein Liebling, aber Alfredo ist auch in Ordnung, nur manchmal ein bisschen eitel. Ich behalte das im Auge! Und du hast recht, Tante Giulia scheint sie gar nicht zu mögen. Hast du ihre Rede gehört? Diese Inga sind wir in spätestens vier Wochen los! Ohne uns die

Hände schmutzig zu machen. Und jetzt komm, nicht dass sie meinem Bruder im Park auflauert und ihn in den nächsten Busch zieht. Für seine Gegenwehr kann ich nicht garantieren!«

Die beiden jungen Frauen sprangen zeitgleich vom Bett auf und verließen kichernd das Zimmer.

6

HAMBURG/GENUA, JULI 2022

Es war für Amrei kein Problem gewesen, sich zwei Wochen Urlaub zu nehmen. Ihre Mitarbeiterin war ebenfalls kinderlos und hatte mit ihr intern getauscht. Eigentlich wollte Amrei im Dezember an einem Segeltörn auf den Kanaren teilnehmen, aber nun war sie froh, dass sie nicht mit ihrer Chefin Marion hatte verhandeln müssen. Ehrlich, wie Amrei war, hätte sie ihr gern gebeichtet, dass sie den Urlaub nutzen würde, um eine bezahlte Reisereportage für die Konkurrenz zu verfassen. Aber das wäre nicht klug gewesen. Wohl war ihr trotzdem nicht dabei, es Marion zu verheimlichen. Sie befürchtete jedoch, dass sie, wenn sie die Sache offen handhabte, ihren Brotjob verlor, und das konnte sie sich nicht leisten, obwohl die Reportage gut bezahlt wurde und zudem die Hotelkosten und ein Mietwagen ab Genua übernommen wurden. Den Flug hatte sie sich nicht bezahlen lassen, weil sie ihn ja auch nutzte, um zur Hochzeit zu kommen. Amrei hatte kurz in Erwägung gezogen, erst die Reise zu machen und dann zum Abschluss zum Fest zu fahren, aber konnte sie wirklich entspannt ihre Arbeit machen, wenn ihr dieses Zusammentreffen mit Familie Podestà noch bevorstand? Sie hatte sich schließlich entschieden, nach Genua zu fliegen und dort einen Mietwagen für ihre Reise zu nehmen, wenn alles vorbei war.

Nun saß sie am Terminal und wartete auf ihren Flug. Aufgrund der Horrorberichte über die Menschenmassen an der Sicherheitskontrolle und generell über das Chaos am Flughafen war sie viel zu früh nach Fuhlsbüttel gefahren und hatte sich auf das Handgepäck beschränkt. Da sie sowieso kein passendes Kleid für eine italienische Hochzeit besaß und lange nicht mehr shoppen war, flog sie bereits früh am Samstag, um sich in Genua mit ein paar Kleidungsstücken und Schuhen einzudecken. Und um ein Hochzeitsgeschenk zu kaufen. Die Signora hatte der Einladung eine Liste beigelegt, was sich das Brautpaar wünschte, und darauf hingewiesen, in welchen Läden etwa das Tafelservice erhältlich war.

Die Einladung zu Marias Hochzeit hatte allerdings noch an einer anderen Stelle Amreis schlechtes Gewissen geweckt, nämlich gegenüber ihrer Gastschwester. Anfangs hatte sie auf Marias Mails und Briefe noch geantwortet. Offiziell hatte Amrei vom Tod Salvatores durch sie erfahren. Es hieß, es sei ein tragischer Unfall gewesen. Er sei auf den Fliesen ausgerutscht und mit dem Kopf so hart auf der Beckenkante aufgeschlagen, dass er schon tot war, als er im Wasser aufgekommen war. Es war für Amrei schier unerträglich gewesen, Maria zu trösten. Vor allem, als die Gastschwester sie angefleht hatte, zur Beerdigung nach Albaro zu gekommen. Amrei hatte in ihrer Not eine Blinddarmoperation als Ausrede bemüht. Sie hatte sich schäbig gefühlt, weil sie nach zwei Jahren und nachdem sie zu Hause ausgezogen war, nicht mehr geantwortet und Maria ihre neue Adresse nicht mitgeteilt hatte. Sogar ihre Mailadresse sowie ihre Handynummer hatte sie verändert, weil sie es einfach nicht aushalten konnte, Maria so dreckig zu belügen. Ihre Mutter hatte sie gebeten, Maria, sollte sie bei ihr anrufen, keine Auskunft zu geben, weil sie kein Interesse mehr an dem Kontakt habe. Alles Lügen, an denen Amrei beinahe erstickt wäre.

Dass Maria sie dennoch nach so vielen Jahren zu ihrer Hochzeit einlud, beschämte sie. Zunächst fragte sie sich, wie die Signora an ihre aktuelle Adresse gelangt sein mochte, doch das hatte sich vor ein paar Tagen bei einem Telefonat mit ihrem Vater geklärt. Signora Podestà hatte ihn angerufen und darum gebeten. Er fand es großartig, dass Amrei die alten Verbindungen nach Genua wieder aufnahm, und bat sie, sich bei ihm telefonisch zu melden, bevor sie nach Deutschland zurückkehrte, weil er ihr etwas Wichtiges zu sagen habe. Amrei hatte es ihm versprochen, aber da ihr nicht der Sinn danach stand, noch einen Abstecher nach Como zu machen, hatten sie locker verabredet, sich in Genua zu treffen. So schön sein Hotel auch war, Amrei fühlte sich nicht wohl in Gegenwart seiner Ehefrau Ginevra. Sie hatte ihren Vater seit drei Jahren nicht mehr gesehen, und offenbar war es dringend, denn er hatte sie noch nie so direkt um ein Gespräch gebeten. Sie sollte ihn also auf jeden Fall anrufen, um sich mit ihm zu verabreden.

All das ging Amrei durch den Kopf, während sie auf ihren Flieger wartete. Sie fürchtete schon, dass er kurzfristig annulliert wurde, da kam die Ansage, dass man mit dem Boarding beginne.

Offenbar war der Flug ausgebucht, denn sofort bildete sich eine Schlange. Amrei wartete, bis der Großteil der Passagiere durch die Einlasskontrolle war, und schlenderte dann entspannt durch den Tunnel zur Maschine. Sie hatte einen Fensterplatz und merkte sofort, wie müde sie war. Sie hatte keine einzige Nacht, seit die Einladung gekommen war, richtig geschlafen. Das Verrückte war, dass sie in der Bahn und im Flieger problemlos schlafen konnte. Das einzige Störende war die Maske, die sie während des Fluges tragen musste. Dabei hatte sie generell keine Probleme mit dem Tragen von Masken und verstand ihre Mutter nicht, die, wie sie ihr empört aus Indien geschrieben hatte, beinahe bei der Zwischenlandung hinausgeworfen worden wäre, weil sie sich nicht an die Maskenpflicht halten wollte.

Amrei verstand partout nicht, was an dieser in ihren Augen vernünftigen Schutzmaßnahme so schlimm sein sollte, dass man einen Rausschmiss riskierte. Das hieß nicht, dass sie alle Maßnahmen, die in den vergangenen Jahren angeordnet waren, guthieß. Im Gegenteil, vieles war in ihren Augen willkürlich und ineffektiv gewesen, aber den Untergang der Demokratie, den ihre Mutter in diesen vielen Fehlentscheidungen witterte, konnte sie nicht darin erkennen. Diese ganzen Verschwörungstheorien gingen Amrei mächtig auf die Nerven. Sie fand, dass beide Seiten viel zu sehr mit der Angst arbeiteten, die Regierung sowie die sogenannten Querdenker. Wobei sie, was das Impfen für den Körper bedeutete, auch ihre Bedenken hatte. Bei ihr waren glücklicherweise keinerlei Beschwerden aufgetreten. Es ärgerte sie jedenfalls, dass in der heißen Zeit von Corona die Stimme der Vernunft einer gewissen Hysterie gewichen war, und zwar zu allen Seiten.

Manchmal hatte sie während der letzten zwei Jahre das starke Bedürfnis gehabt, ein Buch darüber zu schreiben, wohin es führte, wenn die Angst regierte, aber das traute sie sich nicht. Sie war doch nur die kleine Online-Redakteurin einer Frauenzeitschrift und konnte sich lebhaft vorstellen, wie diejenigen, die große Verschwörungen witterten, eine bodenständige Sicht wie die ihre in der Luft zerreißen würden. An ihren Selbstzweifeln waren schon ihre Pläne, Politredakteurin zu werden, nach dem Abschluss der Journalistenschule gescheitert. Mit diesem Gedanken schlief sie beim Start ein und wachte erst wieder auf, als der Kapitän zum Landeanflug ansetzte. Da sah sie, dass ihre Sitznachbarin sie intensiv musterte.

»Habe ich geschnarcht?«, fragte sie entschuldigend auf Italienisch, denn sie konnte in der Regel auf einen Blick entscheiden, ob sie es mit einer Deutschen oder einer Italienerin zu tun hatte.

»Nein, gar nicht, aber Sie haben ein paar Mal einen Männernamen gemurmelt, und es hörte sich so entsetzlich traurig an.«

Amrei zuckte zusammen. Hoffentlich war es nicht Alfredo, der sich in den letzten Nächten immer wieder in ihre Gedanken geschlichen hatte.

»Ich wollte Ihnen nicht zu nahe treten. Oder möchten Sie wissen, welchen Namen Sie genannt haben?«, fragte ihre Sitznachbarin mitfühlend.

Amrei nickte.

»Salvi. Ein entzückender Name, aber seien Sie nicht traurig. Davon gibt es viele in Genua, und so attraktiv, wie Sie sind …«, sagte die Italienerin tröstend, die wohl vermutete, dass sie unter Liebeskummer litt.

»Ja, das ist ein schöner Name«, gab Amrei hastig zurück und fragte sich, ob der Albtraum tatsächlich ein Ende haben würde, wenn sie endlich ihr Geständnis hinter sich gebracht hatte. Um nicht weiter mit der Sitznachbarin reden zu müssen, blickte Amrei nun starr aus dem Fenster. Unter ihr lag die Stadt Genua, links das Meer, und dann tauchte auch schon die Landebahn auf.

Heftige Zweifel an der Richtigkeit ihrer Entscheidung kamen auf. Noch konnte sie ihre Pläne umstoßen und gleich morgen ihre Recherchereise antreten. Bitter dachte sie daran, dass sie nur nicht ihren Blinddarm bemühen sollte, den sie bereits einmal vorgeschoben hatte und der ihr in Wahrheit niemals Probleme gemacht hatte.

Ihre Sitznachbarin verließ sehr hastig die Reihe. Wahrscheinlich gab sie sich die Schuld daran, dass Amrei sie keines Blickes mehr gewürdigt hatte, und das war ihr sicher unangenehm. Doch Amrei hatte in diesem Moment keine Kraft, den Irrtum der Fremden gegenüber richtigzustellen. Sie war viel zu verunsichert, um einen klaren Gedanken zu fassen. Der Plan, zu dieser Hochzeit zu fahren und der Familie am nächsten Tag die Wahrheit über ihr unverantwortliches Verhalten zu beichten, schien ihr plötzlich wahnwitzig. Warum sollte sie bei den Podestàs alte Wunden aufreißen? Und das nur, um ihr eigenes Gewissen zu erleichtern. Und wer sagte ihr überhaupt, dass das funktionieren würde? Womöglich riss das auch bei ihnen nur die alten Wunden auf, und sie musste dann damit leben, wenn die Familie sie nach dem Geständnis hasste. Natürlich würde man ihr übel nehmen, wie feige sie sich damals aus der Affäre gezogen und vor der Verantwortung geflüchtet war. Wer würde ihr glauben, dass sie einen kompletten Filmriss hatte und quasi willenlos gewesen war? Und riss sie damit nicht Alfredo mit hinein, wenn sie die ganze Wahrheit preisgab, wozu auch die Tatsache gehörte, dass er sie aus der Schusslinie gebracht hatte?

Als Amrei zum Taxistand ging, hatte sie Kopfweh. Es wurde ihr klar, wie kurzsichtig ihr Entschluss gewesen war, und ihre Klarheit war einer großen Verunsicherung gewichen. Widersprüchliche Gedanken schwirrten durch ihren Kopf, etwa die Frage, ob sie nicht einfach zur Hochzeit gehen und weiter mitspielen sollte, sodass alle – außer Alfredo – glaubten, sie habe mit Salvis Tod nichts zu tun? Das wäre das Einfachste, aber tief in ihrem Inneren ahnte Amrei, dass sie diesen simplen Weg nicht beschreiten würde. Schließlich wünschte sie sich nichts sehnlicher, als wenigstens das schlechte Gewissen, die Familie getäuscht zu haben, loszuwerden. An den Schuldgefühlen, dass sie Salvis Tod zu verantworten hatte, würde wohl auch ein Geständnis nichts ändern.

Offenbar sah man ihr an, dass es ihr nicht gut ging, wie ihr die Fürsorge des Taxifahrers spiegelte, der besorgt fragte, ob er helfen könne.

Amrei straffte die Schultern und setzte ein Lächeln auf. »Alles gut. Es ist nur die Hitze. Hier ist es doch noch ein bisschen wärmer als zu Hause, obwohl es in Hamburg ebenfalls sehr heiß ist. Ich möchte gern ins *Grandhotel Savoia*.«

Amrei hatte sich absichtlich nicht in dem Hotel in Albaro eingemietet, in dem für die Hochzeitsgäste etliche Zimmer reserviert worden waren. Auf keinen Fall wollte sie der Familie oder Freunden vor der Hochzeit begegnen.

Im Taxi wurde sie allmählich ruhiger. Noch blieb ihr ja ein ganzer Tag, um über alles nachzudenken und die für sie richtige Entscheidung zu treffen. Sie bemerkte, dass der Taxifahrer mehrmals in den Rückspiegel sah. Offenbar war er nicht davon überzeugt, dass es ihr wirklich so gut ging, wie sie behauptete.

Dass sie eines der gehobenen Häuser der Stadt gewählt hatte, lag an dem großzügigen Reisebudget des Verlags für Übernachtungen. Als sie in der Lobby ankam, war sie sehr froh über ihre Wahl. Der altmodische Stil der Rezeption ließ sofort das Gefühl für Italien in ihr aufleben, und es war wie ein Nachhausekommen, das sie im Hotel ihres Vaters nie so intensiv empfand, obwohl dort alles sehr geschmackvoll und sehr italienisch gestaltet war. Aber dies hier war Genua, ihre Stadt. Damals, während ihres Au-pair-Jahres, hatte sie sich gewünscht, bald nach Genua zurückzukehren, um dort vielleicht sogar etwas zu schreiben. Nun war dieser Wunsch auf recht ungewöhnliche Weise in Erfüllung gegangen. Sie war in diese Stadt zurückgekommen, um hier zu arbeiten. Ihr Plan war allerdings, ihre Reise in Porto Venere zu beginnen und sich dann bis Genua vorzuarbeiten, in die immer noch verkannte stolze Stadt. Das sollte der krönende Abschluss ihrer Reportage und ihrer Reise werden, nachdem sie sich ihr Ligurien zurückerobert hatte.

7

GENUA,
JULI 2022

Auf dem Zimmer angekommen, duschte Amrei und zog sich ein leichtes Sommerkleid an, das in ihr Handgepäck gepasst hatte. Um zu vermeiden, dass sie zur Ruhe kam und wieder von allen möglichen Zweifeln attackiert wurde, machte sie sich zu Fuß in die Via XX Settembre auf. Natürlich hätte sie mit der U-Bahn vom Bahnhof, in dessen unmittelbarer Nähe das Hotel lag, zur Piazza de Ferrari fahren können, aber sie wollte zu Fuß gehen, um richtig in Genua anzukommen. Bei der Hitze war es zwar kein reines Vergnügen, eine halbe Stunde zum Teil durch nicht nur schöne Straßen zu gehen, aber allein die Brise, die vom Meer herüberwehte, weckte Heimatgefühle in ihr. Je mehr sie sich dem zentralen Platz näherte, desto prächtiger wurden die Gebäude.

Als sie die Via Settembre erreichte, kamen sofort die Erinnerungen hoch, wie oft sie hier mit Maria Schaufensterbummel gemacht oder die Signora begleitet hatte, wenn sie etwas für Salvi kaufte und bei der Gelegenheit in die eine oder andere Boutique ging. Einmal hatte sie sogar Amrei ein neues Kleid gekauft für einen Empfang, den die Signora anlässlich ihres Geburtstages gab. Amrei war das sehr unangenehm gewesen. Schließlich hatte nicht sie Geburtstag, sondern die Signora. Das Kleid aber hatte sie geliebt und es noch lange in Hamburg in einer hinteren Ecke des Kleiderschranks aufbewahrt, es aber nie mehr getragen. Das Paillettenkleid aus der schicksalhaften Nacht in Porto Venere, das sie bei ihrer Rückkehr nach Hamburg völlig zerknüllt in ihrem Rucksack vorgefunden hatte, hatte sie allerdings sofort in den Müll geworfen.

Die beliebte Einkaufsstraße war glücklicherweise nicht so überfüllt, wie sie das damals an den Samstagen erlebt hatte. Wahrscheinlich, weil während der Sommerferien viele Italiener am Meer waren. Amrei hielt den Atem an, als sie in diesem Augenblick genau an dieser Boutique vorbeikam, in der sie so oft mit der Signora gewesen war. Es gab sie also immer noch. Amrei fasste sich ein Herz und betrat den Laden in der Hoffnung, ein passendes Kleid für die Hochzeit zu finden. Sie war nicht überrascht, dass es eine reichliche Auswahl gab, die ihrem Geschmack entsprach. Das war schon damals ein Phänomen gewesen. In italienischen Läden fand sich immer etwas und besonders jetzt, wo sie zwei Kleidergrößen weniger besaß als damals.

Die Verkäuferin war so begeistert von ihrer Kundin, dass sie aus allen Ecken Alternativen hervorholte mit dem Ergebnis, dass Amrei sich nicht zwischen einem langen und einem knielangen Kleid entscheiden konnte, sodass sie beide nahm. In der Einladung hatte es keine explizite Angabe zur Kleiderordnung gegeben, weil die Signora offenbar damit rechnete, dass sich die illustren Hochzeitsgäste angemessen zu kleiden wussten. Das Schöne war, dass die Verkäuferin ihr sofort einen beträchtlichen Rabatt anbot. Ihre Mittel reichten deshalb noch für eine Sommerhose, diverse Shirts und einen Rock für die Reise. Dieser Kauf lenkte sie für eine Zeit lang von ihren Sorgen ab. Sie kaufte sich zudem zwei Paar Schuhe, die sie sich in Deutschland nie hätte leisten können, und schließlich lockte sie das »Saldi-Schild« im Schaufenster eines Dessousladens. Der italienische Ausverkauf begann immer Anfang Juli und zog sich über den Sommer. Sie erstand mehrere Dessous-Garnituren, eine Investition, die schon lange fällig war, und war so entspannt, dass sie sich mit ihren Tüten in eine Bar, wie die Cafés in Italien hießen, setzte und ein großes Wasser und einen Espresso trank.

Jetzt erst merkte sie, wie ihr das Sommerkleid am Körper klebte. In der Boutique hatte es eine Klimaanlage gegeben, sodass sie die Hitze gar nicht so intensiv beim Anprobieren hatte spüren können. Hier draußen war das etwas anderes. Trotzdem fühlte sie sich wohl. Es war alles sehr vertraut, auch die alten Steine der Kolonnaden, als würden sie die verlorene Amrei willkommen heißen.

Das Klingeln ihres Handys riss sie aus ihren Gedanken. Es war Susan, die wissen wollte, wie das Ankommen für sie gewesen war. Amrei schilderte ihr wahrheitsgemäß, welchen Wechselbädern sie seit der Landung bereits ausgesetzt war und dass sie sich in diesem Moment gerade gut fühlte.

Amrei merkte, wie vorsichtig Susan mit ihren Ratschlägen war, als sie sagte: »Ich kann verstehen, dass du das Geständnis aus der Planung streichen möchtest, aber lass dich nicht von der Angst leiten.«

Amrei versprach Susan, sie auf dem Laufenden zu halten, und steuerte als nächstes Geschäft die Kaffeerösterei Bialetti an. Zwölf schwarze achteckige Espressotassen aus diesem Laden standen auf der Geschenkeliste. Amrei hoffte, dass kein anderer ihr zuvorgekommen war, denn sie hätte sonst kaum gewusst, was sie schenken sollte. Sie hatte Glück. Die Tassen hatte noch keiner gekauft. Also ließ sich Amrei den Kasten als Geschenk einpacken und ging zur nahe gelegenen U-Bahn-Haltestelle Mercato Orientale. Am liebsten hätte sie einen Bummel über den überdachten Markt gemacht, zu dem sie ein paar Mal zusammen mit Salvi die Köchin der Podestàs begleitet hatte, aber der Karton mit den Espressotassen war zu unhandlich, um damit über den Markt zu schlendern.

Gerade als der Eingang der U-Bahn vor ihr auftauchte, kam ihr eine elegant gekleidete Dame entgegen, die ihr entfernt bekannt vorkam. Amrei versuchte sich fieberhaft zu erinnern, wo sie diese Frau schon einmal gesehen hatte. Da fiel es ihr ein. Das war Tante Giulia, die Frau von Signora Podestàs älterem Bruder. Ihre Blicke trafen sich kurz, aber Signora Garibaldi schaute so unbeteiligt, wie man Fremde auf der Straße kurz mit Blicken streift. Amreis Herz klopfte bis zum Hals. Ich sollte sie ansprechen, dachte Amrei, aber sie war wie gelähmt, und dann war sie auch bereits an ihr vorbeigegangen. Amrei drehte sich um. Noch konnte sie ihr hinterherlaufen. Das war die Gelegenheit, vor der Hochzeit zu erfahren, wie es den Podestàs ging und … was Alfredo machte. Diese Frage beschäftigte sie bereits seit Tagen immer wieder. Wie es wohl sein würde, ihrer einstigen unerfüllten Liebe zu begegnen. Das wäre doch die Chance für sie, zu erfahren, ob er inzwischen verheiratet war und eine eigene Familie hatte, aber sie blieb wie angewurzelt stehen.

Amrei atmete ein paar Mal tief durch, und in ihr kamen arge Zweifel auf, ob sie einem Wiedersehen mit der Familie psychisch überhaupt gewachsen war. Wenn sie schon beim Anblick von Tante Giulia förmlich erstarrte, wie sollte es erst werden, wenn sie der Signora, Maria oder gar Alfredo gegenüberstand. In diesem Moment drängte sich ihr eine bohrende Frage auf, die sie die ganzen Jahre erfolgreich weggeschoben hatte: ob sie nicht insgeheim immer noch Gefühle für Alfredo hegte, denn so verliebt wie damals in Alfredo war sie seitdem nie wieder gewesen. Umso wichtiger war es für sie, diesen Bann zu brechen, indem sie ihn jetzt wiedersah und fühlte, dass es nur eine bloße Erinnerung war, in der sie noch gefangen war. Es wurde höchste Zeit, sich auch aus dieser Verstrickung zu lösen.

Amrei straffte die Schultern und nahm sich vor, sich trotz der Hitze im Fitnessbereich des Hotels körperlich zu verausgaben, um sich abzulenken. Und sich vielleicht eine Gesichtsbehandlung zu gönnen. Außerdem würde sie zum Friseur gehen und hoffte, ihr Gedankenkarussell durch diesen Aktionismus ein wenig zu beruhigen. Ihr Haar trug sie seit Jahren kinnlang. Es war mit der Zeit heller geworden, und zu ihrem Bedauern war der leichte Rotton inzwischen verblasst. Der Gedanke an ein paar entspannte Stunden im Wellnessbereich des Hotels währte allerdings nur kurz. Kaum saß sie in der Bahn, als sich mit aller Macht längst vergessen Geglaubtes in ihre Gedanken drängte. Für einen Augenblick keimte in ihr die Hoffnung auf, dass sie hier in Genua vielleicht Erinnerungen an die schreckliche Nacht würde freisetzen können, aber sosehr sie sich auch darauf konzentrierte, es blieb bei dem schwarzen Loch. Dafür wurden ihre Erinnerungen an Alfredo immer stärker.

8

PORTO VENERE, AUGUST 2007

Es war Liebe auf den ersten Blick. Amrei mochte alles an der *Casa Speranza*. Das alte Gemäuer, die Einrichtung, ihr Zimmer, den Blick über den Golf der Poeten, den Pool im Garten, den Geruch von Zitrus, Jasmin und dem Meer und auch den Namen. Die Signora sagte, so hätten ihre Eltern das Haus genannt, und sie hätten den Namen übernommen, nachdem sie das Ferienhaus ihrer Eltern geerbt hatte. Zunächst hatte sie es, wie Maria ihr erzählt hatte, verkaufen wollen, aber Maria und ihre Brüder hatten ein Veto eingelegt. Sie hatten so viele wunderbare Ferien bei den Großeltern in der Casa Speranza verbracht, dass sie es nicht missen wollten. Zur großen Überraschung der Signora war dies keine vorübergehende Laune ihrer drei Ältesten gewesen, sondern sie liebten das Haus, und es gab nie Streit, weil die Kinder am Wochenende lieber in Genua bleiben wollen. Im Gegenteil, seit aus Jugendlichen junge Erwachsene geworden waren, fuhren sie auch ohne Eltern dorthin. Sie kannten dort inzwischen eine Menge Leute in ihrem Alter und verbrachten mal gemeinsam, mal allein viele Frühlings-, Sommer- und Herbstwochenenden oder auch einen Teil ihrer Schulferien in der *Casa Speranza*.

An diesem Augustwochenende war Signora Podestà mit ihren Kindern und Amrei dorthin gefahren. Ihr Mann war auf einer Geschäftsreise und konnte sie nicht begleiten. Als die Signora ihr Alessandros Zimmer im Ferienhaus gezeigt hatte, da sie dort schlafen sollte, war sie erneut überrascht von dem Regal mit guter Lektüre. Wie sie auf den ersten Blick erkennen konnte, waren viele englische Titel dabei. Dieses Mal konnte sie ihre Neugier nicht zurückhalten.

»Ihr Sohn hat überall so interessante Bücher. Hat er etwas mit Literatur zu tun?«

Als Signora Podestà die Stirn runzelte, befürchtete Amrei, dass sie ihr zu nahe getreten war, aber dann seufzte die Signora: »Alessandro studiert für ein Jahr englische Literatur in Auckland, und wenn er im nächsten August aus Neuseeland zurückkommt, wird er in Florenz italienische Literatur studieren.«

Amrei fragte sich, warum sie das sagte, als wäre das eine Bürde. So vertraut, dass sie nachhaken würde, waren sie dann doch nicht. Die Signora aber gab ihr eine umfassende Antwort auf die nicht gestellte Frage.

»Tja, er war von seinem Weg nicht abzubringen, obwohl mein Mann ihn liebend gern zu seinem Nachfolger in der Reederei gemacht hätte. Vielleicht erwähnen Sie Alessandro nicht unbedingt in der Gegenwart meines Mannes. Er war wahnsinnig enttäuscht über Alessandros Entscheidung, dass sich die beiden nur noch gestritten haben. Deshalb ist Alessandro wohl ans Ende der Welt geflüchtet, um dort zu studieren. Mein Mann kommt immer noch nicht damit klar, dass er es abgelehnt hat, in seine Fußstapfen zu treten.«

»Gut, ich werde Ihren Sohn nicht in der Gegenwart von Signor Podestà erwähnen«, versprach Amrei hastig. Ihr war es ein wenig unangenehm, dass sie die Signora offenbar auch unausgesprochen unter einen gewissen Erklärungszwang gesetzt hatte. Doch als in diesem Moment Salvi ins Zimmer stürzte, war das Gespräch vergessen. Er war ein munterer Bursche, der mit seinen blonden Locken manchmal wie ein Mädchen wirkte, weil er zudem die weichen Gesichtszüge seiner Mutter geerbt hatte. Er war vor Kurzem fünf Jahre alt geworden.

»Darf ich bei dir schlafen?«, fragte er und legte den Kopf schief.

Wer kann diesem Blick schon widerstehen, dachte Amrei. Außerdem war es ein französisches Bett, in dem der kleine Kerl genügend Platz neben ihr hatte.

»Aber es ist Wochenende, und Amrei hat frei«, protestierte die Signora.

Amrei winkte ab. »Ach, das ist in Ordnung.«

Salvi klatschte vor Freude in die Hände. »Und du bringst mir schwimmen bei. Ja?«

»Auf jeden Fall beginnen wir heute mit dem Unterricht«, lachte sie.

»Wenn wir Sie nicht hätten«, sagte die Signora. »Sie müssen das nicht machen. Ich habe keine Termine an diesem Wochenende.«

Salvi griff nach Amreis Hand. »Es macht mir große Freude, Zeit mit Salvi zu verbringen«, sagte sie aus vollem Herzen und drückte seine kleine Hand zur Bekräftigung.

»Aber wenn die Jugend heute Abend nach der Prozession zum Fest der weißen Madonna zur Chiesa di San Pietro zieht, um dort oben zu tanzen, gehen Sie mit. Ohne Salvi. Ich nehme mit Salvi an der Prozession teil.«

»Sie sind sehr großzügig«, entfuhr es Amrei. »Und Sie können mich gern duzen. Ich fühle mich immer so schrecklich alt, wenn Sie mich siezen«, fügte sie hinzu.

»Das würde ich gern annehmen«, entgegnete die Signora. Als sie das Zimmer verließ, folgte ihr Salvi, damit sie ihm die Badesachen und seine Schwimmflügel geben konnte.

Nach dem Gespräch fühlte sich Amrei noch besser als zuvor, wenn das an diesem zauberhaften Platz überhaupt möglich war. Sie hatte beinahe ein schlechtes Gewissen, weil sie kaum an Heimweh litt. Natürlich vermisste sie Karen, und das versicherte sie ihrer Mutter jedes Mal am Telefon, aber sie spürte, wie sie sich in dieser italienischen Familie und in der Welt, in der sie lebte, frei entfalten konnte. Ihr lag die Wesensart der Italiener, sie liebte das Essen, die Kultur, die Leichtigkeit und zunehmend auch das Stilempfinden. Mittlerweile trug sie statt ihrer Lieblingsjeans freiwillig abgelegte Sommerkleider Marias. Und es blieb selbst ihr nicht verborgen, dass sie in den fünf Wochen, die sie nun bei den Podestàs lebte, schon um einiges selbstbewusster geworden war. Vor allem war sie dankbar für ihre Arbeit. Etwas Besseres, als Salvi zu betreuen, hätte ihr gar nicht passieren können. Gut, mit den Hunden der Garibaldis wäre sie auch spielend fertiggeworden, aber für Leni schien das wie eine Berufung zu sein. Sie hatte sich schon merklich verändert und fiel in ihr verschüchtertes Verhalten immer nur in Gegenwart ihrer Schwester zurück. Leider war Inga immer noch in Genua. Marias und Amreis Hoffnung, Tante Giulia würde sie feuern, hatte sich zerschlagen. Offenbar hatte Signora Garibaldi, wie Amrei von Maria wusste, Inga tatsächlich damit gedroht, sie rauszuwerfen, weil sie sich zu fein war, den Haushalt zu machen. Inga hatte dann offenbar versucht, ihren perfiden Plan von einem Familientausch auf diesem Weg doch noch durchzusetzen, und Tante Giulia vorgeschlagen, dass lieber Amrei zu ihnen kommen solle. Tante Giulia hatte diesen Vorschlag begeistert aufgenommen und ihn Signora Podestà vorgestellt. Maria war zufällig Zeugin dieses Gesprächs gewesen und hatte Amrei lebhaft geschildert, wie vehement ihre Mutter dieses Ansinnen abgelehnt hatte. Wie Maria von ihrem Cousin Francesco gehört hatte, war Inga seitdem wie umgewandelt, war lammfromm und erledigte ihre Arbeit. Francesco hätte es lieber gesehen, dass seine Mutter Inga nach Hause geschickt hätte, denn in seinen Augen war sie eine *stronzetta,* was ein eher vulgärer Ausdruck für »falsches Luder« war. Er fand es peinlich, wie Inga um seinen Vater herumscharwenzelte. Offenbar wollte sie unbedingt mit in sein Modehaus kommen und sah sich bereits als Model für seine Kollektion über den Laufsteg stolzieren.

Jedenfalls war Amrei froh, dass zu diesem Familienausflug keine Inga mitgekommen war, die ansonsten jede Gelegenheit wahrnahm, um in Alfredos Nähe zu sein.

Alfredo war bester Laune und freute sich auf das Tanzfest an der Kirche. Auch Maria sprach von nichts anderem, was Amrei allerdings mit Sorge betrachtete, weil es Maria nur noch mehr in ihren Liebeskummer trieb. Ihr Schwarm Massimo hatte sich nämlich gerade mit einer anderen verlobt. Da diese junge Frau nicht aus Genua kam, sondern aus Rom, konnte sich Maria bislang kein Bild von ihr machen. Seine Familie mietete sich jedes Jahr anlässlich des Festes der weißen Madonna im *Grandhotel Portovenere* ein, weshalb Maria davon überzeugt war, dass Massimo und seine Verlobte auch mitkämen und sie diese ominöse Römerin endlich mit eigenen Augen sehen konnte. Sie hoffte, dass ein persönlicher Blick auf die Konkurrentin sie von ihrer krankhaften Verliebtheit heilen würde. Amrei war ein wenig skeptisch, ob diese Hoffnung berechtigt war. Bislang hatte sie Maria gegenüber noch nicht durchblicken lassen, dass sie selbst auch in einen Mann verliebt war, der diese Gefühle offenbar nicht erwiderte, obwohl sie den Eindruck nicht loswurde, dass Maria längst ahnte, für wen Amreis Herz schlug.

Sie hatte sich gerade den Badeanzug angezogen, als Salvi in ihr Zimmer gehüpft kam. In Badehose und mit den Schwimmflügeln. Der Pool war groß genug, um dort richtige Bahnen zu schwimmen. Neben dem Pool war ein zweites Becken, in dem Kinder stehen konnten. Mit dem hatte sich Salvi bislang begnügt; nun brannte er darauf, in Begleitung von Amrei in das große Becken zu gehen. Man hätte ihm längst das Schwimmen beigebracht, aber als kleines Kind war er sehr wasserscheu gewesen. Bislang hatte ihn keiner mit dem Versprechen, ihm das Schwimmen beizubringen, in den großen Pool locken können. Im Gegenteil, er machte stets einen Riesenbogen um das Becken. Trotzdem hatte der Gärtner die Anweisung, das Becken jeden Abend mit einer Folie abzudecken. Offenbar hatte er kürzlich neues Wasser eingelassen, denn es war sehr sauber.

Amrei stieg die Leiter hinunter und empfand das Wasser an ihren Füßen als sehr erfrischend, obwohl es gar nicht so kalt war. Sie bat Salvi, sich an den Beckenrand zu setzen, wo sie ihn abholte und vorsichtig zu sich ins Wasser holte. Salvi paddelte sofort wie ein kleines Hündchen los, und Amrei ließ ihm erst einmal den Spaß, bevor sie mit dem Unterricht begann. Salvi begriff schnell, worauf es ankam, und schaffte es nach einer Weile bereits, koordinierte Schwimmbewegungen zu machen. Am liebsten hätte er auf die Schwimmflügel verzichtet, aber das erlaubte sie ihm nicht, zumal er ihrer Ansicht nach schon ein wenig zu lange im Wasser war. Er protestierte heftig, als sie ihm half, über die Leiter das Becken zu verlassen, bevor sie selbst noch ein paar sportliche Kraulrunden drehte, was Salvi mit großen Augen beobachtete.

Nachdem sie ihn abgetrocknet hatte, kam auch schon die Signora an den Pool und wollte ihn ins Haus holen, um ihm frische Sachen anzuziehen. Sie war unten am Hafen mit einer Freundin und deren gleichaltrigem Sohn verabredet. Als Salvi den Namen seines Spielkameraden hörte, ging er freiwillig mit seiner Mutter mit.

Amrei legte sich auf eine der roten Poolliegen und döste in der Spätnachmittagssonne vor sich hin. Sie hatte sich einen Bikini angezogen, damit sie am Bauch ein wenig Sonne abbekam. Offenbar war sie eingeschlafen, denn sie schreckte mit einem spitzen Schrei hoch, als es nass auf ihrem Bauch wurde. Vor ihr stand grinsend Alfredo, der offenbar im Kinderbecken einen kleinen Becher gefüllt und ihr den Inhalt über den heißen Bauch gekippt hatte.

»Du bist gemein«, rief sie, bevor sie blitzartig aufsprang und den verdutzten Alfredo in den Pool schubste.

»Na warte«, drohte er ihr scherzhaft, nachdem er wieder aufgetaucht war, und spritzte sie weiter nass. Daraufhin sprang Amrei freiwillig zu ihm in den Pool. Alfredo schwamm auf sie zu und versuchte, sie unter Wasser zu ziehen, was ihm aber nicht gelang. Prustend und lachend balgten sie sich im Wasser, bis Alfredo innehielt, sie intensiv betrachtete und meinte, sie sei eine der wenigen Frauen, die im Wasser nicht wie ein begossener Pudel aussahen.

Amrei wusste nicht genau, ob sie das als Kompliment auffassen sollte, aber der Blick, mit dem er sie ansah, gab Anlass zur Hoffnung, dass er sie in diesem Moment mit anderen Augen betrachtete als denen eines Gastbruders. Als er ihr über das nasse Haar strich und ihr unvermittelt einen Kuss auf die Wange gab, klopfte ihr Herz wie wild, und sie war überzeugt, dass er ihre Gefühle erwiderte. Sonst würde er sie doch niemals so verliebt ansehen und küssen. Auch die Tatsache, dass er ziemlich hektisch zur Leiter schwamm und den Pool verließ, änderte nichts an ihrem Hochgefühl. Als sie das Schwimmbecken verließ, war er schon im Haus verschwunden.

Amrei wusste gar nicht, wohin mit ihren überschäumenden Emotionen, aber da war sie ihm bereits gefolgt. Im Flur kam ihr Maria entgegen, die sofort merkte, dass etwas mit Amrei passiert war.

»Wow, was ist los? Deine Augen leuchten ja wie lauter Sterne!«

»Nicht hier auf dem Flur«, raunte Amrei. »Wollen wir in dein Zimmer gehen?«

Maria nickte und steuerte auf das Zimmer neben dem von Amrei zu.

Kaum hatte sie die Tür hinter ihnen zugezogen, konnte sie ihre Neugier nicht mehr zügeln.

»Was ist geschehen? Bist du deinen Traummann begegnet?«

»So was in der Art«, entgegnete Amrei, die immer noch wie auf Wolken schwebte. »Ich weiß aber nicht, ob ich dir das erzählen sollte. Schließlich ist er, ich meine, er ist …«

»Ich weiß«, unterbrach Maria Amreis Gestammel ungeduldig. »Er ist mein Bruder. Na endlich spuckst du es aus. Ich habe mich schon gefragt, wie lange du das für dich behalten wolltest.«

»Du weißt es?«, fragte Amrei fassungslos. »Bin ich so leicht zu durchschauen?«

»Keine Sorge, es steht dir nicht auf der Stirn geschrieben, aber ich habe ein besonderes Auge dafür. Und wenn du, wie neulich, über einen schlechten Witz meines Bruders lachst, dann ahnte ich, warum.«

Amrei schlug die Hände vors Gesicht und ließ sie gleich wieder sinken. »Bin ich so peinlich?«

»Nein. Gut, über Alfredos Witze solltest du vielleicht lieber nicht lachen. Intelligente Witze erzählen kann in unserer Familie nur Francesco. Aber nun sag schon, hat er dir eine glühende Liebeserklärung gemacht, oder seid ihr etwa im Bett gelandet?«

Amrei kam sich mit einem Mal schrecklich dumm vor. Er hatte ihr lediglich einen Kuss auf die Wange gegeben, wie er es vielleicht auch bei seiner Schwester getan hätte.

»Nein«, entgegnete sie schwach. »Er hat mir im Pool einen Kuss gegeben.«

In Marias Gesicht spiegelten sich Amreis eigene Zweifel wider, dass sie in seine Geste offenbar zu viel Bedeutung hineingelegt hatte.

»Du glaubst, das hat nichts zu bedeuten, oder?«, fragte Amrei verunsichert.

Maria rang sichtlich nach Worten. »Das … das kann ich nicht beurteilen. Schon gar nicht als seine Schwester«, erwiderte sie ausweichend.

»Er hat aber keine Freundin, die ich bislang nicht kennengelernt habe, oder?«, rutschte es Amrei heraus.

»Nein, Alfredo hat uns noch nie ein Mädchen vorgestellt. Das heißt nicht, dass er keine Freundinnen hatte, aber offenbar war nichts Ernstes dabei. Er hat eher den Ruf eines *donnaiolos.*«

Obwohl Amrei wirklich gut Italienisch sprach, dieses Wort kannte sie bislang nicht.

»*Donnaiolo?* Ist das so etwas wie ein Casanova?«

Maria nickte. »Das hat nichts zu bedeuten. Du weißt, wie schnell die Leute reden.«

»Wahrscheinlich ist da trotzdem etwas dran«, seufzte Amrei.

Maria machte eine wegwerfende Handbewegung. »Du willst doch nicht gleich aufgeben. Darf ich dir eine ganz persönliche Frage stellen?«

»Nun frag schon!«

»Suchst du den Mann fürs Leben, oder würde dir ein italienisches Abenteuer mit meinem Bruder genügen?«

Amrei zuckte die Schultern. »Ach, vergiss es. Ich bin doch sonst nicht so naiv und werde mir gar keine Hoffnungen mehr machen.« Das klang trotzig.

Statt ihr zu antworten, steuerte Maria auf ihren Kleiderschrank zu und reichte Amrei ein wunderschönes Kleid.

Amrei nahm es etwas ratlos entgegen, weil sie nicht recht wusste, was sie damit anfangen sollte.

»Bitte zieh das heute Abend an. Du musst dich nicht verstecken. Und wenn mein Bruder nicht sieht, wie hübsch du bist, sehen es eben andere. Wir flirten heute auf dem Fest auf Teufel komm raus. Und entweder macht er dir heute Abend noch eine Liebeserklärung, oder wir beide haben spätestens morgen früh vergessen, was wir an Massimo oder Alfredo je gefunden haben. Und ich werde heute alles auffahren, was ich habe, um gegen seine römische Verlobte anzustinken.« Maria lachte ihr herzliches Lachen, das so ansteckend war, dass sich auch Amreis Miene erhellte.

»Gut, dann werde ich mich umziehen gehen.« Amreis Stimmung sank ins Bodenlose, als sie in der Küche auf Alfredo traf, der sie keines Blickes würdigte, weil er schwer damit beschäftigt war, sich einen Toast zu machen. Amrei atmete tief durch, verzichtete auf das Wasser, das sie eigentlich hatte holen wollen, und verschwand wortlos in ihrem Zimmer.

Nach dieser Begegnung hatte sie keine Lust mehr, anlässlich des Fests der weißen Madonna tanzen zu gehen, aber sie wusste genau, dass Widerstand zwecklos wäre. Maria würde nicht zulassen, dass sie an diesem Abend allein in der *Casa Speranza* zurückblieb. Plötzlich kam ihr der Name des Ferienhauses vor wie ein Hohn. Haus der Hoffnung. Von wegen. Es müsste eher heißen *Casa della Verità*, das Haus der Wahrheit. Trotz ihrer niederschmetternden Gedanken zog sie Marias Kleid an, steckte sich das lange Haar hoch und schminkte sich sogar. Wenn sie sich schon innerlich dermaßen mies fühlte, wollte sie zumindest vermeiden, dass alle Welt ihr das gleich auf den ersten Blick ansah. Vor allem Alfredo sollte nichts von ihren wahren Gefühlen erahnen.

Dass ihr Letzteres rundherum gelang, zeigte sich wenig später, als Amrei ihr Zimmer verließ und auf der Terrasse auf Alfredo traf. Er stieß einen bewundernden Pfiff aus, als er sie erblickte.

»Wie hübsch du bist!«, rief er aus. »Versprichst du mir deinen ersten Tanz?«, fügte er schmeichelnd hinzu.

Eine warnende innere Stimme versuchte, Amrei zur Vorsicht zu ermahnen, aber sie wollte sie in diesem Moment nicht hören. Im Gegenteil, sie kam sich plötzlich dumm vor, dass sie sich nach dem Küsschen im Pool mit Selbstzweifeln gemartert hatte. So bewundernd, wie er sie musterte, war der Kuss sicherlich nur der Anfang gewesen. Sie nahm sich fest vor, mit keinem Menschen mehr über Alfredo und sich zu sprechen. Auch nicht mit Maria. Viel zu groß war die Gefahr, dass sie sofort wieder ins Zweifeln geriet. Dabei würde er ihr doch nicht den ersten Tanz anbieten, wenn sie ihm völlig gleichgültig war.

»Du siehst aber auch gut aus«, sagte sie und hoffte, dass sie nicht errötet war.

Er reichte ihr galant seinen Arm: »Kommen Sie an meine Seite, schöne Frau.« Amrei hakte sich gerade bei ihm ein, als Maria auftauchte. Sie sah wie immer umwerfend aus, und Amrei war sich sicher, dass es Massimo nicht entgehen würde, was für eine Schönheit er da verschmähte. Obwohl sie lächelte, konnte Amrei allerdings erkennen, dass Maria sich über den Anblick wunderte, der sich ihr bot.

»Sieht sie nicht wunderbar aus?«, fragte Alfredo seine Schwester strahlend.

»Ja, das finde ich auch«, erwiderte Maria und hakte sich kurzerhand an Alfredos anderer Seite unter.

So vereint, machten sie sich auf den Weg zum Fest. Inzwischen war es dunkel geworden, und die hell illuminierte Insel Palmaria bot einen erhebenden Anblick.

»Das ist wunderschön«, sagte Amrei und fühlte sich wie so oft, seit sie in Italien war, wie in einem Märchen oder einem Film.

»Das ist Tradition«, erklärte ihr Alfredo. »Zum Fest der weißen Madonna leuchten in ganz Porto Venere die Kerzen. Was meinst du, wie es erst am Hafen funkelt. Mindestens so schön wie deine Augen.«

Wenn Amrei nicht zufällig gesehen hätte, wie Maria bei den Worten ihres Bruders ihr Gesicht verzog, sie hätte jegliche Vorsicht Alfredos Süßholz gegenüber vergessen. So wurde sie zumindest kurz an die eigenen Zweifel erinnert, doch dann gab sie sich den Lichtern, der lauen Nacht, der Vorfreude auf den Abend und der Nähe zu Alfredo hin. Diese Nacht, das schwor sie sich in diesem Moment, würde sie sich von nichts und niemandem kaputtmachen lassen.

»Es ist traumhaft«, seufzte Amrei begeistert, als sie am Hafen ankamen und ganz Porto Venere im Glanz der Lichter vor ihnen lag. Und wenn ich nur für diesen einen Abend Alfredos Angebetete bin, soll es mir recht sein, dachte sie wie verzaubert.

9

GENUA/ALBARO, JULI 2022

Amrei hatte erstaunlich gut geschlafen und konnte sich am Morgen an keinerlei Albträume erinnern. Vor allem hatte sie lange geschlafen, denn es war fast 10 Uhr, und sie musste sich beeilen, um noch einen Kaffee zu bekommen.

»Warten Sie, Signora Peters, Ihre Bestellung ist angekommen. Sollen wir sie auf Ihr Zimmer bringen?«, sagte der Mann von der Rezeption, als sie zur Frühstücksterrasse eilte.

Amrei freute sich, dass der Koffer, den sie gestern in der Stadt gekauft hatte, wirklich an einem Sonntag ins Hotel geliefert worden war. So konnte sie ihre neuen Kleidungsstücke gleich verstauen und am Dienstagmorgen auf ihre Reise gehen, sobald der Mietwagen ins Hotel gebracht wurde. Sie wünschte sich fast, dass es schon so weit wäre, aber noch trennten sie von ihrer Recherchereise die Hochzeitsfeier und der morgige Montag, für den sie ihr Geständnis eingeplant hatte. Sie hoffte, dass Maria und ihre Eltern ein Stündchen für sie würden erübrigen können. Auf keinen Fall würde sie ihnen die Hochzeit verderben. Sie konnte nur hoffen, dass Maria nicht gleich auf Hochzeitsreise ging, was sehr üblich in Italien war, aber dann würde sie das Gespräch lediglich mit ihren Eltern suchen und Maria einen Brief dalassen.

Das Frühstücksbuffet war noch angerichtet, sodass Amrei sich Rühreier, Brötchen und Obstsalat auswählte. Sie verspürte großen Hunger, denn gestern Abend hatte sie keinen Bissen mehr herunterbekommen, weil ihr die Gedanken an die Vergangenheit den Appetit verdorben hatten. Dazu trank sie einen Cappuccino und fing gerade an, sich wohlzufühlen, als ein gut aussehender junger Mann auf ihren Tisch zusteuerte. Er war schätzungsweise in ihrem Alter und kam ihr entfernt bekannt vor.

»Entschuldigen Sie, aber sind Sie Amrei?«, fragte er mit einer für sein männliches Aussehen viel zu hohen Stimme.

Diese Stimme verriet ihn. Diese Fistelstimme gehörte Giovanni, einem Freund Marias, der damals unter den Gästen ihrer Abschiedsparty in Porto Venere gewesen war.

Sie nickte. »Und Sie sind Giovanni, oder?«

»Ja, und ich bin entzückt. Du – ich darf dich doch duzen, oder? – siehst atemberaubend aus.« Hastig fügte er hinzu: »Du bist schon damals sehr hübsch gewesen, aber jetzt bist du so elegant und …« Er unterbrach sich.

»Und schlanker wolltest du sagen, oder?«, lachte sie.

»Also, echt, wenn ich auf Frauen stehen würde, ich würde dich daten, bis du mit mir ins Bett gehst. Alfredo muss sich doch richtig ärgern.«

Amrei verging sofort das Lächeln. »Keine Ahnung. Ich habe ihn seit damals nicht wiedergesehen«, bemerkte sie kühl.

»Ach ja, du warst ja damals schon abgereist, bevor das Unglück passiert ist. Aber du weißt, was geschehen ist?«

»Maria hat es mir geschrieben«, entgegnete Amrei gequält.

»Ich werde nie vergessen, wie seine Eltern kamen und man den toten Salvi abtransportiert hat. Seine Mutter schien um zehn Jahre gealtert …«

Ohne Vorwarnung sprang Amrei von ihrem Stuhl auf. »Schön, dass wir uns wiedergesehen haben, aber ich muss noch zum Friseur«, sagte sie und wartete seine Antwort gar nicht mehr ab, sondern verließ fluchtartig die Terrasse. Hoffentlich wusste er nicht, dass der Friseur im Hotel sonntags geschlossen war, und sah ihr nicht an, dass sie schon tags zuvor beim Friseur gewesen war.

In ihrem Zimmer ließ sie sich auf ihr Bett fallen und fragte sich verzweifelt, ob sie dem großen Auftritt auf der Hochzeit wirklich gewachsen war, wenn sie schon vor dem harmlosen Giovanni die Flucht ergriff. Allerdings hatte er sie mit seinen Worten unabsichtlich in Panik versetzt. Dass auf dem Fest jemand Salvis Tod erwähnte, schien so gut wie sicher. Dass sie daran nicht vorher gedacht hatte! Amrei hatte das Gefühl, dass sie sich, seit sie in Italien war, nervlich auf dünnem Eis bewegte. Vor einer Begegnung mit Tante Giulia war sie gestern schließlich auch davongelaufen. Nein, ohne eine kleine Hilfe für ihre Nerven würde sie diesen Tag nicht unbeschadet überstehen. Für alle Fälle hatte sie stets ein pflanzliches Beruhigungsmittel bei sich, das sie manchmal nahm, wenn sie in der Redaktion zu fahrig wegen der nächtlichen Albträume war. Sie eilte auf ihr Zimmer und nahm eine von den kleinen Kapseln, die sie jedes Mal erfolgreich wieder auf den Boden brachten und ihr gut bekamen.

In dem Augenblick fiel ihr Marcello ein, den sie unbedingt noch anrufen musste. Die Frau ihres Vaters hatte auch stets kleine Kapseln eingenommen, aber sie besaß, wie er sich laienhaft ausgedrückt hatte, von Natur aus ein schwaches Nervenkostüm. Amrei hatte das mit den Pillen damals sehr befremdlich gefunden. Und nun griff sie selber zu solchen Mitteln. Und wieder überfielen sie starke Selbstzweifel. Wann hörte das endlich auf? Sie nahm den Hörer auf. Der Anruf bei ihrem Vater duldete keinen Aufschub, doch ein flüchtiger Blick auf die Uhr zeigte ihr, dass sie sich beeilen sollte, wenn sie pünktlich an der Kirche Saint Giuliano sein wollte. Sie legte wieder auf. Der Anruf musste noch warten. Vielleicht fand sie während der Hochzeit die Gelegenheit dazu.

Die Hochzeitsplanung trug jedenfalls Signora Podestàs Handschrift. Alles war perfekt aufeinander abgestimmt und besaß jene Grandezza, die der Signora zu eigen war. Maria liebte es eher einfach, jedenfalls war das früher so gewesen. Sie hatte immer von einer Hochzeit direkt am Meer geträumt, wo ein paar barfüßige Gäste anwesend waren. Wahrscheinlich hatte sie sich in den vergangenen Jahren verändert und ihrer Mutter angepasst, vermutete Amrei. Jedenfalls lag die Kirche nur wenige Minuten vom *Santamonica* entfernt, in dem das große Essen stattfand. Beides befand sich am Lungamare Lombardo.

Amrei plante, gerade so pünktlich zur Kirche zu kommen, dass die anderen Gäste bereits im Inneren saßen und sie sich diskret in eine der hinteren Reihen setzen konnte. Die kirchliche Zeremonie wollte sie ganz still und unerkannt miterleben. Natürlich interessierte es sie brennend, wie Maria doch noch ihren Massimo bekommen hatte, nachdem der sich damals zu ihrem großen Kummer mit der schönen Römerin verlobt hatte.

Als Amrei sich vor dem Spiegel in ihrem wunderschönen Kleid aus einem fließenden Seidengemisch mit einem Wasserfallkragen und Spaghettiträgern in einem hellen Minzton drehte, stieg ihre Stimmung. Sie hatte sich das halblange blonde Haar hochgesteckt und die silbernen Ohrringe genommen, die ihr Vater ihr einmal zu Weihnachten geschickt hatte. Am Hals verzichtete sie auf Schmuck, weil der Wasserfallkragen so am besten zur Geltung kam. Kein Wunder, dass Tante Giulia mich nicht erkannt hat, dachte sie, denn sie hatte sich in den vergangenen vierzehn Jahren äußerlich in der Tat sehr verändert. Abgesehen von den fehlenden Speckröllchen und ihren leichten Pausbacken kleidete sie sich auch ganz anders. Aus dem naturverbundenen Jeansmädchen war eine modebewusste junge Frau geworden, die mit Vorliebe in Hamburg italienische Mode bevorzugte.

Während sie mit ihrer Tüte des Espressoladens in der Hand die Lobby durchquerte, spürte sie die Blicke der Männer auf sich ruhen. Das kam zwar auch in Hamburg vor, aber die italienischen Männer zeigten ihre Bewunderung wesentlich offensiver. Wenn man streng in feministischen Kategorien dachte, konnte einem die Huldigung der Männer allem Weiblichen gegenüber bitter aufstoßen. Amrei war in dem Punkt sehr gespalten. Wenn ein Italiener das machte, hatte das für ihr Gefühl keinen schalen Beigeschmack; anders als bei deutschen Männern.

Auch der Taxifahrer behandelte sie wie eine Göttin, weil blondes Haar die Bewunderung der Männer verstärkte. Jedenfalls versuchte er im Wagen, mit ihr zu plaudern, aber je mehr sie sich Albaro näherten, desto stummer wurde sie. Vor lauter Nervosität ließ sie sich eine Ecke vor der Kirche absetzen.

Amreis Herzschlag beschleunigte sich, als vor ihr die Kirche auftauchte und sie sah, dass die Gäste bereits in der Kirche waren, die Braut aber gerade am Arm ihres Vaters auf das Kirchenportal zuschritt. Sie überlegte kurz, ob sie vor ihnen in die Kirche schlüpfen sollte, entschied sich jedoch dagegen. Mit klopfendem Herzen blieb sie einen Augenblick stehen, um den Moment abzupassen, an dem der Vater seine Tochter zum Altar geleitet hatte und nicht alle Augen auf den Mittelgang gerichtet waren. Zu ihrem großen Ärger war sie dabei so sehr ins Schwitzen gekommen, dass sie sich am liebsten noch einmal frisch gemacht hätte, aber als sie in der letzten Kirchenbank Platz genommen hatte, wurde ihr wieder kühler. Zu kühl, wie sie an der Gänsehaut auf ihren Armen unschwer erkennen konnte. Obwohl die Kirche gut besucht war, saß sie in ihrer Reihe allein und konnte sehen, dass die meisten Frauen einen Schal oder ein Tuch über Arme und Schultern gedeckt hatten. Daran hatte sie an diesem heißen Tag nicht gedacht: dass sie in einer katholischen Kirche sitzen würde, doch dann erst sah sie, dass Maria dort vorn ein schulterfreies Kleid trug. Ohne Schleier, ohne Bolero und ohne Tuch. Ihr dezenter Platz hatte den Vorteil, dass keiner sie entdeckte, aber den Nachteil, dass sie ihre Brille benötigte, um besser erkennen zu können, was am Altar geschah. Die hatte jedoch nicht in ihr Abendtäschchen gepasst. So kniff sie die Augen zusammen und versuchte, mit diesem alten Trick der Kurzsichtigen mehr zu erkennen.

In der Tat zeigte das einen kleinen Erfolg, aber es war anstrengend. Sie konnte auch so erkennen, dass Maria umwerfend aussah. Als die beiden sich das Jawort gaben, rollte Amrei vor Rührung eine Träne die Wange hinunter. Sie spürte mit schmerzhafter Intensität, wie sehr sie Maria vermisst hatte. Was, wenn der Kontakt wieder abbrach, sobald sie ihr Geständnis abgelegt hatte? Dass sie trotzdem keine andere Wahl hatte, als sich zu stellen, stand ihr hier in diesem Gotteshaus noch einmal deutlich vor Augen. Obwohl sie ansonsten mit der Kirche nichts zu tun hatte, hörte sie deutlich eine innere Stimme, die ihr sagte, dass sie genau das tun musste, was sie sich vorgenommen hatte. Ohne Wenn und Aber. Plötzlich wurde sie ganz ruhig. Ob das die verspätete Wirkung des pflanzlichen Mittels war oder eine heilige Stimme, die zu ihr sprach, spielte keine Rolle. Sie war hergekommen, um ihr Gewissen zu erleichtern, und dazu würde sie stehen, ganz gleich, zu welchem Preis. Das unproduktive Kreiseln ihrer Selbstzweifel mündete in diesem Moment in einer unverbrüchlichen Klarheit.

Als das Brautpaar zum Läuten der Glocken über den langen Gang dem Ausgang entgegenstrebte, war Amrei auf ihrem einsamen Platz in der letzten Reihe allerdings nicht mehr so unsichtbar wie erhofft.

Die Erste, die sie dort erblickte, war Maria, über deren Gesicht ein Strahlen bei ihrem Anblick ging. Sie hatte sie offenbar sofort erkannt. Auch die Signora sah in ihre Richtung. Wie es ihre Art war, strahlte sie nicht, sondern nickte nur leicht zum Zeichen, dass sie Amrei erkannt hatte. Der vertraute Duft nach Xerjoff umhüllte Amrei bis in ihre Bank.

Es folgten Alfredo und ein Mann, der aussah wie eine intellektuelle und nicht ganz so schillernde Ausgabe von ihm. Alfredo hatte sich gar nicht verändert. Er war immer noch genauso attraktiv und brachte Amreis Herz in Wallung. Aber er sah nicht in ihre Richtung, sondern starr geradeaus, nur der andere Mann warf einen kurzen Blick in ihre Richtung und schenkte ihr ein winziges Lächeln. Als er beim Weitergehen den Arm um Alfredo legte, wusste Amrei, wer dieser Mann war: Alessandro, der älteste Sohn der Familie, der Mann, der viel las und im fernen Auckland studiert hatte, um dem Druck des Vaters zu entfliehen. Und in dessen Zimmer sie nicht nur ein Jahr lang gelebt und dort ein Gespür für den jungen Mann bekommen hatte, den sie lediglich aus Bildern und Erzählungen kannte. Und nicht zu vergessen aus den Büchern, die ihm gehörten, und sie alle gelesen hatte … vor allem das eine, das geheime! Das war er also, jener weit gereiste Bruder der Familie.

Nun kam jemand den Gang entlang, der sie ebenfalls sofort erkannte und ihr einen zutiefst erschrockenen Blick zuwarf: Leni, die blendend aussah und an jeder Hand ein Kind hielt. Amreis Frage, wie sie zu dieser Einladung kam, erübrigte sich, als sie ganz dicht hinter Leni Francesco erblickte, der sich zu seinem Vorteil verändert hatte. Er hatte nichts mehr von dem tapsigen übergewichtigen Jugendlichen an sich, sondern wirkte sehr männlich und attraktiv. Er hielt ein größeres Kind an der Hand, das den anderen beiden verblüffend ähnelte. Es freute Amrei, dass die beiden sich also tatsächlich noch gefunden hatten. Damals jedenfalls hatte er wohl für Leni geschwärmt, aber sie hatte nicht das geringste Interesse an ihm gezeigt, allerdings auch nicht an anderen

Männern. Leni war damals völlig in ihrer Rolle als Hunde-Nanny aufgegangen. Ganz offenbar hatte Francesco seine Bemühungen nicht aufgegeben, nachdem sie nach Deutschland zurückgekehrt war. Amrei gönnte es den beiden von Herzen und war sehr gespannt auf die Geschichte, die dazu geführt hatte. Sie war stets äußerst interessiert an den glücklichen Liebesgeschichten anderer, gerade, weil es in ihrem Leben bislang noch nie ein Happy End gegeben hatte.

Amrei blieb eine Weile in ihrer Kirchenbank sitzen, nachdem alle anderen die Kirche verlassen hatten, denn sie spürte erneut eine große Anspannung in sich aufsteigen, vor allem bei der Vorstellung, Alfredo nach so vielen Jahren gleich gegenüberzustehen. Ihr ganzer Körper begann zu prickeln, wie damals, als er auf dem Fest der weißen Madonna innig mit ihr getanzt hatte.

10

PORTO VENERE, AUGUST 2007

Amrei schwebte förmlich den Weg zur Kirche hinauf. Zu ihrem großen Bedauern nicht am Arm von Alfredo, weil der ständig stehen blieb und alte Bekannte begrüßte, die fast alle weiblich und hübsch waren. Aber das störte Amrei an diesem wunderbaren Abend kaum. Heute war sie Alfredos Begleitung und keine dieser Bellas. In dieser Nacht würde er mit ihr tanzen und hoffentlich mehr als das …

Maria hatte sich bei ihr untergehakt für den Fall, dass sie auf Massimo stieß und beim Anblick der Römerin dringend Halt brauchte.

»Hoffentlich verlieren wir Alfredo nicht«, gab Amrei zu bedenken.

»Sicher nicht, denn mein Bruder ist auf dieser Veranstaltung als Eintänzer bekannt. Spätestens auf der Tanzfläche sehen wir uns wieder«, entgegnete Maria ungerührt, doch dann drückte sie Amreis Hand so fest, dass sie sie ihr fast zerquetschte. »Da vorne an der Bar, da ist Massimo. Komm, wir hauen ab«, flüsterte sie panisch.

»Auf keinen Fall. Jetzt stellst du dich der Begegnung mit der Römerin. Und wer weiß, vielleicht ist sie hässlich, also quasi die einzige nicht hübsche Italienerin.« Amrei nahm Maria bei der Hand und zog sie zur Bar. Als sie sich in die Schlange stellten, hatten Massimo und seine Begleitung bereits ihre Gläser in der Hand.

Maria versuchte, sich ganz klein zu machen und sich hinter Amrei zu verstecken, aber da hatte Massimo sie erspäht. Freudestrahlend kam er auf sie zu und begrüßte sie herzlich mit den unter Freunden üblichen zwei Wangenküsschen.

»Sind deine Eltern und Alfredo auch hier?«, fragte er. Er schien wirklich völlig ahnungslos zu sein, dass Maria in ihn verschossen war. Offenbar hielt er sie lediglich für die Tochter von guten Freunden seiner Eltern.

»Wir sind mit Alfredo hier, Papa hat einen Termin, und Mama war mit Salvi auf der Prozession. Darf ich dir meine deutsche Freundin Amrei vorstellen? Sie kümmert sich für ein Jahr um Salvi.«

Massimo begrüßte auch sie überaus freundlich und fragte, ob sie das Au-pair-Mädchen der Podestàs sei, von dem er schon so viel gehört habe. Natürlich nur Gutes, fügte er charmant hinzu.

»Das freut mich«, entgegnete Amrei, und sie musste feststellen, dass Marias Schwarm auf den ersten Blick wirklich ein ausgesprochen sympathischer Mann war, der auch noch gut aussah, obwohl er blondes Haar hatte, während sie auf dunkle Locken stand. Bevor Massimo etwas erwidern konnte, mischte sich seine Begleitung energisch in das Gespräch ein. »Ob du mich vielleicht mal vorstellst, Liebling?«, fragte sie in harschem Ton. Amrei konnte zwar verstehen, dass sie sich übergangen fühlte, aber der Ton, den sie anschlug, machte sie nicht gerade liebenswert. Dafür sah sie phänomenal aus. Sie hatte wunderschönes schwarzes langes Haar, braune ausdrucksstarke Augen, perfekt geschwungene Lippen und trug ein atemberaubendes kurzes Kleid, das ihre endlos langen Beine betonte.

Massimo war die Reaktion seiner Verlobten sichtlich peinlich. »Ach so, ja, *scusa,* das ist meine Verlobte Raffaela, und das ist meine alte Freundin Maria.«

Raffaela musterte Maria von oben bis unten. »Eine Ex von dir?«, fragte sie in einem abfälligen Ton.

»Nein, Maria ist die Tochter von Papas bestem Freund und Tennispartner, Stefano Podestà. Wir beiden haben schon in der Sandkiste zusammen gespielt«, beeilte er sich zu sagen.

»Lade sie doch zu unserer Hochzeit ein, wenn ihr euch schon so lange kennt. Aber vielleicht ohne das Au-pair-Mädchen«, bemerkte Raffaela spitz.

Massimo lief rot an vor Scham über die Taktlosigkeit seiner Verlobten. »Wir müssen weiter. Wir sind mit Freunden hier. Grüß deine Eltern, und vielleicht laufen wir uns später noch mal über den Weg«, sagte Massimo und zog seine Verlobte hastig mit sich fort.

»*Stupida mucca!*«, entfuhr es Maria. Was blöde Kuh auf Italienisch hieß, hatte Amrei erst kürzlich erfahren, als Maria das über Inga gesagt hatte, die sich bei einem Empfang von Tante Giulia ganz frech auf Marias Platz neben Alfredo gesetzt hatte. Maria hatte sie eigentlich deshalb zurechtweisen wollen, aber Amrei hatte sie davon abgehalten, denn Inga hatte sich inzwischen so beliebt bei Tante Giulia gemacht, dass diese nichts auf ihr fleißiges Au-pair-Mädchen kommen ließ.

»Tja, ich frage mich, was er an der Frau findet. Und wenn ihr euch schon so lange kennt, wie konnte das bloß passieren?«, fragte Amrei ihre Gastschwester.

»Ach, das war in dem Sommer, in dem wir beide uns nähergekommen sind, Massimo und ich. Also, wir haben uns nur geküsst, und er ist nach dem Abitur für ein halbes Jahr nach Rom gegangen, um in der Firma seines Onkels zu arbeiten. Er meinte damals, es könne doch trotzdem was werden mit uns …«

»Ja, und?«, hakte Amrei neugierig nach.

»Ich brauche noch einen Wein, damit ich dir den größten Fehler meines Lebens beichten kann«, seufzte Maria.

Amrei hatte ihr Glas noch nicht einmal halb ausgetrunken. Als Maria ihren neuen Wein in der Hand hatte, entfernten die beiden sich ein Stück von der Menge der Feiernden.

»Erzähl. Was ist passiert?«

»Ich hatte damals noch einen Verehrer in der Schule und wollte mich nicht entscheiden, also habe ich Massimo vorgeschlagen, dass wir uns dieses halbe Jahr nicht aneinander binden und dann, wenn er wiederkommt, schauen, ob wir einander vermisst haben.«

»Und?«

»Ich habe mich auf eine kurze Sache mit Federico eingelassen, und gerade, als ich gemerkt habe, dass ich in Wahrheit in Massimo verliebt bin, bekam ich eine Karte von ihm, auf der er mir schrieb, dass er in Rom seiner großen Liebe begegnet sei. Ich bin aus allen Wolken gefallen …«

»Und du bist nicht nach Rom gefahren, um ihm zu gestehen, dass du dich geirrt hast?«

Maria schüttelte traurig den Kopf. »Nein, er ahnt nichts. Er glaubt, ich wollte ihn nicht.«

»Aber vielleicht kannst du es ihm jetzt noch gestehen. Vielleicht ist er froh, wenn er erfährt, dass er bei dir eine Chance hat und nicht diese blöde Kuh heiraten muss.«

»Auf keinen Fall. Ich habe viel zu viel Angst, dass ich mich lächerlich mache«, widersprach Maria ihr energisch. »Oder hast du Alfredo gestanden, wie verknallt du in ihn bist?«

»Natürlich nicht, aber das ist was anderes. Ich kenne Alfredo schließlich nicht mein ganzes Leben!«

»Ich höre meinen Namen? Ihr sprecht von mir? Hoffentlich Gutes?«, hörte Amrei in dem Moment Alfredo sagen. Hoffentlich hat er nicht gehört, worüber wir gerade reden, dachte sie, aber er schien nur seinen Namen verstanden zu haben.

»Ich habe dich überall gesucht«, sagte er und sah Amrei tief in die Augen, woraufhin ihr die Knie weich wurden.

Leider fiel ihr nichts ein, was sie ihm darauf spontan antworten konnte. Flirten war nicht ihre Stärke. Während sie darüber nachgrübelte, was Inga in so einem Fall säuseln würde, hatte er ihre Hand genommen und fragte formvollendet: »Darf ich Sie um diesen Tanz bitten?«

»Meine Güte, und du bist sicher, dass so ein Schmalz bei klugen Frauen ankommt?«, giftete Maria ihren Bruder an.

»Was ist denn mit dir los, Schwesterherz?«, lachte Alfredo und tätschelte Marias Wange, was sie nur wütender machte.

»Ach, du kannst mich mal!«, knurrte sie und verschwand in Richtung Tanzfläche.

Alfredo schüttelte den Kopf und nahm Amreis Hand. So vereint, betraten sie die Tanzfläche. Es gab eine Liveband, die alte italienische Schlager spielte. Alfredo war ein brillanter Tänzer, wie Amrei entzückt feststellen musste. Er führte sie sicher, und, was noch herausragender war, sie ließ sich von ihm führen. Die wenigen Male, in denen sie in ihrem Leben derartige Paartänze erlebt hatte, waren die Männer stets daran verzweifelt, dass sie beim Tanz die Führung übernahm. Im Arm von Alfredo aber schwebte sie wie eine Feder durch die sternenklare Sommernacht. Sie wünschte, dass dieser Moment nie enden würde, und tanzte weiter, als sie schon längst eine kleine Pause gebraucht hätte. Erst als die Band eine Spielpause einlegte, folgte sie Alfredo von der Tanzfläche. Er steuerte auf seine Schwester zu, die mit dem Rücken zu ihnen und mit einem halb vollen Glas in der Hand an der Mauer stand und über das Meer blickte.

»Bist du immer noch kratzbürstig?«, erkundigte sich Alfredo scherzhaft.

Maria wandte sich zu ihm um. »Tut mir leid, ich habe gerade Massimo mit seiner Römerin gesehen. Das macht mir schlechte Laune.«

»Was für eine Frau, oder? Ich habe ihn auch schon begrüßt. Der hat das ganz große Los gezogen. Wenn mir so eine Wahnsinnsfrau den Verlobungsring aufzwingen würde, könnte selbst ich schwach werden.«

»Taktloser geht es wirklich nicht«, fauchte Maria ihn an. »Ich habe dir erst neulich erzählt, wie sehr ich bedaure, dass ich ihm im vergangenen Sommer einen Korb gegeben habe.«

Alfredo schien betroffen zu sein von ihren Worten. »Stimmt, da war etwas. Das war dumm von mir. Und so toll ist sie auch gar nicht.«

»Schon gut. Schwamm drüber. Amüsiert euch lieber. Ich glaube, ich sollte besser nach Hause gehen. Mir ist die Feierlust vergangen.«

»Bitte nicht«, mischte sich Amrei ein, die fast ein schlechtes Gewissen hatte, dass sie an diesem Abend vor Glück hätte juchzen mögen, weil Alfredo ihr so nahe war wie nie zuvor. Da ertönte ein Song von Zucchero, der zum Tanzen anregte.

»Lass uns zu dritt tanzen«, schlug sie vor.

Und schon hatte sie Maria sanft das nun leere Glas abgenommen, es sicher abgestellt und sie bei der Hand genommen. Sie wollte die andere Hand nach Alfredo ausstrecken, aber der schien jemanden Bekanntes in der Menge entdeckt zu haben und murmelte nur: »Gute Idee, geht schon vor. Ich komme nach.« Ehe Amrei etwas erwidern konnte, war er losgestürmt. Er hatte es offenbar sehr eilig. Amrei schaute ihm hinterher, aber er war plötzlich verschwunden.

»Komm, lass uns tanzen. Da kommst du auf andere Gedanken«, sagte Amrei. Maria ließ sich widerwillig von ihr zur Tanzfläche ziehen. Amrei war froh, dass nun schnelle Rhythmen gespielt wurden, zu denen sie sich jede für sich und frei bewegen konnten. Maria bewegte sich ungestüm, bis sie einen attraktiven jungen Mann neben ihnen anrempelte, der sie verärgert anfuhr: »Kannst du nicht aufpassen!«, doch als ihre Gastschwester sich entschuldigen wollte, riss er Maria ohne Vorwarnung in seine Arme. »Maria Podestà, dass wir uns noch mal wiedersehen. Ich habe in den vergangenen Jahren bei jedem Fest für die Madonna vergeblich nach dir Ausschau gehalten«, rief er sichtlich begeistert aus. Maria schien seine Euphorie nicht ganz zu teilen, sondern flüsterte Amrei, nachdem sie sich aus der Umarmung befreit hatte, eher peinlich berührt zu: »Mit Lorenzo habe ich mal vor Jahren am Strand geknutscht.«

Lorenzo ließ sich nicht abwimmeln, sondern zog Maria beim nächsten Stück, das wieder zum Paartanz einlud, einfach zu sich heran und legte los. Amrei sah sich suchend nach Alfredo um, aber der blieb verschwunden. Mit einem Blick auf Maria stellte Amrei fest, dass sie die alte Strandbekanntschaft wohl gar nicht mehr so schrecklich fand, denn sie lachte herzlich.

Amrei hatte keine Lust, sich allein in langsamen Bewegungen zu wiegen, sondern verließ die Tanzfläche und machte sich auf die Suche nach Alfredo. Schließlich war das ihr Abend heute, und den wollte sie in vollen Zügen genießen, zumal er vielversprechend begonnen hatte. Sosehr sie sich jedoch den Hals nach ihm verrenkte, es gab keine Spur von ihm.

Nachdem sie die Tanzfläche einmal ganz umrundet hatte und den Weg bis oben zur Kirche und auf den Festplatz zurückgegangen war, wurde sie innerlich unruhig. Was, wenn sie einander an diesem Abend nicht wiederfinden würden?

Um sich abzureagieren, ging sie die Stufen hinunter und betrat den Treppengang, der von hier aus zum Hafen führte. Die Geschäfte waren teilweise geöffnet und die Restaurants bis auf den letzten Platz besetzt. Als sie an einer Eisdiele vorbeiging, sah sie ein Paar, das sich leidenschaftlich küsste. Sie dachte gerade, dass sie sich nach so einem Kuss am heutigen Abend gesehnt hatte, als ihr Herzschlag auszusetzen drohte, denn auch von hinten war der küssende Mann kein Geringerer als Alfredo.

Nachdem sich ihre Schockstarre gelöst hatte, versteckte sie sich in einem Häusereingang, der ihr einen Blick auf das knutschende Paar gewährte. Ein letzter Hoffnungsschimmer bestand darin, dass Alfredo einen Doppelgänger hatte oder sie in ihrem Kummer schon Alfredos sah, wo gar keine waren. Sie wollte Gewissheit. Dazu musste sie ihn einmal von vorne sehen.

Sie betete, dass sie sich geirrt hatte, während ihr das Herz bis zum Hals klopfte. Doch als er sich umdrehte, gab es keinen Zweifel mehr. Es war Alfredo, der in der einen Hand ein Eis hielt und den anderen Arm um eine falsche Blondine, wie Amrei unschwer am dunklen Haaransatz erkennen konnte, gelegt hatte. Ihr wurde schummrig, und sie hatte Angst, dass sie umkippen würde. Sie atmete ein paar Mal tief durch, woraufhin das flaue Gefühl verschwand. Stattdessen drückte sie sich tiefer in den Hauseingang, was gar nicht einfach war, weil dort nicht viel Platz war. Aber sie hatte Glück, denn die beiden Turteltauben verschwanden Richtung Hafen, und sie konnte sie nur noch von hinten sehen.

Als sie außer Sichtweite waren, setzte sich Amrei auf die Treppenstufe vor dem Haus und starrte eine Weile vor sich hin. Sie konnte keinen klaren Gedanken fassen.

Dann beschloss sie, zum Fest zurückzukehren und nach Maria zu suchen, um sie um Rat zu fragen. Schließlich waren sie in einer ähnlichen Lage. Amrei war aus ihrem rosaroten Wolkenschloss brutal auf den Boden der Tatsachen gestürzt.

Energisch kämpfte sie gegen ihre Tränen an. Keine einzige würde sie um diesen Mistkerl weinen, sagte sie sich mit jedem Schritt, den sie sich den Feiernden näherte. Zum Glück musste sie nicht lange nach Maria suchen. Sie stand an der Brüstung, wo sie vorhin auch gewesen war, allerdings nicht allein, sondern inmitten einer Gruppe von Amrei völlig fremden jungen Kerlen. Amrei überlegte, ob sie umkehren und allein in die *Casa Speranza* laufen sollte, aber da hatte Maria sie schon erspäht und winkte sie heran.

Die jungen Männer begrüßten sie herzlich; einer von ihnen war der, mit dem Maria vorhin getanzt hatte und der sie nun anschmachtete. Die anderen beiden jungen Männer fingen sofort an, um Amreis Gunst zu buhlen. Am liebsten wäre sie davongelaufen, aber sie nahm sich Maria zum Vorbild, die auf ihren Rat hin auf dem Fest geblieben war und sich jetzt redlich amüsierte. Dass auch ihre Freundin nicht mit dem Herzen dabei war, konnte wohl nur Amrei erkennen. Also tat sie es ihr gleich. Sie lachte und flirtete mit den beiden Italienern, wobei ihr der größere besser gefiel und sie sich auf ihn konzentrierte, sodass der dritte Mann den Rückzug antrat und die beiden Paare sich selbst überließ.

Nachdem sie ausgiebig mit den beiden Männern getanzt hatten, gingen sie noch einmal gemeinsam an die Bar. Amrei trank einen Wein, der ihr aber weder schmeckte noch an ihrer traurigen Stimmung hinter der fröhlichen Fassade etwas änderte. Schließlich führten die beiden jungen Männer, die Mattia und Lorenzo hießen, sie zu einem Platz etwas abseits der Feier. Es war sehr romantisch auf den Felsen mit dem Blick auf das Meer. Keine Frage, warum die beiden sie in eine dunkle Ecke gelotst hatten. Maria, die offenbar etwas angeheitert war, ließ sich auf eine wilde Knutscherei mit Lorenzo ein. Amrei wehrte sich zunächst nicht, als

Mattia sich ihrem Gesicht näherte in der Absicht, sie zu küssen. Erst als seine Zunge schon in ihrem Mund war, zuckte sie zurück. »Nein, ich kann das nicht«, sagte sie entschieden und stellte erschrocken fest, dass sie plötzlich allein hier oben waren. Maria und Lorenzo waren verschwunden. Amrei durchfuhr ein eisiger Schreck; dann hörte sie die beiden ganz in der Nähe sprechen. Maria schien auch einen Rückzieher zu machen, denn Lorenzo bettelte regelrecht darum, dass sie mit zu ihm nach Hause käme.

Mattia schien ungerührt von Amreis Reaktion und versuchte noch einmal, sie zu küssen. Amrei aber wich erneut einen Schritt zurück und sagte laut: »Maria, ich gehe jetzt nach Hause!«

Es dauerte nur einen winzigen Augenblick, bis Maria etwas zerzaust hinter einem Felsen hervorkam. »Ich komme mit«, sagte sie.

Lorenzo und Mattia waren wirklich zwei ausgesprochen nette Kerle und versuchten, die beiden mit schmeichelnden Worten umzustimmen, aber als sie merkten, dass sie keinen Erfolg hatten, boten sie ihnen an, sie nach Hause zu bringen. Das lehnte Maria freundlich ab mit dem Hinweis, dass sie doch lieber weiterfeiern sollten, als die Zeit mit ihnen zu verbringen. Allerdings ließ sich Lorenzo erst abwimmeln, nachdem sie ihm versprochen hatte, dass sie in Kontakt blieben und sich wiedersehen würden. Offenbar hatte es den hübschen Kerl richtig erwischt.

Schließlich machten Maria und Amrei sich allein auf den Weg zum Hafen und weiter am Wasser die Via Olivo entlang.

Nachdem sie sich erleichtert darüber ausgetauscht hatten, wie sie gerade noch die Notbremse gezogen hatten, um nicht mit diesen Jungs im Bett zu landen, hielt Maria plötzlich inne. »Sag mal, warum hast du dich überhaupt darauf eingelassen? Du warst doch so happy mit meinem Bruder.«

In diesem Augenblick konnte Amrei ihre Tränen nicht länger zurückhalten. Sie brach in lautes Schluchzen aus. Maria schob sie zu einer Bank, wo sie die Unglückliche fest in den Arm nahm.

Als Amreis Tränen versiegt waren, schilderte sie ihrer Gastschwester, was geschehen war. Maria rutschte ein verächtliches *»stronzo!«* heraus, was so viel wie »Arschloch!« bedeutete. »Das wird seine ganz intime Dealerin vom letzten Sommer sein, wenn du sagst, sie sei blond gefärbt. Der rieselt das Koks geradezu aus der Nase. Die war einmal bei uns. Da hättest du meine Mutter erleben sollen. Die fand sie einfach schrecklich, aber egal! Ich kann nur hoffen, dass du jetzt kuriert bist von meinem Bruder.«

»Bestimmt«, entgegnete Amrei mit fester Stimme, obwohl sie davon im Inneren ihres Herzens nicht überzeugt war.

In der *Casa Speranza* angekommen, saß sie noch einen Augenblick mit Maria auf der Terrasse und blickte über das Meer, das vom Mondlicht hell beschienen war. Als Maria ins Bett ging, blieb Amrei allein dort. Sie lauschte den Zikaden. Ansonsten war alles still, doch dann hörte sie, wie sich Schritte näherten. Ihr Herz begann erneut laut zu klopfen, weil sie ahnte, wer das war.

Mit den Worten: »Was machst du denn noch hier draußen?«, begrüßte Alfredo sie. Seine Stimme klang verwaschen.

»Wo bist du abgeblieben auf dem Fest?«, entgegnete sie in festem Ton. Wenn er ihr jetzt die Wahrheit sagte und zugab, dass er eine Frau getroffen und mit ihr den restlichen Abend verbracht hatte und er sich dafür entschuldigte, würde sie ihm vielleicht verzeihen …

»Ich habe alte Freunde aus Porto Venere wiedergetroffen, und wir haben in einer Bar am Hafen viel getrunken.« Er ließ sich neben sie auf die Strandliege fallen, und sie konnte seine Fahne riechen. Außerdem roch er aufdringlich nach einem süßlichen Parfum. Und wenn sie noch Zweifel hätte haben wollen, ob er mit der Frau von der Eisdiele direkt ins Bett gegangen war, sein verkehrt herum angezogenes Shirt verriet alles.

»Alte Freunde?«, wiederholte sie leise.

»Du glaubst mir nicht, oder? Du denkst, ich habe mich mit anderen Frauen amüsiert, aber da waren keine Mädchen dabei. Ich schwöre es«, lachte er betrunken und versuchte, sie zu küssen. Amrei wich ihm aus und sprang ohne ein weiteres Wort von der Liege auf.

»Hey, was ist denn in dich gefahren?«, lallte er ihr hinterher, aber Amrei drehte sich nicht um.

Als sie in ihr Zimmer kam, lag Salvi in ihrem Bett. Sie verzichtete auf das Zähneputzen, weil sie im Bad auf keinen Fall Alfredo noch einmal begegnen wollte, zog sich aus und ein Nachthemd über und legte sich neben den Jungen, der sich im Schlaf schnurrend wie eine kleine Katze an sie kuschelte. Mit Salvi im Arm überlegte sie, wie es weitergehen konnte. Die Familie zu verlassen und nach Deutschland zurückzukehren, schien ihr keine geeignete Option. Nur, wenn sie blieb, musste sie sich Alfredo aus dem Kopf schlagen und ihn erst einmal ignorieren, bis sie in der Lage war, ihn als Gastbruder zu betrachten und mehr nicht.

Bei dem Gedanken floss eine einzelne Träne ihre Wange hinunter, aber dann überkam sie eine bleierne Müdigkeit, die sie mit dem festen Vorsatz einschlafen ließ, sich in Zukunft nie wieder von Alfredos Charme einwickeln zu lassen.

11

GENUA/ALBARO, JULI 2022

Amrei hatte gar nicht gemerkt, wie lange sie in Gedanken versunken allein in der Kirche zurückgeblieben war. Und wahrscheinlich hätte sie noch länger vor sich hin geträumt, wenn der Pfarrer nicht zu ihr gekommen und sie angesprochen hätte.

»Entschuldigen Sie, kann ich Ihnen helfen? Brauchen Sie jemanden zum Reden?«, fragte er. Amrei zuckte zusammen und blickte in ein offenes und sehr junges Gesicht.

»Nein, nein, ich gehöre zur Hochzeitsgesellschaft und habe ein wenig die Zeit vergessen. Ich war früher Au-pair-Mädchen bei den Podestàs und habe die Familie seit damals nicht gesehen. Da kamen viele Erinnerungen hoch«, erklärte sie entschuldigend.

»Dann bin ich beruhigt. Ich habe schon befürchtet, Sie seien eine ehemalige Freundin des Bräutigams und wollten mit eigenen Augen ansehen, dass er jetzt wirklich eine andere geheiratet hat. Das hatte ich nämlich gerade letzte Woche. Die unglückliche Ex-Freundin saß genau an dem Platz.«

»Nein, keine Sorge, ich freue mich riesig für Maria, dass sie heute die glückliche Braut ist, und ich glaube, ich muss mich beeilen. Wahrscheinlich habe ich eh den Anschluss verpasst und komme zu spät ins *Santamonica.*« Mit diesen Worten stand Amrei auf und schenkte dem netten Pfarrer ein Lächeln.

Offensichtlich ließ er sich dadurch nicht blenden und konnte ihr tiefer in die Seele blicken, als ihr lieb war, denn aus seinen Augen sprach ein gewisses Mitgefühl, aber vielleicht bildete sie sich das auch nur ein …

»Alles gut. Und danke für die schöne Trauung. Sie haben so bewegende Worte gefunden«, sagte sie hastig zum Abschied.

Als sie aus der Kirchentür ins Freie trat, wurde sie von der gleißenden Mittagssonne geblendet. Sie setzte ihre Sonnenbrille auf und blickte sich prüfend um. Der Vorplatz war wie leer gefegt. Die Hochzeitsgesellschaft hatte sich schon auf den Weg zum Restaurant gemacht.

Amrei verspürte nicht den Drang, die anderen einzuholen. Im Gegenteil, sie schlenderte den Lungomare entlang wie eine Touristin, die alle Zeit der Welt hat. Es hatte sich seit damals einiges getan an diesem Strand. Diverse Restaurants waren hinzugekommen, aber nicht alle hatten geöffnet. Das war nicht anders als in Deutschland nach Corona. Wenn man genau hinguckte, gab es etliche Läden und Lokale, die es nicht geschafft hatten und angeblich vorübergehend geschlossen waren.

Das Strandbad, in dem sie oft mit Salvi und auch mit Maria gewesen war, hatte sich allerdings kaum verändert.

Und wieder schlich sich der kleine Kerl ganz intensiv in ihre Gedanken. So schmerzhaft, dass sie gegen die Tränen ankämpfen musste. Er wäre jetzt schon ein junger Mann und nicht mehr das süße Kind mit den großen braunen Augen, das sie um den Finger hatte wickeln können wie kein anderer. Amrei hatte insgeheim befürchtet, dass er später einmal in die Fußstapfen seines großen Bruders Alfredo treten und auch ein Herzensbrecher werden könnte.

Bei dem Gedanken, gleich Alfredo gegenüberzustehen, begann ihr Herz, schneller zu klopfen, aber immerhin hatte sie keinerlei Fluchtgedanken mehr. Dazu war es zu spät, vor allem, weil gerade die Terrasse des *Santamonica* vor ihr auftauchte, auf der sich offenbar die gesamte Hochzeitsgesellschaft befand.

Amrei straffte die Schultern und atmete einmal tief durch, während sie den Weg zum Haupteingang einschlug, der an der Promenade lag. Oben angekommen, warf sie einen letzten Blick in ihren Kosmetikspiegel, zog den Lippenstift nach, tupfte ihr verschwitztes Gesicht mit einem Tuch ab, trug etwas Puder auf und betrat schließlich das Lokal. Es war auf den ersten Blick ein bezaubernder Ort, der auch dadurch bestach, dass man quasi vom Eingang bis aufs Meer gucken konnte.

Ein Kellner kam auf sie zu und nahm ihr höflich das Geschenkpaket ab. »Darf ich? Die Herrschaften haben dafür einen Tisch.«

Amrei nickte.

»Ich führe Sie jetzt auf die Veranda. Dort findet der Empfang statt, und es gibt ein Glas Ca' del Bosco Franciacorta.« Er hielt ihr ein Tablett hin, und Amrei griff zögernd danach. Ihr erster Impuls war, gar nichts zu trinken, aber vielleicht war es sogar eine gute Idee, sich mit dem hochwertigen Spumante etwas lockerer zu machen. Diesen edlen Tropfen hatte es stets bei den Feiern der Podestàs gegeben, doch Amrei hatte nur ein paar wenige Male überhaupt ein Glas davon getrunken. Und im Gegensatz zu Wein hatte er ihr sogar geschmeckt. Die Signora hatte immer betont, dass dieser Schaumwein es mit jedem Champagner aufnehmen könnte.

Mit ihrem Glas in der Hand ging sie an der langen festlich geckten Tafel vorbei und näherte sich der Terrasse. Durch die großen Fenster zum Meer konnte sie die Gäste beobachten, ohne selbst gesehen zu werden, weil sich alle Blicke dem Meer zuwandten. Nun waren es nur noch ein paar wenige Schritte, und es gab wirklich kein Zurück mehr!

Direkt an der Tür stand das Brautpaar. Maria ließ mit einem Freudenschrei die Hand ihres frisch Angetrauten los und stürzte sich regelrecht auf Amrei, die gerade rechtzeitig ihr Glas abstellen konnte. Ihre Gastschwester nahm sie stürmisch in den Arm, drückte sie, um sie dann mit etwas Distanz bewundernd zu mustern. »Meine Güte, bist du schön geworden.« Jedem anderen hätte Amrei diese Anspielung auf ihre Verwandlung vom Pummelchen zur schlanken jungen Frau wohl krummgenommen. Nicht so Maria, die dabei umwerfend strahlte und es aus vollem Herzen als Kompliment meinte. Deshalb bewirkte diese Bemerkung auch eher, dass Amreis Anspannung sich löste und sie lachend erwiderte: »Na ja, das ist mein Amrei-Gesicht extra für deine Hochzeit.«

»Lass mal fühlen«, rief Maria begeistert aus und umfasste Amreis schmale Taille, bevor sie sich vertraulich zu ihrem Ohr hochreckte, denn Amrei überragte sie um einiges, zumal auf den hohen Schuhen. »Meine frischen Pfunde haben leider einen süßen Grund, der Schokolade heißt. Massimo ist verrückt nach Süßigkeiten. Und da ich bei der Arbeit selten zum Essen komme, habe ich mich an Tartufi dolci vergriffen, bis ich kaum mehr in mein

Hochzeitskleid passte«, raunte ihr Maria verschwörerisch zu. Genauso vertraut wie früher. Als wäre keine Zeit vergangen, in der sie einander nicht gesehen hatten.

Als die Freundin ihr den Bräutigam vorstellte, sagte Massimo augenzwinkernd: »Wir kennen uns doch. Ich kann mich dunkel daran erinnern, dass ihr beiden einmal jemandem, dessen Namen ich heute nicht nennen möchte, einen Streich gespielt habt, wobei das damals keineswegs so lustig war.« Diese Anspielung verstand Amrei nicht sofort, aber als Maria ihr verschwörerisch zuzwinkerte und ohne Ton die Silben des Namens Raffaela bildete, fiel es Amrei natürlich sofort ein. Es blieb ihr allerdings keine Zeit, um weiter daran zu denken, wie gemein sie die damalige Verlobte Massimos durch eine absichtlich falsche Auskunft in die Irre geführt hatten.

»Herzlichen Glückwunsch und so schön, dass ihr euch doch noch gefunden habt«, bemerkte Amrei nun aus vollem Herzen und fügte hinzu, dass sie neugierig sei, mehr darüber zu erfahren. Auch Massimo drückte sie herzlich, und Amrei fühlte sich rundherum willkommen. Nur ganz kurz durchzuckte sie der Gedanken, dass dieses Wiedersehen vielleicht die letzte Begegnung mit Maria sein würde, wenn sie erst die Wahrheit erfuhr, aber den düsteren Gedanken konnte sie erfolgreich beiseiteschieben.

Als andere Nachzügler eintrafen, um dem Brautpaar zu gratulieren, nahm sie ihr Glas zur Hand und leerte es mit ein paar Schlucken, was sofort seine Wirkung tat. Amrei fühle sich ein wenig leichter. Genau richtig für die Begegnung mit Alfredo, der in diesem Augenblick zögernd näher kam und sie wie einen Geist anstierte. Ohne die Spur eines Lächelns. Das übernahm Amrei für ihn. »Guten Tag, Alfredo«, begrüßte sie ihn freundlich. Ihre zur Schau gestellte Sicherheit ließ ihn in diesem Moment noch unsicherer werden. »Ich, äh … wie, ja … wie bist du hergekommen?« Amrei hatte ihn nie zuvor stammeln gehört. »Mit dem Flieger«, entgegnete sie leicht ironisch.

»Nein, ich meine, ich wusste nichts davon, dass du kommen würdest …«

In diesem Augenblick mischte sich Signora Podestà in das Gespräch ein, die plötzlich neben ihnen auftauchte und mit ihrer Eleganz nach wie vor jede andere Frau in den Schatten stellte. »Sie ist mein Geschenk für deine Schwester. Ich war es leid, dass Maria noch immer so traurig war, weil der Kontakt zu Amrei abgerissen ist. Und deshalb ist sie heute Abend als Überraschungsgast hier, mein Sohn.« Sie näherte sich Amrei und gab ihr zwei Küsschen auf die Wange. »Und wie wunderhübsch du aussiehst. Und so elegant.«

»Das habe ich mir von Ihnen abgeguckt, was italienischer Chic ist, und ihn schätzen gelernt, Signora Podestà«, erwiderte Amrei.

»Ach, hör auf mit dem dummen Sie. Ich bin Roberta. Du bist eine erfolgreiche Journalistin, wie mir dein Vater voller Stolz berichtet hat.«

Amrei wusste nicht, ob sie ihrem Vater insgeheim danken oder ihm böse sein sollte. Das war typisch für ihn, dass er alles immer ein paar Nummern größer machte, als es wirklich war. Im Übrigen war das der Beweis, dass ihr Vater und die Signora immer noch in regem Austausch miteinander standen. Hatte ihr Vater nicht behauptet, dass er kaum noch Kontakt mit den Podestàs hatte?

Aus den Augenwinkeln sah sie, dass Alfredo sie anstarrte, als wäre sie ein Alien, und in seinem Gesicht nicht die geringsten Anzeichen von Wiedersehensfreude zu erkennen waren. Ob er Angst hat, ich könnte seinen Eltern verraten, dass er mich damals aus der Schusslinie gebracht hat? Dabei hatte sie längst beschlossen, ihn komplett aus der Sache herauszulassen und zu behaupten, dass sie von sich aus panisch aus der *Casa Speranza* geflüchtet war, nachdem sie den Schrei gehört hatte und zum Pool gerannt war, wo Alfredo und Inga um den toten Jungen herumgestanden hätten. Sie würde sagen, ihr sei sofort klar geworden, dass sie mit ihm betrunken in den Pool gegangen sei und sie sich anschließend schlafen gelegt haben musste. Und dann sei sie panisch geflüchtet, nachdem Alfredo und Inga sie gar nicht bemerkt hätten.

Doch ihr blieb keine Zeit für Grübeleien, denn jetzt kam auch Signor Podestà. Er war immer noch der alte Charmeur und kaum gealtert, außer dass er ein paar Falten mehr hatte und sein dunkles volles Haar von silbergrauen Fäden durchzogen war.

»Das gibt es doch nicht. Unsere kleine Amrei als stolzer Schwan«, lachte er, aber sein Lachen erstarb, als sein Blick auf den völlig erstarrten Alfredo fiel. »Tja, mein Junge, das kommt davon, wenn man blind ist!«

Alfredo versteinerte bei der Bemerkung seines Vaters noch mehr. Er wirkte nicht annähernd so souverän, wie sie ihn in ihrem Austauschjahr kennengelernt hatte.

Amrei war überhaupt nicht darauf vorbereitet, einen völlig veränderten Alfredo wiederzusehen. In der Kirche hatte sie das nicht ahnen können, denn auf den ersten Blick sah er so blendend aus wie eh und je, aber sein inneres Feuer schien erloschen und sein Charme verdorrt. Sein desolater Zustand erregte allenfalls ihr Mitleid, und ihr blieb auch keinerlei Zeit mehr, sich über Alfredos Verhalten den Kopf zu zerbrechen, weil der hochgewachsene Mann, den sie schon in der Kirche für seinen Bruder gehalten hatte, nun direkt auf sie zutrat und sie mit den Worten begrüßte: »Kann das sein, dass Sie meine Tischdame sind? Signora Peters?«, fragte er in holprigem Deutsch.

Amrei zuckte die Schultern. »Ich weiß es nicht. Weil ich einen Moment später kam, habe ich noch gar nicht geschaut«, erwiderte sie auf Italienisch und ein wenig verlegen, weil er sie durchdringend musterte, aber nicht so, wie sie es von italienischen Männern gewohnt war, die jede Frau mit einem gewissen Wohlwollen betrachteten. Bei ihnen war es mehr ein oberflächliches Taxieren, während er sich zu fragen schien, mit was für einem Menschen er es bei ihr zu tun hatte.

»Unser ältester Sohn Alessandro ist dein Tischherr. Wir dachten, das passt. Du hast damals seine Bücher doch regelrecht verschlungen«, bemerkte Signora Podestà aufgedreht. Überhaupt wirkte sie an diesem Tag erstaunlich übermütig.

»Ja, wir setzen Sie zu unserem Dichter und Denker«, fügte Signor Podestà hinzu. Aus seinem Mund aber klang das eher abwertend. Als hätte er immer noch nicht verwunden, dass sein Ältester für die Literatur entbrannt war und nicht für Schiffe wie er, der Reeder.

Alessandro reichte ihr galant seinen Arm. »Kommen Sie, Amrei. Ich freue mich außerordentlich darauf, die Frau kennenzulernen, von der meine Schwester seit Jahren schwärmt und die in meinem Zimmer gewohnt hat und womöglich meinen intimsten Geheimnissen auf die Spur gekommen ist«, lachte er. Dieses Mal auf Italienisch.

Amrei zuckte bei seinen Worten innerlich zusammen. Die Briefe! Sie betete, dass er niemals dahintergekommen war, was sie getan hatte. Das war zwar nur ein kleines Vergehen, gemessen an dem Verbrechen, das ihr Herz so beschwerte, aber dies würde sie trotzdem im Leben nicht zugeben. Bevor sie sich von ihm zu ihrem Platz an einen der beiden langen, festlich eingedeckten Tische führen ließ, traf ihr Blick noch einmal den von Alfredo. Er wirkte nicht länger erstarrt, aber aus seinen Augen sprach die nackte Panik. Sie nahm sich vor, ihn später allein abzupassen und ihm zu versichern, dass sie vorhatte, die Wahrheit zu sagen, allerdings ohne seinen Anteil daran zu erwähnen, sodass keiner ihm einen Vorwurf machen konnte.

»Was haben Sie bloß mit meinem kleinen Bruder? Der scheint Angst vor Ihnen zu haben. Das ist ganz untypisch für ihn«, bemerkte Alessandro grinsend.

Amrei machte eine wegwerfende Handbewegung. »Vielleicht hat er Sorge, ich wäre immer noch verschossen in ihn. Wie damals«, gab Amrei scheinbar locker zurück. Das ist dem Glas Ca' del Bosco geschuldet, dachte sie, aber sie hatte genau den Ton getroffen, der dieser merkwürdigen Wiederbegegnung mit Alfredo jegliche Dramatik nahm, denn Alessandro nahm ihren scherzhaften Ton auf: »Das bezweifle ich. Ganz im Gegenteil. Mein Bruder wäre geschmeichelt, wenn ihn eine so attraktive Frau wie Sie anhimmeln würde.«

Amrei ließ seinen Scherz unwidersprochen und war sehr froh, dass die Signora ihr ihren Sohn als Tischherrn zugedacht hatte, da sie sich in seiner Gegenwart seltsam geborgen fühlte. Dass er ihr überdies sehr vertraut erschien, konnte sie sich damit erklären, dass sie verbotenerweise in den Briefen einiges über sein Seelenleben erfahren hatte.

»Ich freue mich wirklich, Sie kennenzulernen. Mir ist allerdings so, als würden wir uns ewig kennen. Wahrscheinlich, weil alle immer so nett von Ihnen gesprochen haben«, sagte Alessandro.

Ich kenne dich auch schon besser, als du glaubst! *Amore per l'infinito,* dachte Amrei, und vor ihrem inneren Auge tauchten die Bilder an jene Weihnachtsnacht auf, in der sie sich schlaflos in Alessandros Bett hin- und hergewälzt hatte, nachdem Alfredo sie erneut tief enttäuscht hatte.

12

GENUA/ALBARO, DEZEMBER 2007

Weihnachten fern der Heimat. Amrei hatte sich mit Eifer an den Vorbereitungen für das Fest beteiligt und mit Salvi alles unternommen, was man mit Kindern in dem Alter im vorweihnachtlichen Genua nur Schönes anstellen konnte. Besonders hatten es dem Kleinen die Feuerschlucker angetan, die vor dem festlich geschmückten Tannenbaum in der Innenstadt jeden Abend ihre Kunststücke vorführten. Amrei war regelrecht überwältigt von der Lichterpracht in der Stadt. Sie hatte gar nicht erwartet, dass auch in Italien so ein Trubel in der Vorweihnachtszeit veranstaltet wurde. Es war in Genua sogar bunter als zu Hause. Jede Farbe und alle Lichterketten waren erlaubt. Was aber zu ihrer Erleichterung nicht aus den USA herübergeschwappt war, waren diese überdimensionierten Schlitten samt lustigen Weihnachtsmännern oder sonstige kitschige Weihnachtswunderländer in den Vorgärten.

Amrei hatte sogar mit Salvi deutsche Weihnachtsplätzchen gebacken, die aber mit dem Panettone der Haushälterin Giuseppina nicht mithalten konnten. Seit Anfang Dezember gab es diesen Weihnachtskuchen zum Frühstück. Dass es sich nicht nur um einen wohlschmeckenden Weihnachtskuchen handelte, sondern dass er auch zum Zankapfel werden konnte, musste Amrei erfahren, als sie vor ein paar Tagen einen Pandoro aus der Stadt mitgebracht und der Familie zum Frühstück angeboten hatte. Die Podestàs hatten sich mit Vergnügen über die sternenförmige Alternative zum Panettone, der sich nur in Form und Art des Teigs von diesem unterschied, hergemacht, bis Giuseppina der fröhlichen Völlerei ein Ende bereitet hatte. Für sie war der Panettone der einzig richtige Weihnachtskuchen und nicht diese gelbe Süßigkeit ohne Rosinen. Niemals hätte Amrei gewagt, laut auszusprechen, dass sie persönlich den Pandoro bevorzugte, weil sie nicht so gern Rosinen und kandierte Früchte mochte, die in keinem Panettone fehlen durften. Daraufhin hatte sie in ihrem Zimmer einen kleinen Vorrat von Pandoros angelegt, und sogar der Signor hatte schon einmal angeklopft, um ein Stück des im Hause gebannten Kuchens zu ergattern. Denn kein Familienmitglied würde sich trauen, Giuseppina in der Küche zu widersprechen. Nicht einmal die Signora, die ansonsten alles im Haus bestimmte. Im Haus vielleicht, aber nicht in Giuseppinas Küche!

Daran musste Amrei denken, während sie mitten in der Nacht zum Schrank schlich, um sich noch ein Stück aus ihrem Vorrat zu holen. Ein Blick auf die Uhr verriet ihr, dass es kurz nach eins war. Es war ein wunderbarer Abend gewesen. Wie überhaupt das ganze italienische Weihnachten. Bis auf das deutsche Weihnachtsessen an diesem Tag bei Tante Giulia und vorhin das unschöne Ende des Familien-Bingo-Abends. In alter Tradition hatten sie den Abend über Zahlenlotto um Geld gespielt, wie es nicht nur die Podestàs am Weihnachtsabend taten, sondern viele Italiener. Für dieses Ereignis wurde das ganze Jahr über Kleingeld gesammelt, damit man genügend zum Verspielen hatte. Und wenn nicht kurz vor Mitternacht Alfredos Telefon geklingelt und er nach einem kurzen Telefonat das Haus verlassen hätte, es wäre ein rundherum bezauberndes Weihnachtsfest für Amrei gewesen. Aber dann hatte sie auch noch den Fehler gemacht, hinter ihrer Gardine hervorzulinsen, um zu schauen, wohin Alfredo mitten in der Nacht ging. Als sie Ingas hellblonden Schopf im Schein der Straßenlaterne erblickt hatte, war ihre gute Stimmung wie weggeblasen.

Mit dem großen Stück Pandoro in der Hand schlüpfte sie zurück ins Bett und versuchte zu vergessen, was sie da draußen gesehen hatte, und sich auf die guten Momente der vergangenen Tage zu besinnen wie das wunderbare Scampi-Essen am Heiligabend, an dem die Italiener traditionell kein Fleisch aßen. Das üppige Menü mit Meeresfrüchten war allerdings ganz nach Amreis Geschmack gewesen. Auch die Atmosphäre bei Tisch war ausgelassen und fröhlich gewesen. Die Signora hatte einen kleinen Schwips gehabt, der ihr außerordentlich gut stand. Dass sie so unterhaltsam italienische Witze erzählen konnte, hätte ihr Amrei niemals zugetraut.

Außerdem war Amrei bei diesem Festessen Alfredo wieder ein wenig nähergekommen. Seit dem Fest der weißen Madonna hatte Amrei ihn ziemlich konsequent links liegen gelassen. So lange, bis er begriffen hatte, dass sie keinen näheren Kontakt zu ihm wünschte. In der Gegenwart der Familie hatte sie sich nie etwas anmerken lassen und war zu ihm genauso unverbindlich höflich und freundlich wie zu Signor Podestà oder der Signora. Maria und sie hatten hingegen eine besonders enge Beziehung. Ihre Gastschwester war in den vergangenen Monaten sehr stolz auf Amrei gewesen, wie sie es schaffte, sich von Alfredo und seinen gelegentlichen Annäherungsversuchen abzugrenzen, ohne schlechte Stimmung zu verbreiten. Am Anfang hatte es Alfredo gereizt, Amrei wieder für sich zu gewinnen, aber irgendwann hatte es ihm wohl sein Stolz verboten, sich von ihr weiterhin derart auf Distanz halten zu lassen. Und genau diese Distanz hatte sie am Heiligen Abend gelockert, ohne das zu beabsichtigen, aber sie hatten gemeinsam gelacht und geschwelgt. Da waren ihre inneren Mauern im Überschwang der Gefühle schlichtweg eingestürzt.

Amrei war am Heiligen Abend jedenfalls regelrecht in ihr Bett geschwebt. Sie war so froh gewesen, dass sie darauf bestanden hatte, Weihnachten in Genua zu bleiben, und zwar allein. Signora Podestà hatte Amrei angeboten, ihre Mutter über Weihnachten und den Jahreswechsel einzuladen, doch Amrei hatte dankend abgelehnt.

Natürlich vermisste sie Karen, besonders in einem Augenblick wie diesem, in dem sie plötzlich massives Heimweh verspürte. Aber Amrei konnte sich beim besten Willen ihre Mutter nicht im Kreis dieser Familie vorstellen. Allein, wenn sie anfangen würde, von ihrem neusten Guru, einem Schamanen, zu schwärmen, und alle am Tisch auffordern würde, die spirituellen Riten zum Neu- oder Vollmond mitzumachen, würden die Podestàs sie für schwer gestört halten. Aber das war nicht Amreis Hauptsorge. Sie wollte vermeiden, dass sich ihre Mutter in ihr Leben mischte. So gut, wie Karen ihre Tochter kannte, hätte Amrei ihr nichts vormachen können, was ihre Gefühle zu Alfredo betraf. Und Karen hätte diese Angelegenheit sicher auf ihre Weise zu lösen versucht.

Allein die Vorstellung, ihre Mutter hätte Alfredo und ihr ein gemeinsames Liebeshoroskop erstellt, verursachte ihr Schweißausbrüche. Nein, sie war im Grunde genommen an diesem Abend froh, dass ihre Mutter nicht nach Italien gekommen war. Sie passte einfach nicht in diese Welt, die hingegen Amrei immer vertrauter wurde. Es war für Amrei allerdings nicht leicht gewesen, zu verhindern, dass ihre Mutter von der Einladung erfuhr. Karen wäre sicher tödlich beleidigt gewesen, dass Amrei sie nicht in Genua dabeihaben wollte. In ihrer Unwissenheit hatte Karen Amrei mehrfach gebeten, doch über die Feiertage nach Hamburg zu kommen. Amrei hatte vorgeschoben, gerade an Weihnachten müsse sie sich besonders um Salvi kümmern, was natürlich Blödsinn war, denn im Gegensatz zum übrigen Jahr waren beide Eltern über eine ganze Woche lang zu Hause gewesen. Wahrscheinlich hätte ihr niemand die Bitte, Weihnachten in Hamburg zu verbringen, abgeschlagen. So aber ahnte keiner etwas davon, dass Amrei dieses Weihnachtsfest absichtlich ohne ihre Mutter verbrachte.

Auch ihrem Vater hatte Amrei abgesagt, doch ihm gegenüber hatte sie halbwegs mit offenen Karten gespielt und ihm versichert, dass sie lieber mit den Podestàs feiern wollte. Dass sie die Festtage auf keinen Fall mit seiner Frau verbringen wollte, hatte sie gnädig verschwiegen, aber ihr Vater konnte sich das sicher denken, wusste er schließlich um das desolate Verhältnis von Amrei zu ihrer Stiefmutter und umgekehrt.

Nein, die Entscheidung, allein in Albaro zu bleiben, war im Prinzip richtig gewesen, nur in diesem Augenblick hätte sie dringend eine Schulter gebraucht. Natürlich hätte sie Trost bei Maria suchen können, die nicht ahnte, was für einen innigen Kuss Amrei eben da unten auf der Straße mit angesehen hatte. Und ihre Gastschwester wusste ja nicht einmal, dass Amrei ihr Herz seit gestern wieder sperrangelweit für Alfredo geöffnet hatte, wovon diese ihr mit Sicherheit dringend abgeraten hätte.

Komischerweise tat Amrei dieser Kuss noch viel mehr weh als der mit der falschen Blondine in Porto Venere. Das lag daran, dass sie Inga nicht leiden konnte. Daran hatte sich nichts geändert. Im Gegenteil! Das hatte auch nicht allein mit Alfredo und der Tatsache zu tun, dass Inga keine Gelegenheit ausließ, sich an ihn heranzuschmeißen. Nein, es lag an Ingas verschlagenem Charakter. Maria und sie hatten Inga längst durchschaut und waren sich einig, dass sie eine falsche Schlange war, die auf ihren Vorteil bedacht war und alles, was sie tat, aus Berechnung machte. Ihnen tat nur Tante Giulia leid, die Inga inzwischen voll und ganz auf den Leim gegangen war.

Das Theater um das deutsche Weihnachtsmenü zum heutigen gemeinsamen Familienessen bei den Garibaldis war eine einzige Show gewesen, um ihre Au-pair-Mitstreiterinnen in den Schatten zu stellen. Auch in dieser Rolle wollte Inga die Nummer eins sein, nachdem der von ihr erhoffte Familientausch nicht geklappt hatte.

Tante Giulia war auf jeden Fall entzückt von der Idee, dass Inga eine Weihnachtsgans mit Rotkohl nach deutscher Art für die Podestàs und ihre Familie zaubern wollte. Der jüngste Bruder der Signora war mit seiner Frau, Leni und den Hunden über Weihnachten ins Tessin gefahren, sodass sie insgesamt nur zehn Personen zum Essen waren. Offenbar war die Signora gar nicht erfreut darüber, dass ihr Sohn Alessandro seinen Studienaufenthalt in Neuseeland nicht unterbrach, um mit seiner Familie Weihnachten zu feiern. Amrei war zufällig Zeugin einer Auseinandersetzung der Podestàs geworden, in der die Signora ihrem Mann die Schuld daran gab, dass Alessandro in Auckland blieb, obwohl er über Weihnachten Semesterferien hatte, weil in Neuseeland Sommer war. Amrei hatte es sehr bedauert, ihn nicht kennenzulernen, denn sie war wirklich neugierig auf einen jungen Italiener, der solche unterschiedlichen Bücher wie *Die neapolitanische Saga* von Elena Ferrante und *Austerlitz* von W. G. Sebald in seinem Bücherregal stehen und – so gebraucht, wie diese Bücher innen aussahen – auch gelesen hatte.

Amreis Blick schweifte nun zu dem Regal; sie befürchtete, dass sie – so wild, wie ihr die Gedanken durch den Kopf schwirrten – kein Auge zubekommen würde. Sie blieb hängen an einem Buchrücken mit dem Titel *Amore per l'infinito,* Liebe für die Unendlichkeit. Ein Autor war nicht genannt. Einmal davon abgesehen, dass sie den Titel nicht kannte, unterschied sich der Buchrücken auf den zweiten Blick von den anderen. Er wirkte selbst gebastelt. Neugierig holte sie das vermeintliche Buch hervor und entdeckte erstaunt, dass es keins war, sondern eine Schachtel. Zögernd öffnete sie diese und stieß auf einen Stapel Briefe, der wie bei alten Liebesbriefen mit einer Schleife zusammengebunden war, doch diese war nicht rot, sondern schwarz. Erschrocken schloss sie die Schachtel und stellte sie zurück ins Bücherbord.

Ihr Herz klopfte bis zum Hals, als sie einen unwiderstehlichen Drang verspürte, nur einen winzigen Blick in diese Schachtel zu werfen. Keines der Familienmitglieder hatte je von Alessandros großer Liebe gesprochen, aber dieser Stapel sah ganz danach aus, als seien es Liebesbriefe an ihn oder welche, die er verfasst hatte.

Ein leises Klopfen an ihrer Tür ließ sie aus den Gedanken schrecken. Und ohne dass sie die Person hereingebeten hatte, stand Maria im Nachthemd in ihrem Zimmer. »Ich habe das Licht unter der Tür durchscheinen sehen, als ich zum Bad gegangen bin. Kannst du auch nicht schlafen?«

Amrei nickte und rückte etwas zur Seite, damit sich Maria neben sie legen konnte. Sie zauderte kurz, aber dann verriet sie Maria, dass sie Alfredo mit Inga beobachtet hatte.

»Ich weiß«, seufzte ihre Gastschwester. »Er hat mir gesagt, dass er noch eine Verabredung hat. Und nach ihrem Baggern heute Mittag bei Tante Giulia habe ich mir das schon gedacht. Vergiss ihn einfach. Er ist schlichtweg schwanzgesteuert.«

Amrei musste wider Willen lächeln, weil es so untypisch für Maria war, sich derart drastisch auszudrücken. »Das mag sein, aber viel schlimmer ist, dass ich ihm fast wieder auf den Leim gegangen bin«, erwiderte sie.

»Ich kann das verstehen. Bei dem Weihnachtsgeschenk, das er aufgefahren hat, da würde ich wahrscheinlich auch schwach werden, wenn ich nicht wüsste …« Maria unterbrach sich hastig.

Ach ja, das Weihnachtsgeschenk, daran hatte Amrei gar nicht mehr gedacht, aber natürlich war ihr das Herz aufgegangen, als er ihr zur Bescherung am Morgen einen Umschlag überreicht hatte, der zwei Karten für Donizettis *Maria Stuarda* für die Mailänder Scala im Januar enthielt. Sie war regelrecht bezaubert von dem Geschenk gewesen, vor allem, weil er sich gemerkt hatte, dass es ihr Traum war, einmal in die Scala zu gehen. Und als er dann noch hinzugefügt hatte, dass er sie begleiten wolle und schon mit seinem Onkel vereinbart habe, dass sie in seiner Mailänder Wohnung übernachten könnten, war sie hin und weg gewesen. Jegliche Vorsicht, die sie über Monate hatte walten lassen, hatte sich in diesem Augenblick in Luft aufgelöst.

»Ich denke auch, dass ich mir damit den Verstand habe vernebeln lassen. Wie kann man nur so blöd sein?«

»Wie man's nimmt. Keine Frage, in Mailand will er dich flachlegen, aber die Frage ist, willst du das noch, wenn er es sogar mit Inga treibt?«, bemerkte Maria ungerührt.

»Nein, das will ich nicht!«, protestierte Amrei, sprang aus dem Bett und stürzte auf den Tisch zu, auf den sie ihre Weihnachtsgeschenke gelegt hatte. Wutentbrannt nahm sie den Umschlag und zerriss ihn in kleine Stücke. Im Hintergrund hörte sie Maria entsetzt rufen: »Stopp! Was können die armen Karten dafür? Ich hätte doch mitgehen können!«, aber da waren von den Karten der Scala nur noch ein paar Papierschnipsel übrig.

Maria musterte Amrei mit einer Mischung aus Entsetzen und Belustigung. »Jetzt kann ich es dir ja sagen. Die Karten sind ein Weihnachtsgeschenk eines Kunden. Mama und Papa haben auch welche bekommen.«

»Und warum hast du mir das nicht gleich gesagt?«, fauchte Amrei.

»Weil du so gestrahlt hast, dass ich es nicht übers Herz gebracht habe, dein Glück zu zerstören. Aber ich hoffe, du bist endgültig kuriert.«

»Ganz sicher!« Und in dem Moment hätte Amrei einen Eid darauf geschworen, dass sie nie mehr auf Alfredo reinfallen würde, was er sich auch immer einfallen ließ, um ihre Gunst zurückzugewinnen. Und das offenbar aus reiner Eitelkeit. Wahrscheinlich nur, weil … Amrei mochte den Gedanken gar nicht zu Ende führen.

»Glaubst du, er hat sich so ins Zeug gelegt wegen Franco?«

Franco war ein Schulfreund Marias, der sich in Amrei verguckt hatte und ihr neulich im Beisein von Alfredo nette Komplimente gemacht hatte.

»Das traue ich meinem Bruderherz durchaus zu, aber egal. Du brauchst einen anderen Mann, der dich wertschätzt und nicht nur deine blonde Mähne, sondern der erkennt, was du für ein wunderbarer Mensch bist. Aufrichtig, tiefsinnig, klug … Das noch ergänzend zu deiner Frage von neulich, warum ich von Anfang an auf dich geflogen bin!« Zur Bekräftigung umarmte sie Amrei, die zurück ins Bett gekrochen war, fest. »Außerdem kannst du sehr witzig sein, und eine Lästerschwester, wenn es sein muss«, fügte sie lachend hinzu.

»Ach wie schön, dass es dich gibt«, entgegnete Amrei. »Und da du das Lästern erwähnst, ist es nicht ekelhaft, wie Inga jetzt Tante Giulia kopiert und auf Eleganz und Hausfrau macht? Wetten, sie hat sich das Essen von irgendwoher liefern lassen?«

»Nicht nur Tante Giulia nimmt ihr diese neue Inga voll ab. Alfredo scheint auch darauf reinzufallen.«

»Aber das sind schon alle. Papa hat mir heute nach dem Mittagessen zugeflüstert, was wir für ein Glück mit dir haben, und Mama hat die Nase gerümpft, als Inga ihr Komplimente über ihr Kleid gemacht hat.«

»Aber das ist eine enorme Leistung, sich so zu verstellen. Sie hasst mich wie die Pest und benimmt sich, als sei ich ihre beste Freundin.«

»Warte nur ab, das hält kein Mensch lange durch. Irgendwann bricht ihr wahrer Charakter wie ein Vulkan aus.« Mit diesen Worten erhob sich Maria aus dem Bett. »Ich gehe jetzt lieber. Sonst mache ich die ganze Nacht kein Auge zu. Und du schläfst am besten auch. Und wenn Alfredo morgen am Frühstückstisch sitzt, lass dir nichts anmerken. Ich werde ihn stellvertretend für dich ärgern. Das verspreche ich dir!«

»Und wie, wenn ich fragen darf?«

»Tja, ich werde ihm eröffnen, dass ich untröstlich bin, weil ich die schönen Opernkarten leider, leider mit dem Geschenkpapier entsorgt habe. Aber dass ich es wiedergutmachen werde, indem ich dich in die Scala einlade.«

»Das sagst du nur so, oder?«

»Nein, natürlich nicht. Ich werde Mama und Papa ihre Karten für uns beide abluchsen. Die haben doch eh keine Zeit.«

Amrei umarmte Maria erneut stürmisch. »Du bist die Beste!«

Nachdem die Tür ins Schloss gefallen war, löschte Amrei das Licht und versuchte zu schlafen, aber das Gedankenkarussell drehte sich immer wilder, sodass sie keine Ruhe fand. Schließlich beschloss sie, noch ein wenig zu lesen, und machte sich Licht. Als ihr Blick zum Bücherregal schweifte, blieb er an der getarnten Kiste mit den Briefen hängen, und sie spürte, wie die Neugier übermächtig wurde.

Sie kämpfte eine Weile gegen ihre Dämonen an, die sie dazu drängten, wenigstens einen einzigen kleinen Blick in die Briefe zu werfen, dann gab sie sich geschlagen. Sie holte die Kiste mit einem Griff hervor, öffnete sie und nahm den oberen Brief heraus. Er befand sich in einem Umschlag, was eine weitere Hürde darstellte. Noch konnte sie von ihrem Vorhaben ablassen, aber es war wie ein Zwang.

Mit klopfendem Herzen betrachtete sie die Adresse, geschrieben in einer wunderschönen und fein geschwungenen Handschrift, vom ersten Eindruck her eine Frauenschrift. Der Brief war an Alessandro gerichtet. Zum letzten Mal zögerte sie kurz, bevor sie vorsichtig den Brief aus dem Umschlag nahm und auseinanderfaltete. Er war in englischer Sprache geschrieben. Begierig begann Amrei zu lesen.

Auckland, August 2005

Du ferner und doch so naher Geliebter,
dein Brief war schon da, als ich in Auckland angekommen bin, und ich trage ihn seitdem stets bei mir. Am Herzen wohlgemerkt! (im BH) Nun bin ich zurück am anderen Ende der Welt, und ich denke an unsere Begegnung wie an einen wunderschönen Traum.
Es ist und bleibt ein Wunder, dass sich unsere Blicke in der Arena von Verona getroffen und ineinander versenkt haben. Vor allem wollte ich erst gar nicht dahin, denn mir waren die Eintrittskarten zu teuer, aber Cathy hat gemeint, die Oper gehöre zu Italien wie die All Blacks zu Neuseeland. Wobei ich lieber eine Oper höre, als ein Rugbyspiel zu sehen. Dass du gerade in meiner Reihe gesessen hast und den Mut hattest, mich anzusprechen… Cathy behauptet, seit dem ersten Moment seien Blitze durch die Luft geflogen. Und sie war es, die mir riet, mit dir bis zu unserem Abflug nach Venedig zu reisen, weil man so etwas, wenn überhaupt, nur einmal im

Leben erfahre. Sonst hätte vielleicht die Vernunft gesiegt, aber das hätte ich ewig bereut, diese Woche nicht mit dir verbracht zu haben. Obwohl ich dann ja nicht gewusst hätte, was ich verpasst habe.

Amrei ließ den Brief sinken, weil das, was jetzt folgte, zu intim war, als dass sie einfach hätte fortfahren können, aber ganz aufhören konnte sie auch nicht. Also überflog sie die Schilderung ihrer ersten Nacht in Venedig hastig und las erst auf der Rückseite intensiv weiter.

Liebster, du hast mir also nicht nur einen der schönsten Orte der Welt gezeigt, sondern auch das Wunder der Liebe. Schade, dass sich unsere Wege erst am Ende meines Austauschjahres gekreuzt haben. Aber wenn du mich wirklich in den Weihnachtsferien besuchen kämest, wäre das unvorstellbar schön, nur ist so ein Flug wahnsinnig teuer, und das für drei Wochen. Vielleicht sollten wir warten, bis wir die Schule fertig haben. Dann könnte ich ein Semester in Italien studieren oder du in Neuseeland. Ich träume jede Nacht von dir. Was, das verrate ich dir im nächsten Brief, denn jetzt muss ich endlich schlafen, weil ich morgen wieder in die Schule muss.
Voller Sehnsucht nach meiner großen italienischen Liebe mit den schönsten braunen Augen, die ich je gesehen habe. Und danke für deinen Buchtipp. Ich habe auch einen für dich. Die Korrekturen von Jonathan Franzen. Vor allem, weil der eine Sohn der Familie Literaturprofessor ist. Und du mal sehen kannst, was du in deinem Traumberuf später nicht tun solltest …
Tausend Küsse an Stellen …
Vicky

Amrei ließ den Brief hastig sinken und faltete ihn sorgfältig zusammen, bevor sie ihn in den Umschlag steckte, den sie unter die schwarze Schleife schob und die Kiste an ihren Platz zurückstellte. Und das mit dem festen Vorsatz, sie nicht mehr anzurühren.

Nach dieser verbotenen Lektüre fühlte sie sich noch schlechter als zuvor. Nicht nur, weil sie in fremden Briefen geschmökert hatte, sondern weil sie sich aus tiefster Seele wünschte, wenigstens einmal im Leben einer derartig echten und tiefen Liebe zu begegnen. Alfredo mit seiner oberflächlichen Art kam ihr plötzlich profan und billig vor. So hatte ihre kleine Schandtat zumindest etwas Gutes.

Beim Einschlafen dachte sie weder an ihn noch an Inga, sondern bedauerte zutiefst, dass Alessandro zu Weihnachten nicht nach Hause gekommen war. Sie hätte ihn so gern kennengelernt. Nun verstand sie besser, was ihn nach Neuseeland getrieben hatte. Ob die beiden einander immer noch inniglich liebten? Mit diesem Gedanken schlief Amrei ein und träumte von einem Mann, dessen Gesicht dem auf dem Foto von Alessandro, das auf der Anrichte der Signora im Wohnzimmer stand, verblüffend ähnelte.

13

GENUA/ALBARO,
JULI 2022

Ihnen scheinen die rohen Garnelen nicht zu schmecken. Das ist wirklich nicht jedermanns Sache«, hörte Amrei Alessandro verständnisvoll sagen. Irritiert blickte sie ihren Tischherrn an und dann auf den Teller mit der Vorspeise, die sie nicht angerührt hatte, ja, sie hatte nicht einmal registriert, dass die übrigen Gäste bereits mit dem Essen begonnen hatten. So sehr war sie in Gedanken versunken gewesen. Sie rang sich zu einem Lächeln durch. »Doch, und wie ich die mag. Ich habe so etwas erst neulich zum ersten Mal in Hamburg genossen, abgesehen von rohen Garnelen im Sushi«, widersprach sie ihm und begann, mit großem Appetit zu essen. Sie hoffte nur, Alessandro würde keine weiteren Fragen stellen, an was sie wohl gedacht hatte, dass sie darüber sogar das Essen vergaß.

Als der Kellner ihr Wein einschenken wollte, lehnte sie das ab und goss sich stattdessen ihr Wasserglas erneut voll.

»Darf ich fragen, ob es Gründe gibt, warum Sie keinen Alkohol trinken?«, fragte Alessandro höflich.

»Wenn Sie wissen wollen, ob ich ein Alkoholproblem habe, nein. Damit kann ich nicht dienen, sondern ich habe bereits ein Glas von dem Prickelwasser getrunken, und in der Regel reicht mir ein Glas Alkohol, aber wer weiß, vielleicht nehme ich später noch ein Glas Wein«, erwiderte sie.

»Sehr diszipliniert«, lachte er. »Aber ich kann Sie gut verstehen. Ich handhabe das ähnlich, seit ich mal einen entsetzlichen Rausch gehabt habe, von dem ich allerdings nichts mehr wusste. Totaler Filmriss, was in dem Fall auch besser war, denn ich soll mich in eine Zimmerpalme übergeben haben.«

Vor lauter Entsetzen bei der Anspielung auf den Filmriss merkte Amrei gar nicht, dass ihr der Schreck am Gesicht abzulesen war. Erst als er entschuldigend sagte: »Ich wollte nicht unappetitlich werden, zumal Sie so einen Kontrollverlust bestimmt noch nicht erlebt haben, oder?«

Amrei traute sich nicht, ihn anzusehen, während sie nach einer passenden Antwort suchte. Da trafen sich Alfredos und Amreis Blick. Er saß am anderen Ende des Tischs gegenüber und schien sie zu beobachten. Sie konnte nicht deuten, was er wohl dachte. Er wirkte nicht mehr ganz so panisch wie vorhin, war jedoch weit entfernt von dem charmanten *donnaiolo* von damals. Das italienische Wort für Schürzenjäger war ihr vor dem Au-pair-Jahr nicht geläufig gewesen, aber Maria hatte es ihr beigebracht, um sie vor Alfredo zu warnen. Das einzige Gefühl, das sie in diesem Moment ihm gegenüber verspürte, war ein gewisses Mitleid. Obwohl er sie wiederholt verletzt hatte, hatte er immerhin dafür gesorgt, sie damals aus der Schusslinie zu bringen. Das würde sie ihm nie vergessen, auch wenn das nach ihrem Geständnis in der Sache nicht mehr wichtig sein würde.

Sie wandte den Blick von Alfredo ab und musterte verstohlen Alessandro, der gedankenverloren auf seinen leeren Teller starrte. Ob er immer noch an seine große Liebe dachte? Er wirkte nachdenklich und fast traurig, doch in dem Augenblick hob er den Blick und lächelte sie an.

»Mein Bruder scheint sehr großes Interesse an Ihnen zu haben«, bemerkte er in scherzhaftem Ton.

»Das täuscht. Er hat mich damals zwar angeflirtet wie seinen gesamten sonstigen Harem, aber Weihnachten 2007 war das letzte Mal, dass ich auf ihn reingefallen bin. Da hat er Inga, ein anderes Au-pair-Mädchen, geküsst, und damit war er für mich tabu, und er hat auch nie wieder versucht, seinen Charme bei mir spielen zu lassen.« Während Amrei ihrem Tischherrn dies voller Überzeugung versicherte, hatte sie plötzlich ein merkwürdiges Gefühl im Magen. So, als hätte es noch ein drittes Mal gegeben, aber sie konnte sich partout nicht daran erinnern, wann das gewesen sein sollte. Und ihr Gedächtnis funktionierte ansonsten ziemlich gut. Sie erinnerte ihr Jahr in Italien großenteils so intensiv, als sei es gestern gewesen – bis auf jene letzte Nacht.

»Und diese Inga hat Sie von ihm kuriert?«, fragte Alessandro interessiert.

Amrei nickte eifrig. »Ja, wenn Sie dieses Biest kennengelernt hätten, Sie würden verstehen, dass ich im Leben niemals denselben Mann küssen wollte wie sie. Inga war schön. Keine Frage. Sie war

Au-pair-Mädchen bei Ihrer Tante Giulia, die ich übrigens gestern in der Innenstadt getroffen habe und die mich nicht erkannt hat.«

»Tja.« Mehr sagte er nicht. Nur »Tja«. Offenbar hatte er noch mehr auf dem Herzen, aber er schien darüber nachzudenken, ob und wie er ihr das sagen sollte. Da fiel ihr siedend heiß ein, dass Ingas Schwester Leni inzwischen mit seinem Cousin Francesco verheiratet war und er Inga wahrscheinlich allein deshalb schon einmal persönlich begegnet war. Sie hoffte, dass sie in keinen allzu großen Fettnapf getreten war. Jedenfalls fügte sie hastig hinzu: »Inga ist Lenis Schwester. Wahrscheinlich ist sie heute längst nicht mehr so schrecklich wie damals. Also, ich … ich wollte nicht über Ihre entfernte Verwandtschaft lästern.«

Zu ihrer großen Überraschung lachte er laut und herzlich auf. Sein Lachen war dem von Maria sehr ähnlich, außer dass es tiefer und kehliger klang, aber es war genauso ansteckend und kam aus dem Bauch heraus.

»Schrecklicher als heute kann sie damals kaum gewesen sein!«, raunte er ihr ins Ohr. »Und Sie werden hier auf dem Fest keinen Einzigen finden, der heute Abend ihren Namen hören möchte. Und was die Frage nach ihrer Schönheit angeht, sehe ich das etwas anders als Sie. Ich habe übrigens alte Fotos von damals gesehen. Da waren Inga, Leni und Sie mit drauf. Ich hätte mich eindeutig in Sie verliebt. Mein Bruder muss blind gewesen sein.«

Das hatte Amrei vorhin schon einmal ganz ähnlich aus dem Mund von Signor Podestà gehört. »Tja, mein Junge, das kommt davon, wenn man blind ist«, hatte der Vater zum Sohn gesagt.

»Jetzt übertreiben Sie aber«, erwiderte sie, um nicht durchblicken zu lassen, wie sehr ihr das schmeichelte, vor allem, weil Alessandro gar nicht den Eindruck machte, als würde er Frauen inflationär Komplimente machen.

»Darf ich Sie etwas sehr Persönliches fragen?« Alessandro war wieder ernst geworden.

»Alles, was Sie wollen«, erwiderte sie arglos.

»Denken Sie noch manchmal an Salvi?«

Amrei wurde abwechselnd heiß und kalt.

»Ich muss jeden Tag an ihn denken. Vor allem daran, dass ich am anderen Ende der Welt war, als es passiert ist«, fuhr er fort, ohne ihre Antwort abzuwarten.

»Ich denke auch ständig an ihn«, entgegnete Amrei mit fester Stimme.

»Oh, entschuldigen Sie bitte, ich wollte Ihnen nicht die schöne Stimmung verderben. Sie sind ganz blass geworden. Das tut mir leid. Das war dumm von mir«, versicherte er ihr bedauernd.

Amrei stand abrupt von ihrem Platz auf und griff nach ihrer Tasche. »Ist schon gut. Man kann es ja nicht verschweigen. Aber Sie entschuldigen mich bitte, ich muss kurz ins Bad.« Und schon war sie davongeeilt. Der Raum drehte sich, so schwindlig war ihr. Als sie außer Sichtweite der Hochzeitsgesellschaft war, lehnte sie sich an eine kühlende Wand und atmete ein paar Mal tief durch. In diesem Moment kam Francesco um die Ecke, sah sie, stutzte und kam auf sie zu. »Amrei, kann ich dir helfen? Ist es die Hitze, die dir zu schaffen macht? Hast du zu wenig getrunken?« Er reichte ihr seinen Arm. »Komm, ich bringe dich in einen Nebenraum. Da kannst du die Füße hochlegen.«

Es war rührend, wie hilfsbereit er sich um sie kümmerte. So war er immer schon gewesen. Was für ein unfassbares Glück, dass Leni und er einander gefunden hatten.

Sie aber wehrte seine Angebote höflich ab. »Alles gut, Francesco. Ich habe viel Arbeit und dann die Hitze. Ich werde mir ein wenig Wasser über die Unterarme laufen lassen.«

»Ist gut, ich warte hier und begleite dich zurück an den Tisch.«

»Nein, das ist nicht nötig.«

»Keine Widerrede!«, sagte Francesco in einem strengen Ton, den sie gar nicht an ihm kannte. Er war selbstbewusster und erwachsener geworden. Damals hatte er die Rolle des Familienclowns besetzt, und das ziemlich gut sogar. Heute wirkte er ernster, aber das stand ihm noch besser.

Amrei verschwand in der Damentoilette und drehte das kalte Wasser auf. Im Spiegel sah sie in ihr kalkweißes Gesicht. Sie ließ sich das Wasser über die Innenseite der Handgelenke laufen und versuchte, innerlich zur Ruhe zu kommen. Wenn ich an diesem Abend jedes Mal zusammenbreche, wenn jemand Salvi erwähnt, sollte ich das Fest schnellstens verlassen, sagte sie sich. Abgesehen davon, dass es noch einige Menschen gab, mit denen sie sich gern etwas intensiver unterhalten hätte wie Maria und Leni, wollte sie auch vor ihrem Tischherrn nicht einfach die Flucht ergreifen. Alessandros Gesellschaft hatte für sie etwas Geborgenes und Vertrautes, was sie sich mit den Briefen erklärte. Sie hatte diesem Mann schon einmal in die Tiefe der Seele geblickt ... Entschieden nahm sie Puder, Mascara und Lippenstift aus der Tasche und frischte ihr Make-up auf. Zum Schluss kniff sie sich kurz in die Wangen, ein Mittel, auf das ihre Mutter schwor, um Farbe ins Gesicht zu zaubern. Und tatsächlich, es funktionierte. Ein letzter prüfender Blick in den Spiegel bewies ihr, dass sie sich wieder unter Leute wagen konnte.

»Wow! Du siehst umwerfend aus!«, rief Francesco aus, als sie das Bad verließ. Er reichte ihr seinen Arm.

»Ich freue mich so für Leni und dich. Wann ist das passiert mit euch ...« Sie unterbrach sich hastig. »Ich meine nicht anzüglich, sondern ich frage, weil ihr ja noch kein Paar gewesen seid, als wir zu unserem Abschiedsfest in die *Casa Speranza* gefahren sind.« Es fiel ihr schwer, das so offen anzusprechen, wenn es ihr auch schon etwas flüssiger über die Lippen kam.

»An dem Abend fing es an. Wir haben ganz wild getanzt. Erinnerst du dich noch? Immer um den Pool herum mit gegenseitigem Reinwerfen.«

Sie schüttelte den Kopf. »Nein, ich war zu sehr mir Salvi beschäftigt.«

»Da hat es geknistert, aber ich hatte wohl zu viel getrunken und bin drinnen auf irgendeinem Sofa eingepennt und erst morgens aufgewacht, nachdem … na ja, du weißt schon. Und dann habe ich mich um Leni gekümmert. Sie hat ja nur noch geweint, ist aber bis zur Beerdigung geblieben. Ich habe sie wenig später in Deutschland besucht, irgendwann kam sie wieder nach Genua und tja, dann kam der erste Hund, das erste Kind …«

Amrei drückte liebevoll seine Hand. »Ich freue mich wirklich für euch. Und ich werde nachher mal zu euch kommen, denn mit Leni würde ich gern noch ein wenig plaudern. Wir haben uns seit damals völlig aus den Augen verloren. Und in der Kirche hat sie mich wie einen Geist angesehen. Vielleicht hat sie mich nicht erkannt.«

»Doch, schon …«, erwiderte Francesco zögernd. »Aber ich hatte eher den Eindruck, dass ihr damals im Streit auseinandergegangen seid. Sie wollte gar nicht darüber reden, dass du als Überraschungsgast aufgetaucht bist. Vielleicht hat auch Inga sie geimpft. Für meine Schwägerin bist du ein rotes Tuch.«

»Ich weiß«, erwiderte Amrei nachdenklich, aber ihr Grübeln galt nicht der Tatsache, dass Inga und sie einander nicht leiden konnten, sondern der Frage, was sie Leni wohl getan haben könnte. Soweit sie sich erinnerte, hatte sie Leni zuletzt an jenem Abend in der *Casa Speranza* nur ein paar Mal von ferne gesehen und sich nicht einmal von ihr verabschieden können. Und vorher hatten sie sich sehr gut verstanden. Doch dann fiel ihr ein triftiger Grund ein, warum Leni hier auf der Hochzeit einen Bogen um sie machte. Wahrscheinlich hatte ihr Inga unter dem Siegel der Verschwiegenheit gesteckt, dass sie, Amrei, Salvi auf dem Gewissen hatte. Dennoch oder gerade deshalb nahm Amrei sich vor, später auf jeden Fall das Gespräch mit Leni zu suchen.

Francesco und Amrei waren an ihrem Platz angekommen. »Ich bringe dir deine Tischdame zurück. Ihr Kreislauf war ein wenig durcheinander. Pass auf, dass sie genügend Wasser trinkt«, sagte er fürsorglich zu Alessandro.

»Sie sehen tatsächlich wesentlich besser aus als eben. Wenn Sie jetzt nicht gekommen wären, hätte ich nach Ihnen gesehen.« Er goss ihr Wasserglas bis oben hin voll und reichte es ihr mit dem Befehl: »Austrinken!«

Ohne Widerrede folgte Amrei seiner Anordnung, und es tat erstaunlich gut, obwohl sie wusste, dass etwas anderes als das mangelnde Wasser schuld an ihrem Zustand gewesen war. Sie hoffte, dass Alessandro nun nicht noch einmal auf das Thema Salvi zurückkam. Um sicherzugehen, dass es nicht passierte, fragte sie ihn unvermittelt, ob er sich wirklich seinen Berufswunsch, Professor für Literatur zu werden, erfüllt hatte.

Er musterte sie erstaunt. »Woher wissen Sie von meinen Träumen?«

Amrei hätte im Boden versinken mögen. Das wusste sie natürlich aus den Briefen, die sie verbotenerweise gelesen hatte, aber das konnte sie ihm schlecht verraten. Sie rang sich zu einem Lächeln durch. »Das hat mir Maria damals erzählt. Sie hat viel von Ihnen gesprochen. Ich glaube, sie hat Sie sehr vermisst, als Sie in Neuseeland gewesen sind.«

»Ich sie auch. Und den Zwerg und meine Mutter. Meine Sehnsucht nach meinem Vater und Alfredo hielt sich eher in Grenzen. Und ja, ich habe eine Professur für Literatur in Genua. Ich hätte ebenso nach Bologna gehen können, aber Ligurien ist nun einmal meine Heimat, und ich fühle mich wohl in dieser Stadt. Außerdem bin ich in weniger als zwei Stunden in Porto Venere. Ich liebe die *Casa Speranza* und bin der Einzige, der noch regelmäßig hinfährt. Alfredo und die Eltern seit damals gar nicht mehr, und Maria und Massimo nur gelegentlich. Meine Eltern wollten das Haus schon verkaufen, aber das konnte ich gerade noch rechtzeitig verhindern. Und was machen Sie beruflich? Ich hörte, Sie würden auch für die Literatur brennen.«

Amrei war über den Themenwechsel erleichtert, denn über die Schönheit der *Casa Speranza* entspannt mit ihm zu reden, würde ihr schwerfallen.

»Ich liebe zwar die Literatur, bin aber beruflich nie zu solchen höheren Weihen aufgestiegen wie Sie. Ich arbeite in der Online-Redaktion einer großen Frauenzeitschrift.« Sie musterte ihn prüfend. »Sie können Ihre Enttäuschung kaum verbergen«, sagte sie scherzhaft.

»Sie irren sich, Amrei. Ich finde das äußerst interessant.«

Sie lachte. »Leider kann ich Ihre Begeisterung nicht teilen. Es ist ein solider Job, mit dem ich meine Brötchen verdiene, aber meine Leidenschaft ist das Schreiben. Ich wollte früher mal eine richtige Journalistin werden, die über die wichtigen Dinge der Welt berichtet.«

»Und, was hat Sie davon abgehalten?«

»Die fehlenden Perspektiven, einen guten Job zu bekommen. Ich habe das genommen, was sich mir angeboten hat. Da kann man heutzutage nicht so wählerisch sein, aber ich habe mir eine Leidenschaft bewahrt: Ich schreibe gelegentlich Reisereportagen für unseren Verlag, das heißt, vor Corona habe ich das regelmäßig getan.«

»Und machen Sie nun damit weiter?«

»Sagen wir mal so. Ich hatte ein Angebot der Konkurrenz, und ja, ich habe es angenommen. Und mir dafür Urlaub genommen, denn meine Chefin wäre sicher nicht damit einverstanden, wenn ich es während meiner Arbeitszeit machen würde, wenn überhaupt.«

»Das klingt spannend. Und über welches Land werden Sie berichten?«

»Italien, um genauer zu sein, Ligurien und ganz präzise über die Riviera di Levante.«

»Wow! Sie sind hier sozusagen auf einer Recherchereise? Eine Hochzeit in Genua ist ein romantischer Aufhänger für eine solche Reportage. Dann bleiben Sie hoffentlich noch länger?«

Amrei nickte eifrig. »Ich reise ab Dienstagnachmittag eine Woche die Küste entlang.«

»Dann kommen Sie sicher auch nach Porto Venere! Sie können gern in der *Casa Speranza* übernachten. Ich habe einen Schlüssel dabei.«

Sie zuckte leicht zusammen. Das Angebot würde sie mit Sicherheit nicht annehmen. Selbst nach ihrer Beichte würden sie keine zehn Pferde je in dieses Haus zurückbringen, einmal abgesehen davon, dass Alessandro sein Angebot dann sicherlich sofort zurückziehen würde.

»Schauen wir mal«, sagte sie ausweichend. »Aber mit der Hochzeit zu beginnen, ist wirklich eine tolle Idee.« Und das meinte sie ganz ernst. Auf den Gedanken war sie bislang nicht gekommen, diese typischen Bräuche einer italienischen Hochzeit zu beschreiben, wie den gemeinsamen Gang des Brautpaars und der Gäste von der Kirche zum Restaurant, dem Hochzeitstermin am Sonntag oder dem, was in diesem Augenblick geschah.

»*Bacio, bacio!*«, riefen jetzt einige Gäste, und andere fielen ein in das Rufen, als Maria und Massimo sich leidenschaftlich küssten. Ein Küsschen wurde auf einer italienischen Hochzeit nicht akzeptiert. Amrei war in ihrem Jahr als Au-pair-Mädchen einmal bei der Hochzeit eines entfernten Cousins der Familie gewesen, auf der das Brautpaar nicht zum Essen gekommen war vor lauter Küsserei. So unersättlich war diese Hochzeitsgesellschaft nicht, und man ließ das Brautpaar nun in Ruhe die Pasta mit frischen Trüffeln genießen.

Amrei hoffte, dass Alessandro nach dieser kleinen Unterbrechung nicht noch einmal an seinen nett gemeinten Vorschlag, ihr den Schlüssel für die *Casa Speranza* anzuvertrauen, anknüpfen würde, aber da hatte er bereits in seine Jacketttasche gegriffen und wollte ihr ein Schlüsselbund mit drei Schlüsseln in die Hand drücken. Amrei wusste vor lauter Verlegenheit nicht, was sie tun sollte. Sie konnte das unmöglich annehmen. Er missverstand ihr Zögern offenbar. »Es war doch für ein Jahr auch Ihr Zuhause. Eine schönere Unterkunft finden Sie in ganz Porto Venere nicht. Ich nutze jede freie Minute, mich dort zu entspannen. Ich werde gleich morgen früh aufbrechen und für ein paar Tage dort sein.«

»Aber dann brauchen Sie den Schlüssel doch«, stieß Amrei sichtlich erleichtert hervor, einen triftigen Grund gefunden zu haben, den Schlüssel nicht annehmen zu müssen.

»Kein Problem. Für alle Fälle habe ich einen Ersatzschlüssel in einem Versteck deponiert. Kommen Sie. Nehmen Sie ihn.«

Amrei öffnete zögernd ihre Faust und ließ sich den Schlüssel geben. Er sah sie bei dieser Berührung durchdringend an. »Sie haben eiskalte Hände. Dabei ist es so heiß hier.«

Amrei kannte den Grund, warum ihre Hände eiskalt waren, aber nun hatte sie keine andere Wahl, als den Schlüssel zu nehmen und in ihrer Handtasche verschwinden zu lassen. Merkwürdig, dachte sie plötzlich, wieso hat er den Schlüssel zum Ferienhaus dabei? Sie hatte den Gedanken noch gar nicht zu Ende geführt, als er ihr mit einem verlegenen Lächeln gestand, dass der Schlüssel für die *Casa Speranza* eine Art Talisman für ihn sei, den er immer mit sich führte, auch, weil er sich manchmal spontan entschied, nur für eine Nacht dorthin zu fahren.

»Ich bin meist allein da, aber vielleicht bekomme ich ja dieses Mal netten Besuch?«, fügte er lächelnd hinzu. In diesem Moment versprühte er diesen gewissen Charme, dem sie damals bei Alfredo auf den Leim gegangen war. Ob er mich ganz profan in seine

Höhle locken will, und das alles nur geschickter anstellt als sein jüngerer Bruder, fragte sich Amrei zweifelnd.

»Es ist reizend von Ihnen, aber ich denke, ich werde in La Spezia übernachten«, entgegnete Amrei kühl. Mit diesen Worten legte sie ihm die Schlüssel demonstrativ zurück auf den Tisch.

»Nicht Ihr Ernst, oder? Eine Nacht in Porto Venere sollten Sie Ihren Lesern gönnen. Sie müssen einmal bei Mondschein oben bei der Chiesa di San Pietro gewesen sein!«

»Ich weiß, das Vergnügen hatte ich schon damals«, erwiderte sie steif.

Da spürte sie seine Hand auf ihrer. »Amrei, habe ich Sie verärgert?«, fragte er leise.

»Nein, aber ich bin seit damals etwas allergisch gegen den geschmeidigen Charme italienischer Männer. Und wenn Sie mir einen Schlüssel von Ihrem Haus aufdrängen und einen Wink mit dem Zaunpfahl auf meinen netten Besuch bei Ihnen geben, kommen alte Erinnerungen hoch.«

Zu ihrer großen Überraschung nahm er ihr diese Offenheit nicht übel, sondern lachte aus voller Kehle.

»Und ich dachte schon, das lerne ich nie! Aber ich versichere Ihnen, nichts liegt mir ferner, als Sie nach Porto Venere in meine Höhle zu locken. Wenn, dann war das ein eher ungelenker Versuch, Ihnen zu sagen, dass ich Sie gern wiedersehen würde fernab dieser sozialen Kontrolle meiner Familie, denn nicht nur Alfredo beobachtet uns, sondern auch meine Mutter schaut auffällig häufig zu uns herüber.« Es war nicht nur das, was er sagte, was sie tief im Herzen berührte, sondern auch die Art, wie er es sagte, und vor allem, wie liebevoll er sie dabei ansah. Das hatte so gar nichts von Alfredos begehrlichen Blicken in solchen Situationen.

»Und ich glaube Ihnen. Sie sind anders«, entgegnete sie aufrichtig, woraufhin sie einander eine Weile stumm und intensiv in die Augen sahen.

Mist, dachte sie, als sie den Blick abrupt abwandte, sie war ganz bestimmt nicht nach Genua gekommen, um sich in Alfredos Bruder zu verlieben, aber genauso fühlte es sich an … dass es passieren konnte, wenn es nicht sogar schon geschehen war. Sie verspürte in seiner Gegenwart eine vertraute Nähe und zugleich eine prickelnde Anziehung, wie sie es in diesem Zusammenspiel noch nie erlebt hatte. Sofort meldete sich eine mahnende innere Stimme, die sie eindringlich davor warnte, nicht einmal daran zu denken, geschweige denn, sich diesen Emotionen hinzugeben. Sie war vernünftig genug, dieser Stimme Gehör zu schenken; wenn sie es darauf ankommen ließ, würde es für sie entsetzlich enden. Spätestens, wenn er erfuhr, was sie verbrochen hatte, würde er sie hassen. Das würde ihr das Herz brechen. Was sollte sie tun? Ihm für den Rest des Abends die kalte Schulter zeigen und den Eindruck erwecken, dass er sie als Mann nicht interessierte? Einmal abgesehen davon, dass ihr das eine perfekte schauspielerische Leistung abverlangte, hatte der innige Blick zwischen ihnen mehr gesagt als tausend Worte. Nein, sie würde diesen Abend wie einen Traum betrachten, der am Morgen unwiederbringlich vorüber war.

»Es ist mir lange, lange nicht mehr passiert, dass ich ein tiefes Bedürfnis hatte, eine Frau zu küssen«, raunte er.

Amrei hätte nicht gewusst, ob sie ihm länger widerstanden hätte, wenn sie irgendwo allein gewesen wären, aber hier inmitten der Hochzeitstafel bestand keine Gefahr, sich zu verlieren. Hinzu kam, dass sie ahnte, wer jene andere Frau vor ihr gewesen war … Amrei wandte ihren Blick verlegen ab und fing erneut den von Alfredo auf, aus dem statt Panik eine gewisse Eifersucht sprach.

»Wir werden beobachtet«, sagte sie leise.

»Ich weiß, sonst hätte ich es längst getan«, flüsterte er ihr verschmitzt ins Ohr. »Aber ich würde Sie jetzt gern duzen.« Er hob sein Glas. »Ich bin Alessandro.«

Amrei nahm ihr Wasserglas und stieß mit ihm an. »Und ich bin Amrei.«

Noch einmal blickten sie sich intensiv in die Augen. Amrei hätte für nichts mehr garantieren können, wenn in diesem Augenblick nicht ein Tuscheln und Raunen durch den Saal gegangen wäre. Die Gäste, die ihnen gegenübersaßen und die Amrei nicht kannte, reckten ihre Hälse, und überhaupt alle, die mit dem Gesicht zur Eingangstür saßen, starrten so gebannt in diese Richtung, dass sich etliche Gäste, die mit dem Rücken zur Tür saßen, umdrehten. Auch Alessandro warf einen Blick über die Schulter und stöhnte genervt: »Oje. Das riecht nach Ärger!«

Nun drehte sich Amrei ebenfalls um, und ein eiskalter Schauer durchfuhr ihren ganzen Körper. Es war keine Geringere als Inga in großer Abendgarderobe, die hocherhobenen Hauptes und mit zusammengekniffenen Lippen auf den Tisch zusteuerte, ohne die Braut oder den Bräutigam auch nur eines Blickes zu würdigen. Stattdessen blieb sie vor Alfredo stehen, der kalkweiß geworden war.

»Mein Platz ist an deiner Seite. Schon vergessen?«, verkündete sie so laut, dass es jeder im Saal hören konnte.

Wie eine Rachegöttin stand sie neben seinem Stuhl. Sie hatte sich kaum verändert und war immer noch äußerst attraktiv, aber ihre scharf eingekerbten Mundwinkel machten sie älter. Sie trug ein weißes Kleid, ein einziger Affront gegen die Braut, denn das galt auch in Italien: Zur Hochzeit war die Farbe Weiß der Braut vorbehalten. Alfredo war im Gesicht noch bleicher als Ingas Kleid. Er stand nun hektisch auf und überließ ihr seinen Platz.

Fassungslos wandte sich Amrei an Alessandro. »Ganz die alte Inga! Mich wundert, dass Maria sie eingeladen hat.«

»Sicher nicht! Im Gegenteil. Sie hat sie explizit ausgeladen. Dass sie trotzdem gekommen ist, das ist ein Skandal«, entgegnete Alessandro.

»Ja, es ist ein bisschen wie im Märchen, als zur Taufe der Prinzessin plötzlich die dreizehnte Fee als ungebetener Gast auftaucht und einen Fluch über die Familie verhängt«, pflichtete ihm Amrei bei.

Alessandros finstere Miene erhellte sich ein wenig. »Mit dem einen Unterschied. Sie *ist* der Fluch unserer Familie!«, sagte er mit einem Grinsen.

»Nun gut, als Schwester der Frau deines Cousins gehört sie ja nur ganz entfernt dazu«, erwiderte Amrei arglos.

»Ja, aber als meine Schwägerin ist sie für mich leider keine entfernte Verwandte mehr. Und wenn sie heute hier auftaucht, kann das nichts Gutes bedeuten«, murmelte er.

Amrei pflichtete ihm in Gedanken aus vollem Herzen bei. Wenn Inga als ungebetener Gast auftauchte, bedeutete das auf jeden Fall großen Ärger. Ein bisschen war das wie ein Déjà-vu. Ihr Auftritt damals auf der Silvesterparty in Porto Venere war ähnlich dramatisch gewesen … Amrei unterbrach erschrocken ihre Gedanken, weil erst in diesem Augenblick in ihr Bewusstsein drang, was Alessandros Worte wirklich bedeuteten: Schwägerin? Demnach war Inga Alfredos Frau!

14

ALBARO – GENUA, SILVESTER 2007/2008

Die spontane Idee, die Silvesterparty nicht in Albaro steigen zu lassen, sondern nach Porto Venere zu verlagern, kam von Maria. Sie hatte ein paar Mal mit Lorenzo telefoniert, ihn im Herbst sogar in Porto Venere getroffen und nun zur Party nach Genua eingeladen. Allerdings wäre es ihr doch etwas zu viel Nähe mit ihm, wenn sie sich vorstellte, er würde mit in ihrem Zimmer übernachten, weil zur Party alle anderen Schlafplätze belegt waren. In Porto Venere aber konnte er im Anschluss an die Party nach Hause gehen. Noch war es bei harmlosen Knutschereien geblieben. Auf mehr hatte Maria keine Lust, wie sie Amrei ganz offen gestanden hatte. Sie verkaufte ihrem Bruder und den Freunden diese Idee damit, dass sie in der *Casa Speranza* wesentlich mehr Spaß haben konnten, weil sie dort keine Tante Giulia störte, denn diese hatte Signora Podestà versprochen, über den Jahreswechsel einmal nach dem Rechten in der Villa zu sehen. Der Signore war aus beruflichen Gründen zu einer Kreuzfahrt aufgebrochen, während die Signora gleich nach Weihnachten an den Comer See in das Hotel von Amreis Vater gefahren war, wo jedes Jahr traditionell ein großer Silvesterball stattfand. Sie hätte es sehr gern gesehen, wenn Amrei mitgekommen wäre. Auch ihr Vater hatte sie regelrecht angefleht, die günstige Gelegenheit beim Schopf zu packen, mit ihrer Gastmutter zu fahren, aber sie hatte das Angebot ausgeschlagen, zumal sie freihatte. Nicht dass Salvi ihr auf die Nerven ging. Im Gegenteil, sie liebte den kleinen Kerl über alles, aber sie brauchte dringend einmal Zeit für sich. Außerdem zog sie gerade zum Jahreswechsel nichts an den Comer See. Sie war einmal zu Silvester bei ihrem Vater zu Besuch gewesen, und das schrie nicht nach Wiederholung. Seine Frau war tagelang schwer beleidigt gewesen, weil er ihr, seiner Tochter, als Erstes ein gutes neues Jahr gewünscht hatte. Die Eifersucht seiner Frau war wirklich schwer erträglich.

Amrei gefiel die Idee, dass sie die Party in die *Casa Speranza* verlegten. Auch wenn es dort im Winter sicher nicht so schön war wie im Sommer, freute sie sich sehr darauf, dass sie gleich mit Maria nach Porto Venere aufbrechen würde. In La Spezia würde sie der gute Pedro abholen. Der Rest der Gruppe war schon gestern Abend gefahren. Zu Amreis großer Freude war Leni mit dabei, während Inga Tante Giulia versprochen hatte, ihr bei den Vorbereitungen zu ihrem Silvesterdinner zu helfen. Das bedauerte Inga mittlerweile zutiefst, wie Amrei von Maria wusste, die es wiederum von ihrem Cousin Francesco erfahren hatte. Er war Zeuge gewesen, wie Inga versucht hatte, ihre Schwester Leni zu überreden, den Job an Silvester für sie zu übernehmen, damit sie mitfeiern konnte. Zu Francescos großer Schadenfreude hatte Leni dieses Ansinnen abgelehnt, und zwar sehr zum Ärger ihrer Schwester, die es nicht gewohnt war, dass sich Leni ihren Wünschen widersetzte.

Massimo hatte Maria und Amrei gebeten, seine Verlobte Raffaela im Zug mitzunehmen. Er hatte sein Telefon zu Hause vergessen und war mit den anderen vorgefahren. Raffaela und er waren am Silvestervormittag im Hause der Podestàs verabredet, weil er eigentlich geplant hatte, auf seine Verlobte zu warten, aber die anderen hatten ihn überredet, sie am Abend zuvor zu begleiten. Maria und Amrei waren nicht mitgefahren, weil Maria noch zu einer Party in Genua wollte, zu der sie Amrei mitgenommen hatte.

»Das fehlt mir noch zu meinem Glück, dass ich mit der hochnäsigen Römerin nach Porto Venere fahre«, hatte Maria ihrem Unmut Luft gemacht, allerdings erst, nachdem Massimo unterwegs war. Ihm gegenüber hatte sie nett lächelnd geheuchelt, den Gefallen würde sie ihm gern tun.

Raffaelas Ankunft in der Villa der Podestàs war ihnen für zehn Uhr morgens angekündigt worden. Inzwischen war es schon weit nach elf Uhr, und sie hatten zu ihrem großen Ärger bereits einen Zug nach La Spezia verpasst. Als die Dame aus Rom auch um zwölf Uhr noch nicht aufgetaucht war, beschloss Maria, ohne die römische Verlobte aufzubrechen.

Amrei schlug vor, ihr wenigstens einen Zettel zu hinterlassen. Während Maria etwas auf ein Stück Papier kritzelte, ging plötzlich ein breites Grinsen über ihr Gesicht. Kichernd zeigte sie Amrei, was für eine Botschaft sie Raffaela hinterlassen hatte.

Hallo, die Party ist spontan verlegt worden. Sie findet nun auf dem Mond statt.

Amrei konnte Marias kleine Gemeinheit sehr gut nachvollziehen. Gerade als die beiden sich voller Schadenfreude in ihren Streich hineinsteigerten, klingelte es an der Haustür.

»Schade!«, seufzte Maria. »Jetzt müssen wir sie wohl doch mitnehmen. Komm, wir gehen gleich los.« Sie nahmen ihre Rucksäcke und eilten zur Tür. Da das ein paar Minuten in Anspruch nahm, klingelte die Römerin nun Sturm. Als Maria die Haustür öffnete, stand Raffaela mit grimmiger Miene davor. »Geht es nicht ein bisschen schneller? Ich stehe mir hier die Beine in den Bauch.«

Empört erwiderte Maria, dass sie bereits über zwei Stunden auf sie warteten, und fragte, ob sie ihren Zug aus Rom verpasst habe. Raffaela musterte Maria mit einem abschätzigen Blick. »Ich glaube, das geht dich überhaupt nichts an! Und wo ist Massimo, verdammt?«

»Er ist schon mit den anderen zum Fest gefahren«, erwiderte Maria.

Amrei konnte kaum ein Grinsen unterdrücken, weil sich auf der Stirn der Römerin jetzt eine hässliche Zornesfalte bildete.

»Unverschämtheit! Der kann was erleben! Ich muss mich erst einmal gründlich frisch machen.« Sie wollte sich an Maria vorbei ins Haus drängeln, aber die ließ sie nicht durch.

»Tut mir leid. Wir müssen los!«

»Was fällt dir ein? Ihr wartet gefälligst auf mich«, giftete Raffaela.

»Gehst du bitte zur Seite!«, forderte Maria die Römerin auf, die so perplex war, dass sie das tatsächlich tat. Amrei und Maria konnten ungehindert das Haus verlassen.

»Komm schnell, der Zicke werde ich gar nichts verraten. Soll sie doch selbst herausfinden, wo sie hinmuss«, raunte Maria Amrei amüsiert zu.

Die beiden beschleunigten ihre Schritte, aber dann brüllte Raffaela unflätig hinter ihnen her: »Ihr dummen Kühe, sagt mir verdammt noch mal, wo die Party nun stattfindet. Ich werde Massimo anrufen. Der muss mich hier abholen!«

Amrei und Maria blieben stehen und blickten einander fragend an. Amrei befürchtete schon, Maria würde diese Person mitnehmen, aber da erwiderte ihre Gastschwester mit einem diabolischen Grinsen: »Er hat sein Telefon Weihnachten bei seinen Eltern vergessen. Und die Party findet in Nervi statt.« Sie gab Raffaela die Adresse ihrer Tante Giulia durch, was Amrei nicht ohne Schadenfreude beobachtete.

»Warte gefälligst, bis ich das notiert habe«, schrie Raffaela mit überschnappender Stimme.

»Gern doch«, brüllte Maria zurück und wiederholte die Adresse so lange, bis Raffaela sie auf einen Zettel geschrieben hatte.

Aber dann drehten sich Amrei und Maria auf dem Absatz um und eilten zur Bushaltestelle, um zum Bahnhof zu fahren. Im Bus kicherten sie immer wieder bei dem Gedanken, wie Raffaela in Nervi vor verschlossener Tür oder vor einer verdutzten Tante Giulia stehen würde.

»Dann solltest du aber deine Chance heute Abend bei Massimo auch nutzen«, schlug Amrei übermütig vor.

»Das kannst du glauben. Heute Nacht oder nie!«

Zu ihrer großen Freude fuhr wenig später ein Zug nach La Spezia, und Maria rief Pedro an, um ihm ihre Ankunftszeit durchzugeben. Auf der Zugfahrt stellte Amrei Maria eine Frage, die sie schon länger beschäftigte. »Warum bist du eigentlich meine beste Freundin, die Freundin eures Au-pair-Mädchens, geworden?« Maria hatte sie verwundert gemustert. »Du gehörst zur Familie! Du bist ein liebenswerter Mensch. Außerdem … du brauchst mich, damit ich dich vor Inga beschütze, denn jede Wette, ihre neue lammfromme Art ist nur Tarnung. Dahinter lauert das alte Miststück.«

Die beiden Frauen waren sich daraufhin um den Hals gefallen und hatten sich ewige Freundschaft geschworen.

15

PORTO VENERE, SILVESTER 2007/2008

Pedro, der treue Gärtner und Hausmeister der *Villa Speranza,* war gar nicht begeistert von der Silvesterparty in »seinem« Anwesen. Er hielt die reichen Jungs aus der Stadt für laute Schnösel, die Drogen nahmen und rücksichtslos Haus und Hof verwüsteten. Deshalb war er froh, als Maria endlich eintraf, denn auf sie hielt er große Stücke. Und auch Amrei hatte er in sein Herz geschlossen, aber auf Alfredo war er gar nicht gut zu sprechen und schimpfte, kaum dass sie in seinem Kastenwagen saßen, wie ein Rohrspatz über den Bengel, weil er, Pedro, gestern Abend von Nachbarn angerufen worden wäre, nachdem aus der *Casa Speranza* laute Musik dröhnte. Er habe dann nach dem Rechten gesehen. Der betrunkene Alfredo habe ihm die Tür geöffnet und nur noch gelallt, sodass Pedro kurz entschlossen den Strom abgestellt habe. Dafür sei er von ein paar Burschen übel angepöbelt worden. So einen Lärm könne man Silvester dulden, aber nicht schon am Abend zuvor. Pedro hatte sich mächtig in Rage geredet, sodass Maria ihre Mühe hatte, ihn wieder einigermaßen zu beruhigen. Sie versprach ihm, dafür zu sorgen, dass es nicht allzu wild würde.

Dass der Mann nicht übertrieben hatte, wurde Amrei und Maria klar, als sie wenig später das Haus betraten. Abgesehen von den Flaschen, die überall herumlagen, waren auch alle Betten belegt. Maria und Amrei mussten erst einmal ihnen völlig unbekannte Menschen aus ihren Zimmern werfen, was sie ohne Pardon durchzogen. Danach suchten sie Alfredo, der im Elternschlafzimmer zusammen mit der falschen Blondine vom Fest der weißen Madonna seinen Rausch ausschlief. Amrei war Maria nur zögernd gefolgt, aber der Anblick von Alfredo mit einer Frau im Bett ließ sie überraschend kalt. Maria weckte ihren Bruder unsanft und forderte ihn auf, sofort die Spuren der gestrigen Party im Haus zu beseitigen, weil sie sonst Pedro benachrichtigen und mit seiner Hilfe die Gäste hinauswerfen lassen würde. Maria war stinksauer auf ihren Bruder. Alfredo schien ihrem Zorn ziemlich wehrlos ausgeliefert zu sein, denn er versprach, sich sofort darum zu kümmern. Nur die Frau an seiner Seite vergriff sich Maria gegenüber im Ton, sodass Maria sie kurz entschlossen packte und aus dem Schlafzimmer warf, bevor Alfredo ein weiteres Donnerwetter seiner Schwester über sich ergehen lassen musste. So kleinlaut hatte Amrei ihn selten erlebt, und wahrscheinlich war ihm furchtbar peinlich, dass sie das alles mit ansah. Jedenfalls sprang er aus dem Bett, vergaß dabei aber offenbar, dass er nackt war. Amrei wollte wegschauen, konnte jedoch den Blick nicht von seinem wohlgeformten Körper lassen. Sie hatte ihn zwar häufig in Badehose gesehen, aber das, was sie nun sah, erinnerte sie daran, wie sehr sie ihn anfangs begehrt hatte. Als er im Bad verschwunden war, musterte Maria Amrei zweifelnd. »War ich zu hart zu ihm?«

Amrei zuckte die Schultern. »Pedro hat recht. Das sieht aus wie ein Saustall hier«, erwiderte sie ausweichend, denn ein wenig Mitgefühl mit Alfredo konnte sie nicht leugnen.

Als Amrei und Maria die Küche betraten, staunten sie nicht schlecht, weil Massimo mit hochrotem Kopf den Boden putzte.

»Wie gut, dass ihr später kommt. Ich versuche seit heute Morgen, die schlimmsten Schäden zu beseitigen. Wo ist Raffaela? Wenn sie das sieht … die kehrt sofort um«, keuchte er.

»Keine Ahnung«, entgegnete Maria prompt. »Sie ist nicht, wie angekündigt, nach Albaro gekommen.«

Massimo hielt inne. Seine Gesichtsfarbe änderte sich von Rot zu Weiß. »Hoffentlich ist ihr nichts passiert. Oder der Zug aus Rom hatte Verspätung. Ich muss sie sofort anrufen. Sonst dreht sie mir den Hals um. Gibst du mir mal dein Handy?«

Maria war derart perplex, dass sie ihm zögernd ihr Telefon reichte. Eine Ausrede war ihr wohl auf die Schnelle nicht mehr eingefallen. Massimo schien ernsthaft besorgt zu sein. Amrei hielt den Atem an, als er Raffaelas Nummer wählte. Dass ihre kleine Gemeinheit so früh aufflog, damit hatten sie nicht gerechnet. Doch nachdem er ihre Nummer gewählt hatte, drang unverständliches Gezeter bis zu ihnen herüber. Es war so laut, dass Massimo den Hörer vom Ohr weghielt, bis es leiser wurde.

»Schatz, ich habe gar nichts verstanden. Was ist passiert?«, fragte er sanft nach.

Am liebsten hätte sich Amrei in ihr Zimmer verzogen, um noch ein wenig in Alessandros Büchern zu schmökern, aber sie wollte Maria nicht allein lassen. Ihre Gastschwester stand wie zu einer Salzsäule erstarrt da und lauschte gebannt dem Telefonat. Massimo sagte nur immer: »Das tut mir sehr leid, Schatz!«, und zum Schluss: »Glaub mir, wenn wir ein Auto hier hätten und ich noch nüchtern wäre, würde ich dich abholen.«

Schon während er auflegte, warf er Maria und Amrei strafende Blicke zu.

»Sie sagt, ihr habt sie nicht mitgenommen und stattdessen zu einer Adresse in Nervi geschickt. Stimmt das?«

Amrei wusste nicht, was sie sagen sollte. Leugnen wäre wohl zwecklos. Außerdem hatte jetzt Maria ihre Sprache wiedergefunden. »Stimmt, wir haben sie zu Tante Giulia geschickt, weil wir nicht mit ihr zusammen im Zug fahren wollten. Erstens kam sie über zwei Stunden zu spät, und zweitens hat sie sich dann uns gegenüber aufgeführt, als seien wir ihre Dienstboten.«

In Massimos Blick spiegelte sich ein leises Verständnis für ihren Streich wider, was Maria offenbar ähnlich deutete. »Wie kannst du das bloß aushalten?«, fügte sie vehement hinzu. »Die behandelt ja auch dich wie ihren Diener!«

Mit diesem direkten Angriff auf Raffaela hatte sie offenbar seinen Hauch an Verständnis verspielt, denn er sagte jetzt in scharfem Ton: »Einmal abgesehen, dass dich das nichts angeht, Maria, ist das keine Rechtfertigung dafür, sie einfach vor eurem Haus stehen zu lassen und dann zu deiner Tante zu schicken!«

»Na ja, wir haben ihretwegen den Zug verpasst, und sie hat uns grundlos angegiftet«, brachte Amrei zu ihrer Verteidigung vor.

Maria aber machte eine abwehrende Handbewegung in ihre Richtung. »Lass nur! Offensichtlich steht unser Massimo auf solche Zicken und lässt sich gern zum Deppen von der Römerin machen«, bemerkte sie bissig.

Massimo musterte sie sichtlich irritiert, bevor er in harschem Ton konterte. »Auf wen oder was ich stehe, das solltest du eigentlich wissen. Dass du mich abgewiesen hast, ist das eine, auf meiner Verlobten herumzuhacken, das andere. Das steht dir nicht zu. Dir nicht!« Mit diesen Worten rauschte er aus der Küche.

»*Stronzo!*«, schimpfte Maria, aber Amrei bemerkte, dass ihrer Gastschwester eine Träne über das Gesicht lief.

»Maria, das ist deine Chance«, riet sie ihr aufgeregt. »Geh ihm nach und sage ihm, wie sehr du den Korb bereust, den du ihm damals gegeben hast. Er mag dich immer noch. Los, gesteh ihm, dass es ein Fehler war …«

»Ich denke nicht daran!«, stieß Maria bitter hervor. Wenn sie diesen Ton anschlug, was höchst selten vorkam, stellte sich ihre

Gastschwester stur und war selbst den besten Argumenten gegenüber schwer zugänglich. Dabei war Amrei davon überzeugt, dass ein ehrliches Geständnis alles ändern würde und sie die Römerin so auf ganz galante Weise loswurden. Doch Maria verkündete mit versteinerter Miene, dass sie ihrem Bruder jetzt Beine machen würde, den Müll zu beseitigen, damit man gepflegt ein Glas Prosecco auf das alte Jahr trinken könne, sofern die Bande nicht gestern schon alles ausgetrunken hatte. Amrei blieb allein zurück. Maria war der liebste und sanftmütigste Mensch, den sie kannte, aber wenn sie ihre zornigen fünf Minuten hatte, sollte man sie lieber allein lassen. Seufzend räumte sie die fertige Geschirrspülmaschine aus und stellte die restlichen Gläser hinein. Dann wischte sie das sauber, was Massimo nicht mehr zu Ende gebracht hatte, und wollte gerade gehen, als Leni die Küche betrat. Sie hatte rote Wangen und einen Mantel an.

»Du kommst aber nicht gerade aus dem Bett, oder?«, begrüßte Amrei sie freudig.

»Nein, und ich bin gestern früh schlafen gegangen und habe gerade mit Francesco einen langen Spaziergang am Meer gemacht. Er war auch schon so früh wach, weil er gestern wie ich früh im Bett war.«

Amrei fragte sich gerade, ob die beiden wohl die Nacht zusammen verbracht hatten, als Leni seufzte: »Bevor Gerüchte aufkommen. Getrennt. Er ist süß, aber gar nicht mein Typ.«

»Nicht du auch noch. Stehst du etwa auf Alfredo?«, fragte Amrei scherzhaft.

»Er sieht verdammt gut aus, allerdings ist er ein Blender. Sagen wir so, super wäre ein Mann, der aussieht wie Alfredo und einen großartigen Charakter wie Francesco besitzt.«

Als Amrei die Küche verließ, sagte sie lachend: »Sag mir Bescheid, wenn du ihn gefunden hast. So einen Mann suche ich nämlich auch.«

In ihrem Zimmer legte sich Amrei aufs Bett und holte eines von Alessandros Büchern hervor, während ihre Gedanken zu den Briefen in seinem Regal in Genua abschweiften. Die Versuchung, weiterzulesen, war in den vergangenen Tagen sehr groß gewesen, aber bislang hatte sie ihr widerstanden. Obwohl das Buch spannend war, schlief sie ein und wachte erst vom Knallen der Korken auf. Erschrocken fuhr sie auf. Es war doch hoffentlich noch nicht Mitternacht. Ihr Wecker zeigte kurz vor sechs Uhr, aber die Feier war offenbar in vollem Gange. Lautes Lachen drang bis zu ihrem Bett, und sie war froh, dass sie auf dem Weg zum Bad keinem begegnete. Nach einer ausgiebigen Dusche fühlte sie sich rundherum erfrischt, aber ihr stand überhaupt nicht der Sinn danach, sich groß umzuziehen, obwohl sie ein Kleid dabeihatte. Sie schnappte sich ihre Jeans und kombinierte sie mit einem schwarzen Shirt. Das Haar band sie zum Pferdeschwanz. Ein Blick in den Spiegel löste ein Gefühl von Zufriedenheit in ihr aus.

Was zu ihrem Wohlbefinden beitrug, war die Tatsache, dass sie keinerlei Ambitionen verspürte, Alfredo zu gefallen, dachte sie, als sie ins Wohnzimmer zu den anderen ging. Alfredo hatte nicht länger die falsche Blondine aus Porto Venere bei sich, sondern knutschte inzwischen mit einer dunkelhaarigen Schönheit, die Amrei noch nie zuvor gesehen hatte. Offenbar hatte die Blondine das Haus fluchtartig verlassen, nachdem Maria sie aus dem Bett ihrer Eltern geworfen hatte.

Erst als Amrei Maria in einem atemberaubenden Kleid auf dem Sofa zwischen Lorenzo und Mattia auf dem Sofa sitzen sah, fiel ihr wieder ein, dass sie sich auf Marias ausdrücklichen Wunsch hin telefonisch für den heutigen Abend mit Mattia verabredet hatte, so wie Maria mit Lorenzo. Maria zog allerdings ein Gesicht, als ob sie ihr Date mit Lorenzo inzwischen sehr bedauerte. Kein Wunder, denn Massimo stand etwas verloren in einer Ecke und hätte sicher ein bisschen Aufheiterung gebraucht, nachdem ihn seine Verlobte am Telefon zusammengestaucht hatte. Amrei wünschte Maria von Herzen, dass Raffaela so beleidigt war, dass sie nicht mehr zur Party kommen würde. Um zu erfahren, wie ihre Pläne genau waren, stellte sie sich zu Massimo.

»Es tut mir aufrichtig leid, dass wir ihr diesen Streich gespielt haben, aber sie war wirklich doof zu uns«, erklärte Amrei entschuldigend.

»Ist schon gut. Ich weiß ja, wie sie sich manchmal aufführt. Gemein war das trotzdem«, murmelte er versöhnlich.

»Und musst du jetzt allein ins neue Jahr hineinfeiern, du Armer?«, hakte Amrei scheinheilig nach.

Er zuckte die Schultern. »Ich weiß es nicht. Sie hat mich im Unklaren gelassen. Sie weiß, wie ich das hasse, wenn sie das macht. Offenbar will sie mich für euren Streich bestrafen. Aber sag mal, wer ist eigentlich der glutäugige Kerl dort neben Maria auf dem Sofa? Der schmachtet sie ja regelrecht an.«

Amrei schloss daraus, dass Massimo sehr wohl noch Interesse hatte. Sonst würde er den Mann auf dem Sofa gar keines Blickes würdigen.

»Das ist einer ihrer vielen Verehrer. Vielleicht könntest du ihr aus der Patsche helfen und sie zum Tanzen auffordern?« Inzwischen hatte Alfredo die Anlage so laut aufgedreht, dass man sich kaum unterhalten konnte. Die meisten Gäste tobten sich bereits beim Tanzen zu Zuccheros Album *All the Best* auf den teuren unglasierten Terrakottafliesen aus. Die Signora hatte Alfredo ausdrücklich darum gebeten, dafür zu sorgen, dass im Wohnzimmer nur auf Socken und schon gar nicht mit schwarzen Sohlen getanzt wurde, aber das hatte Alfredo wohl nicht ernst genommen. Amrei stieß einen tiefen Seufzer aus. Wenn weder Alfredo noch Maria dafür sorgten, dass die Gäste ihre Schuhe auszogen, sollte sie sich auch nicht einmischen.

Maria hatte in diesem Augenblick jedenfalls nur Augen für Massimo, der Amreis Ratschlag befolgt und sie zum Tanzen aufgefordert hatte. Maria behielt ihre High Heels an. Offensichtlich hatte Alfredo den Wunsch seiner Mutter auch nicht an seine Schwester weitergegeben. Sie wusste nicht, warum sie seine Ignoranz derart störte. Vielleicht, weil die Podestà-Sprösslinge sich nie mit materiellen Sorgen befassen mussten und insbesondere Alfredo leichtfertig mit dem Eigentum seiner Eltern umging. So hatte er schon zwei Beulen in den Sportwagen gefahren, den sein Vater ihm zum Eintritt in die Firma geschenkt hatte. Amrei kannte sich nicht mit Autos aus und konnte sich die Marke nicht merken, denn während ihrer Kindheit und Jugend hatte ihre Mutter kein einziges Auto besessen. Dazu fehlte Karen das nötige Geld. Ihre Mutter sagte immer, dass sie, wenn überhaupt etwas übrig war, Reisen machen wollte. Der Bioladen, an dem ihre Mutter beteiligt war, lief sehr gut, aber die Teilhaber waren zu dritt, sodass es manches Jahr sehr knapp zu Hause wurde und Karen oft abgelaufene Sachen aus dem Laden zum Kochen verwertete. Außerdem verdiente sich ihre Mutter Geld als Yogalehrerin an der Volkshochschule dazu.

Die Podestàs ahnten nicht, wie Amrei wirklich aufgewachsen war. Für sie war sie die Tochter eines wohlhabenden Hoteliers. Nicht einmal Maria hatte sie bislang in ihr Leben zu Hause in Deutschland eingeweiht. Dass sie in bescheidenen Verhältnissen in einer kleinen Wohnung lebte. Und dass sie ständig umzogen, von einem Hamburger Stadtteil in den anderen, und dass sie mit wechselnden Partnern der Mutter aufgewachsen war. Und nicht zuletzt, dass ihre Mutter eine – wenngleich liebenswerte – Egozentrikerin war, die ihre Tochter über alles liebte, aber nie in der Lage gewesen war, sich durch die Bedürfnisse ihres Kindes in ihrer Freiheit einschränken zu lassen.

Anfangs waren das Leben im Wohlstand, wie es die Podestàs führten, und zugleich dieser Alltag in geordneten Bahnen einer intakten Familienstruktur für Amrei eher befremdlich gewesen.

Inzwischen hatte Amrei sich daran gewöhnt, dass bei den Podestàs nur das Beste gut genug war.

»Willst du mich gar nicht begrüßen?«, hörte sie Mattia wie von ferne fragen. Sie lief rot an, denn der gut aussehende Mann aus Porto Venere hatte den Nagel auf den Kopf getroffen. Amrei hatte tatsächlich schon wieder vergessen, dass sie ihn eingeladen hatte.

»Entschuldigung. Ich war mit meinen Gedanken ganz woanders«, erwiderte sie schuldbewusst und ließ sich von ihm in den Arm nehmen. Allerdings hatte sie Schwierigkeiten, einen Kuss zuzulassen. Doch als sie sah, dass Alfredo den Tanz mit seiner dunkelhaarigen Schönheit unterbrochen hatte und sich den Hals nach Mattia und ihr verrenkte, ließ sie sich auf eine harmlose Knutscherei mit ihm ein. Sie konnte nicht behaupten, dass sie bei seinem Kuss dahinschmolz, aber er küsste gut, und vor allem roch er gut. Es gab nichts, was sie körperlich an ihm abstieß, auch wenn sie das hier nur tat, um Alfredo eifersüchtig zu machen … Dieser Gedanke missfiel ihr außerordentlich, denn das bedeutete, dass sie noch immer nicht völlig frei von Alfredo war.

Dass Alfredo so weit gehen würde, sie, kaum dass sie wieder Luft zum Atmen bekam, zum Tanzen aufzufordern, überraschte sie so sehr, dass sie zu perplex war, um ihm einen Korb zu geben. Auch Mattia schien es die Sprache verschlagen zu haben. Er zischte etwas Unverständliches, als Alfredo Amrei einfach bei der Hand nahm. Als sie bei der Tanzfläche ankamen, erwachte Amrei aus ihrer Erstarrung, vor allem, als sie seine Fahne roch und merkte, dass er leicht schwankte. »Willst du nicht die schwarzen Schuhe ausziehen?«, fragte sie, während sie Schuhe und Strümpfe auszog, um barfuß zu tanzen. »Deine Mutter hat doch darum gebeten, dass wir nicht mit Straßenschuhen auf ihren Fliesen rumhüpfen.«

Alfredo machte eine wegwerfende Handbewegung. »Ach, Mutter übertreibt gern mal. Die Fliesen haben schon ganz andere Sachen überstanden.« Auch seine Artikulation war nicht mehr klar. Im Gegenteil, er lallte leicht.

Er zog Amrei nun so dicht an sich heran, dass sie kaum noch Luft bekam. Zärtlichkeit war in ihren Augen etwas anderes. Das missfiel ihr sehr, und ihr wurde bewusst, dass er sie als Statistin in seinem Hahnenkampf mit Mattia benutzte, der ihnen bis zur Tanzfläche gefolgt war und jeden ihrer Schritte vom Rand aus beobachtete. Ihr Impuls war, sich aus der Umarmung zu befreien und sich für den restlichen Abend Mattia zuzuwenden, neben dem Lorenzo aufgetaucht war, der mit zorniger Miene Maria und Massimo beobachtete. Bevor Amrei ihren Entschluss in die Tat umsetzte, stand plötzlich die dunkelhaarige Schönheit neben ihnen und zischte: »Alfredo, ich gehe jetzt. Eure Party langweilt mich. Es gibt spannendere Events in Porto Venere heute Nacht!« Dass sie das mit dem einen Ziel von sich gab, nämlich dem, dass Alfredo sich wieder ausschließlich ihr zuwenden sollte, war nicht nur Amrei sonnenklar. Alfredo ließ sie abrupt los und wandte sich flehend der heißblütigen Italienerin zu. »Nein, Isabella, meine Liebe, bitte bleib. Ich möchte doch mit dir ins neue Jahr tanzen und mit keiner anderen.«

Amrei war es Mattia gegenüber ziemlich unangenehm, wie Alfredo sie vor seinen Augen eiskalt abservierte, bevor sie selbst der Farce hatte ein Ende bereiten können, doch der junge Mann war allem Anschein nach so verliebt in sie, dass er den Arm um sie legte und flüsterte: »Komm, tanz mit mir und dann lass uns auf eine andere Party gehen. Sonst haue ich diesem eingebildeten Schnösel noch eins aufs Maul.«

Amrei musste wider Willen lächeln. Es war nicht seine unverhohlene Drohung gegen Alfredo, die ihr imponierte, sondern seine ritterliche Attitüde.

»Eine gute Idee«, gab sie zurück. »Die Leute hier sind mir schon viel zu betrunken.«

Ihr wäre es natürlich lieber gewesen, wenn sie die Party zu viert verlassen hätten, doch Maria tanzte sehr innig mit Massimo. Sosehr Amrei Maria auch wünschte, dass sie es schaffte, Massimo aus den Fängen der Römerin zu befreien, sie bedauerte es sehr, dass sie wohl allein mit den beiden Italienern auf eine andere Party gehen musste.

Gerade als sie mit Mattia die Tanzfläche verlassen wollte, tauchten wie aus dem Nichts zwei neue weibliche Gäste auf, deren Auftritt so furios war, dass alle mit dem Tanzen aufhörten und zusahen, wie die beiden die Tanzfläche dominierten.

Es waren Inga und Raffela, eine gefährliche Mischung, wie es Amrei beim Anblick des atemberaubend zurechtgemachten Damendoppels durch den Kopf ging. Sie trugen beide Kleider, die viel Haut durchschimmern ließen, und waren professionell geschminkt. Ihre besondere Wirkung erzielten sie durch den Kontrast ihrer Haare, das weißblonde Haar von Inga und das schwarzblaue von Raffaela – die sie zu einer ähnlichen Frisur hochgesteckt hatten.

Da haben sich die beiden Richtigen gefunden, dachte Amrei mit einem leichten Schaudern, als sie sah, was für eine enorme Wirkung dieses Gespann auf die Männer besaß.

Massimo stürzte regelrecht auf Raffaela zu und versicherte ihr, wie leid es ihm täte, dass sie nicht früher nach Porto Venere gekommen war. Alfredo drehte Isabella daraufhin den Rücken zu und starrte mit offenem Mund Inga an.

»Was für eine billige Vorstellung der beiden Barbies«, raunte Mattia Amrei zu.

»Aber den Jungens läuft der Geifer aus dem Mund«, konterte Amrei und wandte den Blick von dem unwürdigen Schauspiel ab. »Komm, lass uns bloß von hier verschwinden. Wenn Inga in der Nähe ist, hat das nichts Gutes zu bedeuten!«

»Du kannst ruhig bleiben«, hörte nun Amrei Inga sagen. »Dein Typ interessiert mich nicht.«

Amrei lief rot an und fuhr herum. Da stand Inga und musterte Amrei herablassend. »Und wie du wieder aussiehst! Wie eine deutsche Trutsche vom Land.«

Inga sagte das auf Deutsch, sodass Mattia es nicht verstehen konnte, aber in diesem Augenblick kam zu Amreis Erleichterung Maria dazu, sodass er nicht nachfragte. Ihre Gastschwester baute sich kämpferisch vor Inga auf. »Wer hat dich überhaupt eingeladen?«

»Du sei mal ganz ruhig! Wer hat denn die arme Raffaela zur falschen Adresse geschickt? Einer musste sie doch nach Porto Venere begleiten, nachdem ihr sie so hinterhältig ausgetrickst habt!«

»Wer hilft jetzt Tante Giulia?«, fragte Leni, die ihre Schwester wie einen Geist ansah.

»Sie hat doch ihr Personal. Kannst du mir bitte mal dein Zimmer zeigen? Ich werde natürlich bei dir schlafen.«

»Aber, ich, nein, das geht nicht, das Bett ist sehr schmal und …«

»Dann schläft eben einer von uns auf dem Boden. Es wird schon ein Platz für mich frei sein; vielleicht brauche ich dein Almosen auch gar nicht.« Mit diesen Worten richtete sie einen lasziven Blick auf Alfredo, der offenbar gerade heftig mit jener Frau stritt, mit der er eben noch unbedingt ins nächste Jahr hatte hineintanzen wollen.

»Wer ist diese Tante?«, fragte Inga ihre Schwester inquisitorisch.

Leni zuckte hilflos mit den Schultern.

»Gut, dann finde ich das eben selber raus«, giftete Inga und stöckelte auf die beiden zu.

»Lass uns endlich gehen«, drängte Mattia.

»Wohin?«, fragte Maria.

»Zu einer anderen Party.«

»Nehmt ihr mich mit?«

»Lorenzo würde sich sicher freuen«, erwiderte Mattia.

Wenig später schlenderten die vier beschwingt die Via Giuseppe Garibaldi hinunter. Maria in Lorenzos Arm und Amrei in Mattias Arm. Amrei war ein wenig stolz auf sich, weil es ihr aus tiefstem Herzen gleichgültig war, wer in der *Casa Speranza* heute Nacht das Rennen um Alfredos Gunst machen würde. Sie fühlte sich in diesem Moment einfach nur geborgen in Mattias Arm, der sich ritterlich verhalten hatte. Besonders feixte Amrei insgeheim über seine Bezeichnung für Inga und Raffaela. Mit Barbies hatte er deren Hohlheit äußerst treffend erfasst. Jedenfalls würde das für Alfredo kein entspannter Jahreswechsel, wenn Inga Isabella den Krieg erklärte.

Amrei freute sich, mit einem netten und überdies attraktiven Mann wie Mattia den Jahreswechsel zu verbringen. Wohin das führen würde und wieweit sie sich auf ihn einlassen würde, hätte sie zu diesem Zeitpunkt nicht voraussagen können. Das Einzige, was sie sicher wusste: Der Blitz hatte nicht eingeschlagen, und sie würde sich in Mattia nicht unsterblich verlieben, aber an diesem Abend war seine Gegenwart Balsam für ihre Seele.

16

ALBARO,
JULI 2022

Erneut war Amrei mit ihren Gedanken an die Vergangenheit derart abgeschweift, dass sie für einen Augenblick die Gegenwart ausgeblendet hatte.

»So schlimm das Auftauchen meiner herzallerliebsten Schwägerin?«, hörte sie Alessandro von ferne fragen.

Amrei wandte sich ihm entschuldigend zu. »Nein, Ingas Auftreten hat nur unschöne Erinnerungen an das Silvester damals in

Porto Venere in mir erweckt. Da kam sie auch als Überraschungsgast und hat die Party aufgemischt.«

»Das ist typisch für sie. Am liebsten stiftet sie Unruhe. Maria, meine Eltern und ich rätseln immer noch, womit sie meinen Bruder rumgekriegt hat, sie zu heiraten. Wir mutmaßen, es war ihre angebliche Schwangerschaft, denn wenn du mich fragst, bin ich mir sicher, dass es diese niemals wirklich gegeben hat«, ereiferte sich Alessandro.

So gern Amrei Näheres über diese angebliche Schwangerschaft erfahren hätte, in diesem Moment zog jemand anderes ihre ganze Aufmerksamkeit auf sich: Leni ging schnellen Schrittes und mit gesenktem Kopf an der langen Tafel vorbei auf die Terrasse. Amrei hatte den Eindruck, sie wollte vermeiden, dass ihre Blicke sich trafen. Amrei, die einen Platz mit Blick durch die große Fensterfront bis auf die Terrasse hatte, sah, dass Leni nicht zu den Rauchern ging, die sich um einen Stehtisch versammelt hatten, sondern sich etwas abseits hinsetzte.

Amrei hatte sich fest vorgenommen, mit Leni ein paar Worte zu wechseln. Dieses Bedürfnis hatte sich durch Francescos Andeutungen, sie seien damals ja wohl im Streit auseinandergegangen, nicht geändert. Im Gegenteil, da sie sich partout an keinen Streit mit Leni erinnern konnte, hatten seine Äußerungen eher ihre Neugier erweckt, zu ergründen, ob in der letzten Nacht, die der Filmriss aus ihrem Gedächtnis getilgt hatte, etwas Unangenehmes zwischen ihnen vorgefallen war. Leni allein auf der Terrasse, das war die Gelegenheit!

»Ich werde schnell Leni begrüßen gehen«, sagte Amrei und stand hastig auf.

»Aber ich glaube, der nächste Gang kommt gleich«, rief ihr Alessandro verwundert hinterher.

»Ich bin sofort wieder da«, erwiderte sie lächelnd und eilte auf die Terrasse. Leni saß mit dem Rücken zum Saal und blickte übers Meer.

Amrei räusperte sich. »Hallo, Leni, ich will dich nicht erschrecken. Kann ich mich einen Moment zu dir setzen?«

Leni fuhr herum und musterte sie mit einem ähnlich verstörten Blick wie in der Kirche.

»Natürlich, setz dich doch. Schön, dich zu sehen, aber ich muss gleich wieder reingehen. Ich bin nur kurz vor meiner Schwester geflüchtet.«

In der Art, wie sie das sagte, erkannte Amrei die alte Leni, die sich damals ständig vor den Übergriffen ihrer Schwester hatte schützen müssen. Allerdings fehlte die Warmherzigkeit, mit der Leni und Amrei sich stets begegnet waren. Ihr Ton war eher kühl.

Amrei ließ sich dadurch nicht abschrecken, sondern setzte sich auf einen Stuhl neben Leni. »Ich will dir auch nicht zu nahe treten. Du machst den Eindruck, als würdest du vor mir davonlaufen, und ich wüsste gern, warum.«

Leni machte eine abwehrende Handbewegung. »Nein, das, das … das siehst du falsch. Ich war nur so überrascht, dass du eingeladen bist. Meines Wissens hattest du keinen Kontakt mehr mit den Podestàs seit …« Sie unterbrach sich hastig. Das war der Beweis. Inga hatte ihr längst gesteckt, was sie damals Schreckliches getan hatte.

»Seit ich den Tod des kleinen Salvi zu verantworten hatte«, vollendete Amrei den Satz. »Das ist übrigens ganz abgesehen von der Hochzeit der Grund, warum ich hier bin. Ich werde der Familie morgen endlich gestehen, was ich getan habe!«

»Nein!« Das schrie Leni förmlich heraus.

»Was heißt das? Inga wird dir doch sicher auch erzählt haben, wie Alfredo und sie mich aus der Schusslinie gebracht haben. Ich will endlich dazu stehen, was ich getan habe.« Sie hatte keineswegs geplant, Leni so direkt in ihren Plan einzuweihen, aber jetzt waren sie mitten in diesem heiklen Thema.

Leni hatte den Kopf gesenkt. »Ich finde, du solltest die Sache auf sich beruhen lassen«, murmelte sie.

»Aber das kann ich nicht. Ich habe seit der Nacht damals Albträume und möchte nicht mehr schweißgebadet aufwachen, mit dem schlechten Gewissen, dass ich mich so feige aus der Affäre gezogen habe und abgehauen bin!«, erwiderte Amrei mit Nachdruck.

»Aber du hast gar nichts getan!«, widersprach Leni energisch.

»Wieso? Woher willst du das wissen? Inga hat dir sicherlich alles ausführlich berichtet!«

»Amrei, ich war doch dabei, als wir dich an jenem Morgen ins Taxi gesetzt haben. Erinnerst du dich gar nicht mehr daran?«

Amrei schüttelte traurig den Kopf. »Nein, ich erinnere mich nur noch an Inga und Alfredo, wie sie mich aus der *Casa Speranza* geschafft haben, nachdem der Kleine …« Sie schluckte. Da war er wieder, dieser Kloß im Hals, wenn sie an den leblosen Körper am Pool dachte.

»Du weißt nicht, dass ich am Pool war?«

»Nein, und ich weiß auch nicht, dass und worüber wir uns in jener Nacht gestritten haben!«

»Wie kommst du darauf, dass wir einen Streit hatten?«

»Francesco hat so etwas angedeutet.«

»Wir haben uns nicht gestritten. Ich habe versucht, dich vom Trinken abzuhalten, nachdem du in unserer letzten Nacht wie von Sinnen aus Alfredos Zimmer in der *Casa Speranza* gestürzt kamst und dir den Ramazzotti gegriffen hast. Du hast die Flasche wie eine Furie verteidigt, und ich konnte partout nichts dagegen tun.«

»Und warum habe ich das gemacht? Das ist doch völlig untypisch für mich. Weißt du darüber Näheres?«

»Leider nein, aber immerhin habe ich es geschafft, dich wenig später, nachdem du die Flasche gekillt hattest, ins Bett zu bringen, obwohl ich mir unsicher war, ob ich nicht lieber den Krankenwagen holen sollte, aber Alfredo meinte, das sei nur ein Rausch, und den würdest du schon wieder ausschlafen. Ich bin noch eine ganze Weile an deinem Bett geblieben, und du hast ziemlich laut geschnarcht.«

Aus ihren Augen sprach annähernd die alte Verbundenheit zwischen ihnen.

»Und Salvi ist nicht aufgewacht davon?«

»Nein, der hat friedlich in seinem Bett geschlafen. Sonst hätte ich ihn mit zu mir genommen, aber es sah nicht so aus, als würdest du alsbald aus deinem Koma erwachen.«

»Tja, das war wohl ein Irrtum. Ich muss ihn in meinem Rausch geweckt haben, um mit ihm schwimmen zu gehen«, sagte Amrei mit erstickter Stimme. »Verstehst du nun, dass ich es ihnen beichten muss? Es reicht doch, dass ich deshalb immer Schuldgefühle behalten werde, aber wenigstens bin ich dann eine Last los ...«

»Unsinn!«, widersprach ihr Leni heftig. »Du würdest nur unnötig alte Wunden aufreißen. Bitte, behalte es für dich. Bitte!« Das klang flehend. Amrei hätte Leni gern jede Bitte erfüllt, diese eine allerdings um keinen Preis.

»Leni, ich habe mich entschieden, das morgen hinter mich zu bringen. Danach mache ich für einen Artikel über Ligurien noch eine gute Woche eine Recherchereise bis Porto Venere. Ich muss mein Gewissen endlich entlasten.« Amrei griff vorsichtig nach Lenis Hand und drückte sie sanft. »Ich weiß, du meinst es nur gut. Aber ich kann nicht anders. Mir ist durchaus bewusst, dass ich danach wahrscheinlich keinen von euch je wiedersehen werde, weil die Podestàs mich nach meiner Beichte verachten werden, doch ich muss es tun!«

»Bitte, Amrei, tu mir einen Gefallen. Bitte mache es nicht morgen. Warte diese Woche ab. Wir treffen uns, sobald du zurück in Genua bist, und vielleicht siehst du das Ganze dann schon in einem anderen Licht.«

Amrei war verunsichert. »Ich weiß nicht. Was soll sich bis dahin ändern?«

»Bitte vertrau mir und …«, flehte Leni, aber sie unterbrach sich abrupt und wurde weiß um die Nase. »Bitte, kein Wort mehr darüber, denn ich sehe gerade, Inga ist im Anmarsch. Versprich mir, warte auf meine Nachricht. Ich gebe dir meine Nummer, bevor wir gehen … Bitte versprich es mir. Bitte! Schwöre es!«

»Versprochen!«, raunte Amrei halbherzig.

Inga musterte Amrei nur für den Bruchteil einer Sekunde. In ihrem Blick lag allerdings nicht die Spur des Wiedererkennens. Das bestätigte sich, als Inga sie komplett ignorierte und zu ihrer Schwester in dem alten Befehlston sagte: »Können wir kurz unter vier Augen sprechen?«

Leni schien so perplex, dass ihr die Worte zu fehlen schienen. »Aber Inga, das ist doch …« Weiter kam sie nicht, weil Amrei ihr einen mahnenden Blick zuwarf und leise mit dem Kopf schüttelte. Ihr war es mehr als recht, dass Inga sie nicht erkannte. Etwas Besseres konnte ihr gar nicht passieren. So blieb es ihr erspart, mit dieser Frau zu reden. Es würde völlig ausreichen, wenn sie Alfredo später einen Hinweis gab, dass sie ihn mit ihrer Beichte nicht in Schwierigkeiten bringen würde. Sie hatte erhebliche Zweifel, ob sie leichtfertig abgegebene Versprechen, die Beichte erst nach ihrer Rückkehr aus Genua abzulegen, tatsächlich einhalten sollte. Natürlich war der Gedanke verlockend, heute entspannt Hochzeit zu feiern, dann entspannt die Arbeit zu machen und anschließend … aber war das nicht nur ein schmerzhaftes Herausschieben jenes Moments, den sie mehr fürchtete als alles andere?

Wortlos erhob sich Amrei von ihrem Stuhl und strich Leni zum stummen Einverständnis über deren Hand. Dass sie nichts sagte, hatte vor allem den einen Grund, dass Inga sie ansonsten womöglich an der Stimme wiedererkennen würde.

Amrei hatte die Begegnung mit Leni ziemlich aus der Fassung gebracht. Ihr gut durchdachter Plan schien nun gefährdet. Wie sie es drehte und wendete, die Vorstellung, die Beichte noch eine ganze Woche hinauszuschieben, behagte ihr gar nicht. Sie würde es allein Leni zuliebe tun, und die schien ihre Gründe zu haben, warum sie alles daransetzte, sie vorerst davon abzuhalten. Ob sie etwas wusste über jene entsetzliche Nacht, das Amrei nicht mehr erinnerte?

Als sie an den Tisch zurückkehrte, waren die anderen Gäste fast fertig mit diesem Gang.

»Dein Essen kommt gleich frisch«, sagte Alessandro und winkte den Kellner heran. »Bringen Sie der Signora bitte den Fisch?« Amrei wollte widersprechen, denn sie würde gerade keinen Bissen hinunterbekommen, aber dann ließ sie es bleiben. Sie wollte ihren Tischherrn, der sich so rührend um sie kümmerte, nicht vor den Kopf stoßen.

»Du bist sehr blass geworden. Hat es draußen einen Zusammenstoß mit meiner liebreizenden Schwägerin gegeben? Ich kam nicht umhin zu beobachten, wie sie in deine Unterhaltung mit Leni geplatzt ist.«

»Sie hat mich gar nicht wiedererkannt«, entgegnete Amrei.

»Aber was hat dich dann so mitgenommen? Du hast doch keinen Streit mit Leni, oder?«

»Nein, wir haben uns immer gut verstanden.«

»Das kann ich mir auch schwerlich vorstellen, wie man sich mit Leni streiten kann. Sie ist ein außerordentlich friedliebender Mensch. Viel zu gut für diese Welt, besonders, wenn es um ihre Schwester geht. Die hätte mal eine ordentliche Breitseite von Leni verdient. Unerträglich, wie sie Leni behandelt. Dabei steht Leni viel besser da im Leben mit ihrem Mann und den Kindern, während Inga vor den Scherben der Beziehung mit meinem Bruder steht und mit ihrem rabiaten Auftreten lauter weitere Trümmerfelder hinterlässt. Sieh nur mal, wie Inga gerade auf die arme Leni einredet. Da möchte man doch glatt dazwischengehen und Leni beschützen! Ich hoffe, Francesco bekommt das mit. Dann ist er sofort bei ihr, denn er verabscheut Inga zutiefst!«

Amrei folgte seinem Blick nach draußen. Alessandro hatte recht. Inga stand in einer geradezu bedrohlichen Haltung vor ihrer Schwester und fuchtelte mit dem Zeigefinger vor ihrem Gesicht herum. Wie früher. Immer wenn Leni versucht hatte, sich der Bevormundung durch ihre Schwester zu widersetzen, war Inga aggressiv geworden.

Amrei musste unwillkürlich an das eine Mal damals in Genua denken, bei dem sie Zeugin einer solchen Szene geworden war und durch ihr beherztes Eingreifen Ingas geballten Zorn auf sich gezogen hatte.

17

ALBARO, FEBRUAR 2008

Vincente Garibaldi, der jüngere Bruder von Signora Podestà, und seine Frau Chiara, die Gasteltern von Leni, wohnten ganz in der Nähe der Podestàs in Albaro. Auf diese Weise hatte sich der Kontakt zwischen Amrei und Leni in den vergangenen Monaten intensiviert. Amrei war sehr froh, dass sie noch eine weitere Freundin gefunden hatte, weil sie befürchtete, Maria langsam auf die Nerven zu gehen, denn ihre Gastschwester nahm sie überall mit hin. Obwohl sie nicht müde wurde zu betonen, dass sie das gern tat, wollte Amrei ihre Freundschaft nicht überstrapazieren. Inzwischen traf sie sich regelmäßig auch mit Leni. Meistens besuchte

Amrei Leni, weil die oftmals die Hunde bei sich hatte und Signora Podestà in ihrem Haus keine Vierbeiner duldete.

Amrei kam das sehr entgegen. Sie liebte das Haus der Garibaldis, weil es das Gegenteil der auf Hochglanz polierten Podestà-Villa war. Es war von außen nicht minder prächtig, aber viel älter. Im Haus gab es einen Gewölbekeller, und der Park war völlig verwildert. Außerdem waren die Zimmer in einer gewagten Mischung aus Antiquitäten und modernen Möbeln eingerichtet. Im Gegensatz zur Villa der Podestàs lag überall etwas herum, wie die Spielzeuge und Schlafplätze der Hunde oder Zeitschriftenstapel. Im Obergeschoss besaß Signora Garibaldi ein Schneiderzimmer, in dem es auf den ersten Blick wüst aussah, aber die Dame des Hauses kannte jedes Stoffstück, das um ihre Nähmaschine herum auf der Erde lag. Signor Garibaldi ließ seiner Frau freie Hand beim Entwerfen neuer Kleider, die er, wenn ihm die Entwürfe gefielen, in seiner Manufaktur in kleiner Serie produzieren ließ. In erster Linie für sein eigenes Geschäft; auch ein paar handverlesene Kunden in Rom, Mailand und Bologna.

Die Signora verstand sich als Künstlerin, was sich in ihrem Erscheinungsbild niederschlug. Ihre Kleider waren nicht weniger elegant als die ihrer Schwägerin, aber bunter und schriller. Sie trug ihre wehende dunkle Mähne stets offen, und ihr Markenzeichen war eine übergroße Sonnenbrille. Ihr Mann nannte sie manchmal im Scherz Sophia, weil sie vom Typ her der Filmdiva ähnlich sah, was sie als großes Kompliment begriff, denn sie liebte die Loren. Sie besaß nicht nur alle Filme von ihr, sondern auch ihre sämtlichen musikalischen Werke. Aus ihrem Atelier klang häufig der *Mambo Italiano,* den Signora Garibaldi voller Inbrunst mitschmetterte. Zum Glück hatte sie eine gute Stimme.

Signora Podestà rümpfte gern die Nase über das chaotische Leben in der *Villa Kunterbunt,* aber Amrei fühlte sich dort wie zu Hause. Karen und sie hatten zwar niemals in einer Villa gelebt, sondern in mehr oder minder beengten Mietwohnungen, aber das kreative Chaos, das war ihr sehr vertraut. In jeder dieser Wohnungen hatte es eine Ecke gegeben, in der sich Karen ihren neusten künstlerischen Leidenschaften hingegeben hatte. Ob die Liebe zur Porzellan-, Seiden- oder Aquarellmalerei, Karen frönte ihr jedes Mal voller Inbrunst und im rasanten Wechsel.

Dass sich Amrei bei den Garibaldis so wohlfühlte, lag auch daran, dass sie die drei Lagottos, wie die italienischen Trüffelhunde genannt wurden, ins Herz geschlossen hatte. Alma, Calma und Bombo sahen aus wie große Pudel, und ihre Charaktere entsprachen ganz und gar ihren Namen. Alma, die braunweiße Hündin, war ein Schmusetier und eine Seele von einem Hund, Calma, die sandfarbene Hündin, behielt stets die Ruhe, und Bombo machte dem Temperament einer Hummel alle Ehre. Wenn der braunfarbene Rüde nicht in Bewegung war, musste man sich Gedanken um sein Wohlbefinden machen.

Amrei hatte sich immer einen Hund gewünscht. In diesem Punkt war ihre stets spontane Mutter vernünftig geblieben und hatte ihre Tochter darauf vertröstet, dass sie einen Hund haben könne, sobald sie ein Haus mit Garten hätten. Und Amrei war schon als Kind so verständig gewesen, dass damit ihr Wunsch nach einem Hund ein unerfüllbarer Traum bleiben würde.

In Lenis Zimmer durften die Hunde sogar auf dem Sofa liegen, nur nicht mit in ihr Bett. Jedenfalls behauptete Leni, das strikt zu verbieten. Amrei hatte allerdings ihre Zweifel, dass sie das konsequent durchhielt. Die Abdrücke von schmutzigen Hundepfoten auf dem Laken verrieten etwas anderes. Aber Amrei hätte es auch wirklich verwundert, wenn Leni die Hunde tatsächlich aus ihrem Bett gejagt hätte, denn sie war der gutmütigste Mensch, dem Amrei jemals begegnet war. Amrei mochte das sehr. Nur wenn sie mitbekam, wie Inga das ausnutzte, ärgerte sie sich maßlos.

An diesem windigen und regnerischen Wintertag hatte Amrei unverhofft frei. Salvi war auf einem Kindergeburtstag bei einem

Kind, mit dessen Mutter die Signora gut befreundet war und von wo diese ihn selbst abholen wollte. Amrei hatte den Kleinen in einer prächtigen Villa abgeliefert und sich gefragt, in was für Kreise sie da eigentlich hineingeraten war. Bislang hatte sie nicht eine Person aus ärmeren Vierteln wie zum Beispiel Maddalena kennengelernt. Wenn es nach der Signora gegangen wäre, hätte sie diesen Teil der Stadt gar nicht kennengelernt, denn sie war der Meinung, dort sei es gefährlich, weil sich Kriminelle herumtrieben. Maria aber fand, dass in diesem Teil das wahre Leben der Stadt tobte, und hatte Amrei schon wiederholt durch das Labyrinth der *caruggi*, der Altstadtgassen, geführt. Amrei liebte diese Ausflüge und den abschließenden Espresso in der Via Soziglia. Maria war der Ansicht, sie müsse die Seele Genuas dringend kennenlernen, schon allein, weil sie die Lieder des Cantautore Fabrizio De André so liebte. Ein Cantautore war in Italien das, was in Deutschland ein Liedermacher war, ein Sänger, der seine Texte selbst verfasste und der diese Inhalte auch verkörperte. Maria war ein Fan des vor einigen Jahren verstorbenen Künstlers und besaß alle Alben von ihm, was Signora Podestà sehr kritisch betrachtete, denn De André war ein bekennender Anarchist gewesen, der viele seiner Songs außer dem Herzen seiner Stadt Genua dem Frieden in der Welt gewidmet hatte. Und sein Genua waren eben nicht die Villenvororte der Stadt, sondern die Altstadt. Amrei teilte Marias Begeisterung für den Sänger, seit sie bei ihr zum ersten Mal ein Album von ihm gehört hatte.

Diesen Gedanken hing Amrei nach, als sie vor der Villa der Garibaldis ankam. Es dauerte einen Moment, bis die Tür geöffnet wurde, und zwar von Leni, denn in diesem Haushalt gab es kein Personal außer einer Reinigungskraft, die schon mehr als einmal mit Kündigung gedroht hatte, weil sie in dem Chaos nicht richtig putzen konnte.

Amrei erschrak, als sie sah, dass Lenis Augen verquollen waren. Offenbar hatte sie geweint.

»Was ist passiert?«, fragte sie mitfühlend.

»Komm erst mal rein«, erwiderte Leni. Amrei folgte ihr in den Flur, an den sich offen das Esszimmer anschloss. Da sah sie auch bereits den Grund für Lenis Kummer. Bombo lag traurig in seinem Körbchen und hatte einen Verband um den linken Vorderlauf.

»Um Gottes willen, wie hat er das gemacht?«, fragte Amrei, während sie sich vor Bombos Körbchen auf den Boden hockte und ihm über den Kopf streichelte.

»Er … er hatte einen Unfall. Fahrradfahrer. Ich habe nicht aufgepasst«, schluchzte Leni.

»Du hast ihn in der Stadt doch immer an der Leine?«, hakte Amrei nach. Dass Leni unachtsam war, wollte so gar nicht zu ihr passen.

»Ich, ich habe ihn frei laufen lassen, und dann ist er vor das Rad gelaufen«, fügte Leni mit tränenerstickter Stimme hinzu.

Amrei löste sich von dem Hund und umarmte ihre Freundin. Sie rang noch nach tröstenden Worten, wusste nicht recht, was sie sagen sollte, denn den Hund in der Stadt frei laufen zu lassen, war nicht gerade klug.

»Es tut mir so leid«, schluchzte die Freundin. »Bombo hatte solche entsetzlichen Schmerzen. Die Tierärztin hat ihm gleich eine Spritze gegeben.«

Nachdem sich Leni ein wenig beruhigt hatte, konnte Amrei nicht anders, als zu fragen, wie Leni bloß auf den Gedanken gekommen war, die wilde Hummel in der Stadt von der Leine zu lassen.

Leni blickte sie gequält an. »Bitte frag nicht. Ich, ich … ich kann dir das nicht sagen. Komm, lass uns an den Tisch setzen. Ich habe der Signora versprochen, bei Bombo zu bleiben. Sie ist mit den beiden anderen Hunden zum Training gegangen. Das sollte ich eigentlich machen. Ich habe sie noch nie so sauer gesehen. Ich glaube, die schicken mich nun nach Hause.« Erneut schluchzte Leni laut auf.

Amrei nahm sich vor, Leni nicht länger mit Fragen zu löchern. Offenbar wusste sie selbst nicht, warum sie ausgerechnet Bombo von der Leine gelassen hatte. So herzzerreißend, wie ihre Freundin weinte, sollte sie lieber schweigen.

Sie saßen nebeneinander am Esszimmertisch, und Amrei strich Leni tröstend übers Haar. Plötzlich hob Leni den Kopf und hörte zu weinen auf. Sie hatte jetzt ein zorniges Funkeln in ihren Augen, das Amrei noch nie zuvor bei ihr gesehen hatte.

»Amrei, schwör mir, dass du es keinem Menschen verrätst.«

»Dazu muss ich erst wissen, wovon du sprichst.« Amrei musterte Leni prüfend. »Du hast ihn gar nicht von der Leine gelassen, oder?«

Leni schüttelte stumm den Kopf.

»Und wie hat er sich sonst die Pfote gebrochen?«, hakte sie nach.

»Schwöre es mir!«

»Tu ich nicht! Sag mir bitte erst, was passiert ist. Das ist total untypisch für dich, Bombo in der Stadt abzuleinen. Mir kam das gleich komisch vor. Du bist nicht schuld daran, oder?«

Leni stieß einen tiefen Seufzer aus. »Nein, ich war mit den drei Hunden aus, und als ich zurückkam, stand Inga vor der Haustür und hat rumgemotzt, weil ich nicht aufgemacht habe …«

Amrei schluckte. Sie ahnte zwar noch nicht, was geschehen war, aber wenn es etwas mit Inga zu tun hatte, konnte es nichts Gutes bedeuten.

»Und dann?«

»Sie hatte Signor Garibaldi bekniet, dass er ihr die Manufaktur zeigte. Und heute hatte er sie endlich mitgenommen. Sie hatte sich schon ausgemalt, dort als Model entdeckt zu werden. Jedenfalls stand sie wutschnaubend vor der Tür und beklagte sich, dass der Signore sie nach einem kurzen Rundgang weggeschickt hat.« Wieder unterbrach Leni ihren Bericht. Amrei forderte sie ungeduldig dazu auf, fortzufahren.

»Als wir im Haus waren, habe ich die Hunde losgemacht, und dann ging alles ganz schnell. Bombo ist wohl an Inga hochgesprungen, und sie hat gebrüllt: ›Hau ab, du dumme Töle‹ … und dann …«

»Scheiße, sie hat ihn so getreten, dass der Lauf gebrochen ist«, stieß Amrei entsetzt hervor.

»Schwör, dass du das für dich behältst. Sie hat große Angst, dass die Garibaldis sauer auf sie sind …«

»Wie bitte? *Sie* hat Sorge, dass *deine* Gasteltern auf sie sauer sein könnten? Und was ist mit dir? Die müssen ja denken, dass du neuerdings völlig unfähig bist, dich um die Hunde zu kümmern!«, konterte Amrei fassungslos.

»Natürlich habe ich Sorge, dass ich gehen muss, aber ich kann sie nicht verpetzen!«

»Was heißt, du kannst sie nicht verpetzen? Sie hat den Hund absichtlich verletzt und dich genötigt, deine Gasteltern zu belügen. Geht's noch?«, schimpfte Amrei.

»Du kannst das nicht verstehen. Ich kann sie nicht ans Messer liefern. Wirklich nicht. Ich bin ihr etwas schuldig.«

»Du bist ihr was schuldig? Das musst du mir erklären. Wer hier wen traktiert, sieht doch ein Blinder mit Krückstock. Sie benimmt sich dir gegenüber unmöglich! Das gucke ich mir nicht länger an.«

»Bitte nicht. Du darfst sie nicht verraten!«, flehte Leni.

»Warum nicht? Was hat sie denn getan? Dir mal das Leben gerettet vielleicht?«, fragte Amrei spöttisch.

»Nein, aber du darfst ihr niemals sagen, dass du es weißt. Bitte versprich mir das!«

»Okay«, knurrte Amrei.

»Inga ist nur meine Halbschwester. Sie kam nach dem Tod ihrer leiblichen Mutter in unsere Familie. Da war ich schon fünf und sie sieben Jahre alt. Ich war wohl sehr eifersüchtig auf diese neue Schwester …«

»Sagt Inga …«

»Ich kann mich ja nicht mehr daran erinnern. Aber ich habe sie wohl geärgert. Jedenfalls hat sie mir irgendwann eine Ohrfeige gegeben, und ich bin zu meinem Papa gelaufen. Der hat sie ordentlich ausgeschimpft und hat mich bevorzugt. Inga sagt, das war allein meine Schuld, und sie musste meinetwegen unter ihm leiden.«

Amrei verdrehte die Augen. »Verstehe ich das richtig? Weil du als Fünfjährige deinem Vater von der Ohrfeige erzählt hast? Übrigens zu Recht, denn ich vermute mal, dass sie auf dich eifersüchtig war und nicht umgekehrt!«

»Bitte, Amrei, du verstehst das nicht. Papa war wirklich nicht nett zu ihr. Ich war sein Engel, sie der Störenfried. Und deshalb habe ich dann immer die Schuld auf mich genommen, wenn sie was angestellt hat, damit er sie besser behandelt, aber er hat mir nicht geglaubt und wurde nur noch fieser ihr gegenüber. Inga hatte es nicht leicht, weil meine Mutter sowieso auf meiner Seite war …«

»Sorry, sie hatte keinerlei Recht, dich dafür büßen zu lassen, dass dein Vater nicht gut zu ihr war!« Amrei redete sich in Rage. Inga war ja noch niederträchtiger, als sie es bislang gedacht hatte. Sie blickte Leni ernst an. »Das muss aufhören: Hörst du? In Zukunft wirst du dir nichts mehr von ihr gefallen lassen! Sonst kriegt sie es mit mir zu tun!«

»Bloß nicht. Sie hat eh schon einen Brass auf dich.«

»Das ist mir völlig egal. Ich kann sie nun nur noch weniger leiden!«

In diesem Augenblick ging die Haustür auf. Die Signora war mit den beiden Hunden zurückgekehrt. Sie nickte kurz Amrei zu, bevor sie wortlos die Hunde ableinte, zum Körbchen trat und sich davor hockte, um Bombo zu streicheln.

Leni war hastig vom Sofa aufgesprungen. »Ich machen ihnen das Fressen«, sagte sie.

»Nein«, sagte die Signora, während sie sich vom Boden erhob und Leni einen traurigen Blick zuwarf.

»Ich habe mit meinem Mann telefoniert, und wir haben beschlossen, dich nach Hause zu schicken«, sagte sie gequält. Es war ihr anzumerken, wie ungern sie diese Entscheidung verkündete. »Versteh mich nicht falsch. Ein Unfall beim Toben kann immer passieren. Und wenn sich Bombo aus der Leine befreit hätte, wir würden es dir nachsehen. Aber dass du ihn einfach losmachst und nicht erklären kannst, warum du das an der belebten Straße tust, nein, das können wir nicht nachvollziehen. Es tut uns so leid, und du bekommst dein Geld ...«

Amrei hatte während der Worte der Signora die Fäuste so heftig geballt, dass ihre Handknochen weiß geworden waren, aber sie spürte in jeder Pore, dass sie diese Ungerechtigkeit nicht tatenlos mit ansehen konnte. Und schon war sie aufgesprungen und baute sich kämpferisch vor der Signora auf.

»Glauben Sie wirklich daran, dass Leni Bombo einfach von der Leine gelassen hat?«, fragte sie in scharfem Ton.

»Bitte, Amrei, du hast es geschworen!«

Amrei aber ignorierte Lenis verzweifelten Versuch, sie davon abzuhalten, die Wahrheit zu sagen.

»Sagen wir so. Es verursacht bei meinem Mann und mir große Ratlosigkeit. Und nein, es passt nicht zu ihr.«

»Weil es so auch nicht gewesen ist ...«

»Amrei, ich habe es versprochen!«

Amrei aber kümmerte sich nicht um Lenis Protest, zumal die Signora offensichtlich an der Wahrheit interessiert war.

»Was ist mit Bombo passiert?«, fragte sie in harschem Ton, der Amrei ermutigte, ihr die ganze Geschichte zu erzählen. Sie konnte nicht zulassen, dass Leni die Schuld für etwas auf sich nahm, was sie nicht getan hatte und niemals getan hätte. Es gehörte schon eine Portion Brutalität dazu, einen Hund dermaßen zu treten, dass er sich die Pfote brach.

Das sah die Signora wohl ähnlich. Sie funkelte Leni zornig an. »Wie kannst du dich bei einer solchen Schweinerei vor deine missratene Schwester stellen? Allein dafür müsste ich dich nach Hause schicken!«

Leni brach erneut in lautes Schluchzen aus, woraufhin die Signora auf sie zutrat und sie in den Arm nahm. »Wir können doch gar nicht auf dich verzichten. Es war mein Fehler, dass ich dir diesen Unsinn abgenommen habe. Aber deine Schwester, die kann was erleben. Ich rufe jetzt meine Schwägerin Giulia an und sage ihr, sie soll diese Person in den nächsten Zug nach Deutschland setzen!«

»Bitte, Signora Garibaldi, tun Sie das nicht. Mein Vater wird ausrasten, wenn man sie zurückschickt, vor allem, wenn er den Grund erfährt. Ich verspreche Ihnen, sie wird nichts mehr anstellen.«

»Kindchen! Kindchen! Das kann ich nicht. Ich will sie nie wieder sehen!«

»Bitte, Signora, geben Sie ihr eine letzte Chance!«

»Nein, mein Haus betritt sie nicht mehr, und mein Mann wird sie nicht mit in die Manufaktur nehmen. Hast du verstanden? Hier hat sie Hausverbot. Und wenn ich sie auch nur noch ein einziges Mal hier sehe, werde ich meiner Schwägerin verraten, was sie getan hat! Und wenn ich sie bei meinen Schwägerinnen auf Festen sehe … Moment, das sage ich ihr lieber persönlich. Die glaubt dir das doch nicht.«

Ehe Amrei und Leni, die den klaren Worten der Signora atemlos gelauscht hatten, sichs versahen, wählte die Signora eine Nummer auf ihrem Mobiltelefon.

»Hallo, Giulia, *come stai*. Ist Inga zu sprechen? Danke.«

Es dauerte einen kleinen Moment, bis die Signora Inga an das Telefon geholt hatte.

Mit zuckersüßer Stimme bat die Signora Inga, schnell nach Albaro zu kommen, es gäbe da vielleicht noch eine Chance, dass sie ihren Mann kurzfristig in die Manufaktur begleiten könne. Als sie das Gespräch beendet und das Telefon wieder in ihre Jackentasche gesteckt hatte, rieb sie sich schadenfroh die Hände.

»Ich glaube, wir sollten lieber auf mein Zimmer gehen«, schlug Leni mit angsterfüllter Stimme vor.

Die Signora schüttelte energisch den Kopf. »Nein, ihr bleibt hier. Und keine Sorge, sie wird sich nicht an dir rächen, Leni. Dafür sorge ich!«

»Vielleicht an Amrei.«

Amrei hob abwehrend die Hände. »Um mich mache dir keine Sorgen. Ich habe keine Angst vor ihr, und schlimmer kann unser Verhältnis ohnehin nicht werden.«

»Ihr beiden seid wirklich eine Bereicherung, aber dass dieses Biest deine Schwester sein soll, unvorstellbar.«

Am liebsten hätte Amrei das auf der Stelle richtiggestellt und der Signora verraten, dass Leni und Inga nur Halbschwestern waren, aber Leni warf ihr einen flehenden Blick zu. Also schwieg sie.

»Wir werden sie jetzt schön aufs Glatteis führen«, fügte die Signora hinzu und verschwand in der Küche.

»Das wird sie mir nie verzeihen«, seufzte Leni. »Und du hast geschworen, nichts zu verraten.«

»Tut mir leid, aber ich konnte es nicht mit meinem Gewissen vereinbaren, tatenlos dabei zuzusehen, wie du fortgeschickt wirst!«

»Wahrscheinlich hätte ich mir auf die Schnelle was Glaubwürdigeres einfallen lassen, um die Pfote zu erklären.«

»Was für ein Glück, dass du eine miserable Lügnerin bist! Wer weiß, was deine Schwester noch alles angestellt hätte. Ich denke, wenn Signora Garibaldi mit ihr fertig ist, wird sie sich in Zukunft zusammenreißen.«

Da kam die Signora mit einer Flasche Prosecco und vier Gläsern zurück an den Esstisch. Sie trank gern mal ein Glas davon am Tag, aber Amrei hatte sie nie betrunken erlebt.

Amrei wollte erst ablehnen, als die Signora einschenkte, aber dann ließ sie es zu, denn innerlich war sie total aufgewühlt durch die miese Inga-Geschichte. Die Signora prostete ihnen lächelnd zu. »Inga soll sich sicher fühlen. Und bitte lasst mich reden. Für so eine grenzenlose Schweinerei kann sie gar nicht genug vorgeführt werden. Dafür schweige ich Giulia gegenüber wie ein Grab.« Das rachsüchtige Glitzern in ihren Augen ließ Amrei hoffen, dass sie einen guten Plan hatte und Inga nicht einfach davonkommen lassen würde.

Als es wenig später klingelte, öffnete die Signora die Tür und begrüßte Inga überaus freundlich. Aber Bombo hielt mit seiner Meinung nicht hinter dem Berg. Er ließ aus dem Körbchen ein leises Knurren verlauten.

»Entschuldige bitte, unser Hund ist etwas durcheinander. Er ist vor ein Fahrrad gelaufen«, flötete die Signora. Amrei konnte sich kaum das Lachen verbeißen, als Inga sich nicht entblödete, Mitgefühl für das arme Tier zu heucheln.

»Tja, setz dich. Wir feiern Lenis Abschied. Sie war uns eine so wunderbare Unterstützung, aber den wilden Hund in der Stadt von der Leine zu lassen, das können wir nicht durchgehen lassen.«

Amrei stockte der Atem. Die Signora gab Inga damit offensichtlich eine allerletzte Chance angesichts der Drohung, ihre Schwester nach Hause zu schicken, ein Geständnis abzulegen, aber Inga sagte stattdessen völlig arglos: »Mensch, Leni, das tut mir leid. Wie konnte das passieren?«

Diese Abgebrühtheit hätte Amrei nicht einmal Inga zugetraut, aber wenn man die Wahrheit nicht kennen würde, könnte man denken, dass ihre Empörung über Lenis vermeintliches Fehlverhalten echt war. Ein Seitenblick zu Leni zeigte Amrei, dass auch sie offenbar erschüttert war angesichts Ingas Auftritt als Unschuldsengel.

»Setz dich doch zu uns«, bot die Signora Inga an, die nicht zu bemerken schien, wie es unter der freundlichen Benutzeroberfläche von Signora Garibaldi vor Zorn brodelte. Amrei nahm wahr, wie die Augenlider der Dame des Hauses zuckten. Nicht so Inga, die die Gefahr, die in der Luft lag, nicht spürte.

»Ja, gern«, säuselte Inga und wich Amreis durchdringendem Blick aus. Die Signora schenkte ihr das Glas voll und prostete ihr zu. »Es tut mir wirklich leid, dass wir uns von Leni trennen müssen.«

Inga hätte wenigstens versuchen können, ein gutes Wort für ihre Schwester einzulegen, dachte Amrei fassungslos, aber Inga war Lenis Schicksal offenbar völlig egal.

»Wir können es auch gar nicht verstehen, weil Leni sonst doch stets die Zuverlässigkeit in Person ist. Wir hätten unsere Hand dafür ins Feuer gelegt, dass Leni unsere Hunde niemals in solche Gefahr bringt«, sagte die Signora, während sie energisch ihr Glas absetzte. »Du bist ja noch gemeiner, als ich es vermutet habe!«, fügte sie nun hinzu, während sie Inga verächtlich musterte. »Du hättest wenigstens jetzt etwas zur Verteidigung deiner Schwester vorbringen können. Und du hast nicht mal den Mund aufgemacht, als ich sagte, wir würden Leni nach Hause schicken. Unfassbar, wie skrupellos du bist!«

Inga wurde blass. »Wie, wie … meinen Sie das?«

»Wie ich das meine? Genau so, wie ich das sage. Du wirst unser Haus nicht mehr betreten. Hörst du?«, zischte die Signora.

Inga warf Leni einen vernichtenden Blick zu. »Und wenn du dich noch einmal erdreistest, deine Schwester als Sündenbock zu missbrauchen, bekommst du es mit mir zu tun! Sie steht unter meinem persönlichen Schutz. Und wenn es nach mir ginge, würdest du bereits im Zug nach Deutschland sitzen, aber deine Schwester hat sich für dich eingesetzt. Ich werde also Giulia nichts davon sagen, aber wage es nicht noch ein einziges Mal, Leni derart unter Druck zu setzen. Wenn mir nur die kleinste Verfehlung deinerseits zu Ohren kommt, setzen wir dich in den Zug! Und die Manufaktur wirst du nicht mehr von innen sehen. Halte dich von uns fern. Dieses Haus ist für dich tabu, und wenn wir uns auf anderen Festen sehen, mache besser einen Bogen um uns! Verstanden?«

Als ob Bombo ihre Worte verstand und bestätigen wollte, bellte der Hund einmal kurz und entschieden, was er sonst im Haus niemals tat.

Die Signora warf einen Blick auf ihre Armbanduhr. »Ich habe einen Termin.« Sie erhob sich rasch und wandte sich Inga zu. »Und bitte verlasse das Haus, sobald du ausgetrunken hast.«

Inga schnappte nach Luft vor gespielter Empörung. »Ich weiß überhaupt nicht, was Sie von mir wollen. Was kann ich dafür, wenn Leni den Hund frei laufen lässt? Sag doch auch mal was!«

»Und solltest du versuchen, deine Schwester einzuschüchtern, sitzt du schneller im Zug, als du bis drei zählen kannst. Ich warne dich.« Mit diesen Worten war sie aus der Tür. Die war noch nicht ganz ins Schloss gefallen, als Inga verächtlich: »Du blöde Petze!«, hervorstieß.

Da konnte sich Amrei nicht länger beherrschen. »Du dumme Kuh! Und stell dir vor. Sie war es gar nicht, die geredet hat. Deine Schwester hätte sich sogar nach Hause schicken lassen, statt dich zu verraten. Aber ich habe ihr das nicht geglaubt und die Wahrheit herausgefunden. Und ich habe es der Signora gesagt. Ich sehe nicht dabei zu, wie Leni für deine Sauerei büßt!« Letzteres hatte sie regelrecht herausgeschrien.

Inga war aufgesprungen und baute sich bedrohlich vor Amrei auf. »Das wirst du mir büßen, du Miststück. Ich werde dir …« Weiter kam sie nicht, weil ganz plötzlich Bombo aus seinem Körbchen kroch und Inga anbellte.

»Nimm sofort den Köter weg!«, kreischte sie, doch damit lockte sie Bombos Schwestern an, die kläffend angelaufen kamen.

Inga ergriff die Flucht, nicht ohne Verwünschungen gegen Leni und Amrei auszustoßen, doch bevor sie die Tür hinter sich schloss, drehte sie sich noch einmal um. »Da du es so mit der Ehrlichkeit hast, Amrei, darf ich dir sicher verraten, wie dich Alfredo hinter deinem Rücken nennt: *bambino grasso.*«

Geistesgegenwärtig konterte Amrei: »*Bambina grassa* muss es heißen bei Mädchen. Aber mach dir nichts draus. Sprachbegabung ist nicht jedermanns Sache!«

Da flog die Tür mit einem lauten Knall hinter Inga zu. Amreis selbstbewusste Fassade wich der bangen Frage, ob sich Inga das ausgedacht hatte oder ob Alfredo sie wirklich hinter ihrem Rücken als »dickes Kind« bezeichnete. Nur würde sie das leider nicht klären können, weil sie sich ganz sicherlich nicht entblöden und ihn fragen würde. Dass sie sich überhaupt in Gedanken mit dem Gift beschäftigte, das Inga verspritzte, war ärgerlich genug.

18

ALBARO, JULI 2022

Nachdem die Kellnerin Amrei den Fisch serviert hatte, wandte sie sich diesem Gang zu. Sie versuchte, sich ganz auf das Essen zu konzentrieren und ihre Gedanken an die Vergangenheit wegzuschieben. Es waren so viele Dinge, an die sie seit damals überhaupt nicht mehr gedacht hatte. Was würde sie darum geben, wenn auf diese Weise auch die Erinnerung an den letzten Abend wiederkäme und sie endlich verstehen könnte, warum sie mitten in der Nacht sturzbetrunken mit Salvi in den Pool gegangen war. Aber über dieser Nacht lag ein undurchdringlicher schwarzer Schleier.

»Ein wahrer Hochgenuss, dieser Kabeljau, oder?«, fragte Alessandro.

Obwohl Amrei der Appetit nach dem Gespräch mit Leni etwas vergangen war, kam er beim Essen zurück. Sie genoss jeden Bissen.

»Wie ich die ligurische Küche vermisst habe«, bemerkte sie begeistert.

»Die solltest du in deinem Artikel nicht vergessen zu erwähnen«, lachte er.

»Auf keinen Fall!«

»Sag mal, wer macht eigentlich die Fotos? Im Grunde genommen müsste dich doch ein Fotograf begleiten.«

»Tja, stimmt, aber da wird im Moment an allen Ecken gespart. Das war wahrscheinlich auch ein Grund dafür, dass die Redaktion auf mich gekommen ist. Ich habe für meine Reisereportagen immer eigene Fotos mitgeliefert. Der Rest wird, wenn überhaupt erforderlich, aus Archiv- und Stockfotos bestückt.«

Zur Bekräftigung ihrer Worte holte sie eine kleine Kompaktkamera hervor und fotografierte den Blick aus dem Lokal hinaus auf die Terrasse und den Blick aufs Meer.

»Wow. Trotzdem hätte ich große Lust, dich zu begleiten. Und ich bin ein begnadeter Fotograf…«, entgegnete er. »… also, Hobbyfotograf«, fügte er verschmitzt hinzu.

»Du willst mich auf die Rechercheireise begleiten?«, hakte Amrei ungläubig nach.

Alessandro nickte eifrig. »Ja, da die Semesterferien begonnen haben, muss ich keine Vorlesungen halten, habe aber ein paar wichtige Termine an der Uni, sodass ich nicht weit weg von Genua sein kann, sprich mich vorwiegend in Porto Venere aufhalten werde, aber ein paar Tage im eigenen Land zu recherchieren, das wäre ganz nach meinem Geschmack. Und wäre die Begleitung eines Einheimischen nicht eine Bereicherung?« Letzteres sagte er in einem einschmeichelnden Ton.

Amrei musterte ihn verunsichert. Sie war sich nicht sicher, ob er das wirklich ernst meinte oder einen Scherz machte.

»Du schaust mich an, als sei ich ein Außerirdischer. Wahrscheinlich vermutest du, das sei nur ein Trick, um noch ein paar Tage mit dir zu verbringen. Und ja, das würde ich gern, aber ich hätte große Lust, dich bei diesem Artikel zu unterstützen.«

So verlockend Amrei dieses Angebot auch schien, sie durfte es um keinen Preis annehmen. Selbst, wenn sie die Beichte Leni zuliebe womöglich um eine Woche verschob, danach wäre nichts mehr wie zuvor. Alessandro würde es wahrscheinlich zutiefst bereuen, der Person nähergekommen zu sein, die seinen kleinen Bruder auf dem Gewissen hatte. Und daran, dass er ihr näherkommen wollte, hegte sie keinerlei Zweifel. Dass es sich um kein rein freundschaftliches Angebot handelte, bestätigte sich, als er den Arm um sie legte und ihr in zärtlichem Ton zuflüsterte: »Ich möchte dich besser kennenlernen, Amrei.«

Ihr Herzschlag beschleunigte sich bei seinen Worten merklich. Sie konnte es nicht länger verdrängen: Sie war dabei, sich in Alessandro Podestà zu verlieben.

»Ich, ich … ich, nein, ich glaube, das ist keine gute Idee«, stammelte sie. Das schien ihn allerdings nicht zu entmutigen.

»Und wenn ich dir verspreche, es nicht auszunutzen?«

»Ich glaube nicht, dass mein Freund in Deutschland sehr begeistert davon wäre, dass mich ein fremder Mann auf meiner Recherchereise begleitet«, gab sie schroff zurück und war selbst am meisten darüber erschrocken, wie flüssig ihr diese Lüge über die Lippen gekommen war.

Alessandro zog hastig seinen Arm zurück. »Oh, das tut mir leid. Ich wusste nicht ... ich meine, du, du ... hast den Eindruck gemacht, als ob du keinen Partner hast, auch, weil du allein zur Hochzeit gekommen bist. Und meine Mutter hat so was erwähnt, dass du allein kommst, weil du solo bist ...«

»Es ist ganz frisch«, unterbrach Amrei ihn ungehalten.

»Dann verzeih mir meine verunglückten Annäherungsversuche.« Er reichte ihr lächelnd die Hand. »Auf gute Freundschaft. Und ich würde dich auch als guter Freund gern begleiten.«

Amrei versuchte zu verbergen, wie sehr er sich mit jeder Äußerung tiefer in ihr Herz spielte. Wie gern hätte sie ihn in diesem Augenblick einfach umarmt und ihm versichert, es gäbe in ihrer Fantasie nichts Schöneres, als wenn er sie nächste Woche begleiten würde. Intensive gemeinsame Strandspaziergänge, romantische Abendessen, nächtliches Schwimmengehen ... das perfekte Szenario für frisch Verliebte.

»Ich werde darüber nachdenken, ob nicht ein neuer italienischer Bekannter meinem Artikel die besondere Würze geben könnte«, erwiderte sie mit sanfter Stimme, obwohl sie sicher war, dass sie seine Begleitung auf keinen Fall zulassen sollte, weil sie keine Garantie abgeben konnte, dass sie nicht doch im Bett miteinander landeten. Trotz des erfundenen neuen Freundes.

»Gut, dann verrate mir noch, bevor dieses Fest zu Ende geht, ob ich dir dabei nicht nützlich sein könnte.«

Amrei nickte eifrig und war froh, dass in diesem Augenblick die Braut zu ihnen kam und ihren Bruder bat, ob sie nicht kurz einmal die Plätze tauschen könnten.

Alessandro stand sofort für seine Schwester auf und entfernte sich.

»Ich habe mich so rasend darauf gefreut, dich heute Abend wiederzusehen«, sagte Maria. »Eine süße Idee von Mama, dich einzuladen!« Dann hielt sie inne und musterte Amrei prüfend.

»Warum hast du eigentlich nicht auf meine Briefe geantwortet und vor allem, warum hast du mir deine neue Adresse nicht mitgeteilt?«

»Ach, wir sind mehrfach umgezogen, und als ich irgendwann meine eigene Bude hatte, da war ich so beschäftigt mit meiner Ausbildung.«

»Hast du studiert?«

»Ja, an einer Hamburger Journalistenschule. Und du?«

»Du wirst lachen. Ich habe Jura studiert. Dort habe ich Flavio kennengelernt, den ich fast geheiratet hätte …« Sie lachte laut auf.

»Und? Was ist dazwischengekommen?«

»Massimo. Stell dir vor, ich habe ihn bei einem Prozess als Gegner wiedergesehen. Er war inzwischen auch Anwalt, aber er lebte in Rom. Und nun plötzlich steht er mir in Mailand, wo ich gelandet war, gegenüber. Er war so perplex, dass ich den Prozess spielend für meinen Mandanten gewonnen habe. Aber zum Trost habe ich ihn zum Essen eingeladen, und den Rest kannst du dir denken«, erklärte Maria grinsend.

»Tja, ich kann es mir denken, nur, wo war die Römerin, und was ist mit deinem Flavio passiert?«

Maria wand sich ein wenig. »Die Römerin war bereits Geschichte. Die beiden waren geschieden, und Flavio, ach, erinnere mich nicht daran. Es ist gemein, eine Beziehung mit einem tollen und netten Mann einzugehen, wenn man einen anderen liebt. Tja, und leider ist mir das erst bei unserem Wiedersehen klar geworden: Ich habe Massimo nach so vielen Jahren immer noch geliebt. Und Flavio Hals über Kopf verlassen …«

»Da hast du also ein gebrochenes Herz hinterlassen, oder?«

»Jein. Er hat sich ganz schnell mit einer Staatsanwältin getröstet, mit der er viel besser zusammenpasst. Die beiden haben es lieber gemütlich, wenn du verstehst. Mit Massimo konnte ich

Fernreisen machen, Tanzkurse belegen …« Maria bekam einen schwärmerischen Gesichtsausdruck.

»Ich freue mich so für dich«, sagte Amrei aus vollem Herzen.

»Sag mal – und du? Was macht die Liebe?«

Amrei rollte mit den Augen. »Ich habe den richtigen Mann immer noch nicht gefunden, aber vielleicht passt die große Liebe gar nicht in mein Leben.«

»Das bezweifle ich. Aber fall nur nicht wieder auf Alfredo rein. Der lebt nämlich gerade in Trennung von unserer herzallerliebsten Freundin, die hier gerade unerwünscht aufgekreuzt ist, und frisst dich mit seinen Blicken auf. Da kann ich dir Geschichten erzählen. Hast du nicht Lust, uns morgen bei meinen Eltern zu besuchen? Zum Mittagessen gegen 13 Uhr? Wir fahren erst am Dienstag zurück nach Mailand und im September auf unsere Hochzeitsreise.«

Amrei zuckte zusammen. Eine Einladung in die Villa für morgen. Das schien ihr wie ein Wink des Schicksals. Das wäre die Gelegenheit, ihrem Herzen Luft zu machen, wenn sie nicht so leichtfertig Leni das Versprechen gegeben hätte zu warten. Sie musste Leni unbedingt später noch einmal ungestört abpassen und notfalls ihre Versprechen zurücknehmen.

»Du schaust so kritisch. Magst du uns denn nicht besuchen?«

»Doch, doch, sehr gern sogar«, beeilte sich Amrei zu widersprechen. »Natürlich komme ich morgen vorbei. Ich muss auch erst am Dienstag weiterreisen.«

»Weiterreisen? Wohin?«, erkundigte sich Maria interessiert, und Amrei berichtete ihr von der Recherchereise.

»Das ist ja ein toller Job. Der Artikel wird bestimmt großartig. Und morgen erzählst du mir mehr, ja? Übrigens wüsste ich einen Traummann für dich«, versicherte Maria geheimnisvoll.

»Ach, Maria, ich bin glücklich als Single. Ich brauche da wirklich keine Nachhilfe.«

»Aber ihr passt so gut zusammen«, insistierte Maria übermütig.

»Von wem sprichst du?«

»Von Alessandro natürlich. Wenn er nicht mein Bruder wäre, ich würde mich glatt in ihn verlieben«, lachte Maria.

»Was erzählst du da über mich?«, fragte in dem Moment Alessandro. Amrei hatte gar nicht bemerkt, dass er hinter ihnen stand. Erschrocken blickte sie ihn an. Sie hoffte, dass er da nicht schon länger gewesen war und ihnen zugehört hatte.

»Ich habe meinen Namen gehört und hoffe, meine Schwester hat nur Gutes über mich geredet«, lachte er.

Amrei fiel förmlich ein Stein vom Herzen. Er hatte also nicht gelauscht und womöglich mitbekommen, dass sie doch noch Single war und ihn in ihrer Not angeschwindelt hatte.

»Ich sagte ihr, dass es in Italien Männer gibt, die auch eine so bezaubernde Singlefrau wie Amrei davon überzeugen könnten, dass wir Engel mit nur einem Flügel sind und erst fliegen, wenn wir uns umarmen.«

»Oh, an meiner kleinen Schwester ist eine Poetin verloren gegangen, auch wenn das Zitat geklaut ist«, lachte er und tat so, als hätte er das mit der Singlefrau schlichtweg überhört.

Doch Amrei dachte, nachdem sie sich von dem Schrecken erholt hatte, dass Maria ihre Notlüge nun unwissentlich öffentlich gemacht hatte, an etwas ganz anderes, und zwar an den Spruch mit den Engeln. Der war ihr schon einmal in ihrem Leben begegnet, aber wo? Erst als Maria aufstand und ihrem Bruder verkündete, dass Amrei sie am nächsten Tag in der Villa besuchen bekäme, dämmerte es ihr. Sie hatte ihn in einem der Briefe gelesen, die Alessandro an seine neuseeländische Liebe verfasst hatte. *Wir sind alle Engel mit nur einem Flügel, sagte der italienische Schriftsteller Luciano De Crescenzo, und wir fliegen erst, wenn wir uns umarmen …*

Als Maria gegangen war, fragte Alessandro besorgt: »Ist dir nicht gut? Du bist schon wieder so blass. Soll ich dich an die Luft begleiten?«

Nein, in Luft auflösen sollst du dich, dachte Amrei verzweifelt, und mit dir all die schönen Worte über die Liebe, die mir nicht mehr aus dem Kopf gehen, die ich aber niemals hätte lesen dürfen …

»Ich wollte dich nicht belügen. Es war mir einfach alles zu viel. Ich bin nicht in der Stimmung für einen unverbindlichen Urlaubsflirt!«, sagte Amrei stattdessen.

»Da haben wir wenigstens etwas gemeinsam«, konterte Alessandro. »Nach einem Urlaubsflirt steht mir auch nicht der Sinn.«

Diese Worte trafen Amrei mitten ins Herz. Endlich fühlte sie das, worauf sie die vergangenen Jahre so sehnsüchtig gehofft hatte: dass ein Mann ihr Innerstes berührte. Und nun musste sie dieses Empfinden brutal abwürgen. Sie zog es vor zu schweigen und war froh, als ein Pastagang serviert wurde. Vor lauter Verlegenheit fotografierte sie die Trofie Genovese auf ihrem Teller aus allen erdenklichen Perspektiven.

Erst als ihre Teller leer waren, nahm Alessandro das Gespräch wieder auf.

»Amrei, verzeih mir, ich wollte dich weder bedrängen noch in Verlegenheit bringen. Und es ist mir sehr lange nicht mehr passiert, dass ich so forsch auf eine Frau zugehe. Ich habe lange Jahre vergeblich auf dieses Gefühl gewartet, das ich einmal im Leben schon erfahren durfte. Vielleicht, weil du mich an meine erste große Liebe erinnerst. Nicht vom Äußeren. Im Wesen gibt es eine große Ähnlichkeit. Wegen ihr bin ich damals zum Studium nach Neuseeland gegangen, obwohl sie da längst …« Er brach den Satz ab, und sie spürte, wie er mit den Tränen kämpfte.

Ich weiß, dachte Amrei, und ihr wurde abwechselnd heiß und kalt. Ich weiß, wie sehr du sie geliebt hast, und auch, wie du sie verloren hast … Sie wischte sich hastig eine Träne aus dem Gesicht bei dem Gedanken an das Schicksal dieser jungen Frau in seinem Leben und dass ausgerechnet sie, Amrei, ihn an Vicky erinnerte. Aber das würde sie nicht zugeben können. Genauso wenig wie ihre aufkeimende Sehnsucht, zusammen mit ihm zu fliegen.

19

ALBARO, MÄRZ 2008

Amrei hatte tapfer der Versuchung widerstanden, erneut heimlich die Liebesbriefe zwischen Vicky und Alessandro zu lesen, doch in diesem Augenblick siegte ihre Neugier über ihr Gewissen, zumal sie dringend etwas brauchte, das sie von ihrem Heimweh ablenkte. Bislang waren ihr derartige Gefühle eher fremd gewesen, aber nach einer erneuten unschönen Begegnung mit Alfredo an diesem frühen Sonntagnachmittag fühlte sie sich plötzlich schrecklich einsam. Das lag vielleicht auch daran, dass Maria schwer damit beschäftigt war, für ihr Abitur zu lernen, und keine Zeit für ihre Freundin erübrigen konnte. Leni war mit ihrer Gastmutter Chiara ins Tessin gefahren. Dort sollte Bombo sich als Zuchthund betätigen. Seine Pfote war inzwischen völlig verheilt, und Amrei kam es vor, als sei er noch wilder geworden.

Jedenfalls hatte sie ausgerechnet in dieser Stimmung Alfredo mit Ingas gemeiner Bemerkung konfrontiert. Und auch nur, weil Inga an diesem Tag draußen auf ihn wartete. Nach dem Eklat wegen Bombo traute sie sich wohl nicht mehr in das Haus der Podestàs, was Amrei sehr entgegenkam. Dadurch war sie dieser Person kaum mehr begegnet, aber nun hatte sie Inga aus einem Fenster draußen warten sehen. Amrei wusste gar nicht, dass Alfredo und sie sich regelmäßig verabredeten, und wollte partout nicht, dass es sie störte. Im Gegenteil, sie wünschte sich, dass sein Verhalten ihr immer so gleichgültig bleiben würde, wie es in der Silvesternacht und Neujahr gewesen war. Sie hatte zum Jahreswechsel in Porto Venere eine sehr schöne Nacht mit Mattia verbracht, und sie hatten auch danach mehrfach miteinander telefoniert, doch Amrei konnte sich partout nicht dazu durchringen, sich noch einmal mit ihm zu verabreden. Es war wirklich nett mit ihm gewesen, aber »nett« reichte ihr nicht. Wie sie es drehte und wendete, der Grund war Alfredo. Wenn sie sich verliebte, dann richtig. Sie ärgerte sich maßlos darüber, dass sie ihn nicht loslassen konnte. Deshalb regte sie seine Verabredung mit Inga innerlich mehr auf, als sie es wahrhaben wollte. Und so platzte es aus ihr heraus, als ihr Alfredo in bester Laune und zum Ausgehen herausgeputzt, im Flur begegnete. Ohne groß nachzudenken, zischte sie: »Und sei vorsichtig, was du ihr über mich erzählst. Das ›dicke Kind‹ ist bei mir angekommen. Es war ihr ein Vergnügen, es weiterzugeben.«

Alfredo bekam einen hochroten Kopf. Amrei hoffte insgeheim, er würde mit ehrlichem Erstaunen reagieren und abstreiten, sie jemals so bezeichnet zu haben. Ihre Wünsche erfüllten sich nicht. Im Gegenteil, er begann herumzustottern, dass er das so nicht gesagt habe und es aus dem Zusammenhang gerissen sei. Da wusste Amrei, dass Inga in diesem Fall nicht geschwindelt hatte, was es nicht gerade besser machte.

Amrei drehte sich mitten in seinem Gestammel auf dem Absatz um und verließ wortlos den Flur. In ihrem Zimmer warf sie sich zutiefst gekränkt auf ihr Bett, nachdem sie sich mehrmals vor dem Spiegel gedreht und sich pummeliger als sonst gefühlt hatte.

In dieser Stimmung brauchte sie dringend Ablenkung, und ihr Blick war auf den falschen Buchrücken gefallen. Eine Zeit lang hatte sie der Versuchung widerstehen können, aber dann hatte sie die als Buch getarnte Schatulle entschieden aus dem Regal gezogen und sich einen Brief geschnappt. Und zwar den zweiten vom Stapel, in der Hoffnung, dass sie chronologisch geordnet waren und dieser aus seiner Feder stammte. Sie hatte Glück.

Meine Liebste,
ich würde selbst für einen einzigen Tag an das andere Ende der Welt reisen, um nur ein paar Stunden mit dir zu verbringen. Ich wache morgens auf und meine, deinen Duft auf meinem Kopfkissen zu riechen, ja, ich fühle es fast körperlich, wie du dich an meine Brust kuschelst.
Ich stelle mir vor, mein Vater wüsste, was ich dir da offenbare. Er würde mich endgültig für verrückt erklären. Es vergeht kein Tag, an dem er mich nicht bearbeitet, nach der Schule in seine Firma einzusteigen. Doch wenn ich mir das nur vorstelle, so blind wie mein Vater durchs Leben zu gehen, werde ich traurig, Für ihn zählt allein der Erfolg, der sich in Bilanzen niederschlägt.
Er glaubt immer, das Angebot, sein Nachfolger zu werden, kann keiner ablehnen, der noch ganz bei Trost ist. Ergo, in seinen Augen bin ich ohnehin verrückt. Und da würden Fantasien von Frauen in meinem Arm, die in Wirklichkeit am anderen Ende der Welt leben, gut ins Bild passen.
Ich werde bestimmt nicht bis zum nächsten Sommer warten, um dich wieder in die Arme zu schließen. Im Gegenteil, mein Nonno, der Vater meiner Mutter, hat mir das Geld für ein Ticket geschenkt und mich ermutigt, dich zu besuchen. Vielleicht erinnert ihn das an seine Geschichte mit seiner

ersten Liebe, für die er nicht gekämpft hat, was er sehr zum Kummer meiner Großmutter jahrelang bereut hat. Als die Dame ein paar Jahre später einsam im Sterben lag, hat sie erlaubt, dass er sie besucht. Als er zurückkehrte, hat er meine Großmutter um Verzeihung gebeten und ihr fortan jeden Wunsch von den Augen abgelesen. Bis zu seinem Tod war sie seine Königin. Er hat erst durch ihre Großmut begriffen, dass er längst sie, und nur sie, liebte. Und er hat ihr ein Wochenendhaus in Porto Venere gekauft und ihm den Namen Casa Speranza *gegeben. Meine Großmutter hat es geliebt. Leider ist sie vor einem Jahr gestorben, und mein Großvater ist immer noch untröstlich. Ich werde wunderschöne Stunden mit dir in der* Casa Speranza *verbringen. Mein Großvater, der leider sehr krank ist, hat das zur Bedingung für das Flugticket gemacht, dass ich mit dir in der* Casa Speranza *glücklich werde. Das heißt, er will dich unbedingt kennenlernen und rechnet dann mit deinem Besuch in Italien. Ich möchte auch, dass du meine Familie kennenlernst.*
Ich will also keine Stunde lang unnötig auf dich verzichten. Du bist die Frau, mit der ich alt werden will, wenn ich das so sagen darf, ohne dass du einen Schreck bekommst, weil wir doch noch verdammt jung sind … Deshalb habe ich ein Ticket gebucht und der Familie gebeichtet, dass ich zu Weihnachten nicht da sein werde. Mama versteht es, mein Vater findet, ich könnte doch jeden Tag eine andere in Genua kennenlernen … Das ist sein Weltbild, und so möchte ich niemals werden!
Ich liebe meine Eltern, aber ich brauche ihre Statussymbole nicht. Weder die Villa noch die großen Autos. Wenn ich sehe, wie mein kleiner Bruder nur danach fiebert, den Führerschein zu haben, um von Papa einen Sportwagen geschenkt zu bekommen … Mein Vater ist fast in Ohnmacht gefallen, als er mich nach meinen Wünschen zum Abitur gefragt hat

und ich ihm sagte, ich wünschte mir die gesammelte Ausgabe der Commedie scelte *von Goldoni.*
Ich werde dir ein paar gute Bücher mitbringen und mir einige Probevorlesungen in Auckland anhören, denn ich möchte auf jeden Fall ein Semester in Neuseeland studieren. Am liebsten würde ich mit dir in einem kleinen Haus direkt am Meer wohnen. Du bist nicht nur die wunderbarste Geliebte, die ich jemals hatte, sondern auch eine Zwillingsseele. Unsere Herzen schlagen im Gleichtakt, und das ist wichtiger als alles andere, worin wir uns unterscheiden. Dass du neben deiner Liebe zur Literatur eure Hunde so über die Maßen ins Herz geschlossen hast, ist mir noch fremd. Das liegt vielleicht daran, dass meine Mutter keine Hunde im Haus duldet, aber stell dir vor, ich besuche regelmäßig meine Tante Chiara, die mehrere italienische Trüffelhunde besitzt, und mit dem wilden Welpen Bombo habe ich mich inzwischen richtiggehend angefreundet. Ich bin zuversichtlich, dass wir diese Hürde spielend überwinden. Tante Chiara ist der Meinung, dass jeder Hundeskeptiker zum Hundefan wird, wenn er sich erst intensiv mit so einem Tier beschäftigt. Ich befürchte, sie hat recht.
Aber nun zu den Menschen, zu uns und unserer Liebe.
Wir sind alle Engel mit nur einem Flügel, *sagte der italienische Schriftsteller Luciano De Crescenzo,* und wir fliegen erst, wenn wir uns umarmen … *und ich kann es nicht erwarten, mit dir ans Ende der Welt zu fliegen.*
Dein Alessandro

Amrei ließ den Brief sinken und wischte sich eine Träne aus dem Augenwinkel. Ob ihr jemals im Leben das Glück zuteilwurde, dass ein Mann solche poetischen Worte fand, um seine Liebe zu ihr zu beschreiben? Alessandro war ihr mit einem Mal so nah, und sie bedauerte, dass sie ihn nicht persönlich kennenlernen würde. Sie wäre gern einmal mit Bombo und ihm durch Tante Chiaras Park getobt. Mit Alessandro hätte sie sich bestimmt ohne Hintergedanken einfach nur anfreunden können.

Dieser Gedanke nahm ihr alle Hemmungen, mit der heimlichen Lektüre fortzufahren. Nun gab es kein Halten mehr. Amrei konnte nicht genug bekommen von diesen Worten, die ihr auch deshalb so ans Herz gingen, weil sie nach ihrem Geschmack kein gängiges und kitschiges Liebesgeschwurbel bedienten.

Kurz entschlossen machte sie weiter und las Brief für Brief. Sie tauchte tief in die Welt dieser Zufallsbekanntschaft ein, aus der Liebe geworden war, sodass sie alles andere um sich herum vergaß. Erst als es an ihrer Zimmertür klopfte, sah sie verschreckt auf und ließ die Briefe hektisch unter der Bettdecke verschwinden. Gerade noch rechtzeitig, denn die Signora stand in der Tür.

»Denkst du an das Essengehen?«, fragte sie mit einem kritischen Blick auf Amrei, die mitten am Tag im Bett saß, was sie ansonsten nie tat. »Oder bist du krank?«

»Nein, nein, ich war nur etwas müde. Aber wenn es Ihnen nichts ausmacht, dann bleibe ich lieber hier.«

Amrei sah das als günstige Gelegenheit, zu vermeiden, heute Abend mit Alfredo an einem Tisch zu sitzen. Es war Tradition bei den Podestàs, jeden Sonntagabend mit der ganzen Familie, wozu Amrei wie selbstverständlich gehörte, in eine alteingesessene Trattoria am Hafen zu gehen. »Ich meine nur, weil Maria doch auch zu Hause bleibt. Dann könnte ich sie noch mal abfragen«, fügte sie hastig hinzu.

Das schien der Signora außerordentlich zu missfallen. »Nicht nötig, Maria lernt heute Abend bei Schulfreunden. Und wir würden großen Wert darauf legen, dass du mitkämst. Alfredo wollte sich auch schon entziehen, aber ich habe ihm gesagt, er möge um achtzehn Uhr zurück sein von seinem Besuch bei Freunden.«

Aha, bei Freunden sei er, hatte er seiner Mutter also erzählt, dachte Amrei grimmig, offenbar stand er seiner Mutter gegenüber nicht dazu, dass er sich mit Inga traf, denn die Signora hielt sich nicht zurück mit ihrer Meinung über *diese Person,* wie sie Inga nannte, und das, obwohl sie nicht einmal etwas von der Bombo-Sache ahnte.

»Oder bist du wirklich krank?« Die Signora kam an ihr Bett und setzte sich auf die Kante. Amrei schwitzte vor Aufregung bei dem Gedanken, ihre Gastmutter könne sich auf die Briefe setzen.

Bevor die Signora ihre Hand auf Amreis Stirn legen konnte, um mögliches Fieber zu fühlen, beeilte sie sich zu versichern, dass sie kerngesund war und sich sofort fertig machen würde.

»Und könntest du bitte das schöne neue Kleid anziehen?«

Amrei stutzte. In der Regel machte die Signora ihr keine Kleidervorschläge, weil sie inzwischen akzeptiert hatte, dass Amrei am liebsten ihre Jeans trug. Doch Lenis Gastmutter hatte Amrei neulich ein selbst geschneidertes Kleid geschenkt. Als kleines Dankeschön dafür, dass sie sich so für Leni eingesetzt hatte, hatte sie ihr versichert. Es war ein apartes Kleid in Dunkelblau mit einem leicht ausgestellten Rock und einem Rundausschnitt. Das Kleid saß perfekt, besonders jetzt, nachdem sie sich in den vergangenen Wochen einige Pfunde abgehungert hatte. Das war ihre Reaktion auf das »dicke Kind«. Allerdings fand Amrei das Kleid zu damenhaft für sich. Es hätte Maria gestanden oder besser noch der Signora. Sie fühlte sich darin wie eine feine Dame, und das entsprach so gar nicht ihrem Bild von sich.

Der Signora entging ihr Zögern nicht. »Du weißt, ich rede dir sonst nicht rein, aber heute Abend kommt jemand Wichtiges dazu in der Trattoria«, sagte sie einschmeichelnd.

Amrei unterdrückte die Frage, wer das sein könnte, und tippte auf einen Geschäftspartner oder einfach nur auf einen ihrer reichen Freunde.

Dass es jemand sein würde, der ihr viel näherstand, ahnte sie nicht. Jedenfalls versprach sie der Signora, sich als eine italienische Dame zu verkleiden.

»Danke«, sagte die Signora.

Kaum war sie aus der Tür, warf Amrei einen prüfenden Blick unter die Bettdecke. Die Briefe hatten leider etwas gelitten. Amrei konnte nur hoffen, dass Alessandro bei seiner Rückkehr nach Italien nicht merkte, dass jemand darin herumgeschmökert hatte. Ihr Blick fiel auf den letzten Brief, den sie gerade unter der schwarzen Schleife hatte hervorziehen und lesen wollen, als die Signora ins Zimmer gekommen war. In diesem Moment fragte sie sich zum wiederholten Male, warum er keine rote Schleife genommen hatte, und sie kämpfte mit sich. Noch blieb ihr eine halbe Stunde, bis die Podestàs zum Abendessen aufbrechen wollten.

Sollte sie den letzten Brief lesen oder ihre Neugier einfach ersticken? Hastig sprang sie vom Bett auf und zog sich blitzschnell das neue Kleid an. Der Spiegel gab der Signora recht: Es stand ihr hervorragend und verwandelte sie im Handumdrehen in eine elegante junge Dame. Sie steckte sich ihr Haar hoch, schminkte sich dezent. Und stellte die Pumps bereit, die Maria ihr geschenkt hatte, weil sie das Modell aus Versehen doppelt gekauft hatte. Amrei war darüber reichlich befremdet gewesen, dass man sich derart teure Schuhe gleich zweimal kaufen konnte. Bei ihr zu Hause hatte so manches Mal das Geld gefehlt, dass sie sich überhaupt einmal im Jahr ein Paar neue Sneaker kaufen konnte. Dann hatte sie auf Flohmärkten oder im Secondhandladen danach stöbern müssen. Jedenfalls war sie nun ausgehfertig und setzte sich hastig auf das Bett, um den letzten Brief zu lesen, denn die Neugier hatte gesiegt.

Sie sah auf den ersten Blick, dass die Schrift eine andere war. Es handelte sich weder um Vickys schön geschwungene Mädchenschrift noch seine legere Männerklaue. Amrei stutzte, als sie die Anrede las.

Lieber Alessandro

Das klang im Gegensatz zu den sonstigen Begrüßungen, die die beiden austauschten, beinahe förmlich.

Eine innere Stimme riet Amrei dringend davon ab, den Brief zu lesen, aber sie wollte nicht auf sie hören. Also begann sie zu lesen.

Lieber Alessandro,
ich weiß nicht, wie ich es dir beibringen soll. Ich habe schon mehrfach die italienische Nummer gewählt, die auf Vickys Schreibtisch lag, von einem Herzen umrandet. Aber ich habe jedes Mal aufgelegt. Meine Eltern ahnen nichts davon, dass der junge Mann aus Italien, den Vicky als Feriengast für eines unserer Fremdenzimmer angekündigt hat, die Liebe ihres Lebens ist.
Unser Vater hofft sehr, dass Vicky Tom heiratet, den Sohn unserer Nachbarn. Dad findet, die Johnson-Schaffarm und unsere, das wäre eine gewinnbringende Fusion. Doch Vicky hatte noch nie Interesse an Tom. So wenig wie ich an seinem Bruder George. Ach so, ich bin Chris, Vickys ältere Schwester. Ich bin die Einzige, die sie in ihr Glück eingeweiht hat.
Lieber Gott, was schreibe ich mir bloß zusammen, um es nicht aussprechen zu müssen, dass du lieber über Weihnachten in Italien bleiben solltest. Es ist so schwer! Verdammt, meine Schwester fuhr gestern zum ersten Mal ohne Dad auf dem Beifahrersitz nach Auckland, nachdem sie sechs Monate nur in seiner Begleitung gefahren war. Sie wollte ein paar

Dekostücke besorgen, die dein Zimmer noch schöner machen sollten.
Auf dem Rückweg hat ihr ein Truck die Vorfahrt genommen, und sie war sofort tot.
Alessandro, ich hoffe, du kannst das Flugticket zurückgeben. Und du bist ansonsten, wenn du jemals trotzdem nach Neuseeland kommen solltest, herzlich willkommen. Melde dich bei mir.
In unendlicher Trauer, im Schock und verzeih, aber ich wusste nicht, wie ich es dir schonender hätte beibringen sollen. Und verzeih, dass ich dich nicht anrufen konnte.
Fassungslos!
Chris

Amrei ließ den Brief sinken. Blind vor Tränen, versuchte sie, den Brief zurück in den Umschlag zu schieben, aber ihre Hände zitterten so sehr, dass es ihr nicht gelang. Und wieder schob sie die Briefe unter die Decke, weil die Signora erneut an ihre Tür klopfte und rief: »Wir wollen jetzt los.«

Amrei wischte sich hastig die Tränen aus dem Gesicht und tupfte noch ein bisschen Make-up unter ihre Augen. Trotzdem musterte die Signora sie skeptisch, als sie ausgehfertig im Flur erschien. »Hast du geweint?«, fragte sie direkt.

»Nein, ich bin ein wenig erkältet«, schwindelte sie in der Hoffnung, die Signora würde Ruhe geben.

Sie ließ das Thema tatsächlich auf sich beruhen. Amrei hätte alles gegeben, um sich vor diesem Abendessen zu drücken, zumal am Wagen nicht nur der Signore wartete, sondern auch ein gut gelaunter Alfredo. Er stieß bei ihrem Anblick einen bewundernden Pfiff aus. »Das steht dir hervorragend.« Offenbar wollte er auf diese Weise das »dicke Kind« wiedergutmachen, aber Amrei ignorierte ihn einfach. Und als er im Wagen noch einen draufsetzte und schnuppernd meinte, dass sie gut rieche, würdigte sie ihn keines Blickes. Im Moment war sie weit von ihm entfernt, weil sie sich gedanklich am anderen Ende der Welt befand. Sie fühlte mit Vickys Schwester, die ihren Kummer kaum hatte in Worte fassen können, und hatte Mitgefühl mit Alessandro. Wie gern hätte sie erfahren, ob Alessandro damals geflogen war oder nicht. Dass ihn etwas mit Neuseeland verband, verriet die Tatsache, dass er jetzt für zwei Semester dort studierte. Ihre Fantasie schlug Kapriolen, und sie fragte sich, ob er sich wohl in ihre Schwester verliebt hatte.

Als Alfredos Arm sie wahrscheinlich eher versehentlich berührte, zuckte sie zurück, als hätte sie sich verbrannt.

»Sorry«, brummte er. »Wollte ich nicht.«

Amrei antwortete nicht, sondern starrte aus dem Autofenster nach draußen, wo bereits das Hafenpanorama vorüberzog. Ihre Gedanken galten allein dem traurigen Ende der wunderbaren Liebesgeschichte zwischen Vicky und Alessandro.

20

GENUA,
MÄRZ 2008

In der Trattoria am Hafen von Genua wurden die Podestàs wie Staatsgäste empfangen und zu ihrem Tisch geleitet. »Der Signore, den Sie erwarten, wird sich ein paar Minuten verspäten. Vor Mailand war ein Stau«, sagte der Kellner, während er der Signora den Stuhl zurechtrückte.

Amrei war es eher peinlich, wie das Personal um sie herumwuselte. So, wie ihr teure Autos, Villen und Shoppingtouren fremd waren, so wenig war ihr auch das Essengehen in teure Restaurants vertraut. Mit Karen war sie allenfalls zu einem Inder gegangen, der mehr einem Imbiss glich, oder in eine einfache Pizzeria.

Sie kam sich schrecklich verkleidet und fehl am Platz vor. Außerdem missfiel es ihr, mit den Podestàs und Alfredo allein in diesem Edelrestaurant zu sitzen. Wenn wenigstens Salvi dabei gewesen wäre, dachte sie wehmütig, aber ihr Schützling übernachtete bei einem Freund.

Gerade als die Signora einen Aperitif bestellen wollte, um die Wartezeit zu überbrücken, sah Amrei den Überraschungsgast auf den Tisch zueilen. Bei seinem Anblick hatte sie gemischte Gefühle. Auf der einen Seite freute sie sich, gerade heute in ihrem Anflug von Heimweh ihren Vater zu sehen, andererseits war sein Erscheinen befremdlich, weil das gegenüber ihren Gasteltern ihr wahres Leben nur noch weiter verfälschte. Sie war es nicht gewohnt, in solchen Restaurants zu verkehren, und in ihrem Alltag gab es keinen elegant gekleideten und attraktiven Vater, der sich sicher auf diesem gehobenen gesellschaftlichen Parkett bewegte, sondern nur eine Mutter, die Schlabberkleider aus dem Secondhandladen trug und deren Besuch in einem solchen Lokal ihr komplettes Monatsgehalt verschlingen würde.

Trotzdem ließ sie sich von ihm überschwänglich in den Arm nehmen und mit Komplimenten überschütten. »Was für eine schicke Tochter ich doch habe. Du siehst umwerfend aus, mein Kind!«

»Das finde ich auch«, bekräftigte Alfredo die vor Stolz strotzenden Äußerungen ihres Vaters.

Marcello warf Alfredo einen wohlwollenden Blick zu. Amrei missfiel außerordentlich, dass Alfredo sich offenbar bei ihrem Vater einzuschleimen versuchte. Wahrscheinlich wuchs sie gerade in seinem Ansehen als Tochter dieses weltgewandten Gentlemans. Wenn sie etwas nicht mochte, war es, dass man einen Menschen, den man vorher ignoriert oder mies behandelt hatte, nur aufgrund irgendwelcher Statussymbole mit einem Mal schätzte. Dass Alfredo sich ihr gegenüber wie ein Arsch benommen hatte, stand außer Frage. Allein, wie er sie Silvester für die Dunkelhaarige abserviert hatte. Alfredo war, so schwer es ihr auch fiel, das zuzugeben, ein Opportunist, an den sie keinen liebevollen Gedanken mehr verschwenden sollte. Er passte viel besser zu Inga, die ebenso berechnend war, wenn nicht noch schlimmer. Allerdings war er nicht so hinterhältig wie Inga. Dass er Hunde mit Fußtritten verletzte und die Schuld seiner Schwester in die Schuhe schob, würde sie ihm bei allem Zorn, den sie gegen ihn hegte, nicht zutrauen.

»Ich bin so froh, dass meine Tochter bei Ihnen sein kann«, hörte sie nun ihren Vater schwärmen.

»Wir haben zu danken. Ihre Tochter ist bezaubernd und uns ans Herz gewachsen«, flötete die Signora und warf ihrem Vater einen in Amreis Augen befremdlichen Blick zu. Beinahe schmachtend. Aber auch aus seinen Augen sprach mehr als höfliche Zuneigung der Signora gegenüber.

Amrei überfiel ein unangenehmer Verdacht. Ob die beiden sich näher kannten, als sie es vorgaben? Und ob sie gemeinsam beschlossen hatten, dass Amrei in ihrer Familie Au-pair-Mädchen werden sollte? Und ob sie die anderen beiden Mädchen über eine Agentur für ihre Brüder als Alibi dazugebucht hatten, damit es nicht auffiel?

Amrei beobachtete nun lauernd Signor Podestà aus den Augenwinkeln, doch der starrte regelrecht hinüber zum Nachbartisch, wo zwei attraktive junge Männer in ein anregendes Gespräch vertieft waren. Amrei wollte aus ihren Beobachtungen keine voreiligen Schlüsse ziehen dergestalt, dass sich Signor Podestà womöglich zu Männern hingezogen fühlte und ihm deshalb der Blickkontakt zwischen seiner Frau und Amreis Vater entging. Vor allem war ihr die sexuelle Orientierung Signor Podestàs ziemlich gleichgültig, was sie von einem möglichen geheimen

Verhältnis von Signora Podestà und ihrem Vater nicht behaupten konnte. Nicht dass ihr seine verbissene Ehefrau leidtat, aber sie hätte ein blödes Gefühl, das Kindermädchen für den Sohn der Geliebten ihres Vaters zu sein. Auf diese Weise hätte er sich durch die Hintertür weiter in ihr Leben geschlichen, als sie es je hatte zulassen wollen. Bislang war es ihr gelungen, ihn weitgehend aus ihrem Leben herauszuhalten, aber wenn er eine intime Beziehung zu ihrer Gastmutter pflegte, würde diese sicherlich ihm gegenüber mehr über sie ausplaudern, als Amrei lieb war.

In diesem Moment spürte sie, wie ein Fuß ihr Bein berührte. »Oh Verzeihung, wenn ich dich getreten habe, ich weiß nie, wohin mit meinen langen Beinen«, sagte die Signora entschuldigend zu Amrei, bevor sie ihrem Vater ein kokettes Lächeln zuwarf. Keine Frage, sie hatte seine Beine absichtlich unter dem Tisch berühren wollen. Wenn Amrei sich zuvor noch ermahnt hatte, keine voreiligen Schlüsse zu ziehen, war sie nun sicher, dass da etwas lief. Vielleicht war es ja auch nur ein harmloser Flirt. Sie hatte ihren Vater zwar nie als Mann betrachtet, aber in den Augen von Signora Podestà war er sicherlich von ausnehmender Attraktivität. Er hatte dunkles volles Haar, ein energisches Kinn, eine römische Nase und braune Augen, die Amrei von ihm geerbt hatte. Nase und Augen ähnelten denen von Alfredo, stellte sie in diesem Augenblick erschrocken fest. Verliebte sie sich etwa unbewusst in Männer wie ihren Vater? Signor Podestà war von der Physiognomie ein ähnlicher Typ Mann wie ihr Vater, aber der Signore war eher klein und gedrungen, während ihr Vater groß und schlank war.

Auf jeden Fall wandte ihr Vater sich nun Alfredo zu, der von all den Schwingungen nichts mitzubekommen schien, weil er damit beschäftigt war, dem Kellner zu erklären, wie er seinen Martini gern hätte. Offenbar hat er zu viele James-Bond-Filme gesehen und glaubte, das würde den Mann von Welt ausmachen, dachte Amrei eine Spur verächtlich.

Sie verzichtete wie immer auf einen Aperitif, obwohl ihr Vater ihr unbedingt einen Drink aufdrängen wollte. »Einen kannst du doch trinken. Zur Feier des Tages.« Diesen Gefallen tat ihm Amrei nicht. Als er nicht lockerließ, beendete sie sein Betteln mit der Bemerkung, dass sie das von zu Hause nicht gewohnt sei. Ihre Mutter trinke nur ganz selten Alkohol.

»Und Sie werden also zum Nachfolger Ihres Vaters ausgebildet?« Ihr Vater hatte sich, ohne auf ihre Äußerung einzugehen, nun an Alfredo gewandt.

Alfredo nickte eifrig. »Das war für mich Ehrensache, obwohl ich nur zweite Wahl bin. Mein Vater hätte die Firma lieber Alessandro, meinem älteren Bruder, überlassen.«

Sein Ton war so bissig, wie Amrei es noch nie aus seinem Mund gehört hatte, zumindest nicht seinem Vater gegenüber. Die beiden wirkten nach außen ansonsten wie ein Herz und eine Seele.

Dass diese Bemerkung auch Signor Podestà naheging, bewies ein plötzliches Zucken seiner Augenlider. »Nein, mein Sohn, du bist der richtige Mann auf dem richtigen Platz«, verkündete er voller Überzeugung.

»Und was macht Ihr älterer Bruder?«

»Er studiert«, gab Alfredo knapp zurück.

»Literatur!« Signor Podestà kräuselte dabei angewidert die Lippen, als ob sein Sohn jeden Tag in einem Schlachtbetrieb Rinder zerlegte. »Mein Herr Sohn ist ein Schöngeist und sich zu fein für die Arbeit in der Reederei. Der junge Mann will Professor werden.«

»Da können Sie doch stolz auf ihn sein«, erwiderte Amreis Vater unbedarft. Er schien nicht zu spüren, unter welcher Anspannung Signor Podestà stand, seit das Thema auf Alessandro gekommen war.

Der Signore stieß einen verächtlichen Zischlaut aus. »Was ist das schon gegen eine Stelle im väterlichen Unternehmen? Und er studiert außerdem gerade am Ende der Welt. Weiß der Teufel, was ihn zu den Schafzüchtern treibt.«

»Stefano! Bitte. Du weißt doch ganz genau, weshalb der Junge nach Neuseeland gegangen ist!«, wies die Signora ihren Mann zurecht.

»Aber die junge Frau, die ihn ans andere Ende der Welt gelockt hat, ist tot. Was will er noch da? Jeden Tag an ihrem Grab weinen?«

»Stefano, du weißt genau, dass er sich mit ihren Geschwistern gut versteht und dass ihre Eltern ihn in ihrem Haus aufgenommen haben. Und dass es ihm dort gut geht.«

»Es geht im Leben nicht immer nur darum, sich gut zu fühlen. Er hat sich vor der Erfüllung seiner Pflicht gedrückt, aber jetzt habe ich ja Alfredo, und der macht die Sache großartig.«

»Das freut mich«, sagte Amreis Vater. »Es ist schön zu wissen, in was für eine wunderbare Familie meine Tochter bei Ihnen gekommen ist«, fügte er schmeichelnd hinzu. Die Signora hing nun geradezu an seinen Lippen.

»Es ist uns eine Freude, Amrei bei uns zu haben. Sie geht so liebevoll mit unserem kleinen Salvatore um. Er liebt sie abgöttisch.«

»Woher kennt ihr euch eigentlich?«, fragte Amrei, um das in ihren Augen peinliche Austauschen von Komplimenten zu unterbrechen.

Die Wangen der Signora erröteten leicht. »Ich war einst Gast in dem Hotel deines Vaters, und da sind wir miteinander ins Gespräch gekommen.« Das klang wie eine auswendig gelernte Geschichte. Und so, wie ihr Vater die Signora ansah, gab es keinen Zweifel, wo »das Gespräch« stattgefunden hatte.

Selbst Alfredo schien etwas zu bemerken. »Bist du allein dort gewesen, Mama?«, hakte er forschend nach.

Die Signora nickte eifrig. »Ja, ich musste für die Modefirma, für die ich gearbeitet habe, eine Seidenmanufaktur in Como besuchen. Und da habe ich das wunderbare Hotel von Marcel –« Sie unterbrach sich hastig. »… also, da habe ich das Hotel von Signor Russo entdeckt. Es hat mir so gut gefallen, dass ich bald mit euch Kindern und dann auch mit eurem Vater hingefahren bin.«

Damit hatte sich die Signora verplappert, aber Alfredo setzte ein Pokerface auf und sagte stattdessen: »Amrei ist eine echte Bereicherung für unser Familienleben, und langsam setzen sich, was Stilfragen angeht, die italienischen Gene durch. Sie wird immer eleganter.«

»Das kann ich nur bestätigen«, bemerkte Amreis Vater voller Stolz.

Obwohl Amrei den Kleidungsgeschmack ihrer Mutter partout nicht teilte, wollte sie das nicht so stehen lassen. Außerdem ging es ihr gegen den Strich, dass die beiden Männer über sie redeten, als sei sie gar nicht am Tisch.

»Das hat weniger mit Genen zu tun als mit der Chance, ein echtes Designerkleid geschenkt zu bekommen, das ich mir im Laden niemals hätte leisten können. Und meine deutschen Gene, sprich meine Mutter, haben einen ausgesprochen guten Geschmack, was Kleidung angeht.« Das kam eine Spur schnippischer rüber, als sie es beabsichtigt hatte. Alle anderen am Tisch schwiegen betreten. Auch ihr Vater.

»Aber es ist unübersehbar, dass du in deinem ganzen Auftreten italienischer geworden bist«, sagte ihr Vater schließlich, als müsste er ihre italienischen Gene verteidigen.

»Da haben Sie recht. Als ich sie am Bahnhof abgeholt habe, hatte sie diese gewisse, für Deutsche typisch … bräsige Ausstrahlung.«

»Stimmt genau, mit Ingas billig zur Schau gestelltem Sex-Appeal konnte ich nicht mithalten! Und will es auch gar nicht. Wovon ich mich heute Mittag, als sie vor dem Haus auf dich gewartet hat, überzeugen durfte«, gab sie bissig zurück.

»Ach, du triffst diese Person privat? Sie ist aber nicht deine momentane Freundin, oder?«, fragte seine Mutter empört.

»Nein, ist sie nicht. Wir haben einen Spaziergang gemacht. Tante Giulia und Onkel Georgio waren in der Kirche«, erklärte Alfredo beinahe entschuldigend.

»Es ist schade, dass ihr Silvester nicht bei mir im Hotel gefeiert habt, es war sehr schön«, sagte ihr Vater, ganz offensichtlich, um das heikle Thema zu wechseln.

»Nächstes Mal kommen wir lieber nach Como«, beeilte sich Alfredo zu sagen.

Amrei schwieg dazu, weil es weder ein »Wir« noch »ein nächstes Mal« geben würde.

»Vielleicht können Sie Amrei ja mal überreden, dass sie wenigstens ein Wochenende nach Como kommt. Und Sie begleiten sie am besten«, schlug ihr Vater nun vor, und als seine Mutter fand, das wäre eine gute Idee, beschlich Amrei der leise Verdacht, dass die beiden sie verkuppeln wollten.

»Wie wäre es denn am Wochenende vor Ostern?«, hakte ihr Vater lauernd nach.

»Das passt wunderbar. Ich könnte sogar mitkommen, weil mein Mann auf einer kurzen Geschäftsreise ist, nicht wahr, Liebling?«

Signor Garibaldi nickte eifrig, wobei es offensichtlich schien, dass er mit den Gedanken ganz woanders gewesen war.

Amrei wollte den Vorschlag ihres Vaters gerade entschieden ablehnen, als Alfredo versicherte, das sei ein guter Plan, und sie würden natürlich gern ein Wochenende in dem wunderbaren Hotel verbringen.

Was wird denn hier gespielt?, dachte sie, und versicherte, das wäre eine zauberhafte Idee, aber sie müsse sich um Salvi kümmern, wenn seine Mutter nach Como reise.

»Meine Liebe, Salvi kommt doch mit uns«, flötete die Signora.

»Dann werde ich drei schöne Zimmer reservieren«, erwiderte Amreis Vater sichtlich zufrieden. Die Art, wie triumphierend Alfredos Mutter ihn in diesem Augenblick anlächelte, ließ Amrei vermuten, dass die beiden diesen Plan im Vorweg miteinander ausgeklügelt hatten. Dass die beiden jede Chance nutzten, einander zu sehen, leuchtete Amrei ein vor dem Hintergrund, dass zwischen ihnen möglicherweise mehr lief. Dass es ihnen wichtig war, auch Amrei und Alfredo nach Como zu locken, schien ihr auf den ersten Blick nur vor dem Hintergrund schlüssig, dass ihre Eltern sie miteinander verkuppeln wollten. Aber die Signora wollte doch sicher eine elegante Italienerin an seiner Seite wissen, es sei denn, sie versprach sich etwas von dieser Verbindung … und Amrei ahnte auch, was. Wenn aus ihnen ein Paar wurde, konnten sich ihre Eltern jederzeit treffen, ohne dass das befremdlich wirkte.

Amrei missfiel das alles außerordentlich. Sie hatte plötzlich ein schlechtes Gewissen ihrer Mutter gegenüber, dass sie als Tochter des wohlhabenden Signor Russo aus Como behandelt wurde und nicht wie Amrei Peters, die mit ihrer Mutter in einer Hamburger Zweizimmerwohnung lebte.

Ihren Vater schien die Aussicht, dass sie ihn nun endlich einmal wieder besuchen würde, regelrecht zu beglücken. Er strahlte über das ganze Gesicht.

»Dann mache ich mit dir eine Führung durchs Haus, damit du schon mal alles kennenlernst«, sagte er.

»Wird Amrei denn Ihre Nachfolgerin?«, fragte Alfredo neugierig, und sie konnte ihm förmlich ansehen, wie sie auf seiner Skala gerade nach weiter oben schnellte vom Au-pair-Mädchen über die Tochter eines wohlhabenden Italieners zur Hotelerbin.

»Na ja, es ist bekannt, dass ich keine weiteren Nachkommen habe, und wir sind kein Konzern, wo man Fremde nehmen kann. Es ist schließlich ein exklusives Familienhotel, das in Familienhand bleiben soll. Sie glauben ja gar nicht, wie viele Angebote ich bereits von großen Unternehmen bekommen habe«, erklärte ihr Vater Alfredo.

Amrei schluckte. Natürlich war sie gerührt, dass ihr Vater bei seiner Nachfolge an sie dachte, aber er hatte sie zuvor noch niemals gefragt, und jetzt wurde sie in Gegenwart ihrer italienischen Gastfamilie quasi vor vollendete Tatsachen gestellt. Vor allem schien ihn nicht zu interessieren, dass sie eigene Pläne für die Zukunft hatte. Sie wollte Journalistin werden und keine Hotelbetreiberin!

»Entschuldigt bitte. Mir ist nicht gut. Ich würde gern nach Hause fahren.«

»Das tut mir leid. Soll ich dir ein Taxi holen, mein Kind?« Ihr Vater schien ehrlich besorgt.

Sie winkte ab. »Nein, nein, ich kümmere mich schon selbst darum«, entgegnete sie, stand auf, gab ihrem Vater einen Abschiedskuss und wollte dieses Restaurant nur noch verlassen.

»Warte, ich begleite dich.« Alfredo sprang ebenfalls auf, aber Amrei sagte in scharfem Ton: »Ich sagte, ich kümmere mich um mich selbst. Und das meine ich auch so. Allein!«

Mit diesen Worten verließ sie das teure Lokal und fühlte die Blicke, die sie vom Tisch verfolgten, in ihrem Rücken brennen.

Amrei nahm sich kein Taxi, obwohl vor der Trattoria einige Wagen warteten, und entschied sich, zu Fuß zu gehen. Sie hoffte, dass sie das mit den ungewohnten Pumps schaffen würde, denn eine Dreiviertelstunde brauchte sie ganz sicher.

Es war draußen dunkel, und als es zu regnen und stürmen begann, wurde es sehr ungemütlich, aber Amrei setzte den Weg unbeirrt fort. In ihrem Kopf wirbelten die Gedanken wild herum. Es war so viel, was sie verarbeiten musste: die enge, wenn nicht gar intime Beziehung zwischen ihrem Vater und der Signora, die Tatsache, dass die harmonische Ehe der Garibaldis offenbar nur ein schöner Schein war, die ehrgeizigen Pläne, die ihr Vater für sie geschmiedet hatte, ohne je ihr gegenüber ein Wort darüber verloren zu haben, den Opportunismus Alfredos, dessen Interesse an ihr als potenzieller Hotelerbin erwacht war, und dann das gemeinsame Wochenende in Como, in das sie sich hineinmanövriert hatte.

Als sie bereits die Corso Italia erreicht hatte und der Regenguss vorüber war, klarten sich ihre Gedanken wie der Himmel über ihr etwas auf. Sie würde das Wochenende in Como nutzen, um ihrem Vater offen zu sagen, dass ihre Ziele für die Zukunft andere waren als jene, die er für sie geschmiedet hatte. Dass sie sein Angebot nicht annehmen würde, stand für sie außer Frage, obwohl ihr durchaus bewusst war, dass Maria sie, wenn sie ihr davon berichten würde, für wahnsinnig erklären würde, es abzulehnen.

Amrei näherte sich schnellen Schrittes der Villa. Bis auf die Außenbeleuchtung lag das Haus im Dunkeln. Sie hatte sehr gehofft, dass die Podestàs nicht auch gleich aufgebrochen und mit dem Wagen vor ihr dort waren. Sie wollte unbedingt allein sein und vor allem nicht Alfredo begegnen. Sie würde es schwerlich ertragen, wenn er sie jetzt mit anderen Augen sah. Wie hatte sie noch vor Monaten gehofft, ihn für sich zu gewinnen, und zwar nicht nur für eine Nacht, aber das war ihr utopisch erschienen. Jetzt aber besaß sie die Attribute, die ein Alfredo brauchte, damit eine Frau auch als Ehefrau für ihn infrage kam. Wenn sie auch nur einen Bruchteil jener Raffinesse an den Tag legte, die Inga im Überfluss besaß, konnte sie ihre Konkurrentinnen mit den tolleren Figuren und den Barbie-Gesichtern wahrscheinlich locker ausstechen. Das war nicht das, was Amrei wollte. Sie wollte um ihrer selbst willen geliebt werden und nicht als potenzielle Hotelerbin.

Als sie wenig später im Bett lag, schweiften ihre Gedanken zu Alessandro und seinem Schicksal ab. Sie betrachtete versonnen das Foto von ihm, das über dem Bett hing und das vom Mondlicht angeschienen wurde. Sie hatte vergessen, die Rollläden zu schließen, und war zu müde, noch einmal aufzustehen. Das Bild zeigte Alessandro auf einem Segelboot am Ruder. Auf dem Foto sah er anders aus als auf den Fotos in den Familienalben, die ihr seine Mutter stolz gezeigt hatte. Und auch anders als auf dem Porträt, das auf Signora Podestàs Anrichte stand. Er machte einen gelösten und glücklichen Eindruck. Wahrscheinlich glaubte er da noch, mit Vicky eine Zukunft zu haben. Sie spürte bei dem Gedanken einen leichten Stich im Herzen. Was würde sie darum geben, einmal so geliebt zu werden und so von Herzen lieben zu können wie dieses junge Paar.

Mit diesem Gedanken schlief sie ein und träumte in dieser Nacht, dass sie mit geschlossenen Augen einen Mann küsste, und als sie die Augen öffnete, in Alfredos breit grinsendes Gesicht blickte. In dem Augenblick wachte sie auf, und ihr erster Blick fiel auf das Foto an der Wand, das immer noch im Mondlicht leuchtete. Es war ihr plötzlich so, als würde sein versonnenes Lächeln ihr gelten und als wollte er sagen, dass alles gut werde. Jedenfalls tat ihr diese Einbildung gut, und sie schlief entspannt wieder ein.

21

ALBARO, JULI 2022

Wieder war Amrei mit ihren Gedanken in die Vergangenheit abgeschweift, aber inzwischen unterhielt sich Alessandro angeregt mit einer hübschen, sehr jungen Frau, die ihnen am Tisch gegenübersaß und die ihn ganz offensichtlich anhimmelte.

Vor sich selbst konnte sie nicht leugnen, wie sehr sie das störte, aber das würde sie um jeden Preis verbergen. In dem Augenblick sah sie, wie die Tanten der Braut, Chiara und Giulia, gemeinsam auf die Terrasse zum Rauchen gingen. Ein unverfängliches Gespräch mit den beiden wäre jetzt eine willkommene Ablenkung von all den schweren Gedanken, die sie plagten.

»Entschuldige, ich gehe mal eben nach draußen«, sagte sie lächelnd.

»Nur, wenn du bald wieder zurück an den Tisch kommst. Du bist mir eine Antwort schuldig und hast mir einen Tanz versprochen«, gab er frech zurück.

»Erst tanzt du mit mir«, mischte sich die dunkelhaarige Schönheit ein.

»Natürlich, du hast immer den Vortritt«, lachte er. Amrei fand das gar nicht lustig, aber sie lächelte tapfer.

»Ach, ich habe euch einander noch gar nicht vorgestellt. Das ist meine Cousine väterlicherseits, Valentina Podestà aus Bologna, und das ist Amrei Peters, die leider Au-pair-Mädchen bei meinen Eltern war, als ich das Jahr in Neuseeland studiert habe.«

Die Cousine strahlte über das ganze Gesicht, als Alessandro Amreis Namen nannte. »Ich habe so viel von Ihnen gehört. Meine Tante, Alessandros Mutter, hat immer geschwärmt, wie gut Sie mit Salvi …« Sie stockte. »Verzeihen Sie, es ist immer noch schwer, seinen Namen auszusprechen, obwohl das Unglück vierzehn Jahre her ist und ich damals auch ein Kind war«, fuhr sie entschuldigend fort. »Jedenfalls waren Sie in den Augen meiner Tante ein goldener Griff.«

»Danke.« Mehr brachte Amrei nicht hervor, weil sie diese erneute Konfrontation mit Salvi, verbunden mit dem unverdienten Lob, in diesem Moment völlig unerwartet getroffen hatte. Als Alessandro nun hinzufügte, dass kein Tag seit damals vergangen war, an dem er nicht an seinen kleinen Bruder gedacht habe, verspürte Amrei eine leichte Übelkeit in sich aufsteigen.

»Der Kleine wäre jetzt auch schon zwanzig«, hörte Amrei Alessandro seufzen, während sie hektisch aufsprang, um an die frische Luft zu flüchten. Draußen war es sehr heiß, was ihr Unwohlsein noch verstärkte. Amrei überlegte kurz, ob sie nicht einfach das Fest verlassen sollte, nachdem sie die Verabredung mit Maria in ihrem Elternhaus bestätigt hatte, um doch gleich morgen ihr Geständnis abzulegen. Viel mehr Anspielungen auf den geliebten Salvi, dessen Tod auf ihr Konto ging, würde sie nicht ertragen.

Gerade als sie eine Entscheidung gefällt hatte, es genau so zu machen, hörte sie Giulia Garibaldi ihren Namen rufen. Amrei drehte sich um und sah, wie die beiden Schwägerinnen von Signora Podestà ihr eifrig zuwinkten.

»Komm zu uns!«, forderte Chiara sie begeistert auf.

Amrei straffte ihre Schultern und ging an den Tisch der beiden Frauen, die den Eindruck machten, als seien sie leicht beschwipst, was, wie Amrei fand, kein Wunder war bei den Mengen an Wein, die zum Essen flossen. Sie hatte eisern nur ein Glas zum Fisch genossen. Einmal abgesehen von der Tatsache, dass die Tanten ihre Fluchtpläne durchkreuzt hatten, freute sie sich, die Garibaldi-Damen wiederzusehen. Tante Giulia hatte sie ja bereits in der Innenstadt an sich vorbeirauschen sehen.

»Ich hätte dich niemals erkannt. Aus dir ist eine richtige Italienerin geworden. Du warst ja damals schon eine Naturschönheit, aber jetzt müssen sich die Herren der Schöpfung doch um dich reißen.« Tante Giulia warf ungeniert einen prüfenden Blick auf Amreis Ringfinger.

»Ich bin nicht verheiratet«, erklärte sie hastig. »Der Richtige ist mir noch nicht begegnet.«

»Das können wir ändern. Hier laufen diverse attraktive italienische Junggesellen herum.«

»Giulia, lass die Arme bloß mit deinen Kuppelversuchen in Ruhe«, lachte Tante Chiara aus voller Kehle. »Aber ich musste auch zweimal hinschauen, und dann war ich unschlüssig, ob du das wirklich bist. Maria hat es mir bestätigt. Es ist so schön, dich wiederzusehen. Lass dich umarmen.« Und schon hatte Tante Chiara – Amrei durfte sie seit der Bombo-Sache damals auf ihren Wunsch hin so nennen – sie in ihre Arme geschlossen und geherzt. Auch Giulia nahm sie in den Arm, aber sie war dezenter und umarmte sie nur kurz.

»Ich habe dich bereits gestern in der Stadt vorbeigehen sehen. Du hast mich nicht erkannt, Tante Giulia.« Tante Giulia hatte ihr gegen Ende des Au-pair-Jahres das Du angeboten.

»Kein Wunder bei dieser Veränderung«, entgegnete Tante Giulia.

»Es ist so schön, dass du hier bist. Der Kontakt zur Familie Podestà war ja völlig abgebrochen, beklagte meine Schwägerin Roberta, aber sie hat deine neue Adresse herausgefunden und dich eingeladen. Eine wunderbare Idee«, schwärmte nun Tante Chiara.

»Ach, unsere Leni hat wohl auch sehr darunter gelitten, dass du aus ihrem Leben verschwunden bist. Sie hat das nicht so offen gesagt, aber immer, wenn die Sprache auf dich kam, dann wurde sie ganz still. Eine bessere Schwiegertochter hätte ich gar nicht bekommen können«, bestätigte Tante Giulia.

»Ich habe sehr bedauert, dass ich den Kontakt zu Leni verloren habe. Wir waren uns doch sehr verbunden damals«, seufzte Amrei.

»Oh ja, ich weiß, du hast ihr den Hals gerettet damals, als ich sie beinahe rausgeworfen hätte wegen Bombos Pfote«, bekräftigte Tante Chiara.

»Tja, wenn ich damals geahnt hätte, was für ein Miststück Inga ist, und sie mich nicht derart um den Finger gewickelt hätte, dann wäre der Familie viel Leid erspart worden, weil ich sie damals sofort in den nächsten Zug nach Deutschland gesetzt hätte, aber mir hat man das ja verheimlicht«, stöhnte Tante Giulia.

»Leni hat sich damals so sehr für Inga eingesetzt, und ich hatte Leni mein Wort gegeben. Ein großer Fehler, wie ich heute weiß. Alfredo wäre nicht auf sie reingefallen und Bombo …« Tante Chiara unterbrach sich hastig und sah plötzlich sehr traurig aus.

»Ach, Liebe, du hast ja keine Beweise, dass sie es gewesen ist«, bemerkte Tante Giulia.

»Wer denn sonst?«, fragte Tante Chiara bitter.

Amrei überlegte gerade, ob sie nachfragen sollte, worum es ging, als Tante Giulia sagte: »Amrei war doch gar nicht mehr da, als es passierte. Erzähle ihr mal von dem Drama damals.«

Amrei zuckte zusammen, weil sie befürchtete, dass nun wieder einmal das Gespräch auf Salvi kommen würde, doch bei den folgenden Worten Tante Chiaras entspannte sie sich.

»Stell dir vor, jemand hat das Tor zur Straße geöffnet. Und erinnerst du dich noch, dass er nirgendwo aus dem Garten hätte ausbüxen können? Wir waren es nicht und Leni ebenso wenig. Außerdem war sie zu dem Zeitpunkt in Deutschland. Das kann nur Inga gewesen sein, die sich an mir rächen wollte dafür, dass sie unser Haus nicht mehr betreten durfte. Auch nicht, nachdem sie mit Alfredo verlobt war.«

»Und was ist mit Bombo geschehen?«

»Ein Auto hat ihn überfahren.«

»Das tut mir leid. Aber zuzutrauen wäre es ihr. Leider«, gab Amrei zögernd zu.

»Natürlich war sie das!«, ereiferte sich Tante Chiara. »Sie stand ja plötzlich ganz unter dem Schutz Alfredos. Es wurde behauptet, sie sei schwanger von ihm. Für Roberta eine Seelenpein, dass diese Person mit ihnen monatelang unter einem Dach lebte, bis Stefano ihnen zur Hochzeit eine Eigentumswohnung geschenkt hat, nur um diese Frau aus dem Haus zu kriegen. Worauf man allerdings vergeblich gewartet hat, war das Kind …«

»Ja, das war eine merkwürdige Sache. Ich konnte es kaum ertragen, wenn sie sich Lenis Kindern, meinen Enkeln, genähert hat. Aber unsere Leni hat sich immer alles von ihrer Schwester bieten lassen!«

»Das ist heute wohl nicht anders«, sinnierte Amrei. »Ich habe sie vorhin auf der Terrasse getroffen. Inga hat denselben unverschämten Ton ihr gegenüber am Leib wie früher. Wahrscheinlich leidet Leni immer noch unter dem schlechten Gewissen, weil Inga als ihre Stiefschwester vom gemeinsamen Vater, zu dem sie ja erst nach dem Tod der leiblichen Mutter gekommen ist, angeblich nicht gut behandelt wurde.«

»Ach, sie sind gar keine leiblichen Schwestern?«, hakte Tante Giulia interessiert nach.

Amrei war es furchtbar peinlich, dass sie das Geheimnis der Schwestern ausgeplaudert hatte.

»Oh, Entschuldigung. Das wollte ich nicht. Ich dachte, dass du als Schwiegermutter Bescheid weißt, Tante Giulia«, versicherte Amrei.

»Nein, ich habe die Eltern von Leni leider nicht kennengelernt. Sie hatten kurz vor Lenis und Francescos Hochzeit einen Autounfall, den sie beide nicht überlebt haben. Das hat die Schwestern zu meinem großen Kummer – und auch zu dem meines Sohnes – noch enger zusammengeschweißt«, erklärte Tante Giulia bedauernd.

»Achtung, sie beobachtet uns. Nicht umdrehen. Sie steht an der Terrassentür und guckt zu uns rüber, als ob sie uns killen möchte«, raunte Tante Chiara.

»Keine Sorge, an diesen Tisch wagt sie sich nicht. Seit Maria für Alfredo die Scheidung eingereicht hat, haben wir ihr auch bei uns Hausverbot erteilt. Es ist ein Skandal, dass sie sich überhaupt hergewagt hat. Roberta hat sie explizit nicht eingeladen.«

Amrei atmete auf. Wenn sie heute um eine Person einen Riesenbogen machen wollte, dann um Inga. Allerdings befürchtete sie, dass Leni ihr inzwischen verraten hatte, wer sie war. Zum Glück stand sie mit dem Rücken zu Ingas Spähposten.

»Aber wir wollen dich nicht langweilen mit den ollen Familiengeschichten«, bemerkte Tante Chiara entschuldigend. »Jetzt musst du mal etwas von dir erzählen.«

Amrei berichtete nun eifrig von ihrer Arbeit, insbesondere von dem geplanten Artikel über die Riviera di Levante.

Die Tanten hingen ihr regelrecht an den Lippen. Als sie fertig war, stieß Tante Chiara bewundernd aus: »Du bist richtig erwachsen geworden. Also nicht, dass du damals noch ein Kind gewesen bist, aber du wirkst so selbstbewusst. Damals hatte man immer den Eindruck, du möchtest sein wie Maria …« Sie unterbrach sich hastig. »Damit will ich nicht sagen, dass du nicht schon damals … ach, du warst einfach schüchterner«, fügte sie beinahe entschuldigend hinzu.

So klar hatte Amrei es nie betrachtet, aber es traf den Nagel auf den Kopf.

»Du hast vollkommen recht, ich habe erst in Italien angefangen, mehr Selbstbewusstsein zu entwickeln«, versicherte sie lächelnd. »Plötzlich habe ich in einem Haushalt gelebt, in dem Wohlstand herrschte.«

»Aber deinem Vater gehört das Russo in Como, oder?«, hakte Tante Giulia erstaunt nach.

»Das stimmt, aber ich bin bei meiner Mutter in Hamburg aufgewachsen, und wir haben eher bescheiden gelebt.«

»Oh, ich wollte dir nicht zu nahe treten«, erwiderte Tante Giulia hastig.

»Alles gut. Außerdem ist es schon lange her. Heute stehe ich auf eigenen Füßen, und was meinen Geschmack betrifft, den habt ihr geprägt. Ich werde nie das dunkelblaue Kleid vergessen, das du selbst entworfen und mir geschenkt hast, Tante Chiara.«

Amrei würde ihr allerdings nicht verraten, dass sie inzwischen alle Kleidungsstücke, die sie an Italien erinnerten, weggeworfen hatte. Allen voran das schöne blaue Kleid.

»Die steht da immer noch und glotzt in unsere Richtung«, bemerkte Tante Giulia verärgert.

»Ignoriere sie!«, schlug ihr Tante Chiara vor.

»Wenn sich eine Person nicht einfach ignorieren lässt, ist das Inga«, seufzte Tante Giulia.

»Stimmt. Die wird man schwerer los als eine Zecke«, stieß Tante Chiara verächtlich aus.

»Stimmt! Sonst hätte Alfredo sie sicherlich schon verlassen, als sie kein Kind bekam. Er war doch wie unserer Schwager Stefano wild darauf, einen Erben zu bekommen«, bekräftigte Tante Giulia die Meinung ihrer Schwägerin.

»Tja, das war keine glückliche Ehe, und ich frage mich, wie sie Alfredo mit einer Schwangerschaft hat einfangen können. Er hat sie doch nie geliebt, tja, das war ihr wohl egal. Sie wollte unbedingt eine Podestà sein, aber wie gut, dass Alfredo endlich die Reißleine gezogen hat.«

»Was sie nicht zu scheren scheint. Wie Maria mir erzählte, hat Inga die Gerichtsverhandlung versäumt, die das Trennungsjahr eingeläutet hätte. Sie soll ein Attest beigebracht haben. Nun dauert das wieder Wochen bis zu einem neuen Temin. Sie will wohl mit aller Macht an dieser Ehe festhalten. In seiner Verzweiflung hat er ihr vorerst die schöne Wohnung überlassen und ist zu seinen Eltern gezogen. Es ist ja nicht das erste Mal, dass sie uneingeladen aufgetaucht ist. Gerade neulich hat sie Alfredo bei einem Firmenfest vor allen brüskiert und betrunken angebrüllt, sie werde es ihm heimzahlen, worauf er sich verlassen könne.«

»Und am nächsten Tag hat sie behauptet, sie wisse nicht, was sie getan habe, weil das ein Filmriss gewesen sei«, ereiferte sich Tante Chiara. »Das nimmt ihr doch kein Mensch ab. Filmriss ist doch nichts weiter als eine dumme Ausrede!«

Amrei wurde abwechselnd heiß und kalt bei diesen Worten. Ihr wurde bewusst, dass Ingas Ausrutscher gegen das, was sie im

Vollrausch getan hatte, geradezu harmlos war. Und dass ein Filmriss nicht immer eine dumme Ausrede war, aber das konnte sie den Tanten schlecht erläutern, ohne ihnen die Wahrheit zu sagen. Der Gedanke, dass die beiden sowieso bald bereuen würden, jene Person so freundlich in ihre Mitte genommen zu haben, die den Tod ihres Neffen zu verantworten hatte, brachte sie dazu, sich hastig zu verabschieden.

22

ALBARO,
JULI 2022

Amrei hatte nur ein Ziel: Weg von diesem Hochzeitsfest, ohne mit weiteren Gästen zu reden! Es war ihr, als befände sie sich auf einem Vulkan, der jeden Moment ausbrechen und dessen Lava sie unter sich begraben würde. Sie würde sich nur noch von Maria verabschieden und ihr den morgigen Termin in ihrem Elternhaus bestätigen. Außerdem würde sie Leni kurz mitteilen, dass sie mit dem Geständnis nicht länger warten würde, weil ihr partout nichts einfiel, womit Leni sie nach einer Woche vom Gegenteil überzeugen könnte. Auch Alessandro würde sie »Auf Wiedersehen!« sagen. Er würde ohnehin spätestens morgen erfahren, warum sie sich so sperrig ihm gegenüber verhielt, und wahrscheinlich sehr erleichtert sein, dass sie einander nicht nähergekommen waren.

Doch ihre Flucht endete abrupt an der Terrassentür. Dort stand Inga wie ein Zerberus. Amrei versuchte, sich wortlos an ihr vorbeizudrängen, aber Inga packte sie grob am Arm und hielt sie fest.

»Wage es ja nicht, dich an meinen Mann ranzuwanzen«, zischte sie alkoholisiert, wie Amrei schwerlich an der Fahne erkennen konnte, die Inga ihr ins Gesicht pustete.

»Lass mich vorbei! Ich verlasse das Fest, und dein Mann interessiert mich nicht!«, gab sie in scharfem Ton zurück. »Und jetzt auf Nimmerwiedersehen!«

»Du wirst keine Beichte gegenüber der Familie Podestà ablegen! Verstanden?«, erwiderte Inga nicht minder scharf.

Amrei wurde mulmig zumute. Was wollte diese Person von ihr? Es sollte ihr doch völlig egal sein, ob sie der Familie nach so vielen Jahren die Wahrheit sagte.

»Keine Sorge, ich werde nicht erwähnen, dass du mich zusammen mit Alfredo aus dem Schussfeld gebracht hast. Ich werde dich nicht in die Sache hineinziehen. Also lass mich in Ruhe!«

Beinahe hätte Amrei laut aufgeschrien, als sie einen gemeinen Schmerz im Oberarm verspürte, aber sie konnte sich gerade noch beherrschen. Inga hatte sie gekniffen! Amrei konnte es kaum fassen.

»Du hältst einfach deine Schnauze und verschwindest ohne dein Scheißgeständnis!«, zischte ihr die Furie bedrohlich ins Ohr. »Und wenn du mir bei Alfredo in die Quere kommst, mach ich dich fertig.«

Amrei brauchte ein paar Sekunden, um sich von ihrem Schrecken zu erholen, doch dann befreite sie sich mit einem Ruck aus Ingas Griff und baute sich kämpferisch vor ihr auf: »Du hast mir gar nichts zu sagen! Und jetzt geh mir aus dem Weg! Sonst mache ich einen Aufstand und werde hier und heute mein Geständnis ablegen, und zwar ohne dich zu schonen. So, wie Tante Chiara und Tante Giulia zu uns rüberschauen, sind sie gleich zur Stelle, wenn ich laut werde!«

Inga starrte Amrei ungläubig an.

»Schon vergessen, dass ich noch nie Angst vor dir hatte?«, fügte Amrei mit ruhiger Stimme hinzu. »Und jetzt lass mich vorbei und komm heute Abend nicht mehr in meine Nähe! Kapiert?«

Mit diesen Worten ging Amrei aufrechten Schrittes an Inga vorbei und würdigte sie keines weiteren Blickes.

»Das wirst du bereuen! Aber du hast es so gewollt!«, hörte sie Inga drohen, während sie, ohne sich umzudrehen, die Terrasse verließ und auf ihren Tisch zusteuerte.

»Um Gottes willen, Amrei, was war das da draußen an der Tür? Hat sie dir wehgetan?«, erkundigte sich Alessandro besorgt. »Wenn du willst, werfe ich sie eigenhändig raus, was eigentlich die Aufgabe meines Bruders wäre, aber der macht das, was er immer häufiger macht, seit er mit dieser Frau verheiratet ist.« Er deutete zur Bar hinüber. Amrei folgte seinem Blick und verstand, worauf Alessandro anspielte, denn Alfredo hatte ein volles Whiskyglas in der Hand, das er in diesem Augenblick, ohne es abzusetzen, leerte.

»Nicht nötig. Ich denke, ich verabschiede mich. Erst von der Braut und dann von Leni …«

»Die ist leider schon weg. Ein Kind hat sich erbrochen, und da ist die ganze Familie gegangen. Francesco ist ein rührender Vater, der lässt Leni nicht allein mit kranken Kindern.«

»Schade, ich hätte sie gern noch einmal gesprochen.« Es tat Amrei leid, dass sie Leni nicht mehr von ihrem Entschluss, morgen im Haus der Familie definitiv reinen Tisch zu machen, in Kenntnis setzen konnte. Und noch heftiger bedauerte sie es, dass sie wohl keine Gelegenheit bekäme, die alte Freundschaft zu Leni wiederzubeleben. Genauso wenig wie den Kontakt zu den Tanten, die jetzt ganz aufgeregt zu Alessandro und ihr an den Tisch traten und sich erkundigten, was Inga von ihr gewollt habe.

»Sie hat mich gewarnt, dass ich mich nicht an ihren Mann ranschmeißen solle«, gab Amrei die halbe Wahrheit über das Gespräch zwischen Inga und ihr zu.

»Unfassbar. Sie glaubt, dass es die halbe Frauenwelt auf Alfredo abgesehen hat«, bemerkte Tante Giulia kopfschüttelnd.

»Das zeigt, wie weltfremd sie ist. Die Tischdame von unserem Alessandro wird ganz bestimmt nicht nach seinem kleinen Bruder schielen«, scherzte Tante Chiara kokett. Wenn sie wüsste, wie nahe sie damit an der Wahrheit ist, dachte Amrei wehmütig. Wäre damals Alessandro in Albaro gewesen und Alfredo am anderen Ende der Welt, wahrscheinlich hätte sie sich dann in den großen Bruder verliebt und niemals solchen Liebeskummer gehabt, dass sie sich am letzten Abend ihres Italienjahres sinnlos betrunken hätte. Sie erinnerte sich zwar nicht, was ihren Griff zur Flasche ausgelöst hatte … plötzlich tauchte wie aus dem Nichts ein Bild vor ihrem inneren Auge auf.

»Oh mein Gott, ist dir nicht gut?«, fragte Tante Chiara besorgt.

»Ich glaube, ich muss ganz schnell gehen«, stieß Amrei mit letzter Kraft hervor, denn jetzt wusste sie, was in jener Nacht passiert war, bevor sie abstürzte. Sie sah es in grellbunten Bildern vor sich: Inga steckt ihr auf der Abschiedsparty einen Zettel zu. Amrei liest ihn und wird wütend.

Bitte komm in mein Zimmer. Ich möchte mich persönlich von dir verabschieden. Einen einzigen Kuss, bevor du fährst? Du willst es auch, oder? Alfredo

Sie zerknüllt den Zettel, sucht Inga, will ihr den Zettel vor die Füße werfen, sie möchte nicht zu ihm gehen, doch als sie an seiner Tür vorbeikommt, öffnet sie diese, nicht, um sich einen Kuss abzuholen, sondern um ihn zu fragen, was er sich eigentlich einbildet. Voller Zorn steht sie in der Tür und sieht seinen nackten Hintern.

Er steht da mit heruntergelassener Hose. Mit dem Rücken zu ihr. Auf dem Bett vor ihm kniet Inga. Amrei kann zwar nicht sehen, was sie genau macht, aber an dem Stöhnen, das Alfredo von sich gibt, ist unschwer zu erkennen, was sie da treibt. Um Amrei einen triumphierenden Blick zuzuwerfen, legt sie eine winzige Pause ein, bevor sie fortfährt, was Alfredo sichtlich zu gefallen scheint, denn er stößt einen Lustschrei aus, und Amrei rennt … und rennt. Im Wohnzimmer greift sie zu dieser Flasche …

»Ich muss wirklich gehen. Mein Magen. Mir ist nicht gut«, wiederholte sie und wollte von ihrem Platz aufstehen, aber Alessandro hielt sie davon ab, indem er ihr die Hand auf den Arm legte. »Bleib bitte kurz sitzen. Nicht dass du uns noch umkippst«, sagte er besorgt.

»Du bringst sie am besten zum Hotel, oder?«, mischte sich Tante Giulia ein.

»Macht euch keine Sorgen. Ich werde mich um sie kümmern«, versicherte er seinen Tanten, die an ihren Platz zurückgingen, weil das Dessert, ein Tiramisu, serviert wurde.

»Ich fahre dich in dein Hotel, wenn du wieder etwas mehr Farbe im Gesicht hast«, hörte sie Alessandro wie von ferne sagen.

Amrei schüttelte energisch den Kopf. »Nein, ich komme schon allein zurecht.«

»Bist du auch im Hotel in Albaro, in dem die anderen Gäste wohnen?«

»Nein, im *Savoia,* aber ich schaffe das wirklich allein. Einen Gefallen kannst du mir allerdings tun. Würdest du Maria bitte ausrichten, dass ich ihr Angebot annehme und morgen zu euch zum Mittagessen komme?«

Seine sorgenvolle Miene hellte sich auf bei ihrem letzten Satz.

»Das mache ich doch gern. Und ich habe schon fieberhaft darüber nachgegrübelt, was ich anstellen kann, damit wir uns wiedersehen.«

Amrei schenkte ihm ein müdes Lächeln. Er wird sich spätestens morgen wünschen, mir nie begegnet zu sein, dachte sie bekümmert.

»Geht es deinem Magen denn wieder besser?«

»Meinem Magen?«, gab sie zurück, aber dann verstand sie, was er meinte.

»Ja, alles gut. Es ist wohl eher der Kreislauf. Die Reise, die Hitze …«

Alessandro musterte sie prüfend. »Du bist nicht zufällig, also …« Er stockte. Wieder brauchte sie einen kurzen Moment, bis sie verstand, worauf er anspielte.

»Nein, sicher nicht. Das wäre biologisch nicht möglich, denn das letzte Mal ist über ein Jahr …« Nun unterbrach sie sich hastig. »Entschuldige, ich wollte keine Intimitäten ausplaudern.«

Er aber grinste über das ganze Gesicht. »Das würde bei mir auch in etwa zutreffen. Lieber Mönch sein als flüchtige Abenteuer suchen, die einen bitteren Nachgeschmack hinterlassen.«

Erneut eine Aussage aus seinem Mund, die ihr mehr als sympathisch war, aber sie zog es vor, seine Worte nicht zu kommentieren.

»Wie darf ich dein Schweigen deuten? Ich hoffe, du findest mich jetzt nicht unattraktiv, weil ich so ein unverbesserlicher Romantiker und nicht testosterongesteuert bin«, hakte er amüsiert nach.

»Im Gegenteil, es geht aber nicht, dass ich mein Herz an dich verliere. Und bitte frag nicht, wieso und warum. Morgen wirst du mich verstehen!«

»Gut, ich bringe die Geduld auf, die du mir abverlangst. Und wirst du mir morgen verraten, ob ich dich auf der Rechercheresie begleiten darf?«

»Du wirst es gar nicht mehr wollen!«, stöhnte Amrei. »Pass auf! Ich mag dich wirklich gern, und wenn du ein anderer wärst, würde ich Himmel und Hölle in Bewegung setzen, um dich näher kennenzulernen, aber es steht etwas zwischen uns. Du wirst es morgen erfahren …«

Amrei unterbrach sich, weil hinter ihnen laute Stimmen ertönten. Amrei fuhr genauso herum wie alle anderen, die mit dem Rücken zu dem Gezeter saßen. Es waren Inga und Alfredo, die einander anpöbelten. Was sie sich genau an den Kopf warfen, konnte man nicht verstehen, aber ihre hassverzerrten Gesichter verrieten mehr als Worte. Alfredo saß auf einem Barhocker und hatte ein volles Whiskeyglas in der Hand, das Inga ihm wegzunehmen versuchte.

Plötzlich wankte Inga, die kaum gerade gehen konnte, zu einem der Mikrofone, die für die Musiker, die später zum Tanz aufspielen sollten, aufgebaut worden waren. Sie rief dem Techniker so laut zu, dass man es bis zum Tisch hören konnte: »Ich brauche Ton. Ich habe etwas für das Brautpaar vorbereitet.« Sie sagte das mit einer klaren Stimme, dass man meinen könnte, sie sei nüchtern.

Der Techniker gab Inga ein Zeichen, dass sie jetzt reden könne. Amrei sah an den entsetzten Gesichtern der anderen Gäste, dass sie diesen Auftritt Ingas vollkommen daneben fanden, ganz gleich, was sie sagen wollte. Was hatte sie vor? Wollte sie dem Brautpaar ein Ständchen bringen oder eine Rede halten, was gleichermaßen befremdlich wäre, denn auf italienischen Hochzeiten wurden in der Regel keine Tischreden gehalten und keine Showeinlagen von den Gästen erwartet. Was Inga auch immer vorhatte, der Hochzeitsgesellschaft würde das nicht gefallen. Die wartete jetzt nur darauf, dass getanzt wurde, denn das durfte auf keiner italienischen Hochzeit fehlen. Auch Alessandro kniff skeptisch die Augen zusammen und murmelte: »Das kann nichts Gutes bedeuten.«

Amrei teilte seine Befürchtung, dass Inga mit dem, was auch immer sie vorhatte, einen Skandal provozieren würde. Am liebsten hätte sie sich diesen Part der Hochzeit erspart, aber nun war es zu spät, den Saal zu verlassen.

»Liebes Brautpaar, liebe Schwiegereltern, liebe Familie«, begann Inga mit erstaunlich klarer Stimme. »Ich weiß, dass viele mich für die dreizehnte Fee aus *Dornröschen* halten.« Sie legte eine Pause ein und warf einen intensiven Blick auf die Gäste an der großen Tafel und ließ ihn bei ihren Schwiegereltern verweilen. Amrei war erstaunt, wie flüssig Inga inzwischen Italienisch sprach. Sogar den italienischen Namen des Märchens schien sie zu kennen. *Rosaspina*. »Ich bin nicht eingeladen worden, obwohl ich die Frau von Alfredo bin, von dem ich noch nicht einmal offiziell getrennt bin. Und warum? Weil ihr in mir das Böse seht. Dabei lauert das ganz woanders …« In diesem Moment torkelte Alfredo zum Mikrofon und versuchte, Inga wegzuschieben, aber sie schubste ihn, woraufhin er das Gleichgewicht verlor und beinahe gefallen wäre, wenn er sich nicht im letzten Moment an einen Barhocker geklammert hätte. »Du bist das Böse!«, brüllte er, bevor er in Richtung Ausgang davonschwankte.

Alessandro sprang von seinem Stuhl auf und rannte seinem Bruder hinterher. Amrei wollte ihm folgen, doch da hörte sie Inga sagen: »Auf diesem Fest gibt es einen Überraschungsgast, den meine Schwiegermutter eingeladen hat und den alle für die Inkarnation des Guten halten …« Wie betäubt blieb Amrei auf ihrem Platz sitzen. Etwas in ihr ahnte, was kommen würde, ein anderer Teil von ihr wollte es nicht wahrhaben, doch die Gefahr, in der sie schwebte, spürte sie körperlich. Ihr Herz klopfte bis zum Hals, ihre Handflächen wurden feucht, trotz der Hitze liefen ihr kalte Schauer über den Rücken. Sie wollte weglaufen, aber ihr Körper gehorchte ihr nicht.

»Sie ist damals mit mir zusammen als Au-pair-Mädchen zur Familie Podestà gekommen. Im Gegensatz zu mir wurde sie von allen geliebt, besonders von ihrem Schützling Salvatore …«

Amrei machte den Versuch, aufzustehen, aber ihr Kreislauf streikte. Ihr wurde schummrig, und sie musste sich wieder setzen.

»Ihr alle glaubt, es sei damals ein tragischer Unfall gewesen, oder? Das solltet ihr denken. Dafür haben Alfredo und ich gesorgt, indem wir die Schuldige aus dem Haus gebracht haben, damit keiner darauf kommen konnte, dass sie es gewesen ist, die mit dem Jungen mitten in der Nacht betrunken in den Pool gegangen ist und ihn dann allein im Wasser zurückgelassen hat. Keine Geringere als die allseits beliebte und herzensgute Amrei hat Salvatore Podestà auf dem Gewissen!«

Amrei schaffte es, aufzustehen, ihre Tasche zu nehmen und mit gesenktem Kopf in Richtung Ausgang zu eilen, ohne sich von dem Tumult, der nun im Saal losbrach, aufhalten zu lassen. Als sie an Inga vorbeikam, raunte die ihr zu: »Habe ich dich nicht gewarnt? Du wolltest ja morgen unbedingt die Heilige spielen. Das hast du davon! Jetzt bist du die dreizehnte Fee!«

Wie durch einen Nebel drang Ingas böses Lachen an Amreis Ohr, aber sie blieb nicht stehen, sondern hielt erst inne, als sie draußen auf dem Lungomare Lombardo ankam.

Amrei wusste nicht, wie spät es war. Die Sonne brannte jedenfalls immer noch intensiv vom Himmel, sodass sie ohne Sonnenbrille nichts sehen konnte. Sie wusste auch nicht, wie lange sie wie betäubt vor dem Eingang des *Santamonica* gestanden hatte. Eine Minute, eine Stunde … sie hatte kein Gefühl mehr für Raum und Zeit, aber sie brauchte ihre Sonnenbrille, um von hier wegzukommen. Das wusste sie. Während sie die Sonnenbrille aus der Tasche holte, hörte sie jemanden ihren Namen rufen. Sie befürchtete schon, man habe sie verfolgt, aber es war Alfredo, der auf einem Mauervorsprung schräg gegenüber vom Eingang des Restaurants hockte, neben ihm Alessandro. Amrei erwachte aus ihrer Erstarrung. Sie zögerte. Am liebsten würde sie einfach abhauen und die

Brüder ignorieren. Selbst wenn die zu diesem Zeitpunkt wohl noch nicht wussten, was für eine Bombe Inga soeben im Saal hatte platzen lassen, gleich würden sie Bescheid wissen. Wobei Alfredo es wahrscheinlich schon geahnt hatte, was Inga vorhatte, und deswegen aus dem Saal gestürmt war.

»Bitte, Amrei, wenigstens auf ein Wort. Bitte, bitte!«, flehte Alfredo mit verwaschener Stimme, was Amrei dazu bewog, doch umzudrehen und auf die beiden zuzugehen.

»Alfredo, lass gut sein! Ich hätte euch nicht in die Sache reingezogen. Das hast du Inga zu verdanken. Sie hat es gerade der ganzen Hochzeitsgesellschaft verkündet, was ich in jener Nacht getan habe.«

Zu ihrem Entsetzen brach Alfredo in lautes Schluchzen aus. »Das ist alles nur meine Schuld. Du hast doch gar nichts getan. Du bist unschuldig!«

»Schon gut. Nett, dass du mich wie damals beschützen willst, aber wir werden uns niemals wiedersehen.« Ihr Blick schweifte von Alfredo zu Alessandro.

»Wir beide auch nicht?«, fragte der verstört.

»Wir beide auch nicht«, bekräftigte Amrei und bemühte sich, keine Emotionen zu zeigen.

»Was ist passiert?«, wollte Alessandro wissen. »Bitte sag es mir!«

»Ich habe deinen kleinen Bruder auf dem Gewissen. Inga hat im Saal eben ausnahmsweise die Wahrheit verkündet.«

Alessandro war sämtliche Farbe aus dem Gesicht gewichen. »Was hat das alles zu bedeuten?«

»Frag deinen Bruder, wenn er wieder nüchtern ist, oder all die Menschen im Saal«, stieß Amrei verzweifelt hervor, bevor sie sich umdrehte und ging. In ihrem Rücken hörte sie Alfredo stöhnen: »Du hast nichts getan! Du bist unschuldig!«

Sie blieb unschlüssig stehen, wandte sich noch einmal um und wurde Zeugin, wie sich Alfredo in einem Schwall übergab.

Amrei beneidete ihn fast darum, dass er alles mit einem Mal hatte auskotzen können, während sich in ihrem Körper das ganze Gift von Ingas Worten weiter ausbreitete. Am liebsten wäre sie in die nächste Bar gestolpert und hätte es ihm gleichgetan: saufen, bis sie sich an nichts mehr erinnerte, und dann alles mit einem Schwall loswerden ... Was für ein dummer Gedanke, ermahnte sie sich, während sie den Lungomare Lombardo entlangstolperte, bis ihr ein leeres Taxi entgegenkam, dem sie verzweifelt winkte. Der Fahrer wendete und hielt.

2. TEIL

NACH DER HOCHZEIT

23

ALBARO/NERVI,
JULI 2022, SONNTAG

Auf dem Weg zum Hotel kreisten die Gedanken und Bilder in Amreis Kopf wild durcheinander. Immer wieder sah sie Ingas hassverzerrtes Gesicht vor ihrem inneren Auge auftauchen. Und plötzlich konzentrierte sich alles auf ein paar wenige Fragen: Warum hatte Inga so vehement versucht, ihr Geständnis zu verhindern? Was hatte sie davon, dass sie dieses vorweggenommen und Maria damit höchstwahrscheinlich die Hochzeit versaut hatte? Sie konnte nicht ernsthaft glauben, dass sie sich mit Amreis öffentlicher Hinrichtung Freunde gemacht hatte. Ebenso wenig, wie sie Alfredo damit zurückgewinnen würde. Doch dann dominierte eine ganz andere Frage ihre Gedanken: Warum hatte Alfredo in seinem Suff behauptet, dass sie, Amrei, nichts getan habe und unschuldig sei? Und wie sie sich schuldig gemacht hatte! Sie konnte keinem Mitglied der Familie Podestà jemals wieder unter die Augen treten. In dem Moment verlor sie ihre mühsam aufrechterhaltene Fassung und schluchzte so hemmungslos auf, dass der Taxifahrer rechts an den Straßenrand fuhr und dort hielt. Er reichte ihr nicht nur ein Taschentuch, sondern auch eine in pinkfarbenes Stanniolpapier verpackte Trüffelpraline mit den Worten: »Ein ganz klein wenig Süßes kann viel Bitteres verschwinden machen.«

Amrei sah ihn aus verheulten Augen groß an.

»Ist nicht von mir. Ist vom italienischen Dichter Petrarca.«

Der junge Mann lächelte ihr aufmunternd zu. Amreis Verzweiflung wich einer tiefen Traurigkeit. Leid tat ihr in diesem Augenblick vor allem Maria, der Inga mit Sicherheit das Fest verdorben hatte. Und Alessandro, den das Schicksal wieder um die Zukunft mit einer Liebe beraubt hatte, bevor diese Liebe hatte wachsen können.

Als der Taxifahrer die Fahrt fortsetzte, liefen Amrei stumme Tränen über die Wangen. Sie weinte um eine verlorene Liebe, die nun Geschichte war, bevor sie überhaupt begonnen hatte, sie weinte um Maria, die sie niemals wiedersehen würde, und um Alfredo, für den sie nichts weiter als Mitleid empfand. Sie weinte auch darum, dass Salvatore an diesem Tag nicht mit seiner Familie dieses Fest hatte feiern dürfen, nur weil sie vor vierzehn Jahren einen unverzeihlichen Fehler begangen hatte. Und nicht zuletzt galten diese stummen Tränen ihr selbst, weil ihr bewusst wurde, dass sie sich wahrscheinlich ähnlich mies gefühlt hätte, wenn sie die Beichte morgen selbst abgelegt hätte. Die schmerzhafte Erkenntnis, dass ein Geständnis ihr entgegen aller Hoffnungen, die sie damit verbunden hatte, nichts von ihrer Last genommen hätte, ließ schließlich ihre Tränen versiegen. Wie ihre Zukunft auch immer aussah, sie musste mit ihrer Schuld leben und damit umgehen lernen, dass ihr nichts und niemand diese je würde mildern oder gar abnehmen können. Nur in Italien würde sie ganz sicher nicht den nötigen Abstand bekommen.

Als das Taxi vor dem Hotel hielt, hatte sie einen Entschluss gefasst. Sie würde in den nächsten Flieger nach Hamburg steigen und den Artikel absagen. Dass sie sich damit jegliche Chancen verbaute, weitere Aufträge für Reisereportagen zu bekommen, war ihr klar, aber immer noch besser, als eine Minute länger als nötig in Italien zu bleiben. Sie wollte nach Hause, sich in ihrer Wohnung verkriechen und dort ihre Wunden lecken.

»Warten Sie bitte fünf Minuten und bringen mich dann zum Flughafen?«, bat sie den Fahrer, und schon war sie aus dem Wagen gesprungen. Auf dem Zimmer angekommen, raffte sie ihre Sachen zusammen und warf sie so chaotisch in den Koffer, dass er kaum mehr zuging. Am liebsten hätte sie sich noch umgezogen, aber sie wollte keine Zeit verlieren. In Windeseile hatte sie das Zimmer verlassen und war an die Rezeption geeilt, um ihre Rechnung zu bezahlen.

Der Mann an der Rezeption lächelte verlegen. »Das ist alles schon erledigt, hat gerade der Herr gemacht!«

»Das kann nicht sein. Welcher Herr?« Der Mann an der Rezeption deutete zum Ausgang. »Er wartet draußen auf Sie.«

Das konnte nur Alessandro sein, der ihr gefolgt sein musste. Aber auch er wird mich nicht aufhalten können, dachte sie entschlossen.

Doch als sie ihr Taxi suchte, war es verschwunden. Amrei vermutete, der Wagen habe im Weg gestanden und wäre auf einen der Parkplätze gefahren, aber dort stand kein Taxi. Stattdessen tippte ihr jemand auf die Schulter. Erschrocken drehte sie sich um und blickte in das besorgte Gesicht ihres Vaters.

»Aber, aber, was … was machst du denn hier? Ich meine, ich dachte … also woher weißt du …? Ich meine, wie kommst du hierher?«, stammelte Amrei.

»So viele Fragen auf einmal. Komm erst einmal mit zu meinem Wagen«, sagte er mit ruhiger Stimme und nahm ihr den Koffer ab.

»Ich … ich muss zum Flughafen, mein Taxi, es wartet«, erwiderte sie außer sich.

»Ich habe den Fahrer bezahlt. Er hat ein gutes Trinkgeld bekommen. Und nun vertraue mir einfach.«

»Hast du meine Rechnung im Hotel gezahlt?«

»Und dein Zimmer für heute und morgen storniert.«

»Wieso?«

»Ich werde dir alles erklären. Jetzt beruhige dich erst einmal.«

»Wie kann ich mich beruhigen, wenn du wie ein Geist ganz plötzlich in dem Hotel auftauchst? Ich habe keinem Menschen verraten, wo ich in Genua wohnte. Woher weißt du das?«

»Zufall. Wir haben dich gestern ins Hotel kommen sehen, als wir uns kurz in der Hotelbar getroffen haben«, seufzte er.

»Wer ist ›wir‹, und woher weißt du, dass ich die Hochzeit vorzeitig verlassen habe?«

»Nicht nur das. Ich weiß auch, warum«, fügte er bekümmert hinzu.

»Du weißt, was passiert ist? Dann lass mich doch allein damit. Ich möchte nur noch nach Hause. Die werden mich alle hassen.«

»Keiner hasst dich. Sonst hätte man mich nicht hergeschickt, um auf dich aufzupassen.«

»Ich brauche keinen Aufpasser. Ich will nur noch weg aus diesem Land, das mir nichts als Unglück gebracht hat.«

»Steig bitte ein«, bat er sie mit sanfter Stimme. »Und dann kannst du so viel schimpfen, wie du willst, bis es dir besser geht.«

Das brachte Amrei zum Schweigen, und sie stieg stumm in sein Auto ein. Obwohl sie sich in der Regel nicht für Autos interessierte, erkannte sie, dass es sich um einen Lamborghini SUV handelte. Typisch für ihren Vater, für den nie eine andere Wagenmarke infrage gekommen war. Und auch bei der Farbe war er sich treu geblieben. Das typische Lamborghini-Rot. Wenn sie sich nicht in dieser desolaten seelischen Verfassung befunden hätte, sie hätte ihm sicher die Frage gestellt, ob es diese Luxusmarke auch als Elektrowagen gab, woraufhin ihr Vater wahrscheinlich nur schief gelächelt hätte. In dieser Hinsicht war er ein typischer Italiener.

Ihr Vater fuhr vom Hotel aus in Richtung der Via Aurelia.

»Wohin fahren wir?«, fragte Amrei, als er die Autobahn in Nervi schon wieder verließ.

»In mein neues Haus. Dort kannst du dich erst einmal ausruhen und von dort deine Reise starten.«

»Marcello, was soll das alles? Ich werde den Artikel nicht schreiben und auf schnellstem Weg nach Deutschland zurückfliegen. Und seit wann hast du ein Haus in Nervi?«

»Erinnerst du dich an unser letztes Telefonat, als du mir von der bevorstehenden Hochzeit und der geplanten anschließenden Rechercheireise berichtet hast?«

»Ja, ich weiß, ich habe dir alles erzählt, aber nun ist es anders!«

»Und du hast versprochen, dass du mich anrufst, wenn du in Genua bist.« In seinen Worten schwang ein leichter Vorwurf mit.

»Gut, das hätte ich morgen auch sicherlich noch getan. Gestern brauchte ich erst einmal Zeit für mich, um mich auf Italien einzustellen, und heute war die Hochzeit. Warum hast du mir nichts von diesem Haus erzählt?«

»Das wollte ich doch in aller Ruhe bei einem Essen in Genua. Ich wollte dir das persönlich sagen. Dich nach drei Jahren, die wir uns nicht mehr gesehen haben, nicht am Telefon damit überfallen. Aber du hast ja nicht …«

»Nein, nein, ich habe nicht angerufen«, stöhnte Amrei genervt auf. »Und wenn du alles weißt, was vorhin auf der Hochzeit geschehen ist, wie du es behauptest, dann musst du doch verstehen, dass ich weit weg von hier will, und zwar auf schnellstem Wege.«

»Amrei, ich bitte dich, eine Nacht darüber zu schlafen und dich deinem alten Vater anzuvertrauen«, bemerkte er und schien es tatsächlich ernst zu meinen.

Sie warf ihm einen prüfenden Blick zu. »Komm, gib es zu, du verachtest mich auch für das, was ich getan habe!«

»Nein, ich bin hier, um dir zu helfen.«

»Marcello, ich mag dich sehr, aber ich hatte nie wirklich einen Vater, und ich habe keinerlei Ansprüche an dich. Das weißt du«, entgegnete Amrei unwirsch.

In diesem Moment fuhr er einen Berg hinauf und hielt vor einem neu gebauten Haus aus Naturstein, das an ein altes Rustico erinnerte.

»Steig schon mal aus. Ich parke den Wagen.« Amrei tat, was er sagte, und betrachtete staunend das Haus. Es war wunderschön.

»Na, was sagst du?«, fragte er stolz, als er mit ihrem Koffer zurückkehrte.

»Es ist sehr schön«, sagte sie knapp und wollte ihn gerade mit weiteren Fragen löchern, die ihr auf der Seele brannten, aber er hatte gerade die Tür aufgeschlossen, und der Blick ins Innere des Hauses ließ sie erneut verstummen. Man konnte vom Eingang bis zur Terrasse auf das Meer sehen.

»Setz dich nach draußen«, schlug er vor. »Ich hole uns etwas zu trinken.«

Amrei durchquerte den Eingangsbereich, der direkt in einen großen Wohnraum mit einer offenen Küche überging, bis zur Terrasse und setzte sich dort auf einen der Korbstühle. Dort ließ sie den Blick schweifen und spürte, wie sie innerlich ruhiger wurde und für den Bruchteil einer Sekunde sogar vergaß, was passiert war.

Erst als ihr Vater ein Tablett mit Wein, Wasser und Gläsern auf den Tisch stellte und sich neben sie setzte, war ihr alles wieder präsent. Sie sah ihn durchdringend an und musste feststellen, dass er wesentlich besser aussah als vor drei Jahren, als sie ihn zum letzten Mal gesehen hatte.

»Marcello, warum hast du mich im Hotel abgefangen, und wer hat dich dorthin geschickt?«

Ihr Vater goss sich erst einmal ein Glas Wein ein, dann ein Glas Wasser, das er seiner Tochter reichte. Sie trank es gierig aus, weil sie jetzt erst merkte, wie durstig sie war. Er schenkte ihr nach.

»Ich bekam einen Anruf von Roberta, die mich bat, dich nicht allein zu lassen. Und da wir wussten, wo du wohnst, bin ich sofort zum Hotel gefahren, denn ich war ohnehin unten in der Stadt ganz in der Nähe.«

»Von Roberta Podestà?«, fragte sie ungläubig.

»Ja, von Roberta.«

»Und hat sie dir auch wirklich gesagt, was passiert ist?«

Er nickte. »Sie hat mir von diesem hässlichen Auftritt ihrer ungeliebten Schwiegertochter berichtet.«

»Du weißt also, was ich getan habe?«, hakte sie fassungslos nach.

»Ich weiß, dass du für den Tod von Salvatore verantwortlich sein sollst.«

»Und dann holst du mich in dein Haus, obwohl ich den Kleinen auf dem Gewissen habe?«

Ihr Vater nickte. »Ich habe nie wirklich etwas für dich tun können. Jetzt war meine Chance, dir wenigstens annähernd so etwas wie ein Vater zu sein.«

Amrei war in diesem Augenblick dermaßen überwältigt von seinen Worten, dass sie sich ihm, ohne zu überlegen, in die Arme warf, was er sichtlich zu genießen schien. Er zog sie an sich und hielt sie fest. Erst nach einer gefühlten Ewigkeit ließ er sie wieder los und musterte sie prüfend.

»Kannst du dich denn daran erinnern, wie du den Jungen im Pool allein zurückgelassen hast?«, fragte er nun.

»Nein, ich war betrunken. Ich hatte einen kompletten Filmriss«, stöhnte Amrei.

»Das ist gut. Sehr gut sogar«, stellte er erleichtert fest.

»Das ist nicht gut! Das ist grausam und quält mich seit vierzehn Jahren. Wie kannst du das gut finden?«, ereiferte sich Amrei aufgeregt.

»So habe ich es nicht gemeint. Das bedeutet nur, dass du vielleicht gar nichts getan hast!«

»Doch, das habe ich!«, widersprach sie verzweifelt.

»Aber Alessandro hat seiner Mutter gesagt, dass Alfredo ihm versichert hat, du wärst unschuldig.«

»Alfredo war betrunken!«

»Ich weiß. Alessandro hat ihn wohl nach Hause gebracht.«

»Die arme Maria. Jetzt habe ich auch noch ihre Hochzeit verdorben.«

»Nicht du, sondern Alfredos Frau hat es versucht, aber man hat sie offenbar an die Luft gesetzt und beschlossen, den Tanz zu eröffnen. Man will nun warten, bis Alfredo seinen Rausch ausgeschlafen hat, und ihn morgen noch einmal befragen. Und Roberta bittet dich, auf dem Rückweg von deiner Reise in der Via dei Maristi vorbeizukommen …«

»Nein, Papa, nein. Ich werde weder meinen Artikel schreiben noch jemals wieder den Podestàs unter die Augen treten!«, stieß sie mit Nachdruck hervor.

»Du hast mich gerade Papa genannt«, stellte er mit einem Lächeln fest.

Amrei verdrehte die Augen. Wie schaffte es dieser Mann, in einer so dramatischen Lage etwas wie Leichtigkeit zu verbreiten?

»Ist dir das denn so wichtig?«, fragte sie ihn.

Er nickte. »Es bedeutet mir viel. Hier drinnen.« Er deutete auf sein Herz.

»Dann verrate mir, Papa, wieso Signora Podestà dich anruft, um dich zu bitten, mich nicht allein zu lassen, obwohl sie gerade erfahren hat, dass ich ihren Sohn auf dem Gewissen habe? Das verstehe ich nicht!«

»Ich dachte, du wüsstest es. Du bist doch sonst so eine Spürnase. Roberta und ich stehen uns sehr nahe«, brachte er zögernd hervor.

»Vor vierzehn Jahren, damals im Restaurant, hatte ich natürlich den Verdacht, dass ihr beide ein Verhältnis habt, aber ich habe vermutet, das sei längst vorüber.«

»Das wird nie vorüber sein. Wir sind quasi wie Camilla und Charles«, entgegnete er grinsend.

»Papa! Das Bild ist schief. Vor allem, wenn du behauptest, deine Ehefrau sei eine Diana. Mit Ginevra bist du doch schon ewig verheiratet.«

»Fünfunddreißig Jahre, um es genau zu sagen. Ich habe sie geheiratet, weil sie schwanger wurde, aber es war eine dramatische Fehlgeburt. Davon hat sie sich nie wieder erholt. Vor allem konnte sie danach keine Kinder mehr bekommen. Deshalb war sie zu dir immer so garstig, nachdem du bei uns in Como aufgetaucht bist. Sie hat mir nie verziehen, dass das ›deutsche Flittchen‹, wie sie deine Mutter nannte, mir das ersehnte Kind geschenkt hat. Dabei hätte ich meine Frau für Karen sofort verlassen, wenn ich gewusst hätte, dass sie schwanger von mir ist. Ich war bis über beide Ohren verknallt in sie, soweit man das von einer Nacht behaupten kann. So verliebt war ich in meine Frau nie, und so tief geliebt wie Roberta habe ich sie auch nicht einmal annähernd. Aber ich fühlte mich ihr verpflichtet und wollte sie nicht mit einer Scheidung bloßstellen. Ihre Eltern hätten sie wahrscheinlich verstoßen. Allerdings wurde sie immer verbissener und machte mir das Leben zunehmend zur Hölle. Ich konnte nicht mehr, und wenn ich Roberta nicht gehabt hätte, wäre ich schon früher gegangen. Sie hat mich immer wieder seelisch aufgebaut, denn meine große Liebe ist und bleibt Roberta. Wir kannten uns schon in unserer Jugend über Mailänder Freunde, aber sie hat dann ganz früh Podestà geheiratet. Und damals hat er wohl selber nicht geahnt, dass er …«

»Ich glaube, ich weiß, was du sagen willst. Dass er auf Männer steht, Papa. Aber warum habt ihr euch nicht längst scheiden lassen?«

»Roberta wollte die Fassade für ihre Kinder aufrechterhalten und Ginevra vor ihrer Familie. Als nun ihre Eltern kurz hintereinander gestorben sind, fühlte ich mich frei. Ich habe die Scheidung eingereicht und inzwischen das Hotel für gutes Geld verkauft.«

»Und sie? Hat sie dich einfach ziehen lassen?«

»Ich habe es mich einiges kosten lassen. Das war es, was ich dir sagen wollte. Ich hätte das Hotel so gern an dich übergeben, aber du hast mir ja damals deutlich zu verstehen gegeben, dass du kein Hotel erben möchtest. Oder hast du deine Meinung etwa inzwischen geändert?«

»Nein, das wäre nichts für mich! Und Tante Roberta, wird die sich ebenfalls scheiden lassen?«

Ihr Vater schüttelte traurig den Kopf. »Immerhin können wir uns nun sehen, wann immer wir wollen. Das genügt ihr. Vielleicht verstehst du nun, dass ihr das Wohl meiner Tochter auch am Herzen liegt.«

»Ich werde trotzdem nie wieder die Villa in der Via dei Maristi betreten.«

»Gut, aber bitte schreib diesen Artikel!«

»Wieso? Was hast gerade du für ein Interesse daran?«

»Ich habe jeden Artikel von dir gelesen und war stolz auf dich. Du darfst dir deine berufliche Zukunft nicht zerstören.«

Seine beschwörenden Worte gingen Amrei sehr nahe.

»Du kannst vielleicht vor der Familie Podestà fliehen, aber nicht vor diesem Land und vor deinen Wurzeln«, fügte er hinzu.

»Vielleicht hast du recht, und ich sollte nicht schon wieder weglaufen. Jedenfalls nicht vor dem Land«, seufzte sie.

»Schlaf eine Nacht darüber. Soll ich dir dein Zimmer zeigen?« Ohne ihre Antwort abzuwarten, stand er auf. Sie folgte ihm in den ersten Stock. Als er die Tür öffnete, stockte ihr förmlich der Atem. Auch hier oben waren die Fenster bodentief und boten einen traumhaften Blick über das weite Meer. Vor ihrem Zimmer gab es sogar einen kleinen Balkon.

»Und gefällt dir dein Erbe?«

Amrei fuhr erschrocken herum.

»Das sollst du nicht sagen. Ich möchte nichts erben. Ich möchte meinen Vater noch lange behalten, wo ich ihn doch gerade erst gefunden habe«, sagte sie gerührt.

Ihr Vater wischte sich eine Träne aus dem Augenwinkel. »Ich habe dich lieb, mein Kind.«

»Ich dich auch. Und wärst du sehr enttäuscht, wenn ich jetzt allein auf dem Balkon würde sitzen wollen, um über alles nachzudenken?«, fragte sie vorsichtig.

»Aber nein, ich würde dann runterfahren ans Meer und mein Segelboot in der Abendsonne etwas bewegen. Möchtest du vielleicht mit? Oder ist es dir lieber, ich bleibe in deiner Nähe?«

»Nein, geh nur. Ich muss mich erst einmal daran gewöhnen, dass ich einen Vater habe«, erwiderte sie, trat auf ihn zu und gab ihm einen Kuss auf die Wange. »Und nun viel Spaß!«

Als die Tür wenig später ins Schloss fiel, setzte sich Amrei mit einem Glas Wasser auf den Balkon und hing ihren Gedanken nach, während sie ihren Blick über das Meer schweifen ließ. Obwohl sich ihr ganzer Schmerz nicht einfach in Luft aufgelöst hatte, fühlte sie keine zentnerschwere Last mehr auf ihrem Herzen drücken, sondern hatte das Vertrauen, dass das Leben irgendwie weitergehen würde.

Das Klingeln ihres Telefons unterbrach ihre Gedanken. Es war Karen, die ihr ohne Punkt und Komma von ihren großartigen Erfahrungen in Indien berichtete. Amrei überlegte gerade, wie sie dem Geplapper ihrer Mutter ein Ende bereiten könnte, als Karen mit einem Mal fragte: »Was ist passiert, meine Kleine? Ich höre es an der Art, wie du schweigst. Ich dachte, ich könnte dich ablenken, aber du bist so wahnsinnig traurig. Warum?«

Normalerweise hätte Amrei das Interesse ihre Mutter abgewürgt und vorgegeben, es wäre alles gut. Stattdessen sagte sie ihr die ganze Wahrheit. Dabei ließ sie nichts aus: weder die Sache mit Salvi noch Ingas Auftritt, und auch nicht, dass sie sich in Alessandro Podestà verliebt hatte, den sie niemals wiedersehen würde. Auch nicht, dass sie ihren Vater getroffen und er sie in sein neues Haus mitgenommen hatte. Das Einzige, was sie ihrer Mutter verschwieg, war das Verhältnis ihres Vaters zu Roberta Podestà. Solche Intimitäten würde sie niemals ausplaudern, aber ihre Mutter stellte auch keine Fragen, warum denn Marcello sein Hotel verkauft hatte und in Nervi lebte. Das kannte Amrei schon. So neugierig und beredt Karen ansonsten war, beim Thema Marcello hüllte sie sich in Schweigen. Dass sie ihn am liebsten aus ihrem Leben gestrichen und ihn Amrei vorenthalten hätte, war ein offenes Geheimnis. Dennoch hatte sie ihrer Tochter nie Vorwürfe gemacht, weil diese sich mit vierzehn auf eigene Faust auf die Suche gemacht hatte.

Im Gegenteil, als Amrei ihr am Telefon nun versicherte, er benähme sich wie ein richtiger Vater, sagte sie, dass sie es ihnen von Herzen gönne. Es war nicht die geringste Spur von Eifersucht bei ihr zu spüren. Allerdings auch kein weiteres Interesse an Marcello und seinem heutigen Leben. Sie hatte Amrei noch niemals von ihrer Begegnung mit Marcello erzählt. Das war so befremdlich, weil ihre Mutter sonst sehr offenherzig ihrer Tochter gegenüber war, was ihre Männerbekanntschaften anging, dass Amrei auch niemals nachgefragt hatte. Dabei würde sie es mittlerweile schon interessieren, ob es eine Liebesgeschichte gewesen war zwischen ihren Eltern oder eine unbedeutende Affäre. Aber jetzt war sicher nicht der richtige Augenblick, dieser Neugier Ausdruck zu verleihen, zumal sie ganz andere Sorgen hatte.

Was die Sache mit Salvi anging, teilte Karen jedenfalls Marcellos Ansicht, man müsse erst einmal abwarten, was Alfredo dazu zu sagen hätte, wenn er seinen Rausch ausgeschlafen hatte. Die Worte ihrer Mutter waren so tröstend, dass sie selber einen winzigen Hoffnungsschimmer spürte. Womöglich könnte er sie doch noch entlasten.

Nachdem sie das Gespräch mit ihrer Mutter beendet hatte, schweiften ihre Gedanken zu Alessandro ab. Was ihn anging, hegte sie keinerlei Hoffnungen, dass sie einander jemals wiederbegegnen würden. Dieser Gedanke weckte in ihr eine tiefe Traurigkeit, die aber mit einem Fünkchen Trost einherging. Dem Trost, dass ihre beiden Eltern zu ihr standen, was sie zum ersten Mal in ihrem Leben so erlebte.

24

MAILAND,
JULI 2022, MONTAG

Maria war mittags mit dem Zug nach Mailand in ihre Kanzlei gefahren. Sie hatte eigentlich noch eine weitere Nacht bei ihren Eltern bleiben wollen, aber die Stimmung im Haus Podestà war genauso gedrückt wie ihre eigene. Da war ihr der Anruf der Kanzlei, ob sie bei Gericht für einen an Corona erkrankten Kollegen einspringen könne, gerade recht gekommen, zumal Massimo mittags beruflich nach Bologna musste und dort auch übernachten würde.

Nun war sie von einem für sie erfolgreich verlaufenen Prozess zurückgekehrt und ruhte sich auf dem Sofa in ihrem Büro ein wenig aus. Sie hatte sich dieses bequeme Möbelstück angeschafft, weil sie gelegentlich in der Kanzlei übernachtete, wenn sie in einen schwierigen und längeren Prozess involviert war. Und die

Feier war natürlich nicht spurlos an ihr vorübergegangen, einmal abgesehen von dem Skandal.

Sie ließ in Gedanken sowohl den schrecklichen Vorfall auf ihrer gestrigen Hochzeit als auch das verpatzte Frühstück mit ihrer Familie heute Morgen in Albaro Revue passieren. Das genügte, um ihre gute Laune auf den absoluten Tiefpunkt sinken zu lassen. Für den Gerichtsauftritt hatte sie sich wenigstens mühsam zusammenreißen können, um dem Bild, das man von ihr hatte, zu entsprechen. Maria war bekannt dafür, dass sie selbst in ausweglosen Situationen vor Gericht ihren Humor bewahrte und andere mit ihrer guten Stimmung ansteckte. An diesem Tag reichte es bei ihr nur zu einem krampfhaften Lächeln. Doch hier auf dem Sofa im geschützten Raum ihres Büros ließ sie ihrer tiefen Bestürzung freien Lauf, die sie seit Ingas gestrigem Auftritt verfolgte.

Auf Massimos und ihre Anordnung hin war Inga, nachdem sie diese Bombe hatte platzen lassen, von Mitarbeitern des Lokals umgehend an die Luft gesetzt worden. Es war allein unverzeihlich, dass sie uneingeladen aufgetaucht war. Dass sie ihre Hochzeit als Forum für einen bösartigen Rachefeldzug gegen Amrei missbraucht hatte, war so ungeheuerlich, dass Maria dafür kaum Worte fand. Was Maria aber im Herzen viel mehr mitnahm als das teuflische Verhalten Ingas, war deren Behauptung, dass Amrei für Salvis Tod verantwortlich sein sollte. Sie hatte sich zunächst strikt geweigert, Ingas Geschichte zu glauben, aber dann war ihr immer klarer geworden, dass sich Amrei ihr gegenüber sehr verdächtig verhalten hatte, indem sie den Kontakt zu ihr und ihrer gesamten Familie quasi abgebrochen hatte, nachdem sie nach Deutschland zurückgekehrt war.

Jedenfalls war das, was zu einem zauberhaften Tag für Maria hätte werden sollen, zu einem einzigen Albtraum geraten. Massimo war der Meinung gewesen, man dürfe diesem Miststück von Inga nicht die Genugtuung gönnen, das Fest gesprengt zu haben. So hatte man mehr schlecht als recht den Tanz eröffnet und Contenance gewahrt.

Ingas Auftritt spaltete die Familie Podestà komplett. Marias Vater war voller Zorn auf Amrei und glaubte Inga jedes Wort. Ihre Mutter hatte bis zuletzt die Hoffnung gehegt, dass Alfredo, wenn dieser wieder nüchtern wäre, Amrei entlasten würde. Ihrem Bruder Alessandro hingegen konnte Maria anmerken, wie ihn das Ganze innerlich zerriss. Offensichtlich hatte er sich in Amrei verliebt, was Maria nur allzu gut verstehen konnte. Massimo ging eher pragmatisch an die Sache. Er konnte Inga zwar nicht leiden, aber er traute ihr nicht zu, dass sie die Familie wissentlich belog. Er vermutete, es sei wirklich so gewesen, und er betonte, er wolle nicht in Amreis Haut stecken.

Maria wusste nicht, was sie denken sollte. Sie war durcheinander. Sie wollte nicht glauben, dass die stets verantwortungsbewusste Amrei im Vollrausch dergleichen hätte tun können, aber die Indizien sprachen zu ihrem großen Bedauern gegen sie. Dass sie womöglich den Tod Salvis zu verantworten hatte, war dabei schlimm genug, was Maria persönlich selbst nach so langer Zeit viel mehr kränkte, war die Tatsache, dass Amrei danach nicht wenigstens in Genua geblieben war und sich ihr anvertraut hatte, sondern sich bei Nacht und Nebel auf Nimmerwiedersehen aus dem Staub gemacht hatte.

Deshalb hatte Maria heute früh voller Anspannung Alfredos Aufwachen entgegengefiebert. Von ihm erwartete sie sich Aufklärung, nachdem er gestern Alessandro gegenüber Amreis Unschuld beschworen hatte. Leider war der Hoffnungsschimmer, dass Alfredo Amrei entlasten könne, heute Morgen erloschen. Mit Schaudern ließ Maria das entsetzliche Familienfrühstück noch einmal Revue passieren:

Alfredo war mit gesenktem Kopf an den Frühstückstisch geschlurft. Maria musste sich schwer beherrschen, um ihn nicht sofort mit der entscheidenden Frage zu überfallen. Auch Alessandro konnte seine Anspannung kaum verbergen. Er kaute vor lauter Nervosität an seinen Fingernägeln, was Maria bei ihm nie zuvor beobachtet hatte. Alfredo aber trank schweigend einen doppelten Espresso und schien gar nicht zu registrieren, dass alle Augen auf ihn gerichtet waren.

»Was weißt du noch von gestern Abend?«, fragte Alessandro seinen Bruder schließlich ungeduldig.

Alfredo sah genervt auf. Seine Gesichtsfarbe ging ins Graue, und seine unrasierten Stoppeln taten das Übrige, um ihn so richtig fertig aussehen zu lassen.

»Wenn du auf die Showeinlage von Inga anspielst, ich glaube, ich bin vorher abgehauen«, murmelte er.

»Du weißt also nicht, was sie im Saal von sich gegeben hat.«

»Nein!«, erwiderte er unwirsch.

»Kannst du dich daran erinnern, dass Amrei völlig aufgelöst aus dem Lokal gerannt und uns dort draußen begegnet ist?«

Alfredo schüttelte den Kopf. »Weiß ich nicht mehr.«

Maria litt mit Alessandro, der nun vor lauter Anspannung mit seinem Kiefer mahlte.

»Verdammt, Alfredo, an irgendetwas musst du dich erinnern!«, fuhr sie ihren jüngeren Bruder an.

»Jetzt fang du nicht auch noch an. Glaubt ihr, für mich war das schön, dass Inga überhaupt aufgetaucht ist?«, fauchte er zurück.

»Aber du schienst gestern zu ahnen, was Inga da vorne zum Besten geben wollte, oder?«, hakte Alessandro unbeirrt nach.

»Keine Ahnung!«

»Sie hat behauptet, Amrei hätte unseren kleinen Bruder auf dem Gewissen! Sie sei betrunken mit ihm mitten der Nacht in den Pool gegangen und habe ihn dort ertrinken lassen! Klingelt da was?«

»Was nimmst du dir eigentlich hier an meinem Tisch raus, Alessandro?«, mischte sich nun der Vater mit vor Zorn bebender Stimme ein. »Das ist ja ein Verhör. Du siehst doch, dass es deinem Bruder schlecht geht. Ich möchte nicht, dass in diesem Haus weiter über diese Sache geredet wird! Diese Amrei kommt mir nicht mehr unter die Augen! Verstanden? Außerdem werde ich mit meinem Anwalt sprechen, ob man sie noch strafrechtlich verfolgen kann!«

Maria wollte ihm gerade widersprechen und ihm raten, solche rechtlichen Schritte zu unterlassen, weil es ihrer Meinung verjährt sei, aber da hatte sich Alessandro, der die Worte des Vaters völlig ignorierte, bereits noch einmal eindringlich an Alfredo gewandt: »Warum hast du wiederholt zu Amrei gesagt, sie sei unschuldig? Was hast du damit gemeint? Hat Inga gelogen?«

»Ich weiß gar nichts«, gab Alfredo in scharfem Ton zurück.

»Du musst dir doch etwas dabei gedacht haben, als du sagtest, sie sei unschuldig!«, mischte sich nun Maria ein, die ihren Bruder am liebsten an den Schultern gepackt und geschüttelt hätte.

»Gar nichts!«

»Nun denk genau nach, mein Junge. Das sagt man doch nicht so daher!«, pflichtete Marias Mutter ihr bei.

Da ließ ihr Vater seine Faust derart auf den Tisch krachen, dass Marias Cappuccino aus der Tasse schwappte. »Ich sagte Schluss, Roberta! Ich möchte nicht, dass wir uns wegen dieser kleinen Mörderin in die Haare kriegen!« Er sprang auf und wandte sich an Alfredo: »Und du wasch dich, rasiere dich und zieh dich anständig an. Wir fahren in einer Stunde in die Firma.«

»Vater! Selbst wenn es stimmt, dass Amrei ihn vor vierzehn Jahren nachts in den Pool geholt hat und er ertrunken ist, weil sie sich, so besoffen, wie sie war, nicht um ihn gekümmert hat, dann ist sie trotzdem keine Mörderin!«, fuhr Alessandro seinen Vater an.

»Ach, mein schlauer Sohn, der Herr Professor Wortklauber!«, zischte er verächtlich und eilte schnaubend davon.

Marias Herz klopfte bis zum Hals. Die Worte ihres Vaters waren schrecklich vernichtend. Sie nahm Massimos Hand und drückte sie fest. Ihr Mann verstand das wohl als Aufforderung, auch etwas beizutragen, denn er sagte: »Eine Mörderin ist sie nicht, ganz gleich, was sie getan hat. Und es ist doch merkwürdig, dass du, Alfredo, betonst, Amrei sei unschuldig, und dich daran jetzt gar nicht erinnern kannst. Weißt du denn, wie Inga darauf kommt, Amrei derart zu beschuldigen?«

»Keine Ahnung! Ich kann mich nicht mehr an den Abend damals erinnern. Ich war betrunken. Und auch an gestern nicht.«

»Warum kommt es mir so vor, als würdest du dich gerade hinter lauter Filmrissen verschanzen, um etwas zu verheimlichen?«, entgegnete Maria scharf, weil sie den Eindruck hatte, dass er nicht die Wahrheit sagte. Sie kannte das nur zu gut von Zeugen, die sich in die Enge getrieben fühlten, wenn sie etwas verheimlichten, was sie belasten könnte.

Alfredo aber stand energisch vom Tisch auf mit den Worten: »Ihr habt gehört, was Vater gesagt hat! Ich muss in die Firma. Offenbar wurde der freie Nachhochzeitsmontag gestrichen.«

Und schon war er verschwunden. Die anderen blieben ratlos zurück. Zu der erhofften Klärung durch die Aussage eines nüchternen Alfredos war es also nicht gekommen. Offenbar blieb auch ihre Mutter skeptisch, dass Amrei diese Schuld tatsächlich auf sich geladen hatte, was Maria sehr verwunderte. Ihre Mutter war doch sonst eher unnachgiebig, wenn es darum ging, Fehler ihrer Mitmenschen zu verzeihen. Aber sie ging sogar so weit, zu behaupten, dass Alfredo ihnen etwas verheimlichte.

Alessandro war jedenfalls nach diesem unerfreulichen Frühstück gleich nach Porto Venere aufgebrochen. Auf Marias Frage, ob er noch etwas zu unternehmen gedenke, um Alfredo zum Reden zu bringen, hatte er müde abgewunken. »Das hat keinen Sinn. Er ist verstockt und steht unter Vaters Schutz. Da ist nichts zu machen. Ich muss in Ruhe nachdenken, aber wahrscheinlich ist Amrei schon nach Deutschland geflüchtet …«

Maria missfiel es außerordentlich, immer noch keine endgültige Klarheit gewonnen zu haben. Es war nicht nur die Juristin in ihr, die unbedingt nach Aufklärung eines Sachverhalts strebte, sondern sie wollte nicht mit der Unsicherheit leben, ob Amrei Salvi tatsächlich auf dem Gewissen hatte oder nicht. Und wenn sie tatsächlich schuldig war, wollte Maria sich selbst eine Antwort auf die brennende Frage geben: Konnte sie sich wirklich, wenn Amrei Salvis Tod zu verantworten hatte, je wieder an einen Tisch mit ihr setzen?

Schließlich sah Maria nur einen einzigen Ausweg. Sie musste Amrei selber fragen. Sicher hatte ihre Mutter die Handynummer des Überraschungsgastes aus Deutschland. Ihre Mutter schien ziemlich niedergeschlagen zu sein, als Maria sie anrief. Sie war der Meinung, es einfach auf sich beruhen zu lassen und Amrei nicht mit der Erforschung der Wahrheit zu bedrängen. Diese Haltung verwunderte Maria nur noch mehr. Ihre Mutter ließ selten etwas offen. Genauso wenig wie Maria selber. Das hatte sie von ihrer Mutter geerbt. Maria behielt ihre Verwunderung vorerst für sich und ließ sich lediglich Amreis Telefonnummer geben.

25

MAILAND,
JULI 2022, MONTAG

Marias Herzschlag beschleunigte sich merklich, als sie wenig später die Nummer ihrer einst so engen Vertrauten eintippte. Nachdem es einige Male geklingelt hatte, wollte Maria schon aufgeben, aber dann hörte sie die sichtlich angeschlagene Stimme Amreis.

»Ich bin es, Maria.«

Es folgte ein längeres Schweigen, in dem Maria Amrei schwer atmen hörte, bis sie sie verzweifelt sagen hörte: »Es tut mir so leid. Alles tut mir so leid.«

Maria atmete einmal tief durch. »Deshalb rufe ich an. Amrei, bitte sage mir, ob du es getan hast oder nicht?«

»Ja, ja, ja, ich habe mich betrunken, bin am Pool aufgewacht, und dein Bruder hat tot am Pool gelegen.«

»Wieso am Pool und nicht im Wasser?«

»Es hatte ihn jemand aus dem Wasser gezogen.«

»Wer?«

Es folgte erneut ein Schweigen, das von dem schweren Atmen Amreis untermalt war.

»Ich … ich weiß es nicht. Ich war unzurechnungsfähig, dass ich zum Bahnhof abgehauen bin. Natürlich habe ich ihn ins Wasser gelockt. Wer denn sonst?«, erwiderte Amrei sichtlich verzweifelt.

»Und du weißt gar nichts mehr von diesem Abend?«, hakte Maria nach.

»Nein, leider nicht. Ich habe einen kompletten Filmriss. Ach, es tut mir alles unendlich leid.«

»Warum hast du dich mir gegenüber nicht geöffnet?«

»Ich konnte nicht. Ich habe mich so geschämt. Ich war feige, ich …« Amrei brach in Tränen aus.

Maria war hin- und hergerissen. Auf der einen Seite spürte sie den Impuls, Amrei zu trösten, andererseits war sie schockiert darüber, dass es alles offensichtlich doch die Wahrheit war. Trotzdem wurde sie das Gefühl nicht los, dass Amrei sie beschwindelte und sehr wohl wusste, wer den leblosen Körper Salvis in jener Nacht aus dem Wasser gezogen hatte. »Ich kann dir nicht helfen, wenn du mir nur die halbe Wahrheit sagst. Du weißt genau, wer Salvi aus dem Wasser gezogen hat, oder?«, hakte sie in scharfem Ton nach. Sie war jetzt zu ihrer professionellen anwaltlichen Verhörtaktik übergegangen. Da war kein Platz für Sentimentalitäten.

»Nein, das weiß ich nicht. Als ich ihn sah, da lag er schon auf den Fliesen. Mehr weiß ich nicht! Und du kannst mir nicht helfen« entgegnete Amrei. »Mir kann keiner helfen. Am besten beenden wir das Gespräch, und du siehst mich nie wieder. Ich verstehe, wenn du mir all das nicht verzeihen kannst.«

»Amrei! Wer war in jener Nacht noch unten am Pool, und wer hat dir bei deiner Flucht geholfen? Ich glaube dir nicht, dass du in dem Zustand und beim Anblick meines toten Bruders einfach abgehauen bist. Wen deckst du?«

»Ich ... ich möchte das Gespräch jetzt lieber beenden. Ich habe schon so viel Leid über eure Familie gebracht, da nützt es keinem etwas, wenn ich noch irgendwen mit in den Abgrund reißen würde«, entgegnete Amrei verzweifelt.

»War es Alfredo? Hat er unseren Bruder aus dem Wasser gezogen? Hat er dir geholfen, das Haus schnellstens zu verlassen?«, insistierte Maria hartnäckig.

Die Antwort war ein lautes Stöhnen, bevor Amrei Maria erneut anflehte, es alles auf sich beruhen zu lassen.

»Denk du lieber ganz intensiv darüber nach, ob es vielleicht Zeugen in jener Nacht gegeben hat, die gesehen haben, wie du mit Salvi in den Pool gegangen bist oder was sonst geschehen ist! Noch gebe ich nicht auf. Ich kämpfe für meine Mandanten immer, bis ihre Schuld zweifelsfrei bewiesen ist und sorry, aber in deinem Fall stimmt irgendetwas Entscheidendes nicht. Und das werden wir erst restlos aufklären können, sobald wir die Zeugen aus jener Nacht befragt haben.«

»Maria, bitte, es gibt keinerlei Hoffnung. Das wird auch nicht besser, wenn ich dir jetzt irgendwelche angeblichen Zeugen nenne. Ich war es, die mit nasser Unterwäsche auf einer der Liegen aufgewacht ist.«

»Gehst du immer in Unterwäsche schwimmen?«

»Natürlich nicht, aber ich gehe normalerweise auch nicht nachts ins Wasser!«

»Und du bist auf einer Liege am Pool aufgewacht, und hast nicht gesehen, wer Salvi aus dem Pool gezogen hat?«

»Nein, ich bin auf der oberen Terrasse aufgewacht, aber bitte, Maria, das ist kein Gerichtsprozess. Das Urteil steht fest. Ich war es, verdammt!«

»Und warum hat Alfredo gestern Alessandro gegenüber ständig wiederholt, dass du unschuldig bist?«

»Er war betrunken … oder hat er mehr dazu gesagt als gestern? Maria, was genau hat er gesagt über die Nacht?«

Ihre Worte klangen so flehend, als würde Amrei ihre ganze Hoffnung hineinlegen.

Maria spürte, wie ihr Zorn gegen Alfredo erneut aufbrandete. Er verheimlichte etwas. Und es tat ihr leid, Amrei genauso enttäuschen zu müssen, wie Alfredo Alessandro und sie heute Morgen enttäuscht hatte.

»Leider gar nichts! Angeblich kann er sich an nichts mehr erinnern. Mama, Alessandro und ich haben so gehofft, dass er die Sache in deinem Sinne aufklären würde, aber er bleibt stur. Doch er lügt! Amrei, zum letzten Mal, hast du Alfredo an jenem Morgen gesehen?«

»Maria, bitte! Wenn er selber nichts dazu sagt, dann bitte, lass es auf sich beruhen. Ich nehme die ganze Schuld auf mich, weil nur ich es gewesen sein kann. Bitte!«

Das klang derart verzweifelt, dass Maria innehielt, obwohl es ihr völlig gegen den Strich ging. Trotzdem, mit ihrer gnadenlosen Verhörtaktik kam sie nicht weiter. Sie konnte nichts tun, wenn weder Alfredo noch Amrei zugaben, dass sie einander an jenem Morgen begegnet waren.

»Wann trittst du deine Recherchereise an?«, fragte Maria Amrei übergangslos.

»Ich weiß nicht, ob ich sie überhaupt antrete und morgen früh stattdessen lieber zurückfliege«, erwiderte Amrei zögernd.

»Lass uns einen Deal machen! Das bist du mir schuldig! Du kümmerst dich um deinen Artikel, und ich nehme mich professionell deines Falles an. Und du überlegst dir in dieser Woche, ob du mir noch was zu sagen hast bezüglich potenzieller Zeugen. Dann meldest du dich. Und vor deinem Abflug sehen wir uns in Genua, und wir verabschieden uns als Freundinnen, ganz gleich, wie das Ergebnis lautet. Weglaufen ist dieses Mal keine Option!«

Die Antwort war ein lautes Stöhnen. »Wie gern hätte ich dir in all den Jahren mein Herz ausgeschüttet, aber ich hatte Sorge, du hasst mich dann!«, stieß Amrei verzweifelt hervor.

»Das musst du bitte mir überlassen, was ich wirklich fühle, sollte bewiesen sein, dass du Salvi auf dem Gewissen hast. Ich kann diese Zweifel allein als Strafverteidigerin nicht akzeptieren. Auch in unserem Strafrecht gilt der Grundsatz. *Im Zweifel für den Angeklagten* oder hier die Angeklagte! Gibt es etwas, das dir merkwürdig vorkommt und das ich wissen sollte? Zum Beispiel, woher Inga eigentlich davon gewusst hat? War sie dabei?«

»Gut, dann …« Amrei stockte, bevor sie hastig sagte: »Inga und Alfredo haben mich an dem Morgen ins Taxi gesetzt. Aber bitte wirf ihnen das nicht vor. Sie haben es nur getan, um mir zu helfen!«

»Amrei, du bist doch sonst nicht auf den Kopf gefallen. Inga dir helfen? Sie hat dich auf gemeinste Weise verraten.«

»Ja, denn sie hatte Wind davon bekommen, dass ich vorhatte, euch allen gegenüber heute ein Geständnis abzulegen. Das hat ihr nicht gepasst. Sie hat mir auf der Terrasse des Lokals gedroht, dass ich mich wundern würde, wenn ich davon nicht Abstand nehmen würde. Da hat sie es wohl als Rache dafür, dass ihr mich immer so gern gemocht habt, öffentlich gemacht. Sie wollte vermeiden, dass ich mich selbst stelle, weil mich das in ihren Augen womöglich als ›die Gute‹ hätte erscheinen lassen. Aber in der Nacht hat sie mir doch wirklich geholfen. Bitte verrate nicht, dass die drei dabei gewesen sind.«

»Welche drei?«, fragte Maria wie aus der Pistole geschossen.

»Leni hat mir auf der Hochzeit verraten, dass sie auch draußen gewesen ist an jenem Morgen.«

»Und das wusstest du nicht mehr?«, hakte Maria nach.

»Nein, Leni hat es mir gesagt. Sie hat übrigens versucht, mich davon abzuhalten, mich zu outen. Sie hat mich gebeten, damit wenigstens noch eine Woche zu warten, aber dann hast du mich für morgen in die Villa eingeladen, und das habe ich als Wink des Schicksals gesehen.«

Maria versuchte, ihre Aufregung angesichts dieser Neuigkeit vor Amrei zu verbergen, weil die Freundin sicher verlangen würde, dass sie zumindest Leni aus allem heraushielt.

Wenn die Beschuldigte in diesem Fall eine andere als ihre Freundin Amrei und das Opfer nicht ihr geliebter Bruder gewesen wäre, wäre diese Sache langsam ganz nach ihrem Geschmack geraten. Scheinbar aussichtslos, aber mit einem Fünkchen Hoffnung, doch noch die Unschuld ihrer Mandantin zu beweisen.

»Gut. Amrei, bist du einverstanden? Du machst deinen Job und ich meinen. Und wir treffen uns vor deinem Abflug. Ich lasse dich nicht fallen, weil du zumindest bewiesenermaßen einen unverzeihlichen Fehler begangen hast, nämlich, mich nicht schon damals in alles einzuweihen. Und was du sonst noch getan hast, werde ich herausbekommen. Worauf du dich verlassen kannst!«

»Ach, Maria, und ich habe befürchtet, du würdest kein Wort mehr mit mir reden, nachdem du weißt, was ich damals getan habe!«, stieß Amrei voller Dankbarkeit hervor.

»Wir sehen uns. Wann geht dein Flieger?«

»Ich weiß gar nicht …«

»Schluss jetzt! Du haust nicht ab! Dann hättest du wirklich eine Freundin verloren, denn in dem Fall will ich dich niemals wiedersehen. Ganz gleich, ob du es getan hast oder nicht. Dann weiß ich nämlich, dass du kein Vertrauen zu mir …«

»Maria! Bitte nicht! Ich mache alles, was du willst, und nein, ich verschwinde nicht wieder bei Nacht und Nebel«, versicherte Amrei der Freundin beschwörend.

»Gut, wann geht dein Flieger?«

»Nächsten Dienstag«, seufzte Amrei.

»Gut, Montagabend in Genua. Ich schick dir noch eine Nachricht, wann und wo wir uns treffen. Aber du musst mir schwören, dass du wirklich kommst, ganz gleich, was ich bis dahin rausgefunden habe!«

»Ich schwöre es!«, entgegnete Amrei mit fester Stimme.

»Und ich gebe alles! Das verspreche ich dir!«

Mit diesen Worten legte Maria auf und wunderte sich selbst, wie optimistisch sie in diesem Moment war, dass sich ihre Hoffnung, Amrei wäre unschuldig, bewahrheiten würde. Und vor allem, dass sie das auch würde beweisen können. Ihre erste Befragung in dieser Sache galt Leni. Wenn sie in jener Nacht am Pool gewesen war, konnte sie Amrei vielleicht entlasten.

Also rief Maria bei Leni an, aber nachdem dort keiner ans Telefon ging, erreichte sie zumindest Francesco in der Manufaktur. Obwohl sie nur Lenis Handynummer erfragen wollte, wurde sie von ihrem Cousin regelrecht abgewimmelt. Er behauptete, die Nummer nicht im Kopf zu haben und dass seine Frau heute ohnehin nicht zu sprechen wäre.

»Francesco, bitte, es ist dringend. Ein Notfall sozusagen. Ich rufe aus einem ganz bestimmten Grund an! Leni scheint etwas über diese Nacht zu wissen, in der Salvi starb, und könnte Amrei eventuell entlasten …« Aber er unterbrach sie unwirsch.

»Lasst sie einfach in Ruhe mit diesem Mist! Alle rufen an und nerven mit dem unverschämten Auftritt ihrer Schwester auf eurer Hochzeit. Aber Leni kann doch nichts dafür. Jetzt hat sie sich auch noch zum Mittagessen mit dieser Person und Alfredo getroffen, um zu schlichten. Mir hängt das alles so zum Hals raus! Ciao!«

Dann legte er auf. Maria atmete tief durch. Andere Menschen hätten sich durch diese eiskalte Abfuhr höchstwahrscheinlich abschrecken lassen. Nicht so Maria. Im Gegenteil, ihr Kampfgeist war geweckt, und sie würde alles Menschenmögliche unternehmen, um Leni zu sprechen. Und wenn sie unangemeldet vor ihrer Tür auftauchte!

26

CAMOGLI,
JULI 2022, DIENSTAG

Marcello hatte Amrei das Angebot gemacht, sie auf die Reise zu begleiten, aber sie hatte energisch abgelehnt. Sie wollte einfach allein sein, hatte jedoch zugelassen, dass er ihren Mietwagen zu seinem Haus bestellt hatte. Amrei hatte den gestrigen Vormittag damit verbracht, Unterkünfte an der Riviera di Levante zu buchen. Sie hatte bei ihrer Planung nicht daran gedacht, dass gerade Sommerferien – und das nicht nur in Italien – waren. So hatte sie nicht in jedem gewünschten Ort ein passendes Hotelzimmer bekommen.

Ihre erste Station war nun Camogli, ein bezaubernder Ort südlich von Genua, in dem sie nur noch ein Doppelzimmer zur Einzelnutzung im ersten Haus am Platz ergattert hatte. Von da aus würde sie nach Rapallo reisen und von dort aus Portofino besuchen, weil ein Hotelzimmer für eine Nacht in Portofino ihr gesamtes Reisebudget verschlingen würde. Auch in Sestri Levante hatte sie mit Mühe eines der letzten Zimmer erwischt. Bei ihrer letzten Station auf der Reise hatte sie ein wenig gehadert bei der Frage, ob sie in La Spezia oder Porto Venere übernachten sollte.

Porto Venere war natürlich wesentlich praktischer, um die Orte der Cinque Terre abzugrasen, aber Amrei hatte große Sorge, dass es ihr emotional zu viel würde. Schließlich hatte sie sich dann doch im *Hotel Belvedere* in Porto Venere angemeldet, weil es ihrer Ansicht nach weit genug vom Ferienhaus der Podestàs entfernt war. Sie würde es schlichtweg vermeiden, überhaupt in die Richtung der *Casa Speranza* zu gehen. Für ihre Recherche war ein Hotel in der Nähe des Hafens genau der richtige Ort.

Ihr Vater hatte sie gestern Abend noch gebeten, ihm die Liste der Hotels auszudrucken, in denen sie die nächsten Tage übernachten würde, was sie für übertrieben hielt. Sie war aber so gerührt von seinen väterlichen Bemühungen, dass sie ihm wohl jeden Wunsch erfüllt hätte. Warum er die Telefonnummer ihrer Mutter hatte haben wollen, erschloss sich ihr allerdings nicht. Ihre Eltern standen, soweit Amrei wusste, in keinerlei Verbindung.

»Du willst doch nicht etwa wieder mit meiner Mutter anbändeln, jetzt, wo du in Scheidung lebst?«, hatte sie scherzhaft gefragt, aber der sonst so lustige Marcello hatte mit ernster Miene erwidert: »Nein, es gibt für mich nur noch die eine Frau: Roberta!«

»Und wenn sie sich nicht scheiden lässt?«, hatte sie neugierig nachgehakt.

»Das ändert nichts an unserer Liebe!«, war seine klare Antwort gewesen.

Über diese Worte dachte sie gerade nach, während sie die Küstenstraße entlangfuhr, weil sie auf dem Weg nach Camogli noch an den drei kleineren Orten Bogliasco, Pieve Ligure und Sori, die alle zur Provinz Genua gehörten, halten wollte, um einen Cappuccino zu trinken und Fotos zu machen.

Sie wollte in ihrem Artikel nicht nur über die großen Touristenorte berichten, sondern auch über kleinere Sehenswürdigkeiten wie die romanische Kirche Sant'Apollinare in Sori oder die romantischen Gassen Bogliascos.

Nachdem sie in Bogliasco oben im Ort einen guten Parkplatz bekommen hatte, wanderte sie durch die verwinkelten Gassen zum Meer und setzte sich in ein Café an dem kleinen Hafen. Im Hochsommer waren auch hier wie an der gesamten Riviera die Strände bis auf den letzten Millimeter belegt, zumal es in diesem Ort einen öffentlichen Strand gab, an dem keine Liegen gemietet werden mussten.

Doch im Café war jetzt am Vormittag kein Betrieb. Amrei bestellte einen Cappuccino und genoss den Blick über das Meer, das hier eine intensiv leuchtend blaue Farbe hatte. Im Hafen dümpelten Fischerboote und auch ein paar Jachten friedlich nebeneinanderher. An solchen Orten malte sich Amrei gern aus, wie es hier wohl früher gewesen sein mochte, als der Tourismus solche kleinen Orte noch nicht erreicht hatte und die Fischer das Alltagsbild dominiert hatten.

An diesem Platz genau wie schon im Haus ihres Vaters in Nervi fiel die Anspannung angesichts der Ereignisse der vergangenen Tage immer mehr von ihr ab. Der Wind streichelte sanft ihre Haut, und im Schatten war es angenehm warm, aber nicht brütend heiß. Dass sie nicht mehr ganz so verzweifelt war, hatte sie Maria zu verdanken. Dass ihre einstige Gastschwester bereit war, für sie zu kämpfen, tat ihr verdammt gut. Sie selbst hegte keine großen Hoffnungen, dass Maria ihre Unschuld würde beweisen können. Selbst wenn sie Inga zutraute, sie zu belügen, so hielt sie es bei Leni für ausgeschlossen. Niemals würde die ihr etwas in die Schuhe schieben, von dem sie wusste, dass Amrei es nicht getan hatte! Für Leni würde sie die Hand ins Feuer legen. Das Einzige, was sie genauso irritierte wie Maria, war Alfredos betrunkenes Gerede, sie, Amrei, sei unschuldig. Das Gute daran war, dass sie sich nicht länger den Kopf über diese Widersprüche zerbrechen musste, sondern dass Maria diesen Part mit vollem Engagement übernommen hatte. Amrei empfand es wie eine Schonfrist, in der sie sich ganz auf ihre

Arbeit konzentrieren durfte. Diese Woche in Italien war für sie wie ein Geschenk. Und da sie gestern noch kein einziges Wort geschrieben hatte, wollte sie das endlich nachholen. Amrei holte also, nachdem sie ein paar Fotos vom Hafen gemacht hatte, ihr Laptop hervor und legte ein Dokument an mit den Titel *Liguria*. Es dauerte ein paar Minuten, in denen sie fieberhaft nach einem Einstieg grübelte, aber nach dem ersten Satz: *Meine Reise an die Riviera di Levante begann mit einer echten Genueser Hochzeit,* flossen ihr die Worte förmlich in die Tastatur. Zwei Caffè doppio, wie der doppelte Espresso in Italien hieß, und ein Panino später hatte sie nicht nur die Hochzeit für ihren Artikel unterhaltsam aufbereitet, sondern ebenso die Nacht im Haus eines italienischen Freundes in Nervi. Dass sie aus ihrem Vater einen italienischen Freund machte, verstand sich von selbst. Wenn sie Reiseberichte schrieb, vermied sie biografische Fakten. Ihr kam sehr zugute, dass ihr Vater sie gestern Nachmittag noch zu einem Kurztrip auf seinem Boot hatte überreden können, sodass sie auch ein paar Sätze über den Anblick der Küste vom Meer aus schreiben konnte.

Als sie fertig war, spürte sie, wie ihr der Schweiß in den Nacken rann, denn die Mittagshitze war so enorm, dass der Sonnenschirm wenig Schutz bot. Aber das störte sie nicht wirklich. Sie war lange nicht mehr derart zufrieden mit ihrer Arbeit gewesen. Erfüllt packte sie den Rechner zurück in ihre Computertasche, zahlte und schlenderte durch die Gässchen zurück zu ihrem Wagen.

Danach besuchte sie kurz die beiden anderen Orte und machte sich auf nach Camogli. Das Hotel besaß einen eigenen Parkplatz, was die meisten anderen Hotels in diesem pittoresken Ort nicht bieten konnten. Ihr Herzschlag beschleunigte sich merklich, als sie die Lobby betrat. Sofort wurden alte Erinnerungen wach. In diesem Hotel hatte eine Cousine von Signora Podestà einst geheiratet. Sie war auch ein paar Mal mit Maria über das Wochenende in Camogli gewesen, aber sie hatten immer in einer kleinen preiswerten Pension übernachtet. Schon damals hatte Amrei diesen Ort in ihr Herz geschlossen.

Ihr Zimmer hatte zu ihrem Bedauern keinen Meeresblick und war überdies winzig. Immerhin besaß es ein großes Doppelbett. Dass es nach hinten hinausging, war wahrscheinlich der Grund, warum es das letzte freie Zimmer im sonst stets ausgebuchten Hotel gewesen war. Doch das scherte Amrei nicht. Sie konnte es kaum erwarten, nach einer Dusche mit einem noch dünneren Sommerkleid an die Promenade zu gehen.

Im Hintergrund lauerte sie weiterhin darauf, dass ihre unbeschwerte Stimmung von einer Sekunde zur anderen wieder verfliegen und sie in das Schattenreich ihres schlechten Gewissens verbannen würde. Doch die Leichtigkeit blieb, als sie die bunten Häuser vor sich auftauchen sah. In keiner italienischen Stadt hatte sie je so schöne bunte und hohe Häuser hinter dem Strand aufragen sehen. Sie hatte sich einmal von einem einheimischen Seemann erzählen lassen, dass die Farben deshalb unterschiedlich waren, damit die Fischer ihren Hafen nach dem Fang schon von weit draußen erkennen konnten. Der Mann hatte Amrei damals einiges über die Geschichte der Stadt erzählt. So war Camogli im Spätmittelalter eine bekannte Hafenstadt gewesen, und noch im späten neunzehnten Jahrhundert hatten an die fünfhundert patentierte Kapitäne in der Stadt gewohnt. Dass die Einwohner der Stadt in der Mehrzahl Seefahrer gewesen waren, war wohl nach einer alten Geschichte auch der Grund für den Namen Camogli, der von case delle mogli rührte, Häuser der Ehefrauen. Allerdings hatte der Mann mit einem schelmischen Grinsen hinzugefügt, man solle sich jetzt nicht lauter Bräute und Ehefrauen mit an den an Fenstern platt gedrückten Nasen vorstellen, die voller Sehnsucht auf die Rückkehr der Männer warteten, denn oft seien die Ehefrauen, solange sie noch kinderlos waren, mit in die Welt hinausgezogen. Amrei hatte diese Geschichte schon damals fasziniert, und sie nahm sich vor, ihrem

Informanten erneut einen Besuch abzustatten. Damals hatte er ihr verraten, dass er einen Platz in dem einzigen Altenheim für Seeleute Italiens in Camogli sicher habe. Amrei hoffte, dass sie Comandante Mazza dort nach vierzehn Jahren noch finden würde. Er war damals Anfang siebzig gewesen. Dem Seniorenheim »Giovanni Bettolo«, wie es offiziell hieß, wollte sie für ihren Artikel sowieso einen Besuch abstatten, denn ihr war es wichtig, außer touristischen Tipps, wie etwa für gute Restaurants, auch Hintergrundinformationen zur Geschichte dieser Küste zu geben.

Amrei war völlig in Gedanken versunken, sodass sie die Frau, die direkt auf sie zusteuerte, erst erkannte, als diese ihr mit einem Freudenschrei um den Hals fiel.

»Karen?«, fragte Amrei völlig verdattert. »Karen? Was machst du denn hier?«

»Was für ein Zufall«, flötete sie.

Amrei glaubte ihrer Mutter kein Wort und zog sie mit sich fort zu einer der Bänke, die es überall an der Promenade gab. »Was willst du hier?«

»Das ist ja eine nette Begrüßung«, erwiderte Karen.

»Was machst du in Camogli? Und komm mir bitte nicht mit Zufall!«, sagte Amrei in strengem Ton, während sie ihre Mutter prüfend musterte. Sie sah gut aus. Keine Frage. Erholter als vor ihrer Indienreise auf jeden Fall. Offenbar hatte der Guru ihr gutgetan. Abgesehen davon, dass sie jene Hippieklamotten trug, die Amrei nicht leiden konnte, weil sie sich als Kind eine weniger auffällig angezogene Mutter und keinen bunten Vogel gewünscht hätte.

Statt ihr eine Antwort zu geben, zog Karen Amrei noch einmal fest an ihre Brust und versicherte ihr, wie schön es sei, endlich etwas von ihr zu hören.

Unwirsch befreite sich Amrei aus der Umklammerung. »Karen, wir haben doch erst vorgestern lange telefoniert. Ich habe dir alles erzählt. So intensiv haben wir lange nicht geredet!«, widersprach ihr Amrei heftig. Sosehr sie sich auch am Sonntagabend über die ungewohnte Fürsorge ihrer Eltern gefreut hatte, das ging ihr entschieden zu weit.

»Mutti! Wer hat dich geschickt?«

»Dein Vater«, entgegnete Karen kleinlaut.

»Er hat nicht etwa bei dir angerufen, oder?«

»Doch, hat er. Und das war ein bisschen peinlich, weil Rahul rangegangen ist, und der kann kein Deutsch.«

»Rahul?«

»Ja, mein indischer Freund …«

Amrei sah sich prüfend um. »Ist der vielleicht auch mitgekommen? Ganz zufällig?«

»Nein, der kommt direkt nach Piombino zur Fähre nach Elba. Ich muss ihn ja bei Laune halten, weil ich nun so plötzlich nach Italien aufbrechen musste. Und da fiel mir Elba ein. Da wollte ich schon immer mal hin. Ich habe ihn inzwischen in Genua geparkt.«

»Und hast du dran gedacht, dass Ferien sind. Von wegen der Unterkünfte?«

»Aber klar doch. Er nimmt ein Zelt mit. Zur Not schlafen wir am Strand.«

Amrei zog die Augenbrauen hoch. Das war typisch Karen. Sie war stets für Überraschungen gut und nahm alles im Leben verdammt locker.

»Und wie lange willst du auf mich aufpassen?«, fragte sie.

»Donnerstag am frühen Morgen nehme ich den Zug nach Piombino, wenn du es genau wissen willst!«, lachte ihre Mutter.

Amrei war sichtlich geschockt. »Und was willst du zwei Tage lang hier machen?«

»Mein kleines Mädchen aufheitern!«

»Es ist alles ausgebucht!«

»Dein Vater sagte, du hast ein Doppelzimmer zur Einzelnutzung, und dann wohnen wir da eben die zwei Nächte zu zweit …«

Die Liste. Ihr Vater hatte sich die Liste nur geben lassen, um ihr die Mutter als Bodyguard zu schicken, nachdem sie ihm einen Korb gegeben hatte.

Amrei brauchte ein paar Minuten, um sich von diesem Schreck zu erholen, aber sie fand es auch irgendwie rührend, dass ihre auf unterschiedliche Weise verpeilten Eltern plötzlich meinten, Versäumtes nachholen zu müssen.

»Sorry, Karen. Ich muss das erst mal verdauen. Bitte tu mir einen Gefallen: Lass uns nicht über die Sache damals sprechen. Ich bin gerade so weit, dass ich mich nicht kopfüber im Meer versenken möchte.«

»Kleines, bitte sag so was nicht!«

»Ich meinte es doch im übertragenen Sinn. Ich tue mir ganz sicher nichts an, aber mich lenkt meine Arbeit gerade ab. Ich kann jetzt nicht mit dir Urlaub machen.«

»Nein, Süße, ich mache das, was du möchtest, und nicht …« Ihr Blick war auf ein Geschäft auf der Promenade gerichtet, das genau jene Kleidung verkaufte, die ihre Mutter so liebte. »Schatz, ich sehe da gerade was. Da muss ich mal schauen.« Und schon war ihre Mutter aufgesprungen und zu dem Laden gerannt.

Amrei stieß einen tiefen Seufzer aus, aber dann erhellte ein Lächeln ihr Gesicht. Auch wenn ihre Mutter ihr in den nächsten Tagen höllisch auf die Nerven gehen würde, ihre Anwesenheit war ein Garant dafür, dass sie bis zu deren Abreise von ihren Sorgen abgelenkt war. Sie würde genug damit zu tun haben, sich auf ihre Arbeit zu konzentrieren, ohne dass ihre Mutter sie mit ihrem Chaos zur Weißglut trieb. Sie hatte auch schon eine Idee. Sie würde ihr die Fotos überlassen. Karen war nämlich in der Tat eine äußerst begabte Fotografin und würde sich sehr geschmeichelt fühlen, gebraucht zu werden.

Als ihre Mutter triumphierend mit einer Tüte in der Hand zurückkehrte, aus der ein buntes Flatterkleid guckte, fand Amrei sogar ein wenig Gefallen an diesem Überraschungsbesuch. Und nachdem man an der Rezeption damit einverstanden war, dass ihre Mutter mit in dem Zimmer übernachtete, und das sogar ohne Aufpreis, offenbarte sie ihr den Vorschlag, sie zu unterstützen. Amreis Rechnung ging auf. Karen war mächtig stolz darauf, die rechte Hand ihrer Tochter sein zu dürfen, und Amrei spürte in sich eine Leichtigkeit wie lange nicht mehr. Vielleicht lag es an der guten Atmosphäre in Camogli, vielleicht an der Zufriedenheit über ihren Einstieg in den Artikel und vielleicht auch an der Gewissheit, dass ihre Schuldgefühle für zwei Tage Urlaub hatten, weil ihre aufgedrehte Mutter gar keinen Raum dafür ließ, es war letzten Endes unwichtig. Allein dass sie ihr Italien-Feeling zurückhatte, und wenn es nur für ein paar Tage war, erwärmte ihr Herz. Als sie am Abend, an dem sie ihre Mutter nach einem arbeitsreichen Nachmittag als Dank zum Essen in eins der besseren Restaurants an der Promenade eingeladen hatte, ihren frittierten Fisch aß, wurde sie beim Anblick der untergehenden Sonne für einen kurzen Augenblick ein wenig melancholisch. Wie gern sie das mit Alessandro geteilt hätte, dachte sie voller Wehmut.

27

MAILAND/GENUA,
JULI 2022, DIENSTAG

Maria hatte an diesem Tag keine Termine vor Gericht, sodass sie ihre Mitarbeiterin bis auf ein Mandantengespräch am Morgen alle weiteren absagen ließ, um nach Albaro zu fahren. Sie war fest entschlossen, Leni zu überraschen, und das duldete keinen Aufschub bis zum Wochenende. Jeder Tag zählte, um Amreis Unschuld zu beweisen.

Sie wollte eigentlich früher losfahren, um ihre Mutter noch auf einen Kaffee zu treffen, aber die war ebenso wenig zu erreichen wie Leni. Die Haushälterin ihrer Mutter sagte, Signora Podestà sei wohl nach Mailand zu ihrer Tochter gefahren. Was ihre Mutter auch trieb, bei ihr war sie nicht! Langsam machte Maria sich ernsthaft Gedanken darum, was bloß in ihre Mutter gefahren war. Aber um das zu klären, musste sie abwarten. Amreis Schicksal hatte Vorrang.

Dann würde sie zumindest ihrem Vater in der Firma eine Stippvisite abstatten, um ihm auszureden, einen Anwalt auf Amrei zu hetzen, und bei der Gelegenheit ihren Bruder Alfredo noch einmal unter vier Augen befragen.

Bevor sie die Kanzlei verließ, rief sie Alessandro an und versicherte ihm, dass sie alles unternehmen würde, um Amreis Unschuld zu beweisen.

Er sagte ihr jegliche Unterstützung zu und fragte, ob es wohl sinnvoll wäre, wenn er Amrei anrufen würde, aber davon riet Maria dringend ab.

»Lass sie ihre Arbeit machen und mich meine. Wenn ich dich brauche, melde ich mich.«

»Ich kann doch unmöglich tatenlos herumsitzen und warten, bis sie in einer Woche womöglich auf Nimmerwiedersehen nach Deutschland zurückkehrt!«, protestierte er verzweifelt.

»Du bist sehr verliebt in sie, oder?« Maria fragte ihn das in ihrem Anwaltston.

»Du bist wirklich unmöglich, Schwesterherz, sagen wir mal so, ich würde sie sehr gern näher kennenlernen, egal, ob sie das damals getan hat oder nicht!«

»Mir wäre es lieber, sie hätte es nicht getan, wenn ich ganz ehrlich bin«, erwiderte Maria ungerührt.

»Rufst du wieder an?«

»Klar, ich fahre jetzt erst mal nach Albaro und nehme mir Leni vor.«

»Leni? Was hat sie damit zu tun?«, fragte er wie aus der Pistole geschossen.

Maria zögerte, ob sie ihn einweihen sollte oder nicht. Sie entschied sich dagegen. Nicht dass Alessandro Leni auch noch bearbeitete.

»Ich meinte Alfredo«, erklärte sie hastig.

Das schien er ihr nicht ganz abzunehmen.

»Maria, was ist mit Leni?«

»Ach, Alessandro, vertraue mir bitte. Ich tue alles, was in meiner Macht steht, um Licht in das Dunkel jenes Morgens zu bringen.«

»Wenn du das so sagst, will ich meiner kleinen Schwester mal glauben. Aber du gibst mir Bescheid, wenn es was Neues gibt, oder?«

»Natürlich, ich melde mich. Und tue mir einen Gefallen. Ruf nicht gleich bei Leni an!«

Alessandro versprach es hoch und heilig.

Maria hatte Massimo nicht eingeweiht in ihre Pläne, Leni einen Überraschungsbesuch abzustatten. Er vertrat nämlich die Ansicht, sie solle die Angelegenheit lieber auf sich beruhen lassen und auf keinen Fall Leni auf die Nerven gehen, die mit Sicherheit nichts mit der ganzen Sache zu tun habe. Maria, die sonst alles mit ihm ausdiskutierte, zog es vor, keinen Streit mit ihrem frischgebackenen Mann zu riskieren. Die Nerven lagen nämlich bei ihnen beiden nach Ingas dramatischem Auftritt auf der Hochzeit blank. Maria konnte nicht garantieren, dass sie sich ihm gegenüber nicht im Ton vergreifen würde, und das wollte sie auf jeden Fall vermeiden. Zur Sicherheit sagte sie ihrer Sekretärin Bescheid, dass sie in beruflicher Mission nach Genua fahren müsse.

Zu ihrer großen Erleichterung gab es keine Staus auf der viel befahrenen Autobahn nach Genua, denn gute zwei Stunden würde sie mit Sicherheit benötigen von der Kanzlei zu Lenis und Francescos Haus. Und dann musste sie ja auch wieder zurück, um zum Abendessen mit Massimo zu Hause zu sein, damit er keinen Verdacht schöpfte, dass sie sich gegen seinen Rat nun doch als Hobbydetektivin betätigte.

Gegen Mittag kam sie vor dem Haus der Familie Garibaldi an. Es war ein geschmackvolles Anwesen in der Nähe der bekannten Villa Serena. Im Vergleich zu den umliegenden Prachtbauten war es eine vergleichsweise bescheidene Villa, die Leni und Francesco mit ihren drei Kindern bewohnten. Francesco hätte gern einen Pool gehabt, aber das hatte Leni stets vehement abgelehnt. So besaß das Haus einen großen Garten mit eigenen Spielgeräten, jedoch keinen eigenen Pool. Maria kam sich ein bisschen wie eine Spannerin vor, als sie ihren Wagen in einer Seitenstraße parkte, um nicht gleich von einem der Fenster des Hauses erspäht zu werden.

Beherzt klingelte sie wenig später und hoffte inständig, dass Leni mit den Kindern allein zu Hause war. Sie hatte wenig Lust, auf ihren Cousin Francesco zu treffen, wenngleich er eigentlich in der Regel ein sanftmütiger und liebenswerter Mann war. Und überaus erfolgreich, denn er arbeitete inzwischen bei seinem Vater in der Manufaktur mit, und das mit Freuden. Er machte stets einen zufriedenen Eindruck. Ganz im Gegensatz zu Alfredo, dem die Arbeit zusammen mit ihrem Vater in der Firma offenbar nicht wirklich Freude bereitete. Aber die Art und Weise, wie Francesco sie am Telefon abgewimmelt hatte, machte Maria nicht gerade Lust auf ein Wiedersehen mit ihrem Cousin.

Im Haus blieb allerdings alles still, und Maria befürchtete schon, dass sie umsonst gekommen war, als sie Sofia, das Kindermädchen der Familie, mit Paolo, dem ältesten Sohn der jungen

Garibaldis, auf das Haus zusteuern sah. Der neunjährige Bursche kam freudig auf sie zugelaufen, als er sie erkannte, während Sofia, die sonst immer sehr fröhlich war, äußerst gestresst wirkte.

»Spielst du mit mir Monopoly?«, fragte Paolo begeistert. Das hatten sie vor ein paar Wochen einmal bis in die Nacht hinein gemeinsam getan. Ganz harmonisch zusammen mit Leni, Francesco, deren Tochter Sara und Massimo. Maria schien das eine halbe Ewigkeit her zu sein. Die Hochzeit hatte alles verändert.

»Heute nicht, Paolo, ich wollte zu deiner Mama.«

»Die ist nicht zu Hause, die ist mit Sara weggefahren, um Davide zu suchen«, erklärte er ihr aufgeregt.

Maria blickte fragend Sofia an. »Ist Davide denn verschwunden?«

Sofia wurde bei dieser Frage bleich. »Nein, nein, er ist mit der Schwester von der Signora unterwegs.«

»Aha, und Leni ist mit Sara hinterhergefahren?«

Sofia machte einen gequälten Eindruck, und sie bat jetzt Paolo in energischem Ton, schon allein ins Haus vorzugehen. Das gefiel ihm überhaupt nicht, aber dann schloss er mürrisch die Haustür auf und verschwand im Inneren des Hauses.

»Maria, ich versichere Ihnen, ich habe wirklich nichts getan. Glauben Sie mir!«, sagte Sofia beschwörend.

»Aber nein, wovor haben Sie Angst?«, fragte Maria das nun völlig aufgelöste Kindermädchen.

»Dass sie mir die Schuld daran gibt«, schluchzte sie.

»Woran denn bloß?«

»Dass er mit seiner Tante weggefahren ist. Sie stand plötzlich vor der Tür und meinte, sie solle den Kleinen abholen. Zu einer Tour in die Berge, hat sie gemurmelt. Da habe ich mir natürlich nichts dabei gedacht und vermutet, sie würden ins Tessin zur Tante der Herrschaften fahren. Die Signora war ja beim Friseur und wollte nicht gestört werden.«

Marias Herzschlag beschleunigte sich merklich, denn ihr schwante etwas Übles.

»Und die Signora wusste gar nichts davon? Ich meine, von dieser Reise?«

Sofia schüttelte den Kopf. »Nein, sie hat mich, als sie vom Friseur zurückkam, angeschrien, weil ich Davide mit ihrer Schwester habe wegfahren lassen. Aber ich konnte doch nicht wissen …« Wieder brach das Kindermädchen in Tränen aus.

Maria legte ihr beruhigend die Hand auf den Arm. »Nein, Sie können nichts dafür. Und hat Leni Ihnen nicht gesagt, wohin sie nun gefahren ist?«

»Nein, es war ganz verrückt. Sie raffte ein paar Sachen zusammen und verließ das Haus völlig in Panik. Sie hat Sara nur mitgenommen, weil die einen Aufstand gemacht hat, als ihre Mutter allein wegfahren wollte. Sie war durch nichts zu beruhigen und ist ihr zum Wagen hinterhergerannt. Ich habe für das Mädchen dann auf die Schnelle noch ein paar Sachen eingepackt.«

»Und wenn Sie von Tante sprechen, meinen Sie die Schwester der Signora, oder?« Maria hoffte insgeheim, es wäre jemand anders gewesen, der Davide abgeholt hätte.

»Ja, die junge Signora Podestà.«

»Vielleicht rufe ich Leni mal an und frage sie, wo sie steckt«, bemerkte Maria bemüht locker und wählte ihre Nummer, aber es meldete sich keiner.

»Machen Sie sich keine Vorwürfe«, versuchte sie anschließend, das Kindermädchen zu beruhigen. Sofia war immer noch völlig aufgelöst.

»Am besten gehen Sie zu Paolo ins Haus. Ich würde gern mit ihm spielen, aber ich muss zurück nach Mailand.«

Mit diesen Worten wollte sie zu ihrem Wagen eilen, um von dort Francesco anzurufen, doch in dem Moment fiel ihr etwas Wichtiges ein.

»Wann war das? Ich meine, wie lange ist Leni schon unterwegs?«

»Seit gestern am späten Nachmittag. Sie war erst zum Mittagessen mit ihrer Schwester und Signor Alfredo in Genua verabredet, und danach beim Friseur. Deshalb habe ich auch gedacht, die beiden Damen hätten das beim Mittagessen so besprochen«, gab Sofia sichtlich betroffen zurück.

»Und hat sich Signora Garibaldi inzwischen zu Hause gemeldet?«

»Ich nehme mal an, sie hat inzwischen mit ihrem Mann geredet, aber so genau weiß ich das nicht.«

»Ich glaube, sie machen sich ein paar schöne Tage im Tessin. Und vielleicht ist ja auch nur der Akku alle«, versicherte Maria dem verängstigten Kindermädchen in bemüht optimistischem Ton. Dabei schrillten bei ihr sämtliche Alarmglocken, aber Sofia schien das jedenfalls zu beruhigen. Sie wischte sich hastig eine Träne aus dem Augenwinkel. »Daran habe ich noch gar nicht gedacht. Im Haus im Tessin ist auch manchmal gar kein Empfang«, sagte sie. »Bitte verraten Sie ihr nicht, dass ich Ihnen erzählt habe, dass die Tante Davide abgeholt hat. Sie hat mir verboten, das ihrem Mann gegenüber zu erwähnen. Ich … ich sollte sagen, dass sie mit Davide und Sara spontan weggefahren ist«, stammelte sie.

»Und haben Sie das geschafft oder sich ihm gegenüber verplappert?«, fragte Maria im Anwaltston nach.

»Nein, ich habe ihm gesagt, seine Frau ist spontan aufgebrochen, aber das hat ihn in große Sorge versetzt. Er hat nicht verstanden, warum sie das vorher nicht wenigstens am Telefon mit ihm abgesprochen hat«, erwiderte Sofia zerknirscht.

»Keine Sorge. Ich werde das meinem Cousin gegenüber auf keinen Fall verlauten lassen, denn er ist gar nicht gut auf seine Schwägerin zu sprechen«, redete Maria Sofia gut zu, während ihr dieser Gedanke, dass Inga ohne Lenis Wissen deren Sohn abgeholt hatte, ganz und gar nicht behagte. Im Gegenteil, das konnte nichts Gutes bedeuten.

Maria nickte Sofia zum Abschied noch einmal aufmunternd zu und eilte zu ihrem Wagen. Ihr war gar nicht wohl zumute. In ihrer Fantasie hing das alles miteinander zusammen: Ingas Auftritt auf der Hochzeit, die Frage, was in jener Nacht, als Salvi starb, am Pool wirklich geschehen war, die Tatsache, dass auch Leni dabei gewesen war, und Lenis plötzlicher Aufbruch in die Berge, aber sie wollte sich nicht von Spekulationen leiten lassen, sondern nur von Fakten.

Da kam ihr ein Gedanke, wie sie die Frage, ob sie vielleicht alle ganz glücklich und zufrieden gemeinsam im Tessin waren, klären konnte. Schließlich hatte sie Tante Chiaras Handynummer. Allerdings wollte sie ihre Tante nicht unnötig beunruhigen und nahm sich vor, ihre Aufregung möglichst zu verbergen.

Ihre Tante klang wie immer munter, als sie sich meldete. Mit gespielter Lässigkeit fragte Maria, ob sie im Tessin wäre wie meistens im Hochsommer. Ihre Tante bejahte das und erzählte ihr, dass sie gleich nach der Hochzeitsfeier am Sonntag losgefahren wären. In mitfühlendem Ton fügte die Tante hinzu: »Ich hoffe, du hast noch eine schöne Feier gehabt, nachdem wir gegangen sind, und hast dir nicht von Ingas Auftritt die Stimmung verderben lassen.«

»Nein, nein, alles gut«, entgegnete Maria abwehrend. Sie wollte auf keinen Fall weiter über Ingas Hochzeitseinlage plaudern, doch ihre Tante schien Gesprächsbedarf zu haben.

»Das hätte ich dieser bezaubernden Amrei niemals zugetraut. Wie geht es deiner Mutter denn damit, dass sie diese Frau als Überraschungsgast zu deiner Hochzeit eingeladen hat? Ach, du Arme …«

Maria hörte ihrer Tante gar nicht mehr zu, sondern überlegte fieberhaft, wie sie ihren Redefluss aufhalten könnte. Sie hatte ja durchaus Verständnis dafür, dass ihre Tante sich ihre Betroffenheit von der Seele reden wollte, aber das hielt Maria nur unnötig auf.

»Tante Chiara. Bevor es nicht bewiesen ist, dass Amrei meinen kleinen Bruder hat ertrinken lassen, möchte ich nicht mehr über die Sache reden«, unterbrach sie ihre Tante schließlich.

»Was soll das heißen? Wir wissen alle, was wir von Inga zu halten haben, aber das wird sie sich wohl kaum aus den Fingern gesogen haben …«

»Tante Chiara, ist Inga zufällig zu Besuch bei dir?«

Die Antwort war ein verächtlicher Zischlaut. »Diese Person setzt schon seit Jahren, ach, was rede ich, seit Jahrzehnten keinen Fuß mehr in mein Haus!«, stieß sie voller Empörung hervor.

Das war deutlich, dachte Maria, machte das Ganze aber nicht gerade weniger mysteriös.

Maria überlegte noch, ob sie sich nach Lenis Anwesenheit im Tessin erkundigen sollte, aber sie befürchtete, spätestens dann würde ihre Tante merken, dass dies kein höflicher privater Anruf war.

»Gut, habt es noch schön«, sagte Maria.

»Moment mal, was wolltest du eigentlich? Für das Hochzeitsgeschenk bedanken wohl eher nicht …«

»Doch, doch, genau das. Herzlichen Dank!«, beeilte sich Maria zu sagen und beendete das Gespräch hastig, weil sie gar nicht wusste, was Tante Chiara ihr geschenkt hatte. Die Hochzeitsgeschenke hatte Maria nämlich noch nicht einmal angerührt. Sie wusste, dass ihr Vater sie in seinem Wagen zur Villa gebracht hatte, aber am Montagmorgen war keinem in den Sinn gekommen, sie auszupacken und gar mit nach Mailand zu nehmen.

Maria atmete ein paar Mal tief durch. Im Haus von Lenis ehemaligen Gasteltern waren Leni, ihre Schwester, Sara und Davide also nicht. Verzweifelt tippte sie noch einmal Lenis Nummer ein, aber nach dem Freizeichen hörte sie ein Besetztzeichen. Maria versuchte es, bis sie begriff, dass Leni ihr Telefon inzwischen ausgeschaltet hatte.

Mit pochendem Herzen setzte sie sich in ihren Wagen und wählte Francescos Nummer in der Firma. Es meldete sich eine Mitarbeiterin, die versprach, sie mit dem Juniorchef zu verbinden, doch dann wurde aufgelegt. Nachdem das noch einmal passierte, hatte Maria die Gewissheit, dass etwas oberfaul war bei ihrem Cousin und seiner Frau. Es war wie verhext. Es gab da eine Mauer des Schweigens, die Maria vergeblich zu durchbrechen versuchte. Sie aber hatte ihrer Freundin versprochen, für sie zu kämpfen, und würde weiter alles Menschenmögliche tun, um Klarheit zu bekommen. Noch war sie nicht am Ende mit ihrem Latein.

Nun würde sie Alfredo noch einmal auf den Zahn fühlen.

28

GENUA, JULI 2022, DIENSTAG

Als Maria auf den Firmenparkplatz der Reederei Podestà fuhr, kamen alte Erinnerungen hoch. Wie sehr ihr Vater sich nach ihrem Abschluss gewünscht hatte, dass sie als Juristin mit Alfredo gemeinsam die Geschäftsführung übernahm. Maria hatte sich schließlich nach ihrem Examen zu einer Probezeit in der Firma breitschlagen lassen, aber schnell gemerkt, dass sie das nicht ertragen würde. Nicht nur, dass ihr das Arbeitsgebiet nicht lag, es war mehr noch das Verhältnis zwischen ihrem Bruder und dem Vater, das sie so jeden Tag hautnah erleben musste. Alfredo konnte ihrem Vater nichts wirklich recht machen, und ihr Bruder ertrug diese tägliche Demütigung mit einem Lächeln. Äußerlich jedenfalls, denn er konnte kaum verbergen, dass er zunehmend dem Alkohol und auch dem Koks zusprach und sich Frauen für eine Nacht kaufte, obwohl er mit Inga verheiratet war. Oder gerade deshalb … hatte Maria stets insgeheim gedanklich hinzugefügt. Nein, es war keine schöne Zeit gewesen. Wie viel glücklicher war sie in ihrem Beruf als Anwältin. Und überhaupt, wie rundherum zufrieden mit dem Leben war sie noch bis zur Hochzeit gewesen. Und nun lag eine Schwere über alledem.

An der Rezeption wurde sie herzlich begrüßt und ohne telefonische Ankündigung zu ihrem Vater vorgelassen. Der wunderte sich über diesen überraschenden Besuch seiner Tochter. Erfreut bot er ihr einen Kaffee an. Ihr Verhältnis hatte glücklicherweise nicht unter ihrer Entscheidung, doch lieber Anwältin zu werden, gelitten. Maria hatte nicht diese Probleme mit ihrem Vater wie die beiden Brüder, wobei Alfredo sie leugnete und Alessandro ganz offen darüber sprach, dass er keinen Zugang zu seinem Vater hatte.

»Was führt dich denn mitten in der Woche zu mir?«, fragte er, nachdem er seine Sekretärin um zwei Kaffee gebeten hatte.

»Ach, Papa, ich weiß, es wird dir nicht gefallen, aber ich komme noch einmal wegen Amrei.«

Ihr Vater verdrehte die Augen. »Musst du mich unbedingt an diesen Namen erinnern?«

»Ich kann es dir nicht ersparen und möchte dich als Tochter und Anwältin bitten, keine rechtlichen Schritte gegen Amrei einzuleiten.«

»Zu spät, meine Liebe. Ich habe gerade meinen Anwalt damit beauftragt, die Sache zu prüfen.«

»Papa, das ist verjährt.«

»Das behauptest du. Luigi wird das alles überprüfen.«

»Und wenn sie es gar nicht war?«

Ihr Vater machte eine abwehrende Handbewegung. »Hör auf mit dem Unsinn. Wer hat Salvi dann ertrinken lassen? Der Heilige Geist?«

»Papa, ich werde versuchen, aufzuklären, was in jener Nacht wirklich geschehen ist.«

»Du hast doch gehört, was Alfredo gesagt hat! Er kann sich an nichts erinnern. Was habt ihr euch eigentlich alle so mit dieser Deutschen? Alessandro, du und nun auch Mama. Gut, bei ihr kann ich das noch am besten verstehen ...«

Maria wurde hellhörig. »Wieso verstehst du das bei Mama? Bei ihr verstehe ich das am allerwenigsten. Ich bin ihre Freundin, und Alessandro mag sie eben besonders gern, aber die strenge Mama?«

»Ach, das habe ich nur so dahergesagt. Und jetzt sei so lieb und lass mich mit der Person in Ruhe. Wenn ich auch nur die geringste Chance habe, sie zu verfolgen, dann wird sie bluten für das, was sie uns angetan hat!«

Maria zuckte zusammen. Sie kannte diese Zeichen, wenn man ihren Vater nicht weiter mit Fragen löchern sollte. Ansonsten konnte er cholerisch werden. Seine zusammengekniffenen Augen und sein scharfer Ton signalisierten ihr, dass sie für Amrei nichts bei ihm erreichen würde.

»Gut, Papa. Danke für den Kaffee. Wir sehen uns am Wochenende. Ich muss ja endlich unsere Geschenke abholen«, seufzte sie, nicht, weil ihr das als Last erschien, sondern weil sie nicht wusste, ob sie bis zum Wochenende die Klarheit haben würde, die sie brauchte.

»Ich schau noch mal bei Alfredo vorbei«, sagte sie zum Abschied.

»Schön, aber untersteh dich, ihn zu verhören. Der Junge hat Probleme genug mit dieser unmöglichen Person, die seine Frau ist. Apropos, ist in Sachen Scheidung eigentlich schon etwas vorangegangen? Und bitte sorge dafür, dass dieses raffgierige Miststück nichts bekommt.«

»Ja, Papa, ich tue mein Bestes«, versprach sie ihm, obwohl sie in der Sache selbst keinen Schritt vorangekommen war, weil Inga alles blockierte.

Alfredos Büro lag auf derselben Etage wie das seines Vaters, aber am anderen Ende des Ganges. Auf ihr Klopfen hin ertönte ein müdes: »Ja, bitte!«

Als sie ihn übernächtigt hinter seinem Schreibtisch kauern sah, erschrak sie. Er sah noch schlimmer aus als beim Frühstück am Montag. Da half auch der teure blaue Anzug nichts.

Mit den Worten: »Dich schickt der Himmel. Ich wäre die nächsten Tage ohnehin zu dir in die Kanzlei gekommen«, begrüßte er sie nun beinahe überschwänglich, holte ein Stück Papier aus der Schreibtischschublade und reichte es ihr. »Damit kriegen wir die Scheidung.«

Maria blickte ihn irritiert an. »Wie jetzt? Sie boykottiert doch die simpelsten Termine.«

»Nicht mehr! Wir haben uns gestern in einem Lokal in Genua zusammengesetzt und alles besprochen.«

»Das glaube ich nicht!«

»Kannst ja Leni fragen. Die war dabei. Gestern in der Mittagspause. Wir waren zum *pranzo* und haben das bei einem Essen ausgehandelt.«

»Aha.« Mehr brachte Maria nicht heraus. Stattdessen überflog sie seine handschriftlichen Notizen und stieß einen Pfiff aus, als sie sah, was Alfredo Inga nun neuerdings alles bei der Scheidung überlassen wollte.

»Und das hat sie nicht mit vorgehaltener Pistole von dir erpresst?«

»Nein, das ist mir meine Freiheit wert«, erklärte Alfredo im Brustton der Überzeugung.

»Können wir vielleicht irgendwo ungestört einen Kaffee trinken gehen?«, fragte Maria ihren Bruder.

Er schüttelte den Kopf. »Ich muss leider arbeiten!«

»Sag doch lieber gleich, dass du nicht mit mir über die Nacht damals in Porto Venere sprechen willst!«, gab sie in scharfem Ton zurück.

»Gut, dann sage ich dir das jetzt. Vielleicht vergeht dir deine Neugier, sobald du die Wahrheit kennst.«

Maria war wie elektrisiert.

»Dann rede!«, forderte sie ihren Bruder ungeduldig auf.

»Gut, aber sag später nicht, du hast es nicht gewollt!«

Sie nickte schwach. »Nun mach endlich!«

»Wie du weißt, konnte ich mich lange kaum an die Nacht erinnern, aber nun fielen mir wieder Bruchstücke ein …« Er legte eine Pause ein. Maria konnte es kaum aushalten vor lauter Anspannung. Sie fuhr sich nervös durch ihr Haar.

»Vielleicht ist Amrei doch nicht mit Salvi in den Pool gestiegen. Vielleicht bin ich schuld daran.«

»Du?«

Alfredo nickte.

»Ich habe unten im Garten in jener Nacht irgendwas eingenommen. Und da kam Salvi durch die Nacht gestolpert und wollte, dass ich ihn in sein Bett zurückbringe. Da habe ich ihn im Rausch angebrüllt, er solle sich verpissen. Tja, und da ist er heulend abgezogen, und dann habe ich die Schreie gehört. Das waren Leni und Inga, die ihn leblos im Pool treibend gefunden haben.«

Maria musterte ihn ungläubig, bevor sie aufsprang und ihm eine schallende Ohrfeige versetzte. »Und das sagst du so seelenruhig, dass du unseren Bruder auf dem Gewissen hast!«, brüllte sie.

»Jetzt reiß dich mal zusammen!«, gab er ärgerlich zurück. »Oder soll das gleich die ganze Firma wissen.«

»Und das ist dir plötzlich über Nacht eingefallen?«, fragte sie entgeistert.

»Ja, ich sagte doch, ich stand unter Drogen.«

Maria war fassungslos. Wie unbeteiligt er wirkte. Das machte sie rasend. Am liebsten würde sie ihm noch ein paar Mal ins Gesicht schlagen, stattdessen ließ sie sich stöhnend zurück auf ihren Stuhl fallen.

Damit habe ich meine Mission erfüllt, dachte sie, aber es fühlte sich nicht so an. Amrei war zwar halbwegs entlastet, nun lag die Schuld jedoch bei ihrem eigenen Bruder.

»Und wie stellst du dir das jetzt vor? Du willst Amrei doch nicht im Ungewissen lassen, oder?«

Alfredo griff erneut in seine Schreibtischschublade und holte ein Dokument hervor. Bevor er es ihr reichte, musterte er sie durchdringend. »Es steht dir natürlich frei, die Sache unseren Eltern zu petzen, aber sei dir klar darüber: Papas Herz hält keine Aufregung aus.«

Maria dachte mit Grauen an den Infarkt ihres Vaters im letzten Jahr. Ein kleiner, hatte der Arzt gesagt, aber ein kleiner Infarkt ist oft der Vorbote zu einem großen, hatte er mahnend hinzugefügt … Mindestens genauso grauste sie es in diesem Augenblick vor ihrem Bruder, der eiskalt zugab, Salvi auf dem Gewissen zu haben, und mit der labilen Gesundheit ihres Vaters spielte.

»Du rätst mir also, den Mund zu halten? Ja? Ist es das, was du von mir willst?« Maria konnte nichts dagegen tun. Diese jämmerliche und zugleich selbstgerechte Figur in dem Bürosessel ihr gegenüber widerte sie an.

»Im Prinzip wäre es das Vernünftigste!«, entgegnete er ungerührt.

»Ach so, und Amrei lebt mit dieser vermeintlichen Schuld bis an ihr Lebensende? Oder wie hast du dir ihr Schicksal vorgestellt?«

Als Antwort reichte ihr Alfredo das Dokument.

Allein die Überschrift ließ ihr kalte Schauer über den Rücken rieseln. »Verschwiegenheitsvereinbarung? Was soll das?«

»Lies doch. Steht alles drin!«

Maria vertiefte sich widerwillig in das Dokument, das eine Schweigepflicht seitens Amrei beinhaltete, und zwar gegen eine stattliche Summe.

»Du glaubst nicht im Ernst, dass sie so was unterschreibt?«

»Wenn du ihr dazu rätst, schon. Und was ist ihr Schaden? Sie braucht kein schlechtes Gewissen mehr zu haben. Unsere Familie hat weiter ihre Schuldige, die dann weit weg ist. Und ich tröste sie, wenn Papa mich für zwei Jahre in unser neues Büro nach Hamburg schickt, denn sie hat sich verdammt gemausert.«

»Du machst was?«

»Ich kümmere mich um sie. Komm, du weißt doch, wie verknallt sie damals in mich war. Und jetzt ist sie eine richtige Frau. Ich werde sie heiraten, und nach zwei Jahren ist Gras über die Sache gewachsen. Da wird auch Papa sich wieder beruhigt haben. Das war eine Jugendsünde, und beim ersten Nachwuchs ist alles vergessen!«

Maria tippte sich gegen die Stirn. »Du bist ja komplett gaga. Der Alkohol und das viele Koks scheinen dir das Hirn aufgeweicht zu haben.«

»Schwesterherz, das war ein Spaß. Nicht, dass ich nach Hamburg gehen und versuchen würde, sie dort zu verführen, aber das mit dem Heiraten …«

»Und was, wenn ich jetzt mit diesem Schreiben in Papas Büro gehe und ihm alles brühwarm berichte?«

Ehe sichs Maria versah, hatte Alfredo ihr blitzschnell die Vereinbarung aus den Fingern gerissen und in einen Schredder gesteckt, der neben seinem Schreibtisch stand.

»Wenn er tot umfällt, weil seine Tochter sogar Lügen erfindet, um den Hals ihrer deutschen Freundin zu retten, viel Spaß! Oder glaubst du, er stellt sich gegen mich?«

»Du bist ein saudummes Arschloch!«, fuhr sie ihn an und sprang wutentbrannt vom Stuhl auf.

»Überlege es dir. Wir schlagen zwei Fliegen mit einer Klappe. Amrei kann wieder ruhig schlafen, und du musst nicht mehr versuchen, Leute auszufragen und den Engel der Gerechtigkeit zu spielen.«

»Drecksack!« Mit dieser Beschimpfung drehte sie sich auf dem Absatz um, aber Alfredo sagte leise in ihrem Rücken: »Denk daran. Die Woche ist bald um. Und stell dir die Alternative vor: Du stehst als Lügnerin da und deine Freundin als Mörderin.«

Maria stand regelrecht unter Schock. Sie hatte ihren Bruder Alfredo komplett unterschätzt. Sie hatte nie besonders viel Respekt vor ihm gehabt, ihn für opportunistisch und schwach gehalten, aber dass er so widerlich berechnend sein konnte, das hätte sie ihm niemals zugetraut.

Sie versuchte, halbwegs aufrecht das Bürohaus zu verlassen. Im Wagen gab es kein Halten mehr. Sie stieß einen markerschütternden Wutschrei aus, als wollte sie Tote zum Leben erwecken.

29

CAMOGLI/PORTOFINO,
JULI 2022, MITTWOCH

Amrei hatte nur zögerlich dem Vorschlag ihrer Mutter zugestimmt, eine Wanderung nach Portofino zu unternehmen. Um den Nobelort zu erkunden, hatte sie eigentlich den Bus von Rapallo eingeplant. Karen aber hatte sie schließlich mit ihrer Begeisterung regelrecht angesteckt. Sie war der Meinung, um über diesen Ort der Schönen und Reichen zu schreiben, müsse man eine besondere Perspektive einnehmen, wenn man, wie sie, eben nicht zu diesen Privilegierten gehörte, die dort ihren Urlaub verbrachten. Das Argument hatte Amrei überzeugt. Es war tatsächlich eine für ihren Artikel interessante Variante, dass sie nach einer Wanderung von über vier Stunden verschwitzt in Portofino ankamen und nicht frisch gestylt per Bus oder Ausflugsboot.

Ihre Mutter hatte sich vorab genau erkundigt, dass man diese Wanderung mit Turnschuhen und leichtem Rucksack bewältigen konnte und keine Bergschuhe benötigte. Sie hatte sich überdies eine Karte besorgt und zwei in Amreis Augen lächerliche Strohhüte, weil sie der Auffassung war, die bräuchten sie für den Weg, obwohl er streckenweise durch den Wald führte. Außerdem hatte sie sich um den Proviant gekümmert und einen Rucksack gepackt mit Wasser und Essen. Ihre Mutter hatte in der *Focacceria Revello* nicht nur leckere Focacce mit Oliven und Zwiebeln besorgt, sondern auch diverse süße Spezialitäten. An diesem Tag steckte Karens Begeisterungsfähigkeit Amrei an, und sie freute sich auf die Wanderung mit ihrer Mutter.

Der Weg führte zunächst stetig bergauf über gut begehbare Steintreppen bis zu dem Dorf San Rocco. Oben im Ort bei der Kirche legten sie die erste kurze Pause ein und genossen den berauschenden Blick über den Golfo Paradiso, wie die Bucht von Genua genannt wurde. Sie tranken nur ein wenig Wasser, bevor sie nach einigem Hinauf und Hinunter, immer mit dem Blick auf das Meer, den Höhenkamm erreichten. Von dort begann der Abstieg nach San Fruttuoso, wo sie sich bei einem Bad am Kieselstrand vor dem Benediktinerkloster erfrischen wollten. Amrei kannte diesen besonderen Ort bereits von damals. Maria war mit ihr ein paarmal dort gewesen, allerdings mit dem Schiff.

Damals war dieser Flecken Erde bei Touristen noch nicht so bekannt gewesen wie jetzt. Es gab keinen einzigen freien Flecken auf den Kieseln, auf dem kein Handtuch lag. Trotzdem zogen Amrei und ihre Mutter ihre verschwitzten Sommerkleider aus und sprangen in das herrlich saubere Wasser. Amrei hatte sich ihrer Mutter lange nicht mehr so nahe gefühlt wie in diesen Tagen. Fast bedauerte sie es, dass sie allein nach Rapallo weiterziehen musste, während ihre Mutter mit ihrem neuen Freund nach Elba reiste.

Nachdem sie sich einen Augenblick am Strand ausgeruht hatten, wagten sie den steilen Aufstieg, der direkt neben dem Strand begann. Amrei war sehr versucht gewesen, ein Boot nach Portofino zu besteigen, aber Karen wollte partout nicht auf das Abenteuer verzichten, Portofino zu Fuß zu erreichen. Amrei wollte auf keinen Fall eine Spielverderberin sein und verzichtete auf das bequeme Verkehrsmittel zum Ziel. Sie war ihrer Mutter inzwischen für die Anschaffung der Strohhüte sehr dankbar, denn anderenfalls hätte ihnen die heiße Sonne den Kopf versengt. Zwar hatte sie das dicke, dichte Haar von ihrer Mutter geerbt, aber auch das würde sie nicht gänzlich vor der Sonne schützen. Natürlich hatte Karen eine biologische Sonnencreme erstanden, die, wenn man sie auftrug, einen weißen Film auf der Haut verursachte, doch Eitelkeit schien Amrei auf dem Weg in den Wald nicht angebracht zu sein.

Der Weg nach oben schien gar nicht enden zu wollen, doch dann wurden sie, als der Wald sich wieder lichtete, mit einem grandiosen Panoramablick auf die Bucht von San Fruttuoso belohnt. Von oben sah alles noch viel gigantischer aus.

Nun ging es weiter bis zu einem Punkt, der Base 0 genannt wurde und dessen Bezeichnung wohl aus dem Zweiten Weltkrieg stammte. Dort gab es Picknickbänke und Tische. Sie waren seit ihrem Aufstieg von San Fruttuoso keinem Touristen begegnet, der aus der anderen Richtung kam und den Weg von Portofino nach Camogli ging.

»Kein Wunder«, meinte Karen lachend. »Bei der Hitze wäre man schön blöd, wenn man eine solche Wanderung unternehmen würde.«

Amrei hatte sich diese Tour allerdings noch anstrengender vorgestellt. Die Abschnitte, die durch Wald führten, machten das Ganze angenehmer als erwartet.

Bei der Base 0 legten sie eine größere Picknickpause ein und machten sich über die Schätze her, die Karen besorgt hatte. Außerdem genossen sie vom höchsten Punkt ihrer Wanderung aus einen wunderbaren Panoramablick über die Landschaft des Vorgebirges und das weite Meer.

Amrei war derart ergriffen, dass sie ihrer Mutter sagte, wie sehr sie ihre Gesellschaft genoss. Karen war so gerührt, dass sie sich eine Träne aus dem Augenwinkel wischte.

»Ach, meine Kleine, ich habe mich viel zu wenig um dich gekümmert. Es ist schön, dass du das jetzt genießen kannst.«

»Ich glaube, Papa hat etwas Ähnliches gesagt. Natürlich ist das merkwürdig, mit Anfang dreißig so viel elterliche Fürsorge zu genießen, aber du bist doch all die Jahre für mich da gewesen. Und auch Papa hätte mehr getan für mich, wenn ich ihn nicht ständig zurückgewiesen hätte.«

»Das mag sein. Ich werde den Schrecken nie vergessen, als ich damals deinen Zettel in der Küche fand mit dem Text: *Sorry, wenn du mir meinen Vater nicht vorstellst, muss ich das selbst in die Hand nehmen. Wenn du das liest, sitze ich im Zug nach Como.*«

»Das war sicher nicht leicht für dich, aber ich wusste mir wirklich nicht anders zu helfen.«

»Tja, im Nachhinein habe ich das auch verstanden. Es war dein gutes Recht, dir selbst zu helfen.«

Amrei verspürte den Impuls, endlich jene Frage zu stellen, die sie schon ihr ganzes Leben lang beschäftigte. Allein die Sorge, dass es dann mit der Mutter-Tochter-Harmonie wieder vorbei sein könnte, hielt sie davon ab. Offenbar konnte Karen Gedanken lesen.

»Nun frag mich schon nach ihm«, seufzte sie.

»Okay. Ich verstehe nicht, warum du mir über deine Gefühle zu irgendwelchen Kerlen oft Details verraten hast, die ich gar nicht wissen wollte, aber dich über meinen Vater ausgeschwiegen hast.«

Karens entspannte Miene versteinerte. »Ich wusste, dass dieser Moment irgendwann kommen musste. Lass mich kurz überlegen, wie ich es dir sage ...«

Amrei hielt den Atem an vor lauter Aufregung.

»Ich bin Marcello in der Bar des Hotels Russo begegnet. Damals gehörte es seinen Eltern, und es war sehr mondän, aber ich wollte wenigstens einen Kaffee dort trinken. Übernachtet habe ich auf dem Zeltplatz. Er fragte, ob er sich zu mir setzen dürfe, und ich habe mich blitzartig in ihn verknallt. Er war so charmant und sah so gut aus. Wir haben stundenlang geredet. Und aus dem Kaffee wurde Wein. Auf Kosten des Hauses natürlich. Ich fühlte mich wie eine Prinzessin, und mit jedem Glas Wein habe ich mich mehr in die Fantasie hineingesteigert, dass ich meinem Prinzen begegnet bin. Er hat sogar im Hotel hinter dem Rücken seiner Eltern ein Zimmer für uns organisiert, und wir haben eine wilde Nacht miteinander verbracht. Wir haben uns dann gleich für den Abend wieder verabredet. Der wolkenlose Himmel hing voller Geigen, als ich mich an der Rezeption vorbeigeschlichen habe. Dort stand eine schöne, eher streng aussehende elegante Signora in meinem Alter, und ich hörte, wie sie den Portier fragte, ob er wisse, wo Marcello sei. Als er antwortete, dass er ihren Mann zum letzten Mal gestern Abend gesehen habe, brach für mich eine Welt zusammen. Denn dem Portier hatte er am Abend zuvor im Vorübergehen noch verschwörerisch zugezwinkert. Keine Frage, diese Signora war seine Frau. Ich war nie ein Kind von Traurigkeit, aber verheiratete Männer waren für mich seit jeher tabu. So bin ich heulend zum Campingplatz gerannt, habe mein Zelt abgebaut und den Rucksack gegriffen und bin weit weg in die Toskana getrampt.«

»Und du hast nicht mehr mit ihm gesprochen?«

»Nein, er war für mich gestorben.«

»Und als du gemerkt hast, dass du schwanger warst?«

»Da ich wusste, dass nur er der Vater sein konnte, habe ich beschlossen, dich allein großzuziehen wie so viele andere Frauen in meinem Bekanntenkreis. Das war nichts Ungewöhnliches.«

»Und du hast auch später, nachdem er wusste, dass es mich gibt, nie mit ihm geredet?«

»Nie. Bis auf seinen Anruf am Montagabend, als er mich bat, sofort nach Camogli zu dir zu fahren. Da hat er sich entschuldigt, dass er mir das mit seiner Frau damals verschwiegen hat. Und ich habe die Entschuldigung angenommen.«

»Ach, Mama«, sagte Amrei mitfühlend und drückte ihrer Mutter liebevoll die Hand. Die beiden genossen noch eine Weile den Panoramablick, bevor sie ihren Weg schweigend fortsetzten.

Der Abstieg nach Portofino war anstrengend, aber der phänomenale Ausblick entschädigte sie entsprechend.

Sie kamen verschwitzt am Hafen an, wo sie sich in eines der kleinen Restaurants setzten, um sich dort zu erholen. Amrei ließ sich sogar von ihrer Mutter zu einem teuren Drink überreden, und sie musste feststellen, dass der Aperol Spritz eher eine positive Wirkung hatte. Jedenfalls fühlte sie sich so leicht wie lange nicht mehr. Sie bat ihre Mutter darum, dass sie erst einmal vor Ort ihre Eindrücke von der Wanderung in einem kleinen Notizbuch festhalten dürfe, um das Material später in ihrem Artikel zu verarbeiten. Karen nutzte diese Zeit, um in den Boutiquen zu stöbern, die sich am Hafen aneinanderreihten. Nur zum Gucken, nicht um zu kaufen, hatte sie versichert. Und an diesem Ort bestand auch keinerlei Gefahr, dass sie sich mit bunten Indienkleidern eindeckte, denn solche Geschäfte gab es hier nicht, dachte Amrei amüsiert.

Nachdem Amrei ihre Notizen beendet hatte, machte sie mit ihrer Mutter einen Gang um das Hafenbecken herum, in dem nicht nur teure Jachten lagen, sondern auch jede Menge Riva-Boote, die als Zubringer dienten. Amrei hatte das Glück, dass ihr ein Ehepaar von einem der Boote, das gerade an Land gebracht wurde, ein kleines Interview gab. So bekam sie einen Einblick in das Leben der Reichen in Portofino, was sie in ihrem Bericht gut verwenden konnte. Aber dann hatten sie genug von diesem pittoresken Ort, der hübsch anzusehen war, Amreis Herz jedoch nicht annähernd so berührte, wie es Camogli tat.

Sie standen gerade in der Schlange für das Schiff, das sie nach San Fruttuoso zurückbringen sollte, um von dort zurück nach Camogli zu fahren, als Amreis Handy klingelte.

Es war Maria, die Amrei kurz und knapp mitteilte, dass sie sich keine Gedanken mehr über ihre Schuld machen solle, da sie inzwischen herausgefunden hatte, dass sie keinerlei Verantwortung für Salvis Tod trug.

Als Amrei nachfragte, was denn dann in jener Nacht passiert sei, bat Maria sie, einfach diese Gewissheit, dass sie keine Schuld träfe, zu genießen, und versprach, ihr alles Weitere persönlich zu berichten. Sie teilte Amrei überdies mit, es wäre schön, wenn sie sich nicht erst nächste Woche treffen würden und auch nicht in Genua. Sie schlug Amrei ein Treffen am Sonntagabend vor. »Wo bist du dann?«

»In Porto Venere«, entgegnete Amrei zögernd.

»Gut, am Sonntagabend in Porto Venere.« Aber bitte nicht in der *Casa Speranza,* dachte Amrei, als Maria das Gespräch mit den Worten: »Sagen wir, um 20 Uhr in der *Casa Speranza*«, beendete. Damit waren Fakten geschaffen, es sei denn, sie rief Maria sofort zurück und teilte ihr mit, dass sie das Ferienhaus um keinen Preis betreten würde. Aber das traute sie sich nicht, zumal Maria äußerst geschäftsmäßig und überaus energisch geklungen hatte.

»Schatz, was ist los? Du bist so blass geworden«, hörte Amrei ihre Mutter wie von ferne besorgt fragen.

»Ach, nichts. Alles gut«, erwiderte Amrei wohl wissend, dass sie sich damit in ihr lebenslang erprobtes Schneckenhaus zurückzog.

»Ach, Schatz, mach mir nichts vor. Du hast doch was«, erwiderte ihre Mutter.

In dem Augenblick wurden sie an Bord gelassen, und Amrei kam in dem Trubel um eine Antwort herum. Sie hoffte, dass sie sich damit aus der Affäre gezogen hatte, doch kaum, dass sie ihren Platz oben an Deck eingenommen hatten, wiederholte Karen: »Was ist los, Schatz?«

Amrei zögerte einen Augenblick, bevor sie ihrer Mutter von Marias Anruf berichtete.

Karen, die sonst gern drauflosplapperte, sagte zunächst nichts. Erst nach einer Weile bemerkte sie: »Du solltest dich freuen, dass sich die Sache aufgeklärt hat und du wieder ruhig schlafen kannst.«

Vom Verstand her konnte Amrei ihrer Mutter nur zustimmen, aber vom Gefühl her spürte sie eine Blockade, dem Frieden zu trauen.

»Du hast recht. Ich sollte mich jetzt freuen«, erwiderte sie, ohne diese Freude wirklich zu empfinden.

»Wir sollten das unbedingt feiern, wenn wir zurück sind«, schlug Karen vor.

»Ja, das sollten wir«, entgegnete Amrei mechanisch. Sie wunderte sich selbst darüber, dass sie angesichts der für sie guten Nachricht nicht jubilierte. Sie wusste nicht, warum sie sich nicht wirklich entspannen konnte. War es Marias Stimme, die auch keinerlei Erleichterung ausgestrahlt hatte? Amrei konnte es nicht sagen. Ihr Bauchgefühl signalisierte ihr, dass Maria etwas verheimlichte.

Karen wechselte nun das Thema und deutete begeistert auf die Häuser von Portofino, die sie hinter sich ließen. »Vom Meer aus sieht der Ort bezaubernd aus!«

Amrei konzentrierte sich ebenfalls auf das, was für ihren Artikel erwähnenswert sein konnte, und ließ sich von Karens Euphorie über diese wunderschöne Bootstour anstecken.

30

SANREMO, JULI 2022, MITTWOCH

Bereits über eine Stunde wartete Leni im Café *Renaissance* an der Piazza Cristoforo Colombo auf ihre Schwester. Inga hatte sie per Handynachricht an diesen Ort bestellt, um ihr Davide zu übergeben.

Mit Grauen dachte Leni an den Moment, in dem sie registriert hatte, dass ihre Schwester ihren Sohn entführt hatte. Sie hatte es zunächst nicht wahrhaben wollen, dass das wirklich passiert war. Den Anruf ihrer Schwester, der sie erreicht hatte, als sie mit einem Kopf voller Folien beim Friseur gesessen hatte, hatte sie für einen schlechten Scherz gehalten, obwohl Inga ganz deutlich geworden war. »Wenn du deinen Zwerg wiederhaben willst, hältst du die Schnauze und richtest dich nach meinen weiteren Anweisungen! Komm nach Sanremo! Wir treffen uns morgen dort«, hatte Inga ins Telefon gebellt.

Doch als Leni zu Hause ihren Sohn Davide nicht vorgefunden hatte und erfahren musste, dass er von seiner Tante abgeholt worden war, war sie schier ausgerastet und hatte ihr Entsetzen an der armen Sofia ausgelassen. Überdies hatte sie von ihr verlangt, ihrem Mann auf keinen Fall zu verraten, dass ihre Schwester Davide ohne ihr Wissen mitgenommen hatte. Damit hatte sie die junge Frau ziemlich unter Druck gesetzt, was ansonsten gar nicht ihre Art war.

Dass sie ihren Zorn an dem Kindermädchen ausgelassen hatte, war ihr mindestens so unangenehm wie die Tatsache, dass sie ihren Mann belogen hatte, dem sie nach ihrem plötzlichen Aufbruch aus Albaro am Telefon mitgeteilt hatte, sie wäre spontan ein paar Tage mit Davide und Sara nach Sanremo gefahren. Francesco schien ihr das allerdings nicht ganz abgenommen zu haben. Er versuchte seitdem ständig, sie zu erreichen. Leni aber hatte ihr Telefon ausgestellt, nachdem auch Maria diverse Male bei ihr angerufen hatte.

Wenn Maria oder Francesco sie erreichten, würde Leni es nicht schaffen, ihre Familie weiter zu belügen, weil sie eine lausige Lügnerin war. Nur was dann? Beiden war zuzutrauen, dass sie, wenn sie die ganze Wahrheit kannten, sofort die Polizei einschalteten. Und davor hatte Leni Angst. Nicht dass Inga hinter Gittern landete. Sie war doch nicht böse, sondern krank. Leni hatte insgeheim schon länger den Verdacht, dass Inga nicht mehr bei Verstand war. Sie war schon als Kind nicht immer ganz zurechnungsfähig gewesen. Ihrer Meinung nach benötigte Inga dringend psychiatrische Behandlung, aber bislang hatte sich Leni nicht getraut, diesen Verdacht mit jemandem zu teilen. Nicht einmal mit ihrem Mann.

Was alles noch schwieriger war, war die Tatsache, dass sie spontan Sara mit nach Sanremo genommen hatte. Sara war immerhin schon acht Jahre alt und verstand nicht, warum Leni partout nicht wollte, dass sie mit ihrem Vater telefonierte. Es hatte Leni einige Mühe gekostet, Sara dazu zu bewegen, für die Zeit des Treffens mit ihrer Schwester allein im Hotelzimmer zu bleiben. Sie hoffte, dass ihr Laptop, das sonst für die Kinder tabu war, ihre Tochter etwas ablenkte, bis sie zurück war.

Nun war allerdings bereits eine Stunde ihrer kostbaren Zeit verstrichen. Dabei hatte sie ihre Schwester ausdrücklich gebeten, pünktlich zu sein, weil sie Sara nicht so lange im Hotel allein lassen wollte. Wieder machte sich ihr Magen bemerkbar. Seit gestern spürte sie ständig einen leichten Druck. Kein Wunder. Sie war schier krank vor Sorge um Davide.

Sie bedauerte inzwischen zutiefst, dass sie ihrer Schwester am Montag gleich nach dem Essengehen mit Alfredo und ihr angedroht hatte, nicht länger zu schweigen. Sie hatte die Vorstellung, dass die verdammten Lügen immer weitergehen sollten, einfach nicht mehr ausgehalten. Jetzt zwar auf Alfredos Kosten, der das in ihren Augen mehr verdient hatte als die völlig unschuldige Amrei. Trotzdem war das Ganze einfach bizarr. Hätte sie, Leni, bloß ihren Mund gehalten. Damit war sie ihr Leben lang besser gefahren, als sich mit Inga anzulegen.

Im Nachhinein verstand sie sogar, warum Inga sie zu diesem Essen mit Alfredo mitgenommen hatte. Sie wollte sie damit zur Mitwisserin machen und hatte wohl nicht damit gerechnet, dass sie es wagen würde, sich trotzdem gegen Inga zu stellen. Sie erschauderte beim Gedanken an ihren eigenen Mut. »Wenn du es nicht tust, werde ich allen endlich die ganze Wahrheit sagen. Ich gebe dir eine Woche Zeit!«, hatte sie am Wagen ihrer Schwester gedroht. Sie, die liebe Leni, die alles schluckte, war in dem Moment über sich selbst hinausgewachsen.

Leni hatte jahrelang entsetzlich darunter gelitten, dass sie ihre Schwester wider besseres Wissen schützte. Ja, ihr dadurch sogar ermöglicht hatte, Alfredos Ehefrau zu werden, weil der glaubte, dass Inga ihn in der Hand hatte. Dabei war es ganz anders gewesen … Durch die große Liebe zu Francesco und die Gründung ihrer eigenen Familie hatte es Leni irgendwann geschafft, das Geschehene zu verdrängen. Doch allein der Gang in ein öffentliches Schwimmbad verursachte ihr immer noch Übelkeit. Vor allem, wenn sie am Beckenrand auf den harten Fliesen stand.

Dadurch, dass Amrei den Kontakt zu ihr von sich aus abgebrochen hatte, war es Leni schließlich gelungen, sich nicht ständig auszumalen, wie schwer diese unter der Last der vermeintlichen Schuld leiden musste. Erst als sie Amrei in der Kirche entdeckt hatte, war alles wieder hochgekommen, und sie hatte den Entschluss gefasst, reinen Tisch zu machen. Doch sie hatte die Rechnung ohne Inga gemacht. Die war schier durchgedreht, als ihr Amrei auf der Hochzeit begegnet war. Und als Amrei ihr auch noch mitgeteilt hatte, dass sie der Familie gegenüber ein Geständnis ablegen würde, war Inga komplett ausgerastet. Erst hatte sie versucht, Amreis vermeintliche Schuld durch ihren Auftritt auf der Hochzeit öffentlich zu machen, um damit Alfredo von der Scheidung abzuhalten.

Und nachdem er das vehement abgelehnt hatte, hatte sie ihm nun in Lenis Gegenwart sein halbes Vermögen abgepresst. Wahrscheinlich hätte Alfredo alles unterschrieben, um endlich frei zu sein. Danach draußen am Wagen war Leni dann über sich selbst hinausgewachsen. Und das hatte sich verdammt gut angefühlt, bis zu dem Augenblick, als Ingas Anruf sie beim Friseur erreicht hatte.

Die Wahrheit aber war nicht das Risiko wert, dass deshalb ihren Kindern etwas zustieß! Leni war eine Löwenmutter und dachte nur noch an Davide. Also musste sie schweigen wie immer.

Vor lauter Angst um ihr Kind begann Leni so heftig zu schwitzen, dass ihr der Schweiß in Strömen über den Rücken lief. Verzweifelt blickte sie sich nach allen Seiten um, aber von ihrer Schwester und Davide war immer noch keine Spur zu sehen. Inzwischen hatte sie bereits weit über eine Stunde Verspätung, und Leni überkam die nackte Panik bei dem Gedanken, sie würde gar nicht mehr auftauchen.

31

SANREMO,
JULI 2022, MITTWOCH

Leni war inzwischen am ganzen Körper klitschnass, und das Haar klebte ihr wirr am Kopf, als sie ihre Schwester auf den Tisch zusteuern sah. Aber wo war Davide? Lenis Herz klopfte bis zum Hals.

»Wo ist mein Kind?«

»Dir auch einen schönen Tag«, erwiderte Inga und setzte sich.

»Wo ist Davide?«

»In Sicherheit«, entgegnete Inga.

Vor lauter Aufregung kaute Leni auf ihren Fingernägeln herum. »Du hast versprochen, dass du ihn mir zurückgibst.«

»Ich habe gesagt, wenn du tust, was ich sage, bekommst du deinen Zwerg zurück. Und ich halte immer Wort, wie du weißt«, erwiderte Inga ungerührt und bestellte sich in aller Seelenruhe einen Wein.

Lenis Magen schmerzte so heftig, dass sie am liebsten laut aufgeschrien hätte.

»Ich werde Amrei nichts verraten. Und auch keinem anderen! Das schwöre ich dir«, versprach sie Inga.

»Planänderung! Das reicht leider nicht mehr. Der Idiot hat nach unseren Verhandlungen beim Essen seiner dummen Schwester gestanden, dass er es gewesen ist. Dabei habe ich ihm den Arsch retten wollen mit meiner Hochzeitseinlage. Er besteht auf der sofortigen Scheidung, weil er meint, ihm kann nichts mehr passieren. Und er hat bei unserem Essengehen immerhin unterschrieben, was ich alles von ihm bekommen werde. Aber das reicht mir nicht. Er gehört zu mir. Verstehst du? Ich will die verfickte Scheidung gar nicht!«

Leni hatte große Mühe, ihren Mund zu halten, aber jedes Widerwort würde Inga nur noch mehr reizen.

»Er hat doch beim Essen bereits deutlich gesagt, dass er sich von dir nicht länger erpressen lässt«, entgegnete Leni vorsichtig.

»Ich dachte, er nimmt nach meinem Auftritt die Scheidung zurück, weil er solche Angst vor der Reaktion seiner ehrenwerten Familie hat, wenn die erfahren, dass er seinen Bruder auf dem Gewissen hat!«

»Verdammt, das hat er nicht! Genauso wenig wie Amrei!«, entfuhr es Leni empört. Erst an dem vernichtenden Blick, den Inga ihr nun zuwarf, erkannte Leni, dass sie das nicht hätte sagen dürfen.

»So leicht, wie dir das über die Lippen kommt, kann ich dir nicht vertrauen. Sobald du dein Kind zurückhast, wirst du plaudern, oder?«

Leni war den Tränen nahe. »Nein, ganz bestimmt nicht. Ich schwöre es!«

»Das genügt mir nicht! Du wirst jetzt Amrei anrufen und dein schlechtes Gewissen erleichtern und ihr anvertrauen, dass Alfredo seinen armen kleinen Bruder in die dunkle Nacht geschickt hat und er deshalb in den Pool gefallen ist.«

»Warum soll ich weiter mitspielen? Reicht es nicht, wenn ich einfach schweige?«

»Nein, das genügt nicht!« Inga stieß ein hässliches Lachen aus. »Leni, ich habe nicht ewig Zeit. Nun ruf sie schon an und bringe es hinter dich!«

Mit zittrigen Händen holte Leni daraufhin ihr Telefon hervor und stellte es wieder an. Sie wollte gerade Amreis Nummer suchen, als Inga sie verächtlich unterbrach.

»So kannst du nicht mit ihr sprechen. Das hört dieses Miststück durch das Telefon, dass etwas nicht stimmt. Du musst dich erst mal beruhigen, damit du glaubwürdig rüberkommst.«

Ausnahmsweise musste sie ihrer Schwester recht geben. Wenn Leni überhaupt einen Ton herausbrachte, würde jeder Mensch ihre Not heraushören.

»Und holst du dann endlich Davide?«, fragte Leni in flehendem Ton.

»Mal sehen, wenn du deine Sache gut machst …« Inga unterbrach sich und starrte plötzlich auf den Platz. Leni folgte ihrem Blick und sah einen leicht übergewichtigen Mann, der aber ansonsten recht ansehnlich war, volles grau meliertes Haar besaß und den sie um die fünfzig schätzte, strahlend auf ihren Tisch zukommen.

»Liebling, was machst du denn hier im Café? Wolltest du nicht zum Friseur?« Er ging auf Inga zu, umarmte sie wie selbstverständlich und gab ihr einen Kuss. Das wirkte sehr vertraut. Dann wandte er sich Leni zu und streckte ihr die Hand hin. »Maurizio Bruzzone. Und wer sind Sie?«

»Leni Garibaldi«, entgegnete sie, nachdem sie sich vom ersten Schrecken erholt hatte, dass Inga offenbar einen Lover in Sanremo hatte.

»Eine Freundin von dir?«, erkundigte er sich arglos bei Inga.

Sie nickte.

»Aber Sie sind nicht die Mutter von Ingas Patenkind und wollen schon den Kleinen abholen, oder?«

Leni durchrieselte es eiskalt. Er sprach von Davide.

»Ich, doch, ich bin …« Leni wollte gerade sagen: Ja, ich bin seine Mutter und begleite Sie jetzt auf der Stelle zu Ihrem Haus, um meinen Sohn abzuholen, als Inga sie unwirsch unterbrach. »Nein, Leni kann keine Kinder bekommen. Und du solltest ihr gegenüber auf keinen Fall über unseren entzückenden Gast sprechen. Das Thema Kinder macht sie immer so traurig.«

Maurizio Bruzzone guckte äußerst irritiert.

Wie gestört muss Inga sein, dachte Leni entsetzt, wenn sie ihr eigenes Problem wahrheitswidrig zu ihrem machte. Inga hatte mit achtzehn einen heimlichen Eingriff bei einem Pfuscher im Ausland vornehmen lassen, bei dem sie verletzt worden war. Schon damals war Leni ihre Mitwisserin gewesen. Sie konnte jedenfalls keine Kinder mehr bekommen.

»Dann will ich mal weiter«, sagte der Mann. »Hat mich sehr gefreut, Sie kennenzulernen.« Der Mann lächelte sie freundlich an.

»Wo wohnen Sie denn in Sanremo?«, fragte Leni, ohne nachzudenken, mit heiserer Stimme. Er aber blickte Inga zweifelnd an. In seinen Augen stand die Frage geschrieben, ob es ihr recht sei, wenn sie dieser Freundin die Adresse gab. Offenbar schien Leni auf ihn einen ziemlich derangierten Eindruck zu machen.

»Geh nur, Liebling, ich werde Leni mal zu uns einladen, wenn du nichts dagegen hast. Ich hatte ihr von unserem Palazzo vorgeschwärmt, und jetzt ist sie neugierig, zu erfahren, ob ich wohl übertrieben habe«, entgegnete Inga mit einem künstlichen Lachen.

»Dann noch viel Spaß bei euren Frauengesprächen«, sagte er hastig, nicht ohne Leni einen letzten, mitleidigen Blick zuzuwerfen.

Kaum war der Mann um die nächste Ecke verschwunden, musterte Inga ihre Schwester angriffslustig.

»Was sollte das?«

»Inga, willst du nicht endlich einen Arzt konsultieren?«

»Das hat unser netter Vater schon damals von mir verlangt, aber ich bin nicht die Verrückte in der Familie. Das seid ihr gewesen. Du, unser Vater und deine Mutter. Ich nehme mir nur, was mir zusteht!«

»Aber mein Kind steht dir nicht zu, verdammt!«, schrie Leni so laut, dass sich die Leute von den anderen Tischen nach ihr umsahen.

»Da siehst du es doch«, raunte ihr Inga zu. »Und wie verrückt du bist!«

Leni sah ein, dass sie keine Chance hatte, bei ihrer Schwester mit der Wahrheit durchzudringen. Eher sollte sie versuchen, Inga auszutricksen, und zwar möglichst geschickt.

»Wer war dieser Mann?«, fragte sie nun.

»Ein Freund«, entgegnete Inga lakonisch.

»Du hast schon einen neuen Freund? Eben wolltest du Alfredo noch um jeden Preis zurück.«

»Das eine hat nichts mit dem anderen zu tun. Maurizio ist sehr nützlich.«

»Und weiß er von Alfredo?«

»Natürlich nicht. Er denkt, ich lebe in Deutschland und bin nur jobmäßig hin und wieder in Sanremo.«

»Und du wohnst bei ihm?«, hakte Leni nach, während ihr eine verwegene Idee kam. Vielleicht würde sie den Mann im Netz und so zu seiner Adresse finden. Und dann würde sie dort auftauchen und Davide holen. Wenn der Mann schon nicht ihr glauben würde, Davide würde ihn überzeugen, dass sie seine Mama war.

»Schwesterherz, ich sehe es dir an der Nasenspitze an! Komm ja nicht auf dumme Gedanken und versuche nicht, mich zu verarschen. Du willst ihn dir jetzt auf eigene Faust holen, oder?«

Ein eiskalter Schauer durchfuhr Lenis Körper. So war es immer gewesen. Inga durchschaute Leni sofort. Und wer sagte ihr, dass der Mann wirklich so nett war, wie er auf den ersten Blick gewirkt hatte. Womöglich war er ihr Komplize und in alles eingeweiht? Vielleicht war sein Auftritt geplant gewesen, um Leni zu testen, ob sie nach dem Strohhalm greifen würde.

»Meinst du, du kannst Amrei jetzt anrufen? Und wenn deine Vorstellung glaubwürdig ist, bekommst du deinen Sohn noch heute zurück. Ansonsten werden Maurizio und ich eine kleine Reise mit ihm unternehmen. Die beiden verstehen sich nämlich außerordentlich gut.«

Leni fröstelte bei Ingas Worten. »Warum bist du so gemein zu mir?«, stieß sie verzweifelt hervor.

»Ich zu dir? Vielleicht, weil es meine gesamte Kindheit und Jugend umgekehrt gewesen ist«, erwiderte Inga schnippisch. »Und meinst du, du kannst jetzt endlich die blöde Kuh anrufen?«, fragte Inga ungeduldig.

»Amrei ist keine blöde Kuh! Und was du ihr antust, ist unfassbar hinterhältig, und dass du Alfredo in dem Glauben lässt, dass er seinen Bruder auf dem Gewissen hat, genauso«, widersprach Leni wütend.

»Wir können auch eine lange Reise machen. Maurizio brennt darauf, mehr Zeit mit mir zu verbringen. Und findet mein Patenkind entzückend.«

Leni schluckte ihre weiteren Widerworte nur mit Mühe herunter. Wortlos nahm sie ihr Telefon und tippte Amreis Nummer ein, während ihr das Herz bis zum Hals schlug. Insgeheim hoffte sie, dass Amrei nicht rangehen würde, vor allem, als sie sich nicht sofort meldete. Sie wollte gerade aufgeben, als Amrei das Gespräch doch noch annahm.

»Hallo, Amrei, hier ist Leni. Ich muss dir was Wichtiges sagen.«

»Schön, deine Stimme zu hören. Wie geht es dir?«

»Gut, sehr gut«, entgegnete Leni hektisch. »Aber, was ich dir sagen wollte. Dich trifft gar keine Schuld an Salvis Tod. Du hast ihn nicht im Wasser zurückgelassen. Es war Alfredos Schuld.«

Erst einmal herrschte betretenes Schweigen in der Leitung.

»Okay, und Inga und er haben dann versucht, es mir in die Schuhe zu schieben, weil ich immer noch so besoffen war, dass ich nichts geschnallt habe, oder?«

»Es tut mir sehr leid. Ich hätte dir das gern erspart, aber ich saß zwischen allen Stühlen …«

»Ihr habt es also alle gewusst und mich vierzehn Jahre in dem Glauben gelassen, dass ich für seinen Tod verantwortlich gewesen bin. Was glaubst du, wie grausam das für mich war. Deiner Schwester hätte ich das ohne Weiteres zugetraut, aber nicht Alfredo und vor allen Dingen dir nicht! Wir waren doch Freundinnen!«

»Es tut mir leid, mehr als entschuldigen kann ich mich nicht.« Leni war erschrocken über ihren eigenen knallharten Ton. So sehr, dass sie einfach das Gespräch beendete. Sie würde es keine Minute länger aushalten, Amrei derart zu belügen.

Als sie in Ingas eiskalte Miene sah, liefen Leni Tränen übers Gesicht.

»Was wollte die denn noch von dir? Sie kann sich freuen, dass sie nun Bescheid weiß«, knurrte ihre Schwester.

»Bist du so gefühlskalt, oder was ist mit dir los?«

Inga sprang fluchend von ihrem Stuhl auf. »Verdammte Scheiße! Offensichtlich hast du vergessen, was du mir schuldig bist, Prinzessin! Deinetwegen hatte ich eine beschissene Kindheit, weil du dich lieb Kind bei unserem Vater gemacht hast.«

»Gibst du mir jetzt bitte meinen Sohn zurück!«, flehte Leni mit bebender Stimme.

»So haben wir nicht gewettet, Schwesterherz. Ich muss ja Angst haben, dass du mich in die Pfanne haust, sobald Davide wieder bei dir ist. Ich glaube, du musst erst einmal begreifen, wer deine Loyalität wirklich verdient hat!«

»Bitte, ich schwöre dir, ich werde nie mehr auch nur ein einziges Wort über diese Sache verlieren. Ich werde dich nicht verraten. Ich schwöre es! Bitte bring mich zu ihm!«, bettelte Leni, aber Inga sagte nur kalt: »Ich glaube, ich werde ein bisschen baden gehen mit deinem Kleinen. Er ist ganz wild auf unseren Pool. Ich hoffe, er kann schon schwimmen.« Dann fügte sie hinzu: »Und du bleibst, wo du bist, sonst geht es übel aus.« Mit diesen Worten eilte sie davon, ohne sich noch einmal umzudrehen.

Als Leni aus ihrer Erstarrung erwachte, hatte sie den dringenden Impuls, sich umgehend Hilfe zu holen, aber wie sollte das gelingen, ohne dass sie damit zugleich ihre Schwester ans Messer lieferte? Letzteres würde passieren, wenn sie Francesco einweihte. Ihr zweiter Gedanke war, Maria ins Vertrauen zu ziehen, aber auch sie würde mit Sicherheit keinen Deut Rücksicht auf Ingas Wohl nehmen.

Da Leni kein Mensch einfiel, der wie sie selbst immer noch glaubte, Inga etwas schuldig zu sein, musste ihr schnellstens etwas einfallen, wie sie Davide allein und ohne fremde Hilfe aus Ingas Gewalt retten konnte.

Sie hatte nur einen einzigen Anhaltspunkt. Und das war der neue Freund ihrer Schwester, der deren Vater hätte sein können. Leni suchte nun im Internet fieberhaft nach einem Maurizio Bruzzone. Und tatsächlich fand sie ihn schnell. Sogar mit Foto. Keine Frage, er war es. Ein Immobilienmakler. Kein kleiner Fisch, sondern einer, der mit gehobenen Objekten sein Geld machte. Seine Privatadresse war natürlich nicht auf der Webseite angegeben, nur seine Büroadresse. Wenn Leni das richtig auf der Karte sah, war zumindest die ganz in der Nähe von diesem Platz.

Sie war bereits ein paar Schritte gegangen, als ihr Sara einfiel. Sie konnte ihre Tochter unmöglich länger im Hotel allein lassen. Sie musste sich etwas einfallen lassen, und wenn sie erst mit Sara zum Schwimmen ging und dann noch einmal verschwand, um herauszufinden, wo Davide war.

Sie nahm sich ein Taxi, das sie ins Hotel zurückbrachte. Vorher kaufte sie eine Tüte von Saras Lieblingstartufi, die mit Limonengeschmack. Zu ihrer großen Erleichterung saß Sara brav vor ihrem Laptop und hörte sie gar nicht kommen, weil sie Ohrhörer benutzte. Leni ließ sich schwer atmend auf einen Sessel fallen. Nur ein paar Minuten Ruhe, dachte sie, doch dann fiel ihr Blick auf ein aufgeblasenes Gummikrokodil, das sie noch nie zuvor gesehen hatte. Ihr Herzschlag drohte förmlich auszusetzen, weil sie ahnte, wer ihrer Tochter dieses Geschenk gemacht hatte. Mit einem Satz war sie bei Sara und riss ihr die Kopfhörer aus dem Haar. Ihre Tochter blickte sie entsetzt an. »Mama, was soll das?«

»Von wem hast du das Krokodil?«, fragte sie mit überschnappender Stimme.

»Tante Inga hat es mir mitgebracht. Sie war vorhin, kurz nachdem du gegangen bist, hier und hat es mir geschenkt. Sie sagte, sie nimmt mich vielleicht mit in die Ferien.«

Leni ließ sich zurück auf den Sessel gleiten, denn sie sah nur noch Sternchen vor ihren Augen tanzen, während es in ihrem Inneren immer klarer wurde: Sie war Inga gar nichts mehr schuldig!

32

RAPALLO,
JULI 2022, DONNERSTAG

Amrei hakte ihre Liste der Sehenswürdigkeiten, die sie in Rapallo und Umgebung für ihren Artikel erkunden wollte, eher mechanisch ab. Ihr wollte Lenis überraschender Anruf nicht aus dem Kopf gehen. Einmal abgesehen, dass man ihr die Unschuld damit bereits von zwei Seiten bestätigt hatte, hatte Leni merkwürdig geklungen. Amrei hoffte, dass das Gespräch mit Maria in der *Casa Speranza* endgültige Klärung brachte. Obwohl ihr allein die Vorstellung, dass sie jenes Haus betreten würde, das sie vor vierzehn Jahren mit einem schweren Kater und mit Mengen an Restalkohol im Blut wie eine Verbrecherin verlassen hatte, schwer im Magen lag.

Jedenfalls hatte Amrei nun sämtliche Kirchen besichtigt sowie die Hafenburg und das Denkmal für Kolumbus besucht. Am meisten beeindruckt hatte sie allerdings das *Imperiale Palace Hotel*, das heute im Nachbarort Santa Margherita lag, weil dieser Teil von Rapallo 1928 dem Nebenort zugeschlagen worden war. Dort konnte sie den Salon besichtigen, in dem man den berühmten Vertrag von Rapallo unterzeichnet hatte. Im Jahr 1922 hatten dort das Deutsche Reich und die Russisch Sozialistische Föderative Sowjetrepublik einen völkerrechtlichen Vertrag zur Normalisierung des deutsch-russischen Verhältnisses geschlossen. Wie Amrei von einem Hotelmanager, der sich ihr für eine Führung angeboten hatte und der Hobbyhistoriker war, erfahren hatte, war dieser Vertrag geschlossen worden, um beiden Ländern eine stärkere Position gegenüber den Westmächten zu verschaffen. Der Unterzeichner dieses Bündnisses, Außenminister Walther Rathenau, bezahlte seinen Einsatz für den Frieden letztendlich mit seinem Leben. Er wurde noch 1922 von Mitgliedern der rechten Schwarzen Reichswehr erschossen. Man versprach sich von seinem Tod einen Aufstand der Linken, den man dann blutig niederschlagen und zum Anlass nehmen konnte, der jungen Republik den Garaus zu machen. Amrei musste ständig an die Gegenwart denken und daran, dass sich die Beziehungen zwischen Deutschland und Russland aktuell erneut an einem historischen Tiefpunkt befanden.

Sie war gerade in ihr Hotel, ein angenehmes Haus am Strand von Rapallo, zurückgekehrt, in das sie mittags eingecheckt, es aber gleich wieder verlassen hatte, um zu arbeiten. Auch wenn hier am Meer ein leiser Windzug ging, war sie völlig durchgeschwitzt. Die Temperaturen schätzte sie auf weit über dreißig Grad. Um sich abzukühlen, beschloss sie, ein Bad im Meer zu nehmen. Sie zog sich ihren Badeanzug an, darüber nur eine Tunika, und ihren Schlüssel gab sie bei der Rezeption ab. Der schöne Sandstrand lag wenige Schritte entfernt vom Hotel. Dort ging sie in das erfrischende Meer, nachdem sie Tunika und Flipflops am Strand zurückgelassen hatte. Zum Glück gab es in Rapallo einen weißen Sandstrand, an dem sich nicht überall Bagnos befanden, für die man Eintritt bezahlen musste. Das Wasser war sehr sauber und spiegelglatt. Rapallo lag in einer geschützten Bucht, in der das Wasser am Strand sehr seicht war.

Amrei schwamm, sobald ihr das möglich war, ein Stück nach draußen und dann eine ganze Weile parallel zur Küste. Der Ort sah vom Meer gesehen nett aus, aber Amrei bevorzugte nun einmal die hohen bunten Häuser von Camogli. Daran maß sie jeden anderen Ort, obwohl diese Panoramen einfach nicht zu vergleichen waren. Dies war die Kulisse eines malerischen Badeorts mit teils ansprechenden Villen, Camogli war traditionell kein Ferienort, sondern der Ort der Fischer.

Erst als sie wieder Strand unter den Füßen hatte, merkte sie, dass sie es ein wenig übertrieben hatte. Ihr war zwar nicht richtig kalt, aber ihr Körper rief nach einer heißen Dusche. Nachdem sie sich die gegönnt hatte und wieder wohltemperiert fühlte, zog sie sich eines ihrer neuen bunten Sommerkleider an, die sie mit ihrer Mutter in Camogli gekauft hatte. Karen hatte sie schließlich in das kleine Geschäft an der Promenade gelockt, in dem sie ihre Flatterkleider, wie Amrei sie stets nannte, gekauft hatte. Nun trug Amrei selbst solche Hängerchen und musste zugeben, dass sie bei diesem Wetter einfach praktisch waren.

Ihre Mutter fand sie natürlich entzückend in diesem Hippie-Look. Und so hatte Amrei ihrer Mutter gestern Abend den Gefallen getan und eines dieser Kleider zum Essengehen angezogen. Mit dem Ergebnis, dass der Kellner ihr, als ihre Mutter einmal kurz verschwunden war, zugeflüstert hatte, er hätte selten so hübsche Schwestern gesehen. Und merkwürdigerweise musste sie nach seinem fragwürdigen Kompliment ganz plötzlich an Alessandro denken. Der wieder einmal faszinierende Panoramablick über das abendliche Meer weckte ihre tiefsten romantischen Sehnsüchte.

Ihre Mutter hatte ihr förmlich Löcher in den Bauch gefragt, um herauszufinden, was ihr verträumter Blick zu bedeuten hatte.

Nur unter dem Aspekt, dass Karen am nächsten Morgen in aller Frühe nach Elba aufbrechen würde, hatte sie ihre Frage halbwegs wahrheitsgemäß beantwortet. Ihre Mutter schlug ihr daraufhin in ihrer heiteren Art vor, Amrei solle nun, da der Albtraum vorüber wäre, ihren Traummann und sein Angebot, sie zu begleiten, wenigstens die letzten Tage annehmen. Daran hatte Amrei noch gar nicht gedacht. Erst als ihre Mutter sie erneut nachdrücklich darauf hinwies, dass einem näheren Kennenlernen nun nichts mehr im Wege stände, weil sie unschuldig am Tod seines kleinen Bruders war, wagte Amrei, über diese Möglichkeit nachzudenken. Doch sie kam schnell zu dem Ergebnis, dass trotzdem zu viel zwischen ihnen stand. Allein die Entfernung zwischen Genua und Hamburg schien Amrei zu groß zu sein, um eine ernste Beziehung in Erwägung zu ziehen. Und etwas anderes kam für sie nicht infrage. Letztendlich konnte sie doch nach dem einen Abend nicht wirklich ermessen, ob sein dort gezeigtes Interesse die nötige Substanz hatte. Karen indessen hatte keinerlei Verständnis für ihre Entscheidung. Amrei konnte sich an jedes Wort des Gesprächs mit ihrer Mutter im Restaurant erinnern. Sie ging es noch einmal in Gedanken durch.

»Man kann nicht immer vor seinen Gefühlen weglaufen, nur weil man sich nicht sicher sein kann, ob der andere sie auch erwidert«, verkündete ihre Mutter. Ohne darüber nachzudenken, konterte Amrei: »Soll ich wiedergutmachen, was du bei meinem Vater versäumt hast?« Karen lief rot an, was Amrei in dieser Intensität noch nie bei ihrer Mutter erlebt hatte. Hastig entschuldigte sie sich, aber Karen winkte ab. »Es gibt nur einen Unterschied«, erwiderte sie schließlich schwach. »Alessandro ist nicht verheiratet!«

»Aber er lebt in Italien und ich in Hamburg. Und durch meinen Besuch bei der Hochzeit ist ihm großer Kummer widerfahren. Oder glaubst du, das macht nichts mit ihm, wenn er nun erfahren muss, dass sein Bruder Alfredo den Kleinen auf dem Gewissen hat?«

»Doch, doch«, entgegnete Karen, aber sie war ganz offensichtlich nicht mehr bei der Sache. »Vielleicht hätte ich Marcello wenigstens eine einzige Chance geben müssen. Ist er eigentlich immer noch mit dieser Frau verheiratet?« Das war die erste Frage nach Marcellos Privatleben, die Karen ihrer Tochter jemals gestellt hatte.

Amrei zögerte, ob sie ihrer Mutter die Wahrheit sagen sollte, dass er seine große Liebe wiedergefunden hatte.

»Nein, er hat sich von Ginevra scheiden lassen«, sagte Amrei zögernd, doch dann fügte sie hastig hinzu: »Und er trifft sich mit einer anderen Frau.«

»Ach so«, erwiderte Karen lakonisch und wurde danach recht schweigsam. Amrei versuchte, sie aufzuheitern, vergeblich. Auch zurück im Hotel sprach sie nur das Nötigste. So kannte Amrei ihre Mutter gar nicht, aber ihr fiel beim besten Willen nichts ein, womit sie die Stimmung hätte auflockern können.

Außerdem war Amrei nach dem Essen zu müde gewesen, um sich intensiver mit dem Kummer ihrer Mutter zu beschäftigen. Im Gegenteil, sie war ziemlich schnell tief eingeschlafen und erst am Morgen wieder aufgewacht. Heute Morgen hatte sie die Augen noch gar nicht richtig aufgeschlagen, als sie sofort spürte, dass sie allein im Zimmer war. Sie fuhr hoch und blickte in ein leeres aufgewühltes Bett. Ein Blick vor den Kleiderschrank bestätigte ihr Gefühl. Der kleine Kleiderberg, den ihre Mutter stets vor dem Schrank, und nicht darin, aufzutürmen pflegte, war verschwunden. Karen war abgereist. Dabei hatte Amrei sie noch gebeten, sie zu wecken.

Immerhin hatte sie einen Zettel für sie hinterlassen, dessen Botschaft Amrei rührte.

Mein Liebstes auf der Welt,
jetzt kennst du mein größtes Geheimnis. Für mich war dein Vater die ganz große Liebe. Deshalb bin ich abgehauen, weil ich Angst hatte, enttäuscht zu werden. Natürlich wollte ich auch nichts mit einem verheirateten Mann anfangen, aber darüber wäre ich wohl weggekommen … Bin ja kein Engel. Deshalb, mein Schatz, renn nicht vor deinem Alessandro davon. Dieses gewisse Leuchten in deinen Augen, das habe ich noch nie zuvor bei dir gesehen. Trau dich und riskiere, dass es nicht auf Gegenseitigkeit beruht. Wenn es schiefgeht, mache in Zukunft einen Bogen um italienische Männer und versuche es mal mit einem Inder. Rahul wollte mich schon nach dem dritten Date heiraten … Nein, Spaß beiseite, dann suchen wir dir einen attraktiven Hamburger. Du kannst jeden Mann bekommen, meine schöne Tochter.
Ich habe dich lieb

All das ging Amrei durch den Kopf, während sie sich mit ihrem Laptop und ihren handschriftlichen Notizen auf die Hotelterrasse mit Blick auf das Meer setzte, um ihren Artikel weiterzuschreiben. Die Redakteurin hatte sie gebeten, ihr schon vorab den ersten Teil des Artikels zu senden. Amrei musste nur noch ihre Eindrücke von Rapallo druckreif formulieren.

Sie hatte sich gerade ein Tonicwasser bestellt und freute sich besonders auf die Nüsse und Chips dazu, die es in Italien oft zum Drink dazu gab, als ihr Telefon klingelte. Es war ein unbekannter Anrufer. Amreis Herzschlag beschleunigte sich. Ihr erster Gedanke galt Alessandro. Wenn er es war, würde sie ihn treffen. Die Zeilen ihrer Mutter gingen ihr nicht aus dem Sinn. Was hatte sie schon zu verlieren?

Sie meldete sich in sachlichem Ton, damit er ihre Aufgeregtheit nicht erahnen konnte.

»Schön, dass ich dich erreiche!«, sagte eine tiefe Stimme auf Italienisch. Die Stimme war der von Alessandro sehr ähnlich.

»Alessandro?«, fragte sie verunsichert.

»Nein, Alfredo. Sehr enttäuscht?«

Es hätte nicht viel gefehlt, und Amrei hätte das Gespräch auf der Stelle beendet. Alfredo war der letzte Mensch auf dieser Welt, mit dem sie gerade sprechen wollte.

»Bist du noch dran?«

»Ja?«

»Wo bist du morgen Mittag?«

»In Rapallo.«

»In welchem Hotel?«

»*Astoria.*« Kaum dass sie das ausgesprochen hatte, ärgerte es sie, dass sie ihm überhaupt geantwortet hatte.

»Gut, dann bin ich gegen dreizehn Uhr dort.«

Bevor Amrei protestieren konnte, hatte Alfredo das Gespräch beendet.

Amrei war wie vom Donner gerührt. Was wollte Alfredo von ihr? Dass er es überhaupt wagte, sich bei ihr einzuladen, obwohl er sie in Porto Venere damals so dreist belogen hatte.

Sie spielte kurz mit dem Gedanken, morgen früh auszuchecken und die folgende Nacht in Chiavari zu verbringen, weil sie den Ort ohnehin anschauen wollte. Eigentlich von Rapallo aus, weil ihr das Hotel hier sehr gefiel, aber vielleicht sollte sie kurzfristig umdisponieren. Schließlich verwarf sie den Gedanken. Es wäre albern, vor ihm wegzulaufen. Es war ja nicht so, dass sie befürchtete, Alfredo könnte alte Gefühle für ihn wieder erwecken. Nein, dass dies nicht geschehen konnte, weil ihr Herz einem anderen gehörte, dessen war sie sich sicher. Die einzige Emotion, die aufkommen könnte, wäre der Zorn, dass sie sich seinetwegen vierzehn Jahre für etwas schuldig gefühlt hatte, was er verbrochen hatte.

Amrei straffte ihre Schultern und blickte entschlossen dem Treffen entgegen. Sollte er nur kommen. Sie würde sich keine Regeln auferlegen, sie würde sich nicht dazu zwingen, die Fassung zu bewahren. Im Gegenteil, wenn sich ihre Wut entladen sollte, war er genau die richtige Adresse! Sie war auf jeden Fall gespannt zu erfahren, was er zu seiner Verteidigung vorbringen würde.

33

SAVONA/IM WAGEN NACH SANREMO, JULI 2022, DONNERSTAG

Es war Lenis ehemalige Gastmutter Chiara gewesen, die Savona als Treffpunkt für die Übergabe von Sara vorgeschlagen hatte.

Leni fühlte sich seit ihrer Entscheidung, Hilfe zu holen, wie eine Kampfmaschine. Es ging nicht länger darum, Inga vor den

Folgen ihres Handelns zu schützen, sondern nur noch darum, Davide unversehrt zurückzubekommen. Viel zu lange hatte sie sich zu Ingas schweigender Komplizin machen lassen. Längst hätte sie aus diesem kranken Muster aussteigen müssen. Spätestens in dem Moment, als sie am Pool Zeugin geworden war, wie … Es fiel ihr immer noch schwer, das Bild, das ihr jahrelang schwere Albträume bereitet hatte, in schonungsloser Offenheit zu betrachten. Hier in dem Strandlokal, in dem sie mit ihrer quengelnden Tochter auf ihre Gastmutter wartete, war jedenfalls kein Raum dafür. Ihre Tochter war nämlich reichlich nervös nach dem kleinen Zusammenbruch ihrer Mutter im Hotelzimmer. Sie brauchte jetzt die Sicherheit, dass alles gut war.

Dass sie es nicht allein schaffen würde, ihren Sohn aus Ingas Klauen zu retten, war Leni im Hotelsessel klar geworden. Es hatte etwas gedauert, bis sie sich für Tante Chiara entschieden hatte, nachdem sie Francesco und Maria als Verbündete in Erwägung gezogen hatte, aber beide würden mit Sicherheit die Polizei einschalten wollen. Auf ihre ehemalige Gastmutter war sie deshalb gekommen, weil Chiara in ihrer ganzen Art sehr unkonventionell war. Der Anruf war Leni trotzdem nicht leichtgefallen, denn sie hatte keine Garantie, dass Chiara nicht doch gleich nach der Polizei rief. Chiara war jedenfalls hocherfreut gewesen, ihre Stimme zu hören. »Wollt ihr uns besuchen?«, fragte sie. »Das wäre eine schöne Überraschung.«

Leni ließ ihre Gastmutter ein paar Minuten reden, bis sie sie hastig unterbrach.

»Chiara, ich brauche dringend deine Hilfe.«

»Es ist hoffentlich nichts mit den Kindern? Und mit eurer Ehe ist auch alles in Ordnung, oder?«, entgegnete Chiara besorgt.

»Alles gut, aber ich weiß nicht, wie ich es dir sagen soll … Ich weiß nicht, an wen ich mich sonst wenden sollte.«

»Leni, ich höre. Sag mir, was los ist und was ich tun soll.«

Leni atmete tief durch und versuchte, Chiara ihre Lage möglichst sachlich zu schildern. Am Schnauben ihrer ehemaligen Gastmutter war unschwer zu erkennen, dass diese sich sehr zusammenreißen musste, um ihrer Empörung nicht auf der Stelle heftig Luft zu machen. Besonders an der Stelle, an der Leni ihr angedeutet hatte, dass Inga für den Tod des kleinen Salvi verantwortlich gewesen war und sie als einzige Zeugin erpresste. Damit Chiara gar nicht erst auf die Idee kam, nachzufragen, was genau damals geschehen war, redete Leni wie ein Wasserfall und schloss mit den Worten: »Mein Plan sieht wie folgt aus: Wir bringen Sara in deinem Wagen nach Hause. Ich warte im Wagen, damit ich auf keinen Fall meinem Mann in die Arme laufe, der den Braten sonst riecht. Und du schwindelst Sofia und Francesco, falls er da ist, vor, dass wir beide für ein paar Tage mit Davide ins Tessin fahren, weil du dort einen neuen Hund kaufen willst …«

»Und was, wenn Sara ihm erzählt, dass Davide gar nicht mit in Sanremo war? Wird er dann nicht erst recht skeptisch?«

Leni hatte an dieser Stelle einen tiefen Seufzer ausgestoßen. »Keine Ahnung, aber vielleicht fällt uns was Passendes ein.«

»Du hast wirklich Glück, dass ich sofort aufbrechen kann, denn Vincente ist auf einer Geschäftsreise in New York. Sonst müssten wir ihn auch einweihen, und ich denke, je weniger Personen davon wissen, desto besser. Wir treffen uns in Savona unten in der Bar, in der wir meinen letzten Geburtstag gefeiert haben. In zweieinhalb Stunden kann ich es schaffen. Alles Weitere dann auf unserer Rückfahrt nach Sanremo. Und ob du in der Zwischenzeit in dem Büro des Maklers anrufst und herauszufinden versuchst, wo das Haus dieses Kerls ist?«

Das hatte Leni sofort erledigt, bevor sie nach Savona aufgebrochen war. Sie war Chiara unendlich dankbar, dass sie sich nicht eine Sekunde lang damit aufhielt, Ingas Schweinerei zu kommentieren oder neugierige Nachfragen zu stellen, sondern handfest und praktisch, wie sie nun einmal war, in Lenis Planungen einstieg.

Sara war nicht besonders davon angetan, dass sie das schöne Hotel kopfüber hatte verlassen müssen. Aber um keine unnötige Skepsis bei ihrer Tochter zu erwecken, ließ sie diese sogar das aufblasbare Krokodil mitnehmen, obwohl Leni das teuflische Geschenk gern noch an Ort und Stelle zerstört hätte.

Zumindest freute sich Sara nun, dass sie auf dem Weg nach Hause in Savona eine Pause einlegten, um ein Eis zu essen und Tante Chiara zu treffen. Weniger erfreut war sie allerdings von der Aussicht, dass ihre Mutter und Tante Chiara gleich, nachdem sie Sara in Albaro abgeliefert hatten, wieder losfahren würden. In ihrer Not schwindelte Leni ihr vor, das sei doch alles eine Überraschung. Sie müssten sich noch Hunde ansehen. Sara hatte nämlich in vier Wochen Geburtstag und wünschte sich nichts sehnlicher als einen Hund. Ihre Tochter war nun schlichtweg begeistert.

Mit großem Hallo sprang sie deshalb ihrer Großtante in die Arme, als diese das Lokal wenig später betrat. »Wo hast du die Hunde gelassen?«, fragte sie.

»Die mussten zu Hause bleiben, weil sie krank sind«, erwiderte Chiara, die es erstaunlich gut verstand, sich nichts anmerken zu lassen.

»Stimmt, das ist ja eine Überraschung für mich«, entgegnete Sara strahlend. Von da an schien sie nur noch daran zu denken, dass sie wohl zum Geburtstag einen Hund bekommen würde. Seit Lenis liebster Hund, ein Nachfahre von Bombo, vor einem Jahr gestorben war, hatte sie erst einmal keinen neuen mehr haben wollen, aber wenn es sein musste, gab es eben zum Geburtstag ihrer Tochter einen Hund.

»Genau, und deshalb erzählst du dem Papa am besten auch nicht, dass Davide bei den Hunden geblieben ist und du ihn gar nicht gesehen hast«, redete Leni beschwörend auf ihre Tochter ein.

Doch Sara war so aufgeregt, dass sie sich weder wunderte, dass sie in Chiaras Wagen umstiegen, noch, dass ihre Mutter in Albaro im Auto blieb und nicht mit zum Haus kam.

Nachdem Chiara ohne Sara zurückkehrte, nahm sie Lenis Hand und drückte sie fest. »Und wenn es das Letzte ist, was ich in diesem Leben tue, ich werde Davide aus den Klauen dieser Irren retten. Hast du die Adresse schon?«

»Ja, ich weiß, wo das Haus ist«, seufzte Leni.

»Gut, dann gebe ich das jetzt in mein Navi ein, und wir fahren sofort dorthin. Und glaube mir, es wird alles gut. Wenn wir dort zu zweit auftauchen, wird sie nichts mehr mit ihren Lügen ausrichten können. Und so, wie du diesen Kerl beschrieben hast, hat der keine Ahnung, was für ein Miststück er sich da angelacht hat.«

Zum ersten Mal an diesem verdammten Tag huschte ein Lächeln über Lenis Gesicht. Inzwischen war sie fest davon überzeugt, dass sie in Chiara die goldrichtige Komplizin gefunden hatte, um Davide unversehrt nach Albaro zurückzubringen.

»Erinnerst du dich noch daran, wie sie Bombo verletzt hat und dir die Sache in die Schuhe schieben wollte?«, fragte Chiara, als sie schon auf der Höhe von Imperia angekommen waren.

»Leider. Es war entsetzlich.«

»Und du weißt auch, wem du es zu verdanken hast, dass ich dich damals nicht nach Hause geschickt habe?«

»Natürlich weiß ich das, und ich schäme mich in Grund und Boden, dass ich zugelassen habe, dass man Amrei die Sache mit Salvi in die Schuhe geschoben hat. Ich kann ihr nie wieder unter die Augen treten.«

»Das verstehe ich sehr gut. Und trotzdem hat Inga es erneut geschafft, dich zu ihrer Komplizin zu machen. Nun sag mir endlich, was damals genau geschehen ist.«

»Ich kann nicht. Noch nicht!«

Chiara reagierte mit einem Stirnrunzeln.

»Kindchen, du darfst nur nie wieder den Fehler machen, deiner kriminellen Schwester den Arsch zu retten!«, ermahnte Chiara Leni. »Und ich stelle nur eine einzige Bedingung dafür, dass ich dir helfe.«

»Habe ich eine Wahl?«, stöhnte Leni.

»Nein, keine«, entgegnete Chiara ungerührt. »Wir werden der Familie nicht verschweigen, was für eine Verbrecherin deine Schwester ist. Du wirst reden müssen, wenn alles vorbei ist! Und ich hoffe, du bist endgültig kuriert von deinem schlechten Gewissen, dass du für ihre miese Kindheit verantwortlich bist. Sie muss büßen für das, was sie getan hat. Und glaub mir, Maria, die …« Sie unterbrach sich. »Bevor ich es vergesse, Maria hat mich angerufen und wollte wissen, ob Inga bei mir wäre. Auch merkwürdig, oder?«

»Ja, komisch. Und ja, Chiara, ich werde meine Schwester nicht länger decken. Am Montag, nachdem sie mich zu ihrer Aussprache mit Alfredo in ein Restaurant beordert hatte, habe ich ihr genau das angedroht, dass ich auspacken werde. Du siehst, dass sie am längeren Hebel sitzt! Aber ich schwöre, ich werde reden, aber erst, wenn ich meinen …« Leni konnte nicht weitersprechen, weil sie in Tränen ausbrach. »Ich weiß nicht, was ich tue, wenn Davide etwas zustößt«, schluchzte sie.

Chiara drückte erneut ihre Hand. »Ihm wird nichts passieren! Dafür sorgen wir«, sagte sie sanft und fügte in zornigem Ton hinzu: »Und dann gehört diese Person hinter Gitter! Ich denke, darum wird sich Maria kümmern.«

»Ach, ich weiß nicht recht. Wahrscheinlich ist sie krank und gehört in eine Einrichtung …«

»Dann aber in Deutschland! Bei uns gibt es solche geschlossenen Einrichtungen seit 1978 nicht mehr. Aber keine Sorge, Leni, ich weiß nur eines: dass diese Person sich keinem Familienmitglied jemals wieder nähern wird!«

Leni nickte schwach. Sie hatte in diesem Augenblick keine Kraft, sich auszumalen, was für eine Konsequenz für Ingas Handeln wohl die richtige wäre. Vielleicht genügte es, wenn man einfach den Kontakt zu ihr abbrach … Doch da schlich sich mit aller Macht das Gummikrokodil in ihre Gedanken. Wer es über das Herz brachte, der eigenen Schwester solche Seelenqualen zu bereiten, der hatte wirklich keinerlei Pardon verdient!

34

RAPALLO,
JULI 2022, FREITAG

Alfredo sah wesentlich besser aus als auf der Hochzeit, dachte Amrei, als ihr ehemaliger Gastbruder lächelnd auf ihren Tisch zukam. Sie konnte gerade noch den Kopf zur Seite drehen, als er sie mit Küsschen auf die Wange begrüßen wollte so wie früher.

»Du siehst blendend aus. Steht dir, der sommerliche Kleinmädchenlook«, bemerkte er, während er sich zu ihr an den Tisch setzte und ihre offene Ablehnung komplett ignorierte.

Auf dieses für ihren Geschmack abgedroschene Kompliment reagierte sie nicht. Sie erwiderte auch nicht sein Lächeln. Unfassbar, dass ich darauf mal reingefallen bin, dachte sie. In der Tat war es für sie eine völlig fremde Vorstellung, dass sie in diesen Mann einmal hoffnungslos verliebt gewesen war.

»Was treibt dich nach Rapallo?«, fragte Amrei.

»Darf ich dich zum Essen ins erste Haus am Platz einladen, oder wir könnten auch nach Portofino fahren. Ich kenne den …«

»Nein!«

Diese lakonische Abfuhr schien ihn doch ein wenig aus der Fassung zu bringen, wie Amrei befriedigt feststellte. »Aber, da gibt es den besten Fisch …«

»Nein! Sag, was du zu sagen hast, und dann verschwinde bitte sofort wieder!«

»Ganz schön selbstbewusst für eine Frau, die von Marias Hochzeit hat flüchten müssen, weil sie angeblich meinen kleinen Bruder auf dem Gewissen hat«, bemerkte er.

»Und die an der Gesellschaft des Mannes, der ihr das in die Schuhe geschoben hat, keinerlei Interesse hat!«, gab sie in scharfem Ton zurück.

Er wurde ähnlich blass, wie er in seinem besoffenen Zustand vor dem Lokal gewesen war.

»Du weißt es schon?«

Amrei nickte.

»Hat Inga dich angerufen?«

»Sie hat meine Nummer nicht und wird sie auch niemals bekommen!«, erwiderte Amrei ungerührt.

Alfredo versuchte jetzt, eine Hand auf ihre zu legen, aber Amrei zog sie hastig weg. In diesem Moment kam der Kellner und fragte sie nach ihren Wünschen. Sie bestellte sich noch ein Wasser, während er einen Ramazzotti orderte. Allein bei Nennung dieses Getränks wurde Amrei leicht übel, weil sie in jener schicksalhaften Nacht eine ganze Flasche von dem Zeug hinuntergekippt hatte.

»Es tut mir so leid, dass Inga dich mit ihrem Hochzeitsauftritt gedemütigt hat«, sagte er.

Das meint er wohl tatsächlich ernst, dachte Amrei, es genügte aber nicht, um sie ihm gegenüber versöhnlicher zu stimmen.

»Ich habe doch versucht, dir draußen vor dem Lokal zu signalisieren, dass du gar nichts mit Salvis Tod zu tun hast. Erinnerst du dich?«

»Ja, du hast gestammelt, ich hätte nichts getan, aber entschuldige, darauf konnte ich mir keinen Reim machen. Im Übrigen kam es vierzehn Jahre zu spät!«

»Ich war in jener Nacht damals betrunken und stand unter Drogen«, gab er leicht genervt zurück. Offenbar erwartete er von ihr, dass sie wie früher an seinen Lippen hing und ihn so unwiderstehlich fand, dass sie ihm alles verzieh.

»Gut, aber weshalb bist du jetzt hier? Um mir zu sagen, dass du mir das damals nicht hättest anhängen dürfen, kommst du in der Tat vierzehn Jahre zu spät!« Es bereitete ihr eine gewisse Genugtuung, dass er offenbar nicht recht wusste, wie er sich ihr gegenüber richtig verhalten sollte. Dass seine alten Charme-Attacken nicht mehr funktionierten, schien aber auch er nun zu merken.

Alfredo wand sich wie ein Aal. »Ja, also, natürlich weiß ich, ich meine …«, stammelte er.

»Wenn das alles war, was du mir sagen wolltest, machen wir es kurz: Ich nehme deine Entschuldigung an, dass du dich damals wie ein Schwein verhalten hast, und du verziehst dich jetzt!«, unterbrach Amrei ihn in scharfem Ton.

Alfredo musterte sie daraufhin verunsichert. »Wo ist das süße, schüchterne Mädchen geblieben, das mich immer wieder mit ihrer Natürlichkeit für sich eingenommen hat?«, murmelte er.

»Ach, du meinst die pummelige Amrei, die partout nicht wahrhaben wollte, in was für einen miesen Kerl sie sich da verliebt hatte? Die ist einen grausamen Tod gestorben. An ihren Schuldgefühlen jämmerlich erstickt!«, gab Amrei zurück.

»Du hast dich wirklich komplett verändert«, stieß er beleidigt hervor. »Nicht nur, dass du eine verdammt attraktive Frau geworden bist«, fügte Alfredo nun in einschmeichelndem Ton hinzu. »Also, als ich dich auf der Hochzeit gesehen habe, war ich hin und weg, bevor ich registriert habe, dass du das bist.«

Amrei widerte es regelrecht an, wie er versuchte, ihr Wohlwollen zu gewinnen. Es machte ihr nicht einmal Spaß, ihm aus vollem Herzen die kalte Schulter zu zeigen. Am liebsten wäre es ihr, er würde einfach verschwinden. Ob mit oder ohne Geständnis, warum er damals nicht auf Salvi achtgegeben hatte.

»Du musst mir glauben, ich hatte viele schlaflose Nächte, weil ich mich mit meiner Schuld herumgequält habe ...«

»Soll mich das trösten für meine ständigen Gewissensbisse, weil du womöglich auch welche hattest? Mein Lieber, pass auf, was du da sagst. Du hättest mir meine Qualen ersparen können, aber stattdessen habt ihr es schändlich ausgenutzt, dass ich einen Filmriss hatte. Jammern kannst du woanders!«

»Ich stand in der Nacht komplett unter Drogen. Ich habe mir unten auf dem Rasen etwas reingezogen, und deshalb habe ich Salvi weggeschickt. Was konnte ich ahnen, dass der in den Pool fällt.«

Amrei funkelte ihn zornig an. »Soll ich dich vielleicht dafür bemitleiden, dass du deinen kleinen Bruder mitten in der Nacht sich selbst überlassen hast? Und dass der kleine Kerl in den Pool gefallen ist? Vor allem konnte er hervorragend schwimmen. Ich habe es ihm selber beigebracht. Dein Verhalten ihm gegenüber muss ihn schrecklich getroffen haben. Eines nämlich, mein Lieber, habe ich mich immer wieder gefragt: Warum ist er nicht zur Leiter geschwommen, sondern ertrunken? Alfredo, ich will nichts mehr davon hören! Und auch nichts mehr von dir. Du bist für mich gestorben!«

»Und ich finde dich anziehender denn je! Willst du nicht wenigstens versuchen, mir zu verzeihen. Gib mir eine zweite Chance. Ich will dir beweisen, dass ich mich verändert habe. Wenn die Scheidung durch ist ...«

Amrei war fassungslos. Keine Frage, er versuchte tatsächlich, sie anzubaggern. Er musste sie für komplett gestört halten, dass sie ihm zum Dank für vierzehn Jahre voller Schuldgefühle, die er ihr eingeredet hatte, um den Hals fiel. Und vor allem schien ihn nicht zu kümmern, was sie sagte.

»Alfredo, ich meine das ernst. Ich möchte, dass du verschwindest. Wir beide haben uns nichts mehr zu sagen.«

»Du bist also nicht bereit, mir eine zweite Chance zu geben, wenn ich demnächst die Niederlassung unserer Firma in Hamburg übernehme? Ich wäre dann in deiner Nähe, und du könntest mir deine Stadt zeigen.«

»Verstehst du kein Italienisch mehr?« Amrei wurde langsam wütend angesichts seiner Ignoranz. Dabei war er schon damals ein rücksichtsloser Egomane gewesen. Vor ihrem inneren Auge tauchte eine hässliche Szene auf, in der Alfredo damals im Sommer 2007 plötzlich eine andere geküsst hatte, obwohl er mit ihr auf das Fest der Madonna gegangen war.

»Und du machst dir wirklich nichts vor? Ist da denn gar nichts mehr zwischen uns?«, insistierte er, aber er schien sich seiner Sache inzwischen selbst nicht mehr sicher zu sein.

»Es hat nie ein ›uns‹ gegeben! Alfredo, ich kann dich nicht mal leiden!«

»Ist es wegen meines Bruders? Hat er dir den Kopf verdreht mit Professorengeschwafel?«

Amrei fragte sich, woher er bloß das Recht nahm, sich wie ein eifersüchtiger Geliebter zu benehmen.

»Du kannst deinem Bruder nicht das Wasser reichen, mein Lieber. Er ist ehrlich und klug. Er muss keine Welle schieben, sondern seine Anständigkeit spricht für ihn. Niemals hätte er einem Menschen so etwas Gemeines angetan …« Amrei erschrak selbst ein wenig über ihr flammendes Plädoyer für Alessandro. Da hätte sie auch gleich zugeben können, dass sie sich in seinen Bruder verliebt hatte, aber dann würde Alfredo noch denken, dass allein er zwischen ihnen stand. Dabei war es sein mieser Charakter.

Amrei befürchtete schon, er würde eine bissige Bemerkung über seinen Bruder machen, aber Alfredo wurde plötzlich eher weinerlich.

»Es war doch nicht meine Idee, es dir in die Schuhe zu schieben. Das ist auf Ingas Mist gewachsen. Als ich den Schrei hörte, bin ich gleich zum Pool gerannt, und da sagte Inga: ›Nun schau nur, was du angerichtet hast. Der Kleine ist in den Pool gefallen. Und nun ist er tot.‹ Offensichtlich war er beim Fallen mit dem Kopf auf der Kante aufgekommen, denn er hatte eine Wunde am Kopf. Leni ist dann ins Wasser gesprungen, und ich habe ihr geholfen, ihn auf den Beckenrand zu hieven. Und da hat Inga gemeint, du würdest komplett besoffen auf einer der Sonnenliegen deinen Rausch ausschlafen und hättest vorhin im Unterzeug gebadet. Das könnten wir uns zunutze machen. Da hat sich Leni eingemischt und hat gefragt, was Inga damit sagen will. ›Seine Ersatzmama hat nicht aufgepasst, die ist besoffen mit dem Kind in den Pool gegangen und dann zur Liege gewankt. Sie ist doch verantwortlich für den Kleinen.‹ ›Das ist nicht wahr‹, hat Leni gejammert, aber Inga hat ihr befohlen, sie solle den Mund halten. ›Die Mustertochter fährt zurück nach Deutschland, und Alfredo, der die Schuld trägt, muss hier weiterleben. Sein Vater enterbt ihn sonst.‹ Dann haben wir dich geweckt und aus der Schusslinie gebracht. Gegen Ingas Willen. Die wollte eigentlich die Polizei holen …«

Wie erstarrt hatte Amrei Alfredos Schilderung zugehört. Einmal abgesehen von seinem durchschaubaren Versuch, alles auf Inga zu schieben, konnte sie sich lebhaft vorstellen, wie ihre Intimfeindin danach gegiert hatte, zu erleben, wie sie bei den Podestàs in Ungnade fiel. Was sie nicht minder schockierte, war die Tatsache, dass Leni das all die Jahre zugelassen hatte.

»Mensch, Amrei, ich habe verhindert, dass man dich an den Pranger gestellt hat. So hat dich all die Jahre kein Mensch verdächtigt. Ich meine, das war doch eine gute Lösung für dich. Der einzig Leidtragende war ich!«

»Du?« Mehr brachte Amrei nicht hervor.

»Ja, ich musste diese Furie heiraten, weil sie mich damit erpresst hat, es meinem Vater zu verraten. Der hätte mich sofort aus der Firma geworfen.«

»Wenn das kein triftiger Grund ist, es mir in die Schuhe zu schieben. Da bin ich ja glimpflich davongekommen, weil ich mich nur mit meinen eigenen Schuldgefühlen herumschlagen musste. Und da habt ihr gedacht, die sehen wir nie wieder … Superplan!«

»Es konnte doch keiner ahnen, dass meine Mutter dich zur Hochzeit einlädt und du nach so vielen Jahren planst, meiner Familie eine Beichte abzulegen. Das hätte alles neu aufgerührt …«

»Und deshalb hat Inga mich vorsichtshalber in aller Öffentlichkeit an den Pranger gestellt. Da ich glauben musste, dass ich es wirklich getan habe, ein genialer Schachzug. Glückwunsch!«

»Aber sieh mal, das hast du nur mir zu verdanken, dass ich lieber zu meiner Schuld stehen wollte, als mich weiter erpressen zu lassen. Ich war es doch, der Inga nach ihrem Auftritt klipp und klar gesagt hat, ich lasse mich trotzdem scheiden, selbst auf die Gefahr hin, dass sie allen erzählt, dass ich das Schwein bin. Und jetzt darfst du dreimal raten, warum?«

Amrei ahnte, worauf er hinauswollte. Mit jedem seiner Worte wurde er ihr unsympathischer.

»Nein, das weiß ich nicht, und ich will es gar nicht wissen«, gab sie harsch zurück.

»Ach, Amrei, gleich als ich dich gesehen habe, wusste ich, dass ich damals den Fehler meines Lebens gemacht habe, aber mir waren die Hände gebunden …«

»Du wiederholst dich! Wenn du deine alte Schuld sühnen willst, dann tu doch das, was ich vorhatte: Gestehe deiner Familie, was du getan oder nicht getan hast!«

Alfredo wurde noch blasser, als er ohnehin war. »Aber das kann ich nicht riskieren. Das wird meinen Vater umbringen. Er hat ein schwaches Herz«, verkündete er mit Leidensmiene.

»Deine Ausreden waren schon mal besser!«, erwiderte sie ungerührt.

»Amrei, bitte! Du musst mir versprechen, dass es unter uns bleibt. Und du musst mir verraten, von wem du es weißt!«

»Ich bin dir keine Rechenschaft schuldig. War es das?«

»Du musst mir schwören, dass du es auf keinen Fall meinem Bruder erzählst. Der kriegt es fertig, es unserem Vater zu petzen. Und das wird ihn umbringen.«

Amrei verschränkte die Arme vor der Brust zum Zeichen, dass sie gar nichts versprechen würde.

»Ich bin dir keinen Gefallen schuldig!«

Sein Gesicht versteinerte. Eine Zornesfalte bildete sich zwischen seinen Augen. Jetzt zeigt er sein wahres Gesicht, dachte Amrei.

»Was hast du schon auszustehen gehabt? Du bist weit weg gewesen, hattest dein Leben. Ich meine, ich habe doch auch irgendwann wieder ruhig geschlafen und …«, giftete er nun.

»Eben, und das unterscheidet uns beide grundlegend!«

Mit diesen Worten stand Amrei auf und wollte gehen, aber in dem Moment klingelte Alfredos Handy. »Bitte warte, ich muss das annehmen«, raunte er ihr zu.

Seufzend blieb Amrei sitzen. Den Gefallen konnte sie ihm tun. Mehr nicht!

Alfredo sprang auf und verschwand mit dem Telefon außer Hörweite. Als er Minuten später zurück an den Tisch kam, war er grau im Gesicht.

»Das war meine Mutter. Vater hat einen neuen Infarkt erlitten. Er ist in der Klinik. Ich muss los. Er will mich heute Abend noch sehen …« Er stockte. »Wenn sie es ihm gesagt hat, kann sie was erleben!«, murmelte er.

Ob er damit seine Schwester meinte und vermutete, sie habe die Wahrheit bereits dem Vater mitgeteilt?, ging es Amrei durch den Kopf. Aber das sollte ihr gleichgültig sein. Sie hatte nämlich zu keinem Moment auch nur annähernd mit dem Gedanken gespielt, Alfredos Geheimnis seiner Familie zu offenbaren. Das sollte er mit seinem Gewissen abmachen! Aber das verriet sie ihm nicht. Es war ihre kleine Rache dafür, dass er sie immer noch nicht einmal entfernt kannte. Sonst hätte er gewusst, dass sie so etwas niemals tun würde.

»Da siehst du, was passiert, wenn man meinen Vater zu sehr aufregt!«, bellte er. »Wenn er stirbt, weil du plauderst, bist du schuld.«

Amrei stand erneut auf. Sie hatte diesem feigen Opportunisten nichts mehr zu sagen, musste sich aber auch nicht länger von ihm beleidigen lassen.

»Halt, meine Liebe! Ich hätte niemals gedacht, dass du so fies sein könntest. Aber dann müssen wir es eben anders regeln.«

Er holte ein Papier aus der Innentasche seines Jacketts, schmiss es auf den Tisch und deutete auf eine Stelle unten auf der Seite.

»Du musst nur noch hier unterschreiben.«

Amrei kämpfte mit sich, ob sie den Text wirklich lesen wollte. Schließlich siegte ihre Neugier. Beim Überfliegen wurde ihr übel. Es handelte sich um eine Schweigevereinbarung. Darin verpflichtete sie sich, Stillschweigen über Alfredos Schuld an Salvis Tod zu bewahren. Im Gegenzug sollte sie fünfzigtausend Euro bekommen.

Sie griff nach dem Pamphlet und riss es in Fetzen, während sie ihm direkt in die Augen sah, bevor sie wortlos davoneilte. Sie hörte ihn in ihrem Rücken fluchen, aber sie verstand bis auf *stronza*, die weibliche Form von »Arschloch«, nicht, was er da Unflätiges von sich gab.

In ihrem Zimmer setzte sie sich auf einen Stuhl, atmete ein paar Mal tief durch und dachte an Karens Worte: *Atme und denke nur an deine Atemzüge, wenn dich etwas belastet.* Ausnahmsweise befolgte sie einmal den Rat ihrer Mutter und tat genau das, und zwar eine gefühlte halbe Ewigkeit.

Danach ging es ihr in der Tat besser, vor allem war sie klarer und fasste einen Entschluss: Sie würde sich ein zweites Mal innerlich von der Familie Podestà verabschieden. Dieses Mal für immer! Aber nicht, ohne Maria den Grund zu nennen. Wenn es bei ihrem Treffen am Sonntag in Porto Venere überhaupt blieb, jetzt, wo der Signore in der Klinik lag, würde sie Maria nicht verschweigen, dass Alfredo geglaubt hatte, sie mit Geld zum Schweigen bringen zu können.

Nachdem sie sich mit dieser Entscheidung im ersten Moment stark und autonom gefühlt hatte, folgte nun eine tiefe Traurigkeit bei dem Gedanken, dass damit auch jegliche Hoffnung, Alessandro noch einmal wiederzusehen, schwand.

Wenn sie ihm begegnet wäre, dann nur in aller Aufrichtigkeit. Und so wäre erneut ein Geheimnis zwischen ihnen ... In diesem Moment schlich sich ein zweites Geheimnis ein, das sie vor ihm hatte: die Briefe. Trotz aller Trauer huschte ein Lächeln über ihr Gesicht. Das zweite Geheimnis würde sie als Preis dafür, Alessandro wiederzusehen, mit Leichtigkeit lüften. Aber dass sein Bruder nicht nur Salvi auf dem Gewissen hatte, sondern sich ihr gegenüber auch weiterhin derart schäbig benahm, das konnte sie ihm einfach nicht sagen!

Um sich abzulenken, schrieb sie den Artikel bis zu diesem Punkt ihrer Reise zu Ende und mailte ihn der Redakteurin, die so sehnsüchtig darauf wartete, mit der Anmerkung: *Porto Venere benötigt mindestens eine eigene Seite.*

Schließlich zog sie sich ihr schönstes Kleid an und ging zu der Trattoria in der Altstadt, in der sie gern einmal mit Alessandro gewesen wäre. Das hatte sie sich jedes Mal, wenn sie an dem Lokal mit dem Namen *LaTrattoria* vorbeigegangen war, ausgemalt. Ein

Fest für die Liebe. Nun sollte es ein Fest für die Freiheit werden, für die Liebe zu sich selbst.

Es war genau noch ein Tisch frei. Nur die vielen verliebten Paare um sie herum waren ein kleiner Wermutstropfen. Ansonsten aß sie die Pasta mit frischen Trüffeln und den Thunfisch mit Hochgenuss. Sogar ein Glas Wein gönnte sie sich zu diesem Essen.

Sie war gerade fertig, als ihr Handy klingelte. Erst als sie sich vergewissert hatte, dass es keine italienische Nummer war, nahm sie das Gespräch an. Am anderen Ende war eine völlig begeisterte Redakteurin, die ihr ein verlockendes Angebot machte. Zwei weitere Wochen in Italien, um für zwei weitere Artikel zu recherchieren: über die Riviera di Ponente, die Küste, die von Genua bis zur französischen Grenze reichte, und die Toskana. Amrei hätte am liebsten sofort zugesagt, denn ihr Entschluss, sich von den Podestàs zu verabschieden, bedeutete im Gegensatz zu damals nicht, auch Italien den Rücken zu kehren. Sie hatte vielmehr das Gefühl, sich ihr eigenes Italien endlich zurückerobern zu wollen, aber sie musste vorher mit ihrer Chefin Marion sprechen. Wenn man sie in der Online-Redaktion gehen ließ, würde sie das Angebot mit Kusshand annehmen.

35

SANREMO/MONACO, JULI 2022, FREITAG

Leni und Tante Chiara saßen nun schon seit heute Vormittag in ihrem Wagen auf der gegenüberliegenden Straßenseite und beobachteten das Haus von Maurizio Bruzzone. Mittlerweile war es früher Abend. Chiara hatte Leni vergeblich davon zu überzeugen versucht, dass sie sich lieber im Hotel ausgiebig ausruhen sollten, doch Leni blieb stur. Für sie war es eine einzige Qual gewesen, dass sie gestern Abend nach stundenlangem Lauern vor dem dunklen Haus unverrichteter Dinge ins Hotel hatten aufbrechen müssen, nachdem ihnen kein Mensch geöffnet hatte, als sie gegen 19 Uhr in der Via S. Giusti angekommen waren. Schließlich hatte sie sich von Chiara überreden lassen, die Nacht im Hotel zu verbringen. Allerdings hatte sie kein Auge zugetan, vor allem, nachdem Francesco sie angerufen und in merkwürdigem Ton gefragt hatte, ob Davide schon wieder bei ihr sei, und, nachdem sie das bejaht hatte, seinen Sohn hatte sprechen wollen. Leni hatte einfach aufgelegt und ihr Telefon ausgeschaltet. Kein kluger Schachzug, wie Chiara kritisch angemerkt hatte. Leni konnte ihr nur beipflichten, und sie fragte sich, wie lange sie diese Ungewissheit und die vielen Lügen durchhalten würde. Sie stand noch immer unter dem Schock ihres Eindringens auf das umzäunte Grundstück an diesem Vormittag. Immer wieder spielte sie in Gedanken die gespenstische Szene durch und ärgerte sich maßlos darüber, dass sie schließlich die Contenance verloren hatte.

Die Villa lag malerisch in einem Park und war von einer Mauer umgeben. Auf ihr Klingeln an der eisernen Pforte am Vormittag hatte wieder keiner geöffnet, sodass Chiara und Leni schon hatten aufgeben wollen, aber dann hatte Leni das Geräusch eines im Wasser planschenden Kindes gehört und war, ohne auch nur eine Sekunde nachzudenken, über die schmiedeeiserne Eingangspforte geklettert und in den Garten gerannt. Dort im Wasser tobte ein Kind, doch die Frau, die am Beckenrand stand und ihm zusah, war zweifelsohne nicht Inga. Sie war kleiner, zierlicher und hatte dunkles Haar. Mit einem Satz war Leni am Pool in der festen Überzeugung, das Kind im Wasser sei Davide, doch dann musste sie erkennen, dass sie sich getäuscht hatte. Der kleine Junge war zwar in dem Alter ihres Sohnes, aber es handelte sich um ein dunkelhaariges fremdes Kind. Bevor sie etwas sagen konnte, hatte die junge Frau einen gellenden Schrei ausgestoßen.

»Was tun Sie hier?«, brüllte sie. »Wer sind Sie?«

Leni entschuldigte sich hektisch für den Überfall und sagte, sie suche ihren Sohn Davide. Die junge Frau musterte sie zweifelnd. »Sie sind die Mutter des Kindes, sagen Sie.«

Leni kostete es einige Überwindung, ruhig zu bleiben, aber der kleine Junge sah sie nun aus weit aufgerissenen Augen erschrocken an und klammerte sich im Wasser an sein Gummikrokodil. Genau dasselbe, das Inga Sara geschenkt hatte.

»Ich … ich … ja, ich bin früher zurückgekommen und wollte ihn abholen. Können Sie mir sagen, wo ich ihn finde?«

»Nein, das weiß ich nicht. Ich bin hier nur das Hausmädchen und habe auf den Wunsch der Signora meinen Neffen eingeladen, damit er mit Davide spielen kann. Die Herrschaften sind aber gestern Nachmittag mit dem Jungen überstürzt weggefahren. Nun kann ich meinen Neffen nicht zu seinen Eltern zurückbringen, weil die etwas vorhaben …«

»Wohin sind sie gefahren?«, unterbrach Leni sie unwirsch.

Die Hausangestellte zuckte mit den Schultern.

»Sie müssen es mir sagen, wenn Sie es wissen«, wiederholte Leni und trat bedrohlich auf die junge Frau zu, der die nackte Panik aus den Augen sprach.

»Ich weiß es wirklich nicht! Bitte tun Sie mir nichts. Sonst muss ich die Polizei rufen.«

»Sie? Da irren Sie sich. Das hier ist eine Entführung! Das wissen Sie schon, oder?«

»Gut, ich werde sehen, ob ich die Signora erreiche, aber treten Sie bitte einen Schritt zurück. Ich muss erst den Jungen aus dem Wasser bekommen. Franco, bitte komm aus dem Wasser!«, befahl die junge Frau und rubbelte den Jungen, der sichtlich verängstigt aus dem Wasser geklettert war, mit einem Handtuch ab. »Setz dich in den Liegestuhl. Ich muss mich erst einmal um die Signora kümmern.« Mit diesen Worten holte sie ihr Telefon hervor und tippte eine Nummer ein. Leni hätte ihr es am liebsten aus der Hand gerissen und ihre Schwester angeschrien, aber sie konnte sich beherrschen, wusste sie doch, dass das alles andere als hilfreich sein würde.

»Signora, ich bin es, Beatrice, die Dame ist aufgetaucht und möchte wissen, wo Sie hingefahren sind …« Sie wartete ab, weil Inga offenbar etwas sagte. Leni ahnte in etwa auch, was. Sie tischte ihr jene Lüge auf, mit der sie auch schon Signor Bruzzone eingewickelt hatte. »… ja, genau«, fuhr die Hausangestellte sichtlich aufgeregt fort. »Ja, sie hat behauptet, es sei ihr Kind. Gut, ich gebe Sie weiter …«

Die junge Frau reichte Leni ihr Telefon.

»Bist du es, Inga?«, fragte Leni mit vor Aufregung leicht überkippender Stimme.

»Habe ich es doch gewusst. Du bist verrückt genug, im Haus aufzutauchen. Von wegen, ich kann dir vertrauen. Du siehst das Kind erst wieder, sobald du vernünftig geworden bist.« Dann herrschte Stille in der Leitung. Inga hatte das Gespräch beendet.

Wie in Trance gab Leni Beatrice das Telefon zurück und funkelte die Hausangestellte zornig an. »Sie sagen mir jetzt sofort, wo meine Schwester sich mit meinem Kind befindet!«, brüllte sie.

»Seien Sie doch vernünftig. Ich kann auch einen Arzt für Sie holen. Vielleicht kann der Ihnen helfen …«

»Einen Arzt … für mich? Ich will mein Kind zurück!«

Leni sah aus dem Augenwinkel, wie der kleine Junge von seiner Liege aufsprang und ins Haus rannte. Wahrscheinlich hielt er sie für gemeingefährlich. Inga hatte diese Beatrice wahrscheinlich schon vor ihrer Abfahrt auf ihren Besuch vorbereitet. Womöglich hatte sie ihr das Märchen von der kinderlosen Freundin erzählt, die sich in den Wahn hineinsteigerte, Davide sei ihr

Kind. Doch statt vernünftig zu bleiben und wenigstens zu versuchen, das Hausmädchen davon zu überzeugen, dass ihre Schwester die Verrückte war, schrie Leni: »Verdammt, ich will mein Kind zurück!«

Da sah sie aus dem Augenwinkel einen jungen Mann – ganz offenbar der Gärtner – mit einem Spaten in der Hand auf sie zukommen, während sie Beatrice zetern hörte. »Bitte wirf sie raus. Nein, keine Polizei, sagt die Signora!«

Als der Mann sie am Arm packte, brüllte Leni, dass er sie loslassen solle, doch er schob sie gnadenlos zum Gartentor, öffnete die Pforte und warf sie auf die Straße. Sie wunderte sich noch, dass sich Tante Chiara, die sie auf der gegenüberliegenden Seite an den Wagen lehnen sah, nicht rührte. Sie kam erst über die Straße, nachdem der Kerl fluchend im Garten verschwunden war.

»Warum hast du mir nicht geholfen?«, fragte Leni, während sie mit den Tränen kämpfte.

»Sie müssen nicht wissen, dass wir zu zweit sind. Komm in den Wagen und sag mir, was passiert ist.«

Kaum dass sie im Auto waren, warf sich Leni ihrer einstigen Gastmutter in die Arme und berichtete ihr schluchzend, dass Inga ihren Besuch der Haushaltshilfe offenbar angekündigt hatte, und zwar den Besuch einer Geistesgestörten.

»Wir müssen endlich die Polizei benachrichtigen«, seufzte Tante Chiara, nachdem Leni ihr alles – auch, dass sie sich wie eine Irre aufgeführt hatte – erzählt hatte, was im Garten von Maurizio Bruzzone vorgefallen war.

Leni hob ruckartig ihren Kopf. »Auf keinen Fall! Dann tut sie ihm was an. Glaub es mir. Sie scheint kränker zu sein, als wir es je vermutet haben. Wir haben viel zu lange das berechnende Miststück in ihr gesehen. Aber sie ist besessen. Sie handelt irrational. Solange Davide in ihrer Gewalt ist, können wir keine Polizei gebrauchen«, sagte sie beschwörend.

»Dann müssen wir eben diesen Bruzzone allein erwischen«, entgegnete Tante Chiara entschieden.

»Und wenn er mit ihr unter einer Decke steckt?«, gab Leni zu bedenken.

»Dieses Risiko müssen wir eingehen! Wir sollten jetzt ins Hotel fahren, uns ausruhen und morgen erfrischt und voller Kraft zurückkommen. Irgendwann müssen sie ja wiederkommen. Und in dem Moment lenkst du Inga ab, und ich schnappe mir den Mann. Mich wird er schon nicht für gestört halten«, schlug Tante Chiara vor.

»Nein, ich rühre mich nicht vom Fleck. Und wenn wir die ganze Nacht hier stehen. Ich habe letzte Nacht im Hotel auch kein Auge zugetan!«, stieß Leni in einer zu allem entschlossenen Weise aus, der sich Chiara offenbar nicht zu widersetzen wagte.

Es herrschte eine Zeit lang Schweigen. Bis auf ein angespanntes Telefonat, das Leni mit Francesco geführt hatte. Ihr Mann war erbost darüber, dass sie ihn gestern Abend nicht zurückgerufen hatte, nachdem angeblich der Akku leer gewesen war, womit sie das abrupte Ende ihres Telefonats erklärt hatte. Ihr Mann wurde erst ruhiger, als seine Tante Chiara ein paar Sätze mit ihm wechselte. Sie ließ Leni mithören. Als er vorschlug, am Samstag mit den beiden anderen Kindern im Tessin vorbeizukommen, bevor sie am Sonntag mit ihren Großeltern eine längere Bootstour unternehmen würden, kam allerdings auch Tante Chiara ins Schwitzen. Sie schwindelte ihm geistesgegenwärtig vor, dass sie für den Tag bereits eine Einladung hatten. Francesco war aber nicht leicht abzuwimmeln. Er äußerte daraufhin die Idee, nur kurz vorbeizukommen, um Davide, der sich doch so auf die Ferienwoche mit den Großeltern auf deren Jacht gefreut hatte, abzuholen, damit er mitfahren konnte.

»Was für eine reizende Idee«, flötete Chiara. »Leider liegt der kleine Kerl mit Fieber und Halsschmerzen im Bett. Das mochte ich dir eben nicht sagen. Ich wollte dich nicht beunruhigen. Deshalb war deine Frau auch so merkwürdig gestern am Telefon. Wir werden einen Test machen, ob er nicht doch Corona hat.« Das Zauberwort hatte genügt, damit Francesco sofort von seinem Plan Abstand nahm. Ganz offensichtlich nahm er seiner Tante alle Lügen ab und war beruhigter als zuvor, denn er ließ sich noch einmal Leni geben und tröstete sie wegen ihres kranken Kindes.

Dieses Telefonat ging Leni durch den Kopf, während sie gegen ihre Müdigkeit ankämpfte und sich gerade für den heutigen Tag geschlagen geben wollte. Sie merkte in allen Gliedern, wie ihr der Schlaf fehlte, vor allem, als sie den tiefen gleichmäßigen Atem von Chiara hörte, die auf dem Fahrersitz eingeschlafen war. Gerade als sie Chiara wecken wollte, hielt ein Auto vor dem Haus, kurz darauf öffnete sich das Garagentor, und der Wagen verschwand in der Garage.

»Wollen wir jetzt endlich ins Hotel?«, fragte Chiara verschlafen.

»Sie sind nach Hause gekommen. Gerade eben. Nun holen wir uns Davide«, entgegnete Leni aufgeregt.

Ächzend setzte sich Chiara aufrecht hin. »Bist du sicher? Das Haus ist immer noch so dunkel …«

In dem Augenblick ging das Licht an.

»Ich habe nicht geträumt. Ein Auto ist in die Garage gefahren.«

»Okay, gib mir ein paar Sekunden«, sagte Chiara und holte ein paar Utensilien aus ihrer Handtasche wie Mundspray, Bürste und Lippenstift. Sie beeilte sich mit dem Frischmachen, und einige Minuten später standen die beiden Frauen vor der eisernen Pforte und klingelten.

Die Stimme des Hausmädchens fragte durch die Gegensprechanlage: »Ja, bitte, wer ist da?«

Weder Leni noch Tante Chiara fiel ein, was sie antworten sollten, doch dann rief Chiara mit strenger Stimme: »Hier ist die Polizei! Wir müssen dringend Signor Bruzzone sprechen.«

Und schon hörten sie das Geräusch des Summers, und die Pforte öffnete sich. Als die beiden Frauen auf das Haus zugingen, stand bereits der Hausherr in der Tür. Er hatte die Arme kämpferisch in die Seiten gestützt und funkelte Leni wütend an.

»Was fällt Ihnen ein, uns derart zu belästigen? Sie gehören in Behandlung.«

»Geben Sie mir bitte meinen Sohn Davide raus. Dann verschwinde ich, und Sie sehen mich nie wieder!«, entgegnete sie mit fester Stimme.

»Und wer sind Sie?«, schnauzte Signor Bruzzone Chiara an.

»Ich bin die Tante dieser jungen Dame und kann beschwören, dass es sich bei ihr um die Schwester Ihrer Freundin handelt und Davide ihr Sohn ist, der von Ihrer Partnerin entführt wurde. Und wenn Sie uns jetzt nicht auf der Stelle das Kind herausgeben, werde ich die Polizei zu Hilfe holen.« Zur Bekräftigung ihrer Drohung holte Tante Chiara ihr Handy hervor und tat so, als wolle sie die Nummer der Polizei eintippen.

Signor Bruzzone erblasste sichtlich unter seiner Sonnenbräune. Er hob beschwichtigend die Hand.

»Bitte, die Damen, kommen Sie erst einmal ins Haus. Das müssen wir nicht vor der Haustür besprechen. Und bitte lassen Sie die Polizei aus dem Spiel.«

»Warum sollte ich?«, konterte Chiara. »Nachher stecken Sie mit Signora Podestà unter einer Decke und sind auch ein Kindesentführer.«

»Um Gottes willen, nein. Ich bin ein unbescholtener Geschäftsmann und habe einen Ruf zu verlieren. Bitte, lassen Sie uns drinnen weitersprechen.« Er hielt ihnen die Tür auf.

Leni nahm aus dem Augenwinkel die grässliche Flureinrichtung wahr. Offensichtlich hatte sich jemand mit einem Hang für altmodische italienische Kirschholzmöbel verwirklicht, und Inga war noch nicht dazu gekommen, alles umzukrempeln, weil bei ihr grundsätzlich alles in weißer Schleiflackoptik gehalten war.

Im Wohnzimmer war es nicht besser. Die Möbel erschlugen den eigentlich schönen großen Raum förmlich, aber das nahm Leni nur nebenbei wahr, während sie danach fieberte, endlich ihren Sohn wieder in die Arme schließen zu können.

Signor Bruzzone holte nervös eine Flasche Grappa mit drei Gläsern aus seiner in einem dieser Trumms eingebauten Bar und stellte sie auf den Tisch. Er goss sein Glas voll und trank es in einem Zug. Leni und Chiara rührten das Zeug nicht an.

»Jetzt spannen Sie uns nicht länger auf die Folter und holen Sie meinen Sohn, verdammt noch mal!«, entfuhr es Leni ungeduldig.

»Signora, er ist nicht hier! Inga ist mit dem Jungen auf meinem Boot drüben in Monaco geblieben. Ich habe morgen, am Samstag, einen geschäftlichen Termin und wollte danach wieder zurück. Wir sind gestern Nachmittag spontan losgefahren. Der Junge war ganz wild aufs Bootfahren.«

Das konnte sich Leni lebhaft vorstellen. Davide liebte es, mit seinem Großvater Georgio auf dessen Jacht die ligurische Küste entlangzuschippern. Das ahnte Inga natürlich, denn diese Jacht hatten Francescos Eltern, die damals Ingas Gasteltern gewesen waren, schon zu ihren Zeiten als Au-pair-Mädchen besessen. Sicherlich hatte der Kleine seiner Tante Inga davon vorgeschwärmt und auch, dass er demnächst eine Ferienwoche mit den Großeltern auf dem Schiff verbringen würde. Was würde Leni darum geben, wenn sie ihren Sohn bis Sonntag zurückhatte, um ihn mit auf diese Ferienreise zu geben, auf die er sich so sehr gefreut hatte.

»Gut, dann begleiten wir Sie morgen und holen den Jungen von Bord!«, sagte Tante Chiara entschlossen.

»Meine Damen, ich weiß gar nicht, was ich sagen soll. Inga ist doch keine Kriminelle …« Er stutzte. »Wieso haben Sie Inga Signora Podestà genannt? Sie heißt Riemann.«

»So hießen wir als Kinder. Das ist der Name unserer Eltern, aber Inga ist noch verheiratet mit einem Mann in Genua!«, gab Leni zurück. »Und nein, sie ist nicht nur kriminell, sondern gemeingefährlich, und deshalb bringen Sie uns sofort zum Schiff. Wenn ich das richtig sehe, sind wir in knapp einer Stunde am Hafen, wenn wir jetzt starten.«

»Aber wir können sie doch nicht mitten in der Nacht überfallen!«, widersprach der völlig aufgelöste Signor Bruzzone energisch. »Woher kann ich wissen, dass Sie mich nicht belügen und Komplizinnen sind?«, fügte er hinzu.

»Komplizinnen bei was? Dabei, mir mein Kind zurückzuholen?«, herrschte Leni ihn an.

Der Mann zuckte sichtlich zusammen.

»Gut. Ich mache alles, was Sie sagen, wenn Sie mich bloß aus der Sache raushalten. Aber ich muss kurz mit ihr sprechen …« Und schon hatte er sein Telefon gegriffen, was ihm Leni grob aus der Hand riss. »Sie werden sie nicht warnen! Hören Sie!«

»Nein, das verspreche ich Ihnen. Ich will ihr die Chance geben, aus freiem Willen einen Rückzieher zu machen und das Kind hierherzubringen. Dann ist das vielleicht keine Entführung im eigentlichen Sinn.«

Zögernd gab Leni ihm das Telefon zurück. »Wehe, Sie lassen durchblicken, dass wir gerade bei Ihnen und quasi auf dem Weg nach Monaco sind. Ich zeige Sie mit an!«

Maurizio Bruzzone hatte ein hochrotes Gesicht bekommen, dem man den rasanten Anstieg seines Blutdrucks ansehen konnte. Er versprach es Leni und rief bei Inga an.

»Schatz, bei uns im Haus waren zwei Frauen, die behaupten, du seist verheiratet. Die eine ist die von gestern, die sagt, sie sei in Wahrheit deine Schwester …« Leni wollte ihm das Telefon aus der Hand reißen, aber er war stärker.

»… und die andere ist wahrscheinlich Anwältin«, brüllte Inga so laut, dass es auch Leni und Chiara verstehen konnten. »Verdammt, glaub ihnen kein Wort. Die wollen mich fertigmachen.«

»Inga, keine Sorge! Ich, ich kann dir einen Anwalt nennen. Ich stehe doch zu dir. Du würdest mich doch nie … äh … nein, nie … belügen«, stammelte er. Da war es plötzlich stumm am anderen Ende. Inga hatte aufgelegt. Sofort versuchte Signor Bruzzone, sie noch einmal anzurufen, aber nach einem kurzen Freizeichen ertönte das Besetztsignal. Das wiederholte sich ein paarmal.

»Sie hat es ausgeschaltet«, stöhnte er. »Und nun?«

»Idiot!«, schimpfte Leni. »Jetzt hängen Sie mit drin, ob Sie wollen oder nicht! Warum mussten Sie uns bloß erwähnen?«

»Nehmen wir Ihren Wagen oder meinen?«, fragte Chiara ganz sachlich, während sie aufsprang.

»Gut, fahren wir mit Ihrem«, sagte er, während sie eilig das Haus verließen.

36

GENUA, JULI 2022, FREITAG

Maria fuhr sofort nach dem Anruf ihrer Mutter mit dem Wagen zum Ospedale San Martino in Genua. Ihre Mutter hatte in der Klinik abgeklärt, dass ihr Vater noch um 20 Uhr Besuch von seinen Kindern bekommen dürfe. Sie wäre lieber mit dem Zug gefahren, aber es gab an diesem Abend keine passende Verbindung mehr. Massimo hatte angeboten, sie zu chauffieren, da er jedoch am nächsten Tag einen Vortrag auf einem Kongress in Mailand halten musste, nahm sie es nicht an. Unterwegs beschloss sie, gleich in Genua zu bleiben, um von dort zu ihrem Treffen am Sonntagabend mit Amrei nach Porto Venere zu fahren. Sie hatte auch versucht, ihre Mutter telefonisch zu erreichen, um ihr ihren Übernachtungsbesuch anzukündigen, aber es war niemand ans Telefon gegangen. Nicht einmal eine Hausangestellte. Zum Glück besaß sie immer noch einen Hausschlüssel, sodass sie jederzeit unangemeldet in ihrem alten Jugendzimmer übernachten konnte.

Es war ihr auch lieber, an diesem Abend allein unterwegs zu sein, weil so viele Gedanken durch ihren Kopf gingen, die sie nur mühsam ordnen konnte. Ein solches Durcheinander konnte Maria gar nicht leiden, und so konzentrierte sie sich auf das vordringliche Problem: Sollte sie ihrem Vater die Wahrheit über Alfredos Erpressungsversuch sagen oder ihn lieber verschonen? Je mehr sie sich Genua näherte, desto klarer wurden ihre Gedanken. Es war ganz einfach: Sie musste abwarten, in was für einem Zustand sie ihren Vater vorfand. Einem Sterbenden würde sie sicher nicht den Rest geben, indem sie ihm die Wahrheit über seinen Sohn sagte.

Es war kurz vor acht, als sie an der Klinik ankam. Ihr war mulmig zumute, als sie die Station betrat, die ihre Mutter ihr am Telefon genannt hatte. Als Erstes entdeckte sie ihren Bruder, der hinten auf dem Flur völlig in sich zusammengesunken an einem Tisch saß. Ein eiskalter Schreck durchfuhr sie bei der Vorstellung, dass sie zu spät gekommen sein könnte. Sie eilte auf ihren Bruder zu, der sein Gesicht zur Grimasse verzog, als sie seinen Namen rief. Seine Miene war so zornig, dass sie fast erleichtert war. So guckte kein Sohn, dessen Vater gerade verstorben war.

»Wollen wir zu ihm?«, fragte sie zur Begrüßung.

»Aber erst sagst du mir, ob du diesen Anfall zu verantworten hast, weil du deinen Mund nicht halten konntest«, zischte er.

Maria lag eine deftige Erwiderung auf der Zunge, aber sie konnte sich beherrschen und erwiderte mit ruhiger Stimme:

»Wenn du noch ein wenig auf dem Flur bleiben willst, geh ich schon vor.«

Er sprang auf und packte sie unsanft an den Schultern. »Sag mir gefälligst, ob du gepetzt hast!«

»Kann ich Ihnen helfen?«, fragte eine weibliche Stimme. Maria fuhr herum. Es war eine junge Ärztin. »Nein, nein«, beeilte sich Maria zu sagen. »Mein Bruder ist krank vor Sorge um unseren Vater, und da steht er ein bisschen neben sich.«

Alfredo ließ Maria bei diesen Worten los.

»Wer ist denn Ihr Vater?«

»Signor Podestà.«

Ein Lächeln huschte über ihr Gesicht. »Er hat noch einmal Glück gehabt, aber mehr kann Ihnen sicher mein Chef sagen. Der Signore wird von ihm persönlich betreut.«

»Das ist eine wunderbare Nachricht«, stieß Maria sichtlich erleichtert hervor.

Nachdem die Ärztin hinter einer Tür verschwunden war, ließ Maria ihren Bruder wortlos stehen und näherte sich dem Zimmer mit der Nummer zwölf.

Sie klopfte und hörte die feste Stimme ihres Vaters »Herein!« rufen. Alfredo war ihr wohl gefolgt und schlüpfte mit ihr zusammen ins Zimmer.

Maria war sehr erstaunt, wie wohl ihr Vater aussah. Er saß aufrecht im Bett, vor sich einen Haufen Papiere. Erfreut begrüßte er seine Kinder.

Maria gab ihm ein Küsschen auf die Wange. »Hast du uns einen Schrecken eingejagt!«, sagte sie. Ihr Vater lächelte verschmitzt. »Ich denke, das war ein Fingerzeig von oben. Es war ein stummer Infarkt, der nur entdeckt wurde, weil ich heute beim Professor zum Check war …«

»Aber Mutter hat gesagt, du hättest einen richtigen Infarkt erlitten!«, bemerkte Alfredo beinahe vorwurfsvoll.

»Mein Sohn, das ist ein richtiger Infarkt, und zwar schon der zweite. Und ich habe eure Mutter gebeten, das so dringend zu machen, weil mir mein Freund in seiner offenen Art gesagt hat, der nächste ist definitiv der letzte. Und dann würde ich nicht mehr mit euch reden können. Das ist wie beim Erbe. Lieber mit warmen Händen.« Er lachte über seinen eigenen Witz. Maria musste zugeben, dass sie ihn lange nicht so gelöst erlebt hatte. Der einzig Nervöse in diesem Krankenzimmer war Alfredo, der ständig zum Fenster und zurück tigerte. Wahrscheinlich fragt er sich die ganze Zeit, ob Vater Bescheid weiß oder nicht, dachte Maria und konnte eine gewisse Schadenfreude nicht leugnen.

Dass Alfredos Nerven zum Zerreißen gespannt waren, blieb auch ihrem Vater nicht verborgen.

»Tust du mir einen Gefallen, mein Junge, setz dich bitte. Es ist wirklich ernst, was ich auch dir zu sagen habe. Deshalb wollte ich, dass ihr gemeinsam zu mir ins Krankenhaus kommt.«

In Alfredos schreckensweiten Augen konnte Maria seine Gedanken lesen. Er ging davon aus, dass der Vater Bescheid wusste und nun seine Enterbung drohte. Trotzdem setzte er sich auf den Stuhl, der neben dem Bett stand. Maria holte sich einen Stuhl, der neben dem zweiten, dem leeren Krankenbett, stand.

»Kommt Mutter auch noch?«, fragte Maria ihn.

»Nein, sie war vorhin bei mir, und wir haben einiges besprochen, aber das ging nur sie und mich etwas an. Das werden wir euch, soweit es euch betrifft, früh genug mitteilen. Nun wende ich mich erst einmal in eigener Sache an euch.«

»Nun sag schon, Vater, wozu hast du uns herbestellt?«, wollte Alfredo ungeduldig wissen.

»Mein Junge, was ist bloß los mit dir? Du bist schrecklich nervös.«

»Ich habe mir große Sorgen um dich gemacht. Das ist los!«, gab er unwirsch zurück.

»Gut, dann will ich euch nicht länger auf die Folter spannen. Ich werde mich ab sofort aus der Firma zurückziehen und dir, lieber Alfredo, das Zepter übergeben«, verkündete er.

Maria konnte die Metamorphose in Alfredos Gesicht beobachten. Seine ängstliche Miene verwandelte sich in einen Siegerblick. Diese Entscheidung ihres Vaters brachte sie indessen in enorme Gewissenskonflikte. Wenn sie es ihm jetzt sagte, würde sie seine Genesung mit großer Wahrscheinlichkeit gefährden.

Ihr Vater wandte sich an sie. »Aber ich möchte dir, liebe Maria, die Hälfte der Firmenanteile überschreiben, sodass euch die Firma zu gleichen Teilen gehören wird.«

»Aber was hat sie damit zu tun? Dann kann sie mir ja in alle Entscheidungen reinquatschen«, bemerkte Alfredo unwirsch.

»Genau, mein Junge. Was und wie das geregelt wird, könnt ihr diesem Vertragsentwurf entnehmen. Lest ihn euch in Ruhe durch. Und wir sehen uns bei meinem Notar. Ich möchte nur mir persönlich keine Hintertürchen offenhalten.«

Der Vater überreichte ihnen beiden je ein Exemplar. Maria machte sich gar nicht erst die Mühe, sich den Vertrag anzuschauen, während Alfredo sich sofort in den Inhalt vertiefte.

»Junge, lass dir Zeit. Es läuft nichts weg. Ich wollte noch über etwas anderes mit euch reden.«

Maria hatte inzwischen die Hand ihres Vaters genommen und drückte sie fest. »Was hast du dir Schönes ausgedacht?«, fragte sie. Dass sie die Hälfte der Firma bekommen sollte, damit hatte sie im Leben nicht gerechnet, und sie ahnte, dass ihrem Bruder das ganz und gar nicht passte.

»Eure Mutter und ich haben beschlossen, die Villa zu verkaufen.«

»Wie bitte?« Alfredo war sofort laut geworden.

»Wir werden uns in Zukunft anderweitig orientieren und dachten, dass wir euch Kindern einen Löwenanteil vom Erlös lassen.«

Maria war gar nicht begeistert von dem Gedanken, dass das Elternhaus verkauft werden sollte, würde diese Bedenken allerdings vorerst für sich behalten, bis der Vater aus dem Krankenhaus kam. Sie fand es entsetzlich, wie sich ihr Bruder aufspielte. Deshalb überhörte sie die Anspielung des Vaters auf eine »anderweitige Orientierung«, an die sie sich zu einem späteren Zeitpunkt sehr wohl wieder erinnern sollte.

»Und wenn ich dort einziehen will als neuer Chef der Firma?«, gab Alfredo unwirsch zu bedenken.

»Nein, mein Junge, genau das wollen wir vermeiden. Womöglich zieht diese unmögliche Person dann mit in unser Haus ein. Und das wollen Mutter und ich beide nicht.«

»Nein, Vater, das wird nicht passieren. Inga stimmt der Scheidung zu. Und es wäre sehr wichtig, dass ihr mir noch kein Geld zukommen lasst, bevor ich von dieser Person geschieden bin. Aber das kann ja Maria, meine Anwältin, mit euch klären.«

Ohne weiter zu überlegen, sagte Maria mit aller gebotenen förmlichen Höflichkeit, zu der sie in diesem Moment in der Lage war: »Ach, Alfredo, ich muss das Mandat leider niederlegen, da meine Kanzlei hoffnungslos überlaufen ist. Ich würde dich dann an einen Kollegen von der Konkurrenz verweisen.«

Alfredo musterte sie abschätzig. »Da wird sich sicher ein Fachmann finden, der sich dieser Scheidung annimmt.«

»Ganz bestimmt. Ich kann dir bestimmt einen empfehlen, der auch auf Schweigevereinbarungen spezialisiert ist«, erwiderte sie bissig.

»Was für Schweigevereinbarungen?«, fragte ihr Vater.

»Na ja, ich möchte sicherstellen, dass sie keine Interna aus unserer Ehe ausplaudert«, entgegnete Alfredo prompt. Gut gekontert, dachte Maria und fragte sich, wann ihr Bruder so geworden war. Keine Frage, er war immer schon ein rückgratloser Schleimer gewesen – aber ein derart durchtriebener Charakter?

»Sehr gut«, pflichtete der Vater ihm bei. »Diese Person ist wirklich zu allem fähig.«

»Wir hätten noch einen Wunsch an dich«, hakte nun Maria ein. Alfredo sah sie zweifelnd an. Wahrscheinlich zermartert er sich das Hirn, was das wohl sein könnte, dachte Maria und ließ sich extra Zeit, bevor sie fortfuhr.

»Ja, sag schon, was möchtet ihr von mir?«

»Wir möchten dich darum bitten, dass du deinen Anwalt in Sachen Amrei zurückpfeifst. Einmal abgesehen davon, dass du mit rechtlichen Ansprüchen keine Chance haben wirst und dich das Ganze nur unnötig aufregt, wissen wir gar nicht, was damals genau geschehen ist …«

Ihr Vater machte eine wegwerfende Handbewegung. »Ist gut, Maria, wenn dir das so wichtig ist, ich sage ihm Bescheid.« Er wandte sich an Alfredo. »Und das ist auch dein erklärter Wunsch?«

Alfredo nickte.

In diesem Moment nahm Maria wahr, dass ihr Vater mittlerweile erschöpfter aussah als bei ihrem Eintreffen. Das Gespräch mit seinen Kindern schien ihn sehr anzustrengen. »Können wir dich allein lassen, damit du wieder zu Kräften kommst?«, fragte sie ihn liebevoll.

»Ach, wenn ich dich nicht hätte«, seufzte er. »Jetzt bin ich wirklich müde.«

»Papa, eine Frage, warum ist Alessandro nicht hier?«

»Weil er sich weder für meine Firma noch für mein Vermögen interessiert«, erwiderte ihr Vater in hartem Ton.

»Aber doch für unser Haus. Er ist dort auch aufgewachsen«, gab Maria zu bedenken.

»Deswegen bekommt er vom Verkaufserlös des Hauses mehr als ihr.«

»Mehr? Wieso?«, mischte sich Alfredo ein.

»Ich glaube, das versteht sich von selbst, lieber Bruder! Wir haben die Firma«, sagte Maria in schneidend scharfem Ton. »Aber ich hätte da noch einen Vorschlag. Jedes Kind sollte die Möglichkeit bekommen, wenn es sein Wunsch ist, das Haus zu behalten. Wenn du magst, würde ich da was ausarbeiten. Zu welchen Bedingungen und zu welchem Preis …«

»Ach, du bist die Beste. Bitte tu das!«, sagte ihr Vater bewundernd. »Und jetzt, wo die Gefahr gebannt ist, dass Inga sich breitmacht, ist das ein wirklich schöner Vorschlag.«

»Gut, dann werde ich das Haus übernehmen!«, bellte Alfredo.

»Mein lieber Junge, das müssen wir doch heute nicht klären. Es kommt nicht auf den Tag an. Ich habe nicht vor, alsbald den Löffel abzugeben. Also überlegt euch alles in Ruhe, aber jetzt brauche ich ein wenig Schlaf.«

Maria gab ihrem Vater zum Abschied einen zärtlichen Kuss auf die Stirn und versprach ihm, am Sonntag wiederzukommen.

Ohne Alfredo auch nur eines Blickes zu würdigen, verließ sie eilig das Krankenzimmer. Erst als sie die Klinik verlassen hatte, blieb sie kurz stehen und atmete die milde Abendluft ein.

Maria konnte den gesundheitlichen Zustand ihres Vaters schlecht einschätzen. Er machte einen erstaunlich munteren Eindruck und schien trotzdem den Ernst der Lage begriffen zu haben. Dass ein Mann, der für seine Firma lebte wie ihr Vater, die Zügel aus der Hand gab, grenzte jedenfalls an ein Wunder.

Maria war verunsichert, was sie nun in Sachen Amreis Reputation unternehmen sollte. Wenn sie ihrem Vater in seinem Zustand davon in Kenntnis setzte, dass Alfredo Salvi auf dem Gewissen hatte, würde das ihren alten Herrn mit Sicherheit maßlos aufregen. Wahrscheinlich würde er Alfredo die Firma entziehen und ihn auch sonst enterben. Aber zu welchem Preis? Womöglich würde er die Zügel wieder selbst in die Hand nehmen, und dann wäre es nur eine Frage der Zeit, wann der dritte Infarkt ihn endgültig außer Gefecht setzen würde. Nein, sie konnte es nicht verantworten, ihrem Vater die Wahrheit zu sagen, aber vielleicht wenigstens ihrer Mutter …

Maria konnte in dieser Verfassung noch nicht in ihren Wagen steigen, sondern erinnerte sich an einen Park unweit der Klinik, in dem sie erst einmal versuchen wollte, ihre Gedanken zu ordnen.

37

MONACO, JULI 2022, FREITAG

Die Fahrt nach Monaco war in eisigem Schweigen verlaufen. Leni musste sich sehr zusammenreißen, den Mann nicht weiter zu beschimpfen. Zum Glück war kaum Verkehr um diese Zeit, und sie erreichten schon nach einer Dreiviertelstunde den Hafen von Monaco. Signor Bruzzone bat darum, allein vorgehen zu dürfen, aber das lehnte Leni rigoros ab. Zu groß war ihre Sorge, dass ihre durchgeknallte Schwester Davide in letzter Minute vom Boot werfen würde. Mit Schaudern kam ihr das Bild aus jener Nacht in den Sinn, dessen unfreiwillige Zeugin sie geworden war. Wie in all den vergangenen Jahren wagte sie es nicht, zu Ende zu denken, was sie damals gesehen hatte, sondern schüttelte die Erinnerung regelrecht aus ihrem Kopf.

Port Hercule, der Jachthafen von Monaco, befand sich unterhalb der Fürstenresidenz. Ein paar der ganz teuren Boote lagen im Hafenbecken vor Anker. Signor Bruzzone führte sie einen langen Steg entlang, bis er vor einer stattlichen Jacht stehen blieb. Im Vergleich zu den umliegenden Exemplaren war die *Stella Maris* eher bescheiden, aber das war in diesem Hafen kein Wunder. Hier lagen die Superjachten auf einem Haufen. Leni hatte allerdings kaum ein Auge für den sogar bei Nacht bezaubernden Hafen mit seinen Luxusschiffen, sondern nur noch das Wiedersehen mit Davide im Sinn. Sie fieberte danach, ihren Jungen in die Arme zu schließen. Wie es danach mit Inga und der Wahrheit weiterging, daran verschwendete sie keinen einzigen Gedanken mehr. Und ob sie jemals die ganze Wahrheit über die Lippen brachte, auch das konnte sie selbst in diesem Moment nicht beschwören. Sie wusste nur eins: Inga würde in diesem Leben nie mehr in die Nähe ihrer Kinder kommen!

Signor Bruzzone bat Chiara und Leni, am Steg zu warten. »Wenn wir alle auf einmal auftauchen, verliert sie womöglich die Nerven.« Da sie nun direkt vor dem Boot standen, konnte Leni das akzeptieren. Ihr Herz schlug bis zum Hals bei dem Gedanken, ihren Sohn gleich wiederzusehen. Der Gedanke, gleich ihrer Schwester gegenüberzustehen, verursachte ihr allerdings einen leichten Druck im Bauch. Sie wurde erst ruhiger, als sie Chiaras Hand in ihrer spürte. »Es wird alles gut«, flüsterte ihre ehemalige Gastmutter.

Leni drückte wortlos ihre Hand. Mit jeder Minute, die verging, wurde Leni nervöser, zumal es alles überraschend still blieb. Sie hatte ein lautes Gezeter seitens ihrer Schwester erwartet.

»Da stimmt doch was nicht«, stieß sie verzweifelt aus, und schon war sie über das flache Heck auf die Jacht gelangt und betrat die Kajüte, die aber leer war. Mit pochendem Herzen kletterte sie die Treppe hinunter. Auf einem Bett saß ein sichtlich fassungsloser Signor Bruzzone und starrte auf ein kleines Stück Papier. Er merkte nicht einmal, dass Leni neben ihm stand. Erst als sie ihm den Zettel aus der Hand riss, hob er den Kopf. Er wirkte um Jahre gealtert. Leni überflog den handgeschriebenen Zettel. Keine Frage, es war Inga, die ihm eine eindeutige Botschaft hinterlassen hatte.

Du hast mich verraten, Maurizio. Das wirst du bereuen. Und bestell meiner Schwester, dass sie nun ein Kind weniger hat, aber zwei müssten auch reichen. Und keine Sorge, ich tue ihm nichts an, wenn man mich nicht dazu zwingt. Wir haben uns nur so aneinander gewöhnt, dass er jetzt eine neue Mama hat. Ausgleichende Gerechtigkeit, oder?

Leni ließ sich mit dem Zettel bäuchlings auf eine der Kojen fallen und schluchzte laut auf. Sie vergrub ihr Gesicht in dem Kissen, doch plötzlich hielt sie inne. Sie roch diese feine Mischung aus Vanille, Kakao und Zedernholz. Davide musste in diesem Bett gelegen haben. Als sie sich wieder aufrichtete, nahm Chiara, die ihr offensichtlich an Bord gefolgt war, sie in den Arm und drückte sie.

»Wir werden sie finden«, versicherte sie, wobei sie nicht ganz so optimistisch klang wie kurz zuvor am Steg. »Aber ich glaube, wir haben keine andere Wahl mehr, als die Polizei einzuschalten«, fügte sie hinzu.

Leni wusste insgeheim, dass ihre ehemalige Gastmutter recht hatte. Wenn sie so weitermachten, würde es wie beim Rennen vom Hasen und dem Igel ausgehen. Inga würde ihnen dank ihrer Tricks am Ende immer einen gewaltigen Schritt voraus sein. Trotzdem würde sie Chiara und sich gern eine allerletzte Chance einräumen, Davide auf eigene Faust zu befreien. Schließlich konnten die beiden noch gar nicht so weit gekommen sein. Sie hatten allenfalls etwas über eine Stunde Vorsprung. Hätte Bruzzone sie nicht angerufen, wäre Inga nicht getürmt, und sie hätte Davide morgen früh unversehrt in ihre Arme nehmen können. Aber nun war Inga wie ein gehetztes Tier auf der Flucht und womöglich noch unberechenbarer.

»Gib uns eine letzte Chance«, bat Leni Chiara inständig. »Wenn wir Davide bis Sonntag nicht in Sicherheit gebracht haben, müssen wir es tun. Und dann bleibt uns auch nichts anderes übrig, als Francesco einzuweihen.«

»Gut, dann sollten wir jetzt sofort mit dem Suchen beginnen«, entgegnete Chiara entschlossen.

»Genau, wir müssen alle Taxistände abklappern und den Bahnhof Monte Carlo«, mischte sich Signor Bruzzone eifrig ein.

»Wir? Wie meinen Sie das?«, fuhr Leni ihn giftig an.

Der Mann strich sich nervös durch das nass geschwitzte Haar. Der Schweiß lief ihm über das Gesicht, und auch auf seinem Hemd waren nasse Flecken, stellte Leni mitleidslos fest.

»Ich bin schuld an diesem ganzen Drama. Sie müssen verstehen, ich wollte, nein, ich konnte das nicht glauben. Ich war total verschossen in Inga, ich … ich wollte sie für mich gewinnen, sie heiraten. Wissen Sie, nach dem Tod meiner Frau, da …«

»Hören Sie auf. Das hilft uns auch nicht weiter …«, fauchte Leni, und erst Chiaras beschwichtigende Geste, die ihr die Hand auf den Arm legte, spiegelte ihr das eigene Verhalten. Sie war einfach nicht mehr sie selbst. Seit sie im Hotelzimmer in Sanremo das Gummikrokodil entdeckt hatte, war etwas in ihr gestorben: das Verständnis für andere Menschen, ihre Sanftmut, ihre Gutmütigkeit …

Leni musterte Signor Bruzzone nun eindringlich und konnte diesem Mann auf einmal bis in die Tiefen seiner gequälten und enttäuschten Seele sehen. Und dann sah sie ihre eigene Seele, die mit aller Macht ein Geheimnis bewahrte, um Inga nicht zu schaden.

»Es trifft Sie keine Schuld«, sagte sie leise. »Ich habe sie auch geliebt und hätte alles für sie getan.«

Chiara aber sprang ungeduldig auf. »Die Nabelschau muss warten. Sonst ist das Biest über alle Berge«, verkündete sie energisch.

»Sie haben recht. Lassen Sie uns als Erstes zum Bahnhof fahren. Der letzte Zug nach Italien ging gegen zwanzig Uhr, aber womöglich ist sie nach Frankreich gefahren. Wir sollten zudem die Busstationen abfahren!«

»In Ordnung«, erwiderte Leni und war insgeheim sogar ganz froh, dass der offenbar ortskundige Signore ihnen helfen wollte.

Gemeinsam gingen sie von Bord, um Ingas Spur aufzunehmen.

38

GENUA/NERVI, JULI 2022, FREITAG

Es dämmerte bereits, als Maria zurück zu ihrem Wagen ging. Die Würfel waren gefallen. Sie grübelte nicht länger darüber nach, ob sie es ihrer Mutter sagen, sondern nur noch, wie sie es ihr schonend beibringen sollte. Sie entschied sich schließlich, es am besten gleich hinter sich zu bringen, wobei sie hoffte, ihre Mutter in Albaro auch anzutreffen. Die Pläne ihres Vaters, sich aus der Firma zurückzuziehen, unterstützte sie voll und ganz. Was den Verkauf ihres Elternhauses anging, war sie skeptischer. Für sie kam es eher nicht infrage, das Haus zu übernehmen, weil weder Massimo seinen Posten bei der Staatsanwaltschaft in Mailand aufgeben würde noch sie ihre Kanzlei. Sie spielten eher mit dem Gedanken, sich in Mailand etwas Größeres und Grüneres zu kaufen. Natürlich nicht im Zentrum, weil es unerschwinglich war, aber sie beobachteten die positive Entwicklung im Stadtteil Isola, im Norden der Stadt. Ein Viertel, das ehemals eher für seine Kriminalitätsrate bekannt gewesen war, mauserte sich immer mehr zum begehrten Wohnviertel für junge Familien, die das begehrte Viertel Porta Romana zu teuer fanden.

Auch wenn Maria und Massimo gut verdienten und Massimo noch ein Erbe zu erwarten hatte, war ihnen das aufstrebende Viertel etwas abseits vom Zentrum lieber als das In-Viertel in der Nähe der Altstadt, zumal mit Kindern. Sie waren sich nämlich einig, früher oder später eine Familie zu gründen, wobei Maria eher für das »später« plädierte. Natürlich könnten sie auch zwischen Genua und Mailand pendeln, aber das würde bei der Fahrtzeit von etwa drei Stunden hin und zurück täglich bedeuten, dass sie zumindest eine kleine Bleibe in Mailand bräuchten, wenn sie unter der Woche zu viele Termine vor Ort hatten.

Auf keinen Fall wollte sie die Villa jedoch Alfredo überlassen! Nicht, weil sie eine missgünstige Person war, sondern weil er sich eben gerade so aufgeführt hatte, als würde sie ihm – und nur ihm – zustehen. Sie sah dann eher Alessandro in ihrem Elternhaus leben.

Als Maria bei ihrem Wagen angekommen war, rief sie erst einmal Massimo an, um ihm mitzuteilen, dass sie bei ihrer Mutter übernachtete und dass es ihrem Vater besser ging. Sie wollte gerade ihren Wagen aufschließen, als sie ein Paar erblickte, das auf einen roten SUV von Lamborghini zusteuerte. Der Mann hatte den Arm um die Frau gelegt.

Auf den ersten Blick wollte Maria an eine Verwechslung glauben, doch auch auf den zweiten Blick gab es keinen Zweifel mehr. Die Frau, die gerade lachend ihren Kopf in den Nacken warf, war keine Geringere als ihre Mutter. Maria duckte sich hinter ihrem Wagen. Sie wollte auf keinen Fall gesehen werden. Von ihrem Versteck aus konnte sie beobachten, wie der Mann ihrer Mutter galant die Wagentür öffnete.

Er schien in dem Alter ihrer Mutter zu sein und war ein gepflegter, attraktiver Herr mit grauen Schläfen.

Maria hätte alles für möglich gehalten, besonders, dass ihr Vater eine Geliebte hatte, aber ihre Mutter, die stets so auf ihren eigenen und den guten Ruf ihrer Kinder bedacht war, niemals! Sie war fassungslos, und zuallererst gingen ihr zwei Fragen durch den Kopf. Ob der Vater davon wusste oder ob der Mann nicht doch nur ein guter Freund ihrer Mutter war? Die zweite Frage war beantwortet, bevor sie den Gedanken überhaupt zu Ende gedacht hatte, denn sie wurde nun Zeugin, wie der Mann sich über ihre Mutter auf dem Beifahrersitz beugte und die beiden sich küssten. Den Kuss selber konnte sie nicht verfolgen, aber die Dauer bewies, dass es sich um kein freundschaftliches Küsschen handelte und er sich nicht über sie gebeugt hatte, um ihr beim Anschnallen zu helfen. Und plötzlich fiel ihr die merkwürdige Formulierung ihres Vaters wieder ein, von wegen der »anderweitigen Orientierung«. Ob er damit gemeint hatte, dass sie inzwischen andere Partner hatten?

Als der Mann in den Wagen einstieg, fasste Maria geistesgegenwärtig den Entschluss, die beiden zu verfolgen. Und wenn der Herr ihre Mutter vor der Villa absetzte, würde sie sie dort sofort zur Rede stellen. Maria war ganz sicher nicht der Typ Mensch, der sich mit einer so wichtigen Angelegenheit schweigend herumquälte. Nein, sie wollte es aus dem Mund ihrer Mutter hören, wer dieser Mann war und wie lange sie ihren Vater schon betrog. Und es interessierte sie, zu erfahren, ob ihr Vater davon wusste. So höflich und distanziert ihre Eltern miteinander umgingen, wäre es durchaus möglich, dass die beiden ein Abkommen geschlossen hatten, sich anderen Partnern zuwenden zu dürfen, wenn es nur diskret genug erfolgte, damit es in der feinen Gesellschaft nicht ruchbar wurde. Darauf hatte, wenn das der Fall war, ihre Mutter sicherlich allerhöchsten Wert gelegt.

Was Maria nicht empfand, war moralische Entrüstung. Sie fragte sich allerdings, was wohl passiert wäre, wenn Alfredo ihre

Mutter mit einem anderen Mann erwischt hätte. Wie sie ihren Bruder einschätzte, würde er empört reagieren, weil er zu den Männern gehörte, die Männern alles und Frauen auf diesem Gebiet gar nichts zubilligten. Deshalb war sie froh, dass sie die beiden gesehen hatte und nicht Alfredo. Und auch darüber, dass sie mit einem Mietwagen gekommen war, weil ihrer in der Reparatur war. Nicht dass ihre Mutter ihren alten Wagen erkannte, den sie seit Studienzeiten fuhr.

Dass sie dennoch aufgeregt war, spürte sie an ihren feuchten Händen. Enttäuscht stellte sie fest, dass der Lamborghini nicht in Richtung der Via dei Maristi fuhr, sondern die Straße nach Nervi nahm.

Maria hielt sich in gebührendem Abstand. Als der Fahrer sich vom Meer wegbewegte, spielte sie kurz mit dem Gedanken, ihre Verfolgung abzubrechen und die Mutter von Mailand aus per Telefon von ihrer Beobachtung auf dem Klinikparkplatz zu informieren. Schweigen war jedenfalls keine Option. Es fiel ihr schwer genug, dem Vater nichts von Alfredos mieser Erpressung zu berichten. Und natürlich würde sie dem Vater gegenüber in seinem Zustand nichts von einer geheimen Affäre seiner Frau verlauten lassen, aber ihre Mutter sollte sowohl erfahren, dass Amrei unschuldig war, als auch, dass sie Bescheid über ihre Affäre wusste.

Jedenfalls kehrte sie nicht um, sondern folgte dem SUV die kurvige Straße bis nach oben. Es war ihr ein bisschen unheimlich, weil es inzwischen dunkel geworden und die Straße den Berg hinauf nicht besonders beleuchtet war. Als der Lamborghini vor einem Haus hielt, stoppte auch Maria den Wagen und wartete, bis ihre Mutter und der Fremde im Haus verschwunden waren. Dann erst verließ Maria ihren Wagen, steuerte beherzt auf den Eingang zu und klingelte. Sie war keine Frau, die Umwege einschlug. Sie wollte Klarheit, und zwar hier und jetzt.

Der Mann, der ihr öffnete, war von Nahem noch attraktiver als von ferne. Er fragte sehr charmant, was sie hier auf den Berg geführt habe.

Maria straffte die Schultern und entgegnete ebenfalls mit einem freundlichen Lächeln, dass sie Maria, die Tochter der Dame, sei, die gerade eben mit ihm ins Haus gegangen sei, und ihre Mutter gern sprechen würde.

Seine Miene entgleiste, und er wurde sichtlich nervös. »Warten Sie, Maria. Ich sage ihr Bescheid.«

Er ließ sie nicht eintreten, knallte ihr aber auch nicht die Haustür vor der Nase zu, sondern ließ sie offen. So konnte sie hören, wie ihre Mutter ein entsetztes: »Oh, mein Gott!«, ausstieß.

Tja, Mama, dachte Maria mitleidslos, ich habe mir das nicht ausgesucht!

Und schon kehrte der vornehme Herr zurück an die Tür und bat sie ins Haus. Maria musste auf einen Blick bewundernd feststellen, dass in diesem Haus ein eleganter Stil vorherrschte. Ihre Mutter wirkte recht hilflos mitten in dem großen offenen Wohnzimmer.

»Setzen Sie sich. Möchten Sie etwas trinken?«, sagte der Mann höflich. »Ich lasse die Damen dann auch allein«, fügte er förmlich hinzu.

»Nein, bleiben Sie bitte. Die Frage, die ich an meine Mutter habe, hat durchaus etwas mit Ihnen zu tun«, erwiderte sie ungerührt. »Mama, setz dich doch.« Sie winkte ihrer Mutter aufmunternd zu.

Marias Mutter kam zögernd auf die Sofaecke zu und setzte sich in einen Sessel Maria gegenüber.

»Es tut mir leid, dass du es auf diese Weise erfahren musst«, murmelte sie mit gesenktem Kopf. Offenbar traute sie sich nicht, ihre Tochter anzusehen.

»Weiß Vater davon?«

Ihre Mutter nickte. »Euer Vater möchte konsequent ein neues Leben beginnen, aber das hat er mir erst vorhin im Krankenhaus mitgeteilt. Er möchte sogar das Haus verkaufen.« Das klang aus dem Mund ihrer Mutter nicht gerade begeistert.

»Und du wolltest ihn nicht verlassen?«

»Nein, ich wäre euretwegen bei ihm geblieben.« Sie hob den Kopf. Maria sah, dass sie Tränen in den Augen hatte, war jedoch nicht in der Stimmung, ihre Mutter zu trösten. Dazu waren noch viel zu viele Fragen offen. Aber der fremde Mann trat auf ihre Mutter zu und reichte ihr ein Papiertaschentuch. Dann setzte er sich in den anderen freien Sessel.

»Unseretwegen? Wir sind erwachsen, und selbst der Papst hat in der Enzyklika *Amoris Laetitia* zaghaft angedeutet, dass Trennungen manchmal unumgänglich sind. Mutter, Scheidungen boomen in Italien, besonders bei alten Ehepaaren. Das hättest du für mich nicht tun müssen. Und auch Vati nicht, denn ich nehme mal an, da gibt es auch jemanden, oder?«

Ihre Mutter nickte.

»Gut, willst du mir den Herrn dann nicht vielleicht einmal vorstellen?«, fragte Maria provozierend.

Ihre Mutter wurde rot vor Verlegenheit. »Ich … ach … mir ist das so unangenehm. Ich hätte es wirklich früher … ach … ich weiß auch nicht«, stammelte sie.

»Mein Name ist Marcello Russo. Ich kenne Ihre Mutter, seit ich achtzehn bin, über Mailänder Freunde«, stellte sich der Fremde selbstbewusst vor.

»Und sind Sie auch verheiratet?«

»Frisch geschieden, aber ich würde Ihre Mutter nicht dahin gehend beeinflussen, es mir gleichzutun. Unsere Gefühle haben so viele Jahre schadlos überstanden. Es würde unserer Liebe keinen Abbruch tun, wenn sie mit Ihrem Vater verheiratet bliebe.«

»Maria, du kennst Signor Russo. Erinnerst du dich an unsere Osterurlaube am Comer See? Ihm gehörte das Hotel.«

»Natürlich, das bezaubernde Hotel, entschuldigen Sie, wir sind uns sicher einmal begegnet, aber ich hatte nie einen sonderlich geschärften Blick für ältere Herren.«

»Ich bin nicht jünger geworden in all den Jahren«, bemerkte er lächelnd. Maria konnte nicht umhin, ihn äußerst sympathisch zu finden. »Aber immerhin kennen Sie meine Tochter näher«, ergänzte er.

»Ihre Tochter?«, fragte Maria, und dann fiel es ihr wie Schuppen von den Augen und zeitgleich eine Bemerkung ihres Vaters ein, die dieser am Tag nach der Hochzeit im Vorbeigehen ihrer Mutter gegenüber gemacht und der sie, Maria, keine Bedeutung beigemessen hatte. *Und du, meine liebe Roberta, solltest den Kontakt zu deinem Hotelier in Como überdenken …*

»Sie sind Amreis Vater, oder? Leider war ich nicht da, als Sie Amrei damals in Genua besucht haben …« Maria musterte ihn neugierig. Die Augen hat sie von ihrem Vater geerbt, stellte sie schließlich fest.

»Weiß Amrei von Ihrer Beziehung mit meiner Mutter?«

»Ja, aber erst seit Sonntag. Ich habe sie in ihrem Hotel abgefangen und mit auf den Berg genommen. Da habe ich es ihr gesagt«, seufzte Signor Russo.

»Und wie geht es ihr jetzt?«

»Das wollte ich gerade Sie fragen. Bei mir hat sie sich nicht mehr gemeldet. Ich habe ihre Mutter gebeten, sofort aus Deutschland zu kommen und sie zwei Tage zu begleiten, aber die ist inzwischen wohl auf Elba und hat mich nicht informiert, wie es ihr ergangen ist. Und Sie, wann haben Sie zuletzt mit ihr gesprochen?«

Maria musste genau überlegen. »Mittwoch … ja, Mittwoch habe ich mich mit ihr verabredet für Sonntagabend in Porto Venere. Ich muss unbedingt noch einmal mit ihr sprechen, nachdem …« Maria stockte. Sie hatte ihre Zweifel, ob sie ihre Mutter in Gegenwart von Amreis Vater in die Wahrheit einweihen sollte.

»Darf ich Ihnen einen Wein anbieten?«, fragte Signor Russo.

»Lieber nicht. Ich muss nachher fahren. Mutter, ich übernachte in der Villa, wenn du erlaubst.«

»Und was halten Sie davon, wenn Sie hier im Gästezimmer übernachten? Ich könnte mir vorstellen, dass Ihre Mutter und Sie sich noch allerlei zu sagen haben. Ich würde mich dann diskret zurückziehen.«

»Bitte bleib!«, bat Marias Mutter erst ihn und dann Maria: »Bitte übernachte bei uns.«

Maria überlegte einen Augenblick, bevor sie zusagte. Daraufhin verschwand der Herr des Hauses mit den Worten: »Weiß oder rot?«

»Weiß«, sagte Maria.

»Für mich auch, Marcello.«

Kaum war Marcello aus der Tür, wandte sich ihre Mutter schuldbewusst Maria zu: »Ach, meine Kleine, das muss doch schlimm sein, auf diese Weise von der bevorstehenden Trennung seiner Eltern zu erfahren.«

Maria drückte die Hand, die ihre Mutter ihr liebevoll auf ihren Unterarm gelegt hatte.

»Du vergisst, dass ich Anwältin bin und Spezialistin für Familienrecht. Mich kann nichts mehr schrecken. Es war ja nicht so, dass ich geglaubt habe, zwischen Vati und dir brennt die Leidenschaft. Ich habe noch nie gesehen, dass ihr einander in den Arm genommen oder gar geküsst habt. Ich dachte immer, dazu seid ihr zu prüde.«

»Gut, du kannst das vielleicht so einfach ertragen, aber was ist mit deinen Brüdern? Wenn die erfahren, dass ich den Vater von Amrei liebe, unvorstellbar …«

»Ich glaube, um Alessandro musst du dir diesbezüglich keine Sorgen machen«, erwiderte Maria prompt.

»Aber was ist mit dem armen Alfredo? Der wird mir das nie verzeihen«, stieß ihre Mutter verzweifelt aus.

Maria brannte es förmlich unter den Nägeln, ihrer Mutter auf der Stelle die Wahrheit zu sagen, aber in diesem Moment kehrte der Hausherr mit einem Tablett mit Gläsern, einer Flasche in einem Weinkühler und diversen salzigen Leckereien zurück. Er stellte alles auf den Tisch und ermunterte Maria zum Essen, nachdem er ihr ein Glas Wein eingeschenkt hatte.

Maria nahm, nachdem sie sich zugeprostet hatten, einen großen Schluck. Sie war fest entschlossen, ihrer Mutter und auch Amreis Vater die dreckige Wahrheit nicht länger vorzuenthalten.

Entschieden stellte sie das Glas zurück und blickte ernst in die Runde. »Ich muss dir, Mutter, und Ihnen, Signor Russo, etwas Wichtiges mitteilen. Aber dazu müsst ihr … ich meine insbesondere meine Mutter, versprechen, dass sie es nicht, auf jeden Fall nicht, solange unser Vater nicht aus dem Krankenhaus zurück ist, an ihn weitergibt. Ich bin mir nicht einmal sicher, ob wir das überhaupt Dritten kommunizieren sollten. Ich bin ratlos, denn in diesem Fall weiß ich nicht weiter …«, sagte sie und machte eine Pause, um tief Luft zu holen.

»Alles, was du in diesen vier Wänden von dir gibst, bleibt hier, wenn du es möchtest. Im Gegenzug bitte ich dich, dass du mir die Gelegenheit gibst, das mit Marcello und mir vor allem Alfredo schonend beizubringen. Der Junge ist durch seine eigene Scheidung und das unmögliche Benehmen dieser Person gestraft genug.«

Dein guter Junge ist mit anderen Dingen gestraft, dachte Maria, vor allem mit seinem miesen Charakter!

»Seit wann weiß Papa, dass du mit Amreis Vater eine Beziehung hast?«, fragte Maria.

»Er weiß es seit Jahren, aber er hat natürlich vehement versucht, mir am Tag nach eurer Hochzeit nahezulegen, mich von ihm zu trennen. Wegen der Sache mit Salvi. Aber er weiß, dass ich zu Marcello stehe und auch Amrei verzeihen kann.«

Das ist mein Stichwort, dachte Maria, und sie verkündete, ohne zu zögern: »Du musst Amrei nichts verzeihen, denn sie hat nichts Unrechtes getan.«

Nun war Amreis Vater wie elektrisiert. »Was wissen Sie über diese Geschichte?«, wollte er aufgeregt wissen.

»Leider die dreckige Wahrheit«, entgegnete Maria und schilderte ihrer Mutter und Amreis Vater, was in Wahrheit, zumindest das, was sie in diesem Moment für die Wahrheit halten musste, in jener Nacht geschehen war.

Ihre Mutter brach in verzweifeltes Schluchzen aus, und sosehr sich Signor Russo auch bemühte, sie zu trösten, es wollte ihm nicht gelingen.

»Weiß Amrei schon Bescheid?«, fragte er Maria.

»Sie weiß, dass sie unschuldig ist«, erwiderte sie ausweichend.

»Dann will ich sie sofort anrufen«, erklärte er und sprang auf.

»Signor Russo, wenn Sie erlauben, übernehme ich das. Wir sind am Sonntag in Porto Venere verabredet. Ich möchte es ihr persönlich sagen.«

In dem Moment verebbte das Schluchzen. »Marcello, es tut mir sehr leid. Ich schäme mich so für meinen Sohn. Wenn du willst, gebe ich dich frei. Wenn du mir das nicht vergeben kannst, was mein Sohn deiner Tochter angetan hat …«

Signor Russo warf Marias Mutter einen innigen Blick zu. »Aber Roberta, hast du, als du glauben musstest, dass meine Tochter deinen Jüngsten auf dem Gewissen hat, auch nur eine Sekunde mit dem Gedanken gespielt, mich zu verlassen?«

»Nicht eine«, bestätigte ihm Marias Mutter und sprang im selben Moment von ihrem Sessel auf, aus dem Signor Russo sich ebenfalls erhob. Die beiden fielen sich in die Arme, küssten einander und versicherten sich ihrer großen Liebe.

Maria ging derweil an das große Fenster und blickte nachdenklich über die Bucht, in der eine Menge Fischerboote in der Nacht leuchteten, und auf das im Lichtermeer glitzernde Genua. Maria würde es vorerst bei dieser Information der Mutter gegenüber belassen. Wenn diese jetzt noch erfahren musste, dass Alfredo Amrei eine Schweigevereinbarung vorschlagen wollte, um seinen Kopf zu retten, würde sie das vollends verzweifeln lassen.

Als Maria sich wieder umdrehte, stellte sie mit Verwunderung fest, dass sie diese gefühlvolle, weiche Frau im Arm von Signor Russo gar nicht richtig kannte … Aber sie hatte große Lust, sie näher kennenzulernen.

39

RIOMAGGIORE/PORTO VENERE, JULI 2022, SAMSTAG

Amrei hatte sich in Rapallo einen Mietwagen genommen, um nach Porto Venere zu gelangen, denn der malerische Ort am Golf der Poeten besaß keinen Bahnhof. Die Züge fuhren nur bis La Spezia. Vor Ort benötigte sie zwar kein Auto, allerdings wollte sie damit am Montag von dort ihre Toskana-Recherche beginnen. Natürlich konnte sie die Orte wie Pisa, Lucca oder Florenz mit dem Zug erreichen, aber sie wollte auch ein paar Landhotels besuchen. Die Würfel für diese Reise waren am gestrigen Abend gefallen, nachdem sie Marion, ihrer Chefin in Hamburg, ihr Anliegen, noch vierzehn Tage in Italien bleiben zu dürfen, um für ein Printblatt der Konkurrenz einen Artikel zu schreiben, in aller

Offenheit per Mail mitgeteilt hatte. Amrei hatte es trotz des Risikos, ihre sofortige Kündigung zu erhalten, gewagt, aber ihre Chefin hatte ihr angeboten, ihr das Projekt als Urlaub anzurechnen.

Amrei fand das sehr entgegenkommend, aber eine Kündigung seitens des Verlags hätte ihr die Entscheidung abgenommen, ob sie in Zukunft überhaupt in der Online-Redaktion arbeiten wollte. Am liebsten würde sie nur noch Artikel über fremde Länder verfassen, die Frage war, ob sie davon leben konnte.

Es hatte Amrei ein mulmiges Gefühl verursacht, die Panoramastraße von La Spezia über Le Grazie nach Porto Venere zu fahren. Natürlich hatte das Erinnerungen geweckt an die vielen Ausflüge der ganzen Familie Podestà in die *Casa Speranza* oder die Fahrten in Pedros Bus, wenn sie ohne die Eltern im Ferienhaus gewesen waren.

Besonders heikel wurde es, als sie den Ort erreichte und dann den Abzweig von der Küstenstraße hinauf zur *Casa Speranza*. Sie war froh gewesen, als sie endlich im *Hotel Belvedere* eingecheckt hatte. Sie hatte das Hotel noch nie von innen gesehen, aber ihr gefiel diese typisch italienische Eleganz und besonders der große Balkon mit Meeresblick, auf dem man sein Frühstück einnehmen konnte, wie ihr der Mann an der Rezeption erklärt hatte. Ihr Zimmer lag im dritten Stock, den sie mit einem langsamen, klapprigen Aufzug erreichte. Sie hatte dort vom Bett einen bezaubernden Blick auf den Golf der Poeten. Durch die Begrenzung der Fensterrahmen wirkte der Ausblick wie ein Gemälde. Eigentlich hieß die Bucht Golf von La Spezia. Golf der Poeten war nur der inoffizielle Name. Man wusste nicht genau, warum. Die weitverbreitete Erklärung lautete, dass dort – besonders Anfang des neunzehnten Jahrhunderts – etliche Schriftsteller gelebt hatten, etwa Lord Byron und das Ehepaar Shelley. Echte Berühmtheit hatte Mary Shelley mit dem Roman *Frankenstein* erlangt, ihr Ehemann Percy Shelley neben seinem großen literarischen Werk eine eher traurige Berühmtheit durch sein frühes Ende. Der damals in der Literaturwelt hochgelobte Dichter, der der Nachwelt eine literarische Ode an diese Bucht hinterlassen hatte, starb bei einem Segelausflug im Jahr 1822. Auf einem Törn von Livorno zurück nach Terzano war er mit seinem Segelboot Ariel in einem Sommersturm gekentert und ertrunken. Die Körper der drei Segler wurden erst drei Wochen später an den Strand von Viareggio gespült. Der Gärtner der Podestàs, Pedro, hatte ihr damals auch in einem alten Buch Bilder von der Villa Magni gezeigt, in der die Shelleys gelebt hatten. Amrei erinnerte sich noch gut an das weiße einsame Haus direkt am Meer. Sie fasste den Entschluss, morgen einen Ausflug auf die andere Seite der Bucht zu machen, um sich das Haus wenigstens einmal näher von außen anzusehen.

Daran musste Amrei denken, als sie im Zimmer auf ihrem Bett saß und den Blick genoss. Und auch an den Tag, als ihr der Gärtner Pedro die traurige Geschichte der Shelleys erzählt hatte. Damals, vor vierzehn Jahren, war er mit ihr in seinem kleinen Boot durch die Bucht geschippert und hatte ihr die weiße Villa vom Wasser aus gezeigt. Allerdings lag sie nicht mehr einsam am Meer, sondern war umgeben von anderen Villen. Pedro war sehr stolz auf seine Heimat. Er war an diesem Golf geboren und wusste zu jedem Ort in der Bucht etwas zu berichten. Ob der Gärtner wohl noch lebte oder inzwischen bereits an seiner geliebten Bucht begraben war, fragte sie sich und nahm sich fest vor, Maria nach ihm zu fragen.

Immer wenn sie daran dachte, dass sie schon morgen die *Villa Speranza* besuchen würde, wurde sie von widerstreitenden Gefühlen gepackt. Einerseits sehnte sie sich nach einem Wiedersehen mit dem Anwesen, und doch saß ihr immer noch die Panik jenes Morgens vor vierzehn Jahren im Nacken.

Auch in diesem Augenblick spürte sie eher einen Fluchtimpuls, den sie zum Anlass nahm, sich sofort zu einem Ausflug in die

Cinque Terre aufzumachen. Sie setzte sich schnell einen Sonnenhut auf, packte eine Flasche Wasser in ihren Rucksack, nahm ihre Kamera zur Hand und schlenderte zum Hafen hinunter. Sie hatte Glück, denn in fünf Minuten legte ein Ausflugsschiff ab, das vier der fünf Dörfer anfuhr. Sie kaufte sich ein Ticket, das sie auch morgen noch benutzen konnte, und setzte sich an Deck des gut besetzten Bootes.

Dass sie zu dieser Jahreszeit in der Hauptsaison jede Menge Touristen in Kauf nehmen musste, hatte sie bereits in den anderen Orten erfahren, doch auf diesem Schiff ging es besonders laut und hektisch zu. Schon damals waren die Cinque Terre ein Touristenmagnet gewesen, aber Amrei hatte das Gefühl, der Ansturm hatte sich um ein Vielfaches gesteigert, als sie schließlich in einem Pulk von Menschen in Riomaggiore von Bord ging.

Doch im Ort selbst schien die Zeit stehen geblieben zu sein. Der Weg am Hafen entlang bis zum Tunnel, der in den Ortskern führte, war immer noch so steil und rutschig. Auch die von Souvenirshops und kleinen Läden gesäumte Gasse, die in den oberen Teil des Dorfs führte, war belebt wie eh und je. Amrei aber hatte kaum einen Blick für die Restaurants oder die Geschäfte. Es trieb sie immer weiter nach oben, um zu ihrem Lieblingscafé zu gelangen, das sich am Eingang zur *Via dell'Amore* befand, dem romantischen Wanderweg von Riomaggiore nach Manarola. Angeblich hatten sich auf diesem Pfad, der eng an den Felsen entlangführte, früher die Liebenden aus beiden Orten zu romantischen Begegnungen getroffen. Von dem Café aus hatte man einen atemberaubenden Blick von oben auf Riomaggiore. Amrei wollte sich dort stärken für die Wanderung nach Manarola.

Umso größer war Amreis Enttäuschung, dass sich dort, wo einst das Café gewesen war, nun eine riesige Baustelle befand und nicht nur das Lokal geschlossen war, sondern der Weg ebenfalls. Ein einheimischer alter Mann erklärte ihr, dass der Weg schon seit dem Jahr 2012 nicht mehr zugänglich war, nachdem er durch einen Erdrutsch beschädigt worden war.

»Und wann ist er wieder begehbar?«

Der alte Mann lachte aus voller Kehle. »Gott weiß, wann«, sagte er schließlich und berichtete ihr, dass es in jedem der vergangenen Jahre geheißen habe, in zwei Jahren sei der Weg wieder begehbar. Dieses Jahr hieß es nun, 2024.

Ihre Enttäuschung war wohl unübersehbar, denn er empfahl ihr nun die Trattoria *Via dell'Amore*, die, wie er sagte, von hier leicht zu erreichen und, weil sie abgelegen sei, nicht so überfüllt wäre. Amrei bedankte sich und machte sich zu diesem Lokal auf. Sie hatte heute Morgen kaum etwas gegessen, weil ihr das Treffen mit Alfredo auf den Magen geschlagen war. Jetzt, am späten Mittag, kehrte ihr Appetit mit aller Macht zurück. Sie war allerdings entgegen der Prognose des alten Mannes nicht die Einzige, die den Aufstieg nicht gescheut hatte. Auf der Terrasse dicht an den Felsen waren fast alle Plätze besetzt. Schließlich entdeckte sie einen freien Tisch und steuerte zielstrebig auf ihn zu. Sie stutzte, als sie ein volles Weinglas und einen fast vollen Vorspeisenteller darauf stehen sah. Während sie noch darüber nachdachte, ob sie sich trotzdem einfach frech hinsetzen oder lieber weitersuchen sollte, hörte sie plötzlich eine vertraute Stimme neben sich sagen: »Setzen Sie sich ruhig hin. Es ist ja genug Platz für zwei.«

Sie fuhr herum und blickte in Alessandros sichtlich erfreutes Gesicht. »Ich habe dich schon kommen sehen und mir schnell noch ein Wasser geholt, das der Kellner vergessen hatte. Wein ohne Wasser in der Hitze, das bekommt mir gar nicht.«

Amrei konnte nichts dagegen tun. Willenlos ließ sie sich ohne weitere Worte auf einen der Stühle fallen, denn ihre Knie wurden weich.

Alessandro setzte sich derweil äußerlich ungerührt an seinen Platz und verkündete lächelnd, dass er mit dem Essen warten würde, bis sie etwas bekäme. Dann pries er ihr die köstlichen Antipasti an und riet ihr, danach unbedingt die gebratenen Sardinen zu probieren, so als wäre es das Selbstverständlichste der Welt, dass sie sich hier an diesem traumhaften Ort wiedersahen.

Amrei schluckte. Ihr fehlten die Worte, was ihr ansonsten eher selten passierte.

»Was machen Sie denn hier?«, fragte sie schließlich und bedauerte ihre dumme Frage, kaum dass sie den Satz zu Ende gesprochen hatte.

Er erwiderte lächelnd: »Haben wir uns nicht am Sonntag noch geduzt?«

Amrei atmete tief durch und gewann ihre Fassung zurück. »Entschuldige bitte, dich hatte ich hier am allerwenigsten erwartet. Und ja, das bringt mich einigermaßen durcheinander.«

»Mich auch, aber ich kann es gerade besser verbergen«, entgegnete er. Nun lächelte er nicht mehr.

Als der Kellner kam, bestellte Amrei das, was Alessandro ihr vorgeschlagen hatte, und entgegen ihren sonstigen Gewohnheiten ein Glas Wein.

Dann hob sie den Kopf und sah ihn direkt an. Er sah erholter aus als am Sonntag. Die leichte Bräune stand ihm wirklich gut.

»Ich konnte bei meinen Recherchen für den Artikel Porto Venere kaum umschiffen. Und die fünf Dörfer kann ich auch nicht auslassen«, sagte sie mit fester Stimme.

»Wann bist du angekommen?«

»Heute Vormittag. Von Rapallo mit dem Mietwagen.«

»Und wo wohnst du?«

»Im *Belvedere*.«

»Und wie läuft es? Hast du schon was geschrieben?«

»Oh ja, sogar schon was nach Hamburg gemailt. Daraufhin habe ich nun einen Folgeauftrag bekommen. Die Toskana und die

Riviera di Ponente. Die Hochzeit in Genua kam übrigens besonders gut bei meiner Redakteurin an.«

»Oh, und hast du den Lesern auch nichts vorenthalten?«, bemerkte er leicht grinsend.

»Wenn du auf durchgeknallte deutsche Blondinen ansprichst, die habe ich rausgelassen. Ist ja ein Reisebericht und soll Lust auf die Orte machen.«

»So habe ich dich am Sonntag kennengelernt. Nicht auf den Mund gefallen«, sagte er amüsiert und musterte sie genauso warmherzig wie auf der Hochzeit. Sie fragte sich, ob er wohl schon wusste, dass sie keinerlei Schuld am Tod seines Bruders trug.

»Und du machst Ferien?«, fragte sie ihn, um sich von dieser Frage abzulenken, obwohl er ihr doch bereits auf der Hochzeit als ihr Tischherr ausführlich erzählt hatte, was ihn in seinen Semesterferien nach Porto Venere trieb.

»Ferien ist übertrieben. Ich habe zwar keine Vorlesungen, aber ich arbeite, vor allem an einem Buch über britische Schriftsteller, die es an den Golf von La Spezia verschlagen hat.«

»Das ist ja spannend. Ist es richtig, dass der Golf seinen inoffiziellen Beinamen, Golf der Poeten, den Shelleys, Byron und Co zu verdanken hat, wie mir euer Gärtner damals erzählt hat?«

»Das ist die gängige Erklärung. Es waren aber danach noch etliche andere Dramatiker zu Besuch in der Bucht wie David Herbert Lawrence, Henry James, Virginia Woolf oder George Sand. Ich bin bei meinen Recherchen dabei auf eine ergänzende Erklärung gestoßen, die allerdings auch mit Schriftstellern zu tun hat. So hat wohl der italienische Dramatiker Sem Benelli in der Grabrede für seinen Freund und Kollegen, den Neurologen und Autor Paolo Mantegazza, als der 1910 auf seinem Sommersitz am Golf verstorben war, verkündet, dass dieser nun am Golf der Poeten ruhe.«

»Darf ich das schreiben?«, fragte Amrei aufgeregt.

»Aber gern doch«, erwiderte Alessandro und sah ihr tief in die Augen.

»Auch dass mir das ein einheimischer Professor der Literatur an einem malerischen Ort über dem Meer erzählt hat?«

»Liebend gern. Und es ist mir eine Ehre, von dir erwähnt zu werden. Und wenn du willst, können wir die Villa Magni besichtigen. Ich kenne den Eigentümer.«

Amrei sah ihn mit großen Augen an. »Das würdest du für mich tun?«

»Warte, das kläre ich gleich.« Und schon hatte er sein Telefon hervorgeholt und wählte eine Nummer. Er plauderte ein wenig mit dem Angerufenen, aber Amrei konzentrierte sich auf ihre Antipasti, weil sie nicht lauschen wollte.

»Leider können wir die Villa nur von außen sehen. Mein Freund ist zurzeit in Rom mit seiner Familie. Und der Hausmeister, der den Schlüssel hat, ist im Urlaub. Aber wir dürfen das Grundstück betreten und uns alles von außen ansehen. Du darfst auch Fotos machen«, verkündete er nicht ohne Stolz.

»Danke, Alessandro«, stieß sie begeistert hervor.

»Es ist wohl kein Zufall, dass wir uns hier wiedersehen. Hoch über dem Meer bei gutem Essen und Wein.« Er prostete ihr zu. Amrei tat es ihm gleich und nahm einen kräftigen Schluck. Es war herrlich, zu spüren, wie ihr der trockene Wein die Kehle hinunterrann und im Bauch ein warmes Gefühl bereitete.

Trotzdem konnte sie sich der Wiedersehensfreude nicht gänzlich unbeschwert hingeben. Es stand doch immer noch zu viel zwischen ihnen. Sie hatte zwar nicht den Tod seines Bruders zu verantworten, aber sein anderer Bruder hatte ihr die Schuld in die Schuhe geschoben und glaubte jetzt, sich mit Geld ihr Schweigen erkaufen zu können. Wieder gab es da etwas, über das sie mit ihm nicht sprechen konnte. Alfredo hätte es zwar allemal verdient, wenn sie an seinen Bruder ungeschminkt weitergeben würde, was er sich gestern ihr gegenüber geleistet hatte, aber das würde ihr zutiefst widerstreben. Plötzlich fiel ihr siedend heiß der Anruf ein, der ihr Treffen mit Alfredo am gestrigen Abend abrupt unterbrochen hatte.

»Alessandro, entschuldige, dass ich jetzt erst frage. Wie geht es deinem Vater?«

Er musterte sie verunsichert. »Woher weißt du das?«

»Maria hat es mir am Telefon gesagt«, schwindelte sie.

»Meine Mutter sagt, es geht ihm gut. Ich wollte gestern auch gleich hinfahren, aber meine Mutter hat mir geraten, es zu lassen. Das Verhältnis zu meinem Vater ist ja nicht unbedingt das beste. Meine Mutter meinte, er habe wieder enormes Glück gehabt, und ich solle mir keine Sorgen machen. Ich gestehe, ich war nicht unglücklich darüber, denn mir steht weder der Sinn, meinen Vater zu treffen noch Alfredo.« Seine Miene hatte sich bei seinen Worten merklich verfinstert.

Amrei musste sich förmlich auf die Zunge beißen, ihm nicht beizupflichten, was Alfredo betraf. Sie konnte ihn so gut verstehen.

Stattdessen versuchte sie rasch, das Thema zu wechseln. »Und wie lange wirst du bleiben?«

»Ich habe keinen Plan. Meine Wohnung in Genua ist zwar wunderschön und hat auch eine Dachterrasse, aber jetzt im Sommer ist es in der *Villa Speranza* einfach netter. Und vor allem, seit der Pool wieder in Betrieb …« Er stockte und blickte sie erschrocken an. »Das Thema wollte ich gar nicht anschneiden«, sagte er entschuldigend.

»Das darfst du gern tun. Wir müssen nicht alle heiklen Themen umschiffen«, erwiderte sie und fügte in Gedanken hinzu, dass offenbar alle Themen, die sie zurzeit beschäftigten, im Grunde genommen im Gespräch mit Alessandro tabu waren. Sie konnte ihm weder von Alfredos Erpressungsversuch berichten noch von der Tatsache, dass ihr Vater ein Verhältnis mit seiner Mutter hatte.

Alessandro musterte sie durchdringend. »Amrei, ich möchte gar nichts von damals wissen. Selbst, wenn du wirklich nicht aufgepasst haben solltest in jener Nacht, tut es meinem Interesse an dir keinen Abbruch. Ich würde dich nach wie vor liebend gern näher kennenlernen …«

»Du willst mich kennenlernen, obwohl du für möglich hältst, ich könne deinen kleinen Bruder auf dem Gewissen haben?«, hakte sie ungläubig nach.

Zur Bekräftigung seiner Worte nahm er ihre Hand und drückte sie zärtlich.

»Genau das wollte ich damit sagen. Und mir ist es völlig gleichgültig, was mein Vater dazu sagt!«

»Und deine Mutter? Was denkt die?«, fragte Amrei vorsichtig.

»Mama hofft, dass du nicht am Tod meines Bruders schuld bist …«

»Bin ich auch nicht«, murmelte Amrei und senkte dabei den Kopf. Sie konnte ihm nicht in die Augen sehen, weil sie Sorge hatte, ihm sonst womöglich ihr Herz doch noch auszuschütten und ihm von Alfredos Geständnis und der Schweigevereinbarung zu berichten.

»Was heißt das? Hat Alfredo dich endlich entlastet?«

Amrei hob den Kopf. »Das weiß ich nicht. Noch nicht. Maria hat mich vor ein paar Tagen angerufen und sagte, ich sei nicht schuld an Salvis Tod und sie würde mir morgen Einzelheiten preisgeben.« Dass Amrei diese längst kannte, weil Leni sie inzwischen auch angerufen hatte, um ihr mitzuteilen, dass sie unschuldig war, verheimlichte sie Alessandro. Er sollte es lieber aus Marias Mund hören, dass der zugedröhnte Alfredo seinen weinenden kleinen Bruder in die Nacht hinausgejagt hatte.

»Das freut mich sehr, vor allem für dich«, sagte er sichtlich gerührt. »Dann wird mir das meine Schwester wohl morgen Abend endlich erzählen«, fügte er nachdenklich hinzu.

Amrei stutzte. »Du bist morgen Abend mit Maria verabredet?«

Er nickte.

»Ich auch.«

»Heißt das, du kommst morgen in die *Villa Speranza?*«

»Ja, ich konnte nicht schnell genug widersprechen. Maria hatte schon aufgelegt, aber vielleicht ist es besser, wenn ich noch einmal an den Ort zurückkehre, der mir die vergangenen Jahre so schrecklich erschienen ist.«

»Ich befürchte, da will uns jemand verkuppeln«, bemerkte Alessandro mit einem Lächeln auf den Lippen.

»Das befürchte ich auch«, pflichtete ihm Amrei bei.

Ihre Blicke trafen sich, und plötzlich fingen sie beide an zu lachen und konnten gar nicht mehr aufhören.

Damit war das Eis gebrochen. Sie plauderten ganz frei über ihr Leben und über ihre Arbeit. Es gab erstaunlich viele unverfängliche Themen, wie Amrei begeistert feststellen musste. Auch wenn Alessandro es mit Sicherheit ernst gemeint hatte, dass er an ihr Interesse gehabt hätte, wenn sie damals Salvi mitten in der Nacht zum Pool geschleppt und ihn dann sich selbst überlassen hätte, ohne diesen Schatten der Vergangenheit konnten sie zweifelsohne unbeschwerter miteinander umgehen.

Sie plauderten angeregt miteinander und vergaßen völlig die Zeit, als Amrei einfiel, dass sie an diesem Tag unbedingt noch weiter nach Vernazza wollte. Als sie Alessandro bedauernd mitteilte, dass sie nun einen Ort weiterziehen müsse, schlug er ihr vor, sie zu begleiten und sie bei der Recherche zu unterstützen. Dieses Mal nahm sie sein Angebot an, was sie im Folgenden keine Sekunde lang bereute. Da der Liebespfad geschlossen war, nahmen sie einfachheitshalber ein Boot.

Der Literaturprofessor war nicht nur ein wandelndes Lexikon, was die Kultur dieses Küstenstrichs anging, sondern er zeigte ihr voller Leidenschaft Vernazza. Dort war sie damals nicht gewesen. Doch nach einigen Stunden, in denen sie den Ort gemeinsam mit ihm erkundet hatte, war es ihr erklärter Lieblingsort der Cinque Terre. Es lag mit Sicherheit daran, dass dieses Dorf in der Tat einen besonderen Reiz besaß, allein der Hafen war zauberhaft gelegen, umgeben von den hohen bunten Häusern, aber auch ein bisschen daran, dass sie die ganze Zeit Hand in Hand gingen. Alessandro hatte sogar in der Bar am Hafen, in der sie einen Campari getrunken hatte, ihre Hand gehalten und sie nicht mehr loslassen wollen. Es fühlte sich so vertraut an, als hätten sie das schon immer getan. Das letzte Boot zurück nach Porto Venere erreichten sie nur knapp. Dabei wäre Amrei lieber mit ihm für eine Nacht in diesem entlegenen Ort gestrandet. Allein die Vorstellung, mit ihm in eine der kuscheligen kleinen Pensionen zu gehen, ließ ihr heiße Schauer durch den Körper rieseln.

Auch als sie an Deck des Ausflugsdampfers den Blick auf die steile Küste genossen, hielten sie sich bei der Hand. Amrei hätte alles darum gegeben, die Zeit anzuhalten. Sie wollte partout nicht zurück in eine Wirklichkeit, in der der Bruder des Mannes, den sie so begehrte, ein mieser Feigling und Erpresser war und seine Mutter ein intimes Verhältnis mit ihrem Vater hatte. Und dann gab es da auch immer noch die Liebesbriefe, die ihm seine große Liebe Vicky aus Neuseeland geschrieben und die sie, Amrei, damals heimlich gelesen hatte. Vielleicht würde Alessandro trotz alledem sogar weiterhin aus voller Überzeugung behaupten, dass das nicht zwischen ihnen stand, aber was, wenn die erste Verliebtheit vorbei war? Früher oder später würden sich all diese Störungen gegen sie richten. Und wenn Amrei etwas scheute, war es die Enttäuschung, wenn sich dieser Mann schließlich von ihr abwenden würde, nachdem sie ihm ihr Herz sperrangelweit geöffnet hatte. Sie war sich sehr sicher, dass sie endlich den Partner gefunden hatte, nach dem ihr Herz ein Leben lang gesucht hatte, doch zwischen ihnen stand nicht nur persönlich Trennendes, sondern auch eine beträchtliche räumliche Entfernung. Mit jedem anderen hätte sie sich jetzt auf eine unverbindliche Affäre eingelassen, aber nicht mit ihrem Herzensmann.

Es fiel ihr verdammt schwer, weder der Stimme ihres Herzens noch den eindeutigen Signalen ihres Körpers nachzugeben, als sie eng umschlungen in Richtung des *Hotels Belvedere* schlenderten. Nur ihr Kopf warnte sie vehement davor, diesem Bedürfnis, ihn mit auf ihr Zimmer zu nehmen, nachzugeben.

In der Eingangstür blieben sie stehen, und er küsste sie. Amrei schaffte es nicht, ihn abzuwehren. Selbst passiv zu bleiben, gelang ihr nicht. Sie erwiderte seinen Kuss voller Leidenschaft.

Als sie sich schließlich aus der Umarmung lösten und sie nichts als Liebe und Leidenschaft in seinem Gesicht erkannte, ahnte sie, dass die Stimme der Vernunft verloren hatte.

»Willst du mitkommen?«, fragte sie heiser.

Alessandro musterte sie nun mit einem Blick, den sie nicht richtig deuten konnte. Offenbar war er sich nicht sicher, ob er ihr leidenschaftlich die Kleider vom Leib reißen wollte oder lieber nicht.

»Lass uns nichts überstürzen.« Auch seine Stimme klang belegt. »Ich bin so überwältigt von den Eindrücken der vergangenen Stunden, dass ich das alles erst einmal in Ruhe auf mich wirken lassen möchte.«

Dass ein Mann die Gelegenheit ungenutzt verstreichen ließ, mit ihr ins Bett zu gehen, hatte Amrei noch nie zuvor erlebt. Sie konnte seine Reaktion nicht richtig einordnen und sah darin spontan eine Zurückweisung.

»Du willst wohl erst sichergehen, dass ich deinen Bruder wirklich nicht auf dem Gewissen habe, oder? Die Nummer sicher. Abwarten, bis Maria dir meine Unschuld bestätigt, oder?«

Alessandro sah sie fassungslos an. »Amrei, nein, um Gottes willen, nein. Das hat überhaupt nichts mit meinen Gefühlen zu dir zu tun. Verdammt, ich sehe in dir keine unverbindliche Urlaubsliebe. Wir treffen uns dann morgen zum Besuch der Villa Magni. Ich hole dich um zehn Uhr ab.«

»Mal sehen«, bellte sie. »Und dir noch einen schönen Abend.« Mit diesen Worten verschwand Amrei im Inneren des Hotels, ohne sich umzudrehen. Sie rannte die Treppe nach oben, schloss die Zimmertür auf und warf sich auf ihr Bett. Erst als sie aus dem Fenster blickte, das sie offen gelassen hatte, um den ganzen Tag die frische Meeresluft hineinzulassen, war es ihr, als würde sie aus einer Art Trance erwachen. In diesem Moment kam ihr zu Bewusstsein, was er ihr eben zu verstehen gegeben hatte. Dass sie mehr für ihn war als nur eine Urlaubsliebe. Das war keine Abfuhr gewesen. Im Gegenteil! Doch jetzt hatte sie mit ihrem albernen Auftritt alles kaputt gemacht. Sie wusste nicht, wie sie ihm morgen Vormittag unter die Augen treten sollte. Wenn sie seine Nummer hätte, sie würde ihn auf der Stelle anrufen. Natürlich könnte sie ihm auch zur *Villa Speranza* nachlaufen, aber dann würde er noch glauben, dass sie gekommen war, um ihn ins Bett zu zerren. Vielleicht wäre es besser, wenn sie sich morgen Vormittag einfach die Decke über den Kopf zog und nicht zum Treffpunkt um zehn Uhr erschien, dachte sie trotzig.

Wie immer, wenn Amrei nicht weiterwusste, holte sie schließlich ihr Laptop hervor und schrieb ihre Eindrücke von Porto Venere, Riomaggiore und Vernazza nieder. Es war eines ihrer Talente, dass sie im ersten Anlauf druckreife Sätze formulieren konnte.

Als sie fertig war, legte sie sich wieder auf ihr Bett, machte das Licht aus und versenkte sich in den Blick über die malerische Bucht, wie sie in der Abenddämmerung so friedlich dalag. Sie fantasierte sich schließlich schon im Wegdämmern auf die andere Seite der Bucht in das Haus der Shelleys. Und zwar zu der Zeit, in der diese beiden Genies dort gelebt hatten. Das lenkte sie auf wunderbare Weise ab von ihren Selbstzweifeln. Sie stellte sich die Kleider vor, die sie als Besucherin der Shelleys trug, die Frisur und die Gespräche mit der Verfasserin des Romans *Frankenstein*. Aus dieser Welt der Tagträume glitt sie hinüber in einen tiefen Schlaf. Sie wachte von ihrem eigenen Schrei auf und wusste nicht, ob sie wachte oder träumte. Dabei war die Bootsfahrt so friedlich gewesen. Nur Alessandro und sie segelten über das blaue Meer, doch dann ging er über Bord …

Amrei setzte sich auf und atmete ein paar Mal tief durch. Es war nur ein Traum gewesen. Und Träume konnten sie nicht länger schrecken. Sie hatte nur die traurige Geschichte des Dichters verarbeitet.

Sie wunderte sich selbst darüber, dass der Albtraum nicht in ihrem Inneren nachwirkte, so, wie sie es vierzehn lange Jahre erlebt hatte. Nein, sie war hellwach und nahm sich vor, den morgigen Ausflug mit Alessandro einfach zu genießen und sich die Vorfreude nicht länger mit ihrer Angst vor Enttäuschung grundlos zu verderben. Entspannt schlief Amrei wieder ein.

40

MAILAND, JULI 2022, SAMSTAG

Maria brütete zu Hause in ihrem Arbeitszimmer über einer schwierigen Akte, konnte sich aber kaum auf die skandalträchtige Scheidung eines prominenten Ehepaars aus der Modeszene konzentrieren. Sie vertrat die Frau, die sie mit ihren Forderungen genauso verrückt fand wie den Ehemann, der nun mit dem Kindermädchen der Familie zusammenlebte und gar nichts zahlen wollte.

Ihre Gedanken schweiften immer wieder zu ihrer Mutter und deren Liebhaber ab sowie zu Alfredos mieser Tour und dem morgigen Treffen mit Amrei und Alessandro in der *Casa Speranza.*

Sie war im Morgengrauen in Signor Russos Gästezimmer aufgewacht und hatte nicht länger schlafen können, weil ihr diese ganzen ungeklärten Fragen durch den Kopf gingen. Das würde mit Sicherheit nicht besser werden, wenn sie in ihr Elternhaus fuhr, um dort eine weitere Nacht allein zu verbringen. Im Gegenteil, da würde ihr wahrscheinlich noch mehr hochkommen. Deshalb hatte sie spontan entschieden, nach Hause zu fahren. Ein wichtiges Argument dafür, den Samstag und den Sonntag bis zu ihrer Fahrt nach Porto Venere lieber in Mailand zu verbringen, war jener skandalträchtige Scheidungsprozess, der am Dienstag terminiert war und auf den sie sich bisher so gut wie gar nicht vorbereitet hatte.

Massimo hatte sich riesig gefreut, als er sie heute Morgen im Haus vorgefunden hatte. Er hatte ihr überschwänglich für den heutigen Abend eine Überraschung angekündigt.

Maria war so in Gedanken versunken, dass sie gar nicht gehört hatte, wie Massimo in ihr Zimmer gekommen war. Erst als er zärtlich ihren Namen raunte, nahm sie wahr, dass er neben ihr stand.

»Entschuldige, Liebling, ich wollte schon längst bei dir im Wohnzimmer sein, damit wir wenigstens einen ruhigen Abend zu zweit nach unserer Hochzeit genießen können«, stieß sie schuldbewusst aus.

»Kein Problem, Schatz, es war sogar gut, dass du mir nicht in der Küche dazwischenpfuschen konntest«, entgegnete er schmunzelnd.

»Du in der Küche?« Sie lachte laut und herzlich.

»Lass dich überraschen«, sagte er, nahm sie bei der Hand, zog sie von ihrem Schreibtischsessel hoch und küsste sie. Maria erwiderte seinen Kuss mit einem leicht schlechten Gewissen. Sie war ihrem frischgebackenen Ehemann in der vergangenen Woche mehr oder minder aus dem Weg gegangen, hatte ihn belogen und, wenn es hochkam, gerade einmal flüchtig zum Abschied umarmt. Der Kuss zeigte ihr deutlich, dass er noch andere Bedürfnisse hatte, die sie ansonsten ähnlich intensiv empfand; die nach körperlicher Nähe. Erst in diesem innigen Moment machten die sich auch bei ihr wieder bemerkbar.

Maria folgte Massimo in ihr großräumiges Wohnzimmer mit der offenen Küche. Schon auf der Treppe zog ihr der Duft von Trüffel in die Nase. Wahrscheinlich hatte er bei ihrem Lieblingsitaliener ihre Lieblingspasta bestellt, vermutete sie, doch dann sah sie in der Küche den Berg von dreckigem Geschirr.

»Du hast gekocht?«, fragte sie ungläubig.

»Ich mache nachher auch die Küche noch sauber«, erwiderte er entschuldigend, bevor er sie auf die Terrasse zu einem festlich gedeckten Tisch führte. Maria rührte allein diese Geste, ganz gleich, wie das Resultat schmecken würde.

»Das ist süß von dir«, hauchte sie überwältigt von der stilvollen Tischdeko.

»Was würde ich nicht alles tun, um meine Frau zu verführen, aber ich hoffe, ich vergraule dich nicht mit meiner Pasta. Ich bin gleich fertig.« Mit diesen Worten stürzte er zurück in die Küche und kam mit einem Weinkühler zurück, in dem eine geöffnete Flasche ihres weißen Lieblingsweins, eines Luganas, steckte. Massimo schenkte erst ihr, dann sich ein Glas davon ein und setzte sich kurz.

»Auf uns, mein Schatz!«

»Auf uns!«

»Aber nun muss ich schnell die Pasta anrichten. Sonst kleben die Nudeln, wie ich in dem Kochbuch gelesen habe.«

Maria lächelte versonnen in sich hinein. Bei all dem Stress, den Inga auf ihrer Hochzeit verursacht hatte, und auf der Suche nach der Wahrheit in der vergangenen Woche hatte sie fast vergessen, dass sie Massimo am Sonntag das Jawort gegeben hatte und dass sie jetzt Mann und Frau waren. Es überkam sie erneut ein schrecklich schlechtes Gewissen bei dem Gedanken, was sie ihm alles verschwiegen hatte. Es würde ihr garantiert schwerfallen, sich ihm später in ihrem Schlafzimmer oder auf dem breiten Sofa im Wohnzimmer hemmungslos hinzugeben in dem Wissen, dass sie ihn aus ihrem Leben in der vergangenen Woche komplett ausgeschlossen hatte. Während sie noch darüber nachgrübelte, ob sie ihm nicht einfach vertrauen und zulassen sollte, dass er vielleicht in der Sache selbst nicht immer ihrer Meinung war, kam er mit zwei Tellern in der Hand zurück.

»Es riecht bestechend«, rief sie begeistert aus, als er die dampfenden Tagliolini vor sie auf den Tisch stellte. Es roch nicht nur lecker, sondern sah auch appetitlich aus. Er hatte über den Parmesan Kräuter gestreut, die dem Essen etwas Farbe bescherten. Offenbar hatte er frische schwarze Trüffel besorgt und sie selbst gehobelt, und das nicht zu knapp.

Maria war sehr gespannt, ob der Geschmack das hielt, was der optische Eindruck versprach.

Der erste Bissen überzeugte sie restlos.

»Schatz, das schmeckt einfach göttlich. Wenn das mit der Staatsanwaltschaft nicht mehr funktioniert, kannst du als Koch im *Tartufotto* anheuern.«

Massimo hielt inne mit dem Essen und musterte sie verunsichert. »Wie kommst du auf das *Tartufotto?*«

»Weil es nirgends in ganz Mailand so gute Tagliolini mit Trüffel gibt wie dort.«

»Ich glaube, ich kann kein Geheimnis für mich behalten. Das Rezept habe ich aus einem Kochkurs, den ein ehemaliger Koch aus dem *Tartufotto* in Bologna geleitet hat.«

Maria drohte ihm spielerisch mit dem Finger. »Das war also die Befragung eines Zeugen in Bologna?«

»Ich wollte meinen Beitrag dazu leisten, dass wir mehr Normalität in unserem Alltag schaffen. Es ist doch kein Dauerzustand, dass wir beide ständig Überstunden machen, uns draußen zum

Essengehen treffen und anschließend erschöpft ins Bett fallen. Da dachte ich, es wäre schön, wenn ich einmal die Woche für uns kochen würde.«

Maria war so ergriffen von seinem Geständnis, dass sie das Essen unterbrach, um ihren Mann zum Dank zu umarmen. Er aber verwies streng auf ihr Essen und mahnte, dass es sonst kalt werden würde.

Maria genoss die kulinarische Köstlichkeit bis zur letzten Nudel. Dann nahm sie sich noch von dem Ciabattabrot, um die letzten Soßenreste von ihrem Teller zu wischen.

»Und wie war deine Woche? Was hast du für Geheimnisse vor mir?«, fragte Massimo neckisch.

Maria fuhr bei dieser scherzhaft gemeinten Frage zusammen. Sie kämpfte mit sich, ob das nicht der richtige Augenblick wäre, endlich reinen Tisch zu machen, aber die romantische Stimmung zwischen ihnen wäre womöglich zerstört. Das wollte sie nicht leichtfertig riskieren.

»Schatz, was ist mit dir? Du siehst mich an, als hättest du mich mit Richter Bellimbusto betrogen.«

Richter Bellimbusto nannten sie einen Richter, mit dem Maria ein Techtelmechtel gehabt hatte, bevor sie Massimo wiedergetroffen hatte und der seinem Namen als Schönling alle Ehre machte.

Maria wusste nicht, ob sie über diesen Scherz lachen oder weinen sollte. Natürlich hatte Massimo das nicht ernst gemeint, aber offenbar konnte sie nicht verbergen, dass sie ein Geheimnis vor ihm bewahrte.

»Massimo, ich habe dir wirklich einiges vorenthalten, was in der vergangenen Woche geschehen ist.«

»Mit Bellimbusto?« Er war blass geworden.

»Um Gottes willen, nein, es geht um Amrei, Alfredo und zudem um meine Mutter«, begann sie ihre Beichte.

»Was hältst du davon, wenn du mir das alles drinnen in der Sofaecke beichtest? Ich habe mich nämlich auch an einem Dessert versucht.« Aus seiner Stimme sprach die pure Erleichterung.

Maria wurde jetzt innerlich ganz ruhig. Vielleicht war es sogar hilfreich, Massimos Meinung zu der Frage, ob sie ihrem Vater die volle Wahrheit über Alfredo sagen sollte oder nicht, zu erfahren.

Also kuschelte sie sich auf das Sofa und wartete entspannt auf seine süße Kreation, die, wenn sie an die Qualität der Pasta heranreichte, schon gewonnen hatte.

Als er mit einem Teller, auf dem er ein Tiramisu mit Beerenfrüchten angerichtet hatte, zurückkehrte, genoss sie dieses leckere Dessert schweigend. Erst als sie beide fertig waren, fing sie zögernd an, ihm zu berichten, warum sie in der vergangenen Woche hektisch zwischen Genua und Albaro hin- und hergefahren war.

»Ich wollte herausbekommen, ob Amrei wirklich schuld am Tod meines Bruders ist, und deshalb bin ich erst zu Leni gefahren, weil ich erfahren habe, dass sie in jener Nacht auch am Pool war …«

Massimo verdrehte die Augen. »Und, was hat sie gesagt?« Das klang genervt.

»Nichts, denn sie war nicht da.«

»Du bist also umsonst gefahren!«, stellte er mit leicht vorwurfsvollem Ton fest.

»Nein, denn ich war danach noch in der Firma meines Vaters, aber eins nach dem anderen.«

»Entschuldige, Schatz, dass ich so unwirsch reagiere, du kennst meine Meinung. Lass die Geschichte endlich ruhen!«

»Ich weiß, aber ich denke, du wirst deine Meinung ändern müssen. Also, es war höchst merkwürdig bei Leni.« Maria berichtete ihm nun, was ihr Sofia erzählt hatte. Dass Leni hektisch weggefahren sei, nachdem sie erfahren habe, dass Inga ihren kleinen Sohn abgeholt hatte.

Massimo unterbrach sie unwirsch. »Inga ist Davides Tante. Was ist daran ungewöhnlich? Und wo ist Leni jetzt?«

»Das weiß ich leider nicht. Ich habe mich nicht mehr bei ihr gemeldet, weil ich nicht wusste, ob ich gerade unter Verfolgungswahn leide oder tatsächlich etwas Schlimmes dahintersteckt.«

»Siehst du, du hast selber Zweifel, ob du bei deinem Versuch, für deine deutsche Freundin eine Lanze zu brechen, nicht ein wenig über das Ziel hinausschießt. Es gibt doch keinen Zweifel, dass sie damals nicht auf deinen Bruder achtgegeben hat.«

»Ach ja. Sagt der Herr Staatsanwalt, der keine Beweise hat!«, konterte Maria bissig.

»Und die Frau Anwältin macht ihre Mandantin zum Unschuldslamm!«, entgegnete er nicht minder spitz.

»So, Herr Staatsanwalt, dann will ich Ihnen mal was sagen. Meine Mandantin ist unschuldig!« Maria gab nun zornig ihre Begegnung mit Alfredo in der Firma wieder. Sie ließ nichts aus. Weder sein Geständnis noch seine Drohungen und auch nicht seine Schweigevereinbarung.

Massimo war zunächst verstummt. Maria konnte an seiner in Falten gelegten Stirn erkennen, wie es in seinem Hirn arbeitete.

»Gute Arbeit, Frau Anwältin«, sagte er schließlich zerknirscht und bewundernd zugleich. »Weiß sie es schon?«

»Nicht genau. Ich habe ihr am Telefon nur gesagt, dass sie es nicht war. Deshalb fahre ich morgen nach Porto Venere, um sie dort zu treffen.«

»Moment mal, ist nicht Alessandro gerade in eurem Wochenendhaus?«, fragte er mit einem leichten Grinsen.

»Ja, ich dachte, ich könnte es dann beiden zusammen sagen«, entgegnete Maria rasch, denn sie fühlte sich ertappt. Massimo konnte sie nichts vormachen. Der durchschaute sie sofort und ahnte, dass sie sich von der Begegnung zwischen Amrei und Alessandro mehr erhoffte als nur ein gemeinsames Gespräch.

»Und wirst du es deinen Eltern sagen?«

»Das ist genau das Problem. Meine Mutter weiß es nämlich schon von mir …« Und nun erzählte ihm Maria von der Liebschaft ihrer Mutter mit dem Vater von Amrei.

Massimo schlug, als sie ihre Schilderung beendet hatte, die Hände über dem Kopf zusammen und rief theatralisch aus: »Wenn das meine Eltern wüssten. Die waren bereits nach Ingas Auftritt sehr am Zweifeln, ob ich wirklich in die richtige Familie eingeheiratet habe.«

Maria atmete auf. Massimo hatte seinen Humor zurück. Das war ein gutes Zeichen.

»Aber ich bin unsicher, ob ich es meinem Vater sagen soll. Nicht dass er noch einen Infarkt bekommt vor lauter Aufregung.«

»Ich würde sagen, nicht du überbringst ihm diese Botschaft, sondern ihr verlangt von eurem Bruder, dass er es höchstpersönlich eurem Vater beichtet.«

»Das wird er nicht tun«, seufzte Maria.

»Ihr setzt ihm eine Frist. Wenn er bis dahin nicht Manns genug war, Verantwortung zu übernehmen, werdet ihr es ihm sagen. Ich finde, hier muss gründlich aufgeräumt werden. Keine Lügen und Halbwahrheiten mehr.«

»Jawohl, Herr Staatsanwalt«, versuchte Maria zu scherzen. »Das Problem ist nur, dass Vater ihm die Firma übertragen will, weil er sich zurückziehen möchte. Wenn er davon erfährt, gerät womöglich sein schöner Plan ins Wanken, sich in Zukunft zu schonen«, fügte sie ernst hinzu.

»Aber auch das ist kein Grund, euren Vater zu belügen. Und Frau Anwältin, Ihre Mandantin hat Wiedergutmachung auf der ganzen Linie verdient!«

»Ach, Schatz, du hast ja recht, ich denke, Alessandro wird das genauso sehen wie du.«

»Gut, dann werde ich dich morgen Abend nach Porto Venere begleiten, wenn es dir hilft.«

»Das würdest du tun? Ja, ich glaube, ich kann Verstärkung gebrauchen«, seufzte Maria. »Aber nur, wenn du jetzt zu mir aufs Sofa kommst.«

Das ließ sich Massimo nicht zweimal sagen. Maria kuschelte sich in seine Arme und war unendlich erleichtert, dass sie ihn in alles eingeweiht hatte.

»Aber was mir noch im Kopf herumgeistert nach allem, was du mir erzählt hast. Das ist Lenis Verhalten. Wahrscheinlich hat sie davon gewusst, wenn sie in jener Nacht dabei gewesen ist. Irgendetwas kommt mir komisch vor. Du solltest sie anrufen. Fragen, wie es ihr geht. Und das möglichst unverfänglich«, bemerkte er nachdenklich.

Maria musterte ihn erstaunt. »Hast du nicht gepredigt, ich solle sie in Ruhe lassen?«

»Na ja, da wusste ich noch nichts von Alfredos Schuld an der Geschichte. Und ich frage mich, wie Inga es wagen konnte, diese gemeine Lüge auf unserer Hochzeit zu verbreiten? Leni wird doch auch die ganze Zeit gewusst haben, dass es Amrei nicht gewesen ist. Und wieso reagiert Leni so panisch, wenn Inga ihren Sohn ohne ihr Wissen abholt? Da stimmt was nicht. Ruf lieber an!«

»Jetzt gleich?«

»Am besten sofort. Dann wissen wir, ob bei ihr alles in Ordnung ist.«

Maria gab Massimo einen liebevollen Kuss auf den Mund und ging zu ihrem Telefon. Es dauerte lange, bis sich bei Leni jemand meldete, und es war auch nicht sie selbst, sondern Francesco. Maria wollte nicht gleich wieder mit der Tür ins Haus fallen, sondern sich dieses Mal behutsam an das eigentliche Thema herantasten. Die letzten Telefonate mit Francesco waren schließlich ziemlich danebengegangen.

»Ciao, hier ist Maria. Wie geht es euch? Wir besuchen morgen Alessandro in Porto Venere. Vielleicht könnten wir ja mal auf einen Kaffee vorbeikommen«, sagte sie und war froh, dass ihr das auf die Schnelle noch eingefallen war.

»Das wäre nett, aber ich bringe die Kinder morgen zu meinen Eltern auf ihr Boot, und wir wollen alle zusammen eine Tagestour unternehmen, bevor sie in See stechen.«

»Das ist schön. Und könnte ich dann mal kurz Leni sprechen?«

»Sie ist leider nicht hier. Leni ist mit Davide im Tessin bei Tante Chiara. Der kleine Kerl liegt mit Fieber im Bett. Sie wissen noch nicht, ob es Corona ist. Leider kann er deshalb nicht mitfahren.«

Maria wurde hellhörig. Leni war also doch im Tessin. Am Dienstag hatte Tante Chiara ihr am Telefon nichts davon gesagt, aber wenn sie recht erinnerte, hatte sie ihre Tante auch nicht direkt danach gefragt. Sie ließ sich nicht anmerken, dass sie das merkwürdig fand.

»Das ist schade«, erwiderte Maria stattdessen.

»Ja, das ist traurig. Übrigens entschuldige bitte, dass ich dich so schroff abgewimmelt habe, aber Leni war dermaßen fertig, als sie am Sonntagabend von Ingas Showeinlage auf eurer Hochzeit erfahren hat. Wir haben das ja gar nicht mehr miterlebt, weil wir wegen Paolo, der sich an dem Tiramisu überfressen hat, gleich nach dem Essen nach Hause gefahren sind. Meine Mutter hat uns angerufen und uns brühwarm davon berichtet. Leni wollte nichts mehr von ihrer Schwester und der Sache damals hören. Und dann ist Leni am Montag einfach mit Davide und Sara abgehauen, was sonst gar nicht ihre Art ist. Da habe ich mir große Sorgen gemacht. Offenbar hat sie das alles furchtbar mitgenommen. Und ich hatte den Eindruck, du würdest das alles aufwühlen, um deiner deutschen Freundin zu helfen …« Francesco hielt erschöpft inne.

»Und jetzt bist du aber beruhigter, nachdem ihr miteinander telefoniert habt, oder?«, hakte Maria vorsichtig nach.

»Ja, Gott sei Dank, ich war so in Sorge, vor allem, nachdem sie Sara zu Hause abgesetzt hat und dann gleich wieder weg war. Ich bin ehrlich gesagt erst beruhigt, seit ich am Telefon mit Tante Chiara gesprochen habe.«

»Ach, Tante Chiara und du, ihr habt inzwischen miteinander telefoniert? Und sie hat bestätigt, dass Leni und Davide bei ihr sind?«

»Ja, leider konnte ich Leni heute noch nicht erreichen. Ich wollte ihr sagen, dass wir Sonntag zum Schiff fahren, aber ich denke, sie kommt erst Anfang der Woche. Hauptsache, Davide wird bald gesund.«

Wenn Tante Chiara das alles bestätigt hatte, musste es stimmen, dachte Maria. Was sie allerdings nach wie vor befremdete, war die Tatsache, dass auch Leni Amrei offensichtlich all die ganzen Jahre in dem Glauben gelassen hatte, sie habe den Tod Salvis zu verantworten. Das wollte Maria partout nicht in den Kopf, weil so eine Schweinerei überhaupt nicht zu Leni passen wollte. Aber in diese Gedanken würde sie Francesco mit Sicherheit nicht einweihen, zumal sie davon ausgehen musste, dass er nach wie vor Amrei für die Verantwortliche an dem Unglück mit Salvi hielt. Und es war auch nicht der richtige Zeitpunkt, ihn über diesen Irrtum aufzuklären.

»Bestell ihr einen schönen Gruß«, sagte sie stattdessen unverfänglich. »Und wenn sie Lust hat, soll sie mich gern anrufen.«

Dass Maria Leni auf lange Sicht auf keinen Fall mit der Wahrheit verschonen würde, das stand für sie unumstößlich fest, nur sollte sie abwarten, bis Leni zurück und ihr Kind wieder gesund war. Und dann würde sie sich nicht scheuen, Leni zu fragen, ob Inga Davide womöglich am Montag kurz entführt hatte, um sie zum Schweigen zu nötigen. Maria schämte sich ein wenig, dass sie Inga so viel Schlechtes zutraute, aber daran, dass es verdächtig war, Davide ohne Lenis Wissen von zu Hause abzuholen, gab es keinen Zweifel. Sonst hätte Leni wohl kaum dem Kindermädchen verboten, diese Tatsache gegenüber Francesco zu erwähnen. Auf jeden Fall würde Maria Leni auffordern, ihr zu verraten, was da wirklich vorgefallen war. Aber das hatte Zeit, bis Mutter und Kind wohlbehalten aus dem Tessin zurückgekehrt waren.

»Alles in Ordnung«, sagte sie knapp, als sie zurück ins Wohnzimmer kam und sich in Massimos Arme kuschelte.

Wenn sie ihn jetzt mit ihren Spekulationen und offenen Fragen überfallen würde, würden sie an diesem Samstagabend nicht mehr dazu kommen, ihre Hochzeitsnacht endlich nachzuholen. Und an dieser Stelle siegte Marias Emotion über ihren Ehrgeiz, die volle Wahrheit herauszufinden.

41

ANTIBES,
JULI 2022, SAMSTAG

Leni bekam keinen Bissen herunter von dem Menü, das Maurizio Bruzzone in einer Brasserie für sie bestellt hatte. Stattdessen nippte sie an dem Rotwein, den er dazu serviert hatte, bevor sie wieder an Deck ging, um nach dem Boot Ausschau zu halten, dessen Ankunft sie sehnsüchtig erwarteten.

Während ihr Blick über den nächtlichen Hafen schweifte, gingen Leni die Ereignisse durch den Kopf, die sich schier überschlagen hatten, seit ihnen Inga gestern erneut entkommen war: Sie hatten ganz Monaco bis in die frühen Morgenstunden nach Inga und Davide abgesucht, doch sie waren weder am Bahnhof gesichtet worden noch in einer der Taxen. Dass sie nicht in den letzten Zug nach Nizza gestiegen war, beschwor ein Bahnhofsmitarbeiter, der bei der Abfahrt am Bahnsteig gewesen war. Es war keine Frau mit einem Kind unter den Reisenden gewesen. Danach hatten sie sämtliche Taxistände abgeklappert, aber keiner hatte eine blonde Frau mit einem kleinen Kind gesehen. Und es hatte sich auf einen Ruf der Zentrale auch kein Fahrer gemeldet, der eine Frau mit einem Kind aus der Stadt befördert hatte.

Schließlich hatte Signor Bruzzone den beiden völlig erschöpften Frauen angeboten, sich in den Gästekojen der *Stella Maris* auszuruhen, um am Morgen weiterzusuchen.

Doch dann hatten sie wider Erwarten im Hafen einen konkreten Hinweis bekommen, wie Inga mit dem Kind Monaco hatte auf die Schnelle verlassen können. Neben ihnen lag ein Segelboot, auf dem bei ihrer Rückkehr auf das Schiff eine feuchtfröhliche Feier in Gang gewesen war.

Bruzzone hatte die Feiernden eigentlich nur bitten wollen, dass sie ihre Party nun beenden mögen, aber dann fragte er, ob jemand zufällig gestern Abend eine Frau mit einem Kind von Bord hatte gehen sehen. Die Antwort war lautes Gejohle, bis Leni wütend dazwischenbrüllte: »Hat jemand von Ihnen die beiden gesehen oder nicht?«

»Nun reg dich mal ab«, gab ein junger Mann flapsig zurück. »Nicht nur ihr habt ein Crewmitglied verloren, wir auch.«

Leni wollte ihn erneut anbrüllen, er solle die blöden Witze lassen, aber Chiara kam ihr zuvor.

»Haben Sie eine blonde Frau mit einem Kind von Bord gehen sehen?«

»Ich weiß nicht, ob ich Ihnen das sagen darf. Offensichtlich ist der Herr da der jungen Dame gegen deren Willen zu nahe gekommen.« Er zeigte auf Signore Bruzzone.

»Hat sie das gesagt?«, gab Chiara ruhig zurück. »Da seid mal vorsichtig, wem ihr glaubt. Die Frau lügt wie gedruckt und hat ein Kind entführt. Wir werden jetzt die Polizei einschalten. Denen werden Sie schon anständige Antworten geben.«

»Nein, bitte nicht!«, mischte sich nun eine junge Frau ein, die nicht ganz so betrunken zu sein schien. Sie sprach Italienisch. »Sie ist gestern Abend panisch zu uns rübergekommen und hat behauptet, sie müsse sofort weg. Der Bootseigner stelle ihr nach. Und unser Freund Ricardo, der mit einem eigenen Boot allein hier ist, hat den Retter gespielt und ihr vorgeschlagen, dass er sie in Sicherheit bringt. Eigentlich wollte er sie nur nach Antibes bringen und dann zurückkommen, aber wir haben nichts mehr von ihm gehört, seit er kurz darauf mit dem Kind und ihr abgelegt hat.«

»Und wenn Sie was hören, bitte warnen Sie ihn. Die Frau, die er an Bord genommen hat, ist gefährlich«, sagte Leni aufgeregt, während sie sich wünschte, aufzuwachen und festzustellen, dass dies alles nur ein schrecklicher Albtraum war. Sie verlangte, dass Signor Bruzzone sie auf der Stelle nach Antibes brachte, aber er bestand darauf, erst einmal kurz zu schlafen.

Da Chiara auf seiner Seite war, musste Leni klein beigeben. Allerdings tat sie kein Auge zu, denn sie spielte mit dem Gedanken, jetzt doch die Polizei einzuschalten. Der Gedanke, dass Inga mit ihrem Sohn irgendwo da draußen auf einem Segelboot unterwegs war, rief die schlimmsten Ängste in ihr hervor. Nur die Tatsache, dass es dann keine italienische Polizei wäre, sondern monegassische, mit der sie sich auf Französisch verständigen musste, hielt sie davon ab. Ein letzter Versuch, sprach sie sich gut zu. An Schlaf war jedenfalls nicht zu denken, und als sie sich am Morgen im Spiegel sah, erschrak sie. Sie hatte eine graue Gesichtsfarbe, Ringe unter den Augen und strähniges Haar, das ihr ins Gesicht fiel, weil es sich aus dem Haargummi gelöst hatte.

Das alles ist die Strafe für dein verdammtes Schweigen, dachte sie verzweifelt, aber die emsige Geschäftigkeit von Chiara und Bruzzone, die bereits eifrig damit beschäftigt waren, das Auslaufmanöver vorzubereiten, lenkte sie ab.

Sie waren gerade fertig zum Ablegen, als ihnen die junge Frau von gestern Abend aufgeregt vom Nachbarboot zurief, dass sich Ricardo heute Morgen gemeldet habe.

»Und was hat er gesagt?«, fragte sie atemlos.

»Sie sind wohlauf und haben in der Nacht draußen geankert. Sein Gast hat es offenbar nicht eilig, in einen Hafen zu kommen, aber spätestens morgen sind wir in Antibes verabredet«, erwiderte sie.

»Und haben Sie ihm gesagt, was mit ihr los ist?«

»Ich habe es versucht, Ricardo hat aber nur gelacht und das für einen schlechten Scherz gehalten.«

»Okay, danke. Warte.« Leni spurtete in die Kajüte zu ihrer Handtasche und schrieb ihre Handynummer auf einen Zettel, den sie der Frau in die Hand drückte mit der Bitte, sie zu kontaktieren, sobald sich dieser Ricardo noch einmal meldete. »Und sag mir nur noch eines. Wie heißt sein Boot?«

»*Sole Dorata!*«

»Danke!«

Es war ein bezaubernder Morgen gewesen. Der Himmel war wolkenlos, das Meer tiefblau, und die Stadt Monaco, speziell der Bezirk La Condamine, wirkte wie eine Miniaturausgabe von New York, das aber von einem Berg begrenzt war. Was würde Leni darum geben, diese Eindrücke mit ihrer Familie zu teilen. Stattdessen machte sie Jagd auf ihre Schwester, die ihr Kind entführt hatte.

Trotzdem kam auch sie nicht umhin, die Schönheit dieses von einer Jacht aus betrachteten Sommermorgens wahrzunehmen. Sie hatte glücklicherweise bei ihrer überstürzten Abreise aus Genua neben vielem unnötigen Zeug auch ein paar Shorts und diverse T-Shirts in ihre Reisetasche geworfen, sodass sie einigermaßen passend für einen Bootstörn gekleidet war.

Wenn der Anlass nicht so schrecklich gewesen wäre, es hätte ein netter Törn werden können. Darin, dass Signor Bruzzone ihnen eine wirkliche Hilfe war, waren Chiara und Leni sich inzwischen einig. Er redete gar nicht mehr von Inga. Offenbar hatten die Ereignisse das Feuer seiner Leidenschaft gelöscht. Er schien von dem schlechten Gewissen getrieben zu sein, dass er Inga blind vertraut und somit eine Kindesentführerin unter seinem Dach beherbergt hatte. Immer, wenn doch wieder der Gedanke, die Polizei einzuschalten, im Gespräch aufkam, war er derjenige, der dagegen plädierte. Er hoffte wohl, dass er, wenn er Davide aus Ingas Fängen retten konnte, unbeschadet aus dieser Angelegenheit herauskäme.

Das alles ging Leni durch den Kopf, als sie in der lauen Nacht in Antibes an Deck stand und nach der *Sole Dorata* Ausschau hielt, die sie den ganzen Tag im Hafen gesucht hatten, was bei weit über tausend Jachten kein leichtes Unterfangen gewesen war.

Auch die Anfrage in der Hafenmeisterei hatte sie nicht weitergebracht. Der Hafenmeister hatte sich erst geweigert, überhaupt nachzugucken, ihr aber, nachdem Chiara mit der Polizei gedroht hatte, was inzwischen zu ihrer erklärten Lieblingsbeschäftigung geworden war, versichert, dass nach seinen Unterlagen keine Segeljacht mit dem Namen *Sole Dorata* den Hafen von Antibes angelaufen habe. Leni war dem armen Mann sogar noch einmal am Abend auf die Nerven gegangen. Eine *Sole Dorata* war aber auch in den frühen Abendstunden nicht in den Hafen von Antibes eingelaufen.

Leni setzte nun alle ihre Hoffnungen darauf, dass das Boot morgen im Hafen einlaufen würde, weil Ricardo sich mit seinen Freunden verabredet hatte, und dann würden sie zu dritt Davide von der *Sole Dorata* holen. Leni hatte nur Sorge, dass sie das Einlaufen der Jacht verschliefen und Inga womöglich Bruzzones Jacht erkannte und ihnen wieder entkam. Ihr war auch klar, dass sie nicht die ganze Nacht den Hafen observieren konnte, obwohl eine gewisse Wahrscheinlichkeit dafürsprach, dass ein neu ankommendes

Schiff genau am Steg gegenüber anlegen würde. Offenbar gab es jetzt in der Saison nur noch wenige Liegeplätze, und dieser war der Nächste, wenn eine Jacht von See in den Hafen kam.

Leni hörte im Hintergrund das leise Lachen von Chiara und Bruzzone. Die beiden, ungefähr in einem Alter, waren ein gutes Team. Wenn Leni nicht gewusst hätte, dass Tante Chiara und Onkel Vincente eine harmonische Ehe führten, sie hätte fast befürchtet, dass sich zwischen den beiden etwas anbahnte. Normalerweise hätte sie sich mit den beiden amüsiert, aber je länger sie nach Davide suchten, desto intensiver gab sie sich selbst die Schuld an dieser Entführung. Es war Wahnsinn gewesen, ihrer Schwester zu drohen. Sie hätte sich doch denken können, dass Inga nicht entspannt abwartete, bis Leni die Bombe platzen ließ. Und noch etwas beschwerte ihre Seele zunehmend. Wenn sie gleich damals die Wahrheit gesagt hätte, wäre es nie dazu gekommen, dass ihr kleiner Davide für ihre Feigheit bestraft worden wäre. Kein Mensch würde Verständnis dafür aufbringen, dass sie damals ihren Mund gehalten hatte. Sie würde nie vergessen, wie gehässig Inga sie nach dem Unglück ausgelacht hatte, weil sie ihre Schwester angefleht hatte, den Eltern von Salvi doch bitte die Wahrheit zu sagen. Selbst Lenis Schwur, zu bezeugen, dass es ein Unfall gewesen war, hatte Inga mit Spott bedacht.

Gerade als Leni beschloss, zu den anderen beiden unter Deck zu gehen, sah sie die Positionslichter eines Seglers auf sich zusteuern. Das Boot glitt leise und gekonnt unter Segeln auf die freie Bucht am Nebensteg zu. Gerade im richtigen Moment wurden die Segel eingeholt, und das Schiff legte, ohne die Pfähle zu rammen, galant am Steg an. Leni war so fasziniert von dem perfekten Anlegemanöver, dass sie erst auf den zweiten Blick den Namen des Seglers entdeckte.

Aufgeregt rief sie in den Salon, dass die *Sole Dorata* gerade angekommen war. Die beiden anderen liegen alles stehen und liegen und folgten Leni von Bord. Das heiß ersehnte Boot lag friedlich und still am Steg.

Obwohl sie sich beeilten, nahm es einige Zeit in Anspruch, vom Ende ihres Stegs zum Hauptsteg zu gelangen und von dort wieder den gesamten Nachbarsteg entlang bis fast zum Ende. Völlig außer Atem standen sie schließlich vor der *Sole Dorata*.

»Ich gehe vor«, flüsterte Bruzzone und kletterte sportlich an Bord. Wenig später hörten Leni und Chiara einen fremden Mann brüllen: »Was machen Sie auf meinem Schiff?«

Die beiden Frauen folgten ihrem Begleiter eilig an Bord und hangelten sich an der Reling und den Wanten entlang bis zum Niedergang. Dort stand auf der oberen Stufe Bruzzone. Wie erstarrt.

»Was ist passiert?«, fragte Leni.

»Der Typ denkt, ich bin ein Einbrecher, und er bedroht mich mit der Signalpistole.«

Leni drängte sich an Bruzzone vorbei und kletterte ungeachtet der Tatsache, dass der Mann eine Signalpistole auf sie richtete, nach unten und baute sich vor ihm auf. »Wo ist mein Sohn?«, schrie sie ihn an.

Der Mann ließ die Waffe sinken. »Sagen Sie doch gleich, dass Sie die Leute sind, die Inga suchen. Sie haben mir vielleicht einen Schrecken eingejagt!«

»Wo?«, wiederholte Leni.

Der Mann legte die Signalpistole beiseite. »Sie ist in Nizza von Bord gegangen, nachdem ich ihr erzählt habe, was mir meine Freunde am Telefon mitgeteilt haben: dass sie von dem Kerl gesucht wird, der sie begrapscht hat, und von einer Frau, die behauptet, sie habe ihr Kind entführt ...«

»Sie hat meinen Sohn entführt, verdammt! Und Sie haben sie entkommen lassen. Mit meinem Kind!«, schrie Leni verzweifelt. In diesem Moment war der Punkt erreicht, an dem sie nicht mehr konnte. Sie hätte wahrscheinlich einen Schreikrampf bekommen, wenn sich nicht Chiara in ihrer besonnenen Art eingemischt hätte. »Leni, es bringt nichts, wenn du dich jetzt mit dem Herrn anlegst.«

»Wie geht es meinem Sohn?«, fragte Leni nun mit belegter Stimme.

»Soweit ich das beurteilen kann, ging es ihm blendend. Er war völlig fasziniert vom Segeln.«

Leni kullerten stumme Tränen die Wangen hinunter. Wenn sie Davide nicht bald in ihren Armen hielt, würde sie langsam durchdrehen.

»Hat die Dame Ihnen vielleicht verraten, wohin sie als Nächstes will?«, mischte sich Chiara ein.

»Nein, sie war sehr sprunghaft. Eigentlich wollte sie mich begleiten auf dem Segeltörn bis nach Marseille, aber als ich darauf bestanden habe, in Antibes anzulegen, weil ich mich hier mit meinen Freunden verabredet habe, wurde sie sehr unwirsch. Na ja, und da habe ich sie dann im nächsten Hafen von Bord gelassen, was ich Ihnen aber nicht sagen sollte, falls wir uns treffen.«

»Ich habe sie übrigens nicht begrapscht, wie sie behauptet. Wir waren ein Paar, aber sie kann Männern den Kopf verdrehen. Das hat sie bei Ihnen ja wohl auch geschafft, oder?«, bemerkte Signor Bruzzone bitter.

»Ja, ich hatte mich sehr auf unseren gemeinsamen Törn gefreut.«

In diesem Moment klingelte Lenis Handy. Sie warf einen kurzen Blick auf das Display, denn sie fühlte sich nicht in der Lage, in diesem Zustand mit Francesco zu telefonieren, aber es war ein anonymer Anrufer. Sie zögerte, doch dann nahm sie das Gespräch an.

»Ja, bitte!«

»Leni?« Das war unverkennbar Ingas Stimme.

»Bleib in Nizza. Ich komme und hole mir Davide. Gib endlich auf. Das ist kein Spiel mehr!«, brüllte Leni verzweifelt ins Telefon.

Die Antwort war ein gehässiges Lachen. »Ein Spiel ist das schon lange nicht mehr.«

»Ich will sofort mein Kind sprechen!«

»Gut, wenn ich ihn wecken soll.«

»Gib ihn mir!« Leni hörte mit an, wie Inga Davide weckte. Wenn sie nur wüsste, in welchem Hotel sie sich befanden. Sie würde sofort losfahren. Noch einmal würde sie Inga nicht mit Davide entwischen lassen.

»Hallo, Mama«, meldete sich ihr Sohn verschlafen.

»Geht es dir gut, mein Liebling?«

»Ja, aber wann kommst du?«

»Ich bin bald bei dir. Das verspreche ich dir«, sagte Leni und hatte große Mühe, ihre Tränen zurückzuhalten. »Schlaf schnell weiter!«

»Ja, Mama.«

Dann erklang erneut Ingas Stimme. Sie war Leni völlig fremd. Wahrscheinlich hatte sie sich mit den Jahren derart an Ingas harschen Tonfall gewöhnt, dass es ihr gar nicht mehr aufgefallen war, wie herrisch ihre Schwester war.

»So, und jetzt hörst du mir mal gut zu. Ihr hört sofort auf, mich zu verfolgen. Sonst passiert ein Unglück. Du bewegst deinen Arsch auf der Stelle nach Genua zurück und deine Anwältin ihren nach Mailand.«

»Meine Anwältin?«

»Glaubst du, Ricardo hat mir verschwiegen, dass ihr zu zweit seid. Und schönen Gruß an Maria. Wenn sie die Polizei einschaltet, wirst du Davide nie mehr wiedersehen. Du wartest auf ein Zeichen von mir, verstanden?«

Leni wollte spontan richtigstellen, dass es nicht Maria war, die sie begleitete, sondern Tante Chiara, aber sie ließ es bleiben. Es war vielleicht von Vorteil, wenn Inga sich in diesem Punkt täuschte.

»Ja, ich habe das verstanden. Aber kann ich mich wirklich darauf verlassen, dass du mir Davide umgehend zurückbringst?«

»Keine Forderungen, meine Liebe. Du wirst deinen Goldjungen schon wiederbekommen. Allerdings wird das nicht ganz billig.«

»Inga! Bist du völlig verrückt geworden. Dann bist du wirklich eine Entführerin! Bitte, tu das nicht!«

»Dreißigtausend in bar und kleinen Scheinen!«

»Aber wie soll ich das vor Francesco geheim halten? Der würde sofort die Polizei einschalten!«

»Lass dir was einfallen. Hast du nicht neulich erst mit deinem Ersparten angegeben? Und damit, dass du das Erbe unserer Eltern noch nicht angetastet hast? Im Grunde genommen gehört das ohnehin mir. Dir hat unser Vater schon zu Lebzeiten so viel geschenkt.«

Leni schluckte. Es war schwer zu ertragen, wie Inga die Wahrheit verdrehte. Sie hatte bei ihrer letzten gemeinsamen Unternehmung, die mindestens ein Jahr zurücklag, für Inga mitbezahlt, weil die angeblich ihre Geldbörse mit dem Bargeld und den Karten vergessen hatte. Und da war das Gespräch entgleist und auf das Erbe gekommen, dessen Anteil Inga nach dem Tod des Vaters sofort für allerlei Luxus verprasst hatte.

»In Ordnung!«

»Gut, heb die Kohle bis Montag ab. Dann hörst du von mir.« Mit diesen Worten beendete Inga das Gespräch. Leni blieb eine Weile regungslos mit dem Telefon in der Hand stehen. Keiner der anderen stellte neugierige Fragen.

Leni atmete ein paarmal tief durch, bis sie von dem Telefonat berichtete. »Wir brechen unsere Aktion ab«, sagte sie.

»Du willst ihr Geld geben?«, fragte Chiara fassungslos.

Leni nickte. »Wenn das der Preis dafür ist, dass ich sie niemals wiedersehen muss, kann ich gut damit leben! Wenn sie das durchzieht, macht sie sich ganz offiziell zu einer Verbrecherin und kann sich nie mehr in unserer Nähe blicken lassen, denn Francesco wird zur Polizei gehen.«

»Macht es euch was aus, die Familieninterna auf eurem Boot zu besprechen?«, sagte Ricardo und unterstrich seine Bitte mit einem lauten Gähnen.

Als Leni und die anderen zur *Stella Maris* zurückgekehrt waren, wäre sie am liebsten sofort nach Hause gefahren, aber Chiara war der Meinung, dass Leni Francesco schlecht erklären konnte, warum sie mitten in der Nacht und ohne Davide zurückkehrte. Signor Bruzzone lockte sie mit dem Angebot, die Damen morgen mit dem Boot zurück nach Monaco zu ihrem Wagen zu bringen. Leni konnte dieses Angebot zwar nicht wirklich freudig annehmen, aber Chiara fand, das sei die beste Lösung, weil sie ja nichts mehr unternehmen konnten und Leni dringend ein paar Stunden Entspannung brauche.

Leni stimmte zu und wollte sich gleich in ihre Koje legen, obwohl sie gar nicht müde war und befürchtete, dass sich die Gedanken doch nur wie in einem Hamsterrad drehen würden, wenn sie zu früh ins Bett ging. Da kam Signor Bruzzone mit einer Flasche Rotwein und drei Gläsern an Deck und schlug vor, dass sie einen Schlaftrunk nehmen sollten.

»Ein Glas nehmen wir. Eigentlich müssten wir Ihnen etwas schenken, so, wie Sie uns unterstützen«, sagte Chiara und nahm ihm die Flasche ab.

Chiara hatte recht. Bei allem, was er für sie getan hatte, wäre es unhöflich, ihn allein zu lassen, denn schließlich hatte er seine Geliebte verloren und erkennen müssen, was für ein durchtriebenes Luder sie war.

Signor Bruzzone war sehr dankbar für die Gesellschaft der beiden und schilderte schließlich äußerst unterhaltsam, wie Inga ihn zielstrebig in einer Bar in Sanremo angeflirtet hatte. »Und sie ist ja eine wirklich hübsche Person«, erklärte er beinahe entschuldigend.

»Und sie hat es drauf, Menschen zu manipulieren«, bemerkte Chiara. Da waren sie bereits bei der zweiten Flasche angelangt. Selten in ihrem Leben hatte Leni so viel Alkohol getrunken, aber sie fühlte sich dabei beschwingt und konnte für ein paar Augenblicke vergessen, was ihre Schwester ihr angetan hatte und immer noch antat.

42

PORTO VENERE, JULI 2022, SONNTAG

Amrei wachte erholt wie lange nicht mehr auf. Sie hatte ruhig und tief geschlafen. Ihr erster Gedanke beim Aufwachen galt der Verabredung mit Alessandro. Sie setzte sich im Bett auf und genoss den Blick auf den Golf der Poeten. Das Fenster hatte sie in der Nacht weit geöffnet gelassen, weil sie die frische nächtliche Brise, die vom Meer herüberwehte, angenehmer fand als die künstliche Kühle einer Klimaanlage.

Nachdem sie aufgestanden war, trat sie ans Fenster und blickte zur gegenüberliegenden Seite. Es ist ein Ausblick, der die Seele streichelt, dachte Amrei versonnen.

Heute wollte sie nichts dem Zufall überlassen. Nach dem Duschen steckte sie sich das Haar auf, suchte einen dezenten Lippenstift aus und zog sich ihr Lieblingskleid an. Es war royalblau, lang und hatte Spaghettiträger, was sehr gut auf ihrer leicht gebräunten Haut aussah. Überhaupt musste sie feststellen, dass sich ihre Gesichtszüge in den letzten Tagen sichtlich entspannt hatten. Dieser verräterische Glanz in ihren Augen hatte aber sicher einen ganz speziellen Grund, vermutete sie. An diesem Morgen überwog die Freude auf das Wiedersehen und stellte alle Bedenken, mit denen sie sich ansonsten das Hirn zermarterte, in den Schatten. Es war ihr nicht wichtig, ob sie im Alltag eine große räumliche Entfernung trennte, sondern sie wollte diesen Tag genießen. Zunächst den Ausflug und dann das Treffen in der *Casa Speranza* mit Maria und ihm. Ja, sogar auf das Ferienhaus der Familie Podestà freute sie sich ein wenig. Und auch auf das Wiedersehen mit Maria.

Gut gelaunt und mit einem gesunden Appetit ging sie zum Frühstück und fand noch einen Platz auf der überdachten Terrasse. So rundherum entspannt hatte sie sich schon lange nicht mehr gefühlt, obwohl sie ihren Rechner dabeihatte, um ihre Route für die nächsten vierzehn Tage zu planen. Sie würde nun doch erst fünf Tage an der Riviera di Ponente recherchieren und musste noch Unterkünfte in oder bei Savona, Alassio und Sanremo finden. Sie wollte beide Teile dieses Küstenabschnitts besuchen. An der Riviera di Ponente unterschied man die Riviera delle Palme, die bis Alassio reichte, und die Riviera dei Fiori, die von dort bis Sanremo und Ventimiglia ging. Außerdem wollte sie ein paar Abstecher in die Berge, unter anderem nach Dolcedo, unternehmen. Bei einem Cappuccino und einem üppigen Frühstück mit Ei und Obstsalat fand sie in Savona und Sanremo passende Pensionszimmer und in Laigueglia bei Alassio ein entzückendes Hotel am Strand.

Damit war der erste Teil ihrer Rechercheplanung abgeschlossen, um den zweiten Teil, die Toskana-Reise, für die sie ein paar mehr Tage veranschlagt hatte, wollte sie sich morgen in Ruhe kümmern, denn an dem Tag hatte sie keine großen Unternehmungen geplant.

Nach dem Frühstück ging sie noch einmal in ihr Zimmer, um sich frisch zu machen und einen prüfenden Blick in den Spiegel zu werfen, ob sie Alessandro in diesem Zustand begegnen wollte. Es war alles zu ihrer Zufriedenheit, und sie war sehr erstaunt, was diese Nacht ausgemacht hatte. An ihre gestrige Zickigkeit zum Abschied dachte sie nur noch flüchtig. Sie würde das jedenfalls heute nicht erwähnen, wenn er sie nicht darauf ansprechen sollte. Sie wusste gar nicht mehr, was da in sie gefahren war. Offenbar hatte sie es zutiefst gekränkt, dass Alessandro ihr Angebot, mit auf ihr Zimmer zu kommen, ausgeschlagen hatte. Dabei hatte er das doch nicht schroff oder abweisend getan, sondern charmant und liebevoll.

Als sie wieder in die Lobby kam, sah sie ihn in einem der Sessel sitzen und warten. Offenbar stand ihm auch nicht der Sinn danach, an ihr schnippisches Verhalten von gestern Abend anzuknüpfen, denn er strahlte sie an und sprang von seinem Sessel hoch. Mit ausgebreiteten Armen kam er auf sie zu. Sie umarmten sich lange und herzlich. Es fühlte sich nicht nur gut an, sondern er roch auch anziehend, aber das war kein teurer Herrenduft, sondern der Geruch nach Salz und Meer, den sie so sehr liebte. So roch ihre Haut, wenn sie an einem heißen Tag im Meer gebadet und sich an der Luft getrocknet hatte. Wahrscheinlich war er heute Morgen schon im Meer gewesen. Wenn sie sich recht erinnerte, hatte Maria damals beiläufig erwähnt, dass Alessandro ein leidenschaftlicher Schwimmer war, der nicht nur den Pool mochte, sondern auch jeden Morgen im Meer schwimmen ging.

»Schön, dich zu sehen. Du siehst ausgeschlafen aus«, bemerkte er, nachdem sie sich aus der Umarmung gelöst hatte und sie zugewandt musterte.

»Ich habe endlich mal wieder richtig gut geschlafen«, pflichtete sie ihm bei.

»Das kann ich mir gut vorstellen. Ich meine, du bist ja auch eine Riesenlast losgeworden.«

»Wahrscheinlich habe ich das jetzt erst wirklich begriffen. Ich bin gespannt, was Maria heute Abend dazu sagen wird.«

»Vor allem frage ich mich, was damals wirklich geschehen ist.«

Amrei biss sich auf die Lippen, um ihm nicht zu verraten, was Leni ihr bei diesem merkwürdigen Anruf mitgeteilt hatte. Sie würde heute Abend so tun, als wüsste sie nicht mehr als die Tatsache, dass sie keine Schuld an Salvis Tod traf.

Er führte sie zu einem bordeauxfarbenen Cinquecento mit Schiebedach. Amrei hatte kein besonderes Faible für Autos, aber das Modell gefiel ihr.

»Mein alter Cinquecento hat den Geist aufgegeben. Da musste ich mir was Neues leisten«, bemerkte er.

Amrei grinste in sich hinein. Allein das zeigte wieder, dass er ein besonderer Mann war. Ein Italiener, der sich quasi für den Kauf eines neuen Wagens entschuldigte, das war nicht üblich. Wenn sie da an Alfredos Flitzer dachte, mit dem er sie damals schon als junger Bengel voller Stolz vom Bahnhof abgeholt hatte …

»Ein schöner Wagen«, sagte sie, als sie sich auf den Beifahrersitz setzte.

»Ich habe lange gezögert, welche Farbe ich nehmen soll, aber diese gefiel mir am besten. Hoffentlich kann ich es in zwanzig Jahren noch leiden, denn so lange muss ein Auto bei mir halten.«

»Zwanzig Jahre? Dann hast du beschlossen, Junggeselle zu bleiben«, gab Amrei grinsend zurück.

»Das stimmt. Sobald das erste Kind kommt, müsste ich mich wohl oder übel nach etwas Größerem umgucken.«

»Genau.« Nun grinste Amrei nicht mehr, denn sie hatte sich gar nichts dabei gedacht, ihn flapsig auf so ein intimes Thema anzusprechen, aber offenbar schien er sich darum selbst ernsthaft Gedanken zu machen. Nicht dass er noch glaubte, sie könne ihn aus persönlichen Gründen auf ein familientaugliches Auto angesprochen haben.

Einen kleinen Moment lang spürte sie wieder eine gewisse Befangenheit in seiner Gegenwart. Sie wollte unbedingt vermeiden, dass er auch nur annähernd Einblick in ihr Herz bekam. Sie fragte sich allerdings, wie sie jemals auf die jüngere und oberflächliche Kopie dieses Mannes hatte reinfallen können. Der Gedanke an Alfredo war ihr so unangenehm, dass sie ihn sofort und erfolgreich abschütteln konnte.

Schon als sie auf der Panoramastraße den Nachbarort Le Grazie erreicht hatten, hatte sich jegliche Angespanntheit Amreis in Wohlgefühl aufgelöst, denn er schilderte ihr unterhaltsam alles über dieses Dorf, was sie unter Umständen für ihren Artikel gebrauchen konnte. Le Grazie war der Ort der Helmtaucher, wie er ihr erklärte. Fast jede Familie hatte einen Angehörigen, der für die Marine tauchen ging, und zwar vorwiegend nach Bomben. Nicht nur im Mittelmeer, sondern diese Taucher wurden um den ganzen Globus geschickt. Dass diese Bucht eng mit dem Krieg verbunden war, lag nicht zuletzt am großen Militärarsenal La Spezia, einem fast einhundert Hektar großen Gelände in der unmittelbaren Nähe des Stadtzentrums, das nach dem Fall der Berliner Mauer an Bedeutung verloren hatte. Damals hatte man sich mehr auf die Arsenale im südlichen Mittelmeer konzentriert. Alessandro entpuppte sich wieder als wandelndes Lexikon. Er war erstaunlich fit in Heimatgeschichte. Auch über die Probleme, die jene Anlage für die Stadt und die Bucht mit sich brachte, konnte er einiges fundiertes Wissen weitergeben. So benötigte die Stadt eigentlich mehr Wohnraum am Wasser, dort, wo das Arsenal thronte. Es gab sogar schon Pläne, das Militärgelände zu verlagern und es für die Zivilgesellschaft zu nutzen. Außerdem waren um das Arsenal herum ungewöhnlich hohe Konzentrationen an Giftstoffen gemessen worden, sodass Umweltschützer auf diese Verschmutzung aufmerksam geworden waren.

Amrei hatte ihren Notizblock gezückt und schrieb sich das auf, was sie für spannend hielt.

»Rede ich zu viel?«, fragte er gerade, als er in La Spezia angehalten hatte, damit sie einen Überblick von oben über die Ausmaße der Anlage bekam. »Für die militärischen Zwecke ist die Lage in der Stadt überdies unpraktisch, weil man ihnen von außen quasi in die Fenster gucken kann. Und das mag das Militär gar nicht«, fügte er hinzu, ohne ihre Antwort abzuwarten.

Amrei machte ein Foto, bevor sie weiterfuhren.

Der Weg führte an der anderen Seite der Bucht von La Spezia entlang bis Lerici. Da Amrei diesen Ort damals nicht besucht hatte, hielten sie am Hafen und gingen ein paar Schritte, bevor sie nach Terenzo, genauer gesagt, San Terenzo, wie Alessandro bemerkte, fuhren. Die Villa Magni lag heute in der Nachbarschaft von großen mächtigen Anwesen, die das einst prächtige Haus eher unscheinbar wirken ließen. Amrei war etwas enttäuscht. Auf den historischen Bildern von 1820 hatte die Villa hochherrschaftlich gewirkt. Alessandro konnte ihr erklären, warum ihr die Villa weniger spektakulär vorkam. Früher war über dem Portikus eine überdachte Terrasse gewesen und oben auf dem Dach noch eine weitere. Das alte Dach gab es heute genauso wenig wie die obere Terrasse. Außerdem hatte die Villa damals direkt am Meer gelegen und war wild umspült worden, was durch eine neu gebaute Straße seit Ende des neunzehnten Jahrhunderts nicht mehr der Fall war. An die Shelleys erinnerte eine Tafel über dem mittleren Bogen des Säulengangs. Amrei las den italienischen Text und schrieb die deutsche Übersetzung in ihr Notizbuch.

Von diesem Säulengang aus, in den der alte Schatten einer Steineiche fiel, warteten Mary Godwin und Jane Williams im Juli des Jahres 1822 mit tränenreicher Sorge auf Percy Bysshe Shelley, der von Livorno aus auf zerbrechlichem Holz segelnd, durch plötzliches Glück gelandet war in der Stille der Elysischen Inseln. Oh gesegnete Gestade, wo Liebe, Freiheit und Träume keine Ketten haben.

»Über den Dichter, der damals die Ausschreibung für diese Inschrift gewonnen hat, habe ich auch geforscht. Sehr spannend, aber ich will dich nicht langweilen. Auf jeden Fall teilt er das Schicksal vieler Feingeister. Sein Vater wollte, dass er Notar wird …«

»Und du solltest eine Reederei übernehmen.«

»Oh weh, ja, erinnere mich bloß nicht daran«, lachte er. »Ich würde dich ja gern zum Mittagessen einladen, aber ich habe den vermessenen Plan, meine Schwester und dich heute Abend in der *Casa Speranza* zu bekochen.«

»Wow! Das wird ja immer besser«, stieß Amrei begeistert aus.

»Ach, ich habe kürzlich einen Kochkurs zusammen mit meinem Schwager Massimo in Bologna gemacht, und nun seid ihr meine Versuchskaninchen.«

»Ich lasse mich überraschen. Aber vielleicht können wir einen Kaffee trinken.«

»Natürlich, ich wollte dich noch nicht wieder im Hotel abliefern.« Er warf einen Blick auf seine Armbanduhr. »Wir haben noch ein paar Stunden Zeit. Bist du interessiert an weiteren kulturellen Vorträgen?«

»Danke, aber für einen Sonntag habe ich genug gearbeitet. Ich werde das nachher gleich nur einarbeiten und morgen die Endfassung erstellen.«

Alessandro führte sie zu einer Bank im Schatten eines alten Baums. »Warte, ich komme gleich zurück. Cappuccino?«

Amrei nickte und ließ den Blick auf die andere Seite der Bucht schweifen. Dort drüben hatte sie einst sehnlich gewünscht, von ihrer vermeintlich großen Liebe geküsst zu werden, aber der hatte längst eine andere im Arm gehabt. Es kam ihr vor wie eine Erinnerung an ein anderes Leben.

»Das ist schon ein wunderschöner Flecken«, murmelte Amrei verträumt, als Alessandro mit zwei großen Tassen zurückkehrte.

»Heute finde ich es besonders bezaubernd, weil es ungeheuren Spaß macht, einer Frau wie dir diese Orte zu zeigen«, entgegnete er.

Amrei errötete. Das Kompliment kam unverhofft. Er hatte die ganze Zeit noch keine Anstalten gemacht, mit ihr zu flirten.

»Danke«, erwiderte sie knapp, doch da nahm er ihre Hand und sah ihr tief in die Augen. »Weißt du, Amrei, ich treffe viele schöne und kluge Frauen. Ich meine, über die Hälfte meiner Studierenden sind weiblich. Und der Mann, der das nicht zumindest wahrnimmt, muss erst geboren werden …«

»Das ist wahr!«, bekräftigte Amrei seine Worte. Sie würde zwar jeden Mann, der sie belästigte, vehement in die Schranken weisen und sich niemals von einem vorgesetzten Redakteur anbaggern lassen, aber dass einige ihrer Freundinnen Männern generell absprechen wollten, Attraktivität bei Frauen wahrzunehmen, das hielt sie für lebensfern. Sie registrierte ja schließlich auch schöne Männer oder überhaupt Menschen, wenn sie ihr gefielen. Man konnte Menschen wie ein gelungenes Kunstwerk betrachten, ohne sie gleich besitzen zu wollen.

Als könnte Alessandro Gedanken lesen, sagte er, er könne ja Frauen verstehen, die nicht von Männern angeglotzt werden wollten, weil er es gerade aus der Uni kenne, wie Kollegen die Noten nach Oberweite vergaben. Aber es sei doch auch als Mann eine Frage, wie man damit umgehe, wenn man attraktive Menschen unterrichte. Und seine Lieblingsstudentin sei überdies eine burschikose kluge Person, die keiner anmachte und die ihn mit ihren Arbeiten jedes Mal aufs Neue faszinierte und die er zu seiner Assistentin gemacht habe.

Und schon waren sie in eine angeregte Diskussion über #MeToo vertieft. Ihre Meinungen entsprachen sich weitgehend, und Amrei konnte sich nicht erinnern, wann sie zuletzt mit einem Mann ein derart anspruchsvolles Gespräch geführt hatte.

»Erzähl mir doch bitte noch ein wenig von dem schillernden Schriftstellerpaar Shelley. Ich würde gern wieder den italienischen Literaturprofessor in meinen Artikel einflechten.«

»Na dann. Beginnen wir mit Mary. Sie wurde vorwiegend bekannt durch den Roman *Frankenstein*, der zunächst ihrem Ehemann Percy zugeschrieben wurde. Kein Kritiker vermochte sich vorzustellen, dass eine junge Frau fähig war, sich die Figur des Studenten Viktor Frankenstein auszudenken, der von Genf zum Studium nach Ingolstadt ging und dort einen künstlichen Menschen erschuf. Zu dem Missverständnis kam es auch deshalb, weil ihr Mann das Vorwort der Erstausgabe dieses anonym erschienenen Romans geschrieben hatte.«

»Gut, das kann man sogar verstehen. Die Idee eines künstlichen Menschen Anfang des neunzehnten Jahrhunderts ist verwegen.«

»Richtig, aber dieser Gedanke, das literarisch zu verarbeiten, lag quasi auf der Hand, angeregt durch die Froschschenkelexperimente Galvinis und die Volta'sche Säule, mithilfe derer bei toten Tieren Muskelbewegungen hervorgerufen werden konnten. Das hat die Fantasie der Literaten beflügelt. Marys Mann war Schüler bei einem schottischen Arzt gewesen, der solche Experimente durchgeführt hatte.«

»Also hat er für seine Frau recherchiert«, bemerkte Amrei interessiert.

»So kann man es wohl sagen, aber er war damals der Star. Und die Forschung über Mary hat sie lange auf den Frankenstein und die Verwalterin von Percys Nachlass reduziert. Erst der feministischen Forschung ist es zu verdanken, dass wir heute von ihr das Bild einer politisch denkenden und fortschrittlichen Frau haben …« Alessandro unterbrach sich. »Du musst sagen, wenn ich dich langweile.«

»Das wird nicht geschehen. Du könntest aus dem Telefonbuch vorlesen, und ich würde dir …« Amrei unterbrach sich hastig. Der dumme Spruch war ihr, ohne nachzudenken, spontan herausgerutscht, aber Alessandro ließ nicht locker. Er wollte wissen, was das zu bedeuten hatte. Widerwillig erklärte ihm Amrei, dass man das so in Deutschland sagte, wenn einen die Ausstrahlung und die Stimme eines Menschen derart fesselten, dass es gar nicht mehr auf den Inhalt ankam. Er lachte aus voller Kehle.

»Ich hoffe, dass meine Studierenden das nicht auch so sehen.«

Amrei spürte, wie ihr die Hitze in die Wangen gestiegen war vor lauter Peinlichkeit. »Ich wollte damit nicht sagen, dass ich den Inhalt nicht spannend finde. Du könntest mir tagelang von Mary Shelley erzählen.«

Unvermittelt nahm er erneut ihre Hand und drückte sie zärtlich. »Das glaube ich dir sogar.«

»Nur schade, dass ich nicht alles in meinem Artikel verwerten kann.«

»Mich hat insbesondere ihr Werk *Flucht aus England* fasziniert. Ich kann es dir ausleihen. Das sind Briefe, die sich das damals noch nicht verheiratete Paar schreibt. Da ist sie gerade mal siebzehn Jahre alt.«

»Ich erinnere mich dunkel. Das stand in deinem Bücherbord in Genua, wo ich wirklich alles verschlungen habe, was ich dort gefunden …«

Amrei unterbrach sich hastig und spürte, wie sie erneut errötete. Sie musste daran denken, wie sie heimlich die Briefe seiner großen Liebe Victoria verschlungen hatte.

»Habe ich was Blödes gesagt?«, fragte er in einer Mischung aus Spaß und Besorgnis.

Amrei blickte ihn offen an. »Nein, gar nicht, aber ich habe an etwas sehr Dummes gedacht, das ich damals während meines Italienjahres getan habe«, sagte sie mutig und fest entschlossen, ein

Geständnis abzulegen. Selbst auf die Gefahr hin, dass diese Indiskretion ihrer zarten Annäherung ein jähes Ende bereiten sollte.

»Hm, was könnte das sein?«, lachte er. »Ich meine, dass du dich in den falschen Bruder verliebt hast, hast du mir schon gestanden.«

Amrei blieb ernst. »Ich gebe dir einen Tipp. *Amore per l'infinito.*« Sie hatte gehofft, dass er sofort begreifen würde, worauf sie anspielte, aber er schien das Ganze immer noch für einen Scherz zu halten.

»Hat mein Bruder dir die ewige Liebe versprochen, und du hast ihm das geglaubt?«

Amrei hatte keine Lust, dieses Ratespiel fortzusetzen.

»Nein, ich habe ein Jahr in deinem Zimmer übernachtet und alle deine Bücher gelesen, wie ich dir eben gestanden habe, und da gab es eins, das bestand nur aus einem Buchrücken und war in Wirklichkeit eine Box mit Briefen.«

Amrei konnte dabei zusehen, wie Alessandro die Farbe aus dem Gesicht wich.

»Es tut mir leid, aber ich konnte nicht widerstehen. Ich würde gut verstehen, wenn dich das verärgert.«

»Ach, Amrei, ich bin doch froh, dass du es weißt, denn erst durch dich konnte ich den Schmerz endgültig überwinden.«

»Durch mich?«, fragte sie gerührt.

»Ja, durch unsere Begegnung. Ich hatte natürlich Beziehungen seitdem. Einige sogar, aber mir fehlte immer das gewisse Etwas daran. Mein Herz muss hundertprozentig mitspielen, und dieses Gefühl, das habe ich seit genau einer Woche. Mein letzter Gedanke beim Einschlafen gilt dir, und morgens beim Aufwachen sehe ich dein Gesicht vor mir, ganz zu schweigen von den Träumen, aber die will ich dir lieber nicht verraten, jedenfalls noch nicht.« Er lächelte gewinnend.

»Und du bist mir nicht böse?«, fragte sie ungläubig.

»Na ja, hätte ich davon damals erfahren, hätte ich dich wohl nicht leiden können. Aber ich würde sagen, es ist verjährt, und ganz ehrlich, ich bin froh, dass du es weißt. Irgendwann hätte ich es dir erzählen wollen. Und es ist nicht einfach, der Frau, in die man verliebt ist, von der ersten großen Liebe zu berichten, ohne dass sie das in den falschen Hals bekommt«, versicherte er beinahe entschuldigend.

Hatte er das wirklich gesagt: *Der Frau, in die man verliebt ist?*

»Ich habe euch beide damals glühend beneidet, aber ... es war so schrecklich traurig.«

»Oh ja. Es hat mir den Boden unter den Füßen weggerissen, und wäre ich nicht über meinen Schatten gesprungen und trotzdem nach Neuseeland gegangen, ich hätte es wohl nie verwunden, doch ihre Familie war für mich da wie eine eigene. Ich habe alle Frauen später mit ihr verglichen, und dann traf ich dich. Du hast mich an sie erinnert. Das glaubte ich jedenfalls, aber es war nur das Gefühl, das mir so vertraut war.«

»Es gibt noch eine Gemeinsamkeit. Auch ich lebe weit entfernt von dir«, stieß sie mit belegter Stimme hervor.

»Diese Ausrede lass ich nicht gelten«, erwiderte er lächelnd. »Wenn ich es mit der Entfernung bis nach Auckland aufnehme, ist Hamburg ein Klacks. Amrei, ich meine es ernst. Ich möchte dich näher kennenlernen. Nicht, dass du denkst, ich will dich morgen gleich heiraten, auch wenn ich mir das heute vorstellen könnte, nein, ich hoffe, wir haben alle Zeit der Welt, unsere Liebe zu leben.«

Amreis Herz klopfte bis zum Hals. So eine wunderschöne und zugleich einfache Liebeserklärung hatte ihr zuvor noch kein Mann gemacht. Gut, sie hätte es gar nicht zugelassen, dass es dazu gekommen wäre, weil es bislang keiner geschafft hatte, ihre Mauern zu durchbrechen, während Alessandro sie spielend überwunden hatte und schon mitten in ihrem Herzen stand.

»Ich weiß nicht, wir kennen uns doch gar nicht ...«, hörte sie da die alte Amrei sagen, während ihr Herz jubilierte.

»Bitte, nimm es mir nicht übel, dass ich gleich mit der Tür ins Haus gefallen bin, mir stand nicht der Sinn nach Eroberungsspielen. Aber ich wollte dich nicht überfordern. Du weißt jetzt, was ich fühle. Lass es auf dich wirken und sag mir, wenn du so weit bist. Und wenn du es anders siehst, werde ich trotzdem nicht bereuen, dass ich mich dir gegenüber geöffnet habe. Es fühlt sich richtig an. *Chi non risica, non rosica.*«

»Den Spruch mochte ich immer schon lieber auf Italienisch«, erwiderte sie verträumt. »Auf Deutsch heißt es: Wer nichts wagt, der nichts gewinnt!«

Alessandro wiederholte ihre Worte fehlerfrei.

»Gar nicht schlecht für den Anfang.«

»Was heißt hier Anfang?«, lachte er. »Guten Tag, wie geht es Ihnen? Mein Name ist Alessandro, und wie heißen Sie?«, fügte er auf Deutsch hinzu und holte aus der Innentasche seines Sommerjacketts ein zerlesenes Büchlein mit dem Titel *Tedesco als Fremdsprache* hervor. »Ich habe jeden Tag ein bisschen gelernt, seit meine Mutter mir erzählt hat, dass unser deutscher Überraschungsgast meine Tischdame sein wird. Kannst du dich denn gar nicht mehr daran erinnern, dass ich dich auf Deutsch angesprochen habe auf der Hochzeit? An dem Satz habe ich lange geübt. Da wusste ich noch nicht einmal, dass ich die Sprache eines Tages ernsthaft lernen muss.«

»Wer sagt das?«, entgegnete Amrei schmunzelnd.

»Also, so perfekt, wie du Italienisch sprichst, werde ich niemals Deutsch können, aber ich sollte wenigstens guten Willen zeigen.«

Ohne weiter zu überlegen, beugte sich Amrei zu ihm hinüber und küsste ihn. Alessandro wehrte sich nicht. Im Gegenteil, er erwiderte ihren spontanen Kuss voller Leidenschaft.

43

ALBARO,
JULI 2022, SONNTAG

Obwohl der Törn auf der *Stella Maris* von Antibes zurück nach Monaco in aller Frühe bei diesem Wetter und dem leichten Wind unter anderen Umständen wunderschön hätte werden können, konnte Leni ihn nicht genießen. Sie ging im Hafen voller Anspannung von Bord, zumal sie unter schrecklichem Kopfweh litt. Der Wein war sicherlich vom Feinsten gewesen, aber in diesen Mengen blieb er nicht ohne Folgen. Auch Chiara klagte über Katerbeschwerden. Nur Maurizio, wie sie Signor Bruzzone seit ihrem Gelage nannten, war wohlauf und bester Stimmung. Das, so vermutete Leni, lag aber vorwiegend an einer Dame auf dem Nachbarboot, die begehrliche Blicke zu dem Freizeitkapitän hinüberwarf.

Chiara und Leni verabschiedeten sich herzlich von ihm und versprachen ihm, ihn auf dem Laufenden zu halten, vor allem, wenn Davide wieder sicher bei seiner Mutter war.

Die Fahrt nach Savona, wo Leni in ihr eigenes Auto umsteigen wollte, verlief schweigend. Erst kurz vor dem Ziel fragte Chiara, ob sie das Auto nicht lieber stehen lassen wolle und sie Leni nach Hause begleiten solle. Das lehnte Leni mit dem Hinweis darauf ab, dass sich Francesco, wenn er das mitbekommen sollte, wohl sehr wundern würde, wenn sie ohne ihren eigenen Wagen, aber in Begleitung ihrer Tante kam, von der sie ihm doch vorflunkerte, dass sie im Tessin bei dem kranken Davide war. Das leuchtete Chiara ein, zumal auch sie unter Zeitdruck stand, weil sie am späten Nachmittag ihren Mann Vincente vom Mailänder Flughafen abholen wollte, wo er von seiner Geschäftsreise in die USA landete. Zum Glück hatte er in der vergangenen Woche in New York so viele berufliche Termine gehabt, dass sie nur ein paar Mal ganz kurz mit ihm telefoniert und er überhaupt keine Fragen gestellt hatte, die sie womöglich nicht wahrheitsgemäß hätte beantworten können.

»Er glaubt, ich war die letzten Tage in unserem Haus in Genua. Heißt, ich muss es ein bisschen herrichten. Aber wenn du mich brauchst, bitte melde dich. Ich lasse mir was einfallen, auch wenn Vincente dann zurück ist. Versprochen?«

»Versprochen«, seufzte Leni, und ihr war gar nicht wohl, ohne ihren Sohn nach Hause zurückzukehren. Sie konnte nur hoffen, dass Francesco ihr die Notlüge abnahm, dass Davide noch ansteckend war, sodass er im Tessin zurückgeblieben war, wo sie ihn Anfang der Woche abholen wollte, und sie extra gekommen war, um die beiden anderen Kinder noch einmal vor ihren Ferien mit den Großeltern zu sehen.

Mit einem unguten Gefühl stieg sie schließlich von Chiaras Wagen in ihren eigenen um, obwohl sie sich nicht wirklich fahrtüchtig fühlte. Einmal abgesehen davon, dass sie noch Katerbeschwerden quälten, hatte sie die Sorge, dass sie das Ganze psychisch nicht mehr lange durchhalten würde. Sie hatte Davide seit Montag nicht gesehen. Und selbst, wenn Inga ihn gut behandelte, würde er schreckliches Heimweh haben.

»Kind, Kopf hoch! Es wird alles gut«, gab ihr Chiara zum Abschied mit auf den Weg. Leni wollte das gern glauben, aber es gelang ihr in diesem Moment nicht. Sie spürte, wie zunehmend Panik in ihr aufstieg, während sie es schaffte, tapfer zu lächeln, um Chiara nicht zu beunruhigen. Ihre einstige Gastmutter hatte genug für sie getan. Jetzt musste sie allein klarkommen. In ihrer Panik fragte sie sich, ob Francesco ihr das alles je verzeihen würde. Sie sah sich schon als geschiedene Frau ohne ihre Kinder nach Deutschland zurückkehren. Diese Gedanken waren nicht dazu angetan, ihre Stimmung zu heben.

Nachdem sie einem Lastwagen die Vorfahrt genommen und nur knapp einem Zusammenstoß entgangen war, versuchte sie, sich auf den Verkehr zu konzentrieren, was ihr schließlich einigermaßen gelang. Sie schaffte es jedenfalls, den Wagen zu parken, ohne einen Schaden anzurichten.

Vor der Haustür straffte Leni noch einmal die Schultern und schloss auf. Drinnen war es seltsam still. Als ob kein Mensch zu Hause war, doch in dem Moment kam Sofia mit einem Koffer in der Hand fröhlich pfeifend die Treppe hinunter. Sie stieß einen spitzen Schrei aus, als sie Leni erblickte.

»Oh, verzeihen Sie, Signora, Sie habe ich nicht erwartet«, erklärte sie entschuldigend.

»Das tut mir leid. Und auch, wie ich Sie neulich angegiftet habe«, beeilte sich Leni zu sagen.

»Aber das ist doch schon vergessen. Wie geht es denn meinem kleinen Liebling? Hat er noch Fieber?«

Leni nickte schwach.

»Ich hoffe, es ist Ihnen recht, dass ich ein paar Tage zu meinem Freund nach Florenz fahre? Ihr Mann hat es erlaubt, weil die Kinder ja ab morgen mit den Großeltern auf deren Jacht sind.«

»Kein Problem, aber wo sind sie jetzt? Ich meine, mein Mann, Paolo und Sara? Sind sie etwa schon unterwegs?«

»Ach, Ihre Eltern wollen die Kinder, so habe ich das verstanden, gern heute schon an Bord nehmen. Jetzt, wo der Kleine nicht mitkommen kann. Ihr Mann bringt sie gerade zum Schiff, und sie machen wohl noch gemeinsam einen kleinen Tagesausflug.«

»Dann gehen Sie nur. Viel Spaß Ihnen. Das ist eine sehr gute Idee«, flötete Leni und rang sich zu einem Lächeln durch, das auf ihren Lippen gefror, kaum dass die Tür hinter Sofia ins Schloss gefallen war.

Die Nachricht, dass ihre Familie bereits auf dem Boot ihrer Schwiegereltern war und sie vorerst allein im Haus war, beruhigte Lenis Nerven zwar ein wenig, aber sie fühlte sich zunehmend körperlich unwohl. So gern sie ihre Kinder gesehen hätte, deren Abwesenheit verschaffte ihr ein paar Stunden Ruhe, in denen sie sich auf eine Begegnung mit ihrem Mann vorbereiten konnte. Vor allem brauchte sie dringend Schlaf. Ihr Kopf dröhnte, und die Glieder taten ihr schrecklich weh. Das konnte nicht mehr vom Rotwein herrühren, dachte sie entsetzt. Nicht auszudenken, sie würde jetzt krank … Sie musste noch dreißigtausend Euro von ihrem Konto abheben und das Geld Inga übergeben, damit sie endlich ihr Kind wieder in die Arme schließen durfte. Danach würde sie alles preisgeben, was sie wusste, selbst auf die Gefahr hin, dass die Familien Podestà und Garibaldi sie danach mit einem Bann belegen würden.

Leni spürte, dass sie keinen klaren Gedanken mehr fassen konnte. Alles schien so aussichtslos! Sie war sich sicher, dass ihr keiner das Schweigen je verzeihen würde. Keiner außer Chiara vielleicht, aber die war immer schon unkonventioneller im Denken und im Handeln gewesen als alle anderen. Deshalb hatte sie nur noch die eine Chance, der Familie zu beweisen, dass sie nicht länger ein Werkzeug ihrer kranken Schwester war: Sie musste ihren Sohn wohlbehalten zurückbekommen und dann reinen Tisch machen. Endlich ihr Gewissen erleichtern und gestehen, was sie wirklich gesehen hatte in jener Nacht. Und bloß nicht krank werden! Nicht jetzt, ermahnte sie sich, als ihr selbst das Treppensteigen in den ersten Stock Probleme bereitete.

Vielleicht habe ich zu wenig Wasser getrunken, dachte sie und trank fast eine Flasche Mineralwasser, die auf ihrem Nachttisch stand, doch auch danach wurde ihr nicht besser. Sie hoffte, dass sich das ändern würde, wenn sie sich ein wenig hinlegte. In ihrem Sommerkleid schlüpfte sie unter die Bettdecke und fing entsetzlich zu frieren an. Mit letzter Kraft holte sie einen Coronatest aus ihrer Nachttischschublade und machte ihn unter Mühen. Zu ihrer großen Erleichterung erschien auch nach der verlangten Wartezeit kein zweiter Streifen. Sie holte sich noch eine Wolldecke und kuschelte sich tief in die Laken.

»Leni, hallo, ich bin es. Francesco«, hörte sie eine Stimme dicht an ihrem Ohr flüstern. Ein Traum, dachte sie und stöhnte laut auf, weil sie das Gefühl hatte, dass jemand ihren Kopf zusammendrückte.

Es gelang ihr, die Augen zu öffnen, obwohl die Lider schwer wie Blei waren. Nachdem es ihr gelungen war, sah sie verschwommen Francescos besorgtes Gesicht auftauchen. Er streichelte ihr sanft über die Wange.

»Du hast Fieber, mein Schatz.«

»Ich darf nicht krank werden.« Leni erschrak. Ihre Stimme klang mehr wie ein Krächzen.

»Tante Chiara hat angerufen und wollte dich sprechen. Als ich ihr sagte, dass du mit Fieber im Bett liegst, war sie äußerst besorgt. Sie war nicht davon abzubringen, sofort vorbeizukommen, obwohl sie gerade auf dem Weg zum Flughafen war, um Onkel Vincente abzuholen, aber dann hat sie erfahren, dass er den Flieger verpasst hat und erst einen Tag später kommt und gleich einen Termin in Mailand hat. Sie ist sofort umgekehrt. Sie will sich also auch morgen um dich kümmern, denn ich habe einen wichtigen geschäftlichen Termin, den ich unmöglich verschieben kann. Du brauchst jemanden, der bei dir ist, auch wenn es nicht Corona ist.« Er deutete auf das Testergebnis auf ihrem Nachttisch.

»Davide ...« Mehr brachte Leni nicht heraus.

»Um Davide kümmert sich eine Nachbarin von Chiara, hat sie mir versichert. Keine Sorge, er kennt sie. Und Chiara ist zuversichtlich, dass ihre Freundin ihn Dienstagmorgen gesund und munter aus dem Tessin nach Hause bringt.«

Was für ein Wust von Lügen, dachte Leni erschöpft. Sie fühlte sich völlig hilflos und spürte, dass sie nicht länger die Kraft hatte, alle diese Märchen aufrechtzuerhalten. Sie würde ihrem Mann alles verraten ohne Rücksicht auf Verluste, aber erst einmal wollte sie mit Chiara unter vier Augen sprechen und sie bitten, ihr beizustehen, wenn sie Francesco ihre Beichte ablegte.

»Wie spät ist es?«, fragte sie.

»Sechzehn Uhr.«

»Sechzehn Uhr? Dann habe ich ja den halben Tag verschlafen, und wo ist mein Handy?«, stieß sie panisch hervor, während sie vergeblich versuchte, sich aufzusetzen. Die Schmerzen in ihrem Kopf hinderten sie daran. Und auch Francesco bat sie, ruhig liegen zu bleiben, was sie befolgte, weil ihr nichts anderes übrig blieb.

»Mein Telefon!«, wiederholte sie, denn was, wenn Inga inzwischen angerufen hatte und sie nicht zu erreichen gewesen war? Dieser Gedanke ließ sie regelrecht erschaudern.

»Liebling, was willst du?«

Leni unterbrach ihn verzweifelt. »Mein Telefon. Bitte! In der Handtasche da auf dem Stuhl.«

Sichtlich widerwillig reichte er ihr das Handy. Leni erstarrte, als sie auf ihrem Display eine Nachricht von Inga entdeckte. Sie schaffte es, die Nachricht zu lesen, was nicht einfach war, denn die kleinen Buchstaben begannen vor ihren Augen zu tanzen. Trotzdem gab sie nicht auf.

> Ich werde mich nicht länger mit deinem Blag belasten. Er ist viel zu anstrengend, schreit ständig nach Mama. Ich will endlich ein eigenes. Und das werde ich von meinem Mann bekommen. Morgen Nachmittag 15 Uhr kannst du deinen Sohn wiederhaben. Im Tausch gegen dreißigtausend Euro. Übergabe auf dem Parkplatz Via da Apparizione a Cisiano. Du kommst in Begleitung deiner deutschen Freundin, der wir diese ganze Scheiße zu verdanken haben. Sie wird aus dem Wagen aussteigen mit einer Reisetasche voller Scheine. Du bleibst im Wagen, verstanden?

Mit letzter Kraft legte Leni ihr Handy aus der Hand. Sie konnte nichts dagegen tun, dass ihr stumme Tränen die Wangen hinunterrollten. Tränen der Erleichterung, dass das böse Spiel nun ein Ende hatte, aber sofort meldete sich auch die Angst. Was, wenn sie nicht in der Lage war, die Übergabe morgen zu bewerkstelligen? Und wie sollte sie Amrei dazu bewegen, mitzumachen? Sie wusste ja nicht einmal, ob sie überhaupt noch im Lande war.

Francesco musterte sie äußerst besorgt. »Leni, was in Teufels Namen ist los? Wer schreibt dir da? Außerdem sollst du dich ausruhen und keine Nachrichten empfangen.« Er griff nach dem Telefon, doch Leni war schneller und riss es an sich. »Ich muss erreichbar sein!«, fauchte sie, obwohl sie ahnte, dass sie damit alles nur noch schlimmer machte. Vor allem brauchte sie jetzt jemanden, der statt ihrer zu dem Parkplatz fuhr, denn dass sie das nicht schaffen würde, war ihr klar. Und sie brauchte jemanden, der ihr sagte, wie sie Amrei erreichen konnte. Sie selbst konnte sich kaum rühren, weil ihr alle Glieder schmerzten. Ihre letzte Sommergrippe hatte sie eine Woche ans Bett gefesselt, weil es ihr derart mies gegangen war.

Francesco sah sie fragend an. Er erwartete sicher eine Erklärung, aber Ingas Nachricht hatte Lenis Plan, ihn in alles einzuweihen, umgestoßen. Jetzt zählte nur noch eins: dass die Übergabe Davides morgen Nachmittag glatt über die Bühne ging, und zwar genau so, wie ihre Schwester das verlangte!

»Leni, bitte sag mir, was los ist! Hier stimmt doch etwas nicht! Bitte!«

Leni wandte den Blick ab. Sie konnte seinen flehenden Blick nicht länger ertragen, und sie hasste es, den Mann anzulügen, den sie aus vollem Herzen liebte und der ihr noch nie in all den Jahren etwas Böses angetan hatte.

Aber sie durfte ihn nicht aus lauter Verzweiflung einweihen! Er würde sofort die Polizei einschalten, und das wäre zu gefährlich. Gerade jetzt, so kurz vor dem Ziel. Sie musste warten, bis Chiara kam. Vielleicht konnte sie zur Übergabe beim Parkplatz sein und das Geld für sie morgen bei der Bank abholen. Hoffentlich händigte man ihr das ganze Vermögen auf einmal aus. Das hatte sie von ihren Eltern geerbt und eisern gespart. Ihr Verdienst für die Büroarbeiten, die sie regelmäßig für die Familienfirma leistete, wollte sie sich nie auszahlen lassen, weil sie sich ohnehin jederzeit vom gemeinsamen Konto bedienen konnte. Nur das Geld ihrer Eltern, das lag auf einem Extrakonto …

Das Klingeln an der Haustür riss sie aus ihren Gedanken.

»Leni, wenn du Probleme hast, ich bin immer für dich da. Bitte verschließe dich nicht«, flehte Francesco sie an, bevor er zur Tür ging.

»Das weiß ich doch, aber es wäre mir eine große Hilfe, wenn du mich mit Chiara unter vier Augen reden ließest. Und ich verspreche dir, spätestens morgen Abend ist alles wieder gut.«

»Wie du meinst«, entgegnete er sichtlich enttäuscht und verließ das Schlafzimmer.

44

ALBARO,
JULI 2022, SONNTAG

Leni fühlte sich hundeelend. Nicht nur körperlich, nicht nur wegen ihrer Sorge um Davide, sondern auch, weil Francesco der Letzte war, der es verdient hatte, so von ihr behandelt zu werden. Und selbst auf die Gefahr hin, dass er sie wegen dieses Vertrauensbruchs, ihm zu verschweigen, in welcher Gefahr sein Sohn seit nunmehr fast einer Woche schwebte, verlassen würde, sie würde ihm, sobald sie ihr Kind wohlbehalten zurückhatte, schonungslos alles beichten.

Ein Lichtblick war Chiara, die nun ins Schlafzimmer trat, obwohl sie ihre Besorgnis nicht verbergen konnte.

»Meine Kleine, was machst du für Sachen? Wo hast du dir das geholt?« Sie war allein ins Zimmer gekommen.

»Wo ist Francesco?«

»Er ist in den Garten gegangen und sah ziemlich mitgenommen aus.«

»Er ahnt, dass etwas nicht stimmt, und versteht nicht, warum ich es ihm verschweige.«

»Genau! Er hat recht. Jetzt ist der Zeitpunkt gekommen, wo wir ihn einweihen müssen!«, verkündete Chiara energisch.

»Nein! Auf keinen Fall!« Leni angelte ihr Handy vom Nachttisch und reichte es Chiara.

»Lies, was Inga geschrieben hat!«

Chiara nahm zögernd das Handy und vertiefte sich in die Botschaft. Was sie davon hielt, konnte Leni an Chiaras verkniffener Miene ablesen.

»Und was ändert das, einmal abgesehen davon, dass du diese Übergabe nicht durchführen kannst in deinem Zustand?«, fragte sie skeptisch.

»Bitte, Chiara. Ich habe Angst, dass die Polizei alles verdirbt. Davide ist zum Greifen nahe. Verstehst du das nicht?«, erwiderte Leni in flehendem Ton.

»Doch, aber da gibt es noch ein paar Hürden, oder?«, gab Chiara zweifelnd zurück.

»Das Geld könntest du abheben. Ich gebe dir eine Vollmacht. Und wenn du morgen statt meiner zum Treffpunkt fahren würdest?«

»Das ist nicht das Problem, nur musst du ihr das vorher mitteilen. Sonst scheitert es womöglich daran, aber weißt du, ob Amrei noch in Italien ist?«

»Keine Ahnung, ich habe zwar auf Ingas Anweisung mit ihr telefoniert, aber ich weiß nicht, wo sie da steckte. Ich weiß, wer uns das sagen könnte. Maria, die offenbar fest entschlossen war, Amreis Unschuld zu beweisen …«

»Ich weiß nicht, ob wir das weiterhin auf eigene Faust versuchen sollten. Was, wenn das wieder eine Finte ist?«, gab Chiara zu bedenken.

»Bitte, dieses eine Mal noch! Du darfst nicht vergessen, dass sie das Geld will!«

»Da ist etwas dran, aber ich befürchte, sie ist jetzt wirklich komplett irre, wenn sie schreibt, von ihrem Mann ein Kind zu bekommen.«

»Einen letzten Versuch. Bitte!«

Chiara stieß einen tiefen Seufzer aus.

»Gut, ich lege dir das Geld aus. Du musst keine Vollmachten ausstellen. Und ich werde Maria anrufen, um mich nach Amreis momentanem Aufenthaltsort zu erkundigen. Ich könnte mir jedenfalls durchaus vorstellen, dass sie nach Ingas Auftritt in den nächsten Flieger nach Hause gesprungen ist!«

»Danke«, hauchte Leni. Sie war ihrer ehemaligen Gastmutter unendlich dankbar, dass sie entgegen ihren Zweifeln dennoch mitmachte.

»Ich telefoniere draußen. Und du, versuche bitte, mit der Bekloppten zu klären, ob sie mich statt deiner akzeptiert!«

Bevor Leni antworten konnte, bekam sie einen fürchterlichen Hustenanfall.

Chiara wartete das letzte Keuchen ab und nahm ihre Hand. »Dann wollen wir hoffen, dass ich Davide morgen gesund in meine Arme schließen kann«, stöhnte sie.

»Aber du kommst doch gleich mit ihm hierher. Ich muss ihn sehen!« Leni kämpfte mit den Tränen.

»Natürlich! Ich werde die nächsten Tage, bis du wieder gesund bist, das Kindermädchen geben und dich bekochen. Vincente hat eh schon angedroht, dass er die nächsten Tage damit beschäftigt ist, die Geschäftsabschlüsse mit New York in trockene Tücher zu bringen. Und wohl erst mal in Mailand bleibt. Was für ein Glück, dass er seinen Flieger verpasst hat.«

»Du bist ein Schatz«, krächzte Leni, deren Stimme sich gerade zu verabschieden drohte.

»Ach, Kind, du bist mir eben ans Herz gewachsen. Wie eine eigene Tochter.«

»Obwohl ich die ganzen Jahre geschwiegen habe über das, was damals geschehen ist?«, hakte Leni bang nach.

»Leni, sie ist deine Schwester und eine Meisterin der Manipulation. Hör auf, dir solche Vorwürfe zu machen.«

»Und wenn Francesco mich verlässt, wenn er die Wahrheit erfährt?«

»Ich lege ungern meine Hand ins Feuer, aber für deinen Mann würde ich das glatt tun, selbst auf die Gefahr, mich zu verbrennen. Er liebt dich und eure Familie über alles. Er wird verstehen, dass du bei allem allein das Wohl Davides im Sinn hattest. Und was die alte Geschichte angeht, er weiß, was für ein manipulatives Miststück deine Schwester ist.«

»Du bist so wunderbar!«, stieß Leni heiser hervor.

»Kann ich dich einen Augenblick allein lassen? Ich kläre das rasch mit Maria.«

»Aber bitte weih sie nicht ein!«, bat Leni Chiara. »Sie würde sofort die Polizei einschalten.«

»Nein, ich frage nur nach dem momentanen Aufenthaltsort von Amrei und nach ihrer Nummer. Dann werde ich Amrei das alles später ganz in Ruhe erklären und sie anflehen, mich zum Treffpunkt zu begleiten, aber ohne Maria zu involvieren. Ich kann nur beten, dass sie noch nicht wieder in Deutschland ist«, versprach Chiara, bevor sie das Zimmer verließ.

Leni nutzte die Zeit, um ihrer Schwester eine Nachricht zu schicken.

Habe Corona und will dich nicht anstecken. Tante Chiara würde zum Treffpunkt kommen. Sie ist eingeweiht, wird aber nichts tun, um die Übergabe zu gefährden. Kann sie dir das Geld übergeben? Schreibe mir, ob das in Ordnung ist für dich.

Als Chiara ins Schlafzimmer zurückkehrte, ging es Leni zumindest seelisch ein wenig besser. Sie hoffte inständig, dass Inga Chiara als Überbringerin des Geldes akzeptieren würde.

»Wir haben Glück. Amrei ist zurzeit in Porto Venere, und Maria trifft sie heute Abend in der *Casa Speranza*. Hat mir Massimo erzählt, denn ihr Handy war aus. Sie ist wohl erst einmal zu ihren Eltern gefahren, weil mein Schwager sich auf eigene Verantwortung aus der Klinik entlassen hat. Massimo wollte Maria eigentlich nach Porto Venere begleiten, aber ihm ist beruflich etwas dazwischengekommen«, verkündete sie. »Und hast du schon mit deiner Schwester gesprochen?«

»Nein, das kann ich nicht, aber ich habe ihr eine Nachricht geschickt. Und ich hoffe, sie …«

In dem Augenblick ging eine Nachricht auf Lenis Handy ein.

»Wir werden es gleich wissen. Bitte sieh du nach!«, stieß Leni angestrengt hervor. Sie brauchte jetzt dringend Schlaf und Ruhe. Das spürte sie in jeder Faser ihres Körpers. Lange würde sie diese Anspannung nicht mehr durchhalten.

Chiara griff sich das Handy und las Leni die Nachricht laut vor.

Nein. Keine Tante Chiara! Planänderung! Amrei soll allein kommen. Und meinen weiteren Anweisungen folgen! Gib ihr dein Handy mit!

»Puh, dann werde ich Amrei wohl anflehen müssen, diese Rolle zu übernehmen.« Chiaras Stimme klang sichtlich erschöpft. »Wobei sich mir der Sinn nicht ganz erschließt. Warum kann ich ihr das Geld nicht übergeben?«

»Keine Ahnung. Das macht mir ein ungutes Gefühl, verdammt! Aber danach sagen wir ihr und allen anderen die volle Wahrheit«, versicherte Leni. »Sobald ich mein Kind wiederhabe, erfährt sie alles, nur bitte nicht vorher!«

»Und wie soll ich ihr am Telefon erklären, dass deine Schwester dein Kind entführt hat?«, gab Chiara zu bedenken.

Leni überlegte krampfhaft, was man Amrei überhaupt sagen sollte, ohne zu viel zu verraten, doch ihr wollte partout nichts einfallen.

»Sag ihr einfach, sie solle uns vertrauen! Mehr fällt mir auch nicht ein, weil das alles so absurd ist.«

Chiara runzelte die Stirn, ein klares Zeichen dafür, dass sie das für keine gute Idee hielt. Leni aber wurde mit einem Mal ganz schrecklich müde, dass ihr plötzlich alles egal wurde. Sie schob das auf die Grippetablette, die ihr Francesco gegeben hatte.

Als sie wieder aufwachte, sah sie wie durch eine Nebelwand Chiara an ihrem Bett sitzen. Und plötzlich standen die Bilder, die sie jahrelang verdrängt hatte, wie ein Fanal vor ihrem inneren Auge.

»Leni, was ist mit dir? Du siehst aus, als hättest du den Tod gesehen!«, rief Chiara erschrocken aus.

»Habe ich auch, ja, denn ich habe ihm ins Auge gesehen in jener Nacht. Ich wollte nach Amrei gucken, weil jemand erzählt hat, sie sei mit Unterzeug in den Pool gesprungen. Und da habe ich sie gesucht. Sie schlief auf einer Liege, völlig besoffen, und ich konnte sie nicht wecken, aber dann hörte ich Salvis Stimme unten am Pool schimpfen. ›Lass mich los. Ich will zu meinem Bruder! Amrei ist tot. Sie liegt da oben und rührt sich nicht mehr!‹ Und kurz darauf die Stimme meiner Schwester: ›Dein Bruder hat dich eben weggeschickt, verdammt, du kleine Kröte! Er will mit mir allein sein. Du störst uns. Komme mir ja nicht wieder in die Quere! Verpiss dich und lass dich nicht noch mal hier sehen heute Nacht.‹

Ich bin zum Pool gerannt, und da sah ich, wie sie ihn an den Schultern packte und schüttelte. Er hat sich gewehrt und ihr gegen das Schienbein getreten. Ich habe gerufen: ›Komm her, Salvi!‹ Aber meine Schwester hat ihm eine Ohrfeige verpasst, und er ist auf den Rand vom Pool geknallt und dann ins Wasser gefallen. Ich habe laut geschrien, aber Inga hat sich nicht gerührt, nur ins Wasser gestiert. Ich bin reingesprungen und wollte ihn rausholen, aber er war zu schwer und hat nicht mehr geatmet. Ich habe noch einmal geschrien, und dann konnte ich nichts mehr tun. Ich war wie gelähmt, ich bin aus dem Wasser gestiegen …«

Leni brach in verzweifeltes Schluchzen aus und umklammerte Chiara wie eine Ertrinkende.

»Das konnte ich keinem erzählen, weil sie ihn getötet hat! Dann kam Alfredo völlig zugedröhnt angetorkelt, und sie hat ihn angeschrien, dass er schuld sei, weil er seinen Bruder weggeschickt habe. Ja, und da hatte Inga die Idee, es Amrei in die Schuhe zu schieben … ich habe Salvi dann mit Alfredos Hilfe aus dem Wasser gezogen und auf den Fliesen abgelegt. Das wird mir keiner je verzeihen. Am allerwenigsten Amrei und Francesco. Deshalb muss sie unseren Sohn morgen unversehrt zurückbringen. Sonst habe ich ihn auch noch auf dem Gewissen«, stieß sie in einer Mischung aus Krächzen und Schluchzen hervor.

»Alles wird gut«, ertönte in diesem Augenblick eine ihr sehr vertraute Stimme. Panisch blickte sie zur Tür. Dort stand Francesco, weiß wie eine Wand, doch schon kam er auf sie zu.

»Liebling, ihr sagt mir jetzt in Ruhe, was passiert ist, und das, was ich eben mit angehört habe, werde ich dir im Leben nicht vorwerfen …«

Leni aber brachte keinen Ton mehr hervor, sondern drückte verzweifelt Francescos Hand, so fest sie konnte.

Chiara schilderte ihrem Neffen in ihrer ruhigen Art, was seit letztem Montag passiert war, und auch alles, was sie ansonsten wusste. Er hörte aufmerksam zu, und nur das Knirschen seiner Zähne zeigte, wie ihn die ganze Sache in Rage versetzte.

»Gut«, sagte er, nachdem Chiara ihre Schilderung beendet hatte. »Ich bin einverstanden, dass wir die Sache morgen ohne Polizei durchziehen. Aber ich sage alle meine Termine ab und fahre Amrei hinterher, wenn sie überhaupt mitmacht. Ich an ihrer Stelle würde mich weigern!«

»Aber wenn Inga das bemerkt ...«, widersprach Leni mit letzter Kraft.

»Sie wird es nicht merken. Das schwöre ich. Und noch etwas: Wenn ich meinen Sohn gesund in den Armen halte, werde ich dafür sorgen, dass diese Verbrecherin da landet, wo sie hingehört: hinter Gittern! Und das Geld hole ich morgen ab.«

Er wandte sich seiner Tante zu. »Eigentlich sollte ich nie wieder ein Wort mit dir sprechen, weil du dich zur Komplizin dieses Irrsinns hast machen lassen, aber anderseits ...« Er unterbrach sich und bedankte sich bei Chiara dafür, dass sie Leni zur Seite gestanden hatte.

45

ALBARO, JULI 2022, SONNTAG

Die Stimmung in der Villa ihrer Eltern war angespannt, als Maria dort ankam. Es war ungewöhnlich, dass ihre Mutter vehement darauf bestanden hatte, sie solle auf dem Weg nach Porto Venere im Haus vorbeikommen. Es klang dringlich.

Zu ihrer großen Verwunderung war sie zunächst allein mit ihren Eltern. »Habt ihr meine Brüder denn nicht eingeladen?«, fragte sie zur Begrüßung.

»Natürlich, aber Alessandro sagt, er sei mit Kochen beschäftigt. Offenbar kommt Amrei zu Besuch. Und Alfredo wollte kommen. Gut siehst du aus, meine Süße. Die Ehe steht dir gut.«

Maria hätte das Kompliment gern zurückgegeben, aber das erholte Aussehen ihrer Mutter lag wohl weniger an Marias Vater als an Signor Russo.

Ihr Vater saß im Wohnzimmer auf dem Sofa, und ihm war an seiner Blässe anzumerken, dass er noch sehr schwach war. Ein Strahlen ging über sein Gesicht, als er seine Tochter erblickte.

»Mein großes Mädchen. Tut mir leid, dass wir dich hierherzitiert haben, aber es gibt einiges zu besprechen.«

Maria gab ihm ein Küsschen auf jede Wange. »War das klug von dir, dich auf eigene Verantwortung zu entlassen?«, fragte sie besorgt.

»Ich bin doch hier bestens aufgehoben. Deine Mutter und …« Er unterbrach sich hastig. »Ich werde jedenfalls bestens versorgt. Und du? Wo ist dein Mann?«

»Eigentlich wollte er mitkommen, aber dann ist bei ihm jobmäßig etwas dazwischengekommen.«

»Es gibt noch etwas anderes als Arbeit«, bemerkte ihr Vater.

»Und das aus deinem Mund?«, lachte sie.

»Sag mal, stimmt das, dass Alessandro Besuch von Amrei hat? Ich meine, nach allem, was sie sich geleistet hat?«

Ihr Vater war offenbar der Letzte, der noch nicht ahnte, dass Amrei auf ganzer Linie entlastet war. Das brachte Maria in einen großen Zwiespalt. Sie wollte nur ungern die Überbringerin der schlechten Nachricht sein, aber auf der anderen Seite ebenso ungern dieses Haus wieder verlassen, ohne ihm die Wahrheit gesagt zu haben.

In diesem Moment brachte ihre Mutter Kaffee und ein paar Kekse. Maria hatte abgelehnt, bei den Eltern zu essen, weil Alessandro unbedingt kochen wollte. Soweit sie sich erinnern konnte, hatte er das noch nie zuvor gemacht. Massimo hatte ihr den eigentlichen Grund verraten. Sie hatten gemeinsam an dem Kochkurs teilgenommen. Amüsiert hatte Maria ihrem Mann erklärt, sie habe ja auch das erste Mal bei ihm als Versuchskaninchen überlebt.

»Ich denke, wir warten mit dem, was wir auf dem Herzen haben, bis dein Bruder da ist. Dann müssen wir das nicht alles zweimal sagen. Ich meine, ich habe in der Klinik schon ein wenig von meinen Plänen preisgegeben«, verkündete ihr Vater.

»Das stimmt. Deswegen war ich erstaunt, dass ihr wieder zur Familienkonferenz eingeladen habt.«

Maria fühlte einen leichten Stich in der Brust, als es an der Haustür klingelte. Sie hatte Sorge, dass bereits bei ihrer Begrüßung mit Alfredo nicht zu verbergen war, dass die Geschwister ein gewaltiges Problem miteinander hatten.

Ihre Mutter sprang auf und eilte zur Tür, während Maria versuchte, mit ihrem Vater eine belanglose Konversation über das Wetter aufrechtzuerhalten, bis ihr Bruder das Wohnzimmer betrat.

Alfredo sah erschreckend aus. Er hatte einen ungepflegten Dreitagebart und fettiges Haar. Für ihren sonst so penibel auf sein Äußeres achtenden Bruder war das völlig ungewohnt.

»So schlampig erscheinst du aber nicht in der Firma, oder?«, fuhr ihn der Vater unwirsch an.

»Heute ist Sonntag, wenn mich nicht alles täuscht«, gab Alfredo nicht minder unfreundlich zurück.

In der Art, wie ihre Mutter Alfredo musterte, konnte Maria erkennen, dass sie gerade daran dachte, dass ihr Sohn seinen kleinen Bruder auf dem Gewissen hatte. Ihr Blick drückte eine gewisse Verachtung aus.

»Schön, dass wenigstens ihr beide unserer Einladung gefolgt seid, während es eurem Bruder wichtiger ist, diese Person zu bekochen, die …« Marias Mutter warf ihrem Mann einen mahnenden Blick zu, und Marias Vater unterbrach sich mitten im Satz.

»Gut, also ich habe euch bereits im Krankenhaus angedeutet, dass Mutter und ich in Zukunft eigene Wege gehen.«

Alfredo verdrehte die Augen. »Nein, das hast du nicht so gesagt. Du hast davon gesprochen, dass du dich ins Privatleben zurückziehst, mir die Firma übergibst und euch das Haus zu groß ist. Von eigenen Wegen hast du nicht gesprochen. Vor allem, was soll das heißen?«

»Dass ich in Mailand leben werde und Mama in Nervi.«

»Wie bitte? Ihr werdet nicht länger unter einem Dach wohnen?«, fragte Alfredo fassungslos.

Maria schwieg, denn sie ahnte, was kommen würde.

»Richtig, mein Sohn! Ich werde bei meinem Freund leben«, sagte ihre Mutter ganz ruhig.

»*Deinem Freund?* Seit wann hast du einen Freund? Papa, nun sag was. Hast du auch eine neue Freundin?«

»Nein, dein Vater hat keine Freundin«, antwortete Marias Mutter hastig für ihren Mann.

»Genau, ich habe einen festen Partner, und das seit acht Jahren!«

Dieses Geständnis brachte nun auch Maria aus der Fassung. »Du hast einen Freund? Seit wann stehst du auf Männer?«

»Eigentlich immer schon.«

»Papa, ihr … ihr beide seid über … ja, über dreißig Jahre verheiratet und habt immerhin vier Kinder gezeugt«, stammelte Maria, während Alfredo nur verächtlich ausspuckte: »Das ist ja widerlich!«

»Widerlich ist etwas ganz anderes, mein Junge. Und da solltest du dich an die eigene Nase fassen«, mischte sich Marias Mutter in scharfem Ton ein.

Alfredo wurde leichenblass. Offenbar begriff er, dass seine Mutter inzwischen Bescheid wusste. Er stand abrupt auf und wollte gehen.

»Ich glaube, du solltest sitzen bleiben und dir zu Ende anhören, was unsere Eltern uns zu sagen haben, sonst …«, ermahnte Maria ihn verärgert.

»Was sonst?«, giftete er zurück.

»Maria hat recht. Wir würden gern die Gelegenheit beim Schopf packen, euch zu Ende auszuführen, wie unsere Zukunft aussieht. Also, Mutti zieht zu Marcello und ich zu Enrico.«

»Sag nicht, der Mann ist dein Mailänder Bekannter Enrico, der dich manchmal zum Mittagessen abholt und mit dem ich auch schon an einem Tisch gesessen habe?«

»Er ist genau der!«, entgegnete sein Vater.

»Und wer ist dein Marcello? Kennen wir den?«

»Ich denke, ja. Marcello Russo, der Vater von Amrei!«

»Ich glaube, ich muss mich mal kneifen. Sonst kann ich das alles nur für einen schlechten Traum halten!«, rief Alfredo empört aus.

»Jedenfalls haben wir uns überlegt, dass du die ganze Firma bekommst und wir dir das Haus schenken, Maria …«

»… und Alessandro. Vergiss nicht immer deinen Ältesten!«, warf Marias Mutter vorwurfsvoll ein.

»Tut mir leid. Ich habe nun mal nichts übrig für Professoren wie ihn, die sich für etwas Besseres halten und an dem, was wir aufgebaut haben, nicht das geringste Interesse zeigen! Aber keine Sorge, er bekommt die Casa Speranza!«

»Alessandro hat sich nie für etwas Besseres gehalten«, ereiferte sich Maria.

»Ich bitte dich. Was für ein Affront! Sagt unsere Einladung ab, weil er für diese Person kocht, die meinen Salvi auf dem Gewissen hat! Ich hätte es wahrlich lieber gesehen, wenn eure Mutter diesem Russo den Laufpass gegeben hätte. Das wird in Zukunft schwierig sein, das auszublenden! Unter dem gemeinsamen Tannenbaum sitzen mit dem Wissen, was seine Tochter verbrochen hat.«

»Ach, unter dem Tannenbaum gemeinsam sitzen, das wollt ihr? Sollten wir dann zu euren neuen Partnern Papa und Mama sagen? Na ja, wohl eher zweimal Papa«, spie Alfredo verächtlich aus.

In diesem Augenblick platzte Maria förmlich der Kragen. Ohne weiter nachzudenken, funkelte sie Alfredo wütend an und forderte ihn streng auf, dem Vater die Wahrheit zu sagen.

Die Mutter schien hin- und hergerissen. Offenbar entsprach das auch ihren geheimsten Wünschen, aber sie hatte Angst um ihren Mann.

»Ich denke, wir sollten unser Treffen an dieser Stelle abbrechen. Eurem Vater geht es noch nicht wieder so gut, dass er solche Aufregung vertragen kann.«

»Was soll er mir sagen?«, hakte Marias Vater drohend nach. »Bleibst du vielleicht doch bei dieser unmöglichen Person? Das wäre allerdings ein Grund, mich aufzuregen!«

»Könnte ich machen. Sie hat mir heute auf Band gesprochen und mir angeboten, ein neues Leben mit ihr anzufangen. Ich soll die Firma und das Haus verscherbeln, sobald es mir gehört, und mit ihr abhauen. Sie will sogar ein Kind von mir.«

»Deine Scherze waren auch schon mal besser!«, stieß der Vater verärgert aus.

»Schluss jetzt!«, sagte die Mutter entschieden. »Wir reden weiter, wenn es Vater wieder besser geht.« Sie warf Maria einen warnenden Blick zu, die diesem Versteckspiel gern ein für alle Mal ein Ende bereitet hätte. Trotzdem schwieg sie widerwillig.

»Ich bin kein Kleinkind! Hier wird etwas vor mir geheim gehalten. Ich habe zwar Herzprobleme, aber ich bin nicht blöd. Und auch nicht blind. Wenn mein Sohn sich so heruntergekommen zu seinen Eltern wagt, stimmt da etwas nicht.« Der Vater fixierte Alfredo durchdringend. »Junge, was hast du angestellt? Und sage mir jetzt nicht, dass alles in Ordnung sei. Und dass es nichts mit dieser unmöglichen Person zu tun hat, die leider Gottes unseren

Namen trägt! Ich knüpfe nämlich eine Bedingung daran, dass du meine Reederei übernimmst. Du musst von ihr geschieden sein! Sonst kriegt die es glatt fertig und taucht noch einmal auf. Das letzte Mal war peinlich genug!«

»Keine Sorge. Wir haben einen Vertrag ausgehandelt, damit sie endlich in die Scheidung einwilligt. Das kostet mich einen Großteil meines Vermögens und meine schöne Wohnung in Genua, aber das soll mir der Spaß wert sein. Dann bin ich endlich frei, und sie wird sich von meiner Familie und mir fernhalten!«

»Da hast du recht, mein Junge. Diese Person war von Anfang an ein Riesenfehler. Ich habe das nie verstanden. Es war kein Geheimnis, was sie für ein niederträchtiges Wesen hat, wenngleich sie uns ja immerhin die Wahrheit gesagt hat, wer Salvi damals in die Nacht hinausgelockt hat …«

In diesem Moment klingelte Alfredos Telefon. Mit einem Blick auf das Display stöhnte er: »*Diese Person* will mich sprechen«, bemerkte er genervt. Er ließ es klingeln. Es dauerte eine Ewigkeit, bis sie aufgab, aber dann herrschte Stille, doch nur für einen winzigen Augenblick. Es klingelte erneut.

»Gut, ich gehe ran, aber telefoniere draußen.« Alfredo verließ eilig das Zimmer.

Marias Vater blickte fordernd zwischen seiner Frau und seiner Tochter hin und her. »Und jetzt endlich raus damit! Was ist los? Ihr wisst doch alle Bescheid.«

»Liebling, denk an dein Herz. Am besten legst du dich hin, und die Kinder kommen an einem anderen Tag wieder. Es ist alles gesagt.« Marias Mutter schien fest entschlossen, ihrem Mann die Wahrheit vorzuenthalten. Obwohl Maria das gar nicht passte, wollte sie aber auch nicht schuld daran sein, dass er einen neuen Infarkt erlitt, nur weil sie dieses Schmierentheater nicht länger aushalten konnte.

Alfredo war nicht mehr blass, sondern eher grau im Gesicht, als er vom Telefonieren zurückkehrte. Er setzte sich, ließ den Kopf sinken und stieß einen tiefen Seufzer aus, doch dann hob er den Kopf.

»Vater, ich muss dir was sagen. Inga erpresst mich. Eben gerade wieder. Dabei habe ich ihr alles gegeben, was ich hatte. Das hat sie damals schon getan. Ich hätte sie nicht geheiratet, wenn …«

»Mein Junge, jetzt nicht!«, ermahnte ihn die Mutter.

»Doch, jetzt! Ich bekomme keinen Herzinfarkt, wenn ich endlich erfahre, was hier gespielt wird, sondern wenn ich mir ausmale, was ihr mir verheimlichen könntet. Also, womit hat sie dich erpresst?«

»Damit, dass ich Salvi auf dem Gewissen habe, nicht Amrei …« Er unterbrach sich und blickte besorgt zu seinem Vater, der aber keine Miene verzog, sondern mit eisiger Stimme befahl: »Weiter!«

»Ich stand damals unter Drogen, und Inga wollte mit mir Sex. Wir waren auf dem Rasen in der Nähe des Pools. Da kam Salvi und meinte, Amrei sei tot. Sie läge oben am Haus auf einer Liege. Ich habe ihn grob weggeschickt. Kurz, ich habe seinen Tod auf dem Gewissen!«

In diesem Moment stand Marias Vater auf, ging auf seinen Sohn zu und versetzte ihm eine schallende Ohrfeige. Maria zuckte zusammen. Obwohl sie genauso auf sein Geständnis reagiert hatte, tat er ihr in dem Moment fast ein wenig leid.

»Stefano, bitte!«, flehte Marias Mutter, als ihr Mann noch einmal die Hand erhob, sie aber sinken ließ und sich zurück auf seinen Platz setzte. Er schien um Jahre gealtert, zu Marias großer Erleichterung fasste er sich jedoch weder ans Herz, noch zeigte er andere Anzeichen für eine neuerliche Herzattacke.

Alfredo sah seinen Vater mit waidwundem Blick an. »Du hast recht, Vater! Ich werde aus eurem Leben verschwinden und irgendwo neu anfangen, aber ganz sicher nicht mit Inga. Das hat sie eben von mir verlangt! Sonst würde sie es dir ins Gesicht sagen, dass ich schuld am Tod meines Bruders bin.«

»Du sollst mit ihr weggehen?«, fragte Maria fassungslos.

»Ja, sie gibt mir Bedenkzeit bis morgen um 14:45 Uhr. Sie wartet auf dem Parkplatz vor der Reederei auf mich und möchte mit mir in ein neues Leben starten. Wenn ich nicht dort bin, wird sie ins Krankenhaus fahren, um es Vater zu sagen. Und ich hatte gehofft, dass sie zufrieden ist mit meinem Geld, aber das reicht ihr nicht. Sie hat wieder etwas von einem Kind gefaselt.«

»Diese Frau ist sehr, sehr krank«, bemerkte Marias Mutter.

»Du wirst nirgendwo hingehen! Du wirst Verantwortung übernehmen für die Firma. Allerdings auf Probe und bis du geschieden bist. Vorher muss alles mit mir abgesprochen werden! Aber wer, bitte, kam auf den Gedanken, Amrei dafür verantwortlich zu machen? Ist das auch auf deinem Mist gewachsen, Alfredo?«

Marias Bruder schüttelte den Kopf. »Es war Ingas Idee. Ich weiß ja nicht mal mehr, dass Salvi uns beide gestört hat. Das hat mir Inga später so erzählt. Ich war schwer unter Drogen. Meine Erinnerung setzt ein, als ich Schreie gehört habe. Da war ich wach und bin zum Pool gerannt, aber da war es zu spät. Und Inga hat mich angefleht, es auf Amrei zu schieben. Das wollten Leni und ich nicht mitmachen. Daraufhin machte sie den Vorschlag, Amrei zum Bahnhof zu schaffen und ihr vorzugaukeln, sie habe Salvi betrunken in den Pool gelockt und ihn dann allein gelassen. Das hat funktioniert. Amrei hat uns geglaubt.«

»Und ihr habt nicht einen Gedanken daran verschwendet, was das für die Seele dieser jungen Frau bedeuten könnte? Sie musste die ganzen Jahre glauben, unseren Salvi auf dem Gewissen zu haben«, bemerkte Marias Mutter empört. Obwohl sie doch bereits Bescheid wusste, ging ihr das Geständnis ihres Sohnes offenbar mächtig an die Nieren.

»Sie konnte doch zurück nach Deutschland gehen. Weit weg. Wir haben nicht darüber nachgedacht, dass sie sich mit Schuldgefühlen quälen könnte. Aber ich, ich hätte alles verloren!« Das klang trotzig und brachte Maria erneut gegen ihren Bruder auf.

»Und Leni? Hat sie es nie bereut, dass sie dich beschützt und Amrei geopfert hat?«, fragte sie.

Alfredo zuckte mit den Schultern. »Wir haben nie wieder darüber gesprochen. Nicht ein einziges Mal. Bis zum letzten Montag. Leni war dabei, als ich Inga unterschrieben habe, was sie alles bekommen wird, wenn sie der Scheidung zustimmt und aus meinem Leben verschwindet. Und natürlich dafür, dass sie weiterhin den Mund hält. Da hat Leni zum Abschluss zu ihrer Schwester einen merkwürdigen Satz gesagt: ›Es wird Zeit, dass die ganze Wahrheit gesagt wird!‹ Inga hat Leni daraufhin zwar zum Schweigen gebracht, aber Leni machte den Eindruck, als sei sie fest entschlossen, das nicht auf sich beruhen zu lassen. Die beiden haben dann ziemlich überstürzt das Lokal verlassen. Und ich habe erst heute wieder von Inga gehört und erfahren, dass sie mich weiter erpressen wird.«

»Du bist ein jämmerlicher Feigling!«, spuckte der Vater verächtlich aus.

»Und du setzt mich ständig unter Druck, seit Alessandro es abgelehnt hat, dein Nachfolger zu werden. Seitdem muss ich funktionieren, wie du es willst, Vater! Ich bin kein Mensch mehr, sondern ein Roboter. Und wenn ich die Arbeit nicht so lieben würde, ich hätte längst hingeschmissen und wäre zur Konkurrenz gegangen, aber das kann ich jetzt immer noch tun. Ich muss deine Verachtung nicht länger ertragen und deinen latenten Vorwurf, dass ich auf Alessandros Platz sitze. Ihm gegenüber bist du wenigstens offen ablehnend, mir gegenüber indirekt, aber das tut weh, Vater!«

Maria schwankte zwischen Bewunderung für ihren stets angepassten Bruder, weil er sich traute, endlich einmal ehrlich zu sein, und der Sorge um ihren Vater, doch sein Herz schien nicht angegriffen zu sein von dieser Flut an Wahrheiten.

»Wir reden über alles, wenn ich wieder gesund bin«, sagte der Vater nach einer Weile, in der angespanntes Schweigen geherrscht hatte. »Ich muss darüber nachdenken, ob ich den Druck, den mir schon mein Vater gemacht hat, ungefiltert an dich weitergegeben habe. Dabei hast du deine Arbeit immer gut gemacht. Vielleicht hätte ich dich lieber loben sollen, statt dir neue Autos und Wohnungen zu kaufen.«

In diesem Moment stand Marias Mutter auf, setzte sich neben ihren Mann und legte ihm den Arm um die Schulter. Maria stockte der Atem, als ihre Eltern nun zeitgleich zu weinen begannen. Es war befremdlich und befreiend zugleich. Noch nie zuvor hatte sie ihre Eltern so verletzlich und einander zugewandt erlebt.

Auch Maria wischte sich verstohlen ein paar Tränen aus den Augenwinkeln. Es hätte eine Versöhnung werden können, wenn Alfredo nicht demonstrativ aufgesprungen und mit den Worten: »Ihr müsst meinen Anblick nicht länger ertragen!«, aus dem Haus gestürmt wäre.

46

PORTO VENERE, JULI 2022, SONNTAG

Amrei schwebte wie auf Wolken, als sie den Weg zum Ferienhaus einschlug, jene Richtung, die sie zuvor angestrengt vermieden hatte. Nach dem gestrigen leidenschaftlichen Abschiedskuss von Alessandro vor dem Hotel empfand sie nur noch Freude bei dem Gedanken, nach vierzehn Jahren die *Casa Speranza* wiederzusehen. Natürlich ahnte sie, dass diese spätestens beim Anblick des Pools eingetrübt sein würde. Aber im Augenblick überwog das Glücksgefühl, Alessandro wiederzusehen. Sie hatte ihm angeboten, ihm beim Kochen zu helfen. Das hatte er strikt abgelehnt mit dem Argument, dass er den Ehrgeiz habe, seine Schwester und Amrei zu verwöhnen.

Sie hatte sich die Wartezeit damit vertrieben, die Eindrücke von der Villa Magni in ihren Artikel einzuarbeiten, und es war aufregend, auch hier den gewissen Literaturprofessor zu zitieren. Den Literaturprofessor, der so wunderbar küsste und mit dem sie in den Sonnenuntergang reiten wollte, wie sie vorhin selbstironisch gedacht hatte und was sie natürlich mit keinem Wort erwähnte.

Beschwingt schlenderte sie die Auffahrt zur *Casa Speranza* hinauf, als ihr ein altbekannter klappriger Kastenwagen entgegenkam. Er wäre wohl an ihr vorbeigefahren, wenn sie sich nicht mitten auf den Weg gestellt und gewunken hätte. Der Fahrer hielt und schimpfte aus dem offenen Fenster auf Italienisch, ob sie lebensmüde wäre. Der Beweis, dass er sie nicht erkannte, denn sonst hätte er sie mit seinem deutschen Kauderwelsch begrüßt.

Amrei näherte sich dem Fenster und begrüßte ihn freundlich. »Ciao Pedro, wie schön, dich wiederzusehen.«

Pedro war damals schon ein knorriger älterer Mann gewesen, und er hatte sich nicht sonderlich verändert. Er stutzte und musterte sie prüfend von Kopf bis Fuß, bis ein breites Lächeln seine Miene erhellte.

»Meine liebste Tedesca!«, rief er aus, und ehe sie sichs versah, war er aus der Klapperkiste gesprungen und hatte sie in seine Arme gerissen. Er roch immer noch streng nach Tabak und Oliven. Das störte Amrei keineswegs. Im Gegenteil, das war wie ein Ankommen.

Pedro ließ sie nun los, trat einen Schritt zurück und stieß einen anerkennenden Pfiff aus. Das hätte kein anderer Mann tun dürfen, aber dem alten Pedro nahm sie es nicht krumm. »*Bellissima!*«, rief er entzückt aus.

»Und du hast dich gar nicht verändert«, gab sie zurück.

»Dann bist du die Besuch, für den Sandro sich so strengt an und für die ich habe gebracht die viele schöne Gemüse aus meine Garten!« Wie früher so oft sprach er sie auf Deutsch an.

Amrei lächelte verlegen. »Ja, er kocht für Maria und mich.«

»Ich habe lange nicht gesehen, den Sandro so glücklich. Habe mir damals gewünscht, du würdest lernen kennen ihn und nicht die Alfredo.«

»Wir haben uns erst vor einer Woche kennengelernt«, sagte Amrei beinahe entschuldigend. »Ich lebe ja in Deutschland.«

»Non importa quanti chilometri ci sono fra noi, l'importante è che esista un noi«, erwiderte er schmunzelnd.

Unfassbar, dachte Amrei, wie dieser alte Mann den Nagel auf den Kopf traf, denn seine Worte hießen übersetzt nichts Geringeres als: *Es ist nicht wichtig, wie viele Kilometer zwischen uns liegen, sondern dass ein Wir existiert.*

Nach einem herzlichen Abschied vom alten Gärtner der Familie Podestà setzte Amrei den Weg zum Haus fort. Ein bisschen mulmig war ihr zumute, als sie hinter der Hecke wahrnahm, wie sich die Sonnenstrahlen an der Oberfläche des Wassers im Pool brachen. Ob sie es je wieder über sich bringen würde, zum Pool zu gehen, bezweifelte sie.

Als sie oben an der Haustür klingelte, beschleunigte sich ihr Herzschlag. Das steigerte sich noch, als Alessandro ihr die Tür öffnete und sie anstrahlte.

»Komm rein. Ich kann dich leider nicht umarmen, weil ich in der Küche gerade den Fisch filetiert habe, aber das hole ich gleich nach.« Sie folgte ihm in die Küche, die, anders als damals, inzwischen offen und mit dem Wohnzimmer verbunden war.

Durch die weit geöffnete Terrassentür sah sie, dass der Esstisch draußen festlich eingedeckt war.

Amrei setzte sich auf einen der Barhocker, die vor dem Kochtresen standen. Auch das war alles neu.

»Es sieht ganz anders aus als damals«, bemerkte Amrei. »Aber es ist durchaus eine Verbesserung.«

»Danke, denn das ist mein Werk. Ich bin der Einzige, der noch herfährt. Alle anderen meiden die *Casa Speranza* seit Salvis Tod. Aber das alte Gemäuer kann doch nichts für dieses Unglück«, stieß er seufzend hervor.

»Nein, sicher nicht«, entgegnete Amrei und kam Alessandros Bitte nach, den eisgekühlten Weißwein aus dem Kühlschrank zu holen und ihnen beiden ein Glas einzuschenken.

Obwohl ihr eigentlich nicht der Sinn danach stand, Alkohol zu trinken, stieß sie mit ihm an und nahm einen winzigen Schluck in der Hoffnung, dass sich diese Beklemmung auflösen würde, die sie beim Eintreten in die *Casa Speranza* überfallen hatte. Es fühlte sich befremdlich an, an den Ort zurückzukehren, an den sie jahrelang nur leidvoll gedacht hatte.

Sie versuchte, sich darauf zu konzentrieren, Alessandro beim Kochen zuzusehen, aber es half alles nichts dagegen, dass ihr plötzlich stumme Tränen die Wangen hinunterliefen. Die Erinnerung an den leblosen Körper ihres Schützlings hatte sie schier überwältigt. Zum ersten Mal seit damals waren ihre Gefühle nicht vermischt mit ihrem schlechten Gewissen, sondern das, was sie in diesem Moment spürte, war die reine Trauer.

Als Alessandro das sah, hielt er erschrocken inne, wusch sich hastig die Hände und nahm sie fest in den Arm. Dort verebbten ihre Tränen, denn sie fühlte sich unendlich geborgen.

»Entschuldige, ich habe gar nicht daran gedacht, was es für dich bedeutet, zum ersten Mal wieder an diesen Ort zurückzukehren«, raunte er entschuldigend.

Amrei kuschelte sich noch enger an seine Brust, und er strich ihr tröstend über das Haar.

47

PORTO VENERE, JULI 2022, SONNTAG

In Marias Kopf fuhren die Gedanken Achterbahn, etwas, das sie ganz und gar nicht leiden konnte. Ihr, die stets rational an die Probleme heranging und lösungsorientiert dachte, missfiel dieses innere Chaos außerordentlich. Dass ihr Vater auf Männer stand und ihre Eltern sich nun auch offiziell trennten, war dabei ihr geringstes Problem. Aber dass Alfredo abgehauen war und vor allem, in was für einer entsetzlichen Stimmung, das bereitete ihr Kopfzerbrechen. Da sie nicht dazu neigte, sich als Dramaqueen zu gebärden, schob sie die Gedanken, ihr Bruder könne sich etwas antun, erst einmal beiseite, obgleich ihr unwohl zumute war. Außerdem ging sie in Gedanken der Frage nach, ob Inga sich in irgendeiner Form strafrechtlich relevant verhalten hatte, denn sie würde diese Frau am liebsten hinter Gittern sehen. Doch bei Ingas Erpressungsversuchen, um Alfredo zurückzubekommen, handelte es sich eher um einen Ausdruck ihrer gestörten Persönlichkeit, mit dem sie nicht gegen das geltende Recht verstieß. Wahrscheinlich hatte ihre Mutter recht und Inga war ernsthaft krank. Und da gab es noch etwas, über das sie zunehmend nachdenken musste. Es betraf das Haus ihrer Eltern. Vielleicht war es gar nicht so verkehrt, mit Massimo dorthin zu ziehen und sich eine kleine Wohnung in Mailand zu nehmen, wenn sie über Nacht in der Stadt bleiben musste.

Doch als sie die Auffahrt zur *Casa Speranza* hochfuhr, verflüchtigten sich ihre Gedanken, und sie dachte darüber nach, ob und wie sie Amrei und Alessandro von dem Gespräch mit den Eltern und Alfredos Abgang berichten sollte.

Ihr Bruder sah besorgt aus, als er ihr die Tür öffnete, aber er begrüßte sie herzlich.

Im Haus sah sie auf einen Blick, was ihn bedrückte. Amrei saß mit verheulten Augen am Tresen, versuchte aber, das zu überspielen, als Maria eintrat. Doch Maria umarmte sie herzlich und fragte, ob es schwer für sie sei, ins Haus zurückzukehren.

»Ach, es geht. Plötzlich war das alles wieder präsent. Dabei ist alles noch so viel schöner geworden!«

»Wäre es für den Koch in Ordnung, wenn wir uns schon an den gedeckten Tisch setzen?«, fragte Maria. »Es riecht köstlich. Also, wenn es genauso hervorragend schmeckt …«

»Geht nur. Es dauert einen Moment. Ich brauche noch die Hilfe vom Rezept unseres Kochlehrers.« Er schenkte Amrei ein Lächeln.

Maria zog sie mit sich auf die Terrasse. Dort blickte sich Amrei suchend um. »Die alten Liegestühle sind weg«, stellte sie fest.

»Ja, mein Bruder ist keiner, der sich in die Sonne legt. Er braucht nur einen stabilen Tisch, um draußen zu arbeiten«, erklärte Maria. »Sag mal, mir brennt eine Frage auf der Seele. Hast du zufällig in den letzten Tagen mit Leni gesprochen?«, fügte sie hastig hinzu.

»Nein, warte, doch, sie hat mich angerufen, um mir mitzuteilen, dass Alfredo Salvi damals in der Nacht fortgeschickt hat und deshalb für den Unfall verantwortlich ist.«

»Gut, dann weißt du inzwischen, was wirklich geschehen ist. Hast du es Alessandro schon gesagt?«

»Nein, und glaub mir, es ist mir nicht leichtgefallen, ihm die Wahrheit zu verschweigen!«

»Das glaube ich dir gern, aber wie merkwürdig, dass Leni dich deshalb angerufen hat. Wahrscheinlich hat sie ein schlechtes Gewissen, weil sie dich in dem Glauben gelassen hat, dass du daran schuld seist.«

»Das mag sein. Sie war äußerst seltsam, muss ich sagen. Hast du in den letzten Tagen mit ihr geredet?«

»Leider nein. Nur mit Francesco, aber der sagt, sie ist mit Davide im Tessin bei Tante Chiara. Allerdings …« Nach einem kurzen Zögern offenbarte Maria Amrei, was ihr Sofia gesagt hatte. Dass Inga Davide abgeholt habe. Ohne Lenis Wissen.

»Wenn Leni und Davide jetzt bei Tante Chiara sind, ist doch alles in Ordnung«, sagte Amrei erleichtert.

In diesem Augenblick kam Alessandro mit einer Platte voller köstlicher ligurischer Antipasti, bei denen auf keinen Fall die eingelegten Sardellen fehlen durften, an den Tisch und ließ sich erschöpft auf einen Stuhl fallen.

»Das sieht hervorragend aus«, stieß Maria begeistert hervor.

»Ja, das ist auch noch zum Großteil aus dem tollen Laden im Ort«, lachte er. »Aber lasst es euch trotzdem schmecken.« Er sah prüfend von Amrei zu seiner Schwester und zurück. »Ihr guckt so betreten.«

Maria stand nicht der Sinn danach, lange darum herumzureden. »Tja, Bruderherz. Einmal musst du es ja erfahren. Der Schuldige damals war Alfredo. Er hat Salvi, der ihn im Garten gesucht und gefunden hatte, unter Drogen in die Nacht hinausgeschickt und das offenbar sehr grob, sodass der Kleine sehr verstört gewesen ist …«

»Aber wie bist du dann um Himmels willen auf den Gedanken gekommen, dass du ihn auf dem Gewissen hast, Amrei?«, stieß Alessandro fassungslos hervor.

Da Maria an Amreis Miene erkannte, welchen Widerwillen sie empfand, das alles noch einmal zu erzählen, antwortete sie statt ihrer deutschen Freundin. Das machte Alessandro nur noch fassungsloser.

»Das heißt, die haben dir das in die Schuhe geschoben und so getan, als würden sie dir helfen? Und Leni hat mitgemacht?«

»Sieht ganz danach aus. Aber ich finde, du hast auch ein Recht, zu erfahren, dass Alfredo Amrei vor ein paar Tagen erst gegen

Geld zum Schweigen verdonnern wollte. Er hat dieses Pamphlet allerdings vor meinen Augen zerrissen …«, mischte sich Maria erregt ein.

»Und erneut ausgedruckt und es mir zur Unterschrift vorgesetzt«, ergänzte Amrei sichtlich gequält und berichtete, was ihr in Rapallo widerfahren war.

Alessandro schlug seine Hände vors Gesicht und stöhnte laut auf.

»Was geht nur in seinem Schädel vor sich?«, schimpfte Maria. »Lacht mich bitte nicht aus. Aber nachdem er das heute unseren Eltern gestanden hatte, ist er abgehauen, und irgendwie mache ich mir Sorgen um ihn.«

»Er hat es unseren Eltern gebeichtet?«, hakte Alessandro ungläubig nach. »Na, das spricht direkt mal für den Burschen. Aber mach dir keine Sorgen. Unser Bruder ist nicht der Typ, der sich etwas antut, falls du das andeuten wolltest.«

»Du hast ja recht. Das passt nicht, aber es war alles so komisch, denn nachdem Alfredo Inga am letzten Montag schriftlich sein halbes Vermögen versprochen hat, wenn sie ihn nur in Ruhe lässt und in die Scheidung einwilligt, verlangte sie nun, dass er morgen mit ihr weggeht von hier. Sonst würde sie ihn verraten. Daraufhin hat er es endlich gestanden. Er wollte sich nicht noch weiter erpressen lassen. Wegen dieser Erpressung hat er sie damals überhaupt geheiratet, und jetzt geht es um sein Vermögen. Er konnte wohl nicht mehr.«

»Wenn er nicht so ein Arsch wäre, er könnte einem fast leidtun«, bemerkte Alessandro sichtlich betroffen.

In diesem Augenblick klingelte Marias Handy. Erst nachdem sie auf dem Display gesehen hatte, dass die Anruferin Leni war, nahm sie das Gespräch an.

»Leni, wo bist du? Seid ihr noch im Tessin?«

Leni aber ignorierte ihre Frage und wollte wissen, ob sich Amrei bei ihr in der *Casa Speranza* befand. Und ob das gerade passte.

Lenis Stimme klang entsetzlich, und das lag nicht nur an den keuchenden Atemgeräuschen, die auf eine Erkältung hinwiesen.

»Du willst Amrei jetzt anrufen? Warte, ich muss gerade etwas abklären«, wiederholte Maria laut und machte Amrei ein fragendes Zeichen. Die nickte. Maria gab Leni die Nummer durch, und bevor Maria einen Versuch unternehmen konnte, nach dem Grund zu fragen, warum sie Amrei sprechen wollte, hatte Leni bereits aufgelegt. Dafür klingelte Sekunden später Amreis Handy. Sie stand auf und ging mit dem Telefon nach drinnen.

Maria sah ihr kopfschüttelnd hinterher. »Leni war total durch den Wind.«

»Vielleicht will sie sich bei Amrei entschuldigen«, mutmaßte Alessandro.

»Tja, wir werden es hoffentlich gleich erfahren, aber bevor ich es vergesse: Weißt du, dass ich die Villa unserer Eltern bekommen soll und du die Casa Speranza? Und zwar noch zu ihren Lebzeiten?«

»Nein, keinen Schimmer.«

»Das geht natürlich nicht, denn die Villa ist viel mehr wert. Das müssen wir irgendwie gerechter aufteilen.«

»Ich verzichte freiwillig«, sagte ihr Bruder entschieden. »Ich wäre überglücklich, die *Casa Speranza* zu bekommen, aber doch erst, wenn unsere Eltern tot sind.«

»Nein, sie möchten sich offenbar jetzt schon von allem trennen, und vor allem wollen sie getrennter Wege gehen.«

»Das wundert mich nicht. Ich habe mich immer gefragt, wie Mutter diese Eiseskälte unseres Vaters ertragen konnte«, entgegnete Alessandro ungerührt.

»Sie hat sich mit einem Lover getröstet, zu dem sie auch ziehen wird«, erwiderte Maria.

»Nein! Nicht unsere Mutter!«

»Doch, es ist alles zwischen unseren Eltern geklärt.«

»Und was ist das für ein Kerl?«

»Du bist in Amrei verliebt, oder?«, fragte Maria, statt ihm eine Antwort zu geben. Sie wollte nicht gleich mit der Tür ins Haus fallen und den Namen nennen.

»Wird das ein Verhör, Schwesterherz?«, lachte er. »Aber ich will dich nicht auf die Folter spannen. Ja, ich habe mich in Amrei verliebt, und mir ist es sehr ernst.«

»Tja, kennst du noch den Eigentümer vom Hotel Russo in Como? Wir waren manchmal dort in den Osterferien und auch mal Silvester, glaube ich.«

»Ich erinnere mich dunkel. Ein schönes Haus, aber was hat das mit Mutters Lover zu tun …« Er stockte. »Oder willst du damit andeuten, dass dieser Mann der Freund unserer Mutter ist und sie jetzt zu ihm an den Comer See zieht?«

»Nicht ganz. Er hat das Hotel inzwischen verkauft und lebt in Nervi. Du weißt nicht, mit wem dieser Mann verwandt ist, oder?«

»Nun hör auf mit den Spielchen. Nein! Keine Ahnung!«

»Signor Russo ist Amreis Vater!«

»Oh Scheiße! Nein, ich kann mich nicht erinnern, dass sie mir davon erzählt hat. Ich weiß ja nicht mal, dass ihr Vater Italiener ist«, rief er sichtlich bestürzt aus. »Und Papa brennt nun mit Amreis Mutter durch, oder was gibt es noch für Überraschungen?«, fügte er scherzend hinzu.

»Nein, unser Vater wird in Mailand mit einem gewissen Enrico zusammenleben.«

Zu ihrer Überraschung brach Alessandro in schallendes Gelächter aus, das erst erstarb, als Amrei weiß wie eine Wand an ihren Platz zurückkehrte und sich auf den Stuhl fallen ließ.

»Um Gottes willen, was ist passiert?«, fragte Maria erschrocken.

»Inga hat Lenis Sohn Davide entführt!«

»Inga hat ihren eigenen Neffen entführt?«, wiederholte Alessandro ungläubig. »Die ist ja komplett durchgedreht. Und haben sie schon die Polizei verständigt?«

»Nein, haben sie nicht«, erwiderte Amrei. »Und das haben sie auch nicht vor.«

»Und was will sie von dir?«, hakte Alessandro besorgt nach.

»Warte! Ich erzähle es lieber der Reihe nach. Sonst schaffe ich das nicht«, stöhnte Amrei.

»Gut, Inga hat also Davide entführt«, ging Maria noch einmal sachlich auf Anfang, während ihr das Herz bis zum Hals klopfte. Also doch! Was für ein Irrsinn, dachte sie.

»Ja, letzten Montag schon. Leni hat mithilfe eurer Tante Chiara versucht, Davide aus ihrer Gewalt zu befreien. Vergeblich. Und nun hat Inga Leni ein Ultimatum gestellt. Sie soll morgen auf einem Parkplatz oberhalb von Genua sein und Davide im Austausch von dreißigtausend Euro zurückbekommen.«

»Jetzt haben wir sie am Arsch«, entfuhr es Maria entschieden, doch sie merkte sofort, dass ihre Schadenfreude, Inga hinter Gittern zu sehen, angesichts der Dramatik der Lage nicht angemessen war. »Ich meine, das ist eine kriminelle Entführung«, fügte sie kleinlaut hinzu.

»Schon, aber warum holt sie nicht die Polizei und lockt Inga in eine Falle?«, fragte Alessandro aufgeregt.

»Weil Inga damit gedroht hat, dass sie Davide dann nicht wohlbehalten zurückbekommt. Nun ist Leni krank geworden, und Inga besteht darauf, dass ich ihr die Tasche mit dem Geld übergebe.«

»Nein, das kommt gar nicht infrage!«, sagte Alessandro entschieden.

»Ich finde, mein Bruder hat recht. Offenbar hasst sie dich und führt etwas im Schilde. Das ist zu gefährlich, Amrei. Halte du dich da raus! Meinetwegen kann ich das übernehmen!«

»Ich würde das auch tun, denn ich habe ein total ungutes Gefühl, dass sie dich da mit reinzieht. Vor allem nach dem bekloppten Auftritt auf Marias Hochzeit«, pflichtete Alessandro seiner Schwester bei.

»Das mag alles sein, aber ich habe schon zugesagt. Und ich werde mich nicht in Gefahr begeben, auch wenn ich eure Bedenken teile, dass sie irgendetwas vorhat. Ich habe euch nämlich noch nicht alles erzählt. Sie hat Davide entführt, um Leni zu erpressen. Die wollte nämlich endlich die ganze Wahrheit sagen, was damals in der *Casa Speranza* geschehen ist.«

Maria wollte davon nichts mehr hören. »Aber das wissen wir doch jetzt alle, dass Alfredo Salvi auf dem Gewissen hat!«

»Hat er nicht!«, widersprach Amrei ihr entschieden und schilderte, was Leni in jener Nacht wirklich beobachtet hatte.

»Das war also gar kein Unfall, das war Totschlag«, bemerkte Maria entsetzt, nachdem Amrei ihren Bericht beendet hatte.

»Und Leni hat ihre Schwester all die Jahre gedeckt?«, fügte Alessandro fassungslos hinzu.

»Genau, und am Montag hat sie ihrer Schwester mitgeteilt, dass sie nicht länger mitmacht, sondern redet!«, erklärte Amrei.

»Das ergibt doch alles keinen Sinn, dass sie jetzt auch noch Geld erpresst und Alfredo ein Ultimatum stellt, dass der mit ihr abhaut. Das ist alles vollkommen irre!«, bemerkte Alessandro kopfschüttelnd.

»Genau, das ist das Problem. Sie ist offenbar komplett gestört und handelt nicht rational«, pflichtete ihm Amrei bei.

»Umso wichtiger ist, dass du nicht mit ihr zusammentriffst. Mir ist bei dem Gedanken, dass du das Geld übergibst, gar nicht wohl«, bemerkte Alessandro besorgt.

»Versteht mich nicht falsch. Ich reiße mich nicht darum. Aber offenbar ist das ihre Bedingung. Und wenn ich dabei helfen kann, dass Leni ihr Kind zurückbekommt, dann mache ich das. Sie wird mich schon nicht erschießen!«

Alessandro runzelte die Stirn.

»Nun ja, Leni hat dich jahrelang im Glauben gelassen, dass du unseren Bruder auf dem Gewissen hast, und du willst dich ihretwegen wirklich in eine derartige Gefahr begeben?«, gab Maria zu bedenken. Ihr war es absolut nicht geheuer, dass Inga die Geldübergabe durch Amrei verlangte. Nicht dass sie plante, bei der Gelegenheit Amrei zu entführen. Offenbar war diese Frau zu allem fähig.

»Maria, ich tue es im Moment ganz bestimmt nicht für Leni allein, sondern auch für Davide. Was kann der kleine Kerl dafür?«, erwiderte Amrei energisch.

»Aber wir kommen mit!«, sagte Alessandro entschieden.

»Keine Chance. Ich soll allein kommen. Und wenn sie eine andere Person am Treffpunkt sieht, so hat sie Leni eben geschrieben, wird sie ihr keine weitere Chance mehr geben, ihr Kind zurückzubekommen!«

»Aber wir lassen dich doch nicht allein!«, widersprachen die Geschwister wie aus einem Munde.

»Ihr seid so süß!« Amrei rang sich zu einem Lächeln durch.

»Nein, ganz egoistisch!«, entgegnete Alessandro ebenfalls lächelnd. »Ich riskiere nicht, dass der Frau meiner Träume etwas zustößt, nachdem ich sie endlich gefunden habe!«

»Und ich werde auf keinen Fall meine alte neue beste Freundin im Stich lassen«, pflichtete ihm Maria bei, doch dann zog ein Geruch nach Verbranntem ihre Aufmerksamkeit auf sich.

In dem Moment sprang Alessandro fluchend von seinem Stuhl hoch und rannte ins Haus. Wenig später kehrte er mit einer dampfenden, stinkenden Ofenform zurück.

»Werft noch einen letzten Blick auf meine gute Absicht, euch zu bekochen. In der ganzen Aufregung habe ich vergessen, meinen Weißfisch mit Trüffeln aus dem Ofen zu holen.«

Maria brach wider Willen in ein albernes Gekicher aus, was nicht zu der ernsten Lage passte, aber es war so komisch anzusehen, wie ihr Bruder reichlich belämmert mit der Schüssel voller verbrannter Reste vor ihnen stand. Zu ihrer Erleichterung fiel Amrei in das Gelächter ein und schließlich auch Alessandro. Dieser Moment lenkte sie ab von der gruseligen Vorstellung, dass Inga ihren eigenen Neffen entführt hatte. Plötzlich dachte Maria an Alfredo und daran, dass er den Tod seines Bruders nicht zu verantworten und Inga auch ihn aufs Übelste betrogen hatte. Es war nicht fair, ihn länger in diesem Irrtum zu belassen, dass er den Tod seines kleinen Bruders zu verantworten hatte. Selbst wenn er gegenüber Amrei diese Skrupel nicht gehabt hatte. Aber Gleiches mit Gleichem zu vergelten, war Marias Meinung nach noch nie ein guter Ratgeber gewesen.

Maria stand auf und nahm ihr Telefon zur Hand. »Entschuldigt, ich muss mal eben telefonieren.« Mit diesen Worten ging sie ins Haus. Es dauerte eine ganze Weile, bis Alfredo sich meldete. An seiner klaren Stimme war zu erkennen, dass er offenbar keinen Alkohol getrunken hatte, was sie um diese Zeit und nach dem Gespräch bei den Eltern erwartet hätte.

»Alfredo, hör zu. Eigentlich müsste ich dich schmoren lassen, aber das liegt mir nicht. Dich trifft keine Schuld an Salvis Tod.« Und dann berichtete sie ihm, was Amrei ihnen eben mitgeteilt hatte. Auch von der Entführung und Ingas Bedingung, dass Amrei das Geld übergeben sollte. Als Maria fertig war, herrschte Schweigen in der Leitung. Sie befürchtete schon, dass einer von ihnen beiden keinen Empfang mehr hatte, doch dann hörte sie ihn klar und deutlich sagen: »Ich bin ein dummes Arschloch. Das weiß ich schon länger, aber ich mache alles wieder gut!«

»Wie meinst du das? Was willst du tun? Bitte keine Eigenmächtigkeiten! Alfredo, du kannst nichts tun!«

»Du irrst dich. Ich kann etwas tun. Und das werde ich auch! Lass mich mal machen!«

Mit diesen Worten legte er auf und ließ Maria ratlos zurück. Sie kehrte zutiefst verunsichert auf die Terrasse zurück.

»Schlechte Nachrichten?«, fragte Amrei mitfühlend.

Maria berichtete knapp von ihrem Telefonat mit Alfredo.

»Eigentlich hat er es gar nicht verdient, dass man ihm so schnell die entlastende Wahrheit sagt«, bemerkte Alessandro, »... aber ich habe auch daran gedacht, ob wir ihm die Neuigkeit nicht gleich weitergeben sollten. Und jetzt mache ich einen Vorschlag: Wir essen alles, was noch im Kühlschrank ist, wie Parmaschinken, Tomaten, Mozzarella, dann das Panna Cotta mit Beeren, das ich nicht eigenhändig zubereitet, sondern gekauft habe. Und danach fahren wir in meine Wohnung nach Genua. Ich meine, du, Schwesterherz, könntest ja gleich nach Mailand fahren, wenn du nicht zu viel getrunken hast, oder?«

Maria tippte sich gegen die Stirn. »Du glaubst doch wohl selber nicht, dass ich nach Mailand fahre, bevor Davide wieder sicher bei Leni und Francesco ist. Nein, ich melde mich morgen krank! Aber wenn ich das junge Glück hier störe, fahre ich zu den Eltern. Allerdings nicht mit dem Wagen. Ich habe bei der ganzen Aufregung schon drei Gläser Wein intus.«

»Um Himmels willen, nein! Wir wollen dich doch nicht rausschmeißen. Du weißt, dass ich mehrere Gästebetten habe.«

»Bevor ihr beide euch darüber streitet, wer wo die Nacht verbringt, ich hätte gern ein Zimmer für mich allein!«, sagte Amrei.

Maria und Alessandro musterten Amrei gleichsam verstört, was sie mit einem Lachen quittierte.

»Keine Sorge, mich wirst du so schnell nicht los«, flötete sie kokett in Alessandros Richtung. »Ich mache dir sogar ein recht unmoralisches Angebot. Wenn das morgen alles wie geplant über die Bühne geht und Davide wieder wohlbehalten bei seinen Eltern ist, würde ich dich gern dazu einladen, mich auf meine weitere Recherchereise nach Savona, Alassio und Sanremo zu begleiten. Ich buche grundsätzlich Doppelzimmer als Einzelzimmer.«

»Gut, dafür würde ich dir heute Nacht sogar das Gästezimmer am anderen Ende des Flurs überlassen.« Alessandro beugte sich zu Amrei hinunter, und die beiden küssten sich. Und zwar derart innig, dass Maria ungerührt und lauthals vorschlug, das Küssen doch ebenfalls auf die Rechercheereise zu verlagern.

Jedenfalls war die Stimmung zwischen ihnen trotz der Schatten, die Davides Entführung und Ingas Wahnsinn auf die *Casa Speranza* warf, ausgelassen, und zwar so sehr, dass sie beschlossen, die warme Sommernacht bei einer weiteren Flasche Wein in vollen Zügen zu genießen.

Als Maria schließlich vor dem Schlafengehen ein nächtliches Nacktbad im Pool vorschlug, war Amrei erst gar nicht begeistert. Offenbar glaubte sie, dass dieser Vorschlag eine Gedankenlosigkeit Marias sei, aber in Wahrheit war Maria fest davon überzeugt, dass dies ihnen allen helfen könnte, wieder unbeschwert in einen Pool zu springen. Maria war glücklich, als sie im Wasser feststellte, wie ihr Plan aufging. Sie bespritzten sich gegenseitig mit Wasser und schwammen um die Wette. Danach ging jeder in sein Zimmer.

Deshalb wunderte sich Maria auch, als sie am Morgen ihren Bruder aus dem ehemaligen Elternschlafzimmer kommen sah, und hielt das für einen Beweis, dass die beiden frisch Verliebten sich nicht mehr hatten gedulden können.

Doch dann trat Amrei verschlafen aus Alessandros ehemaligem Zimmer.

»Und wie hast du geschlafen in meinem alten Bett?«, fragte er sie, bevor er sie liebevoll in seine Arme nahm.

»Ich habe die halbe Nacht mit mir gekämpft, noch einmal wie damals heimlich Vickys Briefe an dich zu lesen, aber als ich dem endlich nachgegeben habe, war der Ordner *Amore per l'Infinito* leer«, gab sie beschämt zu.

»Ich habe die Briefe gestern Nacht in einer Kiste im Garten vergraben«, erwiderte er schmunzelnd.

»Hattest du Sorge, dass ich sie noch einmal in die Finger kriege?«

»Nein, ich wollte Platz machen für die Briefe, die ich in Zukunft jeden Tag aus Hamburg bekommen werde«, lachte er.

Maria schlug die Hände über dem Kopf zusammen. »Meine Güte, seid ihr kitschig! Kein Mensch schreibt heutzutage noch Briefe. Das regelt man übers Handy«, scherzte sie, doch im Grunde ihres Herzens freute sie sich sehr über den Beginn dieser wunderbaren Liebe und hoffte insgeheim, dass Amrei nicht nur nicht noch einmal aus ihrem Leben verschwinden würde, sondern auch nicht aus dem von Alessandro.

48

GENUA,
JULI 2022, MONTAG

Der Treffpunkt war im Haus von Leni und Francesco. Sie kamen dort am späten Vormittag an und wollten besprechen, wie sie am besten strategisch vorgehen sollten. Ihr Plan war, sich oben am Parkplatz so geschickt und strategisch günstig zu positionieren, dass sie sofort eingreifen konnten, wenn Gefahr drohte. Jedenfalls diskutierten sie eifrig, während Amrei mit Leni und Chiara die Einzelheiten der Geldübergabe durchging.

Leni hatte hohes Fieber und konnte kaum reden, sodass Tante Chiara das Wort führte, nachdem sich Leni bei der Begrüßung Amreis völlig verausgabt hatte. Unter Tränen hatte sie gekrächzt, das sei alles nur ihre Schuld und eigentlich könne sie das von Amrei nicht erwarten, dass sie die Tasche mit dem Geld übergab. Amrei versuchte, Leni zu beruhigen, und versicherte ihr, dass sie sich nicht in Gefahr begeben würde und ihr längst verziehen habe. Und das sagte sie nicht nur, um die kranke Leni nicht noch mehr aufzuregen, sondern weil sie es tatsächlich so fühlte. Sie vermutete eher, dass ihr Auftauchen bei Marias Hochzeit all den Irrsinn bei Inga ausgelöst hatte, weil diese panisch geworden war und befürchtet hatte, dass die Wahrheit doch ans Licht kommen würde.

Auch Tante Chiara entschuldigte sich ausdrücklich bei Amrei, dass sie überhaupt jemals an Ingas Lügenmärchen, das sie bei Marias Hochzeit zum Besten gegeben hatte, geglaubt hatte.

Dann gingen sie noch einmal die Anweisungen durch, die Inga Leni auf ihrem Handy hinterlassen hatte. Etwas mulmig wurde Amrei beim Lesen dieser Botschaften. Aus jeder Zeile sprach der nackte Wahnsinn. Deshalb nahm sie die Dose mit dem Pfefferspray, die ihr Tante Chiara unbedingt mitgeben wollte, an sich.

Als sich Maria, Alessandro und Francesco verabschiedeten, spürte Amrei zunehmend die Aufregung angesichts dieses gewagten Unternehmens, aber die drei versicherten ihr, es könne nichts schiefgehen, und schärften ihr ein, dass sie sich direkt auf dem Parkplatz in einem alten Wohnmobil befänden. Alessandro versicherte Amrei, das wäre die beste Tarnung, weil dort oben im Sommer oft Camper über Nacht standen und es nicht auffallen würde, wenn sich ein vereinzeltes Gefährt auch schon am Nachmittag dort befand. Amrei brachte die drei noch nach draußen, wo sie in ein kleines, altes Wohnmobil kletterten, das sich Francesco von einem befreundeten Autohändler geliehen hatte und dem er zur Tarnung ein Nummernschild aus Livorno gegeben hatte. Den steilen Weg von Genua hinauf in die Berge schafften nur kleine Wohnmobile.

Alessandro nahm Amrei zum Abschied fest in den Arm. »Was auch immer da oben geschieht, wir sind in deiner Nähe. Parke Lenis Auto einfach in der Nähe von dem ollen Wohnmobil. Dann kann dir gar nichts passieren«, versicherte er ihr. Amrei bemühte sich zwar, ihre Anspannung zu verbergen, aber das wollte ihr nicht ganz gelingen. Der Schweiß lief ihr in den Nacken, und trotz der Hitze blieben ihre Hände eiskalt.

Nachdem die anderen gefahren waren, studierte Amrei noch einmal die letzte Anweisung von Inga gründlich.

Amrei wartet im Wagen, bis ich komme. Ich halte auf der Straße und lasse Davide aus dem Wagen, aber er bleibt neben meiner Autotür stehen. In dem Moment, in dem er draußen wartet, verlässt sie den Wagen und stellt die Tasche auf die Straße etwa einhundertfünfzig Meter vor meinem Wagen. Nicht weniger! Sie bleibt bei der Tasche stehen, bis ich aus dem Wagen steige und sie entgegennehme. Gib mir ihre Handynummer, falls sich die Lage dort oben spontan ändert!

Amrei liefen eiskalte Schauer über den Rücken angesichts dieser präzisen Anweisungen, und sie nahm sich vor, alles genauso zu befolgen. Insgeheim fragte sie sich, ob die Frau schon derart dem Wahnsinn anheimgefallen war, dass sie eine Waffe bei sich trug, aber den Gedanken verwarf Amrei schnell wieder. Und außerdem würde sie ihr Spray benutzen, sobald diese Person Anstalten machen würde, sie anzugreifen.

Vor lauter Aufregung startete sie früher als geplant, um zu diesem Parkplatz oberhalb der Stadt in den Bergen zu gelangen. Alessandro hatte ihr eingeschärft, vorsichtig zu fahren, weil die Straße äußerst kurvig und an einigen Stellen gefährlich eng wäre.

Amrei verabschiedete sich von Leni und Tante Chiara und versuchte, Optimismus auszustrahlen und ihre Ängste nicht durchblicken zu lassen. Sie stellte die Tasche mit dem Geld auf den Rücksitz und schaltete Lenis Navi ein, auf dem Alessandro den Weg zum Parkplatz eingespeichert hatte. Das Gerät sagte ihr, dass sie in knapp dreißig Minuten am Ziel wäre. Alessandro hatte sich allerdings verschätzt, was den kurvenreichen, zum Teil so engen

Weg anging, dass nur immer ein Wagen passieren konnte. Amrei hatte das Pech, dass ihr an einer solchen Stelle ein größerer Wagen entgegenkam, für den sie ein Stück rückwärts den Berg hinunterfuhr, um ihn vorbeizulassen. Zu allem Überfluss tropfte ihr wiederholt der Schweiß in die Augen und behinderte ihre klare Sicht. Dann beschlug auch noch die Sonnenbrille wegen der Feuchtigkeit, und sie war fast völlig blind. Amrei hatte das Fenster geöffnet, weil sie nicht wusste, wie die Klimaanlage dieses Wagens funktionierte. So kam mit zunehmender Höhe kühlere Luft in den Wagen, aber auch das war nicht wirklich angenehm, denn hier oben wehte ein heftiger Wind.

Unterwegs verfluchte sie ihre Bereitschaft, diese Aufgabe übernommen zu haben. Alessandro und Maria hatten recht. Sie war keinem etwas schuldig geblieben, vor allem nicht Leni. Doch sie beruhigte sich genauso schnell wieder, wie sie sich zuvor in ihren Zorn hineingesteigert hatte. Was waren diese paar anstrengenden und nervenaufreibenden Kilometer hinauf in die Berge gegen das Ziel, was sie hoffentlich erreichen würde, nämlich, den armen Davide aus den Fängen seiner durchgeknallten Tante zu befreien.

Als sie endlich oben ankam, war sie schweißgebadet. Das Sommerkleid klebte an ihrem Körper, und mit einem Blick in den Rückspiegel stellte sie fest, dass ihr Haar wie ein Knäuel Fusseln vom Kopf abstand. Dazu hatte ihr Gesicht die Farbe einer Tomate angenommen.

Auf dem Parkplatz stand nur das alte Wohnmobil, von dem man glatt hätte meinen können, die Eigentümer hätten es hier oben als Schrott abgestellt. Dieser Wagen gab Amrei etwas Sicherheit, und sie parkte Lenis Auto in einem gebührenden Abstand dazu, sodass Inga nicht gleich auf den Gedanken kommen konnte, dass im Inneren des Campers ihre ehemalige angeheiratete Verwandtschaft lauerte, um Amrei im Notfall zu beschützen.

Sie sah auch nicht mehr in die Richtung des Wohnmobils, falls Inga schon irgendwo lauerte, um sie auszuspionieren. Amrei wüsste zwar nicht, wo, denn hier oben gab es außer Felsen, Büschen und Abgründen nichts. Das einzig Außergewöhnliche war der Blick von hier oben. Man konnte unten die Stadt Genua erkennen und weit übers Meer sehen. Was allerdings die Idylle erheblich störte, waren die Mengen an Müll, die durch den Wind über den gesamten Parkplatz gewirbelt wurden.

Amrei stieg trotzdem aus dem Wagen und ließ sich den frischen Wind um die Nase wehen. Zurück im Wagen, wischte sie sich mit einem Papiertaschentuch den Schweiß von der Stirn, aus dem Nacken und unter den Achseln fort und besprühte sich überall mit dem Wasserspray, das sie immer in ihrer Handtasche bei sich trug. Sie sprühte auch ihr Haar ein und bürstete es feucht durch, um es dann mit einem Haarband zu einem Knoten aufzustecken. Das machte sie in ihren Augen zwar nicht besonders attraktiv, aber sie fühlte sich zumindest erfrischt. Ihre immer noch feucht glänzende Haut deckte sie leicht mit einem Puder ab und benutzte ein Lipgloss. Nicht dass sie sich für Inga hübsch machte, nein, sie wollte mit ihrem gepflegten Äußeren allein Stärke ausstrahlen. Mit dem angeklatschten Haar und der schweißtriefenden Haut musste Inga ja denken, dass sie vor Angst schlotterte.

Inzwischen war es fünf Minuten vor drei. Amreis Anspannung stieg erneut, aber es passierte nichts. Bis auf das Pfeifen des Windes und das Iahen von Eseln herrschte hier oben völlige Stille.

Amrei wagte kaum zu atmen, um das Zeichen der herannahenden Inga nicht zu überhören. Der Schreck fuhr ihr durch alle Glieder, als in dem Moment ein Wagen sehr langsam am Parkplatz vorbeifuhr, ohne anzuhalten. Auf die Schnelle hatte Amrei nicht erkennen können, was für Personen in diesem Wagen saßen, doch sie meinte, auf der Fahrerseite eine Frau mit hellblondem Haar gesehen zu haben.

Sie überlegte fieberhaft, was sie tun sollte. Aussteigen oder im Wagen warten? Da klingelte ihr Handy, und Inga bellte ohne Begrüßung in Lenis Telefon, sie solle den Parkplatz verlassen und den nächsten Schotterweg nach rechts abbiegen. Den solle sie ein paar Meter hochfahren und auf weitere Instruktionen warten.

Amrei konnte kaum das Auto einschalten. So sehr zitterte sie am ganzen Körper. Es missfiel ihr außerordentlich, dass sie sich von ihren Freunden entfernen sollte. Bevor sie den Parkplatz verließ, rief sie Maria an und teilte ihr mit, wohin Inga sie beordert hatte, bat aber inständig darum, ihr nicht zu folgen.

Dann fuhr sie los. Ein paar Meter hinter der nächsten Kurve ging ein Schotterweg nach rechts. Sie hoffte, dass der Kleinwagen das problemlos bewerkstelligte, und tatsächlich, er schaffte die Steigung spielend. Als der Weg wieder ein Stück weit geradeaus verlief, hielt sie an und betete, dass dieses der richtige Platz war. Da klingelte auch schon ihr Telefon, und Inga sagte drohend nur ein Wort. »Highnoon!« Durch Amreis Körper liefen in schneller Abfolge abwechselnd heiße und kalte Schauer.

In dem Augenblick sah sie, wie ein Auto am Ende des Weges auftauchte und sich ihr auf ungefähr dreihundert Meter näherte. Erneut klingelte Lenis Telefon. »Und jetzt nach Plan! Komm bis auf hundertfünfzig Meter ran!«, befahl Inga. »Ich lasse den Jungen jetzt raus. Dein Einsatz!«

Und tatsächlich, aus der hinteren Autotür stieg ein Kind, aber was war das? Amrei stockte der Atem. Der Junge war offenbar an ein Seil gebunden, dessen Ende im Wagen verzurrt war. Er konnte also nicht auf sie zulaufen. Diese kranke Irre hatte wirklich an alles gedacht.

Amrei atmete tief durch, bevor sie die Geldtasche vom Rücksitz holte, sich ihre Jacke mit dem Pfefferspray in der Tasche überzog und sich dem Wagen auf der staubigen Schotterpiste auf etwa hundertfünfzig Meter näherte. Erst dann stieg Inga aus ihrem

Wagen. Amrei checkte die Lage. Inga trug nur ein Sommerkleid und hatte keine Handtasche dabei. Das bedeutete, dass sie keine Waffe bei sich hatte. Amrei war ganz sicher keine waghalsige Frau, die ein unübersehbares Risiko eingehen würde, aber das war ihre Chance. Sobald Inga in Sprühweite war, würde sie diese Frau schachmatt setzen, doch dann fiel ihr ein, dass das Unsinn wäre, denn durch den Einsatz von Pfefferspray schloss das Opfer die Lider höchstens fünf bis zehn Minuten, und es war fraglich, ob sie es so schnell schaffen würde, den Jungen zu befreien und mit ihm zu verschwinden.

Nun kam Inga wie eine Rachegöttin auf sie zu. Ihre Miene war hassverzerrt, aber sie sprach zunächst kein Wort. Erst als Amrei sie anflehte, aufzugeben und Davide ohne Bedingungen freizulassen, schrie sie: »Schnauze!« Sie griff sich die Tasche und verlangte von Amrei, dass sie an der Stelle stehen blieb, bis der Junge bei ihr war. Amrei nickte nur und betete, dass dieser Wahnsinn damit ein Ende hätte, doch in dem Moment spürte sie, wie eine Hand blitzartig in ihre Jackentasche griff. Triumphierend holte Inga die Spraydose hervor und zischte: »Das bringt mich auf eine geniale Idee!«, und schon hatte sie Amrei das Zeug mitten ins Gesicht und vor allem in die Augen gesprüht.

Amrei schrie auf vor Schmerz und konnte die Augen nicht mehr öffnen. Wimmernd ließ sie sich in den Staub fallen. Sie versuchte, Ruhe zu bewahren und darauf zu vertrauen, dass Davide gleich bei ihr war. Stattdessen hörte sie das Aufheulen eines Motors und das Geräusch eines herannahenden Wagens. Jetzt wusste sie, dass Inga doch nicht ohne Waffe gekommen war. Das Auto!

Amreis letzter Gedanke galt Davide und der Hoffnung, dass Inga ihm nichts antun würde. Sie überlegte noch, ob sie blind zu der einen oder anderen Seite kriechen sollte, aber das wäre alles sinnlos. So zählte sie innerlich bis zehn. Da erst wurde ihr bewusst, dass das Auto nicht über sie hinweggebrettert war, sondern mit heulendem Motor an ihr vorbeiraste, bis es Sekunden später einen mörderischen Knall gab. Amreis Schrei blieb ihr in der Kehle stecken, als sie das Bewusstsein verlor.

49

GENUA, JULI 2022, MONTAG

Als Amrei die Augen aufschlug, erinnerte sie sich zunächst an gar nichts mehr. Offenbar befand sie sich in einem Krankenhaus, wie sie unschwer an dem Mann im weißen Kittel erkennen konnte, der ihr besorgt den Puls fühlte.

»Schön, dass Sie wieder bei uns sind«, sagte er.

»Was ist passiert?«

»An was erinnern Sie sich denn noch?«, stellte er die Gegenfrage.

Amrei überlegte fieberhaft, und plötzlich stand ihr alles glasklar vor dem inneren Auge.

»Ein Auto hat mich überfahren«, entgegnete sie schließlich.

»Zum Glück nicht«, erwiderte der Arzt. »Aber Sie haben einen Schock erlitten. Wir haben Ihnen eine Spritze gegeben, damit Sie erst einmal schlafen können.«

»Davide, wo ist Davide?«, wollte Amrei wissen.

»Wenn es Ihnen recht ist, sage ich Ihrem Mann Bescheid. Der wartet draußen. Und von unserer Seite spricht auch nichts dagegen, dass er Sie mit nach Hause nimmt.«

Wider Willen musste Amrei schmunzeln. »Ja, machen Sie das.« Sie versuchte, sich aufzusetzen, was ihr problemlos gelang. Das Einzige, was schmerzte, waren ihre Augen. Die brannten wie Feuer. Da fiel ihr das Pfefferspray ein. Inga hatte ihr das Spray in die Augen gesprüht. Und hatte Inga sie wirklich überfahren wollen, oder hatte sie das geträumt?

Bevor sie sich weiteren Spekulationen hingeben konnte, trat Alessandro aufgeregt an ihr Bett, nahm ihre Hand und führte sie zum Mund.

»Bin ich froh, dass dir nichts passiert ist. Das war haarscharf. Wir hätten dich niemals vorschicken dürfen.«

»Wie geht es Davide?«

»Der kleine Kerl hat das alles tapfer gemeistert. Er ist wohlbehalten bei seinen Eltern, es sei denn, sein Magen hat die Unmengen an Eis nicht vertragen. Und wenn er Glück hat, bringt Tante Chiara ihn noch in die Marina nach Sanremo zum Schiff seiner Großeltern«, lachte er.

Amrei atmete erleichtert auf. »Und sag mal, ist das wahr, dass Inga mich überfahren wollte, oder war das ein Albtraum?«

»Beides, würde ich sagen«, erwiderte er ausweichend.

Amrei musterte ihn prüfend. »Du verheimlichst mir doch etwas, oder?«

In diesem Moment kam der Arzt herein. »Wenn Sie wollen, können Sie Ihre Frau mit nach Hause nehmen. Es ist alles in Ordnung!«, sagte der Mediziner an Alessandro gewandt. Offenbar hielt er Alessandro tatsächlich für ihren Mann und befand es nicht für nötig, seine Patientin direkt anzusprechen, sondern redete lieber mit ihrem »Mann« über sie. Normalerweise hätte sich Amrei darüber echauffiert, übergangen zu werden, aber unter diesen Umständen belustigte sie das. Vor allem hatte sie nichts dagegen einzuwenden, dass sie als Ehepaar angesehen wurden. Im Gegenteil, sie fühlte sich geradezu beschützt von »ihrem Mann«, nachdem sie offenbar knapp dem Tod von der Schippe gesprungen war.

»Wie fühlst du dich? Meinst du, du kannst aufstehen?«, fragte Alessandro fürsorglich.

»Ich denke, es geht«, erwiderte sie und setzte vorsichtig die Füße auf den Boden. Sie war froh, dass sie kein lächerliches Krankenhaushemd trug, bei dem sie halb nackt war, jedenfalls hintenrum. Nein, sie trug noch ihr Sommerkleid, das vor Schmutz nur so strotzte, und befand sich, wie sie nun feststellte, auch nicht in einem üblichen Krankenzimmer, sondern einer Art Vorraum.

Alessandro stützte sie, während sie aufstand, aber diese Hilfe hätte sie gar nicht gebraucht. Erst als sie an sich heruntersah, bemerkte sie die Pflaster auf ihren Knien.

»Ja, sie hat einige Abschürfungen erlitten, aber das ist alles nur äußerlich«, erklärte der Arzt Alessandro.

Amrei schlüpfte in ihre Schuhe, die vor dem Bett standen.

»Wenn noch etwas sein sollte mit Ihrer Frau, melden Sie sich doch bitte, Herr Professor, ansonsten verabschiede ich mich jetzt.« Er nickte auch Amrei höflich zu, bevor er verschwand.

Sie verspürte plötzlich einen unwiderstehlichen Lachreiz in der Kehle, und kaum dass die Tür ins Schloss gefallen war, prustete sie los.

»Herr Professor, wenn noch etwas mit Ihrer Frau sein sollte«, imitierte sie kichernd den Arzt.

Alessandro riss sie ungestüm in seine Arme. »Seine Tochter ist meine Studentin. Deshalb behandelt er mich so zuvorkommend …«, lachte er.

»Und ich bin also Frau Professor?«, entgegnete sie immer noch kichernd.

»Was sollte ich denn machen? Auch in Italien dürfen nur Eheleute mit den behandelnden Ärzten reden. Natürlich hat er von mir keinen Trauschein verlangt, Frau Professor.«

»Du bist wunderbar«, stieß sie überschwänglich aus. »Aber bitte, nun sage mir endlich, was passiert ist. Du hast doch gehört, dass ich wieder ganz wohlauf bin.«

Als sie sich aus der Umarmung löste, sah sie an seinem gequälten Blick, dass etwas Dramatisches geschehen sein musste.

»Alessandro, bitte sag mir, was passiert ist!«, sagte sie in einem Ton, der keinen Widerspruch duldete.

»Gut, aber bitte, dann setz dich lieber auf die Bettkante.«

Mit klopfendem Herzen tat Amrei, was er verlangte.

Er legte den Arm um sie und atmete tief durch.

»Der Wagen von Inga ist ungebremst in einen Abgrund gefahren. Sie konnte nur noch tot geborgen werden.«

Amrei sagte gar nichts. In ihr herrschte völlige Leere. Es war wie ein Schock, doch dann kam ihr ein fataler Gedanke. Hatte Inga den Wagen etwa absichtlich in den Abgrund gesteuert, um sie zu verschonen?

»War das Absicht?«, fragte sie leise.

Alessandro schien mit sich zu ringen, ob er ihr sagen sollte, was er wusste, denn er antwortete nicht sofort.

»Hat sie sich umgebracht?«

Er schüttelte den Kopf. »Nein! Man weiß zurzeit nicht genau, was geschehen ist, aber es ist zu vermuten, dass Alfredo ihr ins Steuer gegriffen und verhindert hat, dass sie dich überfährt.«

»Alfredo?«

»Ja, mein Bruder war im Wagen, und die Position, in der er aus dem Wrack geborgen wurde, ließ Schlüsse darauf zu, dass er den Wagen in die Schlucht gelenkt hat.«

Amrei schlug die Hände vors Gesicht. Sie traute sich nicht, das, was er ihr da eben mitgeteilt hatte, zu Ende zu denken, geschweige denn Alessandro zu fragen, ob Alfredo ebenfalls tot war. Wenn es sich nur annähernd so zugetragen hatte, wie man vermutete, hatte er ihr das Leben gerettet. Sie ließ die Hände sinken und schluchzte verzweifelt auf.

»Ist er tot?«

»Nein, aber sein Zustand ist ernst. Man hat ihn nach der Operation ins künstliche Koma versetzt. Näheres weiß ich auch nicht. Mutter ist gerade bei ihm«, stöhnte er. »Aber nun komm. Du musst dich ausruhen. Wenn es dir recht ist, nehme ich dich mit in meine Wohnung und koche dir was Schönes.«

Wider Willen musste Amrei lächeln. »Lass uns essen gehen. Ich fühle mich fit, nur weiß ich nicht, ob ich überhaupt einen Bissen runterbekomme.«

»Willst du trotz alledem morgen deine Reise beginnen?«

»Unbedingt. Ich muss mich dringend ablenken! Und du, kommst du mit?«

»Wenn du willst, liebend gern.«

»Ich brauche dich«, erwiderte Amrei und stand entschieden auf.

Hand in Hand verließen sie den fensterlosen Raum.

Als sie den Eingangsbereich zur Klinik betraten, kam ihnen Maria mit ausgebreiteten Armen entgegen. »Amrei, wir hätten dich niemals die Übergabe machen lassen dürfen!«

»Ach, Maria, für mich ist alles gut gegangen, aber weißt du was von Alfredo?«

»Mutter spricht noch mit dem Arzt. Ich warte gerade auf sie.«

»Dann warten wir auch«, sagte Amrei entschieden.

Kaum hatte sie das ausgesprochen, stieg Signora Podestà aus einem der Fahrstühle. Elegant wie immer, dachte Amrei, aber entsetzlich blass.

Der Schreck fuhr Amrei durch alle Glieder. Bitte, er soll nicht sterben, betete sie innerlich, er darf nicht sterben!

»Wie geht es ihm?«, fragte Alessandro.

»Seine Chancen stehen gut. Er hat wie durch ein Wunder keine inneren Verletzungen erlitten, aber er hat seinen linken Unterschenkel verloren. Der war nicht mehr zu retten, und wie schwer die Kopfverletzung ist, wird man erst sehen, wenn man ihn wieder aus dem künstlichen Koma holt.«

In diesem Augenblick sah Amrei, wie ihr Vater auf sie zukam. Er stutzte, als er seine Tochter und seine Liebste zusammenstehen sah. Offenbar wusste er nicht recht, wen er zuerst trösten sollte, aber Amrei gab ihm ein stummes Zeichen, erst Signora Podestà in den Arm zu nehmen.

Der Anblick dieses nicht mehr jungen Paars, das sich Trost suchend aneinanderklammerte, rührte Amrei, denn sie spürte eine tiefe Verbundenheit der beiden. Auch Alessandro schien das zu merken. »Dein Vater tut meiner Mutter gut«, murmelte er.

Dann löste sich ihr Vater aus der Umarmung mit Alessandros Mutter und zog Amrei in seine Arme. »Meine arme Kleine. Du hattest einen Schutzengel.«

»Ja!«, seufzte sie. »Und der hat auch einen Namen, aber wenn ihr nichts dagegen einzuwenden habt, sprechen wir bei einem Essen darüber.«

Daraufhin lud Marcello sie zum Essen ein. Maria entschuldigte sich, weil sie sich dringend in die Arme von Massimo wünschte und auf schnellstem Weg nach Mailand fahren wollte. Signora Podestà verkündete, dass sie keinen Bissen herunterbekäme, aber das ließ Amreis Vater nicht gelten.

Er führte sie zu einem Lokal, das nur wenige Schritte vom Krankenhaus entfernt lag. Als der Kellner die Karte brachte, lockerte sich die Anspannung, und spätestens nachdem Amreis Vater Alessandro peinlich über seine beruflichen Verhältnisse ausgefragt hatte, wurde die Stimmung familiär.

Mit einem Mal überfiel Amrei eine bleierne Müdigkeit. Während sie noch überlegte, wie sie ihr Bedürfnis, zu schlafen, äußern konnte, hatte Alessandro ihren Zustand offenbar bereits erfasst.

»Ich glaube, Amrei muss sich ausruhen. Ich hoffe, ihr seid nicht böse, wenn ich sie jetzt entführe.«

»Nein, nein, schon gut«, sagte ihr Vater. Alessandros Mutter pflichtete ihm eifrig bei. »Aber du meldest dich noch, bevor du wieder nach Deutschland zurückfliegst!«

Das war keine Bitte, das war ein väterlicher Befehl, dachte Amrei mit einer Spur von Rührung, denn dass sie ihm in diesem Leben derart töchterliche Gefühle entgegenbringen würde, hätte sie vor ihrer Italienreise nicht für möglich gehalten.

Als sie wenig später in Alessandros Wagen saß, kam ihr alles höchst unwirklich vor. Draußen zog das sommerliche Genua an ihnen vorbei, das ihr so vertraut war, und am Steuer saß ein Mann, in den sie verliebt war wie noch in keinen Mann zuvor. Gegen die Emotionen, die in diesem Augenblick in warmen Schüben durch ihren ganzen Körper flossen, war die Sache mit Alfredo damals nicht mehr als eine Schwärmerei gewesen. Der Gedanke an Alfredo brachte die Erinnerung an das Grauen des Tages zurück, ebenfalls die tiefe Dankbarkeit, dass sie Ingas Hass überlebt hatte. Trauer wollte sich bei ihr nicht einstellen, aber ehrliches Mitgefühl mit dieser bedauernswerten Frau, die sich Alfredo und damit auch Italien mit Lüge und Intrigen angeeignet hatte und für die Liebe ein Fremdwort gewesen war.

»Was denkst du gerade?«, hörte Amrei Alessandro von ferne fragen.

»Ich denke an die Liebe«, erwiderte sie.

»Was für ein Zufall«, lachte er. »Daran dachte ich auch gerade. Und ich habe mir die Frage gestellt, ob wir einander gefunden hätten, wenn alles anders gekommen und du nicht erst nach so vielen Jahren zurückgekehrt wärest … und wenn ich damals zu Hause gewesen wäre …«

»Es ist nicht wichtig«, gab Amrei verträumt zurück.

Alessandro drückte ihre Hand zum Zeichen des stillen Einverständnisses.

50

GENUA,
AUGUST 2022, SECHS TAGE SPÄTER

Die gute Nachricht, dass man Alfredo wieder aus dem künstlichen Koma geholt hatte und dass es ihm den Umständen entsprechend gut ging, hatte Alessandro und Amrei in Sanremo erreicht. Das war die letzte Station ihrer Recherchereise, auf der sich Alessandro überaus nützlich gemacht hatte, denn er entpuppte sich als besserer Fotograf als Amrei. Ihre Fotos waren gut, keine Frage, aber seine waren außergewöhnlich. Jedenfalls war Melanie Janson, ihre neue Redakteurin, völlig begeistert von Amreis Arbeit. So sehr, dass sie ihr in ihrem Überschwang gleich noch einen Folgeauftrag erteilte. Amrei sollte nach Abgabe des Toskana-Artikels einen Bericht über die Marken, der Region zwischen der Adria und dem Apennin, verfassen. Für diese Reise bewilligte ihr die Redaktion zwar nur noch fünf Tage, obwohl es nach Amreis Vorrecherche viel zu sehen gab neben Orten wie Ancona, Urbino, Grottammare und Ascoli Piceno. Leider hatte ihr Bonus-Fotograf Alessandro keine Zeit, sie dorthin zu begleiten, weil er in der Woche einige wichtige berufliche Termine hatte. Aber diese Reise schien Amrei ohnehin in weiter Ferne zu liegen, denn sie hatten erst einmal noch eine gemeinsame Woche in der Toskana vor sich.

Das alles ging Amrei durch den Kopf, als sie das Krankenhaus betrat. Sie hatte Roberta gefragt, ob sie Alfredo besuchen dürfe. Seine Mutter hielt das für eine gute Idee, auch dass sie das ganz allein machen wollte. Alessandro war gleich gestern nach ihrer Rückkehr nach Genua kurz bei seinem Bruder gewesen.

Trotzdem war Amrei angespannt, als sie in den Fahrstuhl stieg. Ihre größte Sorge war, dass er sie gar nicht sehen wollte, denn sie hatte Alessandro gebeten, ihm ihren Besuch nicht anzukündigen.

Und Alfredo hatte mit seinem Bruder nicht über die Ereignisse auf dem Parkplatz geredet. Alessandro hatte ihn aber auch nicht danach gefragt.

Auf der Station führte sie eine junge, hübsche Schwester zu ihrem Lieblingspatienten, wie sie Amrei mit leuchtenden Augen verkündete. Das gab Anlass zur Hoffnung, dass er nicht in Depressionen verfallen war, nachdem er hatte feststellen müssen, dass er einen Unterschenkel verloren hatte, dachte Amrei.

Die Schwester ließ es sich nicht nehmen, Amrei bis in sein Zimmer zu begleiten, und war sehr enttäuscht, dass der Patient zu schlafen schien. Er lag jedenfalls mit dem Rücken zur Tür und rührte sich nicht.

»Es ist wohl besser, wenn ich später wiederkomme«, sagte Amrei, doch in dem Moment grummelte es vom Bett. »Nein, bleib, ich habe dich schon erwartet.«

Die Schwester zog sich daraufhin hastig zurück, und Amrei umrundete das Bett, weil er keine Anstalten machte, sich umzudrehen.

»Hallo, du Schöne, man sieht dir den Höllentrip gar nicht mehr an«, begrüßte er sie.

»Du siehst aber auch nicht schlecht aus«, konterte sie.

»Totgesagte leben länger«, erwiderte er grinsend.

Amrei zog sich einen Stuhl heran und setzte sich neben ihn.

»Es tut mir alles so leid, wie es gekommen ist«, sagte sie.

Alfredo rollte mit den Augen. »Du musst dich wohl kaum entschuldigen für das, was wir uns damals geleistet haben.«

»Schon, aber sie hat dich ja auch verarscht. *Scusa,* ich will ja gar nicht mehr über sie sprechen. Sie hat ihren Irrsinn mit dem Leben bezahlt. Nur eins noch: Was ist da auf dem Parkplatz passiert, und wieso hast du überhaupt bei ihr im Wagen gesessen?«

Alfredos Miene hatte sich bei ihren Worten dermaßen verfinstert, dass Amrei ihre Direktheit bereute.

»Tut mir leid, wenn du nicht darüber sprechen möchtest …«

»Schon gut, ich will es ja, es fällt mir nur nicht leicht. Inga hat mir gedroht, dass sie es, wenn ich nicht mit ihr weggehe, meinem Vater sagt. Daraufhin habe ich meiner Familie endlich gestanden, dass ich Salvi auf dem Gewissen habe. Doch dann erfuhr ich von Maria, dass sie Davide entführt hat. Und dass sie meinen Bruder auf dem Gewissen hat! Ich wusste nicht, wie, aber dass ich ihren Irrsinn stoppen musste, das wusste ich! Erst habe ich gedacht, ich könnte sie einfach überwältigen und Davide gleich vor Ort befreien, aber sie hatte ihn auf dem Rücksitz gefesselt …«

»Um Gottes willen«, entfuhr es Amrei entsetzt. »Ich … erinnere mich dunkel. Er war wie ein Stück Vieh an ein Seil gebunden.«

»Sie hat es als Spiel getarnt. Der Kleine war recht munter. Ich glaube, ihn hat sie wirklich gut behandelt. Also bin ich mit zum Parkplatz gefahren. Sie hat mir natürlich nichts von der Entführung gesagt, sondern nur, dass sie sich dort oben mit dir trifft.« Er hielt erschöpft inne.

»Wenn es dir zu viel wird, mach ruhig eine Pause und erzähl es mir ein anderes Mal«, schlug Amrei ihm vor, obwohl sie vor Neugier schier zu platzen drohte.

»Nein, nein, ich will das hinter mich bringen. Oben wurde es brenzlig, als ich hörte, wie sie dir Anweisungen erteilt hat. Da wusste ich, dass sie etwas Übles im Schilde führt. Aber sie ging zu dir ganz ohne etwas, womit sie dich verletzen konnte, und dann bist du hingefallen, und sie kam zurückgerannt. Da habe ich erst einmal nur an den Jungen gedacht und ihn losgeknotet und ihm eingeschärft, sich hinter einem Busch zu verstecken. Ich wollte sie überwältigen, als sie zurückgerannt kam, aber da hat sie mir angedroht, dem Jungen was anzutun, dessen rotes T-Shirt hinter dem Busch leuchten würde. Ich habe mich auf den Beifahrersitz gesetzt, und in dem Moment ist sie auch schon losgerast. Wie eine Irre auf dich zu … und dann habe ich gar nichts mehr gedacht, sondern ihr ins Steuer gefasst und es herumgerissen. Ich wollte uns ganz sicher nicht in den Abgrund steuern, aber das hatte ich nicht mehr in der Hand. Mein letzter Gedanke war: Wenigstens eine gute Tat im Leben, ihre letzten Worte: Du verdammter Idiot!«

Er hielt inne und schluckte mehrfach, aber schließlich schaffte er es nicht länger, seine Emotionen zu verbergen. Alfredo weinte nun bittere Tränen. Amrei machte das nichts. Sie fasste ihn weder an, noch sprach sie tröstende Worte. Sie hatte das Gefühl, dass er diese Tränen hemmungslos fließen lassen sollte. Erst als er keine Tränen mehr hatte, nahm sie seine Hand. »Danke, dass du mir das Leben gerettet hast!«

»Ich hatte etwas wiedergutzumachen. Und könntest du dir vorstellen, dass du mir, deinem Helden, deinem Lebensretter, eine Chance gibst, dein Herz zurückzuerobern? Ich weiß erst jetzt, was du mir bedeutest …«

Amrei hielt seinem flehenden Blick stand. »Ich liebe deinen Bruder, aber was ich dir anbieten kann, ist Freundschaft.«

Daraufhin herrschte eine Zeit lang eisernes Schweigen, bis er ihre Hand nahm und grummelte: »Abgemacht, immerhin besser als gar nichts!«

Dann umarmten sie sich lange und herzlich. Seine mutige Tat ließ Amrei restlos verzeihen, was er ihr je angetan hatte.

51

ALBARO, WEIHNACHTEN 2022

Es war eine bunte Gesellschaft, die sich zum Weihnachtsfest der Podestàs unter dem Tannenbaum in der Villa zusammengefunden hatte. Alle waren gekommen: die Familie Podestà, Tante

Giulia und Onkel Georgio, deren Sohn Francesco mit Schwiegertochter Leni und den drei Kindern, Tante Chiara und Onkel Vincente, sodass Roberta im großen Salon noch einen zweiten Tisch festlich hatte eindecken lassen. Und zwischen den Tischen wuselte Saras neuer Hund herum, denn die Kleine hatte einen Lagotto zu ihrem Geburtstag bekommen und ihre Tante Roberta vor die Wahl gestellt: Sie würde Weihnachten auf ihre Gesellschaft verzichten müssen, wenn der Hund nicht mitkommen durfte.

Es war Heiligabend, und so gab es traditionell kein Fleisch, sondern Fisch. Robertas Haushaltshilfe hatte jedenfalls alle Hände voll zu tun, aber die neue Hausherrin Maria und Amrei unterstützten sie nach Kräften.

Maria strahlte über das ganze Gesicht, als sie gegen alle Tradition als Tochter des Hauses ihr Glas erhob und eine kleine Rede auf die Familie hielt. Launig offenbarte sie, dass ihr Mann sie schließlich überredet hatte, das großzügige Angebot ihrer Eltern anzunehmen, die Villa zu beziehen. Und auch von den Schwierigkeiten, in Mailand eine kleine Bleibe zu finden, in der sie gemeinsam oder abwechselnd unter der Woche übernachten würden, wenn es nicht anders ging. Ansonsten, so beteuerte sie, kenne sie nun den Zugfahrplan zwischen Mailand und Genua in- und auswendig. Aber zumindest für Massimo winke eine lukrative Stelle bei der Staatsanwaltschaft in Genua.

Amrei freute sich mit ihrer Freundin und auch darüber, wie glücklich Roberta und ihr Vater wirkten. Enrico, dem Mann an der Seite von Stefano, wie sie den Vater von Alessandro inzwischen nannte, schien die Großfamilie allerdings nicht ganz geheuer, vor allem, als Lenis Tochter Sara über den Tisch grölte: »Ich habe jetzt zwei Opas.«

Immerhin schien Stefano diese offen gelebte Beziehung so gutzutun, dass er neulich das Gespräch mit Alessandro gesucht hatte und ihm mehr schlecht als recht zu verstehen gegeben hatte, dass er eigentlich stolz auf ihn sei. Ihm hatten die Warnungen seines Körpers sehr gutgetan. Sonst wäre dieses Fest wohl von vorneherein zum Scheitern verurteilt gewesen, nachdem ihm Alfredo vor Kurzem mitgeteilt hatte, dass er die Geschäftsleitung aufgeben würde, um stattdessen in Livorno eine Niederlassung der Firma zu übernehmen. Das allein hätte früher schon gereicht, um das Weihnachtsfest zu verderben. Besonders die Tatsache, dass er die Karriereleiter hinabstieg, weil seine Verlobte in Livorno einen neuen Job hatte, hätte für Dauerstress zwischen Vater und Sohn gesorgt. Nun gab es zwar die ein oder andere bissige Bemerkung, die sein Vater über den Tisch in Alfredos Richtung feuerte, aber die schienen ihn nicht sonderlich zu treffen. Und auch Stefano war längst nicht mehr so verbittert in seiner Enttäuschung.

Leni sah aus wie eine heilige Madonna, und zwar aus einem Grund, den sie Amrei erst vor ein paar Tagen unter dem Siegel der Verschwiegenheit anvertraut hatte. Sie war wieder schwanger. Amrei und sie hatten sich kurz nach Ingas Tod gründlich ausgesprochen. Amrei brachte ein gewisses Verständnis auf, in was für einer Zwickmühle sich Leni befunden hatte. Dass sie ihrer Schwester nichts schuldig war, hatte sie erst durch die dramatischen Ereignisse in diesem Sommer begriffen. Um einen sichtbaren Strich unter die Vergangenheit zu ziehen, hatte Francesco Leni vorab zu Weihnachten den größten aufblasbaren Pool geschenkt, den er hatte auftreiben können. Es war ein Symbol der Hoffnung. Die tragische Geschichte aber blieb präsent in den Köpfen und Herzen der Familienmitglieder. Und Salvi, den holte keiner zurück.

Was Amrei an diesem Abend besonders freute, war, dass Alfredo in ausnehmend netter Begleitung erschienen war. Und worin sich Amrei mit Maria und Chiara einig war: Schwester Graziella machte ihrem Namen alle Ehre. Sie war nicht nur anmutig, sondern auch überaus klug. Deshalb hatte man ihr die Pflegeleitung einer großen Klinik in Livorno angeboten.

Alfredo hatte Amrei kürzlich sein Herz ausgeschüttet, weil er Sorge hatte, sie könne eher aus Mitgefühl mit ihm zusammen sein. Sie wusste schließlich von seiner Behinderung, die mittels einer Prothese im Alltag nicht für jedermann sichtbar war. Das Gegenteil war passiert. Alfredo schnupperte durch diese Frau an der wahren Liebe, auch wenn ihm seine ernsten Absichten nicht jeder in der Familie gleichermaßen abnahm. Trotz des protzigen Verlobungsrings, den er jedem gleich unter die Nase hielt. Sein größter Kritiker war Massimo, der Alfredos Beziehung in dieser Lage für reinen Opportunismus hielt, weil er eine Krankenschwester gut gebrauchen konnte. Ausnahmsweise hatte Amrei Alfredo verteidigt, denn sie hielt seine Gefühle für aufrecht. Er würde wohl kaum nach Livorno ziehen, wenn er immer noch derselbe Egoist wäre wie vor dem Unfall.

Dass dies das erste Weihnachtsfest in ihrem Leben war, das Amrei mit ihrem Vater verbrachte, wurde ihr bewusst, als er ihr von seinem Platz schräg gegenüber verschwörerisch zuzwinkerte. Er hatte diesen Gesichtsausdruck, den er immer bekam, wenn etwas zutiefst Peinliches bevorstand. Und tatsächlich, er schien etwas auf dem Herzen zu haben.

»Und? Amrei, wie sieht eure Zukunft aus? Hast du in Hamburg schon die Zelte abgebrochen?«

»Nein, Papa. Alessandro ist gern auch bei mir in Hamburg zu Besuch«, konterte sie.

Natürlich hatten sie darüber gesprochen, wie ihr gemeinsames Leben einmal aussehen könnte. Im Moment waren sie hochzufrieden mit dem Wechsel. Dass sie sich fast jedes Wochenende trafen, war zwar nicht geplant gewesen, aber es hatte sich eingespielt.

»Wir spielen mit dem Gedanken, zu heiraten, wenn überhaupt, kirchlich, und nur, wenn sich Domenico Furgiuele, der stellvertretende Chef der Lega, mit seinem Gesetzesentwurf durchsetzt, dass kirchliche Hochzeiten in Zukunft steuerlich absetzbar sind«, entgegnete Alessandro mit todernster Miene.

Amrei stutzte, denn sie kannte seine Ansichten zu der momentanen Regierung Italiens.

»Also, dann hoffentlich nie!«, lachte Amrei, als sie seine Mundwinkel verdächtig zucken sah. Nun verstand auch ihr Vater, dass Alessandro ihn verschaukelt hatte, und brach in schallendes Gelächter aus, während Roberta ihr verschwörerisch zuzwinkerte.

Als Amrei spürte, wie sich Alessandros Hand unter dem Tisch zärtlich in ihre schob, hätte sie heulen mögen vor Glück.